Wolfgang Borchert, geboren am 20. Mai 1921 in Hamburg, gestorben am 20. November 1947, einen Tag vor der Uraufführung seines Dramas «Draußen vor der Tür».

«Er war achtzehn, als der Krieg ausbrach, vierundzwanzig, als der Krieg zu Ende war. Krieg und Kerker hatten seine Gesundheit zerstört, das übrige tat die Hungersnot der Nachkriegsjahre. Zwei Jahre blieben ihm zum Schreiben, und er schrieb in diesen zwei Jahren wie jemand, der im Wettlauf mit dem Tode schreibt. Borchert hatte keine Zeit, und er wußte es.»

Heinrich Böll

Wolfgang Borchert

Das Gesamtwerk

Herausgegeben von
Michael Töteberg unter Mitarbeit
von Irmgard Schindler

Rowohlt Taschenbuch Verlag

3. Auflage Februar 2013

Veröffentlicht im Rowohlt Taschenbuch Verlag,
Reinbek bei Hamburg, Mai 2009

Umschlaggestaltung any.way, Cathrin Günther
Satz aus der Minion PostScript
bei hanseatenSatz-bremen, Bremen
Druck und Bindung CPI – Clausen & Bosse, Leck
Printed in Germany
ISBN 978 3 499 24980 8

FSC
www.fsc.org
MIX
Papier aus verantwortungsvollen Quellen
FSC® C083411

Das für dieses Buch verwendete FSC®-zertifizierte Papier
Lux Cream liefert Stora Enso, Finnland.

Inhalt

Laterne, Nacht und Sterne

Gedichte um Hamburg

Ich möchte Leuchtturm sein
in Nacht und Wind –
für Dorsch und Stint –
für jedes Boot –
und bin doch selbst
ein Schiff in Not!

Laternentraum

Wenn ich tot bin,
möchte ich immerhin
so eine Laterne sein,
und die müßte vor deiner Türe sein
und den fahlen
Abend überstrahlen.

Oder am Hafen,
wo die großen Dampfer schlafen
und wo die Mädchen lachen,
würde ich wachen
an einem schmalen schmutzigen Fleet
und dem zublinzeln, der einsam geht.

In einer engen
Gasse möcht ich hängen
als rote Blechlaterne
vor einer Taverne –
und in Gedanken
und im Nachtwind schwanken
zu ihren Gesängen.

Oder so eine sein, die ein Kind
mit großen Augen ansteckt,
wenn es erschreckt entdeckt,
daß es allein ist und weil der Wind
so johlt an den Fensterluken –
und die Träume draußen spuken.

Ja, ich möchte immerhin,
wenn ich tot bin,

so eine Laterne sein,
die nachts ganz allein,
wenn alles schläft auf der Welt,
sich mit dem Mond unterhält –
natürlich per Du.

Abendlied

Warum, ach sag, warum
geht nun die Sonne fort?
Schlaf ein, mein Kind, und träume sacht,
das kommt wohl von der dunklen Nacht,
da geht die Sonne fort.

Warum, ach sag, warum
wird unsere Stadt so still?
Schlaf ein, mein Kind, und träume sacht,
das kommt wohl von der dunklen Nacht,
weil sie dann schlafen will.

Warum, ach sag, warum
brennt die Laterne so?
Schlaf ein, mein Kind, und träume sacht,
das kommt wohl von der dunklen Nacht,
da brennt sie lichterloh!

Warum, ach, sag, warum
gehn manche Hand in Hand?
Schlaf ein, mein Kind, und träume sacht,
das kommt wohl von der dunklen Nacht,
da geht man Hand in Hand.

Warum, ach sag, warum
ist unser Herz so klein?
Schlaf ein, mein Kind, und träume sacht,
das kommt wohl von der dunklen Nacht,
da sind wir ganz allein.

In Hamburg

In Hamburg ist die Nacht
nicht wie in andern Städten
die sanfte blaue Frau,
in Hamburg ist sie grau
und hält bei denen, die nicht beten,
im Regen Wacht.

In Hamburg wohnt die Nacht
in allen Hafenschänken
und trägt die Röcke leicht,
sie kuppelt, spukt und schleicht,
wenn es auf schmalen Bänken
sich liebt und lacht.

In Hamburg kann die Nacht
nicht süße Melodien summen
mit Nachtigallentönen,
sie weiß, daß uns das Lied der Schiffssirenen,
die aus dem Hafen stadtwärtsbrummen,
genau so selig macht.

Legende

Jeden Abend wartet sie in grauer
Einsamkeit und sehnt sich nach dem Glück.
Ach, in ihren Augen nistet Trauer,
denn er kam nicht mehr zurück.

Eines Nachts hat wohl der dunkle Wind
sie verzaubert zur Laterne.
Die in ihrem Scheine glücklich sind,
flüstern leis: ich hab dich gerne – – –

Regen

Der Regen geht als eine alte Frau
mit stiller Trauer durch das Land.
Ihr Haar ist feucht, ihr Mantel grau,
und manchmal hebt sie ihre Hand

und klopft verzagt an Fensterscheiben,
wo die Gardinen heimlich flüstern.
Das Mädchen muß im Hause bleiben
und ist doch grade heut so lebenslüstern!

Da packt der Wind die Alte bei den Haaren,
und ihre Tränen werden wilde Kleckse.
Verwegen läßt sie ihre Röcke fahren
und tanzt gespensterhaft wie eine Hexe!

Der Kuß

Es regnet – doch sie merkt es kaum,
weil noch ihr Herz vor Glück erzittert:
Im Kuß versank die Welt im Traum.
Ihr Kleid ist naß und ganz zerknittert

und so verächtlich hochgeschoben,
als wären ihre Knie für alle da.
Ein Regentropfen, der zu Nichts zerstoben,
der hat gesehn, was niemand sonst noch sah.

So tief hat sie noch nie gefühlt –
so sinnlos selig müssen Tiere sein!
Ihr Haar ist wie zu einem Heiligenschein zerwühlt –
Laternen spinnen sich drin ein.

Aranka

Ich fühle deine Knie an meinen,
und deine krause Nase
muß irgendwo in meinem Haare weinen.
Du bist wie eine blaue Vase,
und deine Hände blühn wie Astern,
die schon vom Geben zittern.
Wir lächeln beide unter den Gewittern
von Liebe, Leid – und Lastern.

Abschied

Das war ein letzter Kuß am Kai –
vorbei.

Stromabwärts und dem Meere zu
fährst du.

Ein rotes und ein grünes Licht
entfernen sich …

Prolog zu einem Sturm

Das Meer grinst grün und glasiggrau,
die Fische fliehn in tieferes Geflute.
Sogar dem alten Kabeljau
ist recht gemischt zu Mute.

Verängstigt strebt ein Seepferdchen zum Stalle.
Der Tintenfisch legt voller Kunst
um den Palast aus alabasterner Koralle
zur Tarnung einen tintenblauen Dunst.

Die Fischer ziehn die Netze ein
mit düsterem Geraune –
und einer brummt dazwischen rein:
Klabautermann hat schlechte Laune.

Muscheln, Muscheln

Muscheln, Muscheln, blank und bunt,
findet man als Kind.
Muscheln, Muscheln, schlank und rund,
darin rauscht der Wind.

Darin singt das große Meer –
in Museen sieht man sie glimmern,
auch in alten Hafenkneipen
und in Kinderzimmern.

Muscheln, Muscheln, rund und schlank,
horch, was singt der Wind:
Muscheln, Muscheln, bunt und blank,
fand man einst als Kind!

Der Wind und die Rose

Kleine blasse Rose!
Der Wind, von Luv, der lose,
der dich zerwühlte,
als wär dein Blatt
das Kleid von einer Hafenfrau –
er kam so wild und kam so grau!

Vielleicht auch fühlte
er sich für Sekunden matt
und wollt in deinen dunklen Falten
den Atem sanft verhalten.
Da hat dein Duft ihn so betört,
berauscht,
daß er sich bäumt und bauscht
und dich vor Lust zerstört,
daß er sich noch mit deinem Kusse bläht,
wenn er am bangen Gras vorüberweht.

Das graurotgrüne Großstadtlied

Rote Münder, die aus grauen Schatten glühn,
girren einen süßen Schwindel.
Und der Mond grinst goldiggrün
durch das Nebelbündel.

Graue Straßen, rote Dächer,
mittendrin mal grün ein Licht.
Heimwärts gröhlt ein später Zecher
mit verknittertem Gesicht.

Grauer Stein und rotes Blut –
morgen früh ist alles gut.
Morgen weht ein grünes Blatt
über einer grauen Stadt.

Großstadt

Die Göttin Großstadt hat uns ausgespuckt
in dieses wüste Meer von Stein.
Wir haben ihren Atem eingeschluckt,
dann ließ sie uns allein.

Die Hure Großstadt hat uns zugeplinkt –
an ihren weichen und verderbten Armen
sind wir durch Lust und Leid gehinkt
und wollten kein Erbarmen.

Die Mutter Großstadt ist uns mild und groß –
und wenn wir leer und müde sind,
nimmt sie uns in den grauen Schoß –
und ewig orgelt über uns der Wind!

Antiquitäten

Erinnerung an die Hohen Bleichen

Weitab vom Lärm der großen Gegenwart,
verfallumwittert, ruhmreich und verlassen,
stehn stille Dinge rings, verstaubt, apart
ein paar kokette Biedermeiertassen.

Darüber wuchtet bleich ein Imperator,
doch seiner Büste Würde ist gegipst.
Ein ausgestopfter Südseealligator
grinst glasig grünen Auges wie beschwipst.

Der bronzne Kienspanhalter Karls des Weisen
blinkt über Buddhas Bauch und seinen Falten.
Die Zopfperücke hat noch einen leisen
verführerischen Puderhauch behalten.

Malaiisch glotzt mit hölzern starren Zügen
ein Götze. Fahl erglimmen Zähne von Mulatten.
Verrostet träumen Waffen von den Kriegen
und klirren leis in Rembrandts weichem Schatten.

Der Totenwurm in der Barockkommode
tickt zeitlos in den ausgedörrten Wänden.
Betrübt summt eine Fliege ihre Ode –
das macht, sie hockt auf Schopenhauers dreizehn Bänden.

Die Hundeblume

Erzählungen aus unseren Tagen

Und wer fängt uns auf?
Gott?

Die Ausgelieferten

Die Hundeblume

Die Tür ging hinter mir zu. Das hat man wohl öfter, daß eine Tür hinter einem zugemacht wird – auch daß sie abgeschlossen wird, kann man sich vorstellen. Haustüren zum Beispiel werden abgeschlossen, und man ist dann entweder drinnen oder draußen. Auch Haustüren haben etwas so Endgültiges, Abschließendes, Ausliefferndes. Und nun ist die Tür hinter mir zugeschoben, ja, geschoben, denn es ist eine unwahrscheinlich dicke Tür, die man nicht zuschlagen kann. Eine häßliche Tür mit der Nummer 432. Das ist das Besondere an dieser Tür, daß sie eine Nummer hat und mit Eisenblech beschlagen ist – das macht sie so stolz und unnahbar; denn sie läßt sich auf nichts ein, und die inbrünstigen Gebete rühren sie nicht.

Und nun hat man mich mit dem Wesen allein gelassen, nein, nicht nur allein gelassen, zusammen eingesperrt hat man mich mit diesem Wesen, vor dem ich am meisten Angst habe: Vor mir selbst.

Weißt du, wie das ist, wenn du dir selbst überlassen wirst, wenn du mit dir allein gelassen bist, dir selbst ausgeliefert bist? Ich kann nicht sagen, daß es unbedingt furchtbar ist, aber es ist eines der tollsten Abenteuer, die wir auf dieser Welt haben können: Sich selbst zu begegnen. So begegnen wie hier in der Zelle 432: nackt, hilflos, konzentriert auf nichts als auf sich selbst, ohne Attribut und Ablenkung und ohne die Möglichkeit einer Tat. Und das ist das Entwürdigendste: Ganz ohne die Möglichkeit zu einer Tat zu sein. Keine Flasche zum Trinken oder zum Zerschmettern zu haben, kein Handtuch zum Aufhängen, kein Messer zum Ausbrechen oder zum Aderndurchschneiden, keine Feder zum Schreiben – nichts zu haben als sich selbst.

Das ist verdammt wenig in einem leeren Raum mit vier nackten Wänden. Das ist weniger als die Spinne hat, die sich ein Gerüst aus dem Hintern drängt und ihr Leben daran riskieren kann, zwischen Absturz und Auffangen wagen kann. Welcher Faden fängt uns auf, wenn wir abstürzen?

Unsere eigene Kraft? Fängt ein Gott uns auf? Gott, was ist das? Ist das die Kraft, die einen Baum wachsen und einen Vogel fliegen läßt – ist Gott das Leben? Dann fängt er uns wohl manchmal auf – wenn wir wollen.

Als die Sonne ihre Finger von dem Fenstergitter nahm und die Nacht aus den Ecken kroch, trat etwas aus dem Dunkel auf mich zu – und ich dachte, es wäre Gott. Hatte jemand die Tür geöffnet – war ich nicht mehr allein? Ich fühlte, es ist etwas da, und das atmet und wächst. Die Zelle wurde zu eng – ich fühlte, daß die Mauern weichen mußten vor diesem, das da war und das ich Gott nannte.

Du, Nummer 432, Menschlein – laß dich nicht besoffen machen von der Nacht! Deine Angst ist mit dir in der Zelle, sonst nichts. Die Angst und die Nacht. Aber die Angst ist ein Ungeheuer, und die Nacht kann furchtbar werden wie ein Gespenst, wenn wir mit ihr allein sind.

Da trudelte der Mond über die Dächer und leuchtete die Wände ab. Affe, du! Die Wände sind so eng wie je, und deine Zelle ist leer wie eine Apfelsinenschale. Gott, den sie den Guten nennen, ist nicht da. Und was da war, das was sprach, war in dir. Vielleicht war es ein Gott aus dir – du warst es! Denn du bist auch Gott, alle, auch die Spinne und die Makrele sind Gott. Gott ist das Leben – das ist alles. Das ist so viel, daß er nicht mehr sein kann. Denn sonst ist nichts. Aber dieses Nichts überwältigt uns oft.

Die Zellentür war so zu wie eine Nuß – als ob sie nie offen war, und von der man wußte, daß sie allein nicht aufging – daß sie aufgebrochen werden mußte. So zu war die Tür. Und ich stürzte, mit mir allein gelassen, ins Bodenlose. Aber da schrie mich die Spinne an wie ein Feldwebel: Schwächling! Der Wind hatte ihre Netze zerrissen, und sie rülpste mit Ameiseneifer ein neues und fing mich, den Hundertdreiundzwanzigpfündigen, in ihren hauchfeinen Seilen. (Ich bedankte mich bei ihr, aber davon nahm sie überhaupt keine Notiz.)

So gewöhnte ich mich langsam an mich. Man mutet sich so leichtfertig andern Menschen zu, und dabei kann man sich kaum selbst ertragen. Ich fand mich allmählich ganz unterhaltsam und vergnüglich – ich machte Tag und Nacht die merkwürdigsten Entdeckungen an mir und fühlte mich als eine rechte Wundertüte.

Aber ich verlor in der langen Zeit den Zusammenhang mit allem, mit dem Leben, mit der tätigen Welt. Die Tage tropften schnell und regelmäßig von mir ab. Ich fühlte, wie ich langsam leerlief von der wirklichen Welt und voll wurde von mir selbst. Ich fühlte, daß ich immer weiter wegging von dieser Welt, die ich eben erst betreten hatte.

Die Wände waren so kalt und tot, daß ich krank wurde vor Verzweiflung und Hoffnungslosigkeit. Man schreit wohl ein paar Tage seine Not raus – aber wenn nichts antwortet, ermüdet man bald. Man schlägt wohl ein paar Stunden an Wand und Tür – aber wenn sie sich nicht auftun, sind die Fäuste bald wund, und der kleine Schmerz ist dann die einzige Lust in dieser Öde.

Es gibt doch wohl nichts Endgültiges auf dieser Welt. Denn die eingebildete Tür hatte sich aufgetan und viele andere dazu, und jede schubste einen scheuen, schlechtrasierten

Mann hinaus in eine lange Reihe und in einen Hof mit grünem Gras in der Mitte und grauen Mauern ringsum.

Da explodierte ein Bellen um uns und auf uns zu – ein heiseres Bellen von blauen Hunden mit Lederriemen um den Bauch. Die hielten uns in Bewegung und waren selbst dauernd in Bewegung und bellten uns voll Angst. Aber wenn man genug Angst in sich hatte und ruhiger wurde, erkannte man, daß es Menschen waren in blauen, blassen Uniformen.

Man lief im Kreise. Und wenn das Auge das erste erschütternde Wiedersehen mit dem Himmel überwunden und sich wieder an die Sonne gewöhnt hatte, konnte man blinzelnd erkennen, daß viele so zusammenhanglos trotteten und tief atmeten wie man selbst – siebzig, achtzig Mann vielleicht.

Und immer im Kreis – im Rhythmus ihrer Holzpantoffeln, unbeholfen eingeschüchtert und doch für eine halbe Stunde froher als sonst. Wenn die blauen Uniformen mit dem Bellen im Gesicht nicht gewesen wären, hätte man bis in die Ewigkeit so trotten können – ohne Vergangenheit, ohne Zukunft: Ganz genießende Gegenwart: Atmen, Sehen, Gehen!

So war es zuerst. Fast ein Fest, ein kleines Glück. Aber auf die Dauer – wenn man monatelang kampflos genießt – beginnt man abzuschweifen. Das kleine Glück genügt nicht mehr – man hat es satt, und die trüben Tropfen dieser Welt, der wir ausgeliefert sind, fallen in unser Glas. Und dann kommt der Tag, wo der Rundgang im Kreis eine Qual wird, wo man sich unter dem hohen Himmel verhöhnt fühlt und wo man Vordermann und Hintermann nicht mehr als Brüder und Mitleidende empfindet, sondern als wandelnde Leichen, die nur dazu da sind, uns anzuekeln – und zwischen die man eingelattet ist als Latte ohne eignes Gesicht in einem endlosen Lattenzaun, ach, und sie verursachen einem eher Übelkeit als sonstwas. Das kommt dann, wenn man monatelang kreist zwischen den grauen Mauern und von den blassen, blauen Uniformen mürbe gebellt ist.

Der Mann, der vor mir ging, war schon lange tot. Oder er war aus einem Panoptikum entsprungen, von einem komischen Dämon getrieben, zu tun, als sei er ein normaler Mensch – und dabei war er bestimmt längst tot. Ja. Nämlich seine Glatze, die von einem zerfransten Kranz schmutzig-grauer Haarbüschel umwildert ist, hat nicht diesen fettigen Glanz von lebendigen Glatzen, in denen sich Sonne und Regen noch trübe spiegeln können – nein, diese Glatze ist glanzlos, duff und matt wie aus Stoff. Wenn sich dieses Ganze da vor mir, das ich gar nicht Mensch nennen mag, dieser nachgemachte Mensch, nicht bewegen würde, könnte man diese Glatze für eine leblose Perücke halten. Und nicht mal die Perücke eines Gelehrten oder großen Säufers – nein, höchstens die eines Papierkrämers oder Zirkusclowns. Aber zäh ist sie, diese Perücke – sie kann schon aus Bosheit allein nicht abtreten, weil sie ahnt, daß ich, ihr Hintermann, sie hasse. Ja, ich hasse sie. Warum muß die Perücke – ich will nun man den ganzen Mann so nennen, das ist einfacher – warum muß sie vor mir hergehen und leben, während junge Spatzen, die noch nichts vom Fliegen gewußt haben, sich aus der Dachrinne zu Tode stürzen? Und ich hasse die Perücke, weil sie feige ist – und wie feige! Und sie fühlt meinen Haß, während sie blöde vor mir hertrottet, immer im Kreis, im ganz kleinen Kreis zwischen grauen Mauern, die auch kein Herz für uns haben, denn sonst würden sie eines Nachts heimlich fortwandern und sich um den Palast stellen, in dem unsere Minister wohnen.

Ich denke schon eine ganze Zeit darüber nach, warum man die Perücke ins Gefängnis gesperrt hat – was für eine

Tat kann sie begangen haben – sie, die zu feige ist, sich nach mir umzudrehen, während ich sie andauernd quäle. Denn ich quäle sie: Ich trete ihr fortwährend auf die Hacken – mit Absicht natürlich – und mache mit meinem Mund ein übles Geräusch, als spucke ich viertelpfundweise Lungenhaschee gegen ihren Rücken. Sie zuckt jedesmal verwundet zusammen. Trotzdem wagt sie es nicht, sich ganz nach ihrem Quäler umzusehen – nein, sie ist zu feige dazu. Sie dreht sich nur um ein paar Grad mit steifem Genick in meine Richtung nach hinten, aber die halbe Drehung bis zum Treffen unserer Augenpaare zu machen wagt sie nicht.

Was mag sie denn ausgefressen haben? Vielleicht hat sie unterschlagen oder gestohlen? Oder hat sie in einem Sexualanfall öffentliches Ärgernis erregt? Ja – das vielleicht. Einmal war sie berauscht von einem buckligen Eros aus ihrer Feigheit rausgehüpft in eine blöde Geilheit – na, und nun trottete sie vor mir her, stillvergnügt und erschrocken, einmal etwas gewagt zu haben.

Aber ich glaube, jetzt zittert sie insgeheim, weil sie weiß, daß ich hinter ihr gehe – ich: ihr Mörder! Oh, es würde mir leicht sein, sie zu morden, und es könnte ganz unauffällig geschehen. Ich hätte ihr nur das Bein zu stellen brauchen, dann wäre sie mit ihren viel zu stakigen Stelzen vornübergestolpert und hätte sich dabei bestimmt ein Loch in den Kopf gestoßen – und dann wäre ihr die Luft mit einem phlegmatischen pfff ... entwichen wie einem Fahrradschlauch. Sicher wäre: Ihr Kopf, diese dufte Perücke wäre in der Mitte auseinandergeplatzt wie weißlich-gelbes Wachs, und die wenigen Tropfen rote Tinte daraus hätten lächerlich verlogen gewirkt wie Himbeersaft auf der blauseidenen Bluse eines erdolchten Komödianten.

So haßte ich die Perücke, einen Kerl, dessen Visage ich nie gesehen hatte, dessen Stimme ich nie gehört hatte, von dem ich einen muffig-mottenpulverigen Geruch kannte. Sicher hatte er – die Perücke – eine milde, müde Stimme ohne jede Leidenschaft, so kraftlos wie seine milchigen Finger. Sicher hatte er die vorstehenden Augen eines Kalbes und eine dicke, hängende Unterlippe, die dauernd Pralinen essen möchte. Es war die Maske eines Lebemannes, ohne Größe und mit dem Mut eines Papierhändlers, dessen Hebammenhände oftmals den ganzen Tag nichts getan hatten, als siebzehn Pfennige für ein Schreibheft vom Ladentisch zu streichen.

Nein, kein Wort mehr über die Perücke! Ich hasse sie wirklich so sehr, daß ich mich leicht in einen Wutausbruch hineinsteigern könnte, bei dem ich mich zu sehr entblößen würde. Genug. Schluß. Ich will nie wieder von ihr reden, nie! –

Aber wenn einer, den du gerne ganz verschweigen möchtest, ständig mit eingeknickten Knien in der Melodie eines Melodramas vor dir hergeht, dann wirst du ihn nicht los. Wie ein Juckreiz im Rücken, wo du mit den Händen nicht ankommst, reizt er dich immer wieder, an ihn zu denken, ihn zu empfinden, ihn zu hassen.

Ich glaube, ich muß die Perücke doch ermorden. Aber ich habe Angst, der Tote würde mir einen greulichen Streich spielen. Er würde sich plötzlich mit ordinärem Lachen daran erinnern, daß er früher ja Zirkusclown war und sich aus seinem Blut hochwälzen. Vielleicht etwas verlegen, als hätte er das Blut nicht halten können wie andere Leute das Wasser. Kopfüber würde er durch die Gefängnishof-Manege hampeln, hielte womöglich die Wärter für bockende Esel, die er bis zum Wahnsinn reizen würde, um dann mit gemachter Angst auf die Mauer zu springen. Von dort aus würde er dann seine Zunge wie einen Scheuerlappen gegen uns lüpfen und auf immer verschwinden.

Es ist nicht auszudenken, was alles geschehen würde,

wenn sich plötzlich jeder auf das besinnen würde, was er eigentlich ist.

Denke nicht, daß mein Haß auf meinen Vordermann, auf die Perücke, hohl und grundlos ist – oh, man kann in Situationen kommen, wo man so von Haß überläuft und über die eigenen Grenzen hinweggeschwemmt wird, daß man nachher kaum zu sich selbst zurückfindet – so hat einen der Haß verwüstet.

Ich weiß, es ist schwer, mir zuzuhören und mit mir zu fühlen. Du sollst auch nicht zuhören, als wenn einer dir etwas von Gottfried Keller oder Dickens vorliest. Du sollst mit mir gehen, mitgehen in dem kleinen Kreis zwischen den unerbittlichen Mauern. Nein, nicht in Gedanken neben mir – nein, körperlich hinter mir als mein Hintermann. Und dann wirst du sehen, wie schnell du mich hassen lernst. Denn wenn du mit uns (ich sage jetzt «uns», weil wir dieses eine alle gemeinsam haben) in unserm lendenlahmen Kreise wankst, dann bist du so leer von Liebe, daß der Haß wie Sekt in dir aufschäumt. Du läßt ihn auch schäumen, nur um diese entsetzliche Leere nicht mehr zu fühlen. Und glaube nur nicht, daß du mit leerem Magen und leerem Herzen zu besonderen Taten der Nächstenliebe aufgelegt sein wirst.

So wirst du also als ein von allem Guten Geleerter hinter mir herdammeln und monatelang nur auf mich angewiesen sein, auf meinen schmalen Rücken, den viel zu weichen Nacken und die leere Hose, in die der Anatomie nach ein Hintern gehört. Am meisten wirst du aber auf meine Beine sehen müssen. Alle Hintermänner sehen auf die Beine ihres Vordermannes, und der Rhythmus seines Schrittes wird ihnen aufgezwungen und übernommen, auch wenn er ihnen fremd und unbequem ist. Ja, und da wird der Haß dich anfallen wie ein eifersüchtiges Weib, wenn du merkst, daß ich keinen Gang habe. Nein, ich habe keinen Gang. Es gibt tatsächlich Menschen, die keinen Gang haben – sie haben mehrere Stilarten, die sich nicht miteinander vereinen können zu einer Melodie. Ich bin so einer. Und du wirst mich deswegen hassen, ebenso sinnlos und begründet, wie ich die Perücke hassen muß, weil ich ihr Hintermann bin. Wenn du dich gerade auf meinen etwas unsicheren, verspielten Schritt eingestellt hast, stellst du stockend fest, daß ich plötzlich ganz reell und energisch auftrete. Und kaum hast du diesen neuen Typ meines Gehens registriert, da fange ich einige Schritte weiter an, zerfahren und mutlos zu bummeln. Nein, du wirst keine Freude und Freundschaft über mich empfinden können. Du mußt mich hassen. Alle Hintermänner hassen ihre Vordermänner.

Ja, vielleicht würde alles anders werden, wenn sich die Vordermänner mal nach ihren Hintermännern umsehen würden, um sich mit ihnen zu verständigen. So ist aber jeder Hintermann – er sieht nur seinen Vordermann und haßt ihn. Aber seinen Hintermann verleugnet er – da fühlt er sich Vordermann. So ist das in unserm Kreis hinter den grauen Mauern – so ist es aber wohl anderswo auch, überall vielleicht.

Ich hätte die Perücke doch umbringen sollen. Einmal heizte sie mir so ein, daß mein Blut an zu kochen fing. Das war, als ich die Entdeckung machte. Keine große Sache. Nur eine ganz kleine Entdeckung.

Hab ich schon gesagt, daß wir jeden Morgen eine halbe Stunde lang einen kleinen schmutzig-grünen Fleck Rasen umkreisten? Ja, in der Mitte der Manege von diesem seltsamen Zirkus war eine blasse Versammlung von Grashalmen, blaß und der einzelne Halm ohne Gesicht – wie wir in diesem unerträglichen Lattenzaun. Auf der Suche nach Lebendigem, Buntem, lief mein Auge ohne große Hoffnung eigentlich und zufällig über die paar Hälmchen hin, die sich, als sie sich angesehen fühlten, unwillkürlich zusammennahmen und mir zunickten – und da entdeckte ich unter ihnen einen unscheinbaren gelben Punkt – eine Miniaturgeisha auf einer großen Wiese. Ich war so erschrocken über meine Entdeckung, daß ich glaubte, alle müßten es gesehen haben, wie meine Augen wie festgebackt auf das gelbe Etwas starrten, und ich sah schnell und sehr interessiert auf die Pantoffeln meines Vordermannes. Aber so wie du einem, mit dem du sprichst, immer auf den Fleck, den er an der Nase hat, stieren mußt und ihn ganz unruhig machst – so sehnten meine Augen sich nach dem gelben Punkt. Als ich jetzt dichter an ihm vorbeikam, tat ich so unbefangen wie möglich. Ich erkannte eine Blume, eine gelbe Blume. Es war ein Löwenzahn – eine kleine gelbe Hundeblume.

Sie stand ungefähr einen halben Meter links von unserm Weg, von dem Kreis, auf dem wir jeden Morgen eine Huldigung an die frische Luft darbrachten. Ich stand förmlich Angst aus und bildete mir ein, einer der Blauen folge schon mit Stielaugen der Richtung meines Blickes. Aber so sehr unsere Wachthunde gewohnt waren, auf jede individuelle Regung des Lattenzaunes mit wütendem Bellen zu reagieren – niemand hatte an meiner Entdeckung teilgenommen. Die kleine Hundeblume war noch ganz mein Eigentum.

Aber richtig freuen konnte ich mich nur wenige Tage an ihr. Sie sollte mir ganz gehören. Immer wenn unser Rundgang zu Ende ging, mußte ich mich gewaltsam von ihr losreißen, und ich hätte meine tägliche Brotration (und das will was sagen!) dafür gegeben, sie zu besitzen. Die Sehnsucht, etwas Lebendiges in der Zelle zu haben, wurde so mächtig in mir, daß die Blume, die schüchterne kleine Hundeblume, für mich bald den Wert eines Menschen, einer heimlichen

Geliebten bekam: Ich konnte nicht mehr ohne sie leben – da oben zwischen den toten Wänden!

Und dann kam die Sache mit der Perücke. Ich fing es sehr schlau an. Jedesmal, wenn ich an meiner Blume vorbeikam, trat ich so unauffällig wie möglich einen Fuß breit vom Wege auf den Grasfleck. Wir haben alle einen tüchtigen Teil Herdentrieb in uns, und darauf spekulierte ich. Ich hatte mich nicht getäuscht. Mein Hintermann, sein Hintermann, dessen Hintermann – und so weiter – alle latschten stur und folgsam in meiner Spur. So gelang es mir in vier Tagen, unsern Weg so nahe an meine Hundeblume ranzubringen, daß ich sie mit der Hand hätte erreichen können, wenn ich mich gebückt hätte. (Zwar starben einige zwanzig der blassen Grashalme durch mein Unternehmen einen staubigen Tod unter unsern Holzpantinen – aber wer denkt an ein paar zertretene Grashalme, wenn er eine Blume pflücken will?)

Nun näherte ich mich der Erfüllung meines Wunsches. Zur Probe ließ ich einige Male meinen linken Strumpf runterrutschen, bückte mich ärgerlich und harmlos und zog ihn wieder hoch. Niemand fand etwas dabei. Also – morgen denn!

Ihr müßt mich nicht auslachen, wenn ich sage, daß ich am nächsten Tag mit Herzklopfen den Hof betrat und feuchte, erregte Hände hatte. Es war auch zu unwahrscheinlich, die Aussicht, nach monatelanger Einsamkeit und Liebelosigkeit unerwartet eine Geliebte in der Zelle zu haben.

Wir hatten unsere tägliche Ration Runden mit monotonem Pantoffelgeklöppel fast beendet – bei der vorletzten Runde sollte es geschehen. Da trat die Perücke in Aktion, und zwar auf die abgefeimteste und niederträchtigste Weise.

Wir waren eben in die vorletzte Runde eingebogen, die Blauen rasselten wichtig mit den Riesenschlüsselbunden, und ich näherte mich dem Tatort, von wo meine Blume mir ängstlich entgegensah. Vielleicht war ich nie so erregt wie in diesen Sekunden. Noch zwanzig Schritte. Noch fünfzehn Schritte, noch zehn, fünf …

Da geschah das Ungeheure! Die Perücke warf plötzlich, als begänne sie eine Tarantella, die dünnen Arme in die Luft, hob das rechte Bein graziös bis an den Nabel und machte auf dem linken Fuß eine Drehung nach hinten. Nie werde ich begreifen, wo sie den Mut hernahm – sie blitzte mich triumphierend an, als wüßte sie alles, verdrehte die Kalbsaugen, bis das Weiße zu schillern anfing, und klappte dann wie eine Marionette zusammen. (Oh, nun war es gewiß: er mußte früher Zirkusclown gewesen sein, denn alles brüllte vor Lachen!)

Aber da bellten die blauen Uniformen los, und das Lachen war weggewischt, als ob es nie gewesen war. Und einer trat gegen den Liegenden und sagte so selbstverständlich, wie man sagt: es regnet – so sagte er: Er ist tot!

Ich muß noch etwas gestehen – aus Ehrlichkeit gegen mich selbst. In dem Augenblick, als ich mit dem Mann, den ich Perücke nannte, Auge in Auge war und fühlte, daß er unterlag, nicht mir, nein, dem Leben unterlag – in dieser Sekunde verlief mein Haß wie eine Welle am Strand, und es blieb nichts als ein Gefühl der Leere. Eine Latte war aus dem Zaun gebrochen – der Tod war haarscharf an mir vorbeigepfiffen –, da bemüht man sich schnell, gut zu sein. Und ich gönne der Perücke noch nachträglich den vermeintlichen Sieg über mich.

Am nächsten Morgen hatte ich einen anderen Vordermann, der mich die Perücke sofort vergessen machte. Er sah verlogen aus wie ein Theologe, aber ich glaube, er war eigens aus der Hölle beurlaubt, mir das Pflücken meiner Blume völlig unmöglich zu machen.

Er hatte eine impertinente Art aufzufallen. Alles feixte

über ihn. Sogar die blaßblauen Hunde konnten ein menschliches Grinsen nicht unterdrücken, was sich ungeheuer merkwürdig ausmachte. Jeder Zoll ein Staatsbeamter – aber die primitive Würde der stumpfen Berufssoldatengesichter war zu einer Grimasse verzerrt. Sie wollten nicht lachen, bei Gott, nein! Aber sie mußten. Kennst du das Gefühl, das gönnerhafte, wenn du mit jemandem böse bist und ihr seid beide Masken der Unversöhnlichkeit, und nun geschieht irgend etwas Komisches, das euch beide zum Lachen zwingt – ihr wollt nicht lachen, bei Gott, nein! Dann zieht sich das Gesicht aber doch in die Breite und nimmt jenen bekannten Ausdruck an, den man am treffendsten mit «Saures Grinsen» benennen könnte. So erging es nun den Blauen, und das war die einzige menschliche Regung, die wir überhaupt an ihnen bemerkten. Ja, dieser Theologe, das war eine Motte! Er war gerissen genug, verrückt zu sein – aber er war nicht so verrückt, daß seine Gerissenheit darunter litt.

Wir waren siebenundsiebzig Mann in der Manege, und eine Meute von zwölf uniformierten Revolverträgern umkläffte uns. Einige mochten zwanzig und mehr Jahre diesen Kläfferdienst ausüben, denn ihre Münder waren im Laufe der Jahre bei vielen tausend Patienten eher schnauzenähnlich geworden. Aber diese Angleichung an das Tierreich hatte nichts von ihrer Einbildung genommen. Man hätte jeden einzelnen von ihnen so wie er war als Standbild benutzen können mit der Aufschrift: L'Etat c'est moi.

Ja, und der Theologe (später erfuhr ich, daß er eigentlich Schlosser war und bei Arbeiten an einer Kirche verunglückt war – Gott nahm sich seiner an!) war so verrückt oder gerissen, daß er ihre Würde vollkommen respektierte. Was sag ich – respektierte? Er pustete die Würde der blauen Uniformen auf zu einem Luftballon von ungeahnten Dimensionen, von denen die Träger selbst bislang keine Ahnung hatten. Wenn sie auch über seine Blödheit lachen mußten, ganz heimlich blähte doch ein gewisser Stolz ihre Bäuche, daß sich die Lederkoppel spannten.

Immer wenn der Theologe einen der Wachthunde passierte, die breitbeinig stehend ihre Macht zum Ausdruck brachten und, sooft es ging, bissig auf uns losfuhren – jedesmal machte er eine durchaus ehrlich wirkende Verbeugung und sagte so innig-höflich und gut gemeint: Gesegnetes Fest, Herr Wachtmeister! – daß kein Gott ihm hätte zürnen können – viel weniger die eitlen Luftballons in Uniform. Und dabei legte er seine Verbeugung so bescheiden an, daß es immer aussah, als wiche er einer Ohrfeige aus.

Und nun hatte der Teufel diesen Komiker-Theologen zu meinem Vordermann gemacht, und seine Verrücktheit strahlte so stark aus und nahm mich in Anspruch, daß ich meine neue kleine Geliebte, meine Hundeblume, beinahe vergaß. Ich konnte ihr kaum einen zärtlichen Blick zuwerfen, denn ich mußte einen irrsinnigen Kampf mit meinen Nerven austragen, der mir den Angstschweiß aus allen Löchern jagte. Jedesmal, wenn der Theologe seine Verbeugung machte und sein «Gesegnetes Fest, Herr Wachtmeister» wie Honig von der Zunge tropfen ließ – jedesmal mußte ich alle Muskeln anspannen, es ihm nicht nachzutun. Die Versuchung war so stark, daß ich mehrere Male den Staatsdenkmälern schon freundlich zunickte und es erst in der letzten Sekunde fertigbrachte, keine Verbeugung zu machen und stumm zu bleiben.

Wir kreisten täglich etwa eine halbe Stunde im Hof, das waren täglich zwanzig Runden, und zwölf Uniformen umstanden unsern Kreis. Der Theologe machte also auf jeden Fall zweihundertundvierzig Verbeugungen pro Tag, und zweihundertundvierzigmal mußte ich alle Konzentration aufbieten, nicht verrückt zu werden. Ich wußte, wenn ich das drei Tage gemacht hätte, würde ich mildernde Umstände bekommen – dem war ich nicht gewachsen. Ich kam völlig erschöpft in meine Zelle zurück. Die ganze Nacht aber ging ich im Traum eine unendliche Reihe blauer Uniformen entlang, die alle wie Bismarck aussahen – die ganze Nacht bot ich diesen Millionen blaßblauer Bismarcks mit tiefem Bückling ein «Gesegnetes Fest, Herr Wachtmeister!»

Am nächsten Tag wußte ich es so einzurichten, daß die Reihe an mir vorbeiging und ich einen andern Vordermann bekam: Ich verlor meinen Pantoffel, fischte ihn ganz umständlich und humpelte in den Lattenzaun zurück. Gott sei Dank! Vor mir ging die Sonne auf. Vielmehr – sie verdunkelte sich. Mein neuer Vordermann war so unverschämt lang, daß meine 1,80 m glatt in seinem Schatten verschwanden. Es gab also doch eine Vorsehung – man mußte ihr nur mit dem Pantoffel nachhelfen. Seine unmenschlich langen Gliedmaßen ruderten sinnlos durcheinander, und das Originelle war, er kam dabei sogar vorwärts, obgleich er sicher keinerlei Übersicht über Beine und Arme hatte. Ich liebte ihn beinahe – ja, ich betete, er möchte nicht plötzlich tot umsinken wie die Perücke oder verrückt werden und anfangen, feige Verbeugungen zu machen. Ich betete für sein langes Leben und seine geistige Gesundheit. Ich fühlte mich in seinem Schatten so geborgen, daß meine Blicke länger als sonst die kleine Hundeblume umfingen, ohne daß ich Angst zu haben brauchte, mich zu verraten. Ich verzieh diesem himmlischen Vordermann sogar sein abscheulich näselndes Organ, ja, ich verkniff mir großzügig, ihm allerlei Spitznamen wie Oboe, Krake oder Gottesanbeterin zu verleihen. Ich sah nur noch meine Blume – und ließ meinen Vordermann so lang und so blöde sein, wie er es wollte!

Der Tag war wie alle anderen. Er unterschied sich nur dadurch von ihnen, daß der Häftling aus der Zelle 432 zum Ende der halben Stunde einen rasenden Pulsschlag bekam und seine Augen den Ausdruck von kaschierter Harmlosigkeit und schlecht verdeckter Unsicherheit annahmen.

Wir bogen in die vorletzte Runde ein – wieder wurden die Schlüsselbunde lebendig, und der Lattenzaun döste durch die sparsamen Sonnenstrahlen wie hinter ewigen Gittern.

Aber was war das? Eine Latte döste ja gar nicht! Sie war hellwach und wechselte vor Aufregung alle paar Meter die Gangart. Merkte das denn kein Mensch? Nein. Und plötzlich bückte sich die Latte 432, fummelte an ihrem runtergerutschten Strumpf herum und – fuhr dazwischen blitzschnell mit der einen Hand auf eine erschrockene kleine Blume zu, riß sie ab – und schon klöppelten wieder siebenundsiebzig Latten in gewohntem Schlendrian in die letzte Runde.

Was ist so komisch: Ein blasierter, reuiger Jüngling aus dem Zeitalter der Grammophonplatten und Raumforschung steht in der Gefängniszelle 432 unter dem hochgemauerten Fenster und hält mit seinen vereinsamten Händen eine kleine gelbe Blume in den schmalen Lichtstrahl – eine ganz gewöhnliche Hundeblume. Und dann hebt dieser Mensch, der gewohnt war, Pulver, Parfüm und Benzin, Gin und Lippenstift zu riechen, die Hundeblume an seine hungrige Nase, die schon monatelang nur das Holz der Pritsche, Staub und Angstschweiß gerochen hat – und er saugt so gierig aus der kleinen gelben Scheibe ihr Wesen in sich hinein, daß er nur so aus Nase besteht.

Und da öffnet sich in ihm etwas und ergießt sich wie Licht in den engen Raum, etwas, von dem er bisher nie etwas gewußt hatte: Eine Zärtlichkeit, eine Anlehnung und

Wärme ohnegleichen erfüllte ihn zu der Blume und füllte ihn ganz aus.

Er ertrug den Raum nicht mehr und schloß die Augen und staunte: Aber – du riechst ja – nach Erde – nach Sonne, Meer und Honig, liebes Lebendiges du! Er empfand ihre keusche Kühle wie die Stimme seines Vaters, den er nie sonderlich beachtet hatte und der nun soviel Trost war mit seiner Stille – er empfand sie wie die helle Schulter einer dunklen Frau und er gab ihr einen Namen: Aline – sagte er.

Und dann trug er sie behutsam wie eine Geliebte zu seinem Wasserbecher, stellte das erschöpfte kleine Wesen da rein, und dann brauchte er mehrere Minuten – so langsam setzte er sich, Angesicht in Angesicht mit seiner Blume.

Er war so gelöst und glücklich, daß er alles abtat und abstreifte, was ihn belastete: die Gefangenschaft, das Alleinsein, den Hunger nach Liebe, die Hilflosigkeit seiner zweiundzwanzig Jahre, die Gegenwart und die Zukunft, die Welt und das Christentum – ja, auch das.

Er war ein brauner Balinese, ein «Wilder» eines «wilden» Volkes, der das Meer und den Blitz und den Baum fürchtete und anbetete. Der Kokosnuß, Kabeljau und Kolibri verehrte, bestaunte, fraß und nicht begriff. Ja, er war so glücklich, und nie war er so bereit zum Guten gewesen, als er der Blume zuflüsterte … werden wie du …

Die ganze Nacht umspannten seine glücklichen Hände das vertraute Blech seines Trinkbechers, und er fühlte im Schlaf, wie sie Erde auf ihn häuften, dunkle, gute Erde, und wie er sich der Erde angewöhnte und wurde wie sie – und wie aus ihm Blumen brachen: Anemonen, Akelei und Löwenzahn – winzige, unscheinbare Sonnen.

Die Krähen fliegen abends nach Hause

Sie hocken auf dem steinkalten Brückengeländer und am violettstinkenden Kanal entlang auf dem frostharten Metallgitter. Sie hocken auf ausgeleierten muldigen Kellertreppen. Am Straßenrand bei Stanniolpapier und Herbstlaub und auf den sündigen Bänken der Parks. Sie hocken an türlose Häuserwände gelehnt, hingeschrägt, und auf den fernwehvollen Mauern und Molen des Kais.

Sie hocken im Verlorenen, krähengesichtig, grauschwarz übertrauert und heisergekrächzt. Sie hocken und alle Verlassenheiten hängen an ihnen herunter wie lahmes loses zerzaustes Gefieder. Herzverlassenheiten, Mädchenverlassenheiten, Sternverlassenheiten.

Sie hocken im Gedämmer und Gediese der Häuserschatten, torwegscheu, teerdunkel und pflastermüde. Sie hocken dünnsohlig und graubestaubt im Frühdunst des Weltnachmittags, verspätet, ins Einerlei verträumt. Sie hocken über dem Bodenlosen, abgrundverstrickt und schlafschwankend vor Hunger und Heimweh.

Krähengesichtig (wie auch anders?) hocken sie, hocken, hocken und hocken. Wer? Die Krähen? Vielleicht auch die Krähen. Aber die Menschen vor allem, die Menschen.

Rotblond macht die Sonne um sechs Uhr das Großstadtgewölke aus Qualm und Gerauch. Und die Häuser werden samtblau und weichkantig im milden Vorabendgeleuchte.

Aber die Krähengesichtigen hocken weißhäutig und blaßgefroren in ihren Ausweglosigkeiten, in ihren unentrinnbaren Menschlichkeiten, tief in die buntflickigen Jacken verkrochen.

Einer hockte noch von gestern her am Kai, roch sich voll Hafengeruch und kugelte zerbröckeltes Gemäuer ins Wasser. Seine Augenbrauen hingen mutlos, aber mit unbegreiflichem Humor wie Sofafransen auf der Stirn. Und dann kam ein Junger dazu, die Arme ellbogentief in den Hosen, den Jackenkragen hochgeklappt um den mageren Hals. Der Ältere sah nicht auf, er sah neben sich die trostlosen Schnauzen von einem Paar Halbschuhen und vom Wasser hoch zitterte ein wellenverschaukeltes Zerrbild von einer traurigen Männergestalt ihn an. Da wußte er, daß Timm wieder da war.

Na, Timm, sagte er, da bist du ja wieder. Schon vorbei?

Timm sagte nichts. Er hockte sich neben den andern auf die Kaimauer und hielt die langen Hände um den Hals. Ihn fror.

Ihr Bett war wohl nicht breit genug, wie? fing der andere sachte wieder an nach vielen Minuten.

Bett! Bett! sagte Timm wütend, ich liebe sie doch.

Natürlich liebst du sie. Aber heute abend hat sie dich wieder vor die Tür gestellt. War also nichts mit dem Nachtquartier. Du bist sicher nicht sauber genug, Timm. So ein Nachtbesuch muß sauber sein. Mit Liebe allein geht das nicht immer. Na ja, du bist ja sowieso kein Bett mehr gewöhnt. Dann bleib man lieber hier. Oder liebst du sie noch, was?

Timm rieb seine langen Hände am Hals und rutschte tief in seinen Jackenkragen. Geld will sie, sagte er viel später, oder Seidenstrümpfe. Dann hätte ich bleiben können.

Oh, du liebst sie also noch, sagte der Alte, je, aber wenn man kein Geld hat!

Timm sagte nicht, daß er sie noch liebe, aber nach einer Weile meinte er etwas leiser: Ich hab ihr den Schal gegeben, den roten, weißt du. Ich hatte ja nichts anderes. Aber nach einer Stunde hatte sie plötzlich keine Zeit mehr.

Den roten Schal? fragte der andere. Oh, er liebt sie, dachte er für sich, wie liebt er sie! Und er wiederholte noch einmal: Oha, deinen schönen roten Schal! Und jetzt bist du doch wieder hier und nachher wird es Nacht.

Ja, sagte Timm, Nacht wird es wieder. Und mir ist elend kalt am Hals, wo ich den Schal nicht mehr hab. Elend kalt, kann ich dir sagen.

Dann sahen sie beide vor sich aufs Wasser und ihre Beine hingen betrübt an der Kaimauer. Eine Barkasse schrie weißdampfend vorbei und die Wellen kamen dick und schwatzhaft hinterher. Dann war es wieder still, nur die Stadt brauste eintönig zwischen Himmel und Erde und krähengesichtig, blauschwarz übertrauert, hockten die beiden Männer im Nachmittag. Als nach einer Stunde ein Stück rotes Papier mit den Wellen vorüber schaukelte, ein lustiges rotes Papier auf den bleigrauen Wellen, da sagte Timm zu dem andern: Aber ich hatte ja nichts anderes. Nur den Schal.

Und der andere antwortete: Und der war so schön rot, du, weißt du noch, Timm? Junge, war der rot.

Ja, ja, brummte Timm verzagt, das war er. Und jetzt friert mich ganz elend am Hals, mein Lieber.

Wieso, dachte der andere, er liebt sie doch und war eine ganze Stunde bei ihr. Jetzt will er nicht mal dafür frieren. Dann sagte er gähnend: Und das Nachtquartier ist auch Essig.

Lilo heißt sie, sagte Timm, und sie trägt gerne seidene Strümpfe. Aber die hab ich ja nicht.

Lilo? staunte der andere, schwindel doch nicht, sie heißt doch nicht Lilo, Mensch.

Natürlich heißt sie Lilo, antwortete Timm aufgebracht. Meinst du, ich kann keine kennen, die Lilo heißt? Ich liebe sie sogar, sag ich dir.

Timm rutschte wütend von seinem Freund ab und zog die Knie ans Kinn. Und seine langen Hände hielt er um den mageren Hals. Ein Gespinst von früher Dunkelheit legte sich über den Tag und die letzten Sonnenstrahlen standen wie ein Gitter verloren am Himmel. Einsam hockten die Männer über den Ungewißheiten der kommenden Nacht und die Stadt summte groß und voller Verführung. Die Stadt wollte Geld oder seidene Strümpfe. Und die Betten wollten sauberen Besuch in der Nacht.

Du, Timm, fing der andere an und verstummte wieder.

Was ist denn, fragte Timm.

Heißt sie wirklich Lilo, du?

Natürlich heißt sie Lilo, schrie Timm seinen Freund an, Lilo heißt sie, und wenn ich mal was hab, soll ich wiederkommen, hat sie gesagt, mein Lieber.

Du, Timm, brachte der Freund dann nach einer Weile zustande, wenn sie wirklich Lilo heißt, dann mußtest du ihr den roten Schal auch geben. Wenn sie Lilo heißt, finde ich, dann darf sie auch den roten Schal haben. Auch wenn es mit dem Nachtquartier Essig ist. Nein, Timm, den Schal laß man, wenn sie wirklich Lilo heißt.

Die beiden Männer sahen über das dunstige Wasser weg der aufsteigenden Dämmerung entgegen, furchtlos, aber ohne Mut, abgefunden. Abgefunden mit Kaimauern und Torwegen, abgefunden mit Heimatlosigkeiten, mit dünnen Sohlen und leeren Taschen abgefunden. Ans Einerlei vertrödelt ohne Ausweg.

Überraschend am Horizont hochgeworfen, von irgendwo hergeweht, kamen Krähen angetaumelt, Gesang und das dunkle Gefieder voll Nachtahnung, torkelten sie wie Tintenkleckse über das keusche Seidenpapier des Abendhimmels, müdegelebt, heisergekrächzt, und dann unerwartet etwas weiter ab schon von der Dämmerung verschluckt.

Sie sahen den Krähen nach, Timm und der andere, krähengesichtig, blauschwarz übertrauert. Und das Wasser roch satt und gewaltig. Die Stadt, aus Würfeln wild aufgetürmt, fensteräugig, fing mit tausend Lampen an zu blinken. Den

Krähen sahen sie nach, den Krähen, die lange verschluckt schon, sahen ihnen nach mit armen alten Gesichtern, und Timm, der Lilo liebte, Timm, der zwanzig Jahre war, der sagte: Die Krähen, du, die haben es gut.

Der andere sah vom Himmel weg mitten in Timms weites Gesicht, das blaßgefroren im Halbdunkel schwamm. Und Timms dünne Lippen waren traurige Striche in dem weiten Gesicht, einsame Striche, zwanzigjährig, hungrig und dünn von vielen verfrühten Bitterkeiten.

Die Krähen, sagte Timms weites Gesicht leise, dieses Gesicht, das aus zwanzig helldunklen Jahren gemacht war, die Krähen sagte Timms Gesicht, die haben es gut. Die fliegen abends nach Hause. Einfach nach Hause.

Die beiden Männer hockten verloren in der Welt, angesichts der neuen Nacht klein und verzagt, aber furchtlos mit ihrer furchtbaren Schwärze vertraut. Die Stadt glimmte durch weiche warme Gardinen millionenäugig schläfrig auf die lärmleeren Nachtstraßen mit dem verlassenen Pflaster. Da hockten sie, hart ans Bodenlose hingelehnt wie müdmorsche Pfähle, und Timm, der Zwanzigjährige, hatte gesagt: Die Krähen haben es gut. Die Krähen fliegen abends nach Hause. Und der andere plapperte blöde vor sich hin: Die Krähen, Timm, Mensch, Timm, die Krähen.

Da hockten sie. Hingelümmelt vom lockenden lausigen Leben. Auf Kai und Kantstein gelümmelt. Auf Mole und muldiges Kellergetrepp. Auf Pier und Ponton. Zwischen Herbstlaub und Stanniolpapier vom Leben auf staubgraue Straßen gelümmelt. Krähen? Nein, Menschen! Hörst du? Menschen! Und einer davon hieß Timm und der hatte Lilo liebgehabt für einen roten Schal. Und nun, nun kann er sie nicht mehr vergessen. Und die Krähen, die Krähen krächzen nach Hause. Und ihr Gekrächz stand trostlos im Abend.

Aber dann stotterte eine Barkasse schaummäulig vorbei

und ihr gesprühtes Rotlicht verkrümelte sich zitternd in der Hafendiesigkeit. Und das Gediese wurde rot für Sekunden. Rot wie mein Schal, dachte Timm. Unendlich weit ab vertuckerte die Barkasse. Und Timm sagte leise: Lilo. Immerzu: Lilo Lilo Lilo Lilo Lilo – – –

Stimmen sind da in der Luft – in der Nacht

Die Straßenbahn fuhr durch den nebelnassen Nachmittag. Der war grau und die Bahn war gelb und verloren darin. Denn es war November und die Straßen waren leer und lärmlos und ohne Lust. Nur das Gelb der Straßenbahn schwamm einsam im nebeligen Nachmittag.

In der Bahn aber saßen sie, warm, atmend, erregt. Fünf oder sechs saßen da, Menschen, verloren, einsam im Novembernachmittag. Aber dem Nebel entronnen. Saßen unter tröstlichen trüben Lämpchen, ganz vereinzelt saßen sie, dem nassen Nebel entronnen. Leer war es in der Bahn. Nur fünf waren da, ganz vereinzelt, und atmeten. Und der Schaffner war der sechste an diesem späten einsamen Nebelnachmittag, war da mit seinen milden Messingknöpfen und malte große schiefe Gesichter an die feuchten behauchten Scheiben. Die Straßenbahn stieß und stolperte gelb durch den November.

Drinnen saßen die fünf Entronnenen und der Schaffner stand da und der ältere Herr mit den vielfältigen Tränensäcken unter den Augen fing wieder an – halblaut fing er wieder davon an:

«In der Luft sind sie. In der Nacht. Oh, sie sind in der Nacht. Darum schläft man nicht. Nur darum. Das sind einzig und allein die Stimmen, glauben Sie mir, das sind nur die Stimmen.»

Der ältere Herr beugte sich weit vor. Seine Tränensäcke schlotterten leise und sein seltsam heller Zeigefinger piekste der alten Frau, die ihm gegenübersaß, auf die flache Brust. Sie zog geräuschvoll die Luft durch die Nase und starrte erregt auf den hellen Zeigefinger. Immer wieder zog sie laut die Luft hoch. Sie mußte das, denn sie hatte einen schönen abgrundtiefen Novemberschnupfen, der ihr tief bis in die

Lunge zu reichen schien. Aber trotzdem machte sie der Finger erregt. Die beiden Mädchen in der anderen Ecke kicherten. Aber sie sahen sich nicht an, als von den nächtlichen Stimmen die Rede war. Sie wußten es längst, daß es nachts Stimmen gab. Gerade sie wußten es vor allem. Aber sie kicherten, weil sie sich voreinander schämten. Und der Schaffner malte große schiefe Gesichter auf das nebelbeschlagene Fensterglas. Und dann saß da ein junger Mann, der hatte die Augen zu und war blaß. Sehr blaß saß er da unter dem trüben Lämpchen. Er hatte die Augen zu, als ob er schliefe. Und die Straßenbahn stieß schwimmend gelb durch den einsamen Nebelnachmittag. Der Schaffner malte ein schiefes Gesicht an die Scheibe und sagte zu dem älteren Herrn mit den leise schlotternden Tränensäcken: «Ja, das ist klar: Stimmen sind da. Allerhand Stimmen gibt es. Und nachts natürlich besonders.»

Die beiden Mädchen schämten sich heimlich und machten ein kribbeliges Gekicher und die eine dachte: Nachts, nachts besonders.

Der mit den schlotternden Tränensäcken nahm seinen hellen Finger von der Brust der verschnupften alten Frau und piekste nun damit auf den Schaffner los:

«Hören Sie», flüsterte er, «was ich sage, was ich sage! Stimmen sind da. In der Luft. In der Nacht. Und, meine Herrschaften –» er nahm den Zeigefinger vom Schaffner weg und stach damit steil nach oben, «wissen Sie auch, wer das ist? In der Luft? Die Stimmen? Nachts die Stimmen? Wissen Sie das denn auch, wie?»

Leise schlotterten die Tränensäcke unter seinen Augen. Der junge Mann am anderen Ende des Wagens war sehr blaß und hatte die Augen zu, als ob er schliefe.

«Die Toten sind es, die vielen vielen Toten.» Der mit den Tränensäcken flüsterte: «Die Toten, meine Herrschaften. Es sind zu viele. Sie drängeln sich nachts in der Luft. Die vielzuvielen Toten sind das. Sie haben keinen Platz. Denn alle Herzen sind voll. Überfüllt bis an den Rand. Und nur in den Herzen können sie bleiben, das ist sicher. Aber es sind zuviel Tote, die nicht wissen: Wohin!?»

Die anderen in der Bahn an diesem Nachmittag hielten den Atem an. Nur der blasse junge Mann holte mit geschlossenen Augen tief und schwer Luft, als ob er schliefe.

Der ältere Herr piekste mit seinem hellen Zeigefinger nacheinander auf seine Zuhörer los. Auf die Mädchen, auf den Schaffner und auf die alte Frau. Und dann flüsterte er wieder: «Und darum schläft man nicht. Nur darum. Es sind zuviel Tote in der Luft. Die haben keinen Platz. Die reden dann nachts und suchen ein Herz. Darum schläft man nicht, weil die Toten nachts nicht schlafen. Es sind zu viele. Besonders nachts. Nachts reden sie, wenn es ganz still ist. Nachts sind sie da, wenn das andere alles weg ist. Nachts haben sie dann Stimmen. Darum schläft man so schlecht.» Die alte Frau mit dem Schnupfen zog piepend die Luft hoch und starrte erregt auf die faltigen, schlotternden Tränensäcke des flüsternden älteren Herrn. Aber die Mädchen kicherten. Sie kannten andere Stimmen in der Nacht, lebendige, die wie warme männliche Hände auf der nackten Haut lagen, die sich unter das Bett schoben, leise, gewalttätig, besonders nachts. Sie kicherten und schämten sich voreinander. Und keine wußte, daß die andere auch die Stimmen hörte, nachts, in den Träumen.

Der Schaffner malte große schiefe Gesichter an die nebelnassen Scheiben und sagte:

«Ja, die Toten sind da. Die reden in der Luft. In der Nacht, ja. Das ist klar. Das sind die Stimmen. Die hängen nachts in der Luft, überm Bett. Dann schläft man davon nicht. Das ist klar.»

Die alte Frau zog ihren Schnupfen durch die Nase und nickte: «Die Toten, ja, die Toten: Das sind die Stimmen. Überm Bett. O ja, immer überm Bett.»

Und die Mädchen fühlten fremde männliche Hände heimlich auf der Haut, und sie hatten rote Gesichter an diesem grauen Nachmittag in der Straßenbahn. Aber der junge Mann, der war blaß und sehr einsam in seiner Ecke und hatte die Augen zu, als ob er schliefe. Da stach der mit den Tränensäcken mit seinem hellen Finger in die dunkle Ecke hinein, in der der Blasse saß, und flüsterte:

«Ja, die Jungen! Die können schlafen. Nachmittags. Nachts. Im November. Immer. Die hören die Toten nicht. Die Jungen, die verschlafen die heimlichen Stimmen. Nur wir Alten haben inwendig Ohren. Die Jungen haben keine Ohren für die Stimmen nachts. Die können schlafen.»

Sein Zeigefinger piekste von ferne verächtlich auf den blassen jungen Mann los und die anderen atmeten erregt. Da machte er die Augen auf, der Blasse, und stand plötzlich und schwankte auf den älteren Herrn zu. Erschrocken verkroch sich der Zeigefinger in der Handfläche und die Tränensäcke standen einen Augenblick lang still. Der Blasse, der Junge, griff nach dem Gesicht des älteren Herrn und sagte:

«Oh, bitte. Werfen Sie nicht die Zigarette weg. Geben Sie sie bitte mir. Mir ist schlecht. Ich habe nämlich etwas Hunger. Geben Sie sie mir. Das tut gut. Mir ist nämlich schlecht.»

Da feuchteten sich die Tränensäcke an und fingen faltig an zu schlottern, traurig, leise, erschrocken. Und der ältere Herr sagte: «Ja, Sie sind sehr blaß. Sie sehen sehr schlecht aus. Haben Sie keinen Mantel? Wir haben November.»

«Ich weiß doch, ich weiß doch», sagte der Blasse, «meine Mutter sagt jeden Morgen zu mir, ich soll den Mantel anziehen, es wäre November. Ja, ich weiß. Aber sie ist schon drei Jahre tot. Sie weiß ja nicht, daß ich keinen Mantel mehr habe. Jeden Morgen sagt meine Mutter: Es ist doch November, sagt sie. Aber sie kann das ja nicht wissen mit dem Mantel, sie ist ja tot.»

Der junge Mann nahm die glimmende Zigarette und schwankte aus dem Wagen. Draußen war Nebel, war Nachmittag und November. Und in den einsamen späten Nachmittag hinein ging ein junger, sehr blasser Mann mit einer Zigarette. Er hatte Hunger. Er hatte keinen Mantel. Seine Mutter war tot, und es war November. Und drinnen saßen die anderen und sie atmeten nicht. Leise, traurig schlotterten die Tränensäcke. Und der Schaffner malte große schiefe Gesichter an die Scheibe. Große schiefe Gesichter.

Gespräch über den Dächern

Für Bernhard Meyer-Marwitz

Draußen steht die Stadt. In den Straßen stehn die Lampen und passen auf. Daß nichts passiert. In den Straßen stehen die Linden und die Mülleimer und die Mädchen, und ihr Geruch ist der Geruch der Nacht: schwer, bitter, süß. Schmaler Rauch steht steil über den blanken Dächern. Der Regen hat zu trommeln aufgehört und hat sich davongemacht. Aber die Dächer sind noch blank von ihm und die Sterne liegen weiß auf den dunkelnassen Ziegeln. Manchmal ragt ein Katzengestöhn brünstig bis an den Mond. Oder ein Menschenweinen. In den Parks und den Gärten der Vorstädte steht der bleichsüchtige Nebel auf und spiralt sich durch die Straßen. Eine Lokomotive schluchzt ihren Fernwehschrei tief in die Träume der tausend Schläfer. Unendliche Fenster sind da. Nachts sind diese unendlichen Fenster. Und die Dächer sind blank, seit der Regen entfloh.

Draußen steht die Stadt. Ein Haus steht in der Stadt. Stumm, steinern, grau wie die andern. Und ein Zimmer ist in dem Haus. Ein Zimmer, eng, kalkig, zufällig, wie die andern auch. Und in dem Zimmer sind zwei Männer. Einer ist blond und sein Atem geht weich und das Leben geht wie sein Atem weich in ihn hinein, aus ihm heraus. Seine Beine liegen schwer wie Bäume auf dem Teppich, und der Stuhl, auf dem er sitzt, knackt verstohlen im Gefüge. Das ist der tief im Zimmer. Und einer steht am Fenster. Lang, hoch, gekrümmt, schrägschultrig. Seine Schläfenknochen, der Rand seines Ohres, schwimmen weißgrau und mehlig im Zimmer. Im Auge blinkt zage das Licht von der Lampe im Hof. Aber der Hof, das ist draußen und die Lampe glimmt sparsam. Ein Atem geht am Fenster auf und ab wie eine Säge. Manchmal schlägt das Fensterglas mit einem duffen warmen Hauch von diesem Atem. Eine Stimme ist da am Fenster wie von einem Amokläufer, panisch, atemlos, gehetzt, übertrieben, erregt:

«Siehst du das nicht? Siehst du nicht, daß wir ausgeliefert sind. Ausgeliefert an das Ferne, an das Unaussprechliche, an das Ungewisse, das Dunkle? Fühlst du nicht, daß wir ausgeliefert sind an das Gelächter, an die Trauer und die Tränen, an das Gebrüll. Du, das ist furchtbar, wenn das Gelächter in uns aufstößt und schwillt, das Gelächter über uns selbst. Wenn wir an den Gräbern unserer Väter und Freunde und unserer Frauen stehen und das Gelächter steht auf. Das Gelächter in der Welt, das den Schmerz belauert. Das Gelächter, das die Trauer anfällt, in uns, wenn wir weinen. Und wir sind ihm ausgeliefert.

Furchtbar ist es, du, oh, furchtbar, wenn die Trauer uns anweht und die Tränen durch die Ritzen sickern, wenn wir an den Wiegen unserer Kinder stehen. Furchtbar, wenn wir an den bräutlichen Betten stehen, und die Trauer, die schwarzlakige Lemure, kriecht in uns hoch, eisig einsam. Steht auf in uns, wenn wir lachen, und wir sind ihr ausgeliefert.

Weißt du das nicht? Weißt du nicht, wie furchtbar das Gebrüll ist, das anwächst in der Welt, voll Angst wächst in der Welt, das in dir hochkommt und brüllt. Brüllt in der Stille der Nacht, brüllt in der Stille der Liebe, brüllt in der stummen Einsamkeit. Und das Gebrüll heißt: Spott! Heißt: Gott! Heißt: Leben! Heißt: Angst. Und wir sind ihm ausgeliefert mit all unserm Blut in uns.

Wir lachen. Und unser Tod ist geplant von Anfang an.
Wir lachen. Und unsere Verwesung ist unausweichlich.
Wir lachen. Und unser Untergang steht bevor.
Heute abend. Übermorgen.
In neuntausend Jahren. Immer.

Wir lachen, aber unser Leben ist dem Zufall vorgeworfen, ausgeliefert, unvermeidlich. Dem Zufälligen, begreifst du? Was fällt in der Welt, kann auf dich fallen und dich erdrücken oder stehenlassen. Wie der Zufall zufällig fällt. Und wir: ausgeliefert ihm, vorgeworfen zum Fraß.

Dabei lachen wir. Stehen dabei und lachen. Und unser Leben, unsere Liebe und unser geliebtes gelebtes Leid – sie sind ungewiß und zufällig wie die Welle und der Wind. Willkürlich. Begreifst du? Begreifst du!»

Aber der andere schweigt. Und der am Fenster krächzt wieder: «Und dann wir hier in der Stadt, tief drinnen in diesem einsamsten der Wälder, tief unter diesem erdrückendsten Steinberg, in dieser Stadt, in der uns keine Stimme anspricht, in der uns kein Ohr gehört und kein Auge begegnet. In dieser Stadt, in der die Gesichter ohne Gesicht an uns vorüberschwimmen, namenlos, zahllos, wahllos. Ohne Anteil, herzlos. Ohne Bleibe, ohne Anfang, ohne Hafen. Algen. Algen im Strom der Zeit. Algen, grün, grau, gelb, dunkelweiß aus der Tiefe auftauchend, spurlos wieder hinabtauchend in die Wasser der Welt: Algen, Gesichter, Menschen.

In dieser Stadt, wir hier, heimatlos, ohne Baum, ohne Vogel, ohne Fisch: vereinsamt, verloren, untergegangen. Ausgeliefert, verloren an ein Meer von Mauern, an ein Meer von Mörtel, Staub und Zement. Den Treppen, den Tapeten, den Türmen und Türen vorgeworfen. Wir hier in der Stadt, mit unserer unheilbaren unheilvollen Liebe verkauft an sie. Verlaufen im einsamen Wald Stadt, im Wald aus Wänden, Fassaden, Eisen, Beton und Laternen. Verlaufen auf diese Welt, ohne Herkunft, ohne Zuhause. Verschenkt an die antwortlose einsame Nacht in den Straßen. Ausgeliefert an den millionengesichtigen Tag mit seinem millionenstimmigen Gebrüll, ausgeliefert mit unserem wehrlosen weichen Stück Herzen. Ausgeliefert mit unserem unüberlegten Mut und unseren kleinen Begriffen. An das Pflaster gekettet, an die Steine, an den Teer und die Siele, Pontons und Kanäle mit jedem Pulsschlag, mit unseren Nasen, Augen und Ohren. Ohne Ziel für eine Flucht. Unter Dächer gedrückt, den Kellern, den Decken, den Stuben ausgeliefert. Hörst du das? Du, das sind wir und so ist das mit uns. Und du glaubst, du hältst das aus bis morgen, bis Weihnachten, bis zum März?»

Der Amokläufer klirrt mit seiner blechernen Stimme tief in das dunkel gewordene Zimmer hinein. Aber der Blonde atmet weich und sicher, und er nimmt die Lippen zu keiner Antwort voneinander. Und der am Fenster sticht mit seiner Stimme weiter in die Stille des späten Abends, unbarmherzig, gequält, gezwungen:

«Wir halten das aus. Wie findest du das, wie? Wir halten das aus. Wir lachen. Ausgeliefert den Bestien in uns und um uns, lachen wir. Oh, und wie wir den Frauen, unseren Frauen, verfallen sind. Den gemalten Lippen, den Wimpern, dem Hals, dem Geruch ihres Fleisches verfallen. Vergessen im Spiel ihrer Sehnsüchte, untergegangen im Zauber ihrer Zärtlichkeiten, lächeln wir. Und die Trennung hockt frierend und grinsend auf den Türdrückern, tickt in den Uhrwerken. Wir lächeln, als wären uns Ewigkeiten gewiß, und der Abschied, alle Abschiede, warten schon in uns. Alle Tode tragen wir in uns. Im Rückenmark. In der Lunge. Im Herzen. In der Leber. Im Blut. Überall tragen wir unseren Tod mit uns herum und vergessen uns und ihn im Schauer einer Liebkosung. Oder weil eine Hand so schmal und eine Haut so hell ist. Und der Tod, und der Tod, und der Tod lacht über unser Gestöhn und Gestammel!»

Der am Fenster hat mit seinem Panikatem alle Luft in dem Zimmer verschlungen, heruntergewürgt, und als heiße heisere Worte wieder ausgestoßen. Es ist keine Luft mehr in dem Zimmer, und er stößt das Fenster weit auf. Die Chitinpanzer der Nachtinsekten klickern erregt und knisternd gegen das Glas. Etwas rasselt vorbei, halblaut. Es quietscht verstohlen, als wenn eine Frau aus einem lauten Lachen ein kleines Kichern macht.

«Enten.» Sagt weich und rund der im Zimmer. Und er hält sich noch einen Augenblick fest an seinem Wort, als der am Fenster sich wieder über ihn ausschüttet:

«Hast du gehört, wie sie kichern, die Enten? Alles lacht über uns. Die Enten, die Frauen, die ungeölten Türen. Überall lauert das Gelächter. Oh, daß es dieses Gelächter gibt in der Welt! Und die Trauer gibt es und den Gott Zufall. Und es gibt das Gebrüll, das riesenmäulige Gebrüll! Und wir haben den Mut: Und wohnen. Und wir haben den Mut: Und planen. Und lachen. Und lieben. Wir leben! Wir leben, leben ohne Tod, und unser Tod war beschlossen von Anfang an. Abgemacht. Von vornherein. Aber wir sind mutig, wir Todtragenden: Wir machen Kinder, wir fahren, wir schlafen. Jede Minute, die war, ist unwiederbringlich. Unübersehbar jede, die kommt. Aber wir Mutigen, wir Untergangsgezeichneten: Wir schwimmen, wir fliegen, wir gehen über Straßen und Brücken. Und über die Planken der Schiffe schwanken wir – und unser Untergang, hörst du, unser Untergang feixt hinter der Reling, lauert unter den Autos, knistert in den Pfeilern der Brücken. Unser Untergang, unabwendbar.

Und wir, Zweibeiner, Leute, Menschentiere, mit unserm bißchen roten Saft, mit unserm bißchen Wärme und Knochen und Fleisch und Muskel – wir halten das aus. Unsere Verwesung ist beschlossen, unbestechlich, und: Wir pflanzen. Unser Verfall kündigt sich an, unwiderruflich, und: Wir bauen. Unser Verschwinden, unsere Auflösung, unser Nichtsein ist gewiß, ist notiert, unauslöschlich – unser Nichtmehr-hier-Sein steht unmittelbar bevor, und: Wir sind. Wir sind noch. Wir haben den unfaßbaren Mut: Und sind.

Und der Zufall, der unberechenbare verspielte Gott über uns, der Zufall, der grausame gewaltige Zufall balanciert betrunken auf den Dächern der Welt. Und unter den Dächern sind wir Sorglosen mit unserem unfaßbaren Glauben.

Ein paar Gramm Gehirn versagen, zwei Gramm Rückenmark meutern: und wir sind lahm. Wir sind blöd. Steif. Elend. Aber wir lachen.

Ein paar Herzschläge kommen nicht: Und wir bleiben ohne Erwachen, ohne Morgen. Aber wir schlafen – zuversichtlich. Tief und tierisch getrost.

Ein Muskel, ein Nerv, eine Sehne setzt aus: Wir stürzen. Abgrundtief, endlos. Aber wir fahren, wir fliegen und schwanken breitspurig auf den Planken der Schiffe.

Daß wir so sind – was ist das, du? Daß wir so sein können, daß wir so sein müssen – keine Lippe gibt das frei. Ohne Lösung, ohne Grund, ohne Gestalt ist das. Dunkel. Und wir? Wir sind. Sind dennoch, immer noch. Oh, du – wir sind immer noch. Immer noch, du, immer noch.»

Die beiden Männer in dem Zimmer atmen. Weich und ruhig der eine, rasselnd und hastig der am Fenster. Draußen steht die Stadt. Der Mond schwimmt wie ein schmutziges Eigelb in der bickbeerblauen Suppe des Nachthimmels. Er sieht faulig aus und man hat das Gefühl, er müsse stinken. So krank sieht der Mond aus. Aber der Gestank kommt aus den Kanälen. Aus den klotzigen klobigen Würfelmassen des Häusermeeres mit den Millionen von glasigen Augen im Dunkel. Aber der Mond sieht ungesund aus, daß man glauben kann, der Geruch käme von ihm. Doch dazu ist er wohl zu weit ab und es werden die Kanäle sein. Ja, die Kanäle sind es, die grauschwarzen Blöcke der Häuser, die blauschwarzen blanken Autos, die gelben blechernen Straßenbahnen, die dunklen rußroten Güterzüge, die lila Löcher der Siele, die naßgrünen Gräber, die Liebe, die Angst – die sind es, die

die Nacht so voll Geruch machen. Der Mond kann es wohl doch nicht sein, obgleich er so faulig und kränklich, so entzündet und breiig im asternfarbenen Himmel schwimmt. Viel zu gelb im asternfarbenen violetten Himmel.

Der am Fenster, der Heisere, Hastige, Hagere, der sieht diesen Mond, und er sieht die Stadt unter dem Mond und er streckt seine Arme aus dem Fenster hinaus und greift diese Stadt. Und seine Stimme kratzt durch die Nacht wie eine Feile:

«Und dann diese Stadt!» kratzt die Stimme vom Fenster her, «und dann diese Stadt. Das sind wir, Gummireifen, Apfelschale, Papier, Glas, Puder, Stein, Staub, Straße, Häuser, Hafen: Alles sind wir. Überall wir. Wir selbst: Erdrückende brennende kalte erhebende Stadt. Wir, wir allein sind diese Stadt. Wir ganz allein, ohne Gott, ohne Gnade, wir sind die Stadt.

Und wir halten das aus in der Stadt, und in uns und um uns zu sein. Wir halten das aus, Hafen zu sein. Wir halten die Ausreisen und Ankünfte aus, wir Hafenstädter. Wir halten das Unbegreifliche aus: In den Nächten zu sein! In diesen Hafennächten, wo das Grellbunte und das Toddunkel Arm in Arm gehen. In diesen Stadtnächten, die voll zerrissener seidiger Wäsche und voll warmer Mädchenhaut sind. Wir ertragen diese Alleinnächte, die Sturmnächte, die Fiebernächte und die karusselligen Schnapsnächte, die gegrölten, aushöhlenden. Wir ertragen diese Rauschnächte über vollgeschriebenem Papier und unter blutenden Mündern. Wir halten sie aus. Hörst du, wir kommen durch, wir überleben das.

Und die Liebe, die blutfarbene Liebe, ist in den Nächten. Und sie tut weh, manchmal. Und sie lügt, immer, die Liebe: Aber wir lieben mit allem, was wir haben.

Und das Grauen, die Angst, die Verzweiflung, die Ausweglosigkeit sind in den schmerzvollen Nächten – an unseren schnapsnassen Tischen, vor unseren blühenden Betten, neben unseren liedübergrölten Straßen. Aber wir lachen. Wir leben mit allem, was wir können. Und mit allem, was wir sind.

Und wir Ungläubigen, wir Belogenen, Getretenen, Ratlosen und Aufgegebenen, wir von Gott und dem Guten und der Liebe Enttäuschten, wir Bitterwissenden: Wir, wir warten jede Nacht auf die Sonne. Wir warten bei jeder Lüge wieder auf die Wahrheit. Wir glauben an jeden neuen Schwur in der Nacht, wir Nächtigen. Wir glauben an den März, glauben an ihn mitten im November. Wir glauben an unseren Leib, an diese Maschine, an ihr Morgen-noch-Sein, an ihr Morgen-noch-Funktionieren. Wir glauben an die heiße hitzige Sonne im Schneesturm. An das Leben glauben wir, wir: mitten im Tod. Das sind wir, wir Illusionslosen mit den großen unmöglichen Rosinen im Kopf.

Wir leben ohne Gott, ohne Bleibe im Raum, ohne Versprechen, ohne Gewißheit – ausgeliefert, vorgeworfen, verloren. Weglos stehen wir im Nebel, ohne Gesicht im Strom der Nasen, Ohren und Augen. Ohne Echo stehen wir in der Nacht, ohne Mast und Planke im Wind, ohne Fenster, ohne Tür für uns. Mondlos, sternlos im Dunkel, mit armseligen schwindsüchtigen Laternen betrogen. Ohne Antwort sind wir. Ohne Ja. Ohne Heimat und Hand, herzlos, umdüstert. Ausgeliefert an das Dunkel, an den Nebel, an den unerbittlichen Tag und an die türlose, fensterlose Finsternis. Ausgeliefert sind wir an das In-uns und das Um-uns. Unentrinnbar, ausweglos. Und wir lachen. Wir glauben an den Morgen. Aber wir kennen ihn nicht. Wir vertrauen, wir bauen auf den Morgen. Aber keiner hat ihn uns versprochen. Wir rufen, wir flehen, wir brüllen nach morgen. Und keiner gibt uns Antwort.»

Die hagere hohe gekrümmte Chimäre am Fenster trommelt gegen das Glas:

«Da! Da! Da! Da! Die Stadt. Die Lampen. Die Weiber. Der Mond. Der Hafen. Die Katzen. Die Nacht. Reiß das Fenster auf, schrei hinaus, schrei, schwöre, schluchze hinaus, brüll dich hinaus mit allem was dich quält und verbrennt: keine Antwort. Bete! – keine Antwort. Fluche! – keine Antwort. Schrei aus deinem Fenster dein Leid hinaus in die Welt: keine Antwort. O nein, keine keine Antwort!»

Draußen steht die Stadt. Draußen steht die Nacht in den Straßen mit ihrem Mädchen- und Mülleimergeruch. Und das Haus steht in den Straßen der Stadt, das Haus mit dem Zimmer und den Männern. Das Zimmer mit den zwei Männern. Und einer steht am Fenster, und der hat sich hineingeschrien in die Zimmerdämmerung auf den Freund zu. Lang und schmal ist er aufgeflackert, spukheiser, von fernher, schrägschultrig, verzehrend, verheerend, hingerissen. Und seine Schläfen sind blauweich und naßblank wie draußen die Dächer unterm Mond. Und der andere ist tief in der Geborgenheit des Zimmers. Breit, blond, blaß und bärenstimmig. Er lehnt sich an die Wand, von der Chimäre am Fenster überwältigt, übergossen. Aber dann greift seine weiche runde Stimme nach dem Freund am Fenster:

«Warum hängst du dich um Gottes und der Welt willen nicht auf, du hoffnungslose wahnwitzige dürre glimmende Latte, du? Ratte du! Griesgrämige, rotznäsige Ratte! Du alles zu Mehl mahlender Holzwurm. Du mahnender tickender Totenwurm. In Petroleum sollte man dich stecken, du stinkender Lappen. Häng dich auf, du blödsinniges besoffenes Bündel Mensch. Warum hängst du noch nicht, du verlassenes, verlorenes, aufgegebenes Stück Leben, wie?»

Seine Stimme ist voll Sorge und ist gut und warm in all seinen Flüchen.

Aber der Lange hetzt vom Fenster her seinen hölzernen Ton, sein rauhes rissiges Organ, zu dem Sprecher an der Wand. Das Rauhe, Rissige springt den an der Wand an, verlacht ihn, überrascht ihn: «Aufhängen? Ich? Ich und aufhängen, mein Gott! Hast du nicht begriffen, nie begriffen, daß ich dieses Leben doch liebe? Mein Gott, und ich an die Laterne!

Auslöffeln, aussaufen, auslecken, auskosten, ausquetschen will ich dieses herrliche heiße sinnlose tolle unverständliche Leben! Das soll ich versäumen? Ich? Aufhängen? Mich? Du, du sagst, ich soll an die Laterne? Ich? Du sagst das?»

Der blasse blonde Mann, der ruhig an der Wand lehnt, rollt seine runde Stimme zurück zu dem am Fenster:

«Aber Junge, Mensch, Mann: Warum lebst du denn?»

Und der Hagere hustet heiser dagegen:

«Warum? Warum ich lebe? Vielleicht aus Trotz? Aus purem Trotz. Aus Trotz lach ich und eß ich und schlaf ich und wach ich wieder auf. Nur aus Trotz. Aus Trotz setz ich Kinder in diese Welt, in diese Welt! Lüge ich den Mädchen Liebe ins Herz und in die Hüften, und laß sie die Wahrheit fühlen, die erschreckende fürchterliche Wahrheit. Diese gräuliche blutlose hängebusige flachschenkelige verbrauchte Hure!

Ein Schiff bauen, eine Schaufel brauchen, ein Buch machen, eine Lokomotive heizen, einen Schnaps brennen. Zum Trotz! Aus Trotz! Ja: Leben! Aber zum Trotz! Aufgeben, aufhängen: ich? Und morgen passiert es vielleicht, morgen kann es schon geschehen, jeden Moment kann es eintreffen.»

Ganz leise krächzt der Dunkle jetzt, der vorm Fensterkreuz, allwissend nicht, aber alles ahnend. Und der Blonde im Zimmer, der Runde, Gesicherte, Nüchterne, fragt:

«Was? Was passiert? Was soll eintreffen? Wer? Wo? Es ist noch nie etwas passiert, du, noch nie!»

Und der andere antwortet:

«Nein, nichts ist passiert. Nichts. Wir nagen noch immer an Knochen, hausen noch immer in Höhlen aus Holz und Stein. Nichts ist passiert. Nichts ist gekommen. Ich weiß. Aber: Kann es nicht jeden Tag kommen? Heute abend? Übermorgen? An der nächsten Ecke kann es schon sein. Im nächsten Bett. Auf der anderen Seite. Denn einmal muß es doch kommen, das Unerwartete, Geahnte, Große, Neue. Das Abenteuer, das Geheimnis, die Lösung. Einmal kommt vielleicht eine Antwort. Und die, die soll ich versäumen? Nein, du, nein, nie! Nie und nie! Fühlst du nicht, daß irgend etwas kommen kann? Frag nicht: Was? Fühlst du das nicht, du? Ahnst du das nicht, dieses in dir? Außer dir? Denn es kommt, du, vielleicht ist es schon da. Irgendwo. Unerkannt. Heimlich. Vielleicht begreifen wir es heute nacht, morgen am Mittag, nächste Woche, auf dem Sterbebett. Oder sind wir ohne Sinn? Ausgeliefert an das Gelächter in uns und über uns? An die Trauer, die Tränen und das Gebrüll der Ängste und Nächte. Ausgeliefert? Vielleicht? Vorgeworfen – vielleicht? Verloren – vielleicht? Sind wir ohne Antwort? Sind wir, wir selbst, diese Antwort? Oder, du, antworte. Sag das: Sind wir am Ende endlich selbst diese Antwort? Haben wir sie in uns, die Antwort, wie den Tod? Von Anfang an? Tragen wir Tod und Antwort in uns, du? Steht es bei uns, ob uns eine Antwort wird oder nicht? Sind wir zuletzt nur uns selbst ausgeliefert? Nur uns selbst? Sag mir das, du: Sind wir selbst die Antwort? Sind wir uns selbst, uns selbst ausgeliefert? Du? Du!»

Mit zwei krummen dünnen riesigen Armen hält sich der Lange, das brennende Gespenst, der Dunkle, Heisere, Flüsternde, am Fensterkreuz. Der Blonde aber steckt seine runde satte Stimme tief zurück in seinen Bauch. Der Frager am Fenster hat sich mit seiner Frage selbst geantwortet. Der

Atem von zwei Männern geht warm ineinander über. Ihr großer guter Geruch, der Geruch von Pferd, Tabak, Leder und Schweiß, füllt das Zimmer.

Hoch oben an der Decke wird der Kalk Fleck um Fleck langsam heller. Draußen sind der Mond, die Lampen und die Sterne blaß und arm geworden. Glanzlos, sinnlos, blind.

Und draußen da steht die Stadt. Dumpf, dunkel, drohend. Die Stadt: Groß, grausam, gut. Die Stadt: Stumm, stolz, steinern, unsterblich.

Und draußen, am Stadtrand, steht frostrein und durchsichtig der neue Morgen.

Unterwegs

Generation ohne Abschied

Wir sind die Generation ohne Bindung und ohne Tiefe. Unsere Tiefe ist Abgrund. Wir sind die Generation ohne Glück, ohne Heimat und ohne Abschied. Unsere Sonne ist schmal, unsere Liebe grausam und unsere Jugend ist ohne Jugend. Und wir sind die Generation ohne Grenze, ohne Hemmung und Behütung – ausgestoßen aus dem Laufgitter des Kindseins in eine Welt, die die uns bereitet, die uns darum verachten.

Aber sie gaben uns keinen Gott mit, der unser Herz hätte halten können, wenn die Winde dieser Welt es umwirbelten. So sind wir die Generation ohne Gott, denn wir sind die Generation ohne Bindung, ohne Vergangenheit, ohne Anerkennung.

Und die Winde der Welt, die unsere Füße und unsere Herzen zu Zigeunern auf ihren heißbrennenden und mannshoch verschneiten Straßen gemacht haben, machten uns zu einer Generation ohne Abschied.

Wir sind die Generation ohne Abschied. Wir können keinen Abschied leben, wir dürfen es nicht, denn unserm zigeunernden Herzen geschehen auf den Irrfahrten unserer Füße unendliche Abschiede. Oder soll sich unser Herz binden für eine Nacht, die doch einen Abschied zum Morgen hat? Ertrügen wir den Abschied? Und wollten wir die Abschiede leben wie ihr, die anders sind als wir und den Abschied auskosteten mit allen Sekunden, dann könnte es geschehen, daß unsere Tränen zu einer Flut ansteigen würden, der keine Dämme, und wenn sie von Urvätern gebaut wären, widerstehen.

Nie werden wir die Kraft haben, den Abschied, der neben jedem Kilometer an den Straßen steht, zu leben, wie ihr ihn gelebt habt.

Sagt uns nicht, weil unser Herz schweigt, unser Herz hätte keine Stimme, denn es spräche keine Bindung und keinen Abschied. Wollte unser Herz jeden Abschied, der uns geschieht, durchbluten, innig, trauernd, tröstend, dann könnte es geschehen, denn unsere Abschiede sind eine Legion gegen die euren, daß der Schrei unserer empfindlichen Herzen so groß wird, daß ihr nachts in euren Betten sitzt und um einen Gott für uns bittet.

Darum sind wir eine Generation ohne Abschied. Wir verleugnen den Abschied, lassen ihn morgens schlafend, wenn wir gehen, verhindern ihn, sparen ihn – sparen ihn uns und den Verabschiedeten. Wir stehlen uns davon wie Diebe, undankbar dankbar und nehmen die Liebe und lassen den Abschied da.

Wir sind voller Begegnungen, Begegnungen ohne Dauer und ohne Abschied, wie die Sterne. Sie nähern sich, stehen Lichtsekunden nebeneinander, entfernen sich wieder: ohne Spur, ohne Bindung, ohne Abschied.

Wir begegnen uns unter der Kathedrale von Smolensk, wir sind ein Mann und eine Frau – und dann stehlen wir uns davon.

Wir begegnen uns in der Normandie und sind wie Eltern und Kind – und dann stehlen wir uns davon.

Wir begegnen uns eine Nacht am finnischen See und sind Verliebte – und dann stehlen wir uns davon.

Wir begegnen uns auf einem Gut in Westfalen und sind Genießende und Genesende – und dann stehlen wir uns davon.

Wir begegnen uns in einem Keller der Stadt und sind Hungernde, Müde, und bekommen für nichts einen guten satten Schlaf – und dann stehlen wir uns davon.

Wir begegnen uns auf der Welt und sind Mensch mit Mensch – und dann stehlen wir uns davon, denn wir sind ohne Bindung, ohne Bleiben und ohne Abschied. Wir sind eine Generation ohne Abschied, die sich davonstiehlt wie Diebe, weil sie Angst hat vor dem Schrei ihres Herzens. Wir sind eine Generation ohne Heimkehr, denn wir haben nichts, zu dem wir heimkehren könnten, und wir haben keinen, bei dem unser Herz aufgehoben wäre – so sind wir eine Generation ohne Abschied geworden und ohne Heimkehr.

Aber wir sind eine Generation der Ankunft. Vielleicht sind wir eine Generation voller Ankunft auf einem neuen Stern, in einem neuen Leben. Voller Ankunft unter einer neuen Sonne, zu neuen Herzen. Vielleicht sind wir voller Ankunft zu einem neuen Lieben, zu einem neuen Lachen, zu einem neuen Gott.

Wir sind eine Generation ohne Abschied, aber wir wissen, daß alle Ankunft uns gehört.

Eisenbahnen, nachmittags und nachts

Strom und Straße sind uns zu langsam. Sind uns zu krumm. Denn wir wollen nach Hause. Wir wissen nicht, wo das ist: Zu Hause. Aber wir wollen hin. Und Straße und Strom sind uns zu krumm.

Aber auf Brücken und Dämmen hämmern die Bahnen. Durch schwarzgrünatmende Wälder und die sternbestickten seidigen samtenen Nächte fauchen die Güterzüge heran und davon mit dem unablässigen Hintereinander der Räder. Über Millionen schwieliger Schwellen vorwärtsgerumpelt. Unaufhaltsam. Ununterbrochen: Die Bahnen. Über Dämme hinhämmernd, über Brücken gebrüllt, aus Diesigkeiten herandonnernd, in Dunkelheiten verdämmernd: Summende brummende Bahnen. Güterzüge, murmelnd, eilig, irgendwie träge und ruhlos, sind sie wie wir.

Sie sind wie wir. Sie kündigen sich an, pompös, großartig und schon aus enorm ferner Ferne, mit einem Schrei. Dann sind sie da wie Gewitter und als ob sie wunder was für Welten umwälzten. Dabei ähneln sie sich alle und sind immer wieder überraschend und erregend. Aber im Nu, kaum daß man begreift, was sie eigentlich wollen, sind sie vorbei. Und alles ist, als ob sie nicht waren. Höchstens Ruß und verbranntes Gras nebenher beweisen ihren Weg. Dann verabschieden sie sich, etwas melancholisch und schon aus enorm ferner Ferne, mit einem Schrei. Wie wir.

Einige unter ihnen singen. Summen und brummen durch unsere glücklichen Nächte und wir lieben ihren monotonen Gesang, ihren verheißungsvollen gierigen Rhythmus: Nach Haus – nach Haus – nach Haus. Oder sie ereifern sich vielversprechend durch schlafendes Land, heulen hohl über einsame Kleinstadtbahnhöfe mit eingeschüchterten schläfrigen Lichtern: Morgen in Brüssel – morgen in Brüssel. Oder sie wissen noch viel mehr, piano, nur für dich, und die neben dir sitzen, hören es nicht, piano: Ulla wartet – Ulla wartet – Ulla wartet – –

Aber es gibt auch gleichmütige unter ihnen, die endlos sind und weise und den breiten Rhythmus von alten Lastträgern haben. Sie murmeln und knurren allerhand vor sich hin und dabei liegen sie wie niegesehene Ketten in der Landschaft unter dem Mond, Ketten, unbegrenzt in ihrer Pracht und in ihrem Zauber und in ihren Farben im blassen Mond: Braunrot, schwarz oder grau, hellblau und weiß: Güterwagen – zwanzig Menschen, vierzig Pferde – Kohlenwagen, die märchenhaft nach Tier und Parfüm stinken – Holzwaggons, die atmen wie Wald – Zirkuswagen, hellblau, mit den schnarchenden Athleten im Innern und den ratlosen Tieren – Eiswagen, grönlandkühl und grönlandweiß, fischduftend. Unbegrenzt sind sie in ihrem Reichtum, und sie liegen wie kostbare Ketten auf den stählernen Strängen und gleiten wie prächtige seltene Schlangen im Mondlicht. Und sie erzählen denen, die nachts mit ihrem Ohr leben und mit ihrem Ohr unterwegs sind, den Kranken und den Eingesperrten, von der unbegreiflichen Weite der Welt, von ihren Schätzen, von ihrer Süße, ihren Enden und Unendlichkeiten. Und sie murmeln die, die ohne Schlaf sind, in gute Träume.

Aber es gibt auch grausame, unerbittliche, brutale, die ohne Melodie durch die Nacht hämmern, und ihr Puls will dir nicht wieder aus den Ohren, denn er ist hart und häßlich, wie der Atem eines bösen asthmatischen Hundes, der hinter dir herhetzt: Immer weiter – nie zurück – für immer – für immer. Oder grimmiger mit grollenden Rädern: Alles vorbei – alles vorbei. Und ihr Lied gönnt uns den Schlaf nicht und scheucht noch grausam die friedlichen Dörfer rechts oder links aus den Träumen, daß die Hunde heiser werden vor Wut. Und sie rollen schreiend und schluchzend, die Grausamen, Unbestechlichen, unter den matten Gestirnen, und selbst der Regen macht sie nicht milde. In ihrem Schrei schreit das Heimweh, das Verlorene, Verlassene – schluchzt das Unabwendbare, Getrennte, Geschehene und Ungewisse. Und sie donnern einen dumpfen Rhythmus, unselig und untröstlich, auf den mondbeschienenen Schienen. Und du vergißt sie nie.

Sie sind wie wir. Keiner garantiert ihren Tod in ihrer Heimat. Sie sind ohne Ruh und ohne Rast der Nacht, und sie rasten nur, wenn sie krank sind. Und sie sind ohne Ziel. Vielleicht sind sie in Stettin zu Hause oder in Sofia oder in Florenz. Aber sie zersplittern zwischen Kopenhagen und Altona oder in einem Vorort von Paris. Oder sie versagen in Dresden. Oder mogeln sich noch ein paar Jahre als Altenteil durch – Regenhütten für Streckenarbeiter oder als Wochenendhäuschen für Bürger.

Sie sind wie wir. Sie halten viel mehr aus, als alle geglaubt haben. Aber eines Tages kippen sie aus den Gleisen, stehen still oder verlieren ein wichtiges Organ. Immer wollen sie irgendwohin. Niemals bleiben sie irgendwo. Und wenn es aus ist, was ist ihr Leben? Unterwegssein. Aber großartig, grausam, grenzenlos.

Eisenbahnen, nachmittags, nachts. Die Blumen an den Bahndämmen, mit ihren rußigen Köpfen, die Vögel auf den Drähten, mit rußigen Stimmen, sind mit ihnen befreundet und erinnern sie noch lange.

Und wir bleiben auch stehen, mit erstaunten Augen, wenn es – schon aus enorm ferner Ferne – verheißungsvoll herausschreit. Und wir stehen, mit flatterndem Haar, wenn es da ist wie Gewitter und als ob es wunder was für Welten umwälzte. Und wir stehen noch, mit rußigen Backen, wenn es – schon aus enorm ferner Ferne – schreit. Wie weit ab schreit. Schreit. Eigentlich war es nichts. Oder alles. Wie wir.

Und sie pochen vor den Fenstern der Gefängnisse süßen gefährlich verheißenden Rhythmus. Ohr bist du dann, armmütiger Häftling, unendliches Gehör bist du den klopfenden kommenden Zügen in den Nächten und ihr Schrei und ihr Pfiff überzittert das weiche Dunkel deiner Zelle mit Schmerz und Gelüst.

Oder sie stürzen brüllend über das Bett, wenn du nachts das Fieber beherbergst. Und die Adern, die mondblauen, vibrieren und nehmen das Lied auf, das Lied der Güterzüge: unterwegs – unterwegs – unterwegs – – Und dein Ohr ist ein Abgrund, der die Welt verschluckt.

Unterwegs. Aber immer wieder wirst du auf Bahnhöfe ausgespien, ausgeliefert an Abschied und Abfahrt.

Und die Stationen heben ihre bleichen Schilder wie Stirnen neben deiner dunklen Straße auf. Und sie haben Namen, die furchigen Stirnschilder, Namen, die sind die Welt: Bett heißen sie, Hunger und Mädchen. Ulla oder Carola. Und erfrorene Füße und Tränen. Und Tabak heißen die Stationen, oder Lippenstift oder Schnaps. Oder Gott oder Brot. Und die bleichen Stirnen der Stationen, die Schilder, haben Namen, die heißen: Mädchen.

Du bist selber Schienenstrang, rostig, fleckig, silbern, blank, schön und ungewiß. Und du bist in Stationen eingeteilt, zwischen Bahnhöfe gebunden. Und die haben Schilder und da steht dann Mädchen drauf, oder Mond oder Mord. Und das ist dann die Welt.

Eisenbahn bist du, vorübergerumpelt, vorübergeschrien – Schienenstrang bist du – alles geschieht auf dir und macht dich rostblind und silberblank.

Mensch bist du, giraffeneinsam ist dein Hirn irgendwo oben am endlosen Hals. Und dein Herz kennt keiner genau.

Bleib doch, Giraffe

Er stand auf dem windüberheulten nachtleeren Bahnsteig in der großen grauverrußten mondeinsamen Halle. Nachts sind die leeren Bahnhöfe das Ende der Welt, ausgestorben, sinnlos geworden. Und leer. Leer, leer, leer. Aber wenn du weitergehst, bist du verloren.

Dann bist du verloren. Denn die Finsternis hat eine furchtbare Stimme. Der entkommst du nicht und sie hat dich im Nu überwältigt. Mit Erinnerung fällt sie über dich her – an den Mord, den du gestern begingst. Und mit Ahnung fällt sie dich an – an den Mord, den du morgen begehst. Und sie wächst einen Schrei in dir an: niegehörter Fischschrei des einsamen Tieres, den das eigene Meer überwältigt. Und der Schrei zerreißt dein Gesicht und macht Kuhlen voll Angst und geronnener Gefahr darin, daß die andern erschrecken. So stumm ist der furchtbare Finsternisschrei des einsamen Tieres im eigenen Meer. Und steigt an wie Flut und rauscht dunkelschwingig gedroht wie Brandung. Und zischt verderbend wie Gischt.

Er stand am Ende der Welt. Die kalten weißen Bogenlampen waren gnadenlos und machten alles nackt und kläglich. Aber hinter ihnen wuchs eine furchtbare Finsternis. Kein Schwarz war so schwarz wie die Finsternis um die weißen Lampen der nachtleeren Bahnsteige.

Ich hab gesehen, daß du Zigaretten hast, sagte das Mädchen mit dem zu roten Mund im blassen Gesicht.

Ja, sagte er, ich hab welche.

Warum kommst du dann nicht mit mir? flüsterte sie nah.

Nein, sagte er, wozu?

Du weißt ja gar nicht, wie ich bin, schnupperte sie bei ihm herum.

Doch, antwortete er, wie alle.

Du bist eine Giraffe, du Langer, eine sture Giraffe! Weißt du denn, wie ich ausseh, du?

Hungrig, sagte er, nackt und angemalt. Wie alle.

Du bist lang und doof, du Giraffe, kicherte sie nah, aber du siehst lieb aus. Und Zigaretten hast du. Junge, komm doch, es ist Nacht.

Da sah er sie an. Gut, lachte er, du kriegst die Zigaretten und ich küß dich. Aber wenn ich dein Kleid anfasse, was dann?

Dann werde ich rot, sagte sie, und er fand ihr Grinsen gemein.

Ein Güterzug johlte durch die Halle. Und riß plötzlich ab. Verlegen versickerte sein sparsames verschwimmendes Schlußlicht im Dunkeln. Stoßend, ächzend, kreischend, rumpelnd – vorbei. Da ging er mit ihr.

Dann waren Hände, Gesichter und Lippen. Aber die Gesichter bluten alle, dachte er, sie bluten aus dem Mund und die Hände halten Handgranaten. Aber da schmeckte er die Schminke und ihre Hand umgriff seinen mageren Arm. Dann stöhnte es und ein Stahlhelm fiel und ein Auge brach.

Du stirbst, schrie er.

Sterben, jauchzte sie, das wär was, du.

Da schob sie den Stahlhelm wieder in die Stirn. Ihr dunkles Haar glänzte matt.

Ach, dein Haar, flüsterte er.

Bleibst du? fragte sie leise.

Ja.

Lange?

Ja.

Immer?

Dein Haar riecht wie nasse Zweige, sagte er.

Immer? fragte sie wieder.

Und dann aus der Ferne: naher dicker großer Schrei.

Fischschrei, Fledermausschrei, Mistkäferschrei. Niegehörter Tierschrei der Lokomotive. Schwankte der Zug voll Angst im Geleise vor diesem Schrei? Nievernommener neuer gelbgrüner Schrei unter erblaßtem Gestirn. Schwankten die Sterne vor diesem Schrei?

Da riß er das Fenster auf, daß die Nacht mit kalten Händen nach der nackten Brust griff und sagte: Ich muß weiter.

Bleib doch, Giraffe! Ihr Mund schimmerte krankrot im weißen Gesicht.

Aber die Giraffe stelzbeinte mit hohlhallenden Schritten übers Pflaster davon. Und hinter ihm sackte die mondgraue Straße wieder stummgeworden in ihre Steineinsamkeit zurück. Die Fenster sahen reptiläugig tot wie mit Milchhauch verglast. Die Gardinen, schlafschwere heimlich atmende Lider, wehten leise. Pendelten. Pendelten weiß, weich und winkten wehmütig hinter ihm her.

Der Fensterflügel miaute. Und es fror sie an der Brust. Als er sich umsah, war hinter der Scheibe ein zu roter Mund. Giraffe, weinte der.

Vorbei vorbei

Manchmal traf er sich selbst. Er kam mit weichem Schritt schiefschultrig auf sich zu, seine Haare waren übermäßig lang, daß sie das eine Ohr überhingen, er gab sich die Hand, nicht sehr fest, und sagte: Tag.

Tag. Wer bist du?

Du.

Ich?

Ja.

Und dann sagte er zu sich selbst: Warum schreist du manchmal?

Das ist das Tier.

Das Tier?

Das Tier Hunger.

Und dann fragte er sich: Warum weinst du oft?

Das Tier! Das Tier!

Das Tier?

Das Tier Heimweh. Das weint. Das Tier Hunger, das schreit. Und das Tier Ich – das türmt.

Wohin?

Ins Nichts. Es gibt kein Tal für eine Flucht. Überall treff ich mich. Am meisten in den Nächten. Aber man türmt immer weiter. Das Tier Liebe greift nach einem, aber das Tier Angst bellt vor den Fenstern, dahinter das Mädchen und sein Bett stehen. Und dann kichert der Türdrücker und man türmt. Und immer ist man hinter sich her. Mit dem Tier Hunger im Bauch und mit dem Tier Heimweh im Herzen. Aber es gibt kein Tal für eine Flucht. Immer trifft man sich. Überall. Man kann sich nicht entgehen.

Manchmal traf er sich selbst. Aber dann türmte er wieder. Unter Fenstern pfeifend vorbei und an Türen hustend entlang. Und manchmal, dann hielt ihn ein Herz für die Nacht, eine Hand. Oder ein Hemd, das verrutscht war von einer Schulter, von einer Brust, von einem Mädchen. Manchmal, dann hielt ihn eine für eine Nacht. Und dann vergaß er zwischen den Küssen den andern, der er selbst war, wenn eine ganz für ihn war. Und lachte. Und litt. Es war gut, wenn man eine bei sich hatte, eine mit langen Haaren und heller Wäsche. Oder Wäsche, die mal hell war und mit Blumen drauf. Und wenn sie noch ein Stück Lippenstift hatte, dann war das gut. Dann war doch was bunt. Und im Finstern war es besser, wenn man eine bei sich hatte, dann war das Finstersein nicht so groß. Und dann war das Finstersein auch nicht so kalt. Und das Stück Lippenstift malte dann einen kleinen Ofen aus ihrem Mund. Der brannte dann. Das war gut im Finstersein. Und die Wäsche, die sah man eben nicht. Aber man hatte doch einen bei sich.

Eine hat er gekannt, deren Haut war im Sommer wie Hagebutten. Bronzen. Und ihr Haar hatte sie von Zigeunern, mehr blau als schwarz. Und es war wie Wald: wirr. Auf ihrem Arm waren wie Kükenfedern helle Härchen und ihre Stimme war anzüglich wie von Hafenmädchen. Dabei wußte sie von nichts. Und hieß Karin.

Und die andere hieß Ali und ihr butterblondes Haar war hell wie Seesand. Beim Lachen machte sie die Nase sehr kraus und sie biß. Aber dann kam einer, der war ihr Mann.

Und vor einer Tür stand immer kleiner werdend ein Mann, grau und mager, und sagte: Ist gut, mein Junge. Später wußte er: Das war mein Vater.

Und die mit den Beinen, die wie Trommelstöcker unruhig waren, hieß Carola, rehbeinig, nervös. Und ihre Augen machten verrückt. Und ihre Zähne standen vorne leicht auseinander. Die kannte er.

Und der alte Mann sagte nachts manchmal: Ist gut, mein Junge.

Eine war breit in den Hüften, bei der war er. Sie roch nach Milch. Ihr Name war brav – aber er hat ihn vergessen. Vorbei. Morgens sangen manchmal die Goldammern erstaunt – aber seine Mutter war weit weg und der graue magere Mann sagte nichts. Denn keiner kam vorbei.

Und die Beine gingen unter ihm ganz von selbst: vorbei vorbei.

Und die Goldammern wußten schon morgens: vorbei vorbei.

Und die Telegrafendrähte summten: vorbei vorbei. Und der alte Mann sagte nichts mehr: vorbei vorbei.

Und die Mädchen hielten abends die Hände auf die sehnsüchtige Haut: vorbei vorbei.

Und die Beine gingen von ganz alleine: vorbei vorbei.

Einmal hatte man einen Bruder. Mit dem war man Freund. Aber dann surrte sich summend wie ein gehässiges Insekt ein Stück Metall durch die Luft auf ihn zu. Es war Krieg. Und das Stück Metall klitschte wie ein Regentropfen auf die menschliche Haut: Da blühte das Blut wie Klatschmohn im Schnee. Der Himmel war aus Lapislazuli, aber den Schrei nahm er nicht an. Und der letzte Schrei, den er schrie, hieß nicht Vaterland. Der hieß nicht Mutter und nicht Gott. Der letzte geschriene Schrei war sauer und scharf und hieß: Essig. Und war nur leise geflucht: Essig. Und der zog ihm den Mund zu. Für immer. Vorbei.

Und der magere graue Mann, der sein Vater war, sagte nie mehr: Ist gut, mein Junge. Nie mehr. Das war nun alles alles vorbei.

Die Stadt

Ein Nächtlicher ging auf den Schienen. Die lagen im Mond und waren schön blank wie Silber. Nur kalt, dachte der Nächtliche, kalt sind sie. Links weit ab ein vereinsamtes Geglüh, ein Gehöft. Und dabei ein rauhgebellter Hund. Das Geglüh und der Hund machten die Nacht zur Nacht. Dann war der Nächtliche wieder allein. Nur der Wind machte seine langatmigen U-Töne an den Ohren vorbei. Und auf den Schienen tupfige Flecke: Wolken überm Mond.

Da kam der Mann mit der Lampe. Die schaukelte, als sie zwischen die beiden Gesichter gehoben wurde.

Der Mann mit der Lampe sagte: Na, Junge, wohin denn?

Und der Nächtliche zeigte mit dem Arm auf das Helle hinten am Himmel.

Hamburg? fragte der mit der Lampe.

Ja, Hamburg, antwortete der Nächtliche.

Dann polterten unter ihren Schritten leise die Steine. Stießen sich klickernd. Und der Draht an der Lampe quietschte hin und her, hin und her. Vor ihnen lagen die Schienen im Mond. Und die Schienen liefen silbern auf das Helle zu. Und das Helle am Himmel in dieser Nacht, das Helle war Hamburg.

So ist das aber nicht, sagte der mit der Lampe, so ist das nicht mit der Stadt. Das ist hell da, o ja, aber unter den hellen Laternen gehn auch nur welche, die Hunger haben. Das sag ich dir, du.

Hamburg! lachte der Nächtliche, dann ist das andere gleich. Da muß man doch wieder hin, immer wieder hin, wenn man daher gekommen ist. Man muß wieder hin. Und dann, das sagte er, als ob er sich viel dabei dächte, das ist das Leben! Das einzige Leben!

Die Lampe quietschte hin und her, hin und her. Und der

Wind uhte molltönig an den Ohren vorbei. Die Schienen lagen mondgeglänzt und kalt.

Dann sagte der mit der pendelnden Lampe: Das Leben! Mein Gott, was ist das: Sich an Gerüche erinnern, nach Türdrückern fassen. Man geht an Gesichtern vorbei und fühlt nachts den Regen im Haar. Das ist dann schon viel.

Da weinte hinter ihnen eine Lokomotive wie ein riesiges Kind voll Heimweh auf. Und sie machte die Nacht zur Nacht. Dann polterte ein Güterzug hart an den Männern vorbei. Und er grollte wie Gefahr durch die sternbestickte seidige Nacht. Die Männer atmeten mutig dagegen. Und die runden rotierenden Räder rollten ratternd unter rostroten roten Waggons. Rasten rastlos rumpelnd davon – davon – davon. Und viel ferner noch leise: davon – davon –

Da sagte der Nächtliche: Nein, das Leben ist mehr, als im Regen laufen und nach Türdrückern fassen. Das ist mehr, als an Gesichtern vorbeigehen und Gerüche erinnern. Das Leben ist: Angst haben. Und Freude haben. Angst haben, daß man unter den Zug kommt. Und Freude, daß man nicht unter den Zug gekommen ist. Freude, daß man weitergehen kann.

Dann lag an den Schienen ein schmales Haus. Der Mann machte die Lampe kleiner und gab dem Jungen die Hand: Also, Hamburg!

Ja, Hamburg, sagte der und ging.

Die Schienen lagen schön blank im Mond.

Und hinten am Himmel ein hellerer Fleck: Die Stadt.

Stadt, Stadt: Mutter zwischen Himmel und Erde

Hamburg

Hamburg!

Das ist mehr als ein Haufen Steine, Dächer, Fenster, Tapeten, Betten, Straßen, Brücken und Laternen. Das ist mehr als Fabrikschornsteine und Autogehupe – mehr als Möwengelächter, Straßenbahnschrei und das Donnern der Eisenbahnen – das ist mehr als Schiffssirenen, kreischende Kräne, Flüche und Tanzmusik – oh, das ist unendlich viel mehr.

Das ist unser Wille, zu sein. Nicht irgendwo und irgendwie zu sein, sondern hier und nur hier zwischen Alsterbach und Elbestrom zu sein – und nur zu sein, wie wir sind, wir in Hamburg.

Das geben wir zu, ohne uns zu schämen: Daß uns die Seewinde und die Stromnebel betört und behext haben, zu bleiben – hierzubleiben, hier zu bleiben! Daß uns der Alsterteich verführt hat, unsere Häuser reich und ringsherum zu bauen – und daß uns der Strom, der breite graue Strom verführt hat, unserer Sehnsucht nach den Meeren nachzusegeln, auszufahren, wegzuwandern, fortzuwehen – zu segeln, um wiederzukehren, wiederzukehren, krank und klein vor Heimweh nach unserm kleinen blauen Teich inmitten der grünhelmigen Türme und grauroten Dächer.

Hamburg, Stadt: Steinwald aus Türmen, Laternen und sechsstöckigen Häusern; Steinwald, dessen Pflastersteine einen Waldboden mit singendem Rhythmus hinzaubern, auf dem du selbst noch die Schritte der Gestorbenen hörst, nachts manchmal.

Stadt: Urtier, raufend und schnaufend, Urtier aus Höfen, Glas und Seufzern, Tränen, Parks und Lustschreien – Urtier mit blinkenden Augen im Sonnenlicht: silbrigen, öligen Fleeten! Urtier mit schimmernden Augen im Mondlicht: zittrigen, glimmernden Lampen!

Stadt: Heimat, Himmel, Heimkehr – Geliebte zwischen Himmel und Hölle, zwischen Meer und Meer; Mutter zwischen Wiesen und Watt, zwischen Teich und Strom; Engel zwischen Wachen und Schlaf, zwischen Nebel und Wind: Hamburg!

Und deswegen sind wir den Anderen verwandt, denen, die in Haarlem, Marseille, Frisco und Bombay, Liverpool und Kapstadt sind – und die Haarlem, Marseille, Frisco und Kapstadt so lieben, wie wir unsere Straßen lieben, unsern Strom und den Hafen, unsere Möwen, den Nebel, die Nächte und unsere Frauen.

Ach, unsere Frauen, denen die Möwenflügel die Locken durcheinandertoben – oder war es der Wind? Nein, der Wind ist es, der den Frauen keine Ruhe gibt – an den Röcken nicht und an den Locken nicht. Dieser Wind, der den Matrosen auf See und im Hafen ihre Abenteuer ablauert und dann unsere Frauen verführt mit seinem Singsang von Ferne, Heimweh, Ausfahrt und Tränen – Heimkehr und sanften, süßen, stürmischen Umarmungen.

Unsere Frauen in Hamburg, in Haarlem, Marseille, Frisco und Bombay, in Liverpool und Kapstadt – und in Hamburg, in Hamburg! Wir kennen sie so und lieben sie so, wenn der Wind uns ihre Knie mit einem frechen Pfiff für zwei Sekunden verschenkt, wenn er uns eine unerwartete Zärtlichkeit spendiert und uns eine weiche Locke gegen die Nase weht: Lieber herrlicher Hamburger Wind!

Hamburg!

Das ist mehr als ein Haufen Steine, unaussprechlich viel mehr! Das sind die erdbeerüberladenen, apfelblühenden Wiesen an den Ufern des Elbestromes – das sind die blumenüberladenen, backfischblühenden Gärten der Villen an den Ufern des Alsterteiches.

Das sind weiße, gelbe, sandfarbene und hellgrüne flache Lotsenhäuser und Kapitänsnester an den Hügeln von Blankenese. Aber das sind auch die schmutzigen schlampigen lärmenden Viertel der Fabriken und Werften mit Schmierfettgestank, Teergeruch und Fischdunst und Schweißatem. Oh – das ist die nächtliche Süße der Parks an der Alster und in den Vorstädten, wo die Hamburger, die echten Hamburger, die nie vor die Hunde gehen und immer richtigen Kurs haben, in den seligen sehnsüchtigen Nächten der Liebe gemacht werden. Und die ganz großen Glückskinder werden auf einem kissenduftenden, fröscheumquakten Boot auf der mondenen Alster in dieses unsterbliche Leben hineingeschaukelt!

Hamburg!

Das sind die tropischen tollen Bäume, Büsche und Blumen des Mammutfriedhofes, dieses vögeldurchjubelten gepflegtesten Urwaldes der Welt, in dem die Toten ihren Tod verträumen und ihren ganzen Tod hindurch von den Möwen, den Mädchen, Masten und Mauern, den Maiabenden und Meerwinden phantasieren. Das ist kein karger militärischer Bauernfriedhof, wo die Toten (in Reih und Glied und in Ligusterhecken gezwungen, mit Primeln und Rosenstöcken wie mit Orden besteckt) auf die Lebenden aufpassen und teilnehmen müssen an dem Schweiß und dem Schrei der Arbeitenden und Gebärenden – ach, die können ihren Tod nicht genießen! Aber in Ohlsdorf – da schwatzen die Toten, die unsterblichen Toten, vom unsterblichen Leben! Denn die Toten vergessen das Leben nicht – und sie können die Stadt, ihre Stadt, nicht vergessen!

Hamburg!

Das sind diese ergrauten, unentbehrlichen, unvermeidlichen Unendlichkeiten der untröstlichen Straßen, in denen wir alle geboren sind und in denen wir alle eines Tages sterben müssen – und das ist doch unheimlich viel mehr als nur ein Haufen Steine!

Gehe hindurch und blähe deine Nasenlöcher wie Pferdenüstern: Das ist der Geruch des Lebens! Windeln, Kohl, Plüschsofa, Zwiebeln, Benzin, Mädchenträume, Tischlerleim, Kornkaffee, Katzen, Geranien, Schnaps, Autogummi, Lippenstift – Blut und Schweiß – Geruch der Stadt, Atem des Lebens: Mehr, mehr als ein Haufen Steine! Das ist Tod und Leben, Arbeit, Schlaf, Wind und Liebe, Tränen und Nebel!

Das ist unser Wille, zu sein: Hamburg!

Billbrook

Der kanadische Fliegerfeldwebel, der am späten Abend in Hamburg ankam, setzte seinen schweren Koffer in der Bahnhofshalle auf die Steinfliesen. Er blies die Backen auf und pustete. Er blies einen langen Puster vor sich hin, aber man konnte nicht unterscheiden, ob er es tat, weil die Luft so schlecht war oder weil ihn schwitzte. Die linke und die rechte Hand verschwanden in den Hosentaschen und erschienen mit Feuerzeug und Zigarettenschachtel wieder aus der Versenkung im Tageslicht. Nein, nicht im Tageslicht. Im Lampenlicht. Im trüben dunstigen blinden feuchten Lampenlicht des nächtlichen Bahnhofes. Dann knabberte er sich mit den Zähnen eine Zigarette aus der Papierhülle und ließ sein Feuerzeug Klick machen. Das Feuerzeug machte sein einstudiertes kleines Klick und die dünne gelbe weiche Zunge der Flamme verbrannte den dunkelroten schmalen Schnurrbart des Feldwebels. Sie verbrannte den Schnurrbart nicht schlimm. Aber ihm stieg doch ein unverkennbarer Brandgeruch in die Nase. Als ob Gummi angebrannt wäre. Gummi? dachte er. Er kam nicht darauf, daß versengte Haare ähnlich riechen. Aber auch das «Gummi» dachte er nur so nebenbei. Die Zigarette blieb ungeraucht. Sie lag weiß, merkwürdig neu und sauber auf dem dunklen Boden. Sie war ihm aus dem Mund gefallen. Seine Lippen standen etwas offen. Und er vergaß, das Feuerzeug wieder zuklicken zu lassen. Die kleine Flamme kroch vergessen und verschmäht in den Docht zurück. Er vergaß auch, an Hand seines Taschenspiegels die Verheerungen seines Bartes zu untersuchen. Er vergaß tatsächlich seinen versengten verheerten roten schmalen Schnurrbart und das wäre ihm selbst äußerst erstaunlich vorgekommen, wenn er sich beobachtet hätte. Denn auf seinen Bart, der so verrostet rot und doch so vornehm war mit seiner Schmalheit, auf diesen vornehmen verrosteten Bart hielt er viel. Alles, eigentlich. Und jetzt war er bestimmt verdorben und er nahm nicht einmal den Spiegel aus der Tasche, um sich das anzusehen. Statt dessen ließ er Lippen und Feuerzeug weit offen stehen und eine weiße neue Zigarette auf der Erde liegen. Statt dessen vergaß er Lippen, Feuerzeug, Zigarette. Vergaß Koffer, Kanada, Bart und Brandgeruch. Vergaß und machte den Mund auf. Und sah unentwegt auf ein großes Emailleschild mit vielen unverständlichen schwarzbuchstabigen Worten. Sah unentwegt auf das eine Wort mit den neun schwarzgelackten Buchstaben. Denn dieses Wort, diese neun Buchstaben, dieses neunbuchstabige schwarzlackige Wort war sein Name. Er machte die Augen ganz klein und riß sie plötzlich wieder weit auf. Sein Name blieb. Neun schwarze Buchstaben, lackblank, auf einem großen weißen Emailleschild mit vielen anderen unverständlichen schwarzbuchstabigen Worten. Er sah auf das Schild. Mein Name, dachte er. Ganz klar, ganz offensichtlich. Und in Lack und Emaille. Verrückt, dachte er, verrückt. In Lack und Emaille. Irrsinnig! Blödsinnig! Wahnsinnig! Er war in seinem sechsundzwanzigjährigen Leben zum ersten Male in Hamburg. Er war zum ersten Male in diesem Bahnhof, in dieser Bahnhofshalle, unter dieser blinden Bahnhofslampe, auf diesen stumpfen Bahnhofsfliesen. Und nun stand da, eben hier, wo er zum ersten Male war, sein Name. In Lack und Emaille. Ja, sein Name stand da plötzlich. Das heißt, nicht plötzlich, denn er mußte wohl schon länger so da stehen. Nur für ihn sehr plötzlich. Für ihn sehr plötzlich in schwarz und auf weiß, in Lack und Emaille. Schwarzbuchstabig auf einem weißen Schild stand er da, der Name, der sein Name war, so einfach: Billbrook. Stand da. Stand da unverkennbar. Und das war doch immerhin sein Name. Mitten in einem fremden Land, gelackt und emailliert: Billbrook. Man konnte es gut erkennen und ganz deutlich lesen.

Als er sich eine neue Zigarette mit den Zähnen aus der Packung knabbern wollte, sah er, daß seine Hand zitterte. Er grinste. Ja, jetzt grinste er. Eben hatte er sich noch erschrocken.

Als er in seinem Hotelzimmer ankam, war er immer noch aufgeregt. Nachdem er seine beiden Zimmerkameraden laut und mit Hallo begrüßt und kennengelernt hatte, erzählte er ihnen sofort von seinem Abenteuer. Abenteuer nannte er es. So sehr hatte er es erlebt, daß es für ihn ein Abenteuer war. Er sagte ihnen seinen Namen, überlangsam und überdeutlich, und dann mußten sie «mal ganz genau aufpassen». Dieser Name, der sein Name war, sein Name, den er von Amerika, von Kanada, von Hopedale mitgebracht hatte, dieser sein eigener Name stand groß und sehr leserlich in Emaille auf dem Bahnhof zu lesen. Hier auf dem Bahnhof in Hamburg. Und dann beeidete er seinen beiden Zuhörern mehrfach, daß es sich auf keinen Fall um eine Gedenktafel handeln könne. Nein, nein. Das nicht. Er habe noch niemals zwei Zeilen miteinander gereimt, er hätte auch kein Mittel gegen Augenränder oder ein billiges Öl erfunden. Er hätte auch keine Boxmeisterschaft gewonnen. Auch steckbrieflich werde er nicht gesucht, wirklich nicht. Und in Hamburg sei er heute abend zum ersten Mal. Wirklich, zum ersten Mal.

Als er so weit in seiner aufgeregten Erklärung gekommen war, brüllten seine beiden Kameraden los. Gewaltig brüllten sie. Gehässig, schadenfroh, blechtönig lachte der kleine Schwarze am Fenster. Und vital, vulgär, humorig röhrte der misthaufenblonde Athlet und schlug mit den Fäusten auf den Tisch. Und zwischen Gebrüll und Geknuff brachten sie ihm bei, daß Billbrook ein Stadtteil sei, ein Stadtteil von Hamburg. Ja, doch: ein Stadtteil von Hamburg hieß eben Billbrook. Sie waren immerhin schon ein Jahr in Hamburg. Und als so steinalte Hamburger, die doch fast schon zu den Ureingeborenen gehörten, mußten sie das schließlich wissen. Und Bill Brook, der Fliegerfeldwebel aus Hopedale, mußte ihnen glauben. Er mußte ihnen glauben, trotz des Gebrülls glauben, weil sie ihm nun einen Stadtplan über den Tisch zu und unter die Nase schoben, auf dem sie ihm mit dicken groben Blaustiftstrichen den Teil Hamburgs ankreuzten und umzingelten, der Billbrook hieß. Ja, und als er das nun sah und begriff, da war er beinahe etwas stolz. Ohne Berechtigung natürlich. Aber daran dachte er nicht. Er gönnte sich einen kleinen heimlichen Stolz auf seinen Namen. Und das konnte er sich selbst nicht einmal übelnehmen. Immerhin kam es doch nicht jeden beliebigen Tag in der Woche vor, daß man von Hopedale her über das große Wasser kam und hier in Hamburg seinen Namen großartig und schwarzblank auf weißer Emaille vorfand. Doch, einen ganz kleinen Stolz darüber gönnte er sich und eine großzügige gute Stimmung. Die kam ganz unerwartet, als er merkte, daß er seinen Schreck über den Stolz völlig vergessen hatte. Er sah sich in Hopedale in der Küche stehen und seiner Mutter das Haar zerzausen vor Übermut und Gelächter. Er hörte das Gelächter im ganzen Haus in Hopedale und bis in den Hafen von Hopedale, wenn er das hier, das von dem Stadtteil, der Billbrook hieß, erzählen würde. Das Gelächter und Gestaune und Gezause. Er würde seinen Kühen mit der Faust die Rippen klopfen und sie auffordern, ruhig ein wenig stolzer zu sein. Oh, das würde er tun. Und darüber, daß er das tun würde, konnte er diesen Abend noch lange nicht einschlafen.

Stimmung und Stolz dauerten an bis in den nächsten Tag. Vormittags wunderte der Feldwebel sich darüber. Nachmittags versuchte er dann, sich heimlich den Stadtplan in die Tasche zu stecken. Aber der mit dem blechtönigen Lachen ertappte ihn. Und er klirrte wie eine Konservendose im Wind: «Du willst wohl einen Ausflug machen, was? Bill Brook macht Picknick in Billbrook. Geh hin, mein Lieber, vielleicht machen sie dich zum Ehrenbürger. Oder wolltest du nicht hin? Nicht zu deinem Stadtteil? Wie? Paß auf, sie werden dich zum Bürgermeister machen. Herr Bill Brook von Billbrook. Viel Vergnügen, mein Lieber, im Ernst viel Vergnügen!» Und er klöterte sein schadenfrohes Konservendosenlachen so unverschämt laut durch das Zimmer, daß das georgelte gedröhnte Gelache seines blonden Kameraden bescheiden am Boden vergurgelte. Bill Brook grinste die beiden an. Er strich sich mit dem Mittelfinger über den schmalen verrosteten Schnurrbart, wischte sich dann eine gelachte Träne aus den kurzen Bürstenwimpern und sagte: «Na, dann bis heute abend. Will mal einen kleinen Gang in meinen Stadtteil machen. Bis nachher also.» Dann trat er mit seiner großartigen Laune und mit seinem Stolz vor die Tür.

Einen Augenblick lang freute er sich über den See, der mitten in dieser verrückten Stadt lag, in der es Stadtteile gab, die so hießen wie anständige Leute aus Hopedale in Kanada. Die so hießen wie er. Das war schon eine Stadt, mit einem so feinen See mitten im Bauch, die sowas fertigbrachte. Er schnupperte. Oh, es roch nach Wasser. Salzwasser, schmeckte er. Allerhand, diese Stadt, dachte er und drehte sich um. Er sah nach der wolkigen Sonne, nach der grauen Hamburger Sonne. Dann ging er los. Das ist meine Richtung, sagte er, Ost-Süd-Ost. Und er machte frohe feste Schritte.

Der Nachmittag war warm und goldgrau. Die grauen

Hamburger Wolken hingen am Himmel. Bill Brook marschierte mit der goldgrauen Sonne im Rücken und mit guter großartiger Laune nach Südosten. Nach einer Stunde nahm er seine Karte aus der Tasche. Er verglich den bisher zurückgelegten Weg mit dem, der noch vor ihm lag. Zwei Stunden würde er noch gehen müssen. Er hatte sich getäuscht. Man kam in einer fremden Stadt nicht so schnell vorwärts, wie man wollte. Der Stadtplan verschwand in der Tasche und er sah wieder nach Südosten. Er atmete das gute Goldgrau eines Hamburger Sommertages.

Aber dann merkte er, daß sein Stolz abtrudelte wie ein abgeschossenes Flugzeug. Nicht plötzlich. Langsam abtrudelte. In großen Kurven. Und seine großartige Stimmung fing an abzubröckeln wie ein eingetrockneter Kuchen. Er blinzelte zurück in die Sonne. Sie war so goldgrau wie vorher. Er überlegte. Ich bin müde, dachte er. Er nahm eine Zigarette. Natürlich, dachte er, müde bin ich. Das ist alles. Und außerdem ist es ungewohnt für mich, so lange zu Fuß zu gehen. Wann bin ich denn zuletzt eine Stunde zu Fuß gegangen? Zu Hause vielleicht. Ja, höchstens zu Hause. Vor ein paar Jahren. Er schoß den Rest seiner Zigarette wie einen glühenden kleinen Fußball mit der Schuhspitze über das Pflaster.

Aber daß er müde war, das war es nicht. Nein, das nicht. Aber das war es: Bis vor kurzem war er durch Straßen gekommen, in denen Menschen wohnten. Hin und wieder hatte mal eine Hausecke gefehlt, war ein Block ausgebrannt oder zusammengestürzt, war ein Vorgarten umgepflügt, ein Balkon verrückt, ein Dach abgedeckt. Aber die Straßen in diesem Teil der Stadt sahen noch wie Straßen aus, ein bißchen ramponiert, ein wenig wackelig und zerklirrt, aber es waren doch Straßen und es wohnten Menschen links und rechts. Es bellten Hunde in den Straßen zwischen den Bäumen. Es schrien Kinder in den Torwegen und Treppenhäusern, auf Vorplätzen und Hinterhöfen, Kinder, die juchten und schluchzten. Frauen klopften Teppiche in den Straßen, riefen aus den Fenstern, Kutscher schimpften und Mülleimer stanken in diesen Straßen. Mädchen kicherten und Jünglinge pfiffen in diesen Straßen, durch die Bill Brook, der kanadische Fliegerfeldwebel aus Hopedale am Atlantischen Ozean, gekommen war. Links und rechts wohnten Menschen in diesen Straßen, sangen Mädchen beim Fensterputzen, rollten Kanarienvögel lange Roller auf i und ü, es klingelten Radfahrer und Milchflaschen in diesen Straßen, Autos bremsten, keuchten, hupten und in einem Haus zerhackte jemand Mozart auf dem Klavier und man hörte bis auf die Straße, wie eine spitze Altfrauenstimme zählte und mit einem harten Gegenstand den Takt dazu schlug. Bisher hatten Menschen in den Straßen links und rechts gewohnt und die Straßen waren noch richtige Straßen gewesen. Richtige Straßen, wie es sie in Hopedale auch gab. Oder in Ottawa. Oder in Quebec. Aber seit einer halben Stunde war es immer stiller geworden. Immer weniger Menschen wohnten links und rechts in den Häusern und es standen immer weniger Häuser links und rechts von der Straße. Die Kinder, die Hunde und die Autos wurden seltener, immer seltener. Nur der zerhackte Mozart wehte noch zum Hohn durch diese plötzliche Stille. Das Leben wurde immer weniger, seltener, leiser. Dann blieb es ganz weg, kam kaum angedeutet für ein paar hundert Meter wieder, blieb dann doppelt so lange aus, kleckerte sich noch mal mit ein paar Häusern einige Schritte neben der Straße entlang, seltener, weniger. Immer leiser, leiser. Immer leiser wurde das Leben.

Er stand an einer großen Kreuzung. Er sah zurück: Kein Kind? Kein Hund? Kein Auto? Er sah nach links: Kein Kind. Kein Hund. Kein Auto. Er sah nach rechts und nach vorn:

Kein Kind und kein Hund und kein Auto! Er sah die vier endlosen Straßenzüge entlang: Kein Haus. Kein Haus! Nicht einmal ein Häuschen. Nicht einmal eine Hütte. Nicht einmal eine vereinsamte, stehengebliebene, zittrige, wankende Wand. Nur die Schornsteine stachen wie Leichenfinger in den Spätnachmittagshimmel. Wie Knochen eines riesigen Skelettes. Wie Grabsteine. Leichenfinger, die nach Gott griffen, die dem Himmel drohten. Kahle, magere, gekrümmte angegangene Leichenfinger. Welche der vier Richtungen er entlang sah, und er hatte das Gefühl, er könne in jeder Richtung der Straßenkreuzung kilometerweit sehen: Kein Lebendiges. Nichts. Nichts Lebendiges. Milliarden Steinbrocken, Milliarden Steinstücke, Milliarden Steinkrümel. Gedankenlos vom gnadenlosen Krieg zerkrümelte Stadt. Milliarden Krümel und einige hundert Leichenfinger. Aber sonst kein Haus, keine Frau, kein Baum. Totes nur. Zerstörtes, Zerfallenes, Zerborstenes, Zerwühltes, Zerkrümeltes. Totes nur. Totes. Kilometerweit, kilometerbreit Totes. Er stand in einer toten Stadt und er schmeckte es fade und übel auf der Zunge. Er war nicht mehr stolz. Seine großartige Stimmung war hinten, oh ganz hinten, bei den letzten Kindern, bei dem letzten Hund und bei den letzten Autos liegengeblieben. Auch die Luft ist hier gestorben, dachte er. Er fühlte die Leichenfinger um seine Brust geklammert. Es war so still und er wagte nicht zu atmen.

Er nahm seinen Stadtplan, er hielt ihn fest in der Hand und es war ihm, als hielte er sich daran fest. Er sah nach der Sonne, die schon ganz flach und goldstaubig im Dunst der fernen Stadt lag. Er sah ganz dünn die Türme der Kirchen. Sie sind nicht wahr, sie sind gelogen, dachte er. So nah waren die Leichenfinger, so eng umstanden sie ihn. Nur die Leichenfinger sind wahr, und die Krümel. Die sind nicht gelogen.

Er nahm sich vor, die Stunde, die er noch nach hatte, doppelt schnell zu gehen. Er ging mitten auf der Straße. Das heißt, er mußte nun mitten auf der Straße gehen, denn die zusammengefallenen, auseinandergerissenen Häuser waren oft weit nach vorn gestürzt und ließen von der breiten Straße nur einen kleinen Strich, schmal und unregelmäßig wie ein Wildwechsel, als Fußpfad übrig. Er sah stur vor sich auf die Erde. Aber er fand seinen verlorenen voreiligen Stolz und seine übermütige Laune nicht wieder. Verloren, zerkrümelt, tot.

Auf einmal sah er, daß es doch etwas Lebendiges in dieser toten hauslosen lärmlosen leichenfingerigen Stadt gab: Gras. Grünes Gras. Gras wie in Hopedale. Normales Gras. Millionenhalmig. Belanglos. Dürftig. Aber grün. Aber lebendig. Lebendig wie das Haar der Toten. Grauenhaft lebendig. Gras wie überall in der Welt. Manchmal etwas übergraut, übertaut, überkrümelt, staubig. Aber doch grün und lebendig. Überall lebendiges Gras. Er grinste. Aber das Grinsen gefror, weil sein Gehirn ein Wort, ein einziges Wort, dachte. Das Grinsen wurde grau und staubig wie das Gras an einigen Stellen. Aber eisig übertaut. Friedhofsgras, dachte das Gehirn. Gras? Gut, Gras, ja. Aber Friedhofsgras. Gras auf Gräbern. Ruinengras. Grausames gräßliches gnädiges graues Gras. Friedhofsgras, unvergeßlich, vergangenheitsvolles, erinnerungssattes, ewiges Gras auf Gräbern. Unvergeßlich, schäbig, ärmlich: Unvergeßlicher gigantischer Grasteppich über den Gräbern der Welt.

Gras. Aber sonst begegnete er niemandem. Oder doch. Ein Laternenpfahl begegnete ihm, eine Telefonzelle und eine Anschlagsäule. Die traf er. Und der traurige krumme verbogene Laternenpfahl kam auf ihn zu und kicherte tränenerstickt: Ich kann nicht mehr leuchten. Ich bin kaputt. Ich bin liquidiert. Ruiniert. Total ruiniert. Ich mache kein

Licht mehr. Ich scheine nicht mehr. Ich habe den Sinn meines Lebens verloren: Ich leuchte nicht mehr.

Und an einer Ecke erwartete ihn eine traurige durchlöcherte durchsiebte Telefonzelle und wisperte tränenerstickt: Mir hat man die Eingeweide zerrissen und das Gehirn geklaut. Auch mein schönes neues rotes Buch mit den vielen Nummern und Namen. Alles futsch. Jetzt telefoniert kein Schwein mehr in mir. Nur dieses ordinäre Gras macht es sich in mir bequem. Und dann winkte ihm eine schiefe schwatzhafte Anschlagsäule zu und flüsterte mit dicker dummer Stimme tränenerstickt: Ist es nicht schändlich, hören Sie? Kein einziges Plakat hat man. Wie? Keinen Aufruf, keine Kinoreklame, keinen Befehl. Kein Plakat. Nix. Schändlich, nicht wahr? Außerdem stehe ich vollkommen schief und nackt da. Das kommt übrigens alles von den Bomben, wissen Sie, das Schiefstehen. Und das andere. Alles von den Bomben. Diese Bomben wirkten ja tatsächlich eklatant. Entsetzlich, schändlich eklatant.

Und alle, Laterne, Telefonzelle und Litfaßsäule, alle gleich traurig und in ihren Tränen erstickt. Und Bill Brook, der Kanadier, der Flieger, der Farmer aus Labrador, wie sie: Traurig. Und er fühlte sich wie sie: Krumm, durchsiebt, schief. Und er machte seine Schritte noch ein paar Zentimeter größer. Die Sonne hinter ihm wurde müde und sah nur noch mit einer Hälfte über die Silhouette der Stadt hinweg. Bill Brook, der Feldwebel, der so stolz und gut gelaunt losgezogen war, machte nun Riesenschritte. Und die verwehten ohne Widerhall in der flachen toten Stadt ohne Trost, die keine Stadt mehr war, die nur noch Wüste war, Ebene, Öde, Feld, Steinacker: Friedhof ohne Friede mit graugrünem Gras und einigen hundert erstaunt stehengebliebenen Schornsteinen als mageren, düster drohenden Leichenfingern.

Er fühlte sich unbehaglich, Bill Brook, und er war froh,

als er plötzlich auf einer leicht geknickten geländerlosen Brücke vor einem kleinen hellen grünsilbernen schlickschwarzen Kanal stand. Er vergaß froh die Wüste, die im kilometerweiten Kreis ihn umkreiste. Er war ganz glücklich auf einmal und er hätte beinahe in die Hände geklatscht wie vor einem Geburtstagstisch, der sechsundzwanzigjährige Mann, als er am Kanalufer ein paar kleine bunte lebendige Gärten, Wäscheleinen und Rauchfähnchen sah. Junge auch! knirschte er zwischen seinen breiten weißen Zähnen. Denn da schrien Kinder, eine Frau sang, einige Männer schimpften auf die Spielkarten, eine Gießkanne zischte, ein Dackel hustet. Junge auch, und die Unterhosen, die Strümpfe, die hellblauen, blaßroten Büstenhalter auf der Wäscheleine wedelten und ruderten und winkten aufgeregt: He, Herr Feldwebel, kommen Sie getrost näher. Sie können ruhig mal rüberkommen, Herr Feldwebel, wirklich, genieren Sie sich nicht. Kommen Sie nur.

Und Bill Brook, der Mann aus Labrador, schlug erleichtert mit beiden Fäusten auf das Stück Brückengeländer, das aus Versehen stehengeblieben war. Und er dachte glücklich: Sieh mal an! Diese kleinen süßen Bretterbuden! Wie kleine appetitliche Paläste! Und aus den Fenstern und Dächern kommen diese allerliebsten herrlichen gebogenen verdrehten Ofenrohre. Und aus diesen prächtigen pechschwarzen Rüsseln von Ofenrohren kommt so ein ganz blauer beweglicher krauser Rauch. Holzrauch, Pappenrauch, Rauch von gestohlenen Planken und Zäunen. Richtiger lebendiger lebenskräftiger unschuldig himmelblauer kräuslicher Rauch! Einen Moment, du verwegener alter Rauch, Moment, du alter hustender Dackel, Moment, ihr bildschönen Büstenhalter, einen Moment: Ich komme! Ich komme mal eben runter zu euch, wenn es recht ist.

Der Kanadier ließ das Brückengeländer los, flankte über

eine flache Steinschuttmauer und rutschte bis zu einem kleinen gelben Sandweg die Böschung hinunter. Dieser kleine gelbe Sandweg ringelte sich auf die paar Gartenhäuschen zu und da standen schon zwei Frauen und rieben mit den Händen an ihren Schürzen und sahen dem Fremdling gierig, neugierig, menschgierig, abwechslungsgierig entgegen. Und da hörte schon eine Gießkanne mitten im Zischen auf und ein Mädchen leckte erwartungsvoll mit ihrer Zunge ihre Nasenspitze ab. Aber die beiden Frauen und die Gießkanne und das Mädchen wurden enttäuscht. Der Fremde, dieses Neue, das Ereignis, kam nicht ganz hin bis zu ihnen. Sie machten lange Hälse, Frauen, Gießkanne und Mädchen, aber er kam nicht näher.

Der Fremde blieb vorher stehen. Er blieb stehen, weil vor ihm, neben dem kleinen gelben Sandweg auf der Kaimauer zwei Männer und eine Katze saßen und angelten. Die Männer angelten mit Stöcken und Schnüren und Würmern. Die Katze mit den Augen. Und da blieb der Fremde stehen. Und die Frauen und die Gießkanne und das Mädchen gingen wieder an die Arbeit, als sie das sahen.

Die beiden Männer saßen auf der Kaimauer und ließen drei Beine übers Wasser hängen. Drei Beine? Drei Beine. Der eine war alt und grau und abgenutzt und schlau und vergnügt. Der andere war ganz jung, gerade angefangen, verdorben, zerpflückt, zerstört und ganz jung. Und er hatte nur ein Bein, das er über die Kaimauer hängen lassen konnte. Und dann war da noch die Katze, und die tat völlig uninteressiert und weltabgewandt. Aber Bill Brook sah, daß sie ein ganz fischlüsternes Gesicht hatte. Solche Gesichter machten die Katzen in Hopedale auch, genauso. Bill Brook lachte und dann grüßte er die beiden Männer (und die Katze eigentlich auch mit), als er bei ihnen stehenblieb. Sie sahen auf. Und sie sahen ihn an, als wenn er und sein Gruß zehn

Kilometer weit weg wären. Dann nickte der ältere und man konnte erkennen, daß er früher, vorher, sicher vergnügt sein konnte. Er nickte. Der Junge, der nur das eine Bein behalten hatte zum Hängenlassen, der nickte nicht. Aber er sah ihn noch einmal an und stellte ihn dann noch hundert Kilometer weiter weg. Er stellte ihn mit diesem einen Blick nach Kanada zurück und in diesem Kanada gab es keine Sonne, keine Liebe, keine Verständigung. Er stellte ihn in ein Land ohne Gießkanne, ohne Hunde, ohne Mädchenaugen. Und da ließ er ihn stehen und verschwendete seinen Blick nicht länger an ihn. Er fuhr fort, sorgfältig einige Tabakreste in ein Stück Papier zu bröckeln, das er auf seinem Stumpf ausgeglättet und mit dem Handballen geplättet hatte. Der Kanadier fühlte die hundert Kilometer und er fühlte die Verstoßung in ein Land ohne Verständigung, und um nicht so weit weg zu bleiben, setzte er sich neben den Alten auf die Mauer. Nun hingen fünf Beine überm Wasser. Er nahm seine Zigarettenpackung und gab sie dem Alten. Und er machte ihm klar, daß er sie behalten und mit dem Jungen teilen sollte. Der Alte sah ihn plötzlich aus großer Nähe an und sagte: Danke. Und sagte das wie: Siehst du, bist'n ordentlicher Kerl. Hab ich gleich gemerkt. Auch ohne Zigaretten. Damit gab er dem Jungen neben sich die restliche Packung. Der aber nahm die Zigaretten langsam und beinahe betont bedächtig aus der Hülle und schnippte sie wie beiläufig und gelangweilt mit zwei Fingern ins Wasser. Weit ins Kanalwasser. Einzeln. Genießerisch tat er das. Acht Zigaretten schnippte er einzeln mit den Fingerspitzen weit in den grünschwarzen Kanal, und die Katze sah ihnen aufgeregt nach.

Bill Brook machte die Stirn kraus. Dann dachte er an das eine Bein, das von der Kaimauer hing.

Der Alte schob die beschneiten Augenbrauenbüsche hoch bis an den Haaransatz und knurrte den Jungen an:

«Spleen, was? Du kennst keine Gesichter.» Der Junge leckte sich seine Zigarette zu, spuckte einen Tabakfussel in den Kanal und sagte, ohne den Mund zu bewegen: «Gib mir lieber Feuer.»

Dann sahen sie alle drei auf den schwarzgrünen Silberschlick. Bill Brook fror in dem Land ohne Sonne und ohne Gießkanne und er nahm seinen Stadtplan und hielt sich daran fest. Er fragte den Alten, ob er hier nach Billbrook käme. Dem Stadtteil Billbrook, wiederholte er wichtig. Und als ob es für die Angler mit den drei Beinen etwas anderes gäbe, das Bill Brook heißen könnte. Der Alte nickte, hob sechsmal seine zehn kurzen Finger hoch, die vom Regenwürmersuchen voll schwarzer Erde waren, und sagte dann: Minuten. Er zeigte noch einmal sechzig kurze schwarze Finger: sechzig Minuten. Bill Brook suchte die goldgraue Sonne, und als er sah, daß sie nicht mehr da war, dachte er: Jetzt kann ich nicht mehr hin nach Billbrook, nach dem Stadtteil Billbrook, nach meinem Stadtteil. Sonst wird es Mitternacht, bis ich nach Hause komme. Und er freute sich beinahe, daß er umkehren mußte. Er dachte an die arme krumme Laterne, an die traurige Telefonzelle dachte er und an die unglückliche Plakatsäule. Er stand auf. Der Alte sah an seinen langen blau uniformierten Beinen hoch. Er leckte sich den Daumen und den Zeigefinger sauber, nahm den blauen Stoff vorsichtig dazwischen, rieb ihn andächtig und schob auf seiner Unterlippe sein fachmännisches Urteil raus. «Gut, gut», sagte er. Bill Brook sah an sich nieder. Er schämte sich etwas. «Gut, ja, gut», sagte er dann aber doch. Dann zeigte er in alle vier Himmelsrichtungen und fragte: «Alles kaputt?» Der Alte antwortete. Ganz leise tat er das: «Alles», nickte er. «Drei Stunden links. Drei Stunden rechts. Dahin und rückwärts auch: Alles.» Und er sagte: «Barmbek, Eilbek und Wandsbek» und «Hamm und Horn», sagte er. Und

«Hasselbrook». Und «St. Georg und Borgfelde». Er sagte «Rothenburgsort und Billwerder». Und «Hammerbrook». Und «Billbrook». Und er sagte «Hamburg» und sagte «Hafen» und nochmal «Hamburg». Und er sagte es so, daß Bill Brook glaubte, er hätte Kanada gesagt und hätte Hopedale gesagt. «Hafen» sagte er und «Hamburg»! Und dann wollte er wieder seine kurzen erdigen Finger hochheben und dem Fremden Zahlen vorzählen – aber dann winkte er mit beiden Armen ab und sagte nur: «Ach! In zwei Nächten. In zwei Nächten alles kaputt. Alles.» Und sein Arm machte einen Kreis, in dem eine ganze Welt Platz hatte.

Bill Brook hob zwei Finger: «Zwei Nächte? Nein! Zwei? Zwei Nächte?» Er lachte laut und erschrocken. Er lachte, und es war wie kleine Schreie, laut und erschrocken. Die ganze gewaltige große Stadt – in zwei Nächten? Er wußte nicht, was er anderes tun sollte, als lachen. Er dachte an Hopedale und er dachte: Zwei Nächte. Hopedale würde sein wie eine Lüge. Hopedale würde nicht mehr wahr sein nach zwei Nächten. Gelogen. Getilgt. Er dachte, daß vielleicht zehntausend Menschen unter der flachen Stadt liegengeblieben waren. Er lachte: Zehntausend Tote. Flach, platt und tot. Zehntausend in zwei Nächten. Eine ganze Stadt! In zwei Nächten. Flach, platt, tot.

Der Kanadier konnte nicht aufhören zu lachen. Er lachte und lachte. Aber er lachte nicht aus Freude und nicht aus Lust. Er lachte. Lachte aus Unglauben, aus Überraschung, aus Erstaunen, aus Zweifel. Er lachte, weil er es sich nicht vorstellen konnte. Er lachte, weil es ihm unmöglich erschien. Lachte, weil es ungeheuerlich war. Er lachte, weil es ihn fror, weil es ihn erstarren ließ, weil es ihm graute. Es graute ihm und er lachte. Der Kanadier stand in seiner sauberen blauen Uniform in einer unermeßlichen unvergeßlichen Wüste von Steinen und Toten und lachte. Stand mit seinem sauberen glatten Gesicht abends am Kanal neben zwei Anglern, und die hatten staubige faltige Gesichter und hatten nur drei Beine. So stand der Kanadier abends am Kanal und lachte. Da ließ der Einbeinige ein Wort aus dem unbeweglichen Mund auf den grünschwarzen Schlick fallen. Und das Wort klatschte wie eine Ohrfeige. «Schwein!» sagte der Einbeinige. Und dabei sah er den lachenden Soldaten an, daß dem das Lachen wie ein Hilfeschrei im Hals steckenblieb. Er sagte: «Schwein». Und es klatschte wie eine Ohrfeige über den stillen stumpfen Kanal an diesem Abend.

Aber der Alte hatte gefühlt, daß der Fremde nichts anderes hatte tun können, als lachen. Und er hatte gefühlt, daß es ein Lachen aus Grauen war. Daß es voller Grauen war, grauenhaft. Grauenhaft nicht nur für sie beide, grauenhaft auch für den Lacher. Und der Alte sagte zu dem Einbeinigen: «Du kennst keine Gesichter, habe ich dir doch gesagt.» Aber der Junge bellte: «Natürlich ist er ein Schwein. So ein Schwein.» Er zitterte. Und der Alte sagte noch einmal: «Und du kennst keine Gesichter, sag ich dir. Das ist alles.»

Bill Brook verstand nicht, was die beiden sagten. Aber er fühlte den Haß aus den Augen des Einbeinigen. Er fühlte das «Schwein» und er fühlte es wie eine Ohrfeige. Und er sah, daß die Augen des Alten ihn baten, zu gehen. Er scheuerte seinen Fuß zärtlich an dem Fell der Katze. «Ja», sagte er, «gute Nacht.» «Nacht», beeilte sich der Alte, «Nacht». Bill Brook drehte sich um und ging.

«Schwein das! Schwein das!» «Aber ich sage dir doch, daß du keine Gesichter ...»

Mehr hörte der Kanadier nicht. Und er verstand es auch nicht. Aber er dachte: Es ist gut, daß ich gegangen bin.

Als er wieder auf der Straße war, störten ihn ein paar rote Flecke am Himmel. Die waren noch von der Sonne. Blutflecke, dachte er und macht lange energische Schritte der in

Blut ersoffenen Sonne nach. Regelrecht rostige Blutflecke – unsympathisch, dachte er. Aber da war plötzlich der Nachtwind. Und der kam ihm wohlwollend und kühl entgegen und war voll Weichheit, wie er leise von der Stadt herwehte. Weich war er und leise, wohlwollend und wohltuend wehte er dem Mann ins Gesicht. Kühl und kameradschaftlich wie ein alter Bekannter aus Kanada. Wind. Wind aus Hamburg. Wind aus Hopedale. Nachtwind. Weltwind. Kühl, leis und von der Stadt her. Weltnachtwind. Der Kanadier knöpfte weit sein Hemd auf. Wind, Nachtwind, wehklagend, Wind aus Plattstadt, aus Flachstadt, Wind aus der Totenstadt. Atem, Nachtatem von zehntausend plattgedrückten Schläfern. Der Kanadier ging schnell, schnell und er sang laut vor sich hin. Und es war inzwischen so dunkel geworden, daß er alle paar Schritte mit dem Fuß gegen Ziegelsteine, verkohlte Balken und Mauerbrocken stieß. Aber er fluchte nicht. Nicht ein Mal. Er sang laut in die Dunkelheit hinein. Laut sang er und lustig sang er. Vielleicht sang er, weil er nicht fluchen wollte, wenn er sich stieß. Vielleicht sang er, weil er nicht an die Toten denken wollte. An die zehntausend Flachen mit dem Nachtatem, dem leisen wehmütigen Wind. Oder weil es so dunkel war. Doch, vielleicht war es so, daß er laut sang, weil es dunkel war. Und er ging schnell und sang. Vor ihm, im trüben Lichtdunst, lag die Stadt. Diese verrückte Stadt, von der ein Teil Billbrook hieß. Die einen graugrünen See mit weißen Segeln in der Mitte hatte. Und beispielsweise mal eben zehntausend Tote in einer eigenen Totenstadt. Verrückte Stadt, dachte er. Verrückte, lebendige, tote Stadt! Und er ging schnell und singend und war froh, daß sie da vor ihm lag, sichtbar, hörbar, riechbar, im trüben Lichtdunst des Nachtlebens, trübe und verheißungsvoll, mit dem See mittendrin. Und er ging schnell und laut vor sich hin in das Dunkel hineinsingend. Und neben ihm ging sein

Schatten. Als er seinen Schatten neben sich sah, dachte er: Mein Gott, läuft der etwa? Und dann zwang er sich, zehn Schritte wenigstens, ganz langsam zu gehen, und er sang nicht. Und als er einen Stern aus Hopedale suchen wollte und stehen blieb und zu dem tintenfarbenen Himmel aufsah, da rief es ihn an, unterweltlich, unwirklich, unausweichlich, spukhaft. Und es rief: «He, Herr Bill Brook, wollen Sie nicht mal eben hersehen? Mal eben meine neuesten Plakate lesen?» Und was da baßstimmig dröhnend rief, das war die schiefe Anschlagsäule, die sich vor Diensteifer noch tiefer auf die Erde bückte. Sie war kahl und nackt und gespenstig und schimmerte hellgrau und bleichbäuchig durch den schmutzfleckigen Samt der frühen Nacht. Und der Kanadier ging schnell. «Juhu! Bill Brook! Wie ist es mit einem kleinen Telefönchen? Kleines Ferngespräch nach Kanada gefällig? Wie? Etwa so: Tote Stadt gesehen! Zehntausend Tote gerochen! Und Krümel, Krümel, Krümel gesehen. Menschkrümel, Steinkrümel, Stadtkrümel, Weltkrümel. Aber laufen Sie doch nicht weg, Bill Brook, he, juhu!» Die dicke dunkelrote glaslose skelettige Telefonzelle wedelte hysterisch mit der Tür und die zerrissenen Drähte pendelten wie Schlangen im Wind. Der Kanadier ging schnell. Und er sang. Und dann fand er, daß es so aussähe, als ob sein Schatten liefe. Er nahm sich vor, langsam zu gehen. Aber er ging schnell, der Kanadier. Da kam ihm kichernd der verblödete erblindete gekrümmte verödete Laternenpfahl entgegengestolpert und stotterte erregt: «Hoppla, Hallo, Billy, Junge! Soll ich dir leuchten? Heimleuchten? Bin 'n großartiger Leuchter, mein Lieber. Aber Billy, bleib doch, Billy!» Der Kanadier ging schnell. Und er sang laut. Er hatte sein Hemd weit offen. Er sah Hamburg vor sich und er dachte: Hopedale. Und er ging schnell. Er machte Riesenschritte und sein Schatten lief hinterher. Es sah aus, als liefe er. Der Nachtwind kam kühl und Bill Brook ging ihm mit nackter Brust und heißer Stirn entgegen. Und das Dunkel war ein Maul, das spie. Und spie plötzlich zwei gelbe glimmende gleitende Augen aus. Und die Augen kamen ihm entgegen. Und die Augen wurden größer. Und waren gelb und glimmten giftig auf ihn zu. Das muß ein Auto sein, sagte er sich. Natürlich, was sonst? Und wenn es nun kein Auto ist? Aber es ist sicher ein Auto. Gerade als er dachte, es ist vielleicht doch kein Auto, da blieben die beiden glimmenden Augen unvermutet stehen. Er hörte ein Quietschen. Das müssen die Bremsen sein. Dann erblindete das Ungeheuer und die Augen erloschen. Der Kanadier kam heran. Es war ein Auto. Donnerwetter, sagte er da und lachte. Und er fand, daß er eigentlich gar nicht so schnell zu gehen brauchte. Er ging langsamer. Er merkte, daß er ganz naß war. Ich bin so gelaufen. Viel zu schnell. Wie ein Wahnsinniger. Ich glaube, mir war diese tote Stadt mit ihren zehntausend flachen Einwohnern unbehaglich. Ich glaube, ich hatte Angst. Vielleicht hatte ich Angst. Natürlich: Angst. Er gab es sich zu, daß er Angst gehabt hatte. Viel nicht, aber Angst. Warum soll ich auch nicht Angst haben dürfen? Es ist gut, wenn man Angst haben kann. Manchmal ist es gut. Die keine Angst haben, werden Boxer, und ihre Nasen und Seelen sind unförmig und breitgeklopft und häßlich. Und die dürfen keine Angst haben. Arme Boxer. Schlimm für sie, wenn zehntausend Tote ihnen keine Angst machen. Solche Boxer gibt es viel.

Meinetwegen, ich habe Angst gehabt vor den zehntausend Flachköpfigen, Flachbrüstigen. Aber jetzt kommen Häuser auf mich zu. Mit hellen warmen Fenstern und rundköpfigen, lebendigen Menschen. Bill Brook blieb stehen und atmete tief und durstig, als hätte er seit Stunden die Luft angehalten. Und der Nachtwind, der ihn als Atem der Toten angehaucht hatte, wurde warm und vertraut wie der

Atem eines großen grauen Tieres. Und das Tier, das ihn ausatmete, hieß Hamburg. Und sein Atem roch nach Topfblumen, frischgegossenen Vorgärten, Abendessen, offenen Fenstern, Menschen. Roch lebendig und warm wie Kuhatem, wie Pferdeatem abends im Stall.

An einer Häuserecke saß sogar ein Hund, vorne Dackel, hinten Terrier, und fegte mit seinem Schwanz enthusiastisch von links nach rechts über die harten Steinfliesen. Als der Kanadier die Ecke erreicht hatte, sah er den Grund zu dem Enthusiasmus des Hundeschwanzes. Der Grund war ein dreizehnjähriges Mädchen, das mit einem Ball spielte. Sie warf ihn um den Rücken herum gegen die Wand und fing ihn mit der Brust wieder auf, wenn er von der Wand zurückprallte. Der Hund hielt den Ball im Abenddunkel vielleicht für ein geheimnisvolles aufregendes Tier. Und der Ball federte leicht und helltönend zwischen der Wand und der Brust des dreizehnjährigen Mädchens hin und her. Und der Hundeschwanz ging mit: Wand – Brust. Wand – Brust. Wand – Brust.

Süß, dachte der Mann, der aus der toten Stadt kam. Süß. Aber in fünf Jahren macht sie das auch nicht mehr. Wegen der Brust. Dann ist sie vielleicht achtzehn. Oder zwanzig.

Er lachte laut über seine Gedanken. Dann ging er weiter. Und ging mit großen sicheren Schritten in die lebendige Stadt hinein.

Als Bill Brook eine Stunde später in der Badewanne seines Hotels stand und sich das eisige Wasser über den Rükken prasseln ließ, kam der kleine Schwarze von nebenan mit seinem Konservendosengelächter, stemmte beide Arme gegen die Türfüllung und schrie blechkehlig: «Ohe, Alter, bist du so versumpft, altes Sumpfhuhn, daß du gleich ins Wasser mußt? Kleines schmutziges Verhältnis gehabt, was, Alter? Oder haben sie dich in deinem eigenen Stadtteil mit

Dreck beworfen, ja?» Er krümmte sich vor Gelächter, als ob ihm schlechter Schnaps im Gedärm brenne. Bill Brook schmiß ihm die Seife nach und grinste: «Nee, nur 'n kleinen Trip gemacht in die tote Stadt. Kleinen Boxkampf gemacht mit zehntausend Toten. Und alle beinamputiert. Denk bloß, alle einbeinig!»

Der Schwarzhaarige mit dem Blechlachen machte riesige runde Augen und einen dummen großen offenen Mund. «Aha», klöterte es dann aus seiner Kehle, «ach so, ihr habt gesoffen!» Und damit verschwand er gähnend und beruhigt im Nebenzimmer. Kurz darauf hörte Bill Brook seine beiden Kameraden gewaltig und männlich schnarchen.

Dann setzte er sich an den Tisch, zog die Tischdecke ab und legte sie über die Lampe, damit die beiden Schnarcher nicht aufwachten. Er nahm einen Briefbogen. Und dann saß er vor dem leeren Papier und sah in die Lampe. Er wollte von Billbrook schreiben, von dem Stadtteil Billbrook, von der Telefonzelle, der Litfaßsäule, von der Laterne. Er wollte von den beiden Anglern mit den drei Beinen schreiben, von den Zigaretten im Wasser und vom Gras, vom großen grünen grauen Großstadtgras. Von den Leichenfingern wollte er schreiben, von der toten Stadt und ihren zehntausend flachgedrückten plattgedrückten Einwohnern. Von der toten Stadt wollte er schreiben und von dem Mädchen mit dem Ball. Davon wollte er schreiben. Das wollte er denen zu Hause schreiben, denen in Kanada, denen in Labrador. Aber dann schrieb er kein Wort davon. Dann schrieb er kein Wort von der toten Stadt. Dann schrieb er nur von Hopedale, vom Wind in Hopedale, vom Hafen in Hopedale und vom Wasser in Hopedale. Er sah in die Lampe.

Und dann schrieb er unter seinen Brief noch einen Satz: «Ich glaube, es ist nicht so schlimm, daß die beiden Kühe eingegangen sind.» Das schrieb er. Und dann noch: «Nein, es ist bestimmt nicht so schlimm.» Er leckte den Brief zu und sagte: «Es ist auch wirklich nicht so gefährlich mit den beiden Kühen.»

Er stand auf und machte das Licht aus. Dann ging er ans Fenster und sah in die Nacht hinaus. Da drüben blinkten die Sterne in der Alster. Und die Alster lag da schwarz und mittendrin. Und plötzlich klirrten die Fenster. Draußen fuhr eine Kolonne von schweren dicken Lastwagen vorbei. Ihre gelben großen Augen blinzelten durch den Nachtnebel. Ihre Motore schnoben wie eine Herde wütender Elefanten. Die Fenster klirrten heimlich und erregt.

«Schön. Schön!» flüsterte der Kanadier und drückte seine heiße Stirn gegen das kalte Glas.

«Schön, daß hier alles so lebendig ist. Hier. Und in Hopedale.» Und er ging leise ins Zimmer zurück. Heimlich und erregt klirrten die Fenster.

Die Elbe

Blick von Blankenese

Links liegt Hamburg. Da, wo der viele Dunst liegt. Und der kommt von dem vielen Lärm, von den Menschen und der Arbeit, die da sind, in Hamburg.

Drüben liegt Finkenwerder. Aber Finkenwerder ist klein, denn es liegt da ganz drüben, und dazwischen liegt der Strom. Und drüben, das ist ziemlich weit.

Rechts liegen noch ein paar Häuser und manchmal eine Straße oder ein Graben. Und dann liegt da nachher bald die Nordsee. Und da liegt viel Dunst. Von dem vielen Wasser, das da ist.

So ist das links, drüben und rechts. Hamburg und Finkenwerder und die Nordsee. Und hinten?

Hinten liegen ein paar Wiesen und ein paar Wälder. In den Wiesen und den Wäldern liegen Kühe, Kuhfladen, Nebel, Nächte. Liegen Kaninchen, Sonne, Heidekraut und Pilze. Hin und wieder liegen Strohdächer dazwischen, Misthaufen, Fuchslöcher, Regenpfützen und Knickwege. Aber sonst nicht viel. Und nachher liegt da auch bald Dänemark.

Oben liegt der Himmel und da liegen die Sterne drin.

Darunter liegt die Elbe. Und da liegen auch Sterne drin. Dieselben Sterne, die im Himmel liegen, liegen auch in der Elbe. Vielleicht sind wir gar nicht so weit ab vom Himmel. Wir in Blankenese. Wir in Barmbek, in Bremen, in Bristol, Boston und Brooklyn. Und wir hier in Blankenese. Aber man muß die Sterne natürlich sehen, die hier unten schwimmen, in der Elbe, im Dnjepr, in der Seine, im Hoangho und im Mississippi.

Und die Elbe? Die stinkt. Stinkt, wie eben das Abwaschwasser einer Großstadt stinkt: nach Kartoffelschale, Seife, Blumenvasenwasser, Steckrüben, Nachttöpfen, Chlor, Bier und nach Fisch und nach Rattendreck. Danach stinkt sie, die Elbe. Wie eben das Spülwasser von ein paar Millionen Menschen nur stinken kann. So stinkt sie aber auch. Und sie läßt keinen Gestank aus, der auf der Welt vorkommt.

Aber die sie lieben, die weit weg sind und sich sehnen, die sagen: Sie riecht. Nach Leben riecht sie. Nach Heimat hier auf der verlorenen Kugel. Nach Deutschland. Ach, und sie riecht nach Hamburg und nach der ganz großen Welt. Und sie sagen: Elbe. Sie sagen das weich und wehmütig und wollüstig, wie man einen Mädchennamen sagt. So: Elbe!

Früher gab es riesige Schiffe. Dampfer, Kästen, Paläste, die einen übermütigen tränenlosen Abschied riskierten. Die abends wie gewaltige Wohnblocks, wie kühn konstruierte, schmal geschnittene phantasievolle gigantische Etagenhäuser im Strom lagen und träge und weltsatt und meermüde gegen die nächtlich erregten Kais trieben. Die gab es früher, diese zyklopischen schwimmenden Termitenberge, von Millionen Glühwürmchen erleuchtet, gemütlich, großmütig und geborgen glimmend, grün und rot und hektisch weißglühend. Sie konnten mit lärmender Blechmusik eine turbulente tränenlose tolle Ankunft riskieren. Ankunft und Ausfahrt: Mutige Blechmusik. So war das damals. Gestern.

Ob sie voll Fernweh und Macht und Mut ausfuhren auf die weiten Wasser der Welt – oder ob sie voll Weltatem und Weltware und Weisheit heimkamen von den Teichen zwischen den Kontinenten: Immer lagen sie voll Mut im Elbstrom, Titanen hinter den hustenden Schleppern, schimmernd aus dem Qualm der Barkassen aufragend, Festungen, unantastbar, gebirgig, übermütig.

Immer funkelte ein Übermaß an Mut aus den tausend bulläugigen Fenstermäulern. Immer zitterte ein Überschuß an Freude aus den Messingmäulern ihrer Mußidenn-Kapellen. Immer war es eine Überfülle an Kraft, die aus den stolzen Mäulern der Schornsteine stob und schnob, stampfte und dampfte. Kraft, die weißluftig aus den karpfenmäuligen Sirenenohren zischte. Lachende lustvolle lebendige Elbe!

So war das. Damals. Gestern.

Aber manchmal gibt es Zeiten, und sie liegen grauer als der graue Dunst Hamburgs über der uralten ewigjungen Elbe, dann sind der Mut und die Freude und die Kraft auf See geblieben, dann sind sie an fremden, kalten, wüsten Küsten verschollen. Dann sind sie überfällig, die Freude, der Mut und die Kraft.

Das sind die dunstgrauen, die nebelgrauen, die weltgrauen Zeiten, in denen es vorkommen kann, daß kleine weiße aufgeschwemmte Menschenwracks auf den graugelben schmuddeligen Sand von Blankenese oder Teufelsbrücke geworfen werden. Dann passiert es, daß vollgelaufene fischig-stinkende menschfremde Tote gegen das Schilf von Finkenwerder oder Moorburg knistern und wispern. Dann geschieht es, daß an diesen grauen Tagen Liebende, Ungeliebte, Verzweifelte, Müde, Todestraurige, Selbstmordmutige, denen der Mut zum Leben ausging – Freudlose und Freundlose, Kraftlose, die nur noch einen Freund im Elbstrom hatten, die nur noch die Kraft zum Tod hatten – daß diese, das geschieht dann in den grauen Nächten, daß diese von Elbwasser Besoffenen, die sich am Elbwasser zu Tode berauschten, dumpf und drohend und dröhnend gegen die Pontons von Altona und den Landungsbrücken stoßen. Rhythmisch dumpfen sie dagegen, eintönig, gleichmäßig wie Atem. Denn der Wellengang der Elbe, der Stromatem, ist nun ihr Rhythmus – das Wasser der Elbe ist nun ihr Blut. Und dann klatschen in den grauen Nächten die kalten kalkigen Menschenleichen klagend gegen die Kaimauern von Köhlbrand und Athabaskahöft. Und ihre einzige Blechmusik sind die blechernen Möwenschreie, die geil und voll Gier über den Menschenfischen schwirren. So ist das in den grauen Zeiten.

Meerhungrige Riesenkästen, ozeansüchtige Wohnblocks, winderfahrene Paläste voll Ausfahrt und Ankunft mit lärmender Blechmusik dickbäuchiger Messingkapellen –

Wassersüchtige Menschenwracks, todsehnende Lebendige, wellenvertraute wellenverliebte Wasserleichen voll Abschied und Endgültigkeit mit einsamem Blechschrei schmalflügeliger Lachmöwen:

Lustvolle leidvolle Elbe! Lustvolles leidvolles Leben!

Aber dann kommen die unauslöschlichen, die unaustilgbaren, die unvergeßlichen Stunden, wo abends die jungen Menschen, von der Sehnsucht nach Abenteuern randvoll, auf den geheimnisvollen Holzkästen stehen, die den geheimnisvollen Namen Ponton haben, einen Namen, der schon drucksend und glucksend all ihr zauberhaftes Heben und Senken vom Atem des Stromes verrät. Immer werden wir wieder auf den sicheren schwankenden Pontons stehen und eine Freude in uns fühlen, einen Mut in uns merken und eine Kraft in uns kennen. Immer wieder werden wir auf den Pontons stehen, mit dem Mut zum Abenteuer dieses Lebens, und den Atem der Welt unter unsern Füßen fühlen.

Über uns blinkt der Große Bär – unter uns blubbert der Strom. Wir stehen mittenzwischen: Im lachenden Licht, im grauen Nebel der Nacht. Und wir sind voll Hunger und Hoffnung. Wir sind voll Hunger nach Liebe und voll Hoffnung auf Leben. Und wir sind voll Hunger auf Brot und voll Hoffnung auf Begegnung. Und wir sind voll Hunger nach Ausreise und voll Hoffnung auf Ankunft.

Immer wieder werden wir in den grauen Zeiten auf den mürbeduftenden schlafschaukelnden lebenatmenden Pontons stehen mit unserem heißen Hunger und mit unserer heiligen Hoffnung.

Und wir wünschen uns in den grauen Zeiten, den Zeiten ohne die schwimmenden Paläste, voll Mut auf den kleinen Motorkahn, auf den Fischfänger, den Küstenkriecher, wünschen uns ein brennendes Gesöff ins Gedärm und eine weiche warme Wolle um die Brust und ein Abenteuer ins Herz. Wünschen uns voll Mut zur Ausfahrt, voll Mut zum Abschied, voll Mut zum Sturm und zum Meer.

Und wir wünschen uns (in diesen grauen Zeiten, wo es die großen Kästen nicht gibt) muskelmüde auf die heimkommenden kleinen Fischkutter, die mit asthmatischem Gepucker im Leib die Elbe reinkommen, um einmal so voll von Heimkehr, voll Fracht und Erfahrung sein zu können. Um einmal die Stadt des Heimwehs, die Stadt der Heimkehr im Blut zu haben, herrlich, schmerzlich Hamburg zu schreien, zu schluchzen – einmal voll Nachhausekommen zu sein. Und wir wünschen uns zerschlagen und windmüde auf die kleinen Fischkutter, schwatzend, schrubbend, schimpfend oder schweigend – wünschen uns die Lust, die unfaßbare Tränenlust, einmal Heimkehrer zu einer Hafenstadt zu sein.

Und wenn wir abends auf den wiegenden Pontons stehen – in den grauen Tagen – dann sagen wir: Elbe! Und wir meinen: Leben! Wir meinen: Ich und du. Wir sagen, brüllen, seufzen: Elbe – und meinen: Welt! Elbe, sagen wir, wir Hoffenden, Hungernden. Wir hören die metallischen Herzen der kleinen tapferen armseligen ausgelieferten treuen Kutter tuckern – aber heimlich hören wir wieder die Posaunen der Mammutkähne, der Großen, der Gewaltigen, der Giganten. Wir sehen die zitternden kleinen Kutter mit einem roten und einem grünen Auge abends im Strom – aber heimlich sehen wir wieder, wir Lebenden, Hungernden, Hoffenden, die bulläugigen lichtverschwendenden blechmusikenen Kolosse, die Riesen, die Paläste.

Wir stehen auf den abendlichen schaukelnden Pontons und fühlen das Schweigen, den Friedhof fühlen wir und den Tod – aber tief in uns hören wir wieder das Gewitter, das Gedonner und Gedröhn der Werften. Tief in uns fühlen wir das Leben – und das Schweigen über dem Strom wird wieder platzen, wie eine Lüge, von dem Lärm, von der Lust des lauten Lebens! Das fühlen wir – tief in uns abends auf den flüsternden Pontons.

Elbe, stadtstinkende kaiklatschende schilfschaukelnde sandsabbelnde möwenmützige graugrüne große gute Elbe!

Links Hamburg, rechts die Nordsee, vorn Finkenwerder und hinten bald Dänemark. Um uns Blankenese. Über uns der Himmel. Unter uns die Elbe. Und wir: Mitten drin!

Draußen vor der Tür

Ein Stück,
das kein Theater spielen und
kein Publikum sehen will

Hans Quest
gewidmet

BECKMANN, einer von denen
seine FRAU, die ihn vergaß
deren FREUND, der sie liebt
ein MÄDCHEN, dessen Mann auf einem Bein nach Hause kam
ihr MANN, der tausend Nächte von ihr träumte
ein OBERST, der sehr lustig ist
seine FRAU, die es friert in ihrer warmen Stube
die TOCHTER, gerade beim Abendbrot
deren schneidiger MANN
ein KABARETTDIREKTOR, der mutig sein möchte, aber dann doch lieber feige ist
FRAU KRAMER, die weiter nichts ist als Frau Kramer, und das ist gerade so furchtbar
der ALTE MANN, an den keiner mehr glaubt
der BEERDIGUNGSUNTERNEHMER mit dem Schluckauf
ein STRASSENFEGER, der gar keiner ist
der ANDERE, den jeder kennt
die ELBE.

Ein Mann kommt nach Deutschland.

Er war lange weg, der Mann. Sehr lange. Vielleicht zu lange. Und er kommt ganz anders wieder, als er wegging. Äußerlich ist er ein naher Verwandter jener Gebilde, die auf den Feldern stehen, um die Vögel (und abends manchmal auch die Menschen) zu erschrecken. Innerlich – auch. Er hat tausend Tage draußen in der Kälte gewartet. Und als Eintrittsgeld mußte er mit seiner Kniescheibe bezahlen. Und nachdem er nun tausend Nächte draußen in der Kälte gewartet hat, kommt er endlich doch noch nach Hause.

Ein Mann kommt nach Deutschland.

Und da erlebt er einen ganz tollen Film. Er muß sich während der Vorstellung mehrmals in den Arm kneifen, denn er weiß nicht, ob er wacht oder träumt. Aber dann sieht er, daß es rechts und links neben ihm noch mehr Leute gibt, die alle dasselbe erleben. Und er denkt, daß es dann doch wohl die Wahrheit sein muß. Ja, und als er dann am Schluß mit leerem Magen und kalten Füßen wieder auf der Straße steht, merkt er, daß es eigentlich nur ein ganz alltäglicher Film war, ein ganz alltäglicher Film. Von einem Mann, der nach Deutschland kommt, einer von denen. Einer von denen, die nach Hause kommen und die dann doch nicht nach Hause kommen, weil für sie kein Zuhause mehr da ist. Und ihr Zuhause ist dann draußen vor der Tür. Ihr Deutschland ist draußen, nachts im Regen, auf der Straße.

Das ist ihr Deutschland.

Vorspiel

(Der Wind stöhnt. Die Elbe schwappt gegen die Pontons. Es ist Abend. Der Beerdigungsunternehmer. Gegen den Abendhimmel die Silhouette eines Menschen.)

DER BEERDIGUNGSUNTERNEHMER *(rülpst mehrere Male und sagt dabei jedesmal)*: Rums! Rums! Wie die – Rums! Wie die Fliegen! Wie die Fliegen, sag ich.

Aha, da steht einer. Da auf dem Ponton. Sieht aus, als ob er Uniform an hat. Ja, einen alten Soldatenmantel hat er an. Mütze hat er nicht auf. Seine Haare sind kurz wie eine Bürste. Er steht ziemlich dicht am Wasser. Beinahe zu dicht am Wasser steht er da. Das ist verdächtig. Die abends im Dunkeln am Wasser stehn, das sind entweder Liebespaare oder Dichter. Oder das ist einer von der großen grauen Zahl, die keine Lust mehr haben. Die den Laden hinwerfen und nicht mehr mitmachen. Scheint auch so einer zu sein von denen, der da auf dem Ponton. Steht gefährlich dicht am Wasser. Steht ziemlich allein da. Ein Liebespaar kann es nicht sein, das sind immer zwei. Ein Dichter ist es auch nicht. Dichter haben längere Haare. Aber dieser hier auf dem Ponton hat eine Bürste auf dem Kopf. Merkwürdiger Fall, der da auf dem Ponton, ganz merkwürdig. *(Es gluckst einmal schwer und dunkel auf. Die Silhouette ist verschwunden.)* Rums! Da! Weg ist er. Reingesprungen. Stand zu dicht am Wasser. Hat ihn wohl untergekriegt. Und jetzt ist er weg. Rums. Ein Mensch stirbt. Und? Nichts weiter. Der Wind weht weiter. Die Elbe quasselt weiter. Die Straßenbahn klingelt weiter. Die Huren liegen weiter weiß und weich in den Fenstern. Herr Kramer dreht sich auf die andere Seite und schnarcht weiter. Und keine – keine Uhr bleibt stehen. Rums! Ein Mensch ist gestorben. Und? Nichts weiter. Nur ein paar kreisförmige Wellen beweisen, daß er mal da war. Aber auch die haben sich schnell wieder beruhigt. Und wenn die sich verlaufen haben, dann ist auch er vergessen, verlaufen, spurlos, als ob er nie gewesen wäre. Weiter nichts. Hallo, da weint einer. Merkwürdig. Ein alter Mann steht da und weint. Guten Abend.

DER ALTE MANN *(nicht jämmerlich, sondern erschüttert)*: Kinder! Kinder! Meine Kinder!

BEERDIGUNGSUNTERNEHMER: Warum weinst du denn, Alter?

DER ALTE MANN: Weil ich es nicht ändern kann, oh, weil ich es nicht ändern kann.

BEERDIGUNGSUNTERNEHMER: Rums! Tschuldigung! Das ist allerdings schlecht. Aber deswegen braucht man doch nicht gleich loszulegen wie eine verlassene Braut. Rums! Tschuldigung!

DER ALTE MANN: Oh, meine Kinder! Es sind doch alles meine Kinder!

BEERDIGUNGSUNTERNEHMER: Oho, wer bist du denn?

DER ALTE MANN: Der Gott, an den keiner mehr glaubt.

BEERDIGUNGSUNTERNEHMER: Und warum weinst du? Rums! Tschuldigung!

GOTT: Weil ich es nicht ändern kann. Sie erschießen sich. Sie hängen sich auf. Sie ersaufen sich. Sie ermorden sich, heute hundert, morgen hunderttausend. Und ich, ich kann es nicht ändern.

BEERDIGUNGSUNTERNEHMER: Finster, finster, Alter. Sehr finster. Aber es glaubt eben keiner mehr an dich, das ist es.

GOTT: Sehr finster. Ich bin der Gott, an den keiner mehr glaubt. Sehr finster. Und ich kann es nicht ändern, meine Kinder, ich kann es nicht ändern. Finster, finster.

BEERDIGUNGSUNTERNEHMER: Rums! Tschuldigung! Wie die Fliegen! Rums! Verflucht!

GOTT: Warum rülpsen Sie denn fortwährend so ekelhaft? Das ist ja entsetzlich!

BEERDIGUNGSUNTERNEHMER: Ja, ja, greulich! Ganz greulich! Berufskrankheit. Ich bin Beerdigungsunternehmer.

GOTT: Der Tod? – Du hast es gut! Du bist der neue Gott. An dich glauben sie. Dich lieben sie. Dich fürchten sie. Du bist unumstößlich. Dich kann keiner leugnen! Keiner lästern. Ja, du hast es gut. Du bist der neue Gott. An dir kommt keiner vorbei. Du bist der neue Gott, Tod, aber du bist fett geworden. Dich hab ich doch ganz anders in Erinnerung. Viel magerer, dürrer, knochiger, du bist aber rund und fett und gut gelaunt. Der alte Tod sah immer so verhungert aus.

TOD: Na ja, ich hab in diesem Jahrhundert ein bißchen Fett angesetzt. Das Geschäft ging gut. Ein Krieg gibt dem andern die Hand. Wie die Fliegen! Wie die Fliegen kleben die Toten an den Wänden dieses Jahrhunderts. Wie die Fliegen liegen sie steif und vertrocknet auf der Fensterbank der Zeit.

GOTT: Aber das Rülpsen? Warum dieses gräßliche Rülpsen?

TOD: Überfressen. Glatt überfressen. Das ist alles. Heutzutage kommt man aus dem Rülpsen gar nicht heraus. Rums! Tschuldigung!

GOTT: Kinder, Kinder. Und ich kann es nicht ändern! Kinder, meine Kinder! *(geht ab)*

TOD: Na, dann gute Nacht, Alter. Geh schlafen. Paß auf, daß du nicht auch noch ins Wasser fällst. Da ist vorhin erst einer reingestiegen. Paß gut auf, Alter. Es ist finster, ganz finster. Rums! Geh nach Haus, Alter. Du änderst es doch nicht. Wein nicht über den, der hier eben plumps gemacht hat. Der mit dem Soldatenmantel und der Bürstenfrisur. Du weinst dich zugrunde! Die heute abends am Wasser stehen, das sind nicht mehr Liebespaare und Dichter. Der hier, der war nur einer von denen, die nicht mehr wollen oder nicht mehr mögen. Die einfach nicht mehr können, die steigen dann abends irgendwo still ins Wasser. Plumps. Vorbei. Laß ihn, heul nicht, Alter. Du heulst dich zugrunde. Das war nur einer von denen, die nicht mehr können, einer von der großen grauen Zahl … einer … nur …

Der Traum

(In der Elbe. Eintöniges Klatschen kleiner Wellen. Die Elbe. Beckmann.)

BECKMANN: Wo bin ich? Mein Gott, wo bin ich denn hier?

ELBE: Bei mir.

BECKMANN: Bei dir? Und – wer bist du?

ELBE: Wer soll ich denn sein, du Küken, wenn du in St. Pauli von den Landungsbrücken ins Wasser springst?

BECKMANN: Die Elbe?

ELBE: Ja, die. Die Elbe.

BECKMANN *(erstaunt)*: Du bist die Elbe!

ELBE: Ah, da reißt du deine Kinderaugen auf, wie? Du hast wohl gedacht, ich wäre ein romantisches junges Mädchen mit blaßgrünem Teint? Typ Ophelia mit Wasserrosen im aufgelösten Haar? Du hast am Ende gedacht, du könntest in meinen süßduftenden Lilienarmen die Ewigkeit verbringen. Nee, mein Sohn, das war ein Irrtum von dir. Ich bin weder romantisch noch süßduftend. Ein anständiger Fluß stinkt. Jawohl. Nach Öl und Fisch. Was willst du hier?

BECKMANN: Pennen. Da oben halte ich das nicht mehr aus. Das mache ich nicht mehr mit. Pennen will ich. Tot sein. Mein ganzes Leben lang tot sein. Und pennen. Endlich in Ruhe pennen. Zehntausend Nächte pennen.

ELBE: Du willst auskneifen, du Grünschnabel, was? Du glaubst, du kannst das nicht mehr aushalten, hm? Da oben, wie? Du bildest dir ein, du hast schon genug mitgemacht, du kleiner Stift. Wie alt bist du denn, du verzagter Anfänger?

BECKMANN: Fünfundzwanzig. Und jetzt will ich pennen.

ELBE: Sieh mal, fünfundzwanzig. Und den Rest verpennen.

Fünfundzwanzig und bei Nacht und Nebel ins Wasser steigen, weil man nicht mehr kann. Was kannst du denn nicht mehr, du Greis?

BECKMANN: Alles, alles kann ich nicht mehr da oben. Ich kann nicht mehr hungern. Ich kann nicht mehr humpeln und vor meinem Bett stehen und wieder aus dem Haus raushumpeln, weil das Bett besetzt ist. Das Bein, das Bett, das Brot – ich kann das nicht mehr, verstehst du!

ELBE: Nein. Du Rotznase von einem Selbstmörder. Nein, hörst du! Glaubst du etwa, weil deine Frau nicht mehr mit dir spielen will, weil du hinken mußt und weil dein Bauch knurrt, deswegen kannst du hier bei mir untern Rock kriechen? Einfach so ins Wasser jumpen? Du, wenn alle, die Hunger haben, sich ersaufen wollten, dann würde die gute alte Erde kahl wie die Glatze eines Möbelpackers werden, kahl und blank. Nee, gibt es nicht, mein Junge. Bei mir kommst du mit solchen Ausflüchten nicht durch. Bei mir wirst du abgemeldet. Die Hosen sollte man dir strammziehen, Kleiner, jawohl! Auch wenn du sechs Jahre Soldat warst. Alle waren das. Und die hinken alle irgendwo. Such dir ein anderes Bett, wenn deins besetzt ist. Ich will dein armseliges bißchen Leben nicht. Du bist mir zu wenig, mein Junge. Laß dir das von einer alten Frau sagen: Lebe erst mal. Laß dich treten. Tritt wieder! Wenn du den Kanal voll hast, hier, bis oben, wenn du lahmgestrampelt bist und wenn dein Herz auf allen vieren angekrochen kommt, dann können wir mal wieder über die Sache reden. Aber jetzt machst du keinen Unsinn, klar? Jetzt verschwindest du hier, mein Goldjunge. Deine kleine Handvoll Leben ist mir verdammt zu wenig. Behalt sie. Ich will sie nicht, du gerade eben Angefangener. Halt den Mund, mein kleiner Menschensohn! Ich will dir was sagen, ganz leise, ins Ohr, du, komm her: ich scheiß auf deinen Selbstmord! Du Säugling. Paß gut auf, was ich mit dir mache. *(laut)* Hallo, Jungens! Werft diesen Kleinen hier bei Blankenese wieder auf den Sand! Er will es nochmal versuchen, hat er mir eben versprochen. Aber sachte, er sagt, er hat ein schlimmes Bein, der Lausebengel, der grüne!

1. Szene

(Abend. Blankenese. Man hört den Wind und das Wasser. Beckmann. Der Andere.)

BECKMANN: Wer ist da? Mitten in der Nacht. Hier am Wasser. Hallo! Wer ist denn da?

DER ANDERE: Ich.

BECKMANN: Danke. Und wer ist das: Ich?

DER ANDERE: Ich bin der Andere.

BECKMANN: Der Andere? Welcher Andere?

DER ANDERE: Der von Gestern. Der von Früher. Der Andere von Immer. Der Jasager. Der Antworter.

BECKMANN: Der von Früher? Von Immer? Du bist der Andere von der Schulbank, von der Eisbahn? Der vom Treppenhaus?

DER ANDERE: Der aus dem Schneesturm bei Smolensk. Und der aus dem Bunker bei Gorodok.

BECKMANN: Und der – der von Stalingrad, der Andere, bist du der auch?

DER ANDERE: Der auch. Und auch der von heute abend. Ich bin auch der Andere von morgen.

BECKMANN: Morgen. Morgen gibt es nicht. Morgen ist ohne dich. Hau ab. Du hast kein Gesicht.

DER ANDERE: Du wirst mich nicht los. Ich bin der Andere, der immer da ist: Morgen. An den Nachmittagen. Im Bett. Nachts.

BECKMANN: Hau ab. Ich hab kein Bett. Ich lieg hier im Dreck.

DER ANDERE: Ich bin auch der vom Dreck. Ich bin immer. Du wirst mich nicht los.

BECKMANN: Du hast kein Gesicht. Geh weg.

DER ANDERE: Du wirst mich nicht los. Ich habe tausend Gesichter. Ich bin die Stimme, die jeder kennt. Ich bin der Andere, der immer da ist. Der andere Mensch, der Antworter. Der lacht, wenn du weinst. Der antreibt, wenn du müde wirst, der Antreiber, der Heimliche, Unbequeme bin ich. Ich bin der Optimist, der an den Bösen das Gute sieht und die Lampen in der finstersten Finsternis. Ich bin der, der glaubt, der lacht, der liebt! Ich bin der, der weitermarschiert, auch wenn gehumpelt wird. Und der Ja sagt, wenn du Nein sagst, der Jasager bin ich. Und der –

BECKMANN: Sag Ja, soviel wie du willst. Geh weg. Ich will dich nicht. Ich sage Nein. Nein, nein. Geh weg. Ich sage Nein. Hörst du?

DER ANDERE: Ich höre. Deswegen bleibe ich ja hier. Wer bist du denn, du Neinsager?

BECKMANN: Ich heiße Beckmann.

DER ANDERE: Vornamen hast du wohl nicht, Neinsager?

BECKMANN: Nein. Seit gestern. Seit gestern heiße ich nur noch Beckmann. Einfach Beckmann. So wie der Tisch Tisch heißt.

DER ANDERE: Wer sagt Tisch zu dir?

BECKMANN: Meine Frau. Nein, die, die meine Frau war. Ich war nämlich drei Jahre lang weg. In Rußland. Und gestern kam ich wieder nach Hause. Das war das Unglück. Drei Jahre sind viel, weißt du. Beckmann – sagte meine Frau zu mir. Einfach Beckmann. Und dabei war man drei Jahre weg. Beckmann sagte sie, wie man zu einem Tisch Tisch sagt. Möbelstück Beckmann. Stell es weg. Das Möbelstück Beckmann. Siehst du, deswegen habe ich keinen Vornamen mehr, verstehst du.

DER ANDERE: Und warum liegst du hier nun im Sand? Mitten in der Nacht. Hier am Wasser?

BECKMANN: Weil ich nicht hochkomme. Ich hab mir nämlich ein steifes Bein mitgebracht. So als Andenken. Solche Andenken sind gut, weißt du, sonst vergißt man den Krieg so schnell. Und das wollte ich doch nicht. Dazu war das alles doch zu schön. Kinder, war das schön, was?

DER ANDERE: Und deswegen liegst du hier abends am Wasser?

BECKMANN: Ich bin gefallen.

DER ANDERE: Ach. Gefallen. Ins Wasser?

BECKMANN: Nein, nein! Nein, du! Hörst du, ich wollte mich reinfallen lassen. Mit Absicht. Ich konnte es nicht mehr aushalten. Dieses Gehumpel und Gehinke. Und dann die Sache mit der Frau, die meine Frau war. Sagt einfach Beckmann zu mir, so wie man zu Tisch Tisch sagt. Und der andere, der bei ihr war, der hat gegrinst. Und dann dieses Trümmerfeld. Dieser Schuttacker hier zu Hause. Hier in Hamburg. Und irgendwo da unter liegt mein Junge. Ein bißchen Mud und Mörtel und Matsch. Menschenmud, Knochenmörtel. Er war gerade ein Jahr alt und ich hatte ihn noch nicht gesehen. Aber jetzt sehe ich ihn jede Nacht. Und unter den zehntausend Steinen. Schutt, weiter nichts als ein bißchen Schutt. Das konnte ich nicht aushalten, dachte ich. Und da wollte ich mich fallen lassen. Wäre ganz leicht, dachte ich: vom Ponton runter. Plumps. Aus. Vorbei.

DER ANDERE: Plumps? Aus? Vorbei? Du hast geträumt. Du liegst doch hier auf dem Sand.

BECKMANN: Geträumt? Ja. Vor Hunger geträumt. Ich habe geträumt, sie hätte mich wieder ausgespuckt, die Elbe, diese alte … Sie wollte mich nicht. Ich sollte es noch mal versuchen, meinte sie. Ich hätte kein Recht dazu. Ich wäre zu grün, sagte sie. Sie sagte, sie scheißt auf mein bißchen Leben. Das hat sie mir ins Ohr gesagt, daß sie scheißt auf meinen Selbstmord. Scheißt, hat sie gesagt, diese verdammte – und gekeift hat sie wie eine Alte vom

Fischmarkt. Das Leben ist schön, hat sie gemeint, und ich liege hier mit nassen Klamotten am Strand von Blankenese und mir ist kalt. Immer ist mir kalt. In Rußland war mir lange genug kalt. Ich habe es satt, das ewige Frieren. Und diese Elbe, diese verdammte alte – ja, das hab ich vor Hunger geträumt.

Was ist da?

DER ANDERE: Kommt einer. Ein Mädchen oder sowas. Da. Da hast du sie schon.

MÄDCHEN: Ist da jemand? Da hat doch eben jemand gesprochen. Hallo, ist da jemand?

BECKMANN: Ja, hier liegt einer. Hier. Hier unten am Wasser.

MÄDCHEN: Was machen Sie da? Warum stehen Sie denn nicht auf?

BECKMANN: Ich liege hier, das sehen Sie doch. Halb an Land und halb im Wasser.

MÄDCHEN: Aber warum denn? Stehen Sie doch auf. Ich dachte erst, da läge ein Toter, als ich den dunklen Haufen hier am Wasser sah.

BECKMANN: Oh ja, ein ganz dunkler Haufen ist das, das kann ich Ihnen sagen.

MÄDCHEN: Sie reden aber sehr komisch, finde ich. Hier liegen nämlich jetzt oft Tote abends am Wasser. Die sind manchmal ganz dick und glitschig. Und so weiß wie Gespenster. Deswegen war ich so erschrocken. Aber Gott sei Dank, Sie sind ja noch lebendig. Aber Sie müssen ja durch und durch naß sein.

BECKMANN: Bin ich auch. Naß und kalt wie eine richtige Leiche.

MÄDCHEN: Dann stehen Sie doch endlich auf. Oder haben Sie sich verletzt?

BECKMANN: Das auch. Mir haben sie die Kniescheibe gestohlen. In Rußland. Und nun muß ich mit einem steifen

Bein durch das Leben hinken. Und ich denke immer, es geht rückwärts statt vorwärts. Von Hochkommen kann gar keine Rede sein.

MÄDCHEN: Dann kommen Sie doch. Ich helfe Ihnen. Sonst werden Sie ja langsam zum Fisch.

BECKMANN: Wenn Sie meinen, daß es nicht wieder rückwärts geht, dann können wir es ja mal versuchen. So. Danke.

MÄDCHEN: Sehen Sie, jetzt geht es sogar aufwärts. Aber Sie sind ja naß und eiskalt. Wenn ich nicht vorbeigekommen wäre, wären Sie sicher bald ein Fisch geworden. Stumm sind Sie ja auch beinahe. Darf ich Ihnen etwas sagen? Ich wohne hier gleich. Und ich habe trockenes Zeug im Hause. Kommen Sie mit? Ja? Oder sind Sie zu stolz, sich von mir trockenlegen zu lassen? Sie halber Fisch. Sie stummer nasser Fisch, Sie!

BECKMANN: Sie wollen mich mitnehmen?

MÄDCHEN: Ja, wenn Sie wollen. Aber nur weil Sie naß sind. Hoffentlich sind Sie sehr häßlich und bescheiden, damit ich es nicht bereuen muß, daß ich Sie mitnehme. Ich nehme Sie nur mit, weil Sie so naß und kalt sind, verstanden! Und weil –

BECKMANN: Weil? Was für ein Weil? Nein, nur weil ich naß und kalt bin. Sonst gibt es kein Weil.

MÄDCHEN: Doch. Gibt es doch. Weil Sie so eine hoffnungslos traurige Stimme haben. So grau und vollkommen trostlos. Ach, Unsinn ist das, wie? Kommen Sie, Sie alter stummer nasser Fisch.

BECKMANN: Halt! Sie laufen mir ja weg. Mein Bein kommt nicht mit. Langsam.

MÄDCHEN: Ach ja. Also: dann langsam. Wie zwei uralte steinalte naßkalte Fische.

DER ANDERE: Weg sind sie. So sind sie, die Zweibeiner. Ganz

sonderbare Leute sind das hier auf der Welt. Erst lassen sie sich ins Wasser fallen und sind ganz wild auf das Sterben versessen. Aber dann kommt zufällig so ein anderer Zweibeiner im Dunkeln vorbei, so einer mit Rock, mit einem Busen und langen Locken. Und dann ist das Leben plötzlich wieder ganz herrlich und süß. Dann will kein Mensch mehr sterben. Dann wollen sie nie tot sein. Wegen so ein paar Locken, wegen so einer weißen Haut und ein bißchen Frauengeruch. Dann stehen sie wieder vom Sterbebett auf und sind gesund wie zehntausend Hirsche im Februar. Dann werden selbst die halben Wasserleichen noch wieder lebendig, die es eigentlich doch überhaupt nicht mehr aushalten konnten auf dieser verdammten öden elenden Erdkugel. Die Wasserleichen werden wieder mobil – alles wegen so ein paar Augen, wegen so einem bißchen weichen warmen Mitleid und so kleinen Händen und wegen einem schlanken Hals. Sogar die Wasserleichen, diese zweibeinigen, diese ganz sonderbaren Leute hier auf der Welt –

2. Szene

(Ein Zimmer. Abends. Eine Tür kreischt und schlägt zu. Beckmann. Das Mädchen.)

MÄDCHEN: So, nun will ich mir erstmal den geangelten Fisch unter der Lampe ansehen. Nanu – *(sie lacht)* aber sagen Sie um Himmels willen, was soll denn dies hier sein!

BECKMANN: Das? Das ist meine Brille. Ja. Sie lachen. Das ist meine Brille. Leider.

MÄDCHEN: Das nennen Sie Brille? Ich glaube, Sie sind mit Absicht komisch.

BECKMANN: Ja, meine Brille. Sie haben recht: vielleicht sieht sie ein bißchen komisch aus. Mit diesen grauen Blechrändern um das Glas. Und dann diese grauen Bänder, die man um die Ohren machen muß. Und dieses graue Band quer über die Nase! Man kriegt so ein graues Uniformgesicht davon. So ein blechernes Robotergesicht. So ein Gasmaskengesicht. Aber es ist ja auch eine Gasmaskenbrille.

MÄDCHEN: Gasmaskenbrille?

BECKMANN: Gasmaskenbrille. Die gab es für die Soldaten, die eine Brille trugen. Damit sie auch unter der Gasmaske was sehen konnten.

MÄDCHEN: Aber warum laufen Sie denn jetzt noch damit herum? Haben Sie denn keine richtige?

BECKMANN: Nein. Gehabt, ja. Aber die ist mir kaputt geschossen. Nein, schön ist sie nicht. Aber ich bin froh, daß ich wenigstens diese habe. Sie ist außerordentlich häßlich, das weiß ich. Und das macht mich manchmal auch unsicher, wenn die Leute mich auslachen. Aber letzten Endes ist das ja egal. Ich kann sie nicht entbehren. Ohne Brille bin ich rettungslos verloren. Wirklich, vollkommen hilflos.

MÄDCHEN: Ja? Ohne sind Sie vollkommen hilflos? *(fröhlich, nicht hart)* Dann geben Sie das abscheuliche Gebilde mal schnell her. Da – was sagen Sie nun! Nein, die bekommen Sie erst wieder, wenn Sie gehen. Außerdem ist es beruhigender für mich, wenn ich weiß, daß Sie so vollkommen hilflos sind. Viel beruhigender. Ohne Brille sehen Sie auch gleich ganz anders aus. Ich glaube, Sie machen nur so einen trostlosen Eindruck, weil Sie immer durch diese grauenhafte Gasmaskenbrille sehen müssen.

BECKMANN: Jetzt sehe ich alles nur noch ganz verschwommen. Geben Sie sie wieder raus. Ich sehe ja nichts mehr. Sie selbst sind mit einmal ganz weit weg. Ganz undeutlich.

MÄDCHEN: Wunderbar. Das ist mir gerade recht. Und Ihnen bekommt das auch besser. Mit der Brille sehen Sie ja aus wie ein Gespenst.

BECKMANN: Vielleicht bin ich auch ein Gespenst. Eins von gestern, das heute keiner mehr sehen will. Ein Gespenst aus dem Krieg, für den Frieden provisorisch repariert.

MÄDCHEN *(herzlich, warm)*: Und was für ein griesgrämiges graues Gespenst! Ich glaube, Sie tragen innerlich auch so eine Gasmaskenbrille, Sie behelfsmäßiger Fisch. Lassen Sie mir die Brille. Es ist ganz gut, wenn Sie mal einen Abend alles ein bißchen verschwommen sehen. Passen Ihnen denn wenigstens die Hosen? Na, es geht gerade. Da, nehmen Sie mal die Jacke.

BECKMANN: Oha! Erst ziehen Sie mich aus dem Wasser, und dann lassen Sie mich gleich wieder ersaufen. Das ist ja eine Jacke für einen Athleten. Welchem Riesen haben Sie die denn gestohlen?

MÄDCHEN: Der Riese ist mein Mann. War mein Mann.

BECKMANN: Ihr Mann?

MÄDCHEN: Ja. Dachten Sie, ich handel mit Männerkleidung?

BECKMANN: Wo ist er? Ihr Mann?

MÄDCHEN *(bitter, leise)*: Verhungert, erfroren, liegengeblieben – was weiß ich. Seit Stalingrad ist er vermißt. Das war vor drei Jahren.

BECKMANN *(starr)*: In Stalingrad? In Stalingrad, ja. Ja, in Stalingrad, da ist mancher liegengeblieben. Aber einige kommen auch wieder. Und die ziehen dann das Zeug an von denen, die nicht wiederkommen. Der Mann, der Ihr Mann war, der der Riese war, dem dieses Zeug gehört, der ist liegengeblieben. Und ich, ich komme nun her und ziehe sein Zeug an. Das ist schön, nicht wahr. Ist das nicht schön? Und seine Jacke ist so riesig, daß ich fast darin ersaufe. *(hastig)* Ich muß sie wieder ausziehen. Doch. Ich muß wieder mein nasses Zeug anziehen. Ich komme um in dieser Jacke. Sie erwürgt mich, diese Jacke. Ich bin ja ein Witz in dieser Jacke. Ein grauenhafter, gemeiner Witz, den der Krieg gemacht hat. Ich will die Jacke nicht mehr anhaben.

MÄDCHEN *(warm, verzweifelt)*: Sei still, Fisch. Behalte sie an, bitte. Du gefällst mir so, Fisch. Trotz deiner komischen Frisur. Die hast du wohl auch aus Rußland mitgebracht, ja? Mit der Brille und dem Bein noch diese kurzen kleinen Borsten. Siehst du, das hab ich mir gedacht. Du mußt nicht denken, daß ich über dich lache, Fisch. Nein, Fisch, das tu ich nicht. Du siehst so wunderbar traurig aus, du armes graues Gespenst: in der weiten Jacke, mit dem Haar und dem steifen Bein. Laß man, Fisch, laß man. Ich finde das nicht zum Lachen. Nein, Fisch, du siehst wunderbar traurig aus. Ich könnte heulen, wenn du mich ansiehst mit deinen trostlosen Augen. Du sagst gar nichts. Sag was, Fisch, bitte. Sag irgendwas. Es braucht keinen Sinn zu haben, aber sag was. Sag was, Fisch, es ist doch so entsetzlich still in der Welt. Sag was, dann ist man nicht so allein. Bitte, mach deinen Mund auf, Fischmensch.

Bleib doch da nicht den ganzen Abend stehen. Komm. Setz dich. Hier, neben mich. Nicht so weit ab, Fisch. Du kannst ruhig näher ran kommen, du siehst mich ja doch nur verschwommen. Komm doch, mach meinetwegen die Augen zu. Komm und sag was, damit etwas da ist. Fühlst du nicht, wie grauenhaft still es ist?

BECKMANN *(verwirrt)*: Ich sehe dich gerne an. Dich, ja. Aber ich habe bei jedem Schritt Angst, daß es rückwärts geht. Du, das hab ich.

MÄDCHEN: Ach du. Vorwärts, rückwärts. Oben, unten. Morgen liegen wir vielleicht schon weiß und dick im Wasser. Mäusestill und kalt. Aber heute sind wir doch noch warm. Heute abend nochmal, du. Fisch, sag was, Fisch. Heute abend schwimmst du mir nicht mehr weg, du. Sei still. Ich glaube dir kein Wort. Aber die Tür, die Tür will ich doch lieber abschließen.

BECKMANN: Laß das. Ich bin kein Fisch, und du brauchst die Tür nicht abzuschließen. Nein, du, ich bin weiß Gott kein Fisch.

MÄDCHEN *(innig)*: Fisch! Fisch, du! Du graues repariertes nasses Gespenst.

BECKMANN *(ganz abwesend)*: Mich bedrückt das. Ich ersaufe. Mich erwürgt das. Das kommt, weil ich so schlecht sehe. Das ist ganz und gar nebelig. Aber es erwürgt mich.

MÄDCHEN *(ängstlich)*: Was hast du? Du, was hast du denn? Du?

BECKMANN *(mit wachsender Angst)*: Ich werde jetzt ganz sachte sachte verrückt. Gib mir meine Brille. Schnell. Das kommt alles nur, weil es so nebelig vor meinen Augen ist. Da! Ich habe das Gefühl, daß hinter deinem Rücken ein Mann steht! Die ganze Zeit schon. Ein großer Mann. So eine Art Athlet. Ein Riese, weißt du. Aber das kommt nur, weil ich meine Brille nicht habe, denn der Riese hat nur ein Bein. Er kommt immer näher, der Riese, mit einem Bein und zwei Krücken. Hörst du – teck tock. Teck tock. So machen die Krücken. Jetzt steht er hinter dir. Fühlst du sein Luftholen im Nacken? Gib mir die Brille, ich will ihn nicht mehr sehen! Da, jetzt steht er ganz dicht hinter dir.

MÄDCHEN *(schreit auf und stürzt davon. Eine Tür kreischt und schlägt zu. Dann hört man ganz laut das «Teck tock» der Krücken.)*

BECKMANN *(flüstert)*: Der Riese!

DER EINBEINIGE *(monoton)*: Was tust du hier. Du? In meinem Zeug? Auf meinem Platz? Bei meiner Frau?

BECKMANN *(wie gelähmt)*: Dein Zeug? Dein Platz? Deine Frau?

DER EINBEINIGE *(immer ganz monoton und apathisch)*: Und du, was du hier tust?

BECKMANN *(stockend, leise)*: Das habe ich gestern nacht auch den Mann gefragt, der bei meiner Frau war. In meinem Hemd war. In meinem Bett. Was tust du hier, du? hab ich gefragt. Da hat er die Schultern hochgehoben und wieder fallen lassen und hat gesagt: Ja, was tu ich hier. Das hat er geantwortet. Da hab ich die Schlafzimmertür wieder zugemacht, nein, erst noch das Licht wieder ausgemacht. Und dann stand ich draußen.

EINBEINIGER: Komm mit deinem Gesicht unter die Lampe. Ganz nah. *(dumpf)* Beckmann!

BECKMANN: Ja. Ich. Beckmann. Ich dachte, du würdest mich nicht mehr kennen.

EINBEINIGER *(leise, aber mit ungeheurem Vorwurf)*: Beckmann … Beckmann … Beckmann!!!

BECKMANN *(gefoltert)*: Hör auf, du. Sag den Namen nicht! Ich will diesen Namen nicht mehr haben! Hör auf, du!

EINBEINIGER *(leiert)*: Beckmann. Beckmann.

BECKMANN *(schreit auf)*: Das bin ich nicht! Das will ich nicht mehr sein! Ich will nicht mehr Beckmann sein! *(Er läuft hinaus. Eine Tür kreischt und schlägt zu. Dann hört man den Wind und einen Menschen durch die stillen Straßen laufen.)*

DER ANDERE: Halt! Beckmann!

BECKMANN: Wer ist da?

DER ANDERE: Ich. Der Andere.

BECKMANN: Bist du schon wieder da?

DER ANDERE: Immer noch, Beckmann. Immer, Beckmann.

BECKMANN: Was willst du? Laß mich vorbei.

DER ANDERE: Nein, Beckmann. Dieser Weg geht an die Elbe. Komm, die Straße ist hier oben.

BECKMANN: Laß mich vorbei. Ich will zur Elbe.

DER ANDERE: Nein, Beckmann. Komm. Du willst diese Straße hier weitergehen.

BECKMANN: Die Straße weitergehen! Leben soll ich? Ich soll weitergehen? Soll essen, schlafen, alles?

DER ANDERE: Komm, Beckmann.

BECKMANN *(mehr apathisch als erregt)*: Sag diesen Namen nicht. Ich will nicht mehr Beckmann sein. Ich habe keinen Namen mehr. Ich soll weiterleben, wo es einen Menschen gibt, wo es einen Mann mit einem Bein gibt, der meinetwegen nur das eine Bein hat? Der nur ein Bein hat, weil es einen Unteroffizier Beckmann gegeben hat, der gesagt hat: Obergefreiter Bauer, Sie halten Ihren Posten unbedingt bis zuletzt. Ich soll weiterleben, wo es diesen Einbeinigen gibt, der immer Beckmann sagt? Unablässig Beckmann! Andauernd Beckmann! Und er sagt das, als ob er Grab sagt. Als ob er Mord sagt, oder Hund sagt. Der meinen Namen sagt wie: Weltuntergang! Dumpf, drohend, verzweifelt. Und du sagst, ich soll weiterleben? Ich stehe draußen, wieder draußen. Gestern abend stand ich draußen. Heute steh ich draußen. Immer steh ich draußen. Und die Türen sind zu. Und dabei bin ich ein Mensch mit Beinen, die schwer und müde sind. Mit einem Bauch, der vor Hunger bellt. Mit einem Blut, das friert hier draußen in der Nacht. Und der Einbeinige sagt immerzu meinen Namen. Und nachts kann ich nicht mal mehr pennen. Wo soll ich denn hin, Mensch? Laß mich vorbei!

DER ANDERE: Komm, Beckmann. Wir wollen die Straße weitergehen. Wir wollen einen Mann besuchen. Und dem gibst du sie zurück.

BECKMANN: Was?

DER ANDERE: Die Verantwortung.

BECKMANN: Wir wollen einen Mann besuchen? Ja, das wollen wir. Und die Verantwortung, die gebe ich ihm zurück. Ja, du, das wollen wir. Ich will eine Nacht pennen ohne Einbeinige. Ich gebe sie ihm zurück.

Ja! Ich bringe ihm die Verantwortung zurück. Ich gebe ihm die Toten zurück. Ihm! Ja, komm, wir wollen einen Mann besuchen, der wohnt in einem warmen Haus. In dieser Stadt, in jeder Stadt. Wir wollen einen Mann besuchen, wir wollen ihm etwas schenken – einem lieben guten braven Mann, der sein ganzes Leben nur seine Pflicht getan, und immer nur die Pflicht! Aber es war eine grausame Pflicht! Es war eine fürchterliche Pflicht! Eine verfluchte – fluchte – fluchte – fluchte Pflicht! Komm! Komm!

3. Szene

(Eine Stube. Abend. Eine Tür kreischt und schlägt zu. Der Oberst und seine Familie. Beckmann.)

BECKMANN: Guten Appetit, Herr Oberst.

DER OBERST *(kaut)*: Wie bitte?

BECKMANN: Guten Appetit, Herr Oberst.

OBERST: Sie stören beim Abendessen! Ist Ihre Angelegenheit so wichtig?

BECKMANN: Nein. Ich wollte nur feststellen, ob ich mich heute nacht ersaufe oder am Leben bleibe. Und wenn ich am Leben bleibe, dann weiß ich noch nicht, wie. Und dann möchte ich am Tage manchmal vielleicht etwas essen. Und nachts, nachts möchte ich schlafen. Weiter nichts.

OBERST: Na na na! Reden Sie mal nicht so unmännliches Zeug. Waren doch Soldat, wie?

BECKMANN: Nein, Herr Oberst.

SCHWIEGERSOHN: Wieso nein? Sie haben doch Uniform an.

BECKMANN *(eintönig)*: Ja. Sechs Jahre. Aber ich dachte immer, wenn ich zehn Jahre lang die Uniform eines Briefträgers anhabe, deswegen bin ich noch lange kein Briefträger.

TOCHTER: Pappi, frag ihn doch mal, was er eigentlich will. Er kuckt fortwährend auf meinen Teller.

BECKMANN: Ihre Fenster sehen von draußen so warm aus. Ich wollte mal wieder merken, wie das ist, durch solche Fenster zu sehen. Von innen aber, von innen. Wissen Sie, wie das ist, wenn nachts so helle warme Fenster da sind und man steht draußen?

MUTTER *(nicht gehässig, aber voll Grauen)*: Vater, sag ihm doch, er soll die Brille abnehmen. Mich friert, wenn ich das sehe.

OBERST: Das ist eine sogenannte Gasmaskenbrille, meine Liebe. Wurde bei der Wehrmacht 1934 als Brille unter der Gasmaske für augenbehinderte Soldaten eingeführt. Warum werfen Sie den Zimt nicht weg? Der Krieg ist aus.

BECKMANN: Ja, ja. Der ist aus. Das sagen sie alle. Aber die Brille brauche ich noch. Ich bin kurzsichtig, ich sehe ohne Brille alles verschwommen. Aber so kann ich alles erkennen. Ich sehe ganz genau von hier, was Sie auf dem Tisch haben.

OBERST *(unterbricht)*: Sagen Sie mal, was haben Sie für eine merkwürdige Frisur? Haben Sie gesessen? Was ausgefressen, wie? Na, raus mit der Sprache, sind irgendwo eingestiegen, was? Und geschnappt, was?

BECKMANN: Jawohl, Herr Oberst. Bin irgendwo mit eingestiegen. In Stalingrad, Herr Oberst. Aber die Tour ging schief, und sie haben uns gegriffen. Drei Jahre haben wir gekriegt, alle hunderttausend Mann. Und unser Häuptling zog sich Zivil an und aß Kaviar. Drei Jahre Kaviar. Und die anderen lagen unterm Schnee und hatten Steppensand im Mund. Und wir löffelten heißes Wasser. Aber der Chef mußte Kaviar essen. Drei Jahre lang. Und uns haben sie die Köpfe abrasiert. Bis zum Hals – oder bis zu den Haaren, das kam nicht so genau darauf an. Die Kopfamputierten waren noch die Glücklichsten. Die brauchten wenigstens nicht ewig Kaviar zu löffeln.

SCHWIEGERSOHN *(aufgebracht)*: Wie findest du das, Schwiegervater? Na? Wie findest du das?

OBERST: Lieber junger Freund, Sie stellen die ganze Sache doch wohl reichlich verzerrt dar. Wir sind doch Deutsche. Wir wollen doch lieber bei unserer guten deutschen Wahrheit bleiben. Wer die Wahrheit hochhält, der marschiert immer noch am besten, sagt Clausewitz.

BECKMANN: Jawohl, Herr Oberst. Schön ist das, Herr Oberst. Ich mache mit, mit der Wahrheit. Wir essen uns schön satt, Herr Oberst, richtig satt, Herr Oberst. Wir ziehen uns ein neues Hemd an und einen Anzug mit Knöpfen und ohne Löcher. Und dann machen wir den Ofen an, Herr Oberst, denn wir haben ja einen Ofen, Herr Oberst, und setzen den Teekessel auf für einen kleinen Grog. Und dann ziehen wir die Jalousien runter und lassen uns in einen Sessel fallen, denn einen Sessel haben wir ja. Wir riechen das feine Parfüm unserer Gattin und kein Blut, nicht wahr, Herr Oberst, kein Blut, und wir freuen uns auf das saubere Bett, das wir ja haben, wir beide, Herr Oberst, das im Schlafzimmer schon auf uns wartet, weich, weiß und warm. Und dann halten wir die Wahrheit hoch, Herr Oberst, unsere gute deutsche Wahrheit.

TOCHTER: Er ist verrückt.

SCHWIEGERSOHN: Ach wo, betrunken.

MUTTER: Vater, beende das. Mich friert von dem Menschen.

OBERST *(ohne Schärfe)*: Ich habe aber doch stark den Eindruck, daß Sie einer von denen sind, denen das bißchen Krieg die Begriffe und den Verstand verwirrt hat. Warum sind Sie nicht Offizier geworden? Sie hätten zu ganz anderen Kreisen Eingang gehabt. Hätten 'ne anständige Frau gehabt, und dann hätten Sie jetzt auch 'n anständiges Haus. Wärn ja ein ganz anderer Mensch. Warum sind Sie kein Offizier geworden?

BECKMANN: Meine Stimme war zu leise, Herr Oberst, meine Stimme war zu leise.

OBERST: Sehen Sie, Sie sind zu leise. Mal ehrlich, einer von denen, die ein bißchen müde sind, ein bißchen weich, wie?

BECKMANN: Jawohl, Herr Oberst. So ist es. Ein bißchen leise. Ein bißchen weich. Und müde, Herr Oberst, müde,

müde, müde! Ich kann nämlich nicht schlafen, Herr Oberst, keine Nacht, Herr Oberst. Und deswegen komme ich her, darum komme ich zu Ihnen, Herr Oberst, denn ich weiß, Sie können mir helfen. Ich will endlich mal wieder pennen! Mehr will ich ja gar nicht. Nur pennen. Tief, tief pennen.

MUTTER: Vater, bleib bei uns. Ich habe Angst. Ich friere von diesem Menschen.

TOCHTER: Unsinn, Mutter. Das ist einer von denen, die mit einem kleinen Knax nach Hause kommen. Die tun nichts.

SCHWIEGERSOHN: Ich finde ihn ziemlich arrogant, den Herrn.

OBERST *(überlegen)*: Laßt mich nur machen, Kinder, ich kenne diese Typen von der Truppe.

MUTTER: Mein Gott, der schläft ja im Stehen.

OBERST *(fast väterlich)*: Müssen ein bißchen hart angefaßt werden, das ist alles. Laßt mich, ich mache das schon.

BECKMANN *(ganz weit weg)*: Herr Oberst?

OBERST: Also, was wollen Sie nun?

BECKMANN: Herr Oberst?

OBERST: Ich höre, ich höre.

BECKMANN *(schlaftrunken, traumhaft)*: Hören Sie, Herr Oberst? Dann ist es gut. Wenn Sie hören, Herr Oberst. Ich will Ihnen nämlich meinen Traum erzählen, Herr Oberst. Den Traum träume ich jede Nacht. Dann wache ich auf, weil jemand so grauenhaft schreit. Und wissen Sie, wer das ist, der da schreit? Ich selbst, Herr Oberst, ich selbst. Ulkig, nicht, Herr Oberst? Und dann kann ich nicht wieder einschlafen. Keine Nacht, Herr Oberst. Denken Sie mal, Herr Oberst, jede Nacht wachliegen. Deswegen bin ich müde, Herr Oberst, ganz furchtbar müde.

MUTTER: Vater, bleib bei uns. Mich friert.

OBERST *(interessiert)*: Aber von Ihrem Traum wachen Sie auf, sagen Sie?

BECKMANN: Nein, von meinem Schrei. Nicht von dem Traum. Von dem Schrei.

OBERST *(interessiert)*: Aber der Traum, der veranlaßt Sie zu diesem Schrei, ja?

BECKMANN: Denken Sie mal an, ja. Er veranlaßt mich. Der Traum ist nämlich ganz seltsam, müssen Sie wissen. Ich will ihn mal erzählen. Sie hören doch, Herr Oberst, ja? Da steht ein Mann und spielt Xylophon. Er spielt einen rasenden Rhythmus. Und dabei schwitzt er, der Mann, denn er ist außergewöhnlich fett. Und er spielt auf einem Riesenxylophon. Und weil es so groß ist, muß er bei jedem Schlag vor dem Xylophon hin und her sausen. Und dabei schwitzt er, denn er ist tatsächlich sehr fett. Aber er schwitzt gar keinen Schweiß, das ist das Sonderbare. Er schwitzt Blut, dampfendes, dunkles Blut. Und das Blut läuft in zwei breiten roten Streifen an seiner Hose runter, daß er von weitem aussieht wie ein General. Wie ein General! Ein fetter, blutiger General. Es muß ein alter schlachtenerprobter General sein, denn er hat beide Arme verloren. Ja, er spielt mit langen dünnen Prothesen, die wie Handgranatenstiele aussehen, hölzern und mit einem Metallring. Es muß ein ganz fremdartiger Musiker sein, der General, denn die Hölzer seines riesigen Xylophons sind gar nicht aus Holz. Nein, glauben Sie mir, Herr Oberst, glauben Sie mir, sie sind aus Knochen. Glauben Sie mir das, Herr Oberst, aus Knochen!

OBERST *(leise)*: Ja, ich glaube. Aus Knochen.

BECKMANN *(immer noch tranceähnlich, spukhaft)*: Ja, nicht aus Holz, aus Knochen. Wunderbare weiße Knochen. Schädeldecken hat er da, Schulterblätter, Beckenknochen. Und für die höheren Töne Armknochen und Beinknochen. Dann kommen die Rippen – viele tausend Rippen. Und zum Schluß, ganz am Ende des Xylophons, wo die ganz hohen Töne liegen, da sind Fingerknöchelchen, Zehen, Zähne. Ja, als Letztes kommen die Zähne. Das ist das Xylophon, auf dem der fette Mann mit den Generalsstreifen spielt. Ist das nicht ein komischer Musiker, dieser General?

OBERST *(unsicher)*: Ja, sehr komisch. Sehr, sehr komisch!

BECKMANN: Ja, und nun geht es erst los. Nun fängt der Traum erst an. Also, der General steht vor dem Riesenxylophon aus Menschenknochen und trommelt mit seinen Prothesen einen Marsch. Preußens Gloria oder den Badenweiler. Aber meistens spielt er den Einzug der Gladiatoren und die Alten Kameraden. Meistens spielt er die. Die kennen Sie doch, Herr Oberst, die Alten Kameraden? *(summt)*

OBERST: Ja, ja. Natürlich. *(summt ebenfalls)*

BECKMANN: Und dann kommen sie. Dann ziehen sie ein, die Gladiatoren, die alten Kameraden. Dann stehen sie auf aus den Massengräbern, und ihr blutiges Gestöhn stinkt bis an den weißen Mond. Und davon sind die Nächte so. So bitter wie Katzengescheiß. So rot, so rot wie Himbeerlimonade auf einem weißen Hemd. Dann sind die Nächte so, daß wir nicht atmen können. Daß wir ersticken, wenn wir keinen Mund zum Küssen und keinen Schnaps zu trinken haben. Bis an den Mond, den weißen Mond, stinkt dann das blutige Gestöhn, Herr Oberst, wenn die Toten kommen, die limonadenbefleckten Toten.

TOCHTER: Hört ihr, daß er verrückt ist? Der Mond soll weiß sein, sagt er! Weiß! Der Mond!

OBERST *(nüchtern)*: Unsinn! Der Mond ist selbstverständlich gelb wie immer. Wie'n Honigbrot! Wie'n Eierkuchen. War immer gelb, der Mond.

BECKMANN: Oh nein, Herr Oberst, oh nein! In diesen Nächten, wo die Toten kommen, da ist er weiß und krank. Da ist er wie der Bauch eines schwangeren Mädchens, das sich im Bach ertränkte. So weiß, so krank, so rund. Nein, Herr Oberst, der Mond ist weiß in diesen Nächten, wo die Toten kommen, und ihr blutiges Gestöhn stinkt scharf wie Katzendreck bis in den weißen kranken runden Mond. Blut. Blut. Dann stehen sie auf aus den Massengräbern mit verrotteten Verbänden und blutigen Uniformen. Dann tauchen sie auf aus den Ozeanen, aus den Steppen und Straßen, aus den Wäldern kommen sie, aus Ruinen und Mooren, schwarzgefroren, grün, verwest. Aus der Steppe stehen sie auf, einäugig, zahnlos, einarmig, beinlos, mit zerfetzten Gedärmen, ohne Schädeldecken, ohne Hände, durchlöchert, stinkend, blind. Eine furchtbare Flut kommen sie angeschwemmt, unübersehbar an Zahl, unübersehbar an Qual! Das furchtbare unübersehbare Meer der Toten tritt über die Ufer seiner Gräber und wälzt sich breit, breiig, bresthaft und blutig über die Welt. Und dann sagt der General mit den Blutstreifen zu mir: Unteroffizier Beckmann, Sie übernehmen die Verantwortung. Lassen Sie abzählen. Und dann stehe ich da, vor den Millionen hohlgrinsender Skelette, vor den Fragmenten, den Knochentrümmern, mit meiner Verantwortung, und lasse abzählen. Aber die Brüder zählen nicht. Sie schlenkern furchtbar mit den Kiefern, aber sie zählen nicht. Der General befiehlt fünfzig Kniebeugen. Die mürben Knochen knistern, die Lungen piepen, aber sie zählen nicht! Ist das nicht Meuterei, Herr Oberst? Offene Meuterei?

OBERST *(flüstert)*: Ja, offene Meuterei!

BECKMANN: Sie zählen auf Deubelkommraus nicht. Aber sie rotten sich zusammen, die Verrotteten, und bilden Sprechchöre. Donnernde, drohende, dumpfe Sprechchöre. Und wissen Sie, was sie brüllen, Herr Oberst?

OBERST *(flüstert)*: Nein.

BECKMANN: Beckmann, brüllen sie. Unteroffizier Beckmann. Immer Unteroffizier Beckmann. Und das Brüllen wächst. Und das Brüllen rollt heran, tierisch wie ein Gott schreit, fremd, kalt, riesig. Und das Brüllen wächst und rollt und wächst und rollt! Und das Brüllen wird dann so groß, so erwürgend groß, daß ich keine Luft mehr kriege. Und dann schreie ich, dann schreie ich los in der Nacht. Dann muß ich schreien, so furchtbar, furchtbar schreien. Und davon werde ich dann immer wach. Jede Nacht. Jede Nacht das Konzert auf dem Knochenxylophon, und jede Nacht die Sprechchöre, und jede Nacht der furchtbare Schrei. Und dann kann ich nicht wieder einschlafen, weil ich doch die Verantwortung hatte. Ich hatte doch die Verantwortung. Ja, ich hatte die Verantwortung. Und deswegen komme ich nun zu Ihnen, Herr Oberst, denn ich will endlich mal wieder schlafen. Ich will einmal wieder schlafen. Deswegen komme ich zu Ihnen, weil ich schlafen will, endlich mal wieder schlafen.

OBERST: Was wollen Sie denn von mir?

BECKMANN: Ich bringe sie Ihnen zurück.

OBERST: Wen?

BECKMANN *(beinah naiv)*: Die Verantwortung. Ich bringe Ihnen die Verantwortung zurück. Haben Sie das ganz vergessen, Herr Oberst? Den 14. Februar? Bei Gorodok. Es waren 42 Grad Kälte. Da kamen Sie doch in unsere Stellung, Herr Oberst, und sagten: Unteroffizier Beckmann. Hier, habe ich geschrien. Dann sagten Sie, und Ihr Atem blieb an Ihrem Pelzkragen als Reif hängen – das weiß ich noch ganz genau, denn Sie hatten einen sehr schönen Pelzkragen – dann sagten Sie: Unteroffizier Beckmann, ich übergebe Ihnen die Verantwortung für die zwanzig Mann. Sie erkunden den Wald östlich Gorodok und machen nach Möglichkeit ein paar Gefangene, klar? Jawohl, Herr Oberst, habe ich da gesagt. Und dann sind wir losgezogen und haben erkundet. Und ich – ich hatte die Verantwortung. Dann haben wir die ganze Nacht erkundet, und dann wurde geschossen, und als wir wieder in der Stellung waren, da fehlten elf Mann. Und ich hatte die Verantwortung. Ja, das ist alles, Herr Oberst. Aber nun ist der Krieg aus, nun will ich pennen, nun gebe ich Ihnen die Verantwortung zurück, Herr Oberst, ich will sie nicht mehr, ich gebe sie Ihnen zurück, Herr Oberst.

OBERST: Aber mein lieber Beckmann, Sie erregen sich unnötig. So war es doch nicht gemeint.

BECKMANN *(ohne Erregung, aber ungeheuer ernsthaft)*: Doch. Doch, Herr Oberst. So muß das gemeint sein. Verantwortung ist doch nicht nur ein Wort, eine chemische Formel, nach der helles Menschenfleisch in dunkle Erde verwandelt wird. Man kann doch Menschen nicht für ein leeres Wort sterben lassen. Irgendwo müssen wir doch hin mit unserer Verantwortung. Die Toten – antworten nicht. Gott – antwortet nicht. Aber die Lebenden, die fragen. Die fragen jede Nacht, Herr Oberst. Wenn ich dann wach liege, dann kommen sie und fragen. Frauen, Herr Oberst, traurige, trauernde Frauen. Alte Frauen mit grauem Haar und harten rissigen Händen – junge Frauen mit einsamen sehnsüchtigen Augen. Kinder, Herr Oberst, Kinder, viele kleine Kinder. Und die flüstern dann aus der Dunkelheit: Unteroffizier Beckmann, wo ist mein Vater, Unteroffizier Beckmann? Unteroffizier Beckmann, wo ist mein Sohn, wo ist mein Bruder, Unteroffizier Beckmann, wo ist mein Verlobter, Unteroffizier Beckmann? Unteroffizier Beckmann, wo? wo? wo? So flüstern sie, bis es hell

wird. Es sind nur elf Frauen, Herr Oberst, bei mir sind es nur elf. Wieviel sind es bei Ihnen, Herr Oberst? Tausend? Zweitausend? Schlafen Sie gut, Herr Oberst? Dann macht es Ihnen wohl nichts aus, wenn ich Ihnen zu den zweitausend noch die Verantwortung für meine elf dazugebe. Können Sie schlafen, Herr Oberst? Mit zweitausend nächtlichen Gespenstern? Können Sie überhaupt leben, Herr Oberst, können Sie eine Minute leben, ohne zu schreien? Herr Oberst, Herr Oberst, schlafen Sie nachts gut? Ja? Dann macht es Ihnen ja nichts aus, dann kann ich wohl nun endlich pennen – wenn Sie so nett sind und sie wieder zurücknehmen, die Verantwortung. Dann kann ich wohl nun endlich in aller Seelenruhe pennen. Seelenruhe, das war es, ja, Seelenruhe, Herr Oberst!
Und dann: schlafen! Mein Gott!

OBERST *(sehr unsicher)*: Junger Mann, junger Mann! Ich weiß nicht recht, ich weiß nicht recht. Sind Sie nun ein heimlicher Pazifist, wie? So ein bißchen destruktiv, ja? Aber – *(er lacht zuerst verlegen, dann aber siegt sein gesundes Preußentum, und er lacht aus voller Kehle)* mein Lieber, mein Lieber! Ich glaube beinahe, Sie sind ein kleiner Schelm, wie? Hab ich recht? Na? Sehen Sie, Sie sind ein Schelm, was? *(Er lacht)* Köstlich, Mann, ganz köstlich! Sie haben wirklich den Bogen raus! Nein, dieser abgründige Humor! Wissen Sie *(von seinem Gelächter unterbrochen)*, wissen Sie, mit dem Zeug, mit der Nummer, können Sie so auf die Bühne! So auf die Bühne! *(Der Oberst will Beckmann nicht verletzen, aber er ist so gesund und so sehr naiv und alter Soldat, daß er Beckmanns Traum nur als Witz begreift)* Diese blödsinnige Brille, diese ulkige versaute Frisur! Sie müßten das Ganze mit Musik bringen *(lacht)*. Mein Gott, dieser köstliche Traum! Die Kniebeugen, die Kniebeugen mit Xylophon! Nein, mein Lieber,

Sie müssen so auf die Bühne! Die Menschheit lacht sich, lacht sich ja kaputt!!! Oh, mein Gott!!! *(lacht mit Tränen in den Augen und pustet)* Ich hatte ja im ersten Moment gar nicht begriffen, daß Sie so eine komische Nummer bringen wollten. Ich dachte wahrhaftig, Sie hätten so eine leichte Verwirrung im Kopf. Hab doch nicht geahnt, was Sie für ein Komiker sind. Nein, also, mein Lieber, Sie haben uns wirklich so einen reizenden Abend bereitet – das ist eine Gegenleistung wert. Wissen Sie was? Gehen Sie runter zu meinem Chauffeur, nehmen Sie sich warm Wasser, waschen Sie sich, nehmen Sie sich den Bart ab. Machen Sie sich menschlich. Und dann lassen Sie sich vom Chauffeur einen von meinen alten Anzügen geben. Ja, das ist mein Ernst! Schmeißen Sie Ihre zerrissenen Klamotten weg, ziehen Sie sich einen alten Anzug von mir an, doch, das dürfen Sie ruhig annehmen, und dann werden Sie erstmal wieder ein Mensch, mein lieber Junge! Werden Sie erstmal wieder ein Mensch!!!

BECKMANN *(wacht auf und wacht auch zum ersten Mal aus seiner Apathie auf)*: Ein Mensch? Werden? Ich soll erstmal wieder ein Mensch werden? *(schreit)* Ich soll ein Mensch werden? Ja, was seid Ihr denn? Menschen? Menschen? Wie? Was? Ja? Seid Ihr Menschen? Ja?!?

MUTTER *(schreit schrill und gellend auf; es fällt etwas um)*: Nein! Er bringt uns um! Neiiin!!!

(Furchtbares Gepolter, die Stimmen der Familie schreien aufgeregt durcheinander)

SCHWIEGERSOHN: Halt die Lampe fest!

TOCHTER: Hilfe. Das Licht ist aus! Mutter hat die Lampe umgestoßen!

OBERST: Ruhig, Kinder!

MUTTER: Macht doch mal Licht!

SCHWIEGERSOHN: Wo ist denn die Lampe?

OBERST: Da. Da ist sie doch schon.

MUTTER: Gott sei Dank, daß wieder Licht ist.

SCHWIEGERSOHN: Und der Kerl ist weg. Sah mir gleich nicht ganz einwandfrei aus, der Bruder.

TOCHTER: Eins, zwei, drei – vier. Nein, es ist alles noch da. Nur der Aufschnitt-Teller ist zerbrochen.

OBERST: Zum Donnerwetter ja, worauf hatte er es denn abgesehen?

SCHWIEGERSOHN: Vielleicht war er wirklich bloß blöde.

TOCHTER: Nein, seht Ihr? Die Rumflasche fehlt.

MUTTER: Gott, Vater, dein schöner Rum!

TOCHTER: Und das halbe Brot – ist auch weg!

OBERST: Was, das Brot?

MUTTER: Das Brot hat er mitgenommen? Ja, was will er denn mit dem Brot?

SCHWIEGERSOHN: Vielleicht will er das essen. Oder versetzen. Diese Kreise schrecken ja vor nichts zurück.

TOCHTER: Ja, vielleicht will er das essen.

MUTTER: Ja, aber – aber das trockene Brot?

(Eine Tür kreischt und schlägt zu)

BECKMANN *(wieder auf der Straße. Eine Flasche gluckert)*: Die Leute haben recht *(wird zunehmend betrunken)*. Prost, der wärmt. Nein, die Leute haben recht. Prost. Sollen wir uns hinstellen und um die Toten trauern, wo er uns selbst dicht auf dem Nacken sitzt? Die Leute haben recht! Die Toten wachsen uns über den Kopf. Gestern zehn Millionen. Heute sind es schon dreißig. Morgen kommt einer und sprengt einen ganzen Erdteil in die Luft. Nächste Woche erfindet einer den Mord aller in sieben Sekunden mit zehn Gramm Gift. Sollen wir trauern!? Prost, ich hab das dunkle Gefühl, daß wir uns bei Zeiten nach einem anderen Planeten umsehen müssen. Prost! Die Leute haben recht. Ich geh zum Zirkus. Die haben ja recht, Mensch.

Der Oberst hat sich halb tot gelacht! Er sagt, ich müßte so auf die Bühne. Humpelnd, mit dem Mantel, mit der Visage, mit der Brille in der Visage und mit der Bürste auf dem Kopf. Der Oberst hat recht, die Menschheit lacht sich kaputt! Prost. Es lebe der Oberst! Der hat mir das Leben gerettet. Heil, Herr Oberst! Prost, es lebe das Blut! Es lebe das Gelächter über die Toten! Ich geh zum Zirkus, die Leute lachen sich kaputt, wenn es recht grausig hergeht, mit Blut und vielen Toten. Komm, glucker nochmal aus der Buddel, prost. Der Schnaps hat mir das Leben gerettet, mein Verstand ist ersoffen! Prost! *(großartig und besoffen)* Wer Schnaps hat oder ein Bett oder ein Mädchen, der träume seinen letzten Traum! Morgen kann es schon zu spät sein! Der baue sich aus seinem Traum eine Arche Noah und segel saufend und singend über das Entsetzliche rüber in die ewige Finsternis. Die andern ersaufen in Angst und Verzweiflung! Wer Schnaps hat, ist gerettet! Prost! Es lebe der blutige Oberst! Es lebe die Verantwortung! Heil! Ich gehe zum Zirkus! Es lebe der Zirkus! Der ganze große Zirkus!

4. Szene

(Ein Zimmer. Der Direktor eines Kabaretts. Beckmann, noch leicht angetrunken.)

DIREKTOR *(sehr überzeugt)*: Sehen Sie, gerade in der Kunst brauchen wir wieder eine Jugend, die zu allen Problemen aktiv Stellung nimmt. Eine mutige, nüchterne –

BECKMANN *(vor sich hin)*: Nüchtern, ja ganz nüchtern muß sie sein.

DIREKTOR: – revolutionäre Jugend. Wir brauchen einen Geist wie Schiller, der mit zwanzig seine Räuber machte. Wir brauchen einen Grabbe, einen Heinrich Heine! So einen genialen angreifenden Geist haben wir nötig! Eine unromantische, wirklichkeitsnahe und handfeste Jugend, die den dunklen Seiten des Lebens gefaßt ins Auge sieht, unsentimental, objektiv, überlegen. Junge Menschen brauchen wir, eine Generation, die die Welt sieht und liebt, wie sie ist. Die die Wahrheit hochhält, Pläne hat, Ideen hat. Das brauchen keine tiefgründigen Weisheiten zu sein. Um Gottes willen nichts Vollendetes, Reifes und Abgeklärtes. Das soll ein Schrei sein, ein Aufschrei ihrer Herzen. Frage, Hoffnung, Hunger!

BECKMANN *(für sich)*: Hunger, ja, den haben wir.

DIREKTOR: Aber jung muß diese Jugend sein, leidenschaftlich und mutig. Gerade in der Kunst! Sehen Sie mich an: Ich stand als Siebzehnjähriger auf den Brettern des Kabaretts und habe dem Spießer die Zähne gezeigt und ihm die Zigarre verdorben. Was uns fehlt, das sind die Avantgardisten, die das graue lebendige leidvolle Gesicht unserer Zeit präsentieren!

BECKMANN *(für sich)*: Ja, ja: Immer wieder präsentieren. Gesichter, Gewehre, Gespenster. Irgendwas wird immer präsentiert.

DIREKTOR: – Übrigens bei Gesicht fällt mir ein: Wozu laufen Sie eigentlich mit diesem nahezu grotesken Brillengestell herum? Wo haben Sie das originelle Ding denn bloß her, Mann? Man bekommt ja einen Schluckauf, wenn man Sie ansieht. Das ist ja ein ganz toller Apparat, den Sie da auf der Nase haben.

BECKMANN *(automatisch)*: Ja, meine Gasmaskenbrille. Die haben wir beim Militär bekommen, wir Brillenträger, damit wir auch unter der Gasmaske den Feind erkennen und schlagen konnten.

DIREKTOR: Aber der Krieg ist doch lange vorbei! Wir haben doch längst wieder das dickste Zivilleben! Und Sie zeigen sich noch immer in diesem militärischen Aufzug.

BECKMANN: Das müssen Sie mir nicht übelnehmen. Ich bin erst vorgestern aus Sibirien gekommen. Vorgestern? Ja, vorgestern!

DIREKTOR: Sibirien? Gräßlich, was? Gräßlich. Ja, der Krieg! Aber die Brille, haben Sie denn keine andere?

BECKMANN: Ich bin glücklich, daß ich wenigstens diese habe. Das ist meine Rettung. Es gibt doch sonst keine Rettung – keine Brillen, meine ich.

DIREKTOR: Ja, haben Sie denn nicht vorgesorgt, mein Guter?

BECKMANN: Wo, in Sibirien?

DIREKTOR: Ah, natürlich. Dieses dumme Sibirien! Sehen Sie, ich habe mich eingedeckt mit Brillen. Ja, Köpfchen! Ich bin glücklicher Inhaber von drei erstklassigen rassigen Hornbrillen. Echtes Horn, mein Lieber! Eine gelbe zum Arbeiten. Eine unauffällige zum Ausgehen. Und eine abends für die Bühne, verstehen Sie, eine schwarze schwere Hornbrille. Das sieht aus, mein Lieber: Klasse!

BECKMANN: Und ich habe nichts, was ich Ihnen geben könnte, damit Sie mir eine abtreten. Ich komme mir selbst so behelfsmäßig und repariert vor. Ich weiß auch, wie blödsinnig blöde das Ding aussieht, aber was soll ich machen? Könnten Sie mir nicht eine –

DIREKTOR: Wo denken Sie hin, mein bester Mann? Von meinen paar Brillen kann ich keine einzige entbehren. Meine ganzen Einfälle, meine Wirkung, meine Stimmungen sind von ihnen abhängig.

BECKMANN: Ja, das ist es eben: meine auch. Und Schnaps hat man nicht jeden Tag. Und wenn der alle ist, ist das Leben wie Blei: zäh, grau und wertlos. Aber für die Bühne wirkt diese himmelschreiend häßliche Brille wahrscheinlich viel besser.

DIREKTOR: Wieso das?

BECKMANN: Ich meine komischer. Die Leute lachen sich doch kaputt, wenn die mich sehen mit der Brille. Und dann noch die Frisur, und der Mantel. Und das Gesicht, müssen Sie bedenken, mein Gesicht! Das ist doch alles ungeheuer lustig, was?

DIREKTOR *(dem etwas unheimlich wird)*: Lustig? Lustig? Den Leuten bleibt das Lachen in der Kehle stecken, mein Lieber. Bei Ihrem Anblick wird ihnen das naßkalte Grauen den Nacken hochkriechen. Das naßkalte Grauen vor diesem Gespenst aus der Unterwelt wird ihnen hochkommen. Aber die Leute wollen doch schließlich Kunst genießen, sich erheben, erbauen und keine naßkalten Gespenster sehen. Nein, so können wir Sie nicht loslassen. Etwas genialer, überlegener, heiterer müssen wir den Leuten schon kommen. Positiv! Positiv, mein Lieber! Denken Sie an Goethe! Denken Sie an Mozart! Die Jungfrau von Orléans, Richard Wagner, Schmeling, Shirley Temple!

BECKMANN: Gegen solche Namen kann ich natürlich nicht

gegen an. Ich bin nur Beckmann. Vorne B – hinten eckmann.

DIREKTOR: Beckmann? Beckmann? Ist mir im Moment gar nicht geläufig beim Kabarett. Oder haben Sie unter einem Pseudonym gearbeitet?

BECKMANN: Nein, ich bin ganz neu. Ich bin Anfänger.

DIREKTOR *(schwenkt völlig um)*: Sie sind Anfänger? Ja, mein Bester, so leicht geht die Sache im Leben aber nun doch nicht. Nein, das denken Sie sich doch wohl ein bißchen einfach. So mir nichts dir nichts macht man keine Karriere! Sie unterschätzen die Verantwortung von uns Unternehmern! Einen Anfänger bringen, das kann den Ruin bedeuten. Das Publikum will Namen!

BECKMANN: Goethe, Schmeling, Shirley Temple oder so was, nicht?

DIREKTOR: Eben die. Aber Anfänger! Neulinge, Unbekannte? Wie alt sind Sie denn?

BECKMANN: Fünfundzwanzig.

DIREKTOR: Na, sehen Sie. Lassen Sie sich erst mal den Wind um die Nase wehen, junger Freund. Riechen Sie erst mal ein wenig hinein ins Leben. Was haben Sie denn so bis jetzt gemacht?

BECKMANN: Nichts. Krieg: Gehungert. Gefroren. Geschossen: Krieg. Sonst nichts.

DIREKTOR: Sonst nichts? Na, und was ist das? Reifen Sie auf dem Schlachtfeld des Lebens, mein Freund. Arbeiten Sie. Machen Sie sich einen Namen, dann bringen wir Sie in großer Aufmachung raus. Lernen Sie die Welt kennen, dann kommen Sie wieder. Werden Sie jemand!

BECKMANN *(der bisher ruhig und eintönig war, jetzt allmählich erregter)*: Und wo soll ich anfangen? Wo denn? Einmal muß man doch irgendwo eine Chance bekommen. Irgendwo muß doch ein Anfänger mal anfangen. In Rußland ist uns zwar kein Wind um die Nase geweht, aber dafür Metall, viel Metall. Heißes hartes herzloses Metall. Wo sollen wir denn anfangen? Wo denn? Wir wollen doch endlich einmal anfangen! Menschenskind!

DIREKTOR: Menschenskind können Sie sich ruhig verkneifen. Ich habe schließlich keinen nach Sibirien geschickt. Ich nicht.

BECKMANN: Nein, keiner hat uns nach Sibirien geschickt. Wir sind ganz von alleine gegangen. Alle ganz von alleine. Und einige, die sind ganz von alleine dageblieben. Unterm Schnee, unterm Sand. Die hatten eine Chance, die Gebliebenen, die Toten. Aber wir, wir können nun nirgendwo anfangen. Nirgendwo anfangen.

DIREKTOR *(resigniert)*: Wie Sie wollen! Also: dann fangen Sie an. Bitte. Stellen Sie sich dahin. Beginnen Sie. Machen Sie nicht so lange. Zeit ist teuer. Also, bitte. Wenn Sie so liebenswürdig sein wollen, fangen Sie an. Ich gebe Ihnen die große Chance. Sie haben immenses Glück: ich leihe Ihnen mein Ohr. Schätzen Sie das, junger Mann, schätzen Sie das, sag ich Ihnen! Fangen Sie also in Gottes Namen an. Bitte. Da. Also.

(Leise Xylophonmusik. Man erkennt die Melodie der «tapferen kleinen Soldatenfrau».)

BECKMANN *(singt, mehr gesprochen, leise, apathisch und monoton):*

Tapfere kleine Soldatenfrau –
ich kenn das Lied noch ganz genau,
das süße schöne Lied.
Aber in Wirklichkeit: War alles Schiet!

Refrain: Die Welt hat gelacht
und ich hab gebrüllt.
Und der Nebel der Nacht

hat dann alles verhüllt.
Nur der Mond grinst noch
durch ein Loch
in der Gardine!

Als ich jetzt nach Hause kam,
da war mein Bett besetzt.
Daß ich mir nicht das Leben nahm,
das hat mich selbst entsetzt.

Refrain: Die Welt hat gelacht …

Da hab ich mir um Mitternacht
ein neues Mädchen angelacht.
Von Deutschland hat sie nichts gesagt
Und Deutschland hat auch nicht nach uns gefragt.
Die Nacht war kurz, der Morgen kam,
und da stand einer in der Tür.
Der hatte nur ein Bein und das war ihr Mann.
Und das war morgens um vier.

Refrain: Die Welt hat gelacht …

Nun lauf ich wieder draußen rum
und in mir geht das Lied herum
das Lied von der sau –
das Lied von der sau –
das Lied von der sauberen Soldatenfrau.

(Das Xylophon verkleckert.)

DIREKTOR *(feige)*: So übel nicht, nein wirklich nicht so übel. Ganz brav schon. Für einen Anfänger sehr brav. Aber das Ganze hat natürlich noch zu wenig Esprit, mein lieber junger Mann. Das schillert nicht genug. Der gewisse Glanz fehlt. Das ist natürlich noch keine Dichtung. Es fehlt noch das Timbre und die diskrete pikante Erotik, die gerade das

Thema Ehebruch verlangt. Das Publikum will gekitzelt werden und nicht gekniffen. Sonst ist es aber sehr brav für Ihre Jugend. Die Ethik – und die tiefere Weisheit fehlt noch – aber wie gesagt: für einen Anfänger doch nicht so übel! Es ist noch zu sehr Plakat, zu deutlich, –

BECKMANN *(stur vor sich hin)*: – zu deutlich.

DIREKTOR: – zu laut. Zu direkt, verstehen Sie. Ihnen fehlt bei Ihrer Jugend natürlich noch die heitere –

BECKMANN *(stur vor sich hin)*: – heiter.

DIREKTOR: – Gelassenheit, die Überlegenheit. Denken Sie an unseren Altmeister Goethe. Goethe zog mit seinem Herzog ins Feld – und schrieb am Lagerfeuer eine Operette.

BECKMANN *(stur vor sich hin)*: Operette.

DIREKTOR: Das ist Genie! Das ist der große Abstand!

BECKMANN: Ja, das muß man wohl zugeben, das ist ein großer Abstand.

DIREKTOR: Lieber Freund, warten wir noch ein paar Jährchen.

BECKMANN: Warten? Ich hab doch Hunger! Ich muß doch arbeiten!

DIREKTOR: Ja, aber Kunst muß reifen. Ihr Vortrag ist noch ohne Eleganz und Erfahrung. Das ist alles zu grau, zu nackt. Sie machen mir ja das Publikum böse. Nein, wir können die Leute nicht mit Schwarzbrot –

BECKMANN *(stur vor sich hin)*: Schwarzbrot.

DIREKTOR: – füttern, wenn sie Biskuit verlangen. Gedulden Sie sich noch. Arbeiten Sie an sich, feilen Sie, reifen Sie. Dies ist schon ganz brav, wie gesagt, aber es ist noch keine Kunst.

BECKMANN: Kunst, Kunst! Aber es ist doch Wahrheit!

DIREKTOR: Ja, Wahrheit! Mit der Wahrheit hat die Kunst doch nichts zu tun! Mit der Wahrheit kommen Sie nicht weit. Damit machen Sie sich nur unbeliebt. Wo kämen wir hin, wenn alle Leute plötzlich die Wahrheit sagen wollten! Wer will denn heute etwas von der Wahrheit wissen? Hm? Wer? Das sind die Tatsachen, die Sie nie vergessen dürfen.

BECKMANN *(bitter)*: Ja, ja. Ich verstehe. Danke auch. Langsam verstehe ich schon. Das sind die Tatsachen, die man nie vergessen darf, *(seine Stimme wird immer härter, bis sie beim Kreischen der Tür ganz laut wird)* die man nie vergessen darf: mit der Wahrheit kommt man nicht weit. Mit der Wahrheit macht man sich nur unbeliebt. Wer will denn heute etwas von der Wahrheit wissen? *(laut)* – Ja, langsam verstehe ich schon, das sind so die Tatsachen – – *(Beckmann geht wortlos ab. Eine Tür kreischt und schlägt zu.)*

DIREKTOR: Aber junger Mann! Warum gleich so empfindlich?

BECKMANN *(verzweifelt)*:

Der Schnaps war alle
und die Welt war grau,
wie das Fell, wie das Fell
einer alten Sau!

DER ANDERE: Bleib hier, Beckmann! Die Straße ist hier! Hier oben!

BECKMANN: Die Straße stinkt nach Blut. Hier haben sie die Wahrheit massakriert. Meine Straße will zur Elbe! Und die geht hier unten!

DER ANDERE: Komm, Beckmann, du darfst nicht verzweifeln! Die Wahrheit lebt!

BECKMANN: Mit der Wahrheit ist das wie mit einer stadtbekannten Hure. Jeder kennt sie, aber es ist peinlich, wenn man ihr auf der Straße begegnet. Damit muß man es heimlich halten, nachts. Am Tage ist sie grau, roh und häßlich, die Hure und die Wahrheit. Und mancher verdaut sie ein ganzes Leben nicht.

DER ANDERE: Komm, Beckmann, irgendwo steht immer eine Tür offen.

BECKMANN: Ja, für Goethe. Für Shirley Temple oder Schmeling. Aber ich bin bloß Beckmann, Beckmann mit 'ner ulkigen Brille und 'ner ulkigen Frisur. Beckmann mit 'nem Humpelbein und 'nem Weihnachtsmannmantel. Ich bin nur ein schlechter Witz, den der Krieg gemacht hat, ein Gespenst von gestern. Und weil ich nur Beckmann bin und nicht Mozart, deswegen sind alle Türen zu. Bums. Deswegen stehe ich draußen. Bums. Mal wieder. Bums. Und immer noch. Bums. Und immer wieder draußen. Bums. Und weil ich ein Anfänger bin, deswegen kann ich nirgendwo anfangen. Und weil ich zu leise bin, bin ich kein Offizier geworden! Und weil ich zu laut bin, mach ich das Publikum bange. Und weil ich ein Herz habe, das nachts schreit über die Toten, deswegen muß ich erst wieder ein Mensch werden. Im Anzug von Herrn Oberst.

Der Schnaps ist alle
und die Welt ist grau,
wie das Fell, wie das Fell
von einer alten Sau!

Die Straße stinkt nach Blut, weil man die Wahrheit massakriert hat, und alle Türen sind zu. Ich will nach Hause, aber alle Straßen sind finster. Nur die Straße nach der Elbe runter, die ist hell. Oh, die ist hell!

DER ANDERE: Bleib hier, Beckmann! Deine Straße ist doch hier. Hier geht es nach Hause. Du mußt nach Hause, Beckmann. Dein Vater sitzt in der Stube und wartet. Und deine Mutter steht schon an der Tür. Sie hat deinen Schritt erkannt.

BECKMANN: Mein Gott! Nach Hause! Ja, ich will nach Hause. Ich will zu meiner Mutter! Ich will endlich zu meiner Mutter!!! Zu meiner –

DER ANDERE: Komm. Hier ist deine Straße. Da, wo man zuerst hingehen sollte, daran denkt man zuletzt.

BECKMANN: Nach Hause, wo meine Mutter ist, meine Mutter – – – – –

5. Szene

(Ein Haus. Eine Tür. Beckmann.)

BECKMANN: Unser Haus steht noch! Und es hat eine Tür. Und die Tür ist für mich da. Meine Mutter ist da und macht mir die Tür auf und läßt mich rein. Daß unser Haus noch steht! Die Treppe knarrt auch immer noch. Und da ist unsere Tür. Da kommt mein Vater jeden Morgen um acht raus. Da geht er jeden Abend wieder rein. Nur sonntags nicht. Da fuchtelt er mit dem Schlüsselbund umher und knurrt vor sich hin. Jeden Tag. Ein ganzes Leben. Da geht meine Mutter rein und raus. Dreimal, siebenmal, zehnmal am Tag. Jeden Tag. Ein Leben lang. Ein langes Leben lang. Das ist unsere Tür. Dahinter miaut die Küchentür, dahinter kratzt die Uhr mit ihrer heiseren Stimme die unwiederbringlichen Stunden. Dahinter habe ich auf einem umgekippten Stuhl gesessen und Rennfahrer gespielt. Und dahinter hustet mein Vater. Dahinter rülpst der ausgeleierte Wasserhahn und die Kacheln in der Küche klickern, wenn meine Mutter da herumpütschert. Das ist unsere Tür. Dahinter röppelt sich ein Leben ab von einem ewigen Knäuel. Ein Leben, das schon immer so war, dreißig Jahre lang. Und das immer so weitergeht. Der Krieg ist an dieser Tür vorbeigegangen. Er hat sie nicht eingeschlagen und nicht aus den Angeln gerissen. Unsere Tür hat er stehen lassen, zufällig, aus Versehen. Und nun ist diese Tür für mich da. Für mich geht sie auf. Und hinter mir geht sie zu, und dann stehe ich nicht mehr draußen. Dann bin ich zu Hause. Das ist unsere alte Tür mit ihrer abgeblätterten Farbe und dem verbeulten Blechbriefkasten. Mit dem wackeligen weißen Klingelknopf und dem blanken Messingschild, das meine

Mutter jeden Morgen putzt und auf dem unser Name steht: Beckmann –

Nein, das Messingschild ist ja gar nicht mehr da! Warum ist denn das Messingschild nicht mehr da? Wer hat denn unseren Namen weggenommen? Was soll denn diese schmutzige Pappkarte an unserer Tür? Mit diesem fremden Namen? Hier wohnt doch gar kein Kramer! Warum steht denn unser Name nicht mehr an der Tür? Der steht doch schon dreißig Jahre da. Der kann doch nicht einfach abgemacht und durch einen anderen ersetzt werden! Wo ist denn unser Messingschild? Die andern Namen im Haus sind doch auch noch alle an ihren Türen. Wie immer. Warum steht hier denn nicht mehr Beckmann? Da kann man doch nicht einfach einen anderen Namen annageln, wenn da dreißig Jahre lang Beckmann angestanden hat. Wer ist denn dieser Kramer!?
(Er klingelt. Die Tür geht kreischend auf.)

FRAU KRAMER *(mit einer gleichgültigen, grauenhaften, glatten Freundlichkeit, die furchtbarer ist als alle Roheit und Brutalität)*: Was wollen Sie?

BECKMANN: Ja, guten Tag, ich –

FRAU KRAMER: Was?

BECKMANN: Wissen Sie, wo unser Messingschild geblieben ist?

FRAU KRAMER: Was für ein «unser Schild»?

BECKMANN: Das Schild, das hier immer an war. Dreißig Jahre lang.

FRAU KRAMER: Weiß ich nicht.

BECKMANN: Wissen Sie denn nicht, wo meine Eltern sind?

FRAU KRAMER: Wer sind das? Wer sind Sie denn?

BECKMANN: Ich heiße Beckmann. Ich bin hier doch geboren. Das ist doch unsere Wohnung.

FRAU KRAMER *(immer mehr schwatzhaft und schnodderig als ab-*

sichtlich gemein): Nein, das stimmt nicht. Das ist unsere Wohnung. Geboren können Sie hier ja meinetwegen sein, das ist mir egal, aber Ihre Wohnung ist das nicht. Die gehört uns.

BECKMANN: Ja, ja. Aber wo sind denn meine Eltern geblieben? Die müssen doch irgendwo wohnen!

FRAU KRAMER: Sie sind der Sohn von diesen Leuten, von diesen Beckmanns, sagen Sie? Sie heißen Beckmann?

BECKMANN: Ja, natürlich, ich bin Beckmann. Ich bin doch hier in dieser Wohnung geboren.

FRAU KRAMER: Das können Sie ja auch. Das ist mir ganz egal. Aber die Wohnung gehört uns.

BECKMANN: Aber meine Eltern! Wo sind meine Eltern denn abgeblieben? Können Sie mir denn nicht sagen, wo sie sind?

FRAU KRAMER: Das wissen Sie nicht? Und Sie wollen der Sohn sein, sagen Sie? Sie kommen mir aber vor! Wenn Sie das nicht mal wissen, wissen Sie?!

BECKMANN: Um Gotteswillen, wo sind sie denn hin, die alten Leute? Sie haben hier dreißig Jahre gewohnt und nun sollen sie mit einmal nicht mehr da sein? Reden Sie doch was! Sie müssen doch irgendwo sein!

FRAU KRAMER: Doch. Soviel ich weiß: Kapelle 5.

BECKMANN: Kapelle 5? Was für eine Kapelle 5 denn?

FRAU KRAMER *(resigniert, eher wehleidig als brutal)*: Kapelle 5 in Ohlsdorf. Wissen Sie, was Ohlsdorf ist? Ne Gräberkolonie. Wissen Sie, wo Ohlsdorf liegt? Bei Fuhlsbüttel. Da oben sind die drei Endstationen von Hamburg. In Fuhlsbüttel das Gefängnis, in Alsterdorf die Irrenanstalt. Und in Ohlsdorf der Friedhof. Sehen Sie, und da sind sie geblieben, Ihre Alten. Da wohnen sie nun, abgewandert, parti. Und das wollen Sie nicht wissen?

BECKMANN: Was machen sie denn da? Sind sie denn tot? Sie

haben doch eben noch gelebt. Woher soll ich das denn wissen? Ich war drei Jahre lang in Sibirien. Über tausend Tage. Sie sollen tot sein? Eben waren sie doch noch da. Warum sind sie denn gestorben, ehe ich nach Hause kam? Ihnen fehlte doch nichts. Nur daß mein Vater den Husten hatte. Aber den hatte er immer. Und daß meine Mutter kalte Füße hatte von der gekachelten Küche. Aber davon stirbt man doch nicht. Warum sind sie denn gestorben? Sie hatten doch gar keinen Grund. Sie können doch nicht so einfach stillschweigend wegsterben!

FRAU KRAMER *(vertraulich, schlampig, auf rauhe Art sentimental)*: Na, Sie sind vielleicht 'ne Marke, Sie komischer Sohn. Gut, Schwamm drüber. Tausend Tage Sibirien ist auch kein Spaß. Versteh schon, wenn man dabei durchdreht und in die Knie geht. Die alten Beckmanns konnten nicht mehr, wissen Sie. Hatten sich ein bißchen verausgabt im Dritten Reich, das wissen Sie doch. Was braucht so ein alter Mann noch Uniform zu tragen. Und dann war er ein bißchen doll auf die Juden, das wissen Sie doch, Sie, Sohn, Sie. Die Juden konnte Ihr Alter nicht verknusen. Die regten seine Galle an. Er wollte sie alle eigenhändig nach Palästina jagen, hat er immer gedonnert. Im Luftschutzkeller, wissen Sie, immer wenn eine Bombe runterging, hat er einen Fluch auf die Juden losgelassen. War ein bißchen sehr aktiv, Ihr alter Herr. Hat sich reichlich verausgabt bei den Nazis. Na, und als das braune Zeitalter vorbei war, da haben sie ihn dann hochgehen lassen, den Herrn Vater. Wegen den Juden. War ja auch ein bißchen doll, das mit den Juden. Warum konnte er auch seinen Mund nicht halten. War eben zu aktiv, der alte Beckmann. Und als es nun vorbei war mit den braunen Jungs, da haben sie ihm mal ein bißchen auf den Zahn gefühlt. Na, und der Zahn war ja faul, das muß man wohl sagen, der war ganz oberfaul. – Sagen Sie mal, ich freue mich schon die ganze Zeit über das drollige Ding, was Sie als Brille auf die Nase gebastelt haben. Wozu machen Sie denn so einen Heckmeck. Das kann man doch nicht als vernünftige Brille ansprechen. Haben Sie denn keine normale, Junge?

BECKMANN *(automatisch)*: Nein. Das ist eine Gasmaskenbrille, die bekamen die Soldaten, die –

FRAU KRAMER: Kenn ich doch. Weiß ich doch. Ne, aber aufsetzen würde ich so was nicht. Dann lieber zuhause bleiben. Das wär was für meinen Alten. Wissen Sie, was der zu Ihnen sagen würde? Der würde sagen: Mensch, Junge, nimm doch das Brückengeländer aus dem Antlitz!

BECKMANN: Weiter. Was ist mit meinem Vater. Erzählen Sie doch weiter. Es war gerade so spannend. Los, weiter, Frau Kramer, immer weiter!

FRAU KRAMER: Da ist nichts mehr zu erzählen. An die Luft gesetzt haben sie Ihren Papa, ohne Pension, versteht sich. Und dann sollten sie noch aus der Wohnung raus. Nur den Kochtopf durften sie behalten. Das war natürlich trübe. Und das hat den beiden Alten dann den Rest gegeben. Da konnten sie wohl nicht mehr. Und sie mochten auch nicht mehr. Na, da haben sie sich dann selbst endgültig entnazifiziert. Das war nun wieder konsequent von Ihrem Alten, das muß man ihm lassen.

BECKMANN: Was haben sie? Sich selbst –

FRAU KRAMER *(mehr gutmütig als gemein)*: Entnazifiziert. Das sagen wir so, wissen Sie. Das ist so ein Privatausdruck von uns. Ja, die alten Herrschaften von Ihnen hatten nicht mehr die rechte Lust. Einen Morgen lagen sie steif und blau in der Küche. So was Dummes, sagt mein Alter, von dem Gas hätten wir einen ganzen Monat kochen können.

BECKMANN *(leise, aber furchtbar drohend)*: Ich glaube, es ist gut, wenn Sie die Tür zumachen, ganz schnell. Ganz schnell! Und schließen Sie ab. Machen Sie ganz schnell Ihre Tür zu, sag ich Ihnen! Machen Sie! *(Die Tür kreischt, Frau Kramer schreit hysterisch, die Tür schlägt zu.)*

BECKMANN *(leise)*: Ich halte es nicht aus! Ich halte es nicht aus! Ich halte es nicht aus!

DER ANDERE: Doch, Beckmann, doch! Man hält das aus.

BECKMANN: Nein! Ich will das alles nicht mehr aushalten! Geh weg! Du blödsinniger Jasager! Geh weg!

DER ANDERE: Nein, Beckmann. Deine Straße ist hier oben. Komm, bleib oben, Beckmann, deine Straße ist noch lang. Komm!

BECKMANN: Du bist ein Schwein! – Aber man hält das wohl aus, o ja. Man hält das aus, auf dieser Straße, und geht weiter. Manchmal bleibt einem die Luft weg oder man möchte einen Mord begehen. Aber man atmet weiter, und der Mord geschieht nicht. Man schreit auch nicht mehr und man schluchzt nicht. Man hält es aus. Zwei Tote. Wer redet heute von zwei Toten!

DER ANDERE: Sei still, Beckmann. Komm!

BECKMANN: Es ist natürlich ärgerlich, wenn es gerade deine Eltern sind, die beiden Toten. Aber zwei Tote, alte Leute? Schade um das Gas! Davon hätte man einen ganzen Monat kochen können.

DER ANDERE: Hör nicht hin, Beckmann. Komm. Die Straße wartet.

BECKMANN: Ja, hör nicht hin. Dabei hat man ein Herz, das schreit, ein Herz, das einen Mord begehen möchte. Ein armes Luder von Herz, das diese Traurigen, die um das Gas trauern, ermorden möchte! Ein Herz hat man, das will pennen, tief in der Elbe, verstehst du. Das Herz hat sich heiser geschrien, und keiner hat es gehört. Hier unten keiner. Und da oben keiner. Zwei alte Leute sind in die Gräberkolonie Ohlsdorf abgewandert. Gestern waren es vielleicht zweitausend. Morgen werden es viertausend oder sechs Millionen sein. Abgewandert in die Massengräber der Welt. Wer fragt danach? Keiner. Hier unten kein Menschenohr. Da oben kein Gottesohr. Gott schläft und wir leben weiter.

DER ANDERE: Beckmann! Beckmann! Hör nicht hin, Beckmann. Du siehst alles durch deine Gasmaskenbrille. Du siehst alles verbogen, Beckmann. Hör nicht hin, du. Früher gab es Zeiten, Beckmann, wo die Zeitungsleser abends in Kapstadt unter ihren grünen Lampenschirmen tief aufseufzten, wenn sie lasen, daß in Alaska zwei Mädchen im Eis erfroren waren. Früher war es doch so, daß sie in Hamburg nicht einschlafen konnten, weil man in Boston ein Kind entführt hatte. Früher konnte es wohl vorkommen, daß sie in San Franzisko trauerten, wenn bei Paris ein Ballonfahrer abgestürzt war.

BECKMANN: Früher, früher, früher! Wann war das? Vor zehntausend Jahren? Heute tun es nur noch Totenlisten mit sechs Nullen. Aber die Menschen seufzen nicht unter ihren Lampen, sie schlafen ruhig und tief, wenn sie noch ein Bett haben. Sie sehen stumm mit Leid aneinander vorbei: hohlwangig, hart, bitter, verkrümmt, einsam. Sie werden mit Zahlen gefüttert, die sie kaum aussprechen können, weil sie so lang sind. Und die Zahlen bedeuten –

DER ANDERE: Hör nicht hin, Beckmann.

BECKMANN: Hör hin, hör hin, bis du umkommst! Die Zahlen sind so lang, daß man sie kaum aussprechen kann. Und die Zahlen bedeuten –

DER ANDERE: Hör nicht hin –

BECKMANN: Hör hin! Sie bedeuten: Tote, Halbtote, Granatentote, Splittertote, Hungertote, Bombentote, Eissturmtote,

Ozeantote, Verzweiflungstote, Verlorene, Verlaufene, Verschollene. Und diese Zahlen haben mehr Nullen, als wir Finger an der Hand haben!

DER ANDERE: Hör doch nicht hin, du. Die Straße wartet, Beckmann, komm!

BECKMANN: Du, du! Wo geht sie hin, du? Wo sind wir? Sind wir noch hier? Ist dies noch die alte Erde? Ist uns kein Fell gewachsen, du? Wächst uns kein Schwanz, kein Raubtiergebiß, keine Kralle? Gehen wir noch auf zwei Beinen? Mensch, Mensch, was für eine Straße bist du? Wo gehst du hin? Antworte doch, du Anderer, du Jasager! Antworte doch, du ewiger Antworter!

DER ANDERE: Du verläufst dich, Beckmann, komm, bleib oben, deine Straße ist hier! Hör nicht hin. Die Straße geht auf und ab. Schrei nicht los, wenn sie abwärts geht und wenn es dunkel ist – die Straße geht weiter und überall gibt es Lampen: Sonne, Sterne, Frauen, Fenster, Laternen und offene Türen. Schrei nicht los, wenn du eine halbe Stunde im Nebel stehst, nachts, einsam. Du triffst immer wieder auf die andern. Komm, Junge, werd nicht müde! Hör nicht hin auf die sentimentale Klimperei des süßen Xylophonspielers, hör nicht hin.

BECKMANN: Hör nicht hin? Ist das deine Antwort? Millionen Tote, Halbtote, Verschollene – das ist alles gleich? Und du sagst: Hör nicht hin! Ich habe mich verlaufen? Ja, die Straße ist grau, grausam und abgründig. Aber wir sind draußen auf ihr unterwegs, wir humpeln, heulen und hungern auf ihr entlang, arm, kalt und müde! Aber die Elbe hat mich wieder ausgekotzt wie einen faulen Bissen. Die Elbe läßt mich nicht schlafen. Ich soll leben, sagst du! Dieses Leben leben? Dann sag mir auch: Wozu? Für wen? Für was?

DER ANDERE: Für dich! Für das Leben! Deine Straße wartet.

Und hin und wieder kommen Laternen. Bist du so feige, daß du Angst hast vor der Finsternis zwischen zwei Laternen? Willst du nur Laternen haben? Komm, Beckmann, weiter, bis zur nächsten Laterne.

BECKMANN: Ich habe Hunger, du. Mich friert, hörst du. Ich habe Hunger! Die Straße ist finster, und alle Türen sind zu. – Halt deinen Mund, Jasager, schon deine Lunge für andere: Ich habe Heimweh! Nach meiner Mutter! Ich habe Hunger auf Schwarzbrot! Es brauchen keine Biskuits zu sein, nein, das ist nicht nötig. Meine Mutter hätte sicher'n Stück Schwarzbrot für mich gehabt – und warme Strümpfe. Und dann hätte ich mich satt und warm zu Herrn Oberst in den weichen Sessel gesetzt und Dostojewski gelesen. Oder Gorki. Das ist herrlich, wenn man satt und warm ist, vom Elend anderer Leute zu lesen und so recht mitleidig zu seufzen. Aber leider fallen mir dauernd die Augen zu. Ich bin hundehundemüde. Ich möchte gähnen können wie ein Hund – bis zum Kehlkopf gähnen. Und ich kann nicht mehr stehen. Ich bin müde, du. Und jetzt will ich nicht mehr. Ich kann nicht mehr, verstehst du? Keinen Millimeter. Keinen –

DER ANDERE: Beckmann, gib nicht nach. Komm, Beckmann, das Leben wartet, Beckmann, komm!

BECKMANN: Ich will nicht Dostojewski lesen, ich habe selbst Angst. Ich komme nicht. Nein. Ich bin müde. Nein, du, ich komme nicht. Ich will pennen. Hier vor meiner Tür. Ich setze mich vor meiner Tür auf die Treppe, du, und dann penn ich. Penn ich, penn ich, bis eines Tages die Mauern des Hauses anfangen zu knistern und vor Altersschwäche auseinander zu krümeln. Oder bis zur nächsten Mobilmachung. Ich bin müde wie eine ganze gähnende Welt!

DER ANDERE: Werd nicht müde, Beckmann. Komm. Lebe!

BECKMANN: Nein, dieses Leben ist weniger als Nichts. Ich

mach nicht mehr mit, du. Was sagst du? Vorwärts, Kameraden, das Stück wird selbstverständlich brav bis zu Ende gespielt. Wer weiß, in welcher finsteren Ecke wir liegen oder an welcher süßen Brust, wenn der Vorhang endlich fällt. Fünf graue verregnete Akte!

DER ANDERE: Mach mit. Das Leben ist lebendig, Beckmann. Sei mit lebendig!

BECKMANN: Sei still. Das Leben ist so:

1. Akt: Grauer Himmel. Es wird einem wehgetan.

2. Akt: Grauer Himmel. Man tut wieder weh.

3. Akt: Es wird dunkel und es regnet.

4. Akt: Es ist noch dunkler. Man sieht eine Tür.

5. Akt: Es ist Nacht. Tiefe Nacht. Und die Tür ist zu. Man steht draußen. Draußen vor der Tür. An der Elbe steht man, an der Seine, an der Wolga, am Mississippi. Man steht da, spinnt, friert, hungert und ist verdammt müde. Und dann auf einmal plumpst es, und die Wellen machen niedliche kleine kreisrunde Kreise, und dann rauscht der Vorhang. Fische und Würmer spendieren einen lautlosen Beifall. – So ist das! Ist das viel mehr als Nichts? Ich – ich mach jedenfalls nicht mehr mit. Mein Gähnen ist groß wie die weite Welt!

DER ANDERE: Schlaf nicht ein, Beckmann! Du mußt weiter.

BECKMANN: Was sagst du? Du sprichst ja auf einmal so leise.

DER ANDERE: Steh auf, Beckmann, die Straße wartet.

BECKMANN: Die Straße wird wohl auf meinen müden Schritt verzichten müssen. Warum bist du denn so weit weg? Ich kann dich gar nicht mehr – kaum noch – verstehen – – – *(Er gähnt.)*

DER ANDERE: Beckmann! Beckmann!

BECKMANN: Hm – – *(Er schläft ein.)*

DER ANDERE: Beckmann, du schläfst ja!

BECKMANN *(im Schlaf)*: Ja, ich schlafe.

DER ANDERE: Wach auf, Beckmann, du mußt leben!

BECKMANN: Nein, ich denke gar nicht daran, aufzuwachen. Ich träume gerade. Ich träume einen wunderschönen Traum.

DER ANDERE: Träum nicht weiter, Beckmann, du mußt leben.

BECKMANN: Leben? Ach wo, ich träume doch gerade, daß ich sterbe.

DER ANDERE: Steh auf, sag ich! Lebe!

BECKMANN: Nein. Aufstehen mag ich nicht mehr. Ich träume doch gerade so schön. Ich liege auf der Straße und sterbe. Die Lunge macht nicht mehr mit, das Herz macht nicht mehr mit und die Beine nicht. Der ganze Beckmann macht nicht mehr mit, hörst du? Glatte Befehlsverweigerung. Unteroffizier Beckmann macht nicht mehr mit. Toll, was?

DER ANDERE: Komm, Beckmann, du mußt weiter.

BECKMANN: Weiter? Abwärts, meinst du, weiter abwärts! A bas, sagt der Franzose. Es ist so schön, zu sterben, du, das hab ich nicht gedacht. Ich glaube, der Tod muß ganz erträglich sein. Es ist doch noch keiner wieder zurückgekommen, weil er den Tod nicht aushalten konnte. Vielleicht ist er ganz nett, der Tod, vielleicht viel netter als das Leben. Vielleicht – – – Ich glaube sogar, ich bin schon im Himmel. Ich fühl mich gar nicht mehr – und das ist, wie im Himmel sein, sich nicht mehr fühlen. Und da kommt auch ein alter Mann, der sieht aus wie der liebe Gott. Ja, beinahe wie der liebe Gott. Nur etwas zu theologisch. Und so weinerlich. Ob das der liebe Gott ist? Guten Tag, alter Mann. Bist du der liebe Gott?

GOTT *(weinerlich)*: Ich bin der liebe Gott, mein Junge, mein armer Junge!

BECKMANN: Ach, du bist also der liebe Gott. Wer hat dich

eigentlich so genannt, lieber Gott? Die Menschen? Ja? Oder du selbst?

GOTT: Die Menschen nennen mich den lieben Gott.

BECKMANN: Seltsam, ja, das müssen ganz seltsame Menschen sein, die dich so nennen. Das sind wohl die Zufriedenen, die Satten, die Glücklichen, und die, die Angst vor dir haben. Die im Sonnenschein gehen, verliebt oder satt oder zufrieden – oder die es nachts mit der Angst kriegen, die sagen: Lieber Gott! Lieber Gott! Aber ich sage nicht Lieber Gott, du, ich kenne keinen, der ein lieber Gott ist, du!

GOTT: Mein Kind, mein armes –

BECKMANN: Wann bist du eigentlich lieb, lieber Gott? Warst du lieb, als du meinen Jungen, der gerade ein Jahr alt war, als du meinen kleinen Jungen von einer brüllenden Bombe zerreißen ließt? Warst du da lieb, als du ihn ermorden ließt, lieber Gott, ja?

GOTT: Ich hab ihn nicht ermorden lassen.

BECKMANN: Nein, richtig. Du hast es nur zugelassen. Du hast nicht hingehört, als er schrie und als die Bomben brüllten. Wo warst du da eigentlich, als die Bomben brüllten, lieber Gott? Oder warst du lieb, als von meinem Spähtrupp elf Mann fehlten? Elf Mann zu wenig, lieber Gott, und du warst gar nicht da, lieber Gott. Die elf Mann haben gewiß laut geschrien in dem einsamen Wald, aber du warst nicht da, einfach nicht da, lieber Gott. Warst du in Stalingrad lieb, lieber Gott, warst du da lieb, wie? Ja? Wann warst du denn eigentlich lieb, Gott, wann? Wann hast du dich jemals um uns gekümmert, Gott?

GOTT: Keiner glaubt mehr an mich. Du nicht, keiner. Ich bin der Gott, an den keiner mehr glaubt. Und um den sich keiner mehr kümmert. Ihr kümmert euch nicht um mich.

BECKMANN: Hat auch Gott Theologie studiert? Wer kümmert sich um wen? Ach, du bist alt, Gott, du bist unmodern, du kommst mit unsern langen Listen von Toten und Ängsten nicht mehr mit. Wir kennen dich nicht mehr so recht, du bist ein Märchenbuchliebergott. Heute brauchen wir einen neuen. Weißt du, einen für unsere Angst und Not. Einen ganz neuen. Oh, wir haben dich gesucht, Gott, in jeder Ruine, in jedem Granattrichter, in jeder Nacht. Wir haben dich gerufen. Gott! Wir haben nach dir gebrüllt, geweint, geflucht! Wo warst du da, lieber Gott? Wo bist du heute abend? Hast du dich von uns gewandt? Hast du dich ganz in deine schönen alten Kirchen eingemauert, Gott? Hörst du unser Geschrei nicht durch die zerklirrten Fenster, Gott? Wo bist du?

GOTT: Meine Kinder haben sich von mir gewandt, nicht ich von ihnen. Ihr von mir, ihr von mir. Ich bin der Gott, an den keiner mehr glaubt. Ihr habt euch von mir gewandt.

BECKMANN: Geh weg, alter Mann. Du verdirbst mir meinen Tod. Geh weg, ich sehe, du bist nur ein weinerlicher Theologe. Du drehst die Sätze um: Wer kümmert sich um wen? Wer hat sich von wem gewandt? Ihr von mir? Wir von dir? Du bist tot, Gott. Sei lebendig, sei mit uns lebendig, nachts, wenn es kalt ist, einsam und wenn der Magen knurrt in der Stille – dann sei mit uns lebendig, Gott. Ach, geh weg, du bist ein tintenblutiger Theologe, geh weg, du bist weinerlich, alter Mann!

GOTT: Mein Junge, mein armer Junge! Ich kann es nicht ändern! Ich kann es doch nicht ändern!

BECKMANN: Ja, das ist es, Gott. Du kannst es nicht ändern. Wir fürchten dich nicht mehr. Wir lieben nicht mehr. Und du bist unmodern. Die Theologen haben dich alt werden lassen. Deine Hosen sind zerfranst, deine Sohlen durchlöchert, und deine Stimme ist leise geworden – zu leise für den Donner unserer Zeit. Wir können dich nicht mehr hören.

GOTT: Nein, keiner hört mich, keiner mehr. Ihr seid zu laut!

BECKMANN: Oder bist du zu leise, Gott? Hast du zuviel Tinte im Blut, Gott, zuviel dünne Theologentinte? Geh, alter Mann, sie haben dich in den Kirchen eingemauert, wir hören einander nicht mehr. Geh, aber sieh zu, daß du vor Anbruch der restlosen Finsternis irgendwo ein Loch oder einen neuen Anzug findest oder einen dunklen Wald, sonst schieben sie dir nachher alles in die Schuhe, wenn es schief gegangen ist. Und fall nicht im Dunkeln, alter Mann, der Weg ist sehr abschüssig und liegt voller Gerippe. Halt dir die Nase zu, Gott. Und dann schlaf auch gut, alter Mann, schlaf weiter so gut. Gute Nacht!

GOTT: Einen neuen Anzug oder einen dunklen Wald? Meine armen, armen Kinder! Mein lieber Junge –

BECKMANN: Ja, geh, gute Nacht!

GOTT: Meine armen, armen – – *(er geht ab.)*

BECKMANN: Die alten Leute haben es heute am schwersten, die sich nicht mehr auf die neuen Verhältnisse umstellen können. Wir stehen alle draußen. Auch Gott steht draußen, und keiner macht ihm mehr eine Tür auf. Nur der Tod, der Tod hat zuletzt doch eine Tür für uns. Und dahin bin ich unterwegs.

DER ANDERE: Du mußt nicht auf die Tür warten, die der Tod uns aufmacht. Das Leben hat tausend Türen. Wer verspricht dir, daß hinter der Tür des Todes mehr ist als nichts?

BECKMANN: Und was ist hinter den Türen, die das Leben uns aufmacht?

DER ANDERE: Das Leben! Das Leben selbst! Komm, du mußt weiter.

BECKMANN: Ich kann nicht mehr. Hörst du nicht, wie meine

Lungen rasseln: Kchch – Kchch – Kchch. Ich kann nicht mehr.

DER ANDERE: Du kannst. Deine Lungen rasseln nicht.

BECKMANN: Meine Lungen rasseln. Was soll denn sonst so rasseln? Hör doch: Kchch – Kchch – Kchch – Was denn sonst?

DER ANDERE: Ein Straßenfegerbesen! Da, da kommt ein Straßenfeger. Kommt da an uns vorbei, und sein Besen kratzt wie eine Asthmalunge über das Pflaster. Deine Lunge rasselt nicht. Hörst du? Das ist der Besen. Hör doch: Kchch – Kchch – Kchch.

BECKMANN: Der Straßenfegerbesen macht Kchch – Kchch wie die Lunge eines, der verröchelt. Und der Straßenfeger hat rote Streifen an den Hosen. Es ist ein Generalstraßenfeger. Ein deutscher Generalstraßenfeger. Und wenn der fegt, dann machen die rasselnden Sterbelungen: Kchch – Kchch – Kchch. Straßenfeger!

STRASSENFEGER: Ich bin kein Straßenfeger.

BECKMANN: Du bist kein Straßenfeger? Was bist du denn?

STRASSENFEGER: Ich bin ein Angestellter des Beerdigungsinstitutes Abfall und Verwesung.

BECKMANN: Du bist der Tod! Und du gehst als Straßenfeger?

STRASSENFEGER: Heute als Straßenfeger. Gestern als General. Der Tod darf nicht wählerisch sein. Tote gibt es überall. Und heute liegen sie sogar auf der Straße. Gestern lagen sie auf dem Schlachtfeld – da war der Tod General und die Begleitmusik spielte Xylophon. Heute liegen sie auf der Straße, und der Besen des Todes macht Kchch – Kchch.

BECKMANN: Und der Besen des Todes macht Kchch – Kchch. Vom General zum Straßenfeger. Sind die Toten so im Kurs gesunken?

STRASSENFEGER: Sie sinken. Sie sinken. Kein Salut. Kein Sterbegeläut. Keine Grabrede. Kein Kriegerdenkmal. Sie sinken. Sie sinken. Und der Besen macht Kchch – Kchch.

BECKMANN: Mußt du schon weiter? Bleib doch hier. Nimm mich mit. Tod, Tod – du vergißt mich ja – Tod!

STRASSENFEGER: Ich vergesse keinen. Mein Xylophon spielt Alte Kameraden, und mein Besen macht Kchch – Kchch – Kchch. Ich vergesse keinen.

BECKMANN: Tod, Tod, laß mir die Tür offen. Tod, mach die Tür nicht zu. Tod –

STRASSENFEGER: Meine Tür steht immer offen. Immer. Morgens. Nachmittags. Nachts. Im Licht und im Nebel. Immer ist meine Tür offen. Immer. Überall. Und mein Besen macht Kchch – Kchch. *(Das Kchch – Kchch wird immer leiser, der Tod geht ab.)*

BECKMANN: Kchch – Kchch. Hörst du, wie meine Lunge rasselt? Wie der Besen eines Straßenfegers. Und der Straßenfeger läßt die Tür weit offen. Und der Straßenfeger heißt Tod. Und sein Besen macht wie meine Lunge, wie eine alte heisere Uhr: Kchch – Kchch – Kchch …

DER ANDERE: Beckmann, steh auf, noch ist es Zeit. Komm, atme, atme dich gesund.

BECKMANN: Aber meine Lunge macht doch schon –

DER ANDERE: Deine Lunge macht das nicht. Das war der Besen, Beckmann, von einem Staatsbeamten.

BECKMANN: Von einem Staatsbeamten?

DER ANDERE: Ja, der ist längst vorbei. Komm, steh wieder auf, atme. Das Leben wartet mit tausend Laternen und tausend offenen Türen.

BECKMANN: Eine Tür, eine genügt. Und die läßt er offen, hat er gesagt, für mich, für immer, jederzeit. Eine Tür.

DER ANDERE: Steh auf, du träumst einen tödlichen Traum. Du stirbst an dem Traum. Steh auf.

BECKMANN: Nein, ich bleibe liegen. Hier vor der Tür. Und die

Tür steht offen – hat er gesagt. Hier bleib ich liegen. Aufstehen soll ich? Nein, ich träume doch gerade so schön, du. Einen ganz wunderschönen schönen Traum. Ich träume, träume, daß alles aus ist. Ein Straßenfeger kam vorbei und der nannte sich Tod. Und sein Besen kratzte wie meine Lunge. Tödlich. Und der hat mir eine Tür versprochen, eine offene Tür. Straßenfeger können nette Leute sein. Nett wie der Tod. Und so ein Straßenfeger ging an mir vorbei.

DER ANDERE: Du träumst, du träumst einen bösen Traum. Wach auf, lebe!

BECKMANN: Leben? Ich liege doch auf der Straße und alles, alles, du, alles ist aus. Ich jedenfalls bin tot. Alles ist aus und ich bin tot, schön tot.

DER ANDERE: Beckmann, Beckmann, du mußt leben. Alles lebt. Neben dir. Links, rechts, vor dir: die andern. Und du? Wo bist du? Lebe, Beckmann, alles lebt!

BECKMANN: Die andern? Wer ist das? Der Oberst? Der Direktor? Frau Kramer? Leben mit ihnen? Oh, ich bin so schön tot. Die andern sind weit weg, und ich will sie nie wiedersehen. Die andern sind Mörder.

DER ANDERE: Beckmann, du lügst.

BECKMANN: Ich lüge? Sind sie nicht schlecht? Sind sie gut?

DER ANDERE: Du kennst die Menschen nicht. Sie sind gut.

BECKMANN: Oh, sie sind gut. Und in aller Güte haben sie mich umgebracht. Totgelacht. Vor die Tür gesetzt. Davongejagt. In aller Menschengüte. Sie sind stur bis tief in ihre Träume hinein. Bis in den tiefsten Schlaf stur. Und sie gehen an meiner Leiche vorbei – stur bis in den Schlaf. Sie lachen und kauen und singen und schlafen und verdauen an meiner Leiche vorbei. Mein Tod ist nichts.

DER ANDERE: Du lügst, Beckmann!

BECKMANN: Doch, Jasager, die Leute gehen an meiner Leiche vorbei. Leichen sind langweilig und unangenehm.

DER ANDERE: Die Menschen gehen nicht an deinem Tod vorbei, Beckmann. Die Menschen haben ein Herz. Die Menschen trauern um deinen Tod, Beckmann, und deine Leiche liegt ihnen nachts noch lange im Wege, wenn sie einschlafen wollen. Sie gehen nicht vorbei.

BECKMANN: Doch, Jasager, das tun sie. Leichen sind häßlich und unangenehm. Sie gehen einfach und schnell vorbei und halten die Nase und Augen zu.

DER ANDERE: Das tun sie nicht! Ihr Herz zieht sich zusammen bei jedem Toten!

BECKMANN: Paß auf, siehst du, da kommt schon einer. Kennst du ihn noch? Es ist der Oberst, der mich mit seinem alten Anzug zum neuen Menschen machen wollte. Herr Oberst! Herr Oberst!

OBERST: Donnerwetter, gibt es denn schon wieder Bettler? Ist ja ganz wie früher.

BECKMANN: Eben, Herr Oberst, eben. Es ist alles ganz wie früher. Sogar die Bettler kommen aus denselben Kreisen. Aber ich bin gar kein Bettler, Herr Oberst, nein. Ich bin eine Wasserleiche. Ich bin desertiert, Herr Oberst. Ich war ein ganz müder Soldat, Herr Oberst. Ich hieß gestern Unteroffizier Beckmann, Herr Oberst, erinnern Sie noch? Beckmann. Ich war 'n bißchen weich, nicht wahr, Herr Oberst, Sie erinnern? Ja, und morgen abend werde ich dumm und stumm und aufgedunsen an den Strand von Blankenese treiben. Gräßlich, wie, Herr Oberst? Und Sie haben mich auf Ihrem Konto, Herr Oberst. Gräßlich, wie? Zweitausendundelf plus Beckmann, macht Zweitausendundzwölf. Zweitausendundzwölf nächtliche Gespenster, Uha!

OBERST: Ich kenne Sie doch gar nicht, Mann. Nie von einem

Beckmann gehört. Was hatten Sie denn für'n Dienstgrad?

BECKMANN: Aber Herr Oberst! Herr Oberst werden sich doch noch an seinen letzten Mord erinnern! Der mit der Gasmaskenbrille und der Sträflingsfrisur und dem steifen Bein! Unteroffizier Beckmann, Herr Oberst.

OBERST: Richtig! Der! Sehen Sie, diese unteren Dienstgrade sind durch die Bank doch alle verdächtig. Torfköppe, Räsoneure, Pazifisten, Wasserleichenaspiranten. Sie haben sich ersoffen? Ja, war'n einer von denen, die ein bißchen verwildert sind im Krieg, 'n bißchen entmenschlicht, ohne jegliche soldatische Tugend. Unschöner Anblick, so was.

BECKMANN: Ja, nicht wahr, Herr Oberst, unschöner Anblick, diese vielen dicken weißen weichen Wasserleichen heutzutage. Und Sie sind der Mörder, Herr Oberst, Sie! Halten Sie das eigentlich aus, Herr Oberst, Mörder zu sein? Wie fühlen Sie sich so als Mörder, Herr Oberst?

OBERST: Wieso? Bitte? Ich?

BECKMANN: Doch, Herr Oberst, Sie haben mich in den Tod gelacht. Ihr Lachen war grauenhafter als alle Tode der Welt, Herr Oberst. Sie haben mich totgelacht, Herr Oberst!

OBERST *(völlig verständnislos)*: So? Na ja. War'n einer von denen, die sowieso vor die Hunde gegangen wären. Na, guten Abend!

BECKMANN: Angenehme Nachtruhe, Herr Oberst! Und vielen Dank für den Nachruf! Hast du gehört, Jasager, Menschenfreund! Nachruf auf einen ertrunkenen Soldaten. Epilog eines Menschen für einen Menschen.

DER ANDERE: Du träumst, Beckmann, du träumst. Die Menschen sind gut!

BECKMANN: Du bist ja so heiser, du optimistischer Tenor! Hat es dir die Stimme verschlagen? Oh ja, die Menschen sind gut. Aber manchmal gibt es Tage, da trifft man andauernd die paar schlechten, die es gibt. Aber so schlimm sind die Menschen nicht. Ich träume ja nur. Ich will nicht ungerecht sein. Die Menschen sind gut. Nur sind sie so furchtbar verschieden, das ist es, so unbegreiflich verschieden. Der eine Mensch ist ein Oberst, während der andere eben nur ein niederer Dienstgrad ist. Der Oberst ist satt, gesund und hat eine wollene Unterhose an. Abends hat er ein Bett und eine Frau.

DER ANDERE: Beckmann, träume nicht weiter! Steh auf! Lebe! Du träumst alles schief.

BECKMANN: Und der andere, der hungert, der humpelt und hat nicht mal ein Hemd. Abends hat er einen alten Liegestuhl als Bett und das Pfeifen der asthmatischen Ratten ersetzt ihm in seinem Keller das Geflüster seiner Frau. Nein, die Menschen sind gut. Nur verschieden sind sie, ganz außerordentlich voneinander verschieden.

DER ANDERE: Die Menschen sind gut. Sie sind nur so ahnungslos. Immer sind sie so ahnungslos. Aber ihr Herz. Sieh in ihr Herz – ihr Herz ist gut. Nur das Leben läßt es nicht zu, daß sie ihr Herz zeigen. Glaube doch, im Grunde sind sie alle gut.

BECKMANN: Natürlich. Im Grunde. Aber der Grund ist meistens so tief, du. So unbegreiflich tief. Ja, im Grunde sind sie gut – nur verschieden eben. Einer ist weiß und der andere grau. Einer hat 'ne Unterhose, der andere nicht. Und der graue ohne Unterhose, das bin ich. Pech gehabt, Wasserleiche Beckmann, Unteroffizier a. D., Mitmensch a. D.

DER ANDERE: Du träumst, Beckmann, steh auf. Lebe! Komm, sieh, die Menschen sind gut.

BECKMANN: Und sie gehen an meiner Leiche vorbei und kauen und lachen und spucken und verdauen. So gehen sie an meinem Tod vorbei, die guten Guten.

DER ANDERE: Wach auf, Träumer! Du träumst einen schlechten Traum, Beckmann. Wach auf!

BECKMANN: Oh ja, ich träume einen schaurigen schlechten Traum. Da, da kommt der Direktor von dem Kabarett. Soll ich mit ihm ein Interview machen, Antworter?

DER ANDERE: Komm, Beckmann! Lebe! Die Straße ist voller Laternen. Alles lebt! Lebe mit!

BECKMANN: Soll ich mitleben? Mit wem? Mit dem Obersten? Nein!

DER ANDERE: Mit den andern, Beckmann. Lebe mit den andern.

BECKMANN: Auch mit dem Direktor?

DER ANDERE: Auch mit ihm. Mit allen.

BECKMANN: Gut. Auch mit dem Direktor. Hallo, Herr Direktor!

DIREKTOR: Wie? Ja? Was ist?

BECKMANN: Kennen Sie mich?

DIREKTOR: Nein – doch, warten Sie mal. Gasmaskenbrille, Russenfrisur, Soldatenmantel. Ja, der Anfänger mit dem Ehebruchchanson! Wie hießen Sie denn gleich?

BECKMANN: Beckmann.

DIREKTOR: Richtig. Na, und?

BECKMANN: Sie haben mich ermordet, Herr Direktor.

DIREKTOR: Aber, mein Lieber –

BECKMANN: Doch. Weil Sie feige waren. Weil Sie die Wahrheit verraten haben. Sie haben mich in die nasse Elbe getrieben, weil Sie dem Anfänger keine Chance gaben, anzufangen. Ich wollte arbeiten. Ich hatte Hunger. Aber Ihre Tür ging hinter mir zu. Sie haben mich in die Elbe gejagt, Herr Direktor.

DIREKTOR: Müssen ja ein sensibler Knabe gewesen sein. Laufen in die Elbe, in die nasse …

BECKMANN: In die nasse Elbe, Herr Direktor. Und da habe

ich mich mit Elbwasser vollaufen lassen, bis ich satt war. Einmal satt, Herr Direktor, und dafür tot. Tragisch, was? Wär das nicht ein Schlager für Ihre Revue? Chanson der Zeit: Einmal satt und dafür tot!

DIREKTOR *(sentimental, aber doch sehr oberflächlich)*: Das ist ja schaurig! Sie waren einer von denen, die ein bißchen sensibel sind. Unangebracht heute, durchaus fehl am Platz. Sie waren ganz wild auf die Wahrheit versessen, Sie kleiner Fanatiker! Hätten mir das ganze Publikum kopfscheu gemacht mit Ihrem Gesang.

BECKMANN: Und da haben Sie mir die Tür zugeschlagen, Herr Direktor. Und da unten lag die Elbe.

DIREKTOR *(wie oben)*: Die Elbe, ja. Ersoffen. Aus. Arme Sau. Vom Leben überfahren. Erdrückt und breitgewalzt. Einmal satt und dafür tot. Ja, wenn wir alle so empfindlich sein wollten!

BECKMANN: Aber das sind wir ja nicht, Herr Direktor. So empfindlich sind wir ja nicht …

DIREKTOR: Weiß Gott nicht, nein. Sie waren eben einer von denen, von den Millionen, die nun mal humpelnd durchs Leben müssen und froh sind, wenn sie fallen. In die Elbe, in die Spree, in die Themse – wohin, ist egal. Eher haben sie doch keine Ruhe.

BECKMANN: Und Sie haben mir den Fußtritt gegeben, damit ich fallen konnte.

DIREKTOR: Unsinn! Wer sagt denn das? Sie waren prädestiniert für tragische Rollen. Aber der Stoff ist toll! Ballade eines Anfängers: Die Wasserleiche mit der Gasmaskenbrille! Schade, daß das Publikum so was nicht sehen will. Schade … *(ab.)*

BECKMANN: Angenehme Nachtruhe, Herr Direktor!
Hast du das gehört? Soll ich weiterleben mit dem Herrn Oberst? Und weiterleben mit dem Herrn Direktor?

DER ANDERE: Du träumst, Beckmann, wach auf.

BECKMANN: Träum ich? Seh ich alles verzerrt durch diese elende Gasmaskenbrille? Sind alles Marionetten? Groteske, karikierte Menschenmarionetten? Hast du den Nachruf gehört, den mein Mörder mir gewidmet hat? Epilog auf einen Anfänger: Auch einer von denen – du, Anderer! Soll ich leben bleiben? Soll ich weiterhumpeln auf der Straße? Neben den anderen? Sie haben alle dieselben gleichgültigen entsetzlichen Visagen. Und sie reden alle so unendlich viel, und wenn man dann um ein einziges Ja bittet, sind sie stumm und dumm, wie – ja, eben wie die Menschen. Und feige sind sie. Sie haben uns verraten. So furchtbar verraten. Wie wir noch ganz klein waren, da haben sie Krieg gemacht. Und als wir größer waren, da haben sie vom Krieg erzählt. Begeistert. Immer waren sie begeistert. Und als wir dann noch größer waren, da haben sie sich auch für uns einen Krieg ausgedacht. Und da haben sie uns dann hingeschickt. Und sie waren begeistert. Immer waren sie begeistert. Und keiner hat uns gesagt, wo wir hingingen. Keiner hat uns gesagt, ihr geht in die Hölle. Oh nein, keiner. Sie haben Marschmusik gemacht und Langemarckfeiern. Und Kriegsgerichte und Aufmarschpläne. Und Heldengesänge und Blutorden. So begeistert waren sie. Und dann war der Krieg endlich da. Und dann haben sie uns hingeschickt. Und sie haben uns nichts gesagt. Nur – Macht's gut, Jungens! haben sie gesagt. Macht's gut, Jungens! So haben sie uns verraten. So furchtbar verraten. Und jetzt sitzen sie hinter ihren Türen. Herr Studienrat, Herr Direktor, Herr Gerichtsrat, Herr Oberarzt. Jetzt hat uns keiner hingeschickt. Nein, keiner. Alle sitzen sie jetzt hinter ihren Türen. Und ihre Tür haben sie fest zu. Und wir stehen draußen. Und von ihren Kathedern und von ihren Sesseln zeigen sie mit dem Finger auf uns. So haben sie uns verraten. So furchtbar verraten. Und jetzt gehen sie an ihrem Mord vorbei, einfach vorbei. Sie gehn an ihrem Mord vorbei.

DER ANDERE: Sie gehn nicht vorbei, Beckmann. Du übertreibst. Du träumst. Sieh auf das Herz, Beckmann. Sie haben ein Herz! Sie sind gut!

BECKMANN: Aber Frau Kramer geht an meiner Leiche vorbei.

DER ANDERE: Nein! Auch sie hat ein Herz!

BECKMANN: Frau Kramer!

FRAU KRAMER: Ja?

BECKMANN: Haben Sie ein Herz, Frau Kramer? Wo hatten Sie Ihr Herz, Frau Kramer, als Sie mich ermordeten? Doch, Frau Kramer, Sie haben den Sohn von den alten Beckmanns ermordet. Haben Sie nicht auch seine Eltern mit erledigt, wie? Na, ehrlich, Frau Kramer, so ein bißchen nachgeholfen, ja? Ein wenig das Leben sauer gemacht, nicht wahr? Und dann den Sohn in die Elbe gejagt – aber Ihr Herz, Frau Kramer, was sagt Ihr Herz?

FRAU KRAMER: Sie mit der ulkigen Brille sind in die Elbe gemacht? Daß ich mir das nicht gedacht hab. Kamen mir gleich so melancholisch vor, Kleiner. Macht sich in die Elbe! Armer Bengel! Nein aber auch!

BECKMANN: Ja, weil Sie mir so herzlich und innig taktvoll das Ableben meiner Eltern vermittelten. Ihre Tür war die letzte. Und Sie ließen mich draußen stehn. Und ich hatte tausend Tage, tausend sibirische Nächte auf diese Tür gehofft. Sie haben einen kleinen Mord nebenbei begangen, nicht wahr?

FRAU KRAMER *(robust, um nicht zu heulen)*: Es gibt eben Figuren, die haben egal Pech. Sie waren einer von denen. Sibirien. Gashahn. Ohlsdorf. War wohl 'n bißchen happig. Geht mir ans Herz, aber wo kommt man hin, wenn man alle Leute beweinen wollte! Sie sahen gleich so finster aus, Junge. So ein Bengel! Aber das darf uns nicht kratzen, sonst wird uns noch das bißchen Margarine schlecht, das man auf Brot hat. Macht einfach davon ins Gewässer. Ja, man erlebt was! Jeden Tag macht sich einer davon.

BECKMANN: Ja, ja, leben Sie wohl, Frau Kramer! Hast du gehört, Anderer? Nachruf einer alten Frau mit Herz auf einen jungen Mann. Hast du gehört, schweigsamer Antworter?

DER ANDERE: Wach – auf – Beckmann –

BECKMANN: Du sprichst ja plötzlich so leise. Du stehst ja plötzlich so weit ab.

DER ANDERE: Du träumst einen tödlichen Traum, Beckmann. Wach auf! Lebe! Nimm dich nicht so wichtig. Jeden Tag wird gestorben. Soll die Ewigkeit voll Trauergeschrei sein? Lebe! Iß dein Margarinebrot, lebe! Das Leben hat tausend Zipfel. Greif zu! Steh auf!

BECKMANN: Ja, ich stehe auf. Denn da kommt meine Frau. Meine Frau ist gut. Nein, sie bringt ihren Freund mit. Aber sie war früher doch gut. Warum bin ich auch drei Jahre in Sibirien geblieben? Sie hat drei Jahre gewartet, das weiß ich, denn sie war immer gut zu mir. Die Schuld habe ich. Aber sie war gut. Ob sie heute noch gut ist?

DER ANDERE: Versuch es! Lebe!

BECKMANN: Du! Erschrick nicht, ich bin es. Sieh mich doch an! Dein Mann. Beckmann, ich. Du, ich hab mir das Leben genommen, Frau. Das hättest du nicht tun sollen, du, das mit dem andern. Ich hatte doch nur dich! Du hörst mich ja gar nicht! Du! Ich weiß, du hast zu lange warten müssen. Aber sei nicht traurig, mir geht es jetzt gut. Ich bin tot. Ohne dich wollte ich nicht mehr! Du! Sieh mich doch an! Du! *(Die Frau geht in enger Umarmung mit ihrem Freund langsam vorbei, ohne Beckmann zu hören.)*

Du! Du warst doch meine Frau! Sieh mich doch an, du hast mich doch umgebracht, dann kannst du mich doch noch mal ansehen! Du, du hörst mich ja gar nicht! Du hast mich doch ermordet, du – und jetzt gehst du einfach vorbei? Du, warum hörst du mich denn nicht? *(Die Frau ist mit dem Freund vorbeigegangen.)* Sie hat mich nicht gehört. Sie kennt mich schon nicht mehr. Bin ich schon so lange tot? Sie hat mich vergessen und ich bin erst einen Tag tot. So gut, oh, so gut sind die Menschen! Und du? Jasager, Hurraschreier, Antworter?! Du sagst ja nichts! Du stehst ja so weit ab. Soll ich weiter leben? Deswegen bin ich von Sibirien gekommen! Und du, du sagst, ich soll leben! Alle Türen links und rechts der Straße sind zu. Alle Laternen sind ausgegangen, alle. Und man kommt nur vorwärts, weil man fällt! Und du sagst, ich soll weiter fallen? Hast du nicht noch einen Fall für mich, den ich tun kann? Geh nicht so weit weg, Schweigsamer du, hast du noch eine Laterne für mich in der Finsternis? Rede, du weißt doch sonst immer so viel!!

DER ANDERE: Da kommt das Mädchen, das dich aus der Elbe gezogen hat, das dich gewärmt hat. Das Mädchen, Beckmann, das deinen dummen Kopf küssen wollte. Sie geht nicht an deinem Tod vorbei. Sie hat dich überall gesucht.

BECKMANN: Nein! Sie hat mich nicht gesucht! Kein Mensch hat mich gesucht! Ich will nicht immer wieder daran glauben. Ich kann nicht mehr fallen, hörst du! Mich sucht kein Mensch!

DER ANDERE: Das Mädchen hat dich überall gesucht!

BECKMANN: Jasager, du quälst mich! Geh weg!

MÄDCHEN *(ohne ihn zu sehen)*: Fisch! Fisch! Wo bist du? Kleiner kalter Fisch!

BECKMANN: Ich? Ich bin tot.

MÄDCHEN: Oh, du bist tot? Und ich suche dich auf der ganzen Welt!

BECKMANN: Warum suchst du mich?

MÄDCHEN: Warum? Weil ich dich liebe, armes Gespenst! Und nun bist du tot? Ich hätte dich so gerne geküßt, kalter Fisch!

BECKMANN: Stehn wir nur auf und gehn weiter, weil die Mädchen nach uns rufen? Mädchen?

MÄDCHEN: Ja, Fisch?

BECKMANN: Wenn ich nun nicht tot wäre?

MÄDCHEN: Oh, dann würden wir zusammen nach Hause gehen, zu mir. Ja, sei wieder lebendig, kleiner kalter Fisch! Für mich. Mit mir. Komm, wir wollen zusammen lebendig sein.

BECKMANN: Soll ich leben? Hast du mich wirklich gesucht?

MÄDCHEN: Immerzu. Dich! Und nur dich. Die ganze Zeit über dich. Ach, warum bist du tot, armes graues Gespenst? Willst du nicht mit mir lebendig sein?

BECKMANN: Ja, ja, ja. Ich komme mit. Ich will mit dir lebendig sein!

MÄDCHEN: Oh, mein Fisch!

BECKMANN: Ich steh auf. Du bist die Lampe, die für mich brennt. Für mich ganz allein. Und wir wollen zusammen lebendig sein. Und wir wollen ganz dicht nebeneinander gehen auf der dunklen Straße. Komm, wir wollen miteinander lebendig sein und ganz ganz dicht sein – –

MÄDCHEN: Ja, ich brenne für dich ganz allein auf der dunklen Straße.

BECKMANN: Du brennst, sagst du? Was ist denn das? Aber es wird ja alles ganz dunkel! Wo bist du denn?

(Man hört ganz weit ab das Teck-Tock des Einbeinigen.)

MÄDCHEN: Hörst du? Der Totenwurm klopft – ich muß weg, Fisch, ich muß weg, armes kaltes Gespenst.

BECKMANN: Wo willst du denn hin? Bleib hier! Es ist ja auf einmal alles so dunkel! Lampe, kleine Lampe! Leuchte! Wer klopft da? Da klopft doch einer! Teck – tock – teck – tock! Wer hat denn noch so geklopft? Da – Teck – tock – teck – tock! Immer lauter! Immer näher! Teck – tock – teck – tock! *(schreit)* Da! *(flüstert)* Der Riese, der einbeinige Riese mit seinen beiden Krücken. Teck – tock – er kommt näher! Teck – tock – er kommt auf mich zu! Teck – tock – teck – tock!!! *(schreit.)*

DER EINBEINIGE *(ganz sachlich und abgeklärt)*: Beckmann?

BECKMANN *(leise)*: Hier bin ich.

DER EINBEINIGE *(ganz sachlich und abgeklärt)*: Du lebst noch, Beckmann? Du hast doch einen Mord begangen, Beckmann. Und du lebst immer noch?

BECKMANN: Ich habe keinen Mord begangen!

DER EINBEINIGE: Doch, Beckmann. Wir werden jeden Tag ermordet und jeden Tag begehen wir einen Mord. Wir gehen jeden Tag an einem Mord vorbei. Und du hast mich ermordet, Beckmann. Hast du das schon vergessen? Ich war doch drei Jahre in Sibirien, Beckmann, und gestern abend wollte ich nach Hause. Aber mein Platz war besetzt – du warst da, Beckmann, auf meinem Platz. Da bin ich in die Elbe gegangen, Beckmann, gleich gestern abend. Wo sollte ich auch anders hin, nicht, Beckmann? Du, die Elbe war kalt und naß. Aber nun habe ich mich schon gewöhnt, nun bin ich ja tot. Daß du das so schnell vergessen konntest, Beckmann. Einen Mord vergißt man doch nicht so schnell. Der muß einem doch nachlaufen, Beckmann. Ja, ich habe einen Fehler gemacht, du. Ich hätte nicht nach Hause kommen dürfen. Zu Hause war kein Platz mehr für mich, Beckmann, denn da warst du. Ich klage dich nicht an, Beckmann, wir morden ja alle, jeden Tag, jede Nacht. Aber wir wollen doch unsere Opfer nicht so schnell vergessen. Wir wollen doch an unseren Morden nicht vorbeigehen. Ja, Beckmann, du hast mir meinen Platz weggenommen. Auf meinem Sofa, bei meiner Frau, bei meiner meiner Frau, von der ich drei Jahre lang geträumt hatte, tausend sibirische Nächte! Zu Hause war ein Mann, der hatte mein Zeug an, Beckmann, das war ihm viel zu groß, aber er hatte es an, und ihm war wohl und warm in dem Zeug und bei meiner Frau. Und du, du warst der Mann, Beckmann. Na, ich habe mich dann verzogen. In die Elbe. War ziemlich kalt, Beckmann, aber man gewöhnt sich bald. Jetzt bin ich erst einen ganzen Tag tot – und du hast mich ermordet und hast den Mord schon vergessen. Das mußt du nicht, Beckmann, Morde darf man nicht vergessen, das tun die Schlechten. Du vergißt mich doch nicht, Beckmann, nicht wahr? Das mußt du mir versprechen, daß du deinen Mord nicht vergißt!

BECKMANN: Ich vergesse dich nicht.

DER EINBEINIGE: Das ist schön von dir, Beckmann. Dann kann man doch in Ruhe tot sein, wenn wenigstens einer an mich denkt, wenigstens mein Mörder – hin und wieder nur – nachts manchmal, Beckmann, wenn du nicht schlafen kannst! Dann kann ich wenigstens in aller Ruhe tot sein – – – *(geht ab.)*

BECKMANN *(wacht auf)*: Teck – tock – teck – tock!!! Wo bin ich? Hab ich geträumt? Bin ich denn nicht tot? Bin ich denn immer noch nicht tot? Teck – tock – teck – tock durch das ganze Leben! Teck – tock – durch den ganzen Tod hindurch! Teck – tock – teck – tock! Hörst du den Totenwurm? Und ich, ich soll leben! Und jede Nacht wird einer Wache stehen an meinem Bett, und ich werde seinen Schritt nicht los: Teck – tock – teck – tock! Nein!
Das ist das Leben! Ein Mensch ist da, und der Mensch kommt nach Deutschland, und der Mensch friert. Der

hungert und der humpelt! Ein Mann kommt nach Deutschland! Er kommt nach Hause, und da ist sein Bett besetzt. Eine Tür schlägt zu, und er steht draußen.
Ein Mann kommt nach Deutschland! Er findet ein Mädchen, aber das Mädchen hat einen Mann, der hat nur ein Bein und der stöhnt andauernd einen Namen. Und der Name heißt Beckmann. Eine Tür schlägt zu, und er steht draußen.
Ein Mann kommt nach Deutschland! Er sucht Menschen, aber ein Oberst lacht sich halbtot. Eine Tür schlägt zu und er steht wieder draußen.
Ein Mann kommt nach Deutschland! Er sucht Arbeit, aber ein Direktor ist feige, und die Tür schlägt zu, und wieder steht er draußen.
Ein Mann kommt nach Deutschland! Er sucht seine Eltern, aber eine alte Frau trauert um das Gas, und die Tür schlägt zu, und er steht draußen.
Ein Mann kommt nach Deutschland! Und dann kommt der Einbeinige – teck – tock – teck – kommt er, teck – tock, und der Einbeinige sagt: Beckmann. Sagt immerzu: Beckmann. Er atmet Beckmann, er schnarcht Beckmann, er stöhnt Beckmann, er schreit, er flucht, er betet Beckmann. Und er geht durch das Leben seines Mörders teck – tock – teck – tock! Und der Mörder bin ich. Ich? der Gemordete, ich, den sie gemordet haben, ich bin der Mörder? Wer schützt uns davor, daß wir nicht Mörder werden? Wir werden jeden Tag ermordet, und jeden Tag begehn wir einen Mord! Wir gehen jeden Tag an einem Mord vorbei! Und der Mörder Beckmann hält das nicht mehr aus, gemordet zu werden und Mörder zu sein. Und er schreit der Welt ins Gesicht: Ich sterbe! Und dann liegt er irgendwo auf der Straße, der Mann, der nach Deutschland kam, und stirbt. Früher lagen Zigarettenstummel,

Apfelsinenschalen und Papier auf der Straße, heute sind es Menschen, das sagt weiter nichts. Und dann kommt ein Straßenfeger, ein deutscher Straßenfeger, in Uniform und mit roten Streifen, von der Firma Abfall und Verwesung, und findet den gemordeten Mörder Beckmann. Verhungert, erfroren, liegengeblieben. Im zwanzigsten Jahrhundert. Im fünften Jahrzehnt. Auf der Straße. In Deutschland. Und die Menschen gehen an dem Tod vorbei, achtlos, resigniert, blasiert, angeekelt, und gleichgültig, gleichgültig, so gleichgültig! Und der Tote fühlt tief in seinen Traum hinein, daß sein Tod gleich war wie sein Leben: sinnlos, unbedeutend, grau. Und du – du sagst, ich soll leben! Wozu? Für wen? Für was? Hab ich kein Recht auf meinen Tod? Hab ich kein Recht auf meinen Selbstmord? Soll ich mich weiter morden lassen und weiter morden? Wohin soll ich denn? Wovon soll ich leben? Mit wem? Für was? Wohin sollen wir denn auf dieser Welt! Verraten sind wir. Furchtbar verraten.
Wo bist du, Anderer? Du bist sonst immer da!
Wo bist du jetzt, Jasager? Jetzt antworte mir! Jetzt brauche ich dich, Antworter! Wo bist du denn? Du bist ja plötzlich nicht mehr da! Wo bist du, Antworter, wo bist du, der mir den Tod nicht gönnte!
Wo ist denn der alte Mann, der sich Gott nennt? Wo seid ihr denn alle? Warum redet ihr denn nicht!
Gebt doch Antwort!
Warum schweigt ihr denn? Warum?
Gibt denn keiner Antwort?
Gibt keiner Antwort???
Gibt denn keiner, keiner Antwort???

An diesem Dienstag

Neunzehn Geschichten

Meinem Vater

Im Schnee, im sauberen Schnee

Wir sind die Kegler.
Und wir selbst sind die Kugel.
Aber wir sind auch die Kegel,
die stürzen.
Die Kegelbahn, auf der es donnert,
ist unser Herz.

Die Kegelbahn

Zwei Männer hatten ein Loch in die Erde gemacht. Es war ganz geräumig und beinahe gemütlich. Wie ein Grab. Man hielt es aus.

Vor sich hatten sie ein Gewehr. Das hatte einer erfunden, damit man damit auf Menschen schießen konnte. Meistens kannte man die Menschen gar nicht. Man verstand nicht mal ihre Sprache. Und sie hatten einem nichts getan. Aber man mußte mit dem Gewehr auf sie schießen. Das hatte einer befohlen. Und damit man recht viele von ihnen erschießen konnte, hatte einer erfunden, daß das Gewehr mehr als sechzigmal in der Minute schoß. Dafür war er belohnt worden.

Etwas weiter ab von den beiden Männern war ein anderes Loch. Da kuckte ein Kopf raus, der einem Menschen gehörte. Er hatte eine Nase, die Parfüm riechen konnte. Augen, die eine Stadt oder eine Blume sehen konnten. Er hatte einen Mund, mit dem konnte er Brot essen und Inge sagen oder Mutter. Diesen Kopf sahen die beiden Männer, denen man das Gewehr gegeben hatte.

Schieß, sagte der eine.

Der schoß.

Da war der Kopf kaputt. Er konnte nicht mehr Parfüm riechen, keine Stadt mehr sehen und nicht mehr Inge sagen. Nie mehr.

Die beiden Männer waren viele Monate in dem Loch. Sie machten viele Köpfe kaputt. Und die gehörten immer Menschen, die sie gar nicht kannten. Die ihnen nichts getan hatten und die sie nicht mal verstanden. Aber einer hatte das Gewehr erfunden, das mehr als sechzigmal schoß in der Minute. Und einer hatte es befohlen.

Allmählich hatten die beiden Männer so viele Köpfe kaputt gemacht, daß man einen großen Berg daraus machen konnte. Und wenn die beiden Männer schliefen, fingen die Köpfe an zu rollen. Wie auf einer Kegelbahn. Mit leisem Donner. Davon wachten die beiden Männer auf.

Aber man hat es doch befohlen, flüsterte der eine.

Aber wir haben es getan, schrie der andere.

Aber es war furchtbar, stöhnte der eine.

Aber manchmal hat es auch Spaß gemacht, lachte der andere.

Nein, schrie der Flüsternde.

Doch, flüsterte der andere, manchmal hat es Spaß gemacht. Das ist es ja. Richtig Spaß.

Stunden saßen sie in der Nacht. Sie schliefen nicht. Dann sagte der eine:

Aber Gott hat uns so gemacht.

Aber Gott hat eine Entschuldigung, sagte der andere, es gibt ihn nicht.

Es gibt ihn nicht? fragte der erste.

Das ist seine einzige Entschuldigung, antwortete der zweite.

Aber uns – uns gibt es, flüsterte der erste.

Ja, uns gibt es, flüsterte der andere.

Die beiden Männer, denen man befohlen hatte, recht viele Köpfe kaputt zu machen, schliefen nicht in der Nacht. Denn die Köpfe machten leisen Donner.

Dann sagte der eine: Und wir sitzen nun damit an.

Ja, sagte der andere, wir sitzen nun damit an.

Da rief einer: Fertigmachen. Es geht wieder los.

Die beiden Männer standen auf und nahmen das Gewehr.

Und immer, wenn sie einen Menschen sahen, schossen sie auf ihn. Und immer war das ein Mensch, den sie gar nicht kannten. Und der ihnen nichts getan hatte. Aber sie schossen auf ihn. Dazu hatte einer das Gewehr erfunden. Er war dafür belohnt worden.

Und einer – einer hatte es befohlen.

Vier Soldaten

Vier Soldaten. Und die waren aus Holz und Hunger und Erde gemacht. Aus Schneesturm und Heimweh und Barthaar. Vier Soldaten. Und über ihnen brüllten Granaten und bissen schwarzgiftig kläffend in den Schnee. Das Holz ihrer vier verlorenen Gesichter stand starrkantig im Geschwanke des Öllichts. Nur wenn das Eisen oben schrie und furchtbar bellend zerbarst, dann lachte einer der hölzernen Köpfe. Und die andern grinsten grau hinterher. Und das Öllicht bog sich verzagt.

Vier Soldaten.

Da krümmten sich zwei blaurote Striche im Barthaar: Meine Güte. Hier braucht im Frühling aber nicht gepflügt zu werden. Und gedüngt auch nicht, heiserte es aus der Erde.

Einer drehte zuversichtlich eine Zigarette: Hoffentlich ist das hier kein Rübenacker. Rüben kann ich auf den Tod nicht ausstehen. Aber zum Beispiel, wie findet ihr Radieschen? Die ganze Ewigkeit Radieschen?

Die blauroten Lippen krümmten sich: Wenn nur die Regenwürmer nicht wären. Da muß man sich doch mächtig dran gewöhnen.

Der in der Ecke sagte: Davon merkst du dann doch nichts mehr.

Wer sagt das? fragte der Zigarettendreher, wie, wer sagt das?

Da schwiegen sie. Und oben kreischte ein wütender Tod durch die Nacht. Schwarzblau zerriß er den Schnee. Da grinsten sie wieder. Und sie sahen die Balken über sich an. Aber die Balken versprachen nichts.

Dann hustete der aus seiner Ecke her: Na, wir werden ja sehen. Darauf könnt ihr euch verlassen. Und das «verlassen» kam so heiser, daß das Öllicht schwankte.

Vier Soldaten. Aber einer, der sagte nichts. Der glitt mit dem Daumen am Gewehr auf und ab. Auf und ab. Auf und ab. Und er drückte sich an sein Gewehr. Aber er haßte nichts so, wie dieses Gewehr. Nur wenn es über ihnen brüllte, dann hielt er sich daran fest. Das Öllicht bog sich verzagt in seinen Augen. Da stieß der Zigarettendreher ihn an. Der Kleine mit dem gehaßten Gewehr wischte erschrocken über das blasse Bartgestrüpp um den Mund. Sein Gesicht war aus Hunger und Heimweh gemacht.

Da sagte der Zigarettendreher: Du, gib mal die Ölfunzel her. Natürlich, sagte der Kleine, und nahm das Gewehr zwischen die Knie. Und dann kam seine Hand aus dem Mantel und nahm das Öllicht und hielt es ihm hin. Aber da fiel ihm das Licht aus der Hand. Und erlosch. Und erlosch.

Vier Soldaten. Ihr Atem war zu groß und zu einsam im Dunkeln. Da lachte der Kleine laut und hieb sich die Hand auf das Knie:

Junge, hab ich einen Tatterich! Habt ihr das gesehn? Die Funzel fällt mir glatt aus der Hand. So ein Tatterich.

Laut lachte der Kleine. Aber im Dunkeln drückte er sich dicht an das Gewehr, das er so haßte. Und der in der Ecke dachte: Keiner ist unter uns, keiner, der nicht zittert.

Der Zigarettendreher aber sagte: Ja, man zittert den ganzen Tag. Das kommt von der Kälte. Diese elende Kälte.

Da brüllte das Eisen über ihnen und zerfetzte die Nacht und den Schnee.

Die machen die ganzen Radieschen kaputt, grinste der mit den blauroten Lippen.

Und sie hielten sich fest an den gehaßten Gewehren. Und lachten. Lachten sich über das dunkle dunkle Tal.

Der viele viele Schnee

Schnee hing im Astwerk. Der Maschinengewehrschütze sang. Er stand in einem russischen Wald auf weit vorgeschobenem Posten. Er sang Weihnachtslieder und dabei war es schon Anfang Februar. Aber das kam, weil Schnee meterhoch lag. Schnee zwischen den schwarzen Stämmen. Schnee auf den schwarzgrünen Zweigen. Im Astwerk hängen geblieben, auf Büsche geweht, wattig, und an schwarze Stämme gebackt. Viel viel Schnee. Und der Maschinengewehrschütze sang Weihnachtslieder, obgleich es schon Februar war.

Hin und wieder mußt du mal ein paar Schüsse loslassen. Sonst friert das Ding ein. Einfach geradeaus ins Dunkle halten. Damit es nicht einfriert. Schieß man auf die Büsche da. Ja, die da, dann weißt du gleich, daß da keiner drin sitzt. Das beruhigt. Kannst ruhig alle Viertelstunde mal eine Serie loslassen. Das beruhigt. Sonst friert das Ding ein. Dann ist es auch nicht so still, wenn man hin und wieder mal schießt. Das hatte der gesagt, den er abgelöst hatte. Und dazu noch: Du mußt den Kopfschützer von den Ohren machen. Befehl vom Regiment. Auf Posten muß man den Kopfschützer von den Ohren machen. Sonst hört man ja nichts. Das ist Befehl. Aber man hört sowieso nichts. Es ist alles still. Kein Mucks. Die ganzen Wochen schon. Kein Mucks. Na, also dann. Schieß man hin und wieder mal. Das beruhigt.

Das hatte der gesagt. Dann stand er allein. Er nahm den Kopfschützer von den Ohren und die Kälte griff mit spitzen Fingern nach ihnen. Er stand allein. Und Schnee hing im Astwerk. Klebte an blauschwarzen Stämmen. Angehäuft überm Gesträuch. Aufgetürmt, in Mulden gesackt und hingeweht. Viel viel Schnee.

Und der Schnee, in dem er stand, machte die Gefahr so

leise. So weit ab. Und sie konnte schon hinter einem stehen. Er verschwieg sie. Und der Schnee, in dem er stand, allein stand in der Nacht, zum erstenmal allein stand, er machte die Nähe der andern so leise. So weit ab machte er sie. Er verschwieg sie, denn er machte alles so leise, daß das eigene Blut in den Ohren laut wurde, so laut wurde, daß man ihm nicht mehr entgehen konnte. So verschwieg der Schnee.

Da seufzte es. Links. Vorne. Dann rechts. Links wieder. Und hinten mit einmal. Der Maschinengewehrschütze hielt den Atem an. Da, wieder. Es seufzte. Das Rauschen in seinen Ohren wurde ganz groß. Da seufzte es wieder. Er riß sich den Mantelkragen auf. Die Finger zerrten, zitterten. Den Mantelkragen zerrten sie auf, daß er das Ohr nicht verdeckte. Da. Es seufzte. Der Schweiß kam kalt unter dem Helm heraus und gefror auf der Stirn. Gefror dort. Es waren zweiundvierzig Grad Kälte. Unterm Helm kam der Schweiß heraus und gefror. Es seufzte. Hinten. Und rechts. Weit vorne. Dann hier. Da. Da auch.

Der Maschinengewehrschütze stand im russischen Wald. Schnee hing im Astwerk. Und das Blut rauschte groß in den Ohren. Und der Schweiß gefror auf der Stirn. Und der Schweiß kam unterm Helm heraus. Denn es seufzte. Irgendwas. Oder irgendwer. Der Schnee verschwieg den. Davon gefror der Schweiß auf der Stirn. Denn die Angst war groß in den Ohren. Denn es seufzte.

Da sang er. Laut sang er, daß er die Angst nicht mehr hörte. Und das Seufzen nicht mehr. Und daß der Schweiß nicht mehr fror. Er sang. Und er hörte die Angst nicht mehr. Weihnachtslieder sang er und er hörte das Seufzen nicht mehr. Laut sang er Weihnachtslieder im russischen Wald. Denn Schnee hing im schwarzblauen Astwerk im russischen Wald. Viel Schnee.

Aber dann brach plötzlich ein Zweig. Und der Maschinengewehrschütze schwieg. Und fuhr herum. Und riß die Pistole heraus. Da kam der Feldwebel durch den Schnee in großen Sätzen auf ihn zu.

Jetzt werde ich erschossen, dachte der Maschinengewehrschütze. Ich habe auf Posten gesungen. Und jetzt werde ich erschossen. Da kommt schon der Feldwebel. Und wie er läuft. Ich habe auf Posten gesungen und jetzt kommen sie und erschießen mich.

Und er hielt die Pistole fest in der Hand.

Da war der Feldwebel da. Und hielt sich an ihm. Und sah sich um. Und flog. Und keuchte dann:

Mein Gott. Halt mich fest, Mensch. Mein Gott! Mein Gott! Und dann lachte er. Flog an den Händen. Und lachte doch: Weihnachtslieder hört man schon. Weihnachtslieder in diesem verdammten russischen Wald. Weihnachtslieder. Haben wir nicht Februar? Wir haben doch schon Februar. Dabei hört man Weihnachtslieder. Das kommt von dieser furchtbaren Stille. Weihnachtslieder! Mein Gott nochmal! Mensch, halt mich bloß fest. Sei mal still. Da! Nein. Jetzt ist es weg. Lach nicht, sagte der Feldwebel und keuchte noch und hielt den Maschinengewehrschützen fest, lach nicht, du. Aber das kommt von der Stille. Wochenlang diese Stille. Kein Mucks! Nichts! Da hört man denn nachher schon Weihnachtslieder. Und dabei haben wir doch längst Februar. Aber das kommt von dem Schnee. Der ist so viel hier. Lach nicht, du. Das macht verrückt, sag ich dir. Du bist erst zwei Tage hier. Aber wir sitzen hier nun schon wochenlang drin. Kein Mucks. Nichts. Das macht verrückt. Immer alles still. Kein Mucks. Wochenlang. Dann hört man allmählich Weihnachtslieder, du. Lach nicht. Erst als ich dich sah, waren sie plötzlich weg. Mein Gott. Das macht verrückt. Diese ewige Stille. Diese ewige!

Der Feldwebel keuchte noch. Und lachte. Und hielt ihn

fest. Und der Maschinengewehrschütze hielt ihn wieder fest. Dann lachten sie beide. Im russischen Wald. Im Februar.

Manchmal bog sich ein Ast von dem Schnee. Und der rutschte dann zwischen den schwarzblauen Zweigen zu Boden. Und seufzte dabei. Ganz leise. Vorne mal. Links. Dann hier. Da auch. Überall seufzte es. Denn Schnee hing im Astwerk. Der viele viele Schnee.

Mein bleicher Bruder

Noch nie war etwas so weiß wie dieser Schnee. Er war beinah blau davon. Blaugrün. So fürchterlich weiß. Die Sonne wagte kaum gelb zu sein vor diesem Schnee. Kein Sonntagmorgen war jemals so sauber gewesen wie dieser. Nur hinten stand ein dunkelblauer Wald. Aber der Schnee war neu und sauber wie ein Tierauge. Kein Schnee war jemals so weiß wie dieser an diesem Sonntagmorgen. Kein Sonntagmorgen war jemals so sauber. Die Welt, diese schneeige Sonntagswelt, lachte.

Aber irgendwo gab es dann doch einen Fleck. Das war ein Mensch, der im Schnee lag, verkrümmt, bäuchlings, uniformiert. Ein Bündel Lumpen. Ein lumpiges Bündel von Häutchen und Knöchelchen und Leder und Stoff. Schwarzrot überrieselt von angetrocknetem Blut. Sehr tote Haare, perückenartig tot. Verkrümmt, den letzten Schrei in den Schnee geschrien, gebellt oder gebetet vielleicht: Ein Soldat. Fleck in dem niegesehenen Schneeweiß des saubersten aller Sonntagmorgende. Stimmungsvolles Kriegsgemälde, nuancenreich, verlockender Vorwurf für Aquarellfarben: Blut und Schnee und Sonne. Kalter kalter Schnee mit warmem dampfendem Blut drin. Und über allem die liebe Sonne. Unsere liebe Sonne. Alle Kinder auf der Welt sagen: die liebe liebe Sonne. Und die bescheint einen Toten, der den unerhörten Schrei aller toten Marionetten schreit: Den stummen fürchterlichen stummen Schrei! Wer unter uns, steh auf, bleicher Bruder, oh, wer unter uns hält die stummen Schreie der Marionetten aus, wenn sie von den Drähten abgerissen so blöde verrenkt auf der Bühne rumliegen? Wer, oh, wer unter uns erträgt die stummen Schreie der Toten? Nur der Schnee hält das aus, der eisige. Und die Sonne. Unsere liebe Sonne.

Vor der abgerissenen Marionette stand eine, die noch intakt war. Noch funktionierte. Vor dem toten Soldaten stand ein lebendiger. An diesem sauberen Sonntagmorgen im niegesehnen weißen Schnee hielt der Stehende an den Liegenden folgende fürchterlich stumme Rede:

Ja. Ja ja. Ja ja ja. Jetzt ist es aus mit deiner guten Laune, mein Lieber. Mit deiner ewigen guten Laune. Jetzt sagst du gar nichts mehr, wie? Jetzt lachst du wohl nicht mehr, wie? Wenn deine Weiber das wüßten, wie erbärmlich du jetzt aussiehst, mein Lieber. Ganz erbärmlich siehst du ohne deine gute Laune aus. Und in dieser blöden Stellung. Warum hast du denn die Beine so ängstlich an den Bauch rangezogen? Ach so, hast einen in die Eingeweide gekriegt. Hast dich mit Blut besudelt. Sieht unappetitlich aus, mein Lieber. Hast dir die ganze Uniform damit bekleckert. Sieht aus wie schwarze Tintenflecke. Man gut, daß deine Weiber das nicht sehn. Du hattest dich doch immer so mit deiner Uniform. Saß alles auf Taille. Als du Korporal wurdest, gingst du nur noch mit Lackstiefeletten. Und die wurden stundenlang gebohnert, wenn es abends in die Stadt ging. Aber jetzt gehst du nicht mehr in die Stadt. Deine Weiber lassen sich jetzt von den andern. Denn du gehst jetzt überhaupt nicht mehr, verstehst du? Nie mehr, mein Lieber. Nie nie mehr. Jetzt lachst du auch nicht mehr mit deiner ewig guten Laune. Jetzt liegst du da, als ob du nicht bis drei zählen kannst. Kannst du auch nicht. Kannst nicht mal mehr bis drei zählen. Das ist dünn, mein Lieber, äußerst dünn. Aber das ist gut so, sehr gut so. Denn du wirst nie mehr «Mein bleicher Bruder Hängendes Lid» zu mir sagen. Jetzt nicht mehr, mein Lieber. Von jetzt ab nicht mehr. Nie mehr, du. Und die andern werden dich nie mehr dafür feiern. Die andern werden nie mehr über mich lachen, wenn du «Mein bleicher Bruder Hängendes Lid» zu mir sagst. Das ist viel wert, weißt du? Das ist eine ganze Masse wert für mich, das kann ich dir sagen. Sie haben mich nämlich schon in der Schule gequält. Wie die Läuse haben sie auf mir herumgesessen. Weil mein Auge den kleinen Defekt hat und weil das Lid runterhängt. Und weil meine Haut so weiß ist. So käsig. Unser Bläßling sieht schon wieder so müde aus, haben sie immer gesagt. Und die Mädchen haben immer gefragt, ob ich schon schliefe. Mein eines Auge wäre ja schon halb zu. Schläfrig, haben sie gesagt, du, ich wär schläfrig. Ich möchte mal wissen, wer von uns beiden jetzt schläfrig ist. Du oder ich, wie? Du oder ich? Wer ist jetzt «Mein bleicher Bruder Hängendes Lid»? Wie? Wer denn, mein Lieber, du oder ich? Ich etwa?

Als er die Bunkertür hinter sich zumachte, kamen ein Dutzend graue Gesichter aus den Ecken auf ihn zu. Eins davon gehörte dem Feldwebel. Haben Sie ihn gefunden, Herr Leutnant? fragte das graue Gesicht und war fürchterlich grau dabei.

Ja. Bei den Tannen. Bauchschuß. Sollen wir ihn holen?

Ja. Bei den Tannen. Ja, natürlich. Er muß geholt werden. Bei den Tannen.

Das Dutzend grauer Gesichter verschwand. Der Leutnant saß am Blechofen und lauste sich. Genau wie gestern. Gestern hatte er sich auch gelaust. Da sollte einer zum Bataillon kommen. Am besten der Leutnant, er selbst. Während er dann das Hemd anzog, horchte er. Es schoß. Es hatte noch nie so geschossen. Und als der Melder die Tür wieder aufriß, sah er die Nacht. Noch nie war eine Nacht so schwarz, fand er. Unteroffizier Heller, der sang. Der erzählte in einer Tour von seinen Weibern. Und dann hatte dieser Heller mit seiner ewig guten Laune gesagt: Herr Leutnant, ich würde nicht zum Bataillon gehn. Ich würde erst mal doppelte Ration beantragen. Auf Ihren Rippen kann man ja Xylophon spielen. Das ist ja ein Jammer, wie Sie aussehn. Das hatte Heller gesagt. Und im Dunkeln hatten sie wohl alle gegrinst. Und einer mußte zum Bataillon. Da hatte er gesagt: Na, Heller, dann kühlen Sie Ihre gute Laune mal ein bißchen ab. Und Heller sagte: Jawohl. Das war alles. Mehr sagte man nie. Einfach: Jawohl. Und dann war Heller gegangen. Und dann kam Heller nicht wieder.

Der Leutnant zog sein Hemd über den Kopf. Er hörte, wie sie draußen zurückkamen. Die andern. Mit Heller. Er wird nie mehr «Mein bleicher Bruder Hängendes Lid» zu mir sagen, flüsterte der Leutnant. Das wird er von nun an nie mehr zu mir sagen. Eine Laus geriet zwischen seine Daumennägel. Es knackte. Die Laus war tot. Auf der Stirn – hatte er einen kleinen Blutspritzer.

Jesus macht nicht mehr mit

Er lag unbequem in dem flachen Grab. Es war wie immer reichlich kurz geworden, so daß er die Knie krumm machen mußte. Er fühlte die eisige Kälte im Rücken. Er fühlte sie wie einen kleinen Tod. Er fand, daß der Himmel sehr weit weg war. So grauenhaft weit weg, daß man gar nicht mehr sagen mochte, er ist gut oder er ist schön. Sein Abstand von der Erde war grauenhaft. All das Blau, das er aufwandte, machte den Abstand nicht geringer. Und die Erde war so unirdisch kalt und störrisch in ihrer eisigen Erstarrung, daß man sehr unbequem in dem viel zu flachen Grab lag. Sollte man das ganze Leben so unbequem liegen? Ach nein, den ganzen Tod hindurch sogar! Das war ja noch viel länger.

Zwei Köpfe erschienen am Himmel über dem Grabrand. Na, paßt es, Jesus? fragte der eine Kopf, wobei er einen weißen Nebelballen wie einen Wattebausch aus dem Mund fahren ließ. Jesus stieß aus seinen beiden Nasenlöchern zwei dünne ebenso weiße Nebelsäulen und antwortete: Jawoll. Paßt.

Die Köpfe am Himmel verschwanden. Wie Kleckse waren sie plötzlich weggewischt. Spurlos. Nur der Himmel war noch da mit seinem grauenhaften Abstand.

Jesus setzte sich auf und sein Oberkörper ragte etwas aus dem Grab heraus. Von weitem sah es aus, als sei er bis an den Bauch eingegraben. Dann stützte er seinen linken Arm auf die Grabkante und stand auf. Er stand in dem Grab und sah traurig auf seine linke Hand. Beim Aufstehen war der frischgestopfte Handschuh am Mittelfinger wieder aufgerissen. Die rotgefrorene Fingerspitze kam daraus hervor. Jesus sah auf seinen Handschuh und wurde sehr traurig. Er stand in dem vielzuflachen Grab, hauchte einen warmen Nebel gegen seinen entblößten frierenden Finger und sagte leise: Ich mach nicht mehr mit. Was ist los, glotzte der eine von den beiden, die in das Grab sahen, ihn an. Ich mach nicht mehr mit, sagte Jesus noch einmal ebenso leise und steckte den kalten nackten Mittelfinger in den Mund.

Haben Sie gehört, Unteroffizier, Jesus macht nicht mehr mit.

Der andere, der Unteroffizier, zählte die Sprengkörper in eine Munitionskiste und knurrte: Wieso? Er blies den nassen Nebel aus seinem Mund auf Jesus zu: Hä, wieso? Nein, sagte Jesus noch immer ebenso leise, ich kann das nicht mehr. Er stand in dem Grab und hatte die Augen zu. Die Sonne machte den Schnee so unerträglich weiß. Er hatte die Augen zu und sagte: Jeden Tag die Gräber aussprengen. Jeden Tag sieben oder acht Gräber. Gestern sogar elf. Und jeden Tag die Leute da reingeklemmt in die Gräber, die ihnen immer nicht passen. Weil die Gräber zu klein sind. Und die Leute sind manchmal so steif und krumm gefroren. Das knirscht dann so, wenn sie in die engen Gräber geklemmt werden. Und die Erde ist so hart und eisig und unbequem. Das sollen sie den ganzen Tod lang aushalten. Und ich, ich kann das Knirschen nicht mehr hören. Das ist ja, als wenn Glas zermahlen wird. Wie Glas.

Halt das Maul, Jesus. Los, raus aus dem Loch. Wir müssen noch fünf Gräber machen. Wütend flatterte der Nebel vom Mund des Unteroffiziers weg auf Jesus zu. Nein, sagte der und stieß zwei feine Nebelstriche aus der Nase, nein. Er sprach sehr leise und hatte die Augen zu: Die Gräber sind doch auch viel zu flach. Im Frühling kommen nachher überall die Knochen aus der Erde. Wenn es taut. Überall die Knochen. Nein, ich will das nicht mehr. Nein, nein. Und immer ich. Immer soll ich mich in das Grab legen, ob es paßt. Immer ich. Allmählich träume ich davon. Das ist mir gräßlich, wißt ihr, daß ich das immer bin, der die Gräber ausprobieren soll. Immer ich. Immer ich. Nachher träumt man noch davon. Mir ist das gräßlich, daß ich immer in die Gräber steigen soll. Immer ich.

Jesus sah noch einmal auf seinen zerrissenen Handschuh. Er kletterte aus dem flachen Grab heraus und ging vier Schritte auf einen dunklen Haufen los. Der Haufen bestand aus toten Menschen. Die waren so verrenkt, als wären sie in einem wüsten Tanz überrascht worden. Jesus legte seine Spitzhacke leise und vorsichtig neben den Haufen von toten Menschen. Er hätte die Spitzhacke auch hinwerfen können, der Spitzhacke hätte das nicht geschadet. Aber er legte sie leise und vorsichtig hin, als wollte er keinen stören oder aufwecken. Um Gottes willen keinen wecken. Nicht nur aus Rücksicht, aus Angst auch. Aus Angst. Um Gottes willen keinen wecken. Dann ging er, ohne auf die beiden anderen zu achten, an ihnen vorbei durch den knirschenden Schnee auf das Dorf zu.

Widerlich, der Schnee knirscht genau so, so ganz genau so. Er hob die Füße und stelzte wie ein Vogel durch den Schnee, nur um das Knirschen zu vermeiden.

Hinter ihm schrie der Unteroffizier: Jesus! Sie kehren sofort um! Ich gebe Ihnen den Befehl! Sie haben sofort weiterzuarbeiten! Der Unteroffizier schrie, aber Jesus sah sich nicht um. Er stelzte wie ein Vogel durch den Schnee, wie ein Vogel, nur um das Knirschen zu vermeiden. Der Unteroffizier schrie – aber Jesus sah sich nicht um. Nur seine Hände machten eine Bewegung, als sagte er: Leise, leise! Um Gottes willen keinen wecken! Ich will das nicht mehr. Nein. Nein. Immer ich. Immer ich. Er wurde immer kleiner, kleiner, bis er hinter einer Schneewehe verschwand.

Ich muß ihn melden. Der Unteroffizier machte einen feuchten wattigen Nebelballen in die eisige Luft. Melden muß ich ihn, das ist klar. Das ist Dienstverweigerung. Wir wissen ja, daß er einen weg hat, aber melden muß ich ihn.

Und was machen sie dann mit ihm? grinste der andere.

Nichts weiter. Gar nichts weiter. Der Unteroffizier schrieb sich einen Namen in sein Notizbuch. Nichts. Der Alte läßt ihn vorführen. Der Alte hat immer seinen Spaß an Jesus. Dann brüllt er ihn zusammen, daß er zwei Tage nichts ißt und redet, und läßt ihn laufen. Dann ist er wieder ganz normal für eine Zeitlang. Aber melden muß ich ihn erstmal. Schon weil der Alte seinen Spaß dran hat. Und die Gräber müssen doch gemacht werden. Einer muß doch rein, ob es paßt. Das hilft doch nichts.

Warum heißt er eigentlich Jesus, grinste der andere.

Oh, das hat weiter keinen Grund. Der Alte nennt ihn immer so, weil er so sanft aussieht. Der Alte findet, er sieht so sanft aus. Seitdem heißt er Jesus. Ja, sagte der Unteroffizier und machte eine neue Sprengladung fertig für das nächste Grab, melden muß ich ihn, das muß ich, denn die Gräber müssen ja sein.

Die Katze war im Schnee erfroren

Männer gingen nachts auf der Straße. Sie summten. Hinter ihnen war ein roter Fleck in der Nacht. Es war ein häßlicher roter Fleck. Denn der Fleck war ein Dorf. Und das Dorf, das brannte. Die Männer hatten es angesteckt. Denn die Männer waren Soldaten. Denn es war Krieg. Und der Schnee schrie unter ihren benagelten Schuhen. Schrie häßlich, der Schnee. Die Leute standen um ihre Häuser herum. Und die brannten. Sie hatten Töpfe und Kinder und Dekken unter die Arme geklemmt. Katzen schrien im blutigen Schnee. Und der war vom Feuer so rot. Und er schwieg. Denn die Leute standen stumm um die knisternden seufzenden Häuser herum. Und darum konnte der Schnee nicht schrein. Einige hatten auch hölzerne Bilder bei sich. Kleine, in gold und silber und blau. Da war ein Mann drauf zu sehen mit einem ovalen Gesicht und einem braunen Bart. Die Leute starrten dem sehr schönen Mann wild in die Augen. Aber die Häuser, die brannten und brannten und brannten doch.

Bei diesem Dorf lag noch ein anderes Dorf. Da standen sie in dieser Nacht an den Fenstern. Und manchmal wurde der Schnee, der mondhelle Schnee, sogar etwas rosa von drüben. Und die Leute sahen sich an. Die Tiere bumsten gegen die Stallwand. Und die Leute nickten im Dunkeln vielleicht vor sich hin.

Kahlköpfige Männer standen am Tisch. Vor zwei Stunden hatte der eine mit einem Rotstift eine Linie gezogen. Auf eine Karte. Auf dieser Karte war ein Punkt. Der war das Dorf. Und dann hatte einer telefoniert. Und dann hatten die Soldaten den Fleck in die Nacht reingemacht: das blutig brennende Dorf. Mit den frierenden schreienden Katzen im rosanen Schnee. Und bei den kahlköpfigen Männern war wieder leise Musik. Ein Mädchen sang irgendwas. Und es donnerte manchmal dazu. Ganz weit ab.

Männer gingen abends auf der Straße. Sie summten. Und sie rochen die Birnbäume. Es war kein Krieg. Und die Männer waren keine Soldaten. Aber dann war am Himmel ein blutroter Fleck. Da summten die Männer nicht mehr. Und einer sagte: Kuck mal, die Sonne. Und dann gingen sie wieder. Doch sie summten nicht mehr. Denn unter den blühenden Birnen schrie rosaner Schnee. Und sie wurden den rosanen Schnee nie wieder los.

In einem halben Dorf spielen Kinder mit verkohltem Holz. Und dann, dann war da ein weißes Stück Holz. Das war ein Knochen. Und die Kinder, die klopften mit dem Knochen gegen die Stallwand. Es hörte sich an, als ob jemand auf eine Trommel schlug. Tock, machte der Knochen, tock und tock und tock. Es hörte sich an, als ob jemand auf eine Trommel schlug. Und sie freuten sich. Er war so hübsch hell. Von einer Katze war er, der Knochen.

Die Nachtigall singt

Wir stehen barfuß im Hemd in der Nacht und sie singt. Herr Hinsch ist krank, Herr Hinsch hat den Husten. Er hat sich im Winter die Lunge verdorben, weil das Fenster nicht dicht war. Herr Hinsch wird wohl sterben. Manchmal dann regnet es. Das ist der Flieder. Der fällt violett von den Zweigen und riecht wie die Mädchen. Nur Herr Hinsch, der riecht das nicht mehr. Herr Hinsch hat den Husten. Die Nachtigall singt. Und Herr Hinsch wird wohl sterben. Wir stehn barfuß im Hemd und wir hören ihn. Das ganze Haus ist voll von dem Husten. Aber die Nachtigall singt die ganze Welt voll. Und Herr Hinsch wird den Winter nicht los aus der Lunge. Der Flieder, der fällt violett von den Zweigen. Die Nachtigall singt. Herr Hinsch hat einen sommersüßen Tod voll Nacht und Nachtigall und violettem Fliederregen.

Timm hatte nicht solchen Sommertod. Timm starb den einsam eisigen Wintertod. Als ich Timm ablösen wollte, da war sein Gesicht sehr gelblich im Schnee. Es war gelb. Das kam nicht vom Mond, denn der war nicht da. Doch Timm war wie Lehm in der Nacht. So gelb wie der Lehm in den naßkalten Kuhlen der Vorstadt zu Hause. Da haben wir früher gespielt und Männer aus dem Lehm gemacht. Aber ich habe nie gedacht, daß Timm auch aus Lehm sein könnte.

Als Timm auf Posten ging, wollte er den Stahlhelm nicht mithaben. Ich fühl die Nacht ganz gern, sagte er. Sie müssen den Helm mitnehmen, sagte der Unteroffizier, kann immer mal was passieren und ich bin dann der Dumme. Ich bin nachher der Dumme. Da sah Timm den Unteroffizier an. Und er sah durch ihn durch bis ans Ende der Welt. Dann hielt Timm eine von seinen Weltreden:

Die Dummen sind wir sowieso, sagte Timm an der Tür, wir alle Mann sind sowieso die Dummen. Wir haben den

Schnaps und den Jazz und die Stahlhelme und die Mädchen, die Häuser und die chinesische Mauer und Lampen – alles das haben wir. Aber wir haben es aus Angst. Gegen die Angst haben wir das. Aber die Dummen bleiben wir immer. Wir lassen uns aus Angst photographieren und machen Kinder aus Angst und aus Angst wühlen wir uns in die Mädchen, immer in die Mädchen, und die Dochte stecken wir aus Angst in das Öl und lassen sie brennen. Aber die Dummen bleiben wir doch. Alles das tun wir aus Angst und gegen die Angst. Und die Stahlhelme haben wir auch nur aus Angst. Aber helfen tut uns das alles nicht. Gerade wenn wir bei einem seidenen Unterrock oder einem Nachtigallengestöhn unser Leben vergessen, dann erwischt sie uns. Dann hustet sie irgendwo. Und dann hilft uns kein Stahlhelm, wenn die Angst uns erwischt. Dann hilft uns kein Haus und kein Mädchen, kein Schnaps und kein Stahlhelm.

Das war eine von Timms großen Reden, von den Weltreden, die er hielt. Die hielt er an die ganze Welt und dabei waren wir nur sieben Mann im Bunker. Und die meisten schliefen, wenn Timm seine Weltreden hielt. Dann ging er auf Posten, der Weltredner Timm. Und die andern, die schnarchten. Sein Stahlhelm lag auf seinem Platz. Und der Unteroffizier behauptete nochmal: Ich bin der Dumme, ich bin nachher der Dumme, wenn was passiert. Und dann schlief er.

Als ich Timm ablöste, war sein Gesicht sehr gelb im Schnee. So gelb wie der Lehm in den Kuhlen der Vorstadt. Und der Schnee war widerlich weiß.

Ich habe nie gedacht, daß du aus Lehm sein könntest, Timm, sagte ich. Deine großen Reden sind kurz, aber sie gehn bis ans Ende der Welt. Was du so sagst, läßt einen den Lehm ganz vergessen. Deine Reden sind immer enorm, Timm. Es sind richtige Weltreden.

Aber Timm sagte nichts. Sein gelbes Gesicht sah nicht gut aus im nachtweißen Schnee. Der Schnee war widerlich blaß. Timm schläft, dachte ich. Wer so groß über die Angst reden kann, der kann auch hier schlafen, wo die Russen im Wald sind. Timm stand in dem Schneeloch und hatte sein gelbes Gesicht aufs Gewehr gelegt. Steh auf, Timm, sagte ich. Timm stand nicht auf und sein gelbes Gesicht sah fremd aus im Schnee. Da drückte ich Timm mit dem Stiefel gegen die Backe. Am Stiefel war Schnee. Der blieb an der Backe. Der Stiefel drückte eine kleine Kuhle in die Backe. Und die kleine Kuhle, die blieb. Da sah ich, daß Timms Hand um das Gewehr lag. Und der Zeigefinger war noch krumm. Ich stand eine Stunde im Schnee. Ich stand eine Stunde bei Timm. Dann sagte ich zu dem toten Timm: Du hast recht, Timm, es hilft uns alles nicht. Kein Mädchen, kein Kreuz und keine Nachtigall, Timm, und selbst nicht der fallende Flieder, Timm. Denn auch Herr Hinsch, der die Nachtigall hört und den Flieder noch riecht, der muß sterben. Und die Nachtigall singt. Und sie singt nur für sich. Und Herr Hinsch, der stirbt ganz für sich. Der Nachtigall ist das egal. Die Nachtigall singt. (Ob die Nachtigall auch nur aus Lehm ist? So wie du, Timm?)

Die drei dunklen Könige

Er tappte durch die dunkle Vorstadt. Die Häuser standen abgebrochen gegen den Himmel. Der Mond fehlte und das Pflaster war erschrocken über den späten Schritt. Dann fand er eine alte Planke. Da trat er mit dem Fuß gegen, bis eine Latte morsch aufseufzte und losbrach. Das Holz roch mürbe und süß. Durch die dunkle Vorstadt tappte er zurück. Sterne waren nicht da.

Als er die Tür aufmachte (sie weinte dabei, die Tür), sahen ihm die blaßblauen Augen seiner Frau entgegen. Sie kamen aus einem müden Gesicht. Ihr Atem hing weiß im Zimmer, so kalt war es. Er beugte sein knochiges Knie und brach das Holz. Das Holz seufzte. Dann roch es mürbe und süß ringsum. Er hielt sich ein Stück davon unter die Nase. Riecht beinahe wie Kuchen, lachte er leise. Nicht, sagten die Augen der Frau, nicht lachen. Er schläft.

Der Mann legte das süße mürbe Holz in den kleinen Blechofen. Da glomm es auf und warf eine Handvoll warmes Licht durch das Zimmer. Die fiel hell auf ein winziges rundes Gesicht und blieb einen Augenblick. Das Gesicht war erst eine Stunde alt, aber es hatte schon alles, was dazugehört: Ohren, Nase, Mund und Augen. Die Augen mußten groß sein, das konnte man sehen, obgleich sie zu waren. Aber der Mund war offen und es pustete leise daraus. Nase und Ohren waren rot. Er lebt, dachte die Mutter. Und das kleine Gesicht schlief.

Da sind noch Haferflocken, sagte der Mann. Ja, antwortete die Frau, das ist gut. Es ist kalt. Der Mann nahm noch von dem süßen weichen Holz. Nun hat sie ihr Kind gekriegt und muß frieren, dachte er. Aber er hatte keinen, dem er dafür die Fäuste ins Gesicht schlagen konnte. Als er die Ofentür aufmachte, fiel wieder eine Handvoll Licht über das schlafende Gesicht. Die Frau sagte leise: Kuck, wie ein Heiligenschein, siehst du? Heiligenschein! dachte er und er hatte keinen, dem er die Fäuste ins Gesicht schlagen konnte.

Dann waren welche an der Tür. Wir sahen das Licht, sagten sie, vom Fenster. Wir wollen uns zehn Minuten hinsetzen.

Aber wir haben ein Kind, sagte der Mann zu ihnen. Da sagten sie nichts weiter, aber sie kamen doch ins Zimmer, stießen Nebel aus den Nasen und hoben die Füße hoch. Wir sind ganz leise, flüsterten sie und hoben die Füße hoch. Dann fiel das Licht auf sie.

Drei waren es. In drei alten Uniformen. Einer hatte einen Pappkarton, einer einen Sack. Und der dritte hatte keine Hände. Erfroren, sagte er, und hielt die Stümpfe hoch. Dann drehte er dem Mann die Manteltasche hin. Tabak war darin und dünnes Papier. Sie drehten Zigaretten. Aber die Frau sagte: Nicht, das Kind.

Da gingen die vier vor die Tür und ihre Zigaretten waren vier Punkte in der Nacht. Der eine hatte dicke umwickelte Füße. Er nahm ein Stück Holz aus seinem Sack. Ein Esel, sagte er, ich habe sieben Monate daran geschnitzt. Für das Kind. Das sagte er und gab es dem Mann. Was ist mit den Füßen? fragte der Mann. Wasser, sagte der Eselschnitzer, vom Hunger. Und der andere, der dritte? fragte der Mann und befühlte im Dunkeln den Esel. Der dritte zitterte in seiner Uniform: Oh, nichts, wisperte er, das sind nur die Nerven. Man hat eben zuviel Angst gehabt. Dann traten sie die Zigaretten aus und gingen wieder hinein.

Sie hoben die Füße hoch und sahen auf das kleine schlafende Gesicht. Der Zitternde nahm aus seinem Pappkarton zwei gelbe Bonbons und sagte dazu: Für die Frau sind die.

Die Frau machte die blassen blauen Augen weit auf, als sie die drei Dunklen über das Kind gebeugt sah. Sie fürchtete sich. Aber da stemmte das Kind seine Beine gegen ihre

Brust und schrie so kräftig, daß die drei Dunklen die Füße aufhoben und zur Tür schlichen. Hier nickten sie nochmal, dann stiegen sie in die Nacht hinein.

Der Mann sah ihnen nach. Sonderbare Heilige, sagte er zu seiner Frau. Dann machte er die Tür zu. Schöne Heilige sind das, brummte er und sah nach den Haferflocken. Aber er hatte kein Gesicht für seine Fäuste.

Aber das Kind hat geschrien, flüsterte die Frau, ganz stark hat es geschrien. Da sind sie gegangen. Kuck mal, wie lebendig es ist, sagte sie stolz. Das Gesicht machte den Mund auf und schrie.

Weint er? fragte der Mann.

Nein, ich glaube, er lacht, antwortete die Frau.

Beinahe wie Kuchen, sagte der Mann und roch an dem Holz, wie Kuchen. Ganz süß.

Heute ist ja auch Weihnachten, sagte die Frau.

Ja, Weihnachten, brummte er und vom Ofen her fiel eine Handvoll Licht hell auf das kleine schlafende Gesicht.

Radi

Heute nacht war Radi bei mir. Er war blond wie immer und er lachte in seinem weichen breiten Gesicht. Auch seine Augen waren wie immer: etwas ängstlich und etwas unsicher. Auch die paar blonden Bartspitzen hatte er.

Alles wie immer.

Du bist doch tot, Radi, sagte ich.

Ja, antwortete er, lach bitte nicht.

Warum soll ich lachen?

Ihr habt immer gelacht über mich, das weiß ich doch. Weil ich meine Füße so komisch setzte und auf dem Schulweg immer von allerlei Mädchen redete, die ich gar nicht kannte. Darüber habt ihr doch immer gelacht. Und weil ich immer etwas ängstlich war, das weiß ich ganz genau.

Bist du schon lange tot? fragte ich.

Nein, gar nicht, sagte er. Aber ich bin im Winter gefallen. Sie konnten mich nicht richtig in die Erde kriegen. War doch alles gefroren. Alles steinhart.

Ach ja, du bist ja in Rußland gefallen, nicht?

Ja, gleich im ersten Winter. Du, lach nicht, aber es ist nicht schön, in Rußland tot zu sein. Mir ist das alles so fremd. Die Bäume sind so fremd. So traurig, weißt du. Meistens sind es Erlen. Wo ich liege, stehen lauter traurige Erlen. Und die Steine stöhnen auch manchmal. Weil sie russische Steine sein müssen. Und die Wälder schreien nachts. Weil sie russische Wälder sein müssen. Und der Schnee schreit. Weil er russischer Schnee sein muß. Ja, alles ist fremd. Alles so fremd.

Radi saß auf meiner Bettkante und schwieg.

Vielleicht haßt du alles nur so, weil du da tot sein mußt, sagte ich. Er sah mich an: Meinst du? Ach nein, du, es ist alles so furchtbar fremd. Alles. Er sah auf seine Knie. Alles ist so fremd. Auch man selbst.

Man selbst?

Ja, lach bitte nicht. Das ist es nämlich. Gerade man selbst ist sich so furchtbar fremd. Lach bitte nicht, du, deswegen bin ich nämlich heute nacht mal zu dir gekommen. Ich wollte das mal mit dir besprechen.

Mit mir?

Ja, lach bitte nicht, gerade mit dir. Du kennst mich doch genau, nicht? Ich dachte es immer.

Macht nichts. Du kennst mich ganz genau. Wie ich aussehe, meine ich. Nicht wie ich bin. Ich meine, wie ich aussehe, kennst du mich doch, nicht?

Ja, du bist blond. Du hast ein volles Gesicht.

Nein, sag ruhig, ich habe ein weiches Gesicht. Ich weiß das doch. Also –

Ja, du hast ein weiches Gesicht, das lacht immer und ist breit.

Ja, ja. Und meine Augen?

Deine Augen waren immer etwas – etwas traurig und seltsam –

Du mußt nicht lügen. Ich habe sehr ängstliche und unsichere Augen gehabt, weil ich nie wußte, ob ihr mir das alles glauben würdet, was ich von den Mädchen erzählte. Und dann? War ich immer glatt im Gesicht?

Nein, das warst du nicht. Du hattest immer ein paar blonde Bartspitzen am Kinn. Du dachtest, man würde sie nicht sehen. Aber wir haben sie immer gesehen.

Und gelacht.

Und gelacht.

Radi saß auf meiner Bettkante und rieb seine Handfläche an seinem Knie. Ja, flüsterte er, so war ich. Ganz genau so.

Und dann sah er mich plötzlich mit seinen ängstlichen Augen an. Tust du mir bitte einen Gefallen, ja? Aber lach bitte nicht, bitte. Komm mit.

Nach Rußland?

Ja, es geht ganz schnell. Nur für einen Augenblick. Weil du mich noch so gut kennst, bitte.

Er griff nach meiner Hand. Er fühlte sich an wie Schnee. Ganz kühl. Ganz lose. Ganz leicht.

Wir standen zwischen ein paar Erlen. Da lag etwas Helles. Komm, sagte Radi, da liege ich. Ich sah ein menschliches Skelett, wie ich es von der Schule her kannte. Ein Stück braungrünes Metall lag daneben. Das ist mein Stahlhelm, sagte Radi, er ist ganz verrostet und voll Moos.

Und dann zeigte er auf das Skelett. Lach bitte nicht, sagte er, aber das bin ich. Kannst du das verstehen? Du kennst mich doch. Sag doch selbst, kann ich das hier sein? Meinst du? Findest du das nicht furchtbar fremd? Es ist doch nichts Bekanntes an mir. Man kennt mich doch gar nicht mehr. Aber ich bin es. Ich muß es ja sein. Aber ich kann es nicht verstehen. Es ist so furchtbar fremd. Mit all dem, was ich früher war, hat das nichts mehr zu tun. Nein, lach bitte nicht, aber mir ist das alles so furchtbar fremd, so unverständlich, so weit ab.

Er setzte sich auf den dunklen Boden und sah traurig vor sich hin. Mit früher hat das nichts mehr zu tun, sagte er, nichts, gar nichts.

Dann hob er mit den Fingerspitzen etwas von der dunklen Erde hoch und roch daran. Fremd, flüsterte er, ganz fremd. Er hielt mir die Erde hin. Sie war wie Schnee. Wie seine Hand war sie, mit der er vorhin nach mir gefaßt hatte: Ganz kühl. Ganz lose. Ganz leicht.

Riech, sagte er.

Ich atmete tief ein.

Na?

Erde, sagte ich.

Und?

Etwas sauer. Etwas bitter. Richtige Erde.

Aber doch fremd? Ganz fremd? Und doch so widerlich, nicht?

Ich atmete tief an der Erde. Sie roch kühl, lose und leicht. Etwas sauer. Etwas bitter.

Sie riecht gut, sagte ich. Wie Erde.

Nicht widerlich? Nicht fremd?

Radi sah mich mit ängstlichen Augen an. Sie riecht doch so widerlich, du.

Ich roch.

Nein, so riecht alle Erde.

Meinst du?

Bestimmt.

Und du findest sie nicht widerlich?

Nein, sie riecht ausgesprochen gut, Radi. Riech doch mal genau.

Er nahm ein wenig zwischen die Fingerspitzen und roch.

Alle Erde riecht so? fragte er.

Ja, alle.

Er atmete tief. Er steckte seine Nase ganz in die Hand mit der Erde hinein und atmete. Dann sah er mich an. Du hast recht, sagte er. Es riecht vielleicht doch ganz gut. Aber doch fremd, wenn ich denke, daß ich das bin, aber doch furchtbar fremd, du.

Radi saß und roch und er vergaß mich und er roch und roch und roch. Und er sagte das Wort fremd immer weniger. Immer leiser sagte er es. Er roch und roch und roch.

Da ging ich auf Zehenspitzen nach Hause zurück. Es war morgens um halb sechs. In den Vorgärten sah überall Erde durch den Schnee. Und ich trat mit den nackten Füßen auf die dunkle Erde im Schnee. Sie war kühl. Und lose. Und leicht. Und sie roch. Ich stand auf und atmete tief. Ja, sie roch. Sie riecht gut, Radi, flüsterte ich. Sie riecht wirklich gut. Sie riecht wie richtige Erde. Du kannst ganz ruhig sein.

An diesem Dienstag

Die Woche hat einen Dienstag.
Das Jahr ein halbes Hundert.
Der Krieg hat viele Dienstage.

An diesem Dienstag
übten sie in der Schule die großen Buchstaben. Die Lehrerin hatte eine Brille mit dicken Gläsern. Die hatten keinen Rand. Sie waren so dick, daß die Augen ganz leise aussahen.

Zweiundvierzig Mädchen saßen vor der schwarzen Tafel und schrieben mit großen Buchstaben:

DER ALTE FRITZ HATTE EINEN TRINKBECHER AUS BLECH. DIE DICKE BERTA SCHOSS BIS PARIS. IM KRIEGE SIND ALLE VÄTER SOLDAT.

Ulla kam mit der Zungenspitze bis an die Nase. Da stieß die Lehrerin sie an. Du hast Krieg mit ch geschrieben, Ulla. Krieg wird mit g geschrieben. G wie Grube. Wie oft habe ich das schon gesagt. Die Lehrerin nahm ein Buch und machte einen Haken hinter Ullas Namen. Zu morgen schreibst du den Satz zehnmal ab, schön sauber, verstehst du? Ja, sagte Ulla und dachte: Die mit ihrer Brille.

Auf dem Schulhof fraßen die Nebelkrähen das weggeworfene Brot.

An diesem Dienstag
wurde Leutnant Ehlers zum Bataillonskommandeur befohlen.

Sie müssen den roten Schal abnehmen, Herr Ehlers.

Herr Major?

Doch, Ehlers. In der Zweiten ist so was nicht beliebt.

Ich komme in die zweite Kompanie?

Ja, und die lieben sowas nicht. Da kommen Sie nicht mit durch. Die Zweite ist an das Korrekte gewöhnt. Mit dem roten Schal läßt die Kompanie Sie glatt stehen. Hauptmann Hesse trug sowas nicht.

Ist Hesse verwundet?

Nee, er hat sich krank gemeldet. Fühlte sich nicht gut, sagte er. Seit er Hauptmann ist, ist er ein bißchen flau geworden, der Hesse. Versteh ich nicht. War sonst immer so korrekt. Na ja, Ehlers, sehen Sie zu, daß Sie mit der Kompanie fertig werden. Hesse hat die Leute gut erzogen. Und den Schal nehmen Sie ab, klar?

Türlich, Herr Major.

Und passen Sie auf, daß die Leute mit den Zigaretten vorsichtig sind. Da muß ja jedem anständigen Scharfschützen der Zeigefinger jucken, wenn er diese Glühwürmchen herumschwirren sieht. Vorige Woche hatten wir fünf Kopfschüsse. Also passen Sie ein bißchen auf, ja?

Jawohl, Herr Major.

Auf dem Wege zur zweiten Kompanie nahm Leutnant Ehlers den roten Schal ab. Er steckte eine Zigarette an. Kompanieführer Ehlers, sagte er laut.

Da schoß es.

An diesem Dienstag
sagte Herr Hansen zu Fräulein Severin:

Wir müssen dem Hesse auch mal wieder was schicken, Severinchen. Was zu rauchen, was zu knabbern. Ein bißchen Literatur. Ein Paar Handschuhe oder sowas. Die Jungens haben einen verdammt schlechten Winter draußen. Ich kenne das. Vielen Dank.

Hölderlin vielleicht, Herr Hansen?

Unsinn, Severinchen, Unsinn. Nein, ruhig ein bißchen freundlicher. Wilhelm Busch oder so. Hesse war doch mehr für das Leichte. Lacht doch gern, das wissen Sie doch. Mein Gott, Severinchen, was kann dieser Hesse lachen!

Ja, das kann er, sagte Fräulein Severin.

An diesem Dienstag
trugen sie Hauptmann Hesse auf einer Bahre in die Entlausungsanstalt. An der Tür war ein Schild:

OB GENERAL, OB GRENADIER:
DIE HAARE BLEIBEN HIER.

Er wurde geschoren. Der Sanitäter hatte lange dünne Finger. Wie Spinnenbeine. An den Knöcheln waren sie etwas gerötet. Sie rieben ihn mit etwas ab, das roch nach Apotheke. Dann fühlten die Spinnenbeine nach seinem Puls und schrieben in ein dickes Buch: Temperatur 41,6. Puls 116. Ohne Besinnung. Fleckfieberverdacht. Der Sanitäter machte das dicke Buch zu. Seuchenlazarett Smolensk stand da drauf. Und darunter: Vierzehnhundert Betten.

Die Träger nahmen die Bahre hoch. Auf der Treppe pendelte sein Kopf aus den Decken heraus und immer hin und her bei jeder Stufe. Und kurzgeschoren. Und dabei hatte er immer über die Russen gelacht. Der eine Träger hatte Schnupfen.

An diesem Dienstag
klingelte Frau Hesse bei ihrer Nachbarin. Als die Tür aufging, wedelte sie mit dem Brief. Er ist Hauptmann geworden. Hauptmann und Kompaniechef, schreibt er. Und sie haben über 40 Grad Kälte. Neun Tage hat der Brief gedauert. An Frau Hauptmann Hesse hat er oben drauf geschrieben.

Sie hielt den Brief hoch. Aber die Nachbarin sah nicht hin. 40 Grad Kälte, sagte sie, die armen Jungs. 40 Grad Kälte.

An diesem Dienstag
fragte der Oberfeldarzt den Chefarzt des Seuchenlazarettes Smolensk: Wieviel sind es jeden Tag?

Ein halbes Dutzend.

Scheußlich, sagte der Oberfeldarzt.

Ja, scheußlich, sagte der Chefarzt.

Dabei sahen sie sich nicht an.

An diesem Dienstag
spielten sie die Zauberflöte. Frau Hesse hatte sich die Lippen rot gemacht.

An diesem Dienstag
schrieb Schwester Elisabeth an ihre Eltern: Ohne Gott hält man das gar nicht durch. Aber als der Unterarzt kam, stand sie auf. Er ging so krumm, als trüge er ganz Rußland durch den Saal.

Soll ich ihm noch was geben? fragte die Schwester.

Nein, sagte der Unterarzt. Er sagte das so leise, als ob er sich schämte.

Dann trugen sie Hauptmann Hesse hinaus. Draußen polterte es. Die bumsen immer so. Warum können sie die Toten nicht langsam hinlegen. Jedesmal lassen sie sie so auf die Erde bumsen. Das sagte einer. Und sein Nachbar sang leise:

Zicke zacke juppheidi
Schneidig ist die Infanterie.

Der Unterarzt ging von Bett zu Bett. Jeden Tag. Tag und Nacht. Tagelang. Nächte durch. Krumm ging er. Er trug ganz Rußland durch den Saal. Draußen stolperten zwei Krankenträger mit einer leeren Bahre davon. Nummer 4, sagte der eine. Er hatte Schnupfen.

An diesem Dienstag
saß Ulla abends und malte in ihr Schreibheft mit großen Buchstaben:

IM KRIEG SIND ALLE VÄTER SOLDAT.
IM KRIEG SIND ALLE VÄTER SOLDAT.

Zehnmal schrieb sie das. Mit großen Buchstaben. Und Krieg mit G. Wie Grube.

Und keiner weiß wohin

Der Kaffee ist undefinierbar

Sie hingen auf den Stühlen. Über die Tische waren sie gehängt. Hingehängt von einer fürchterlichen Müdigkeit. Für diese Müdigkeit gab es keinen Schlaf. Es war eine Weltmüdigkeit, die nichts mehr erwartet. Höchstens mal einen Zug. Und in einem Wartesaal. Und da hingen sie dann hingehängt über Stühle und Tische. Sie hingen in ihren Kleidern und in ihrer Haut, als ob sie ihnen lästig wären, die Kleider. Und die Haut. Sie waren Gespenster und hatten sich mit dieser Haut kostümiert und spielten eine Zeitlang Mensch. Sie hingen an ihren Skeletten wie Vogelscheuchen an ihren Stangen. Vom Leben hingehängt zum Gespött ihres eigenen Gehirns und zur Qual ihrer Herzen. Und jeder Wind spielte ihnen mit. Der spielte mit ihnen. Sie hingen in einem Leben, hingehängt von einem Gott ohne Gesicht. Von einem Gott, der nicht gut und nicht böse war. Der nur war. Und nicht mehr. Und das war zu viel. Und das war zu wenig. Und er hatte sie da hingehängt ins Leben, damit sie ein Weilchen da pendelten, dünnstimmige Glocken im unsichtbaren Gestühl, windgeblähte Vogelscheuchen. Preisgegeben sich und der Haut, von der sie die Naht nicht entdeckten. Hingehängt über Stühle, Stangen, Tische, Galgen und maßlose Abgründe. Und keiner vernahm ihr dünnstimmiges Geschrei. Denn der Gott hatte ja kein Gesicht. Darum konnte er auch keine Ohren haben. Das war ihre größte Verlassenheit, der Gott ohne Ohren. Gott ließ sie nur atmen. Grausam und grandios. Und sie atmeten. Wild, gierig, gefräßig. Aber einsam, dünnstimmig einsam. Denn ihr Geschrei, ihr furchtbares Geschrei, drang nicht mal zum Nebenmann, der mit am Tisch saß. Nicht zu dem Gott ohne Ohren. Nicht mal zum Nebenmann, der mit am Tisch saß. An demselben Tisch saß. Nebenan. Am selben Tisch.

Vier saßen am Tisch und warteten auf den Zug. Sie konnten sich nicht erkennen. Nebel schwamm zwischen den weißen Gesichtern. Nebel aus Nachtdunst, Kaffeedampf und Zigarettenrauch. Der Kaffeedampf stank und die Zigaretten rochen süß. Der Nachtdunst war aus Not, Parfüm und dem Atem alter Männer gemacht. Und von Mädchen, die noch wuchsen. Der Nachtdunst war kalt und naß. Wie Angstschweiß. Drei Männer saßen am Tisch. Und das Mädchen. Vier Menschen. Das Mädchen sah in die Tasse. Der eine Mann schrieb auf graues Papier. Er hatte sehr kurze Finger. Der andere las in einem Buch. Der dritte sah die andern an. Von einem zum andern. Er hatte ein fröhliches Gesicht. Das Mädchen sah in die Tasse.

Da bekam der mit den sehr kurzen Fingern seine fünfte Tasse Kaffee. Ekelhaft, dieser Kaffee, sagte er und sah ganz kurz auf. Der Kaffee ist undefinierbar. Ein tolles Getränk. Und dann schrieb er schon wieder. Aber plötzlich fiel ihm was ein und er sah noch mal auf. Sie haben Ihren Kaffee ja kalt werden lassen, sagte er zu dem Mädchen. Kalt schmeckt er erst recht nicht. Tolles Getränk. Wenn er heiß ist, dann gehts grad. Aber undefinierbar. Un-de-fi-nier-bar! Das macht nichts, sagte das Mädchen zu dem mit den sehr kurzen Fingern. Da hörte der ganz auf zu schreiben. So hatte sie das gesagt: Das macht nichts. Er sah sie an. Ich will da nur meine Tabletten mit nehmen, mit dem Kaffee, sagte sie verlegen und sah in die Tasse, das macht nichts, daß er kalt ist. Haben Sie Kopfschmerzen? fragte er sie. Nein, sagte sie wieder verlegen und sah in die Tasse. Sah so lange in die Tasse, bis der Kurzfingrige mit dem Bleistift zu trommeln anfing. Da sah sie ihn an. Ich muß mir das Leben nehmen. Kopfschmerzen habe ich nicht. Ich muß mir das Leben nehmen. Und sie sagte das wie: Ich fahr mit dem Elf-Uhr-Zug: Ich muß mir das Leben nehmen, sagte sie. Und sah in die Tasse.

Da sahen die drei Männer sie an. Der mit dem Buch. Und der mit dem fröhlichen Gesicht. Herrlich, dachte der, eine Verrückte. Eine richtige Verrückte. Sie sind aber komisch, sagte der mit den sehr kurzen Fingern. Weil sie sich das Leben nehmen will? fragte der mit dem Buch und beugte sich interessiert über den Tisch. Nein, weil sie das einfach so sagt. Einfach so wie man Abfahrt oder Bahnhof sagt, antwortete der andere. Wieso, sagte der mit dem Buch, sie sagt doch nur, was sie denkt. Das ist doch nicht komisch. Das ist doch sehr schön sogar. Ich finde das sehr schön. Das Mädchen sah verlegen in die Tasse. Schön? empörte sich der mit den sehr kurzen Fingern und machte ein entrüstetes Fischmaul, schön, meinen Sie? Na, ich weiß nicht. Ich finde das! Sehen Sie mich an. Wenn ich nun einfach so sagen wollte, was ich denke. Wie? Was? Ich sollte heut nacht hier fünftausend Brote kriegen. Zweihundert sind nur gekommen. Macht Manko viertausend und acht mal einhundert. Und jetzt muß ich rechnen. Er machte sein Fischmaul und hob seinen Schreibblock hoch und warf ihn zurück auf den Tisch. Und wissen Sie, was ich jetzt denke? Das Mädchen sah in die Tasse. Der Fröhliche glotzte und grinste und schwieg. Und der mit dem Buch sagte: Na? Ich will es Ihnen sagen, mein Lieber, ich will es Ihnen sagen. Ich denke dabei, daß viertausendachthundert Familien morgen ihr Brot nicht bekommen. Morgen früh haben viertausendachthundert kein Brot. Morgen haben viertausendachthundert Kinder Hunger. Und die Väter. Und die Mütter natürlich. Aber die merken das nicht. Aber die Kinder, mein Guter, die viertausendachthundert Kinder. Die haben jetzt morgen kein Brot.

Sehn Sie, das denk ich, mein Bester, das denk ich und sitz hier und schreib hier und trink diesen undefinierbaren Kaffee. Und dabei da denk ich das. Was meinen Sie, wenn ich das einfach so sagen würde, wie? Wer sollte das aushalten, wie? Das würde doch kein Mensch mehr aushalten, wenn man das alles so sagt, was man denkt. Er machte sein Fischmaul und machte die Stirn voller Stacheldraht. So voll Fallen. Wie Stacheldraht.

Das Mädchen sah in die Kaffeetasse. Sie ersäuft sich, dachte der mit dem Buch. Und dann fiel ihm ein, daß die Tasse zu klein war zum Sterben und er sagte: Dieser Kaffee, kaum zu genießen. Da schlug der mit dem fröhlichen Gesicht mit der flachen Hand auf den Tisch, daß es patschte. Sie ist verrückt, sagte er, und sein Gesicht, das grinste ganz ohne sein Wissen so fröhlich dabei und er trank mit gierigen Schlucken den Kaffee. Sie ist verrückt, sagte er ganz aus der Puste vom Trinken, man müßte sie glattweg erschlagen, weil sie verrückt ist, sag ich. Na, hörn Sie mal, Sie sind vielleicht ein Herzblatt! rief der Brothändler. Macht ein Gesicht wie Pfingsten und redet vom Totschlagen. Vor Ihnen muß man sich hüten, glaub ich. Macht ein Gesicht wie Pfingsten und redet – Da lächelte der mit dem Buch ziemlich eifrig. Keineswegs, sagte er, keineswegs. Das ist Dualismus, verstehen Sie? Typischer Dualismus. Wir haben alle ein Stück Jesus und Nero in uns, verstehen Sie. Wir alle. Er machte eine Grimasse, schob das Kinn und die Unterlippe vor, kniff die Augen ganz klein und blähte die Nasenlöcher dazu. Nero, sagte er erläuternd. Dann machte er ein sanftes sentimentales Gesicht, strich sich das Haar glatt und machte hundetreue Augen, harmlos und etwas langweilig. Jesus, erklärte er dazu. Und: Sehn Sie, haben wir alle in uns. Typischer Dualismus. Hie Jesus – Hie Nero. Und er versuchte noch mal blitzschnell die beiden Gesichter zu machen. Es mißlang. Vielleicht war der Kaffee so schlecht.

Wer ist Nero? sagte der Fröhliche mit dummem Gesicht. Oh, der Name spielt keine Rolle. Nero war einer wie Sie und ich auch. Nur daß er nicht bestraft wurde für das, was er tat. Und das wußte er. So tat er eben alles, was ein Mensch tun kann. Wenn er Briefträger oder Tischler gewesen wäre, hätte man ihn aufgehängt. Aber er war zufällig Kaiser und tat das, was ihm einfiel. Alles, was Menschen so einfällt. Das ist der ganze Nero. Und Sie meinen, ich bin so ein Nero? fragte der Fröhliche. Fifty-fifty, mein Lieber. Sicher können Sie auch Jesus sein. Aber wenn Sie das Mädchen da erschlagen wollen, dann sind Sie Nero, mein Lieber, dann sind Sie ausgesprochen Nero. Verstehen Sie?

Wie auf Kommando nahmen die drei Männer die Kaffeetassen und tranken und legten die Köpfe in den Nacken und sahen an die Decke. Aber oben war nichts zu erkennen und sie kehrten auf die Erde zurück. Und der Brothändler sagte zum siebzehntenmal und zum achtzehntenmal: Der Kaffee ist undefinierbar. Der Kaffee ist un-de-fi-nier-bar. Der mit dem Pfingstgesicht aber wischte sich die Lippen trocken und platzte heraus: Sie sind auch verrückt. Ihr seid alle verrückt. Was geht mich Nero an. Oder der andere. Nichts, sag ich Ihnen, nichts, sag ich. Ich komme ausm Krieg und ich will nach Hause. Siehste. Und zu Hause will ich mit meinen Eltern morgens auf dem Balkon sitzen und Kaffee trinken. Das hab ich mir den ganzen Krieg lang gewünscht. Morgens aufm Balkon sitzen und mit meinen Eltern Kaffee trinken. Siehste. Und jetzt bin ich unterwegs. Und da kommt diese Verrückte und sagt einfach, sie will sich das Leben nehmen. Das hält doch kein Mensch aus, wenn man das einfach so sagt: Ich will mir das Leben nehmen.

Das sagte der Soldat. Und der Brothändler nahm seine

Augen aus der Unergründlichkeit seines Kaffees hoch und machte eine Na-was-sag-ich-Gebärde und sagte dazu: Das ist ja meine Rede, sagte er, das ist ja doch dauernd meine Rede. Genau wie mit den Broten. Wenn ich das so einfach hinausposaunen wollte, wie? Morgen haben viertausendachthundert Kinder kein Brot, wie? Wie wird Ihnen denn dabei, wie? Wer soll denn das aushalten. Das hält doch heut keiner mehr aus, meine Herrn. Und er sah den mit dem Buch an. Und der Fröhliche, der aus dem Krieg kam, der sah den auch an.

Da stand dieser auf. Mit dem kleinen Finger knipste er ein paar Krümel vom Tisch und sagte dazu: Sie sind mir zu materialistisch, sagte er betrübt. Sie kommen aus dem Krieg nach Hause, um auf dem Balkon Kaffee zu trinken. Und Sie, Sie handeln mit Brot. Sie rechnen mit Kindern und Broten. Mein Gott, wer garantiert mir, ob Sie das auseinanderhalten. Wer weiß, ob Sie nicht auch mit Munition rechnen. Pro Kopf dreißig Schuß. So war das doch immer im Krieg: Pro Kopf dreißig Schuß. Na, und jetzt sind es Brote, mein Gott, jetzt sind es zufällig Brote. Und er sagte betrübt: Gute Nacht, Sie sind mir einfach zu materialistisch, mehr ist es nicht, einfach zu materialistisch. Gute Nacht.

Da rief ihm der Brothändler nach: Haben Sie schon mal Hunger gehabt, werter Herr? Ohne mein Brot könnten Sie Ihre Bücher gar nicht lesen, das will ich Ihnen nur stecken, ohne Brot nicht, werter Herr! Und ohne Munition gehts auch nicht, wie, ohne Muni gehts auch nicht, werter Herr! Und er sah den Soldaten dabei an. Und der schoß nun auch noch auf den Buchmann und beugte sich vor, um zu sehn, wie er traf. Wie Nero, dachte der Buchbesitzer und starrte ihn an, ganz wie Nero. Und der Soldat Nero fuhr ihn an: Warn Sie überhaupt im Krieg, Sie? Warn Sie denn schon mal im Krieg? Wenn Sie erst mal inn Krieg kommen, dann wollen Sie nachher auch weiter nichts, als aufm Balkon sitzen und Kaffee trinken. Weiter wollen Sie dann nichts, das sag ich Ihnen, mein Lieber.

Der Buchbesitzer sah die beiden an und klopfte sich mit seinem Buch betrübt auf die Lippen. Dann trank er im Stehen die Tasse leer. Und die andern zwei tranken auch. Undefinierbar, sagte der Brothändler und schüttelte sich. Wie das Leben, antwortete der Mann mit dem Buch und verbeugte sich freundlich zu ihm. Und der Brothändler verbeugte sich freundlich zurück. Und sie lächelten höflich über ihren Streit rüber. Und jeder war ein Mann von Welt. Und der Buchmann war heimlich für sich der Sieger. Und darüber wollte er lächeln.

Aber da riß er den Mund auf zu einem furchtbaren Schrei. Aber er schrie ihn nicht. Der Schrei war so furchtbar, daß er ihn nicht fertigbrachte. Er blieb ganz tief in dem Buchmann stecken. Nur der Mund stand weit auf, weil ihm die Luft ausging. Der Buchbesitzer starrte auf den vierten Stuhl, wo das Mädchen gesessen hatte. Der Stuhl war leer. Das Mädchen war weg. Da sahen die drei Männer auf dem Tisch ein kleines Glasröhrchen. Es war leer. Und das Mädchen war weg. Und die Tasse, die Tasse war leer. Und das Mädchen war weg. Der Stuhl. Und das Glasröhrchen. Und die Tasse. Leer. Ganz leise, unauffällig leer geworden.

Ob sie Hunger hatte? fragte der Brotmann die andern dann endlich. Sie war verrückt, sagte der Soldat fröhlich, sie war verrückt, sag ich doch immer. Kommen Sie, sagte er zu dem mit dem Buch, setzen Sie sich wieder hin. Sie war bestimmt verrückt. Der Buchbesitzer setzte sich langsam und meinte: Vielleicht war sie einsam? Sie war sicher zu einsam? Einsam, schimpfte der Brothändler los, wieso denn einsam? Wir warn doch hier. Wir warn doch die ganze Zeit hier. Wir? fragte der Buchmann und sah in die leere Tasse. Aus der Tasse sah ihm ein Mädchen entgegen. Aber er konnte sie schon nicht mehr erkennen.

Nachtdunst schwamm durch den Bahnhof, Nachtdunst aus Nebel und Not und Atem. Und der war dick wie der undefinierbare Kaffee. Und naßkalt. Wie Angstschweiß. Der mit dem Buch machte die Augen zu. Der Kaffee ist grauslich, hörte er den Brothändler sagen. Ja, ja, nickte er langsam, da haben Sie recht: Ganz grauslich. Grauslich hin, grauslich her, sagte der Soldat, wie haben doch nichts anderes. Hauptsache, er ist heiß.

Er ließ das Glasröhrchen über den Tisch rollen. Es fiel runter. Und war kaputt. (Und Gott? Er hörte das kleine häßliche Geräusch nicht. Ob ein Glasröhrchen zersprang – oder ein Herz: Gott hörte von all dem nichts. Er hatte ja keine Ohren. Das war es. Er hatte ja keine Ohren.)

Die Küchenuhr

Sie sahen ihn schon von weitem auf sich zukommen, denn er fiel auf. Er hatte ein ganz altes Gesicht, aber wie er ging, daran sah man, daß er erst zwanzig war. Er setzte sich mit seinem alten Gesicht zu ihnen auf die Bank. Und dann zeigte er ihnen, was er in der Hand trug.

Das war unsere Küchenuhr, sagte er und sah sie alle der Reihe nach an, die auf der Bank in der Sonne saßen. Ja, ich habe sie noch gefunden. Sie ist übriggeblieben.

Er hielt eine runde tellerweiße Küchenuhr vor sich hin und tupfte mit dem Finger die blaugemalten Zahlen ab.

Sie hat weiter keinen Wert, meinte er entschuldigend, das weiß ich auch. Und sie ist auch nicht so besonders schön. Sie ist nur wie ein Teller, so mit weißem Lack. Aber die blauen Zahlen sehen doch ganz hübsch aus, finde ich. Die Zeiger sind natürlich nur aus Blech. Und nun gehen sie auch nicht mehr. Nein. Innerlich ist sie kaputt, das steht fest. Aber sie sieht noch aus wie immer. Auch wenn sie jetzt nicht mehr geht.

Er machte mit der Fingerspitze einen vorsichtigen Kreis auf dem Rand der Telleruhr entlang. Und er sagte leise: Und sie ist übriggeblieben.

Die auf der Bank in der Sonne saßen, sahen ihn nicht an. Einer sah auf seine Schuhe und die Frau sah in ihren Kinderwagen. Dann sagte jemand:

Sie haben wohl alles verloren?

Ja, ja, sagte er freudig, denken Sie, aber auch alles! Nur sie hier, sie ist übrig. Und er hob die Uhr wieder hoch, als ob die anderen sie noch nicht kannten.

Aber sie geht doch nicht mehr, sagte die Frau.

Nein, nein, das nicht. Kaputt ist sie, das weiß ich wohl. Aber sonst ist sie doch noch ganz wie immer: weiß und blau. Und wieder zeigte er ihnen seine Uhr. Und was das Schönste ist, fuhr er aufgeregt fort, das habe ich Ihnen ja noch überhaupt nicht erzählt. Das Schönste kommt nämlich noch: Denken Sie mal, sie ist um halb drei stehengeblieben. Ausgerechnet um halb drei, denken Sie mal!

Dann wurde Ihr Haus sicher um halb drei getroffen, sagte der Mann und schob wichtig die Unterlippe vor. Das habe ich schon oft gehört. Wenn die Bombe runtergeht, bleiben die Uhren stehen. Das kommt von dem Druck.

Er sah seine Uhr an und schüttelte überlegen den Kopf. Nein, lieber Herr, nein, da irren Sie sich. Das hat mit den Bomben nichts zu tun. Sie müssen nicht immer von den Bomben reden. Nein. Um halb drei war ganz etwas anderes, das wissen Sie nur nicht. Das ist nämlich der Witz, daß sie gerade um halb drei stehengeblieben ist. Und nicht um viertel nach vier oder um sieben. Um halb drei kam ich nämlich immer nach Hause. Nachts, meine ich. Fast immer um halb drei. Das ist ja gerade der Witz.

Er sah die anderen an, aber die hatten ihre Augen von ihm weggenommen. Er fand sie nicht. Da nickte er seiner Uhr zu: Dann hatte ich natürlich Hunger, nicht wahr? Und ich ging immer gleich in die Küche. Da war es dann fast immer halb drei. Und dann, dann kam nämlich meine Mutter. Ich konnte noch so leise die Tür aufmachen, sie hat mich immer gehört. Und wenn ich in der dunklen Küche etwas zu essen suchte, ging plötzlich das Licht an. Dann stand sie da in ihrer Wolljacke und mit einem roten Schal um. Und barfuß. Immer barfuß. Und dabei war unsere Küche gekachelt. Und sie machte ihre Augen ganz klein, weil ihr das Licht so hell war. Denn sie hatte ja schon geschlafen. Es war ja Nacht.

So spät wieder, sagte sie dann. Mehr sagte sie nie. Nur: So spät wieder. Und dann machte sie mir das Abendbrot warm und sah zu, wie ich aß. Dabei scheuerte sie immer die Füße aneinander, weil die Kacheln so kalt waren. Schuhe zog sie nachts nie an. Und sie saß so lange bei mir, bis ich satt war. Und dann hörte ich sie noch die Teller wegsetzen, wenn ich in meinem Zimmer schon das Licht ausgemacht hatte. Jede Nacht war es so. Und meistens immer um halb drei. Das war ganz selbstverständlich, fand ich, daß sie mir nachts um halb drei in der Küche das Essen machte. Ich fand das ganz selbstverständlich. Sie tat das ja immer. Und sie hat nie mehr gesagt als: So spät wieder. Aber das sagte sie jedesmal. Und ich dachte, das könnte nie aufhören. Es war mir so selbstverständlich. Das alles war doch immer so gewesen.

Einen Atemzug lang war es ganz still auf der Bank. Dann sagte er leise: Und jetzt? Er sah die anderen an. Aber er fand sie nicht. Da sagte er der Uhr leise ins weißblaue runde Gesicht: Jetzt, jetzt weiß ich, daß es das Paradies war. Das richtige Paradies.

Auf der Bank war es ganz still. Dann fragte die Frau: Und Ihre Familie?

Er lächelte sie verlegen an: Ach, Sie meinen meine Eltern? Ja, die sind auch mit weg. Alles ist weg. Alles, stellen Sie sich vor. Alles weg.

Er lächelte verlegen von einem zum anderen. Aber sie sahen ihn nicht an.

Da hob er wieder die Uhr hoch und er lachte. Er lachte: Nur sie hier. Sie ist übrig. Und das Schönste ist ja, daß sie ausgerechnet um halb drei stehengeblieben ist. Ausgerechnet um halb drei.

Dann sagte er nichts mehr. Aber er hatte ein ganz altes Gesicht. Und der Mann, der neben ihm saß, sah auf seine Schuhe. Aber er sah seine Schuhe nicht. Er dachte immerzu an das Wort Paradies.

Vielleicht hat sie ein rosa Hemd

Die beiden saßen auf dem Brückengeländer. Ihre Hosen waren dünn und das Brückengeländer war eisig. Aber da gewöhnte man sich dran. Auch daß es so drückte. Sie saßen da. Es regnete, es regnete nicht, es regnete. Sie saßen und hielten Parade ab. Und weil sie einen Krieg lang nur Männer gesehen hatten, sahen sie jetzt nur Mädchen.

Eine ging vorbei.

Hat einen ganz schönen Balkon. Kann man auf Kaffee trinken, sagte Timm.

Und wenn sie so lange in der Sonne rumläuft, wird die Milch sauer, grinste der andere.

Dann kam noch eine.

Steinzeit, resignierte der neben Timm.

Alles voll Spinngewebe, sagte der.

Dann kamen Männer. Die kamen ohne Kommentar davon. Schlosserlehrlinge, Büroangestellte mit weißer Haut, Volksschullehrer mit genialen Gesichtern und schäbigen Hosen, dicke Männer mit dicken Beinen, Asthmatiker und Straßenbahner mit Feldwebelschritt.

Und dann kam sie. Sie war ganz anders. Man hatte das Gefühl, sie müsse nach Pfirsich riechen. Oder nach ganz sauberer Haut. Sicher hatte sie auch einen ganz besonderen Namen: Evelyne – oder so. Dann war sie vorbei. Die beiden sahen hinterher.

Vielleicht hat sie ein rosa Hemd, meinte Timm dann.

Warum, sagte der andere.

Doch, antwortete Timm, die so sind, die haben meistens ein rosa Hemd.

Blöde, sagte der andere, sie kann ebensogut ein blaues haben.

Kann sie eben nicht, du, kann sie eben nicht. Solche die

haben rosane. Das weiß ich ganz genau, mein Lieber. Timm wurde ganz laut, als er das sagte.

Da sagte der neben ihm: Du kennst wohl eine?

Timm sagte nichts. Sie saßen da und das Brückengeländer war eisig durch die dünnen Hosen. Da sagte Timm:

Nein, ich nicht. Aber ich kannte mal einen, der hatte eine mitn rosa Hemd. Beim Kommiß. In Rußland. In seiner Brieftasche hatte er immer son Stück rosa Zeug. Aber das ließ er nie sehen. Aber einen Tag fiel es auf die Erde. Da haben es alle gesehen. Aber gesagt hat er nichts. Nur angelaufen ist er. Wie das Stück Zeug. Ganz rosa. Abends hat er mir dann erzählt, das hätte er von seiner Braut. Als Talisman, weißt du. Sie hat nämlich lauter rosa Hemden, hat er gesagt. Und davon ist es.

Timm hörte auf.

Na und? fragte der andere.

Da sagte Timm ganz leise: Ich hab es ihm weggenommen. Und dann hab ich es hochgehalten. Und wir haben alle gelacht. Mindestens eine halbe Stunde haben wir gelacht. Und was die für Dinger gesagt haben, kannst du dir denken.

Und da? fragte der neben Timm.

Timm sah auf seine Knie. Er hat es weggeworfen, sagte er. Und dann sah Timm den andern an: Ja, sagte er, er hat es weggeworfen, und dann hat es ihn erwischt. Am nächsten Tag hat es ihn schon erwischt.

Sie sagten beide nichts. Saßen da so und sagten nichts. Aber dann sagte der andere: Blödsinn. Und er sagte es noch einmal. Blödsinn, sagte er.

Ja, ich weiß, sagte Timm. Natürlich ist es Blödsinn. Das ist ja ganz klar. Das weiß ich auch. Und dann sagte er noch: Aber komisch ist es, weißt du, komisch ist es doch.

Und Timm lachte. Sie lachten alle beide. Und Timm machte eine Faust in der Hosentasche. Dabei zerdrückte er etwas. Ein kleines Stück rosa Stoff. Viel rosa war da nicht mehr dran, denn er hatte es schon lange in der Tasche. Aber es war noch rosa. Er hatte es aus Rußland mitgebracht.

Unser kleiner Mozart

Von morgens halb fünf bis nachts um halb eins. Die Stadtbahn fuhr alle drei Minuten. Jedesmal rief eine Frauenstimme durch den Lautsprecher auf den Bahnsteig: Lehrter Straße. Lehrter Straße. Das wehte rüber bis nach uns. Von morgens halb fünf bis nachts um halb eins. Achthundertmal: Lehrter Straße. Lehrter Straße.

Am Fenster stand Liebig. Morgens schon. Mittags. Und nachmittags noch. Und die endlosen Abende. Lehrter Straße. Lehrter Straße.

Sieben Monate stand er nun schon am Fenster und sah nach der Frau. Da drüben mußte sie irgendwo sein. Mit ganz netten Beinen vielleicht. Mit Busen. Und Locken. Vorstellen konnte man sie sich. Und auch sonst noch. Liebig sah stundenlang rüber, wo sie sang. Durch sein Gehirn ging ein Rosenkranz. Bei jeder Perle betete Liebig: Lehrter Straße. Lehrter Straße. Von morgens halb fünf bis nachts um halb eins. Morgens schon. Mittags. Und nachmittags noch. Und die endlosen Abende: Lehrter Straße. Lehrter Straße. Achthundertmal jeden Tag. Und Liebig stand nun schon sieben Monate am Fenster und sah nach der Frau. Denn man konnte sie sich vorstellen. Mit ganz netten Beinen vielleicht. Mit Knien. Busen. Und mit viel Haar. Lang, endlos lang wie die endlosen Abende. Liebig sah nach ihr hin. Oder sah er nach Breslau? Aber Breslau war ein paar hundert Kilometer weit weg. Liebig war aus Breslau. Ob er abends nach Breslau sah? Oder betete er diese Frau an? Lehrter Straße. Lehrter Straße. Endloser Rosenkranz. Mit ganz netten Beinen. Lehrter Straße. Achthundertmal. Und mit Busen. Morgens schon. Und mit endlosem endlosem Abendhaar. Und das ging von der Lehrter Straße bis Breslau. Bis in den Traum rein. Bis Breslau. Bis Bres – – Breslauer Straße – – Breslauer Straße – – Alles aussteigen – – Aussteigen – – Alles aus – – Alles aus – – Alles – – Alles – – Bres – – lau –

Aber Pauline saß krumm auf seinem Hocker und behauchte seine Fingernägel. Dann polierte er sie an der Hose. Das tat er immer. Monate schon. Und die Nägel waren schön rosig und blank. Pauline war homosexuell. Er war als Sanitäter an der Front gewesen. Er hatte sich an die Verwundeten rangemacht. Uns sagte er, er hätte ihnen bloß Pudding gekocht. Einfach bloß Pudding. Dafür hatte er dann zwei Jahre Zuchthaus gekriegt. Er hieß Paul. Für uns natürlich Pauline. Natürlich. Und allmählich protestierte er auch nicht mehr dagegen. Als er von der Verhandlung zurückkam, jammerte er: Mein scheenes Jespartes! Mein scheenes Jespartes. Das wär mir im Alter so prima zujute jekommen. So prima zujute. Aber dann vergaß er das alles. Er stellte sich um auf das Zuchthaus. Er wurde blöd. Und seitdem polierte er nur noch die Fingernägel. Das war das einzige, was er noch tat. Und von da ab ganz offen. Und nun schon monatelang. Und auch vielleicht noch weiter monatelang, bis im Zuchthaus ein Platz frei war. Eine Pritsche für Pauline. So lange polierte Pauline. Draußen, drüben hinter der Mauer, sang die Frau von der Stadtbahn das heroische Lied mit den achthundert Versen. Sang es von morgens halb fünf bis nachts um halb eins. Sang im Besitz von Locken und Busen. Sang in unsere Zelle hinein das idiotische Lied, das Mühle-Mahle-Alltagslied, das ewige Menschlied, das idiotische: Lehrter Straße, Lehrter Straße. Man konnte sie sich vorstellen. Die Singsangfrau. Vielleicht biß sie vor Tollheit beim Küssen. Vielleicht stöhnte sie tierhaft. (Vielleicht stammelte sie: Lehrter Straße, wenn ihr einer unter die Röcke ging?) Vielleicht riß sie die Augen groß und schwimmend auf, wenn man sie abends verführte. Vielleicht roch sie auch wie das nasse Gras morgens um vier: So kalt und so grün und so toll und so, ja, und so – – ach, das Weib sang achthundertmal jeden Tag: Lehrter Straße. Lehrter Straße. Und keiner kam und erwürgte sie. Keiner dachte an uns. Und keiner biß ihr die Kehle durch, diese verruchte. Aber nein, aber nie, denn sie sang, die Frau von der Stadtbahn, sang den sentimentalen Weltheimwehsong, dieses blödsinnige unaustilgbare Lied von der Lehrter Straße. Davon.

Aber es gab auch schwindelfreie Tage. Fest- und Feier-, Sonntage einfach. Das waren die Montage. Denn montags durften wir uns rasieren. Das waren die männerbetonten Tage, die selbstbewußten, die erfrischenden. Einmal in der Woche durften wir das. Das war an den Montagen. Die Seife war schlecht und das Wasser war kalt und die Klingen waren jämmerlich stumpf. (Da kann man bis nach Breslau drauf reiten, fluchte Liebig. Er ritt immer nach Breslau. Auch auf der Frau von der Stadtbahn.) So stumpf waren die Klingen. Aber es waren Sonntage, diese Montage. Denn wir durften uns montags unter Aufsicht rasieren. Dann war unsere Zellentür auf und draußen saß Truttner mit der Uhr auf dem Schoß. Die Uhr war dick und laut und abgeschabt. Truttner war Unterfeldwebel, magenkrank, vierundfünfzig, Familienvater und Weltkriegsteilnehmer. Und grimmig. Seine Rolle in diesem Leben war grimmig. Mit seinen Kindern war er sicher nicht grimmig. Aber mit uns. Mit uns sogar sehr. Das war komisch. Und wenn wir uns montags rasierten, saß Truttner vor unserer Zelle mit der Uhr in der Hand und klappte mit seinen Absätzen (die waren benagelt, natürlich) einen preußischen Marsch. Davon schnitten wir uns dann. Denn er klopfte aus Ungeduld. Und weil er uns das Rasieren nicht gönnte. Denn frisch rasiert sein macht fröhlich. Das gönnte er uns nicht. Er war magenkrank. Und

Unterfeldwebel in einem Gefängnis. Da war man nicht fröhlich. Deswegen ärgerte er sich, wenn wir uns rasierten. Und er sah dauernd auf seine widerlich laute Uhr. Und klappte die ungeduldigen Märsche dazu. Und obendrein hatte er noch die Pistolentasche offen. Er war Familienvater und hatte die Pistolentasche offen. Das war sehr komisch.

Einen Spiegel hatten wir natürlich nicht. Mit Spiegeln konnte man sich die Pulsadern aufschneiden. Das gönnten sie uns nicht. So einen harmlosen heimlichen Pulsadertod hatten wir nicht verdient. Dafür hatte man ein Stück blankes Blech an unser Schränkchen genagelt. Da konnte man sich zur Not drin sehen. Erkennen nicht. Nur gerade eben sehen. Und das war ganz gut, daß man sich nicht erkannte. Man hätte sich doch nicht erkannt. Das Stück blankes Blech war an unser Schränkchen genagelt. Denn wir hatten ein Schränkchen. Da waren unsere vier Eßnäpfe drin. Die aus Aluminium. Verbeult. Bekritzelt. An Hofhunde erinnernd. Wie gemein, stand auf einem, und: Morgen noch siebzehn Monate. Auf dem anderen war ein Kalender mit vielen kleinen Kreuzen. Und Elisabeth stand da drauf. Sieben- oder achtmal. In meinem Eßnapf stand nur: Immerzu Suppe. Das war alles. Der hatte recht gehabt. Und in Paulines Napf hatte einer zwei Hängebrüste geritzt. Immer wenn Pauline seine Suppe auf hatte, grinsten ihn die riesigen Hängebrüste an. Wie die Augen des Schicksals. Arme Pauline. Er war doch gar nicht für sowas. Aber er hatte doch Pudding gekocht. Das war nun die Strafe. Vielleicht magerte er deswegen so ab. Vielleicht ekelte er sich so vor den Brüsten.

Gestern abend hatte mir Mozart sein blaues Hemd hingeworfen. Ich brauch es jetzt nicht mehr, sagte er. Er hatte heute Verhandlung. Heute morgen hatten sie ihn geholt. Ich soll ein Radio geklaut haben, sagte Mozart. Und jetzt stand ich mit seinem blauen Hemd vor unserm Blechspiegel und spiegelte mich. Pauline sah zu. Ich freute mich über das Hemd. Denn meins war bei der Entlausung aus den Nähten gegangen. Jetzt hatte ich doch wieder ein Hemd. Und das Hellblau stand mir ganz gut. Pauline sagte das jedenfalls. Und ich fand das auch. Das Blau stand mir gut. Nur den Kragen kriegte ich nicht zu. Mozart war ein kleines zartes Kerlchen. Er hatte einen Hals wie ein Backfisch. Meiner war dicker. (Das mit dem Backfisch sagte Pauline immer.) Laß es offen, sagte Liebig vom Fenster her. Dann siehst du aus wie ein Sozialist.

Aber dann sieht man die Haare auf der Brust so, sagte Pauline. Das reizt, antwortete Liebig und starrte wieder nach der Lautsprecherstimme.

Mozart war wirklich unwahrscheinlich klein und zart. Er hatte einen Hals wie ein Backfisch. (Sagte Pauline immer.)

Dann kam unsere ungarische Suppe. Das war heißes Wasser mit Paprikaschoten. Das brannte im Bauch. Damit man sich satt fühlte. Und das war viel wert. Aber man mußte hundertmal auf den Kübel.

Beim Essen kam Mozart von der Verhandlung zurück. Er hatte Verhandlung gehabt. Vier Stunden. Er war etwas verlegen. Truttner schloß die Zellentür auf und ließ ihn rein. Aber er nahm ihm die Handschellen nicht ab. Wir wunderten uns. Na, was hast du gekriegt? fragten wir alle drei auf einmal und legten vor Spannung unsere Löffel wieder hin auf den Tisch. Halsschmerzen, sagte Mozart und war etwas verlegen dabei. Wir verstanden ihn nicht.

Der Unterfeldwebel hatte seine Pistolentasche offen. Er stand wie ein Riese in der Zellentür. Dabei war er höchstens einen Meter und siebzig. Los, packen Sie Ihre Sachen, Mozart. Mozart packte seine Sachen. Ein Stück Seife. Seinen Kamm. Das halbierte Handtuch. Zwei Briefe. Mehr hatte Mozart nicht. Er war sehr verlegen.

Erzählen Sie Ihren Kollegen mal, was Sie alles auf Ihrem Konto haben. Die interessiert das. Mozart erschrak. Truttner sah sehr gemein aus, als er das sagte. So gemein sah er zu Hause sicher nicht aus. Mozart war verlegen.

Ich habe Feldwebeluniform angehabt – fing Mozart sehr leise an.

Obgleich – half ihm Truttner.

Obgleich ich nur Oberschütze bin.

Weiter, Mozart, was noch.

Ich hab das Ritterkreuz getragen –

Obgleich, Mozart, obgleich –

Obgleich ich nur die Ostmedaille tragen darf.

Weiter, Mozart, immer munter.

Ich habe meinen Urlaub überschritten –

Nur ein paar Tage, nicht, Mozart, doch nur ein paar Tage?

Nein, Herr Unterfeldwebel.

Sondern, Mozart, sondern?

Neun Monate, Herr Unterfeldwebel.

Und wie heißt das, Mozart? Urlaub überschritten?

Nein.

Na wie denn?

Fahnenflucht, Herr Unterfeldwebel.

Richtig, Mozart, ganz richtig. Na, und was haben Sie sonst noch zu bieten?

Ich habe die Radios weggenommen.

Geklaut, Mozart.

Geklaut, Herr Unterfeldwebel.

Wieviel denn, mein kleiner Mozart, wieviel denn? Erzählen Sie doch. Ihre Kollegen interessiert das.

Sieben.

Und woher, Mozart?

Eingebrochen.

Siebenmal, Mozart?

Nein, Herr Unterfeldwebel. Elf.

Was elf, Mozart? Drücken Sie sich ruhig deutlich aus.

Elfmal eingebrochen.

Einen ganzen Satz, Mozart, nicht so schüchtern, reden Sie ruhig in ganzen Sätzen. Also?

Ich habe elfmal eingebrochen.

So ist schön, Mozart, so ist in Ordnung. Sonst war wohl nichts mehr, nicht, Mozart, das war wohl alles?

Nein, Herr Unterfeldwebel.

Ach, noch mehr, Mozart, noch mehr? Was denn noch?

Die alte Frau –

Was denn, Mozart, was war denn mit der?

Ich hab sie umgeschubst.

Umgeschubst, Mozart?

Gestoßen.

Ach so. Na, und da? Erzählen Sie Ihren Kollegen doch. Die interessiert das. Die sind schon ganz stumm geworden vor Spannung. Die sind schon ganz platt. Los, Mozartchen, was war denn mit der alten Oma?

Sie ist gestorben. Mozart sagte das ganz leise. Noch viel leiser. Beinahe nur: Ge – storben. Er war sehr verlegen. Dann sah er den Unterfeldwebel an. Der machte sich gerade. Haben Sie Ihre Klamotten?

Jawohl.

Wie heißt das?

Jawohl, Herr Unterfeldwebel.

Dann nehmen Sie Haltung an.

Mozart legte die Hände an die Hosennaht. Der Unterfeldwebel auch. Dann sagte er:

Ich mache Sie darauf aufmerksam, daß ich bei Fluchtversuch von der Schußwaffe Gebrauch machen muß. Seine Pistolentasche stand schon offen. Genau wie montags beim

Rasieren. Los, kommandierte er. Mozart wollte uns die Hand geben. Aber dann war er doch zu verlegen. Er war eigentlich immer etwas verlegen gewesen. Er war auch nur ein kleines, zartes Kerlchen. Er hatte einen Hals wie ein Backfisch. Manchmal hatte er abends gesungen. Wenn es dunkel war. Wenn es hell war, war er zu verlegen. Er war Friseur. Er hatte Kinderhände. Er liebte Jazzmusik. Er machte stundenlang Jazzmusik mit unseren Löffeln auf seinem Eßnapf. Bis wir ihn Mozart nannten.

Er stand in der Zellentür. Er drehte sich noch um, obgleich er sehr verlegen war. Sein Backfischhals war ganz rot vor Verlegenheit.

Dein Hemd, sagte ich.

Mein Hemd? Er lächelte uns durch den Dunst unserer Paprikasuppe an. Ich hab doch Halsschmerzen, sagte er. Und dann machte er mit seinem Zeigefinger einen Halbkreis an seinem Uniformkragen entlang. Über den Kehlkopf. Von links nach rechts. Dann schloß Truttner die Tür ab.

Als wir abends unseren Abortkübel rausstellten, fand der Unterfeldwebel unser Mittagessen da drin. Das konnte er nicht begreifen.

Das Känguruh

Morgen. Die Posten dösten. Ihre Decken waren noch naß von der Nacht. Einer lag lang auf der Erde und schlug mit den Füßen den Takt:

Es war einmal ein Känguruh
das nähte sich den Beutel zu
mit einer Nagelfeile
aus lauter Langeweile
aus lauter Langeweile
aus lauter –

Sei mal still, sagte der andere. Er blieb plötzlich stehen.

– aus lauter Langeweile
aus lauter –

Sei doch mal still.

Was ist denn los? Der auf der Erde lag, drehte sich zu ihm um.

Da kommen welche.

Wer?

Weiß nicht. Man sieht ja nichts. Es wird heute überhaupt nicht hell.

Es war einmal ein Känguruh
das nähte – na, siehst du was?

Ja, sie kommen.

Wo? Ach, Weiber! – das nähte sich den Beutel zu –

Du, das sind die beiden, die heute nacht beim Alten waren.

Die gestern abend aus der Stadt gekommen sind?

Ja, die.

Na Mensch. Der Alte hat vielleicht einen Geschmack. Die Große ist ein ganz gewaltiger Besen, sag ich dir.

Find ich nicht. Sie sieht doch ganz ordentlich aus.

Nee, du. Weißt du, so – so. Nee. Kuck dir bloß die Beine an.

Vielleicht hat er die Kleine gehabt.

Nee. Die ist nur so mitgekommen. Er hat die Große gehabt.

Junge, die Beine.

Wieso! sind doch ganz ordentlich.

Nee. Du. So – so – nee!

Versteh ich nicht vom Alten.

Was? Besoffen war er. Was sonst. Kannst ihm ne alte Kuh hinstellen, wenn er besoffen ist. Kuck dir bloß die Beine an. Junge, ist das ein Besen. Muß der Alte wieder einen in der Krone gehabt haben, meine Güte. Na, und dann von gestern abend an.

Ich danke.

Ich auch.

Sie wickelten sich wieder in ihre Decken. Die waren noch naß von der Nacht. Der an der Erde lag, schlug mit den Füßen den Takt:

Es war einmal ein Känguruh
das nähte sich den Beutel zu
das nähte
das nähte –

Er hatte kalte Füße und schlug mit den Füßen den Takt:

das nähte
das nähte – – –

Abend. Die Decken waren noch naß. Von der Nacht. Sie dösten. Und der eine schlug mit den Füßen den Takt:

Es war einmal ein Känguruh
das nähte –

Du.

Hm?

Sei mal still.

Warum?

Sie kommen.

Sie kommen? Er stand auf. Die Decken fielen auf die Erde.

Ja, sie kommen. Sie tragen ihn.

Ja. Acht Mann.

Du.

Hm?

Sag mal, der Alte ist ja so klein. Oder kommt das, weil sie ihn tragen?

Nee, sie hat ihm doch den Kopf abgehauen.

Meinst du, deswegen ist er so klein?

Was sonst.

Begraben sie ihn nun so?

Wie?

So ohne Kopf.

Was sonst. Den hat sie doch mitgenommen.

Junge Junge. Das war aber auch eine. Muß der Alte einen in der Krone gehabt haben.

Na, laß ihn man.

Natürlich. Jetzt hat er ja doch nichts mehr davon.

Nee.

Sie wickelten sich wieder in die Decken.

Du.

Ja?

Meinst du, ob das ein richtiges Mädchen war?

Wegen dem Kopf?

Na ja.

Nee, du. Ein richtiges Mädchen? Nee.

Dann hat sie ihn auch noch mitgenommen.

Na Mensch.

Ob sie das nur wegen der Stadt getan hat?

Was sonst.

Junge Junge. Einfach so den Kopf.

Ich danke.

Ich auch, weißt du, ich auch.

Und er schlug wieder mit den Füßen den Takt:

Es war einmal ein Känguruh
das nähte sich den Beutel zu
den Beutel zu
den Beutel zu – – –

Als die beiden Mädchen durch die Stadt gingen, schrien alle. Die Große trug einen Kopf. Ihr Kleid hatte dunkle Flecke. Sie zeigte den Kopf.

Judith! schrien alle.

Sie hob ihr Kleid hoch und machte einen Beutel daraus vor der Brust.

Da lag der Kopf drin. Sie zeigte ihn.

Judith! schrien alle. Judith! Judith!

Sie trug den Kopf im Kleid vor sich hin. Wie ein Känguruh sah sie aus.

Nachts schlafen die Ratten doch

Das hohle Fenster in der vereinsamten Mauer gähnte blaurot voll früher Abendsonne. Staubgewölke flimmerte zwischen den steilgereckten Schornsteinresten. Die Schuttwüste döste.

Er hatte die Augen zu. Mit einmal wurde es noch dunkler. Er merkte, daß jemand gekommen war und nun vor ihm stand, dunkel, leise. Jetzt holen sie mich! dachte er. Aber als er ein bißchen blinzelte, sah er nur zwei etwas ärmlich behoste Beine. Die standen ziemlich krumm vor ihm, daß er zwischen ihnen hindurchsehen konnte. Er riskierte ein kleines Geblinzel an den Hosenbeinen hoch und erkannte einen älteren Mann. Der hatte ein Messer und einen Korb in der Hand. Und etwas Erde an den Fingerspitzen.

Du schläfst hier wohl, was? fragte der Mann und sah von oben auf das Haargestrüpp herunter. Jürgen blinzelte zwischen den Beinen des Mannes hindurch in die Sonne und sagte: Nein, ich schlafe nicht. Ich muß hier aufpassen. Der Mann nickte: So, dafür hast du wohl den großen Stock da?

Ja, antwortete Jürgen mutig und hielt den Stock fest.

Worauf paßt du denn auf?

Das kann ich nicht sagen. Er hielt die Hände fest um den Stock. Wohl auf Geld, was? Der Mann setzte den Korb ab und wischte das Messer an seinem Hosenboden hin und her.

Nein, auf Geld überhaupt nicht, sagte Jürgen verächtlich. Auf ganz etwas anderes.

Na, was denn?

Ich kann es nicht sagen. Was anderes eben.

Na, denn nicht. Dann sag ich dir natürlich auch nicht, was ich hier im Korb habe. Der Mann stieß mit dem Fuß an den Korb und klappte das Messer zu.

Pah, kann mir denken, was in dem Korb ist, meinte Jürgen geringschätzig, Kaninchenfutter.

Donnerwetter, ja! sagte der Mann verwundert, bist ja ein fixer Kerl. Wie alt bist du denn?

Neun.

Oha, denk mal an, neun also. Dann weißt du ja auch, wieviel drei mal neun sind, wie?

Klar, sagte Jürgen und um Zeit zu gewinnen, sagte er noch: Das ist ja ganz leicht. Und er sah durch die Beine des Mannes hindurch. Dreimal neun, nicht? fragte er noch mal, siebenundzwanzig. Das wußte ich gleich.

Stimmt, sagte der Mann, genau soviel Kaninchen habe ich.

Jürgen machte einen runden Mund: Siebenundzwanzig?

Du kannst sie sehen. Viele sind noch ganz jung. Willst du?

Ich kann doch nicht. Ich muß doch aufpassen, sagte Jürgen unsicher.

Immerzu? fragte der Mann, nachts auch?

Nachts auch. Immerzu. Immer. Jürgen sah an den krummen Beinen hoch. Seit Sonnabend schon, flüsterte er.

Aber gehst du denn gar nicht nach Hause? Du mußt doch essen.

Jürgen hob einen Stein hoch. Da lag ein halbes Brot. Und eine Blechschachtel.

Du rauchst? fragte der Mann, hast du denn eine Pfeife?

Jürgen faßte seinen Stock fest an und sagte zaghaft: Ich drehe. Pfeife kann ich nicht ab.

Schade, der Mann bückte sich zu seinem Korb, die Kaninchen hättest du ruhig mal ansehen können. Vor allem die Jungen. Vielleicht hättest du dir eines ausgesucht. Aber du kannst hier ja nicht weg.

Nein, sagte Jürgen traurig, nein nein.

Der Mann nahm den Korb und richtete sich auf. Na ja, wenn du hierbleiben mußt – schade. Und er drehte sich um. Wenn du mich nicht verrätst, sagte Jürgen da schnell, es ist wegen den Ratten.

Die krummen Beine kamen einen Schritt zurück: Wegen den Ratten?

Ja, die essen doch von Toten. Von Menschen. Da leben sie doch von.

Wer sagt das?

Unser Lehrer.

Und du paßt nun auf die Ratten auf? fragte der Mann.

Auf die doch nicht! Und dann sagte er ganz leise: Mein Bruder, der liegt nämlich da unter. Da. Jürgen zeigte mit dem Stock auf die zusammengesackten Mauern. Unser Haus kriegte eine Bombe. Mit einmal war das Licht weg im Keller. Und er auch. Wir haben noch gerufen. Er war viel kleiner als ich. Erst vier. Er muß hier ja noch sein. Er ist doch viel kleiner als ich.

Der Mann sah von oben auf das Haargestrüpp. Aber dann sagte er plötzlich: Ja, hat euer Lehrer euch denn nicht gesagt, daß die Ratten nachts schlafen?

Nein, flüsterte Jürgen und sah mit einmal ganz müde aus, das hat er nicht gesagt.

Na, sagte der Mann, das ist aber ein Lehrer, wenn er das nicht mal weiß. Nachts schlafen die Ratten doch. Nachts kannst du ruhig nach Hause gehen. Nachts schlafen sie immer. Wenn es dunkel wird, schon.

Jürgen machte mit seinem Stock kleine Kuhlen in den Schutt.

Lauter kleine Betten sind das, dachte er, alles kleine Betten. Da sagte der Mann (und seine krummen Beine waren ganz unruhig dabei): Weißt du was? Jetzt füttere ich schnell meine Kaninchen und wenn es dunkel wird, hole ich dich ab. Vielleicht kann ich eins mitbringen. Ein kleines, oder was meinst du?

Jürgen machte kleine Kuhlen in den Schutt. Lauter kleine Kaninchen. Weiße, graue, weißgraue. Ich weiß nicht, sagte er leise und sah auf die krummen Beine, wenn sie wirklich nachts schlafen.

Der Mann stieg über die Mauerreste weg auf die Straße. Natürlich, sagte er von da, euer Lehrer soll einpacken, wenn er das nicht mal weiß.

Da stand Jürgen auf und fragte: Wenn ich eins kriegen kann? Ein weißes vielleicht?

Ich will mal versuchen, rief der Mann schon im Weggehen, aber du mußt hier solange warten. Ich gehe dann mit dir nach Hause, weißt du? Ich muß deinem Vater doch sagen, wie so ein Kaninchenstall gebaut wird. Denn das müßt ihr ja wissen.

Ja, rief Jürgen, ich warte. Ich muß ja noch aufpassen, bis es dunkel wird. Ich warte bestimmt. Und er rief: Wir haben auch noch Bretter zu Hause. Kistenbretter, rief er.

Aber das hörte der Mann schon nicht mehr. Er lief mit seinen krummen Beinen auf die Sonne zu. Die war schon rot vom Abend und Jürgen konnte sehen, wie sie durch die Beine hindurchschien, so krumm waren sie. Und der Korb schwenkte aufgeregt hin und her. Kaninchenfutter war da drin. Grünes Kaninchenfutter, das war etwas grau vom Schutt.

Er hatte auch viel Ärger mit den Kriegen

Damals hatte man seinen Vater. Wenn es dunkel wurde. Wenn man ihn auch schon nicht mehr sah in der violetten Dämmerung. Man hörte ihn doch. Wenn er hustete. Und wenn er durch die Wohnung ging und dabei hustete. Und man roch seinen Tabak. Und das genügte dann schon. Dann hielt man die violetten Abende aus.

Nachher hatte man dann schon die Mädchen, die beinah noch keine Brüste hatten. Aber es war doch schon irgendwie gut, sie in den violetten Dämmerungen bei sich zu haben. Am Bootssteg. Und unterm Balkon abends. Die hatten dann auch ganz heiße Hände. Das genügte dann schon. Dann hielt man die violetten Dunkelheiten aus.

Und in den russischen Häusern hatte man dann mal ein altes Frauengesicht, wenn die anderen schnarchten und wenn einen das violette Gebrüll der Kanonen noch wachhielt. So ein altes Frauengesicht, gelbledern wie das Tuch, das da rum war, das genügte dann schon, wenn es aus der andern Zimmerecke über die Schnarchenden rüberglomm wie ein Öllicht. Nur das Metall der schlanken Gewehre glummerte wie Haut von Reptilien: stumm und gefährlich und blank. Und die machten die Dämmerungen in den russischen Häusern nicht gut. Sie machten das weiche Abendviolett so eisig mit ihrem Stahl. Aber so ein ledernes Altfrauengesicht, kanonendurchzittert, das glimmt einem das Leben lang aus allen violetten Dunkelheiten entgegen. Blutübersprenkelt. Von Mündungsfeuer grell aufgerissen. Von Tränennächten dunkel. Ein Frauengesicht. Hinter Vorstadtgardinen sieht man es manchmal sehr blaß. In den Städten soviel. In den Abenden.

Diese Abende sind violett in den Straßen. In den engeren Straßen der Stadt jedenfalls. In unserer Stadt jedenfalls.

Da, wo die kleinen Leute wohnen und die Straßen ganz eng sind. Die mit den großartigen Sehnsüchten. Die Büroangestellten mit den violetten Tintenflecken am Zeigefinger und am Ärmel. Und mit Gelbsucht manchmal. Die Tapezierer mit dem Ölfarbengeruch in der Haut. Und die Sielarbeiter, die noch einen Gashusten haben vom vorigen Krieg. Oder sonstwas. Die Maurer und die Briefträger, mit dem guten und etwas obeinigen Gang von Leuten, die viel gehen. Die Straßenbahnfeger mit ihrem gebürsteten Uniformstolz. Und mittendrin manchmal ein Kaffeehausgeiger und ein sozialistischer Dichter. Zigarettengrau, langhaarig, mit wüsten Gebärden. Ganz anders. Die wohnen in den engeren Straßen der Stadt, wo die Abende violett sind.

Violett und ganz weich werden abends die Kanten der Steine, die mausoleumskühlen Mäuler der Torwege, die würfeligen Mietblocks, die ergrauten Kasernen, die früher wohl heller waren, die Holzschuppen, die immer noch schief stehn. Und die Lichtmasten, die soldatisch korrekten, stehen sogar ganz verschlafen verloren in dem violetten Geschwimme des Abends. Und dann rascheln die seidenpapierenen Motten und Mücken und das andere strohige staubflügelige Nachtinsektengetier gegen das gelbe Geglimme der Lampen.

Eine Schüssel wird unterm Wasserhahn abgespült. Johannisbeeren waren drin. Kein Fett, denn die Schüssel ist schnell sauber. Man hört es. Sie wird in den Schrank gesetzt. Er knarrt. Er wird zugemacht. Er ist schon alt, denn er knarrt. Dann pischt es von vier Balkons, das Wasser, das über die Betunien gegossen wird. Es pischt von oben auf die Straße. Manchmal kommt auch ein Blütenblatt mit. Angewelkt. Von links nach rechts – von links nach rechts. Dann ist es unten. Morgen früh wird es zertreten. Vielleicht noch heut nacht. Und dann sagt Eine: Bist du jetzt still! Und ein

Kind garrt gegenan wie ein Huhn im Halbschlaf. Halblaut. Und dann hört man, wie ein Aluminiumgefäß auf den Fußboden gestellt wird. Unters Bett womöglich. Der Nachttopf womöglich. Dann geht eine Tür asthmatisch zu. Das Kind, das ruft noch zweimal. Aber dann tutet ein sehr schöner Dampfer (er ist sicher sehr schön!) vom Hafen her. Und in der Wirtschaft bei Steenkamp, da grölen sie heut abend zum vierzehntenmal:

Düüüch – mein stülles Tool
grüüüß – üch tausend Mool – –

Und von all dem wird der Abend immer violetter.

Nun ist er schon so violett, daß man den Rauch, der aus der Pfeife von Herrn Lorenz kommt, gar nicht mehr sieht. Herr Lorenz steht nun vor der Tür. Er ist da eigentlich nur so hingetuscht und dabei etwas verwischt in diesem Abendviolett. Das kommt von seiner blauvioletten Uniform. Denn er ist bei der Straßenreinigung in Dienst, da haben sie die. Eigentlich bleibt von Herrn Lorenz nicht mehr viel übrig in Uniform. Er ist ganz aufgelöst darin. Sie hat ihn verschluckt mit ihrem satten Beamtenviolett. Mit diesem staatlich satten Violett. Und die Messingknöpfe hängen wie blanke Zehnpfennigstücke untereinander in der Haustür. Das ist der ganze Herr Lorenz. Darüber schwimmt ein hellgelber Käse. Das ist der Kopf von Herrn Lorenz. Und da ist manchmal ein rötlicher Punkt drin. Das ist die Pfeife von Herrn Lorenz. Aber nur wenn er zieht, ist da der rötliche Punkt. Sonst ist der hellgelbe Käse allein in der Haustür. Und unter ihm schwimmen wie Zehnpfennigstücke die messingnen Knöpfe. Sechs. Immer drei untereinander. Das ist Herr Lorenz von der Straßenreinigung abends im violetten Hauseingang.

Und neben ihm noch was. Klein und verhutzelt und grau. Mit einer mehlblassen Scheibe darüber. Das ist Helene. Sie kriegt schwer Luft. Helene ist die Schwester von Herrn Lorenz. Alle drei Jahre kommt sie mal rein in die Stadt, um zu sehn, ob der Bruder noch lebt. Und der ist noch immer bei der Straßenreinigung. Nun stehn sie da beide im violetten Torwegmaul. Er in Uniform. Sie kriegt schwer Luft. Vorhin haben sie zum Himmel gesehn, ob Helene noch trokken nach Haus kommt. Wie Groschen, sagte Herr Lorenz, wie lauter Groschen. Er meinte die Sterne. Und dann sagte er plötzlich: Nee du, das mußt du nicht sagen. Das stimmt nicht. Schlecht ist unser Pflaster hier nicht. Das mußt du nicht sagen. Ich feg nun schon siebenunddreißig Jahre lang. Aber schlecht ist es nicht. Ich kenne hier fast jeden Stein. Die sitzen schon gut so. Die laß man.

Es macht aber müde, mein ich.

Gewohnheit, Helene, reine Gewohnheit.

Ich meins nicht direkt, weißt du. Ich meine das bildlich. Symbolisch, verstehst du?

Ach, symbolisch, meinst du, symbolisch?

Ja, übertragen, verstehst du?

Ah, ich weiß, was du meinst. Jetzt weiß ich, übertragen. Symbolisch. Symbolisch ist das Pflaster schlecht, willst du sagen? Ah.

Ja, siehst du. Bei uns draußen tritt man auf die Erde. Da weiß man doch immer, wo man ist. Und auch was man hat. Aber hier bei euch ist es glatt. Und wenn man ne Zeit unterwegs ist, dann wird man müde. Dann sieht man die rutschigen Stellen nicht mehr. Plötzlich, da liegt man. Und wo liegt man dann hier in der Stadt, Hermann, das frag ich dich, wo liegt man dann hier?

Du, sag das nicht, Helene, nee, sag das nicht. Sauber ist das Pflaster bei uns immer. Ich habe siebenunddreißig

Jahre gefegt. Jeden Stein kenne ich. Wenn ich meine Tour rum hab, dann ist das aber wie geleckt, meine Gute. Wie ge-leckt!

Ich weiß wohl, Hermann, a –

Umsonst haben sie mich nicht siebenunddreißig Jahre im Staatsdienst behalten. Wir sind alle solange dabei. Und umsonst nicht, Helene, das kannst du mir glauben. Wenn ich meine Tour rum hab, dann ist das aber wie geleckt, meine Gute. Wie ge-leckt!

Das weiß ich doch, Hermann. Ich mein das doch nur übertragen, symbolisch, verstehst du?

Symbolisch meinetwegen. Aber meine Tour ist sauber, wenn ich rum bin. Aber wenn du das symbolisch meinst, dann magst du recht habn. Aber bei euch draußen ist auch nicht alles so sauber, Helene, das vergiß nicht. Auf dem Lande ist auch manchmal allerhand los, meine Gute.

Ich weiß wohl, Hermann, ich weiß wohl. Aber hier in der Stadt – –

Natürlich, hier in der Stadt – –

Die beiden stehn lange im Torweg. Der Abend wird noch violetter. Der Abend wird langsam Nacht. Liebespaare schwimmen manchmal vorbei. Die ganze Stadt ist violett. Nur die Fenster sind manchmal gelb oder grün. Manchmal auch rot. Aber sonst ist alles ganz violett. Und von den Liebespaaren hört man nur mal ein Wort. Manchmal auch nichts. Das Violett hat sie ganz verschluckt. Das Violett hat alles verschluckt.

Da patscht Herr Lorenz sich gegen die Stirn. Die Mücken, sagt er, sowie man nicht raucht!

Ich will auch man gehn, sagt seine Schwester, es wird sonst zu spät.

Ja, sagt Herr Lorenz, dann denk man nicht soviel, hörst du? Er kommt wohl noch wieder. Hört man doch oft, daß ein Vermißter mitn mal wieder da ist. Wenn der Krieg längst vorbei ist, hört man das noch. Hört man doch ziemlich oft.

Ach, weißt du – –

Nein nein, Helene, unterkriegen lassen darfst du dich nicht. Eine Lorenz läßt sich nicht unterkriegen, Helene. Schon allein der Kinder wegen nicht. Die brauchen dich ja letztenendes. Schlappmachen darfst du nicht. Wart man, mitn mal ist er plötzlich wieder da.

Ach, Hermann – –

Durchhalten, Helene, durchhalten. Paß auf, sollst sehn, mitn mal kommt er wieder. Das gleicht sich alles wieder aus, Helene. Son Krieg macht viel Ärger. Aber das gleicht sich alles wieder aus. Ich hab auch meinen Ärger mit den Kriegen gehabt, das kann ich dir sagen. Einen ziemlichen Ärger. Aber das gleicht sich alles wieder aus, Helene, das kann ich dir sagen, das gleicht sich alles wieder aus. Ich hab auch n Berg Ärger mit den Kriegen gehabt. Damals mit dem. Und mit diesem erst. Das kann ich dir flüstern. Die ganzen Jahre das doppelte Revier zu fegen. Warn doch alle mit draußen von der Straßenreinigung. Bis auf die Kranken. Und die hierbliebn, die hatten n Berg Ärger, das kann ich dir sagen. Die ganzen Jahre das doppelte Revier. Bei dem Essen. Und dann wurden die Besen so schlecht. Und dann lagn die Straßen so voll. Wenn sie rausmachten von den Kasernen zum Bahnhof, die Jungens, dann konnten wir hinterher drei Tage lang fegen. Was meinst du, wie die Straßen aussahn von den Kasernen zum Bahnhof. Das kann ich dir sagen. Aber das gleicht sich alles wieder aus. Paß auf, Helene, er kommt noch wieder, was ich dir sage, er kommt noch wieder. Das gleicht sich alles sachte wieder aus. Bei uns war das auch so. Was hatten wir fürn Ärger. Und jetzt kommen sie wieder, die Jungs. Jetzt, wo es vorbei ist. Und jetzt sammeln sie alles auf, was sie bloß sehn. Nee, nicht nur die Landser. Alle.

Jetzt liegt bald nichts mehr auf der Straße. Heut wirft kein Mensch mehr was weg, sag ich dir. Heut sammeln sie alle. Und was haben sie damals die Straßen versaut. Von den Kasernen zum Bahnhof. Mit Musik. Kinder Kinder. Da hatten wir hinterher ne Last mit, das kann ich dir sagen. Diese elenden Kriege.

Meinst du, fragte Helene.

Was? sagte Herr Lorenz.

Daß er noch kommen kann?

Aber klar doch, Helene, aber klar doch. Ich sag doch, das gleicht sich alles wieder aus. Denk an die Straßen. Wie die vollgesaut waren. Von den Kasernen bis runter zum Bahnhof – ein Dreck. Immer wenn son Schwung an die Front ging, hatten wir da die Last mit. Aber jetzt, wo es vorbei ist, jetzt sehn sie wie geleckt aus. Und das sind nicht nur die Soldaten, Helene. Alle sind es. Alle, Helene.

Das wär was.

Was sagst du?

Wenn er wiederkommt – –

Aber klar doch. Das gleicht sich alles wieder aus, Helene. Paß man auf. Das läuft sich alles wieder zurecht.

Das wär was. O ja. Das wär was.

Die Schwester von Herrn Lorenz sagt das noch mehreremal. Immer wieder: Das wär was. Dann klopft plötzlich was hölzernes.

Ach, du bist es, Hermann.

Ja, sie ist aus.

Er steckt seine Pfeife in die Tasche.

Ja, sagt er.

Ja, gute Nacht, Hermann.

Nacht, Helene, grüß die Kinder.

Ja, Hermann.

Komm bald mal wieder.

Ja, Hermann.

Oder schreib doch mal.

Ja, Hermann.

Sollst mal sehn, das gleicht sich alles wieder aus. Paß man auf.

Da antwortet keiner mehr. Sie sieht sich noch um. Nur seine Messingknöpfe sind da. Sonst nichts. Wie Groschen, denkt sie. Dann sind die Groschen plötzlich weg.

Herr Lorenz macht sein Fenster zu. Lauter Groschen, denkt er. Herr Lorenz meint die Sterne damit. Und dann schläft er bald. Seine Uniform hängt überm Stuhl. Sie ist bläulich. Beinah noch mehr violett. Solche haben sie bei der Straßenreinigung. Herr Lorenz hat sie schon siebenunddreißig Jahre. Und zwei Kriege.

Draußen geht eine ältere Frau durch die Vorstadt. Das wär was, sagt sie manchmal. Dabei sieht man sie nicht. Die Nacht ist zu violett. Alles verschluckt sie. Und die ältere Frau trägt Schwarz. Aber manchmal sagt sie noch: Das wär was. Das wär was.

In einem fremden Land gibt es ein Dorf. Es hat einen Akker. An einer Stelle ist die Erde etwas höher als anderswo. Ungefähr einen Meter achtzig lang und einen halben Meter breit. Aber die Schwester von Herrn Lorenz kennt das Land nicht. Das Dorf nicht. Den Acker nicht. Das ist gut.

Im Mai, im Mai schrie der Kuckuck

Toll sind die Märzmorgende am Strom, man liegt noch im Halbschlaf, gegen vier so, und die Schiffsungetüme blasen ihr vitales Saurier-Gestöhn unruhig über die Stadt hin, in den eisigrosigen Frühnebel, den sonnenüberhauchten Silberdampf des atmenden Flusses hinein, und in dem letzten Traum vor Tag, da träumt man dann nicht mehr von hellbeinigen schlafwarmen Mädchen, um vier so, im rosigen Frühnebel, im Geblase der Dampfer, in ihrem großmäuligen Uu-Gebrüll, am Strom morgens, da träumt man dann ganz andere Träume, nicht die von Schwarzbrot und Kaffee und kaltem Schmorbraten, nicht die von stammelnden strampelnden Mädchen, nein, dann träumt man die ganz anderen Träume, die ahnungsvollen, frühen, die letzten, die allgewaltigen, undeutbaren Träume, die träumt man an den tollen Märzmorgenden am Strom, früh, um vier so …

Toll sind die Novembernächte in den vereinsamten mausgrauen Städten, wenn aus blauschwarzen Vorstadtfernen die Lokomotiven herüberschrein, angstvoll, hysterisch, kühn und abenteuerlich, in den ersten kaum begonnenen Schlaf hinein, Lokomotivenschrei, lang, sehnsüchtig, unfaßbar, davon zieht man die Decke noch höher und drängt sich noch dichter an das nächtliche, zaubrische, heiße Tier, das Evelyn oder Hilde heißt, das in solchen Nächten, voll November und Lokomotivenschrei, vor Lust und Leid seine Sprache verliert, Tier wird, traumschweres, zuckendes, unersättliches Novemberlokomotiventier, denn toll, ach toll sind im November die Nächte.

Das sind die Märzmorgenschreie, die Saurierschreie der Schiffe im Strom, das sind die novemberträchtigen Lokomotivenschreie über silbrigem Geleise durch angstblaue Wälder – aber man kennt auch, man kennt auch die Klarinettenschreie an Septemberabenden, die aus schnaps- und parfumstinkenden Bars kommen, und die Aprilschreie der Katzen, die schaurigen, wollüstigen, und die Jubelschreie der sechzehnjährigen Mädchen, die über irgendein Brückengeländer rückwärts gebogen werden, bis ihnen die Augen übergehen, die lüstern erschrockenen, und die einsamen januareisigen Schreie der jungen Männer kennt man, Genieschreie über verdorbenen Dramen und verkommenen Blumengedichten:

All dies Weltgeschrei, dies dunkelnächtige, von der Nacht benebelte, angeblaute, tintenfarbige, asternblütig blutige Geschrei, das kennt man, das erinnert man, das erträgt man wieder und wieder, und Jahr um Jahr, Tag um Tag, Nacht für Nacht.

Aber der Kuckuck, im Mai der Kuckuck, wer unter uns erträgt in den schwülen Mainächten, an den Maimittagen sein tolles träge erregtes Geschrei? Wer von uns hat sich je an den Mai mit seinem Kuckuck gewöhnt, welches Mädchen, welcher Mann? Jahr um Jahr wieder, Nacht für Nacht wieder, macht er die Mädchen, die gierigatmenden, und die Männer, die betäubten, macht er sie wild, der Kuckuck, der Kuckuck im Mai, dieser Maikuckuck. Auch im Mai schrein Lokomotiven und Schiffe und Katzen und Fraun und Klarinetten – sie schreien dich an, wenn du allein auf der Straße bist, dann, wenn es schon dunkelt, aber dann fällt noch der Kuckuck über dich her. Eisenbahnpfiff, Dampfergedröhn, Katzengejaul, Klarinettengemecker und Frauenschluchzen – aber der Kuckuck, der Kuckuck schreit wie ein Herz durch die Mainacht, wie ein pochendes lebendiges Herz, und wenn dich der Kuckucksschrei unvermutet überfällt in der Nacht, in der Mainacht, dann hilft kein Dampfer dir mehr und keine Lokomotive und kein Katzen- und Frauengetu und keine Klarinette. Der Kuckuck macht dich verrückt. Der Kuckuck lacht dich aus, wenn du fliehst. Wohin? lacht der Kuckuck, wohin denn im Mai? Und du stehst, von dem Kuckuck wild gemacht, mit all deinen Weltwünschen da, allein, ohne wohin, so allein, und dann haßt du den Mai, haßt ihn vor sehnsüchtiger Liebe, vor Weltschmerz, haßt ihn mit deiner ganzen Einsamkeit, haßt diesen Kuckuck im Mai, diesen ……

Und dann laufen wir mit unserem Kuckucksschicksal, ach, wir werden unser Kuckuckslos, dieses über uns verhängte Verhängnis nicht los, durch die tauigen Nächte. Schrei, Kuckuck; schrei deine Einsamkeit in den Maifrühling rein, schrei Kuckuck, brüderlicher Vogel, ausgesetzt, verstoßen, ich weiß, Bruder Kuckuck, all dein Geschrei ist Geschrei nach der Mutter, die dich den Mainächten auslieferte, als Fremdling unter Fremde verstieß, schrei, Kuckuck, schrei dein Herz den Sternen entgegen, Bruder Fremdling du, mutterlos, schrei … Schrei, Vogel Einsam, blamiere die Dichter, ihnen fehlt deine tolle Vokabel, und ihre Einsamkeitsnot wird Geschwätz, und nur wenn sie stumm bleiben, dann tun sie ihre größte Tat, Vogel Einsam, wenn dein Mutterschrei uns durch schlaflose Mainächte jagt, dann tun wir unsere heldische Tat: Die unsägliche Einsamkeit, diese eisige männliche, leben wir dann, leben wir ohne deine tolle Vokabel, Bruder Vogel, denn das Letzte, das Letzte geben die Worte nicht her.

Hingehen sollen die heroisch verstummten einsamen Dichter und lernen, wie man einen Schuh macht, einen Fisch fängt und ein Dach dichtet, denn ihr ganzes Getu ist Geschwätz, qualvoll, blutig, verzweifelt, ist Geschwätz vor den Mainächten, vor dem Kuckucksschrei, vor den wahren Vokabeln der Welt. Denn wer unter uns, wer denn, ach, wer weiß einen Reim auf das Röcheln einer zerschossenen Lunge, einen Reim auf einen Hinrichtungsschrei, wer kennt das Versmaß, das rhythmische, für eine Vergewaltigung, wer weiß ein Versmaß für das Gebell der Maschinengewehre, eine Vokabel für den frisch verstummten Schrei eines toten Pferdeauges, in dem sich kein Himmel mehr spiegelt und nicht mal die brennenden Dörfer, welche Druckerei hat ein Zeichen für das Rostrot der Güterwagen, dieses Weltbrandrot, dieses angetrocknete blutigverkrustete Rot auf weißer menschlicher Haut? Geht nach Haus, Dichter, geht in die Wälder, fangt Fische, schlagt Holz und tut eure heroische Tat: Verschweigt! Verschweigt den Kuckucksschrei eures einsamen Herzens, denn es gibt keinen Reim und kein Versmaß dafür, und kein Drama, keine Ode und kein psychologischer Roman hält den Kuckucksschrei aus, und kein Lexikon und keine Druckerei hat Vokabel oder Zeichen für deine wortlose Weltwut, für deine Schmerzlust, für dein Liebesleid.

Denn wir sind wohl eingeschlafen unter dem Knistern geborstener Häuser (ach, Dichter, für das Seufzen sterbender Häuser fehlt dir jede Vokabel!), eingeschlafen sind wir unter dem Gebrüll der Granaten (welche Druckerei hat ein Zeichen für dieses metallische Geschrei?), und wir schliefen ein bei dem Gestöhn der Sträflinge und der vergewaltigten Mädchen (wer weiß einen Reim drauf, wer weiß den Rhythmus?) – aber hochgejagt wurden wir in den Mainächten von der stummen Qual unserer Fremdlingsherzen hier auf der Frühlingswelt, denn nur der Kuckuck, nur der Kuckuck weiß eine Vokabel für all seine einsame mutterlose Not. Und uns bleibt allein die heroische Tat, die Abenteuertat: Unser einsames Schweigen. Denn für das grandiose Gebrüll dieser Welt und für ihre höllische Stille fehlen uns die armseligsten Vokabeln. Alles, was wir tun können, ist: Addieren, die Summe versammeln, aufzählen, notieren.

Aber diesen tollkühnen sinnlosen Mut zu einem Buch müssen wir haben! Wir wollen unsere Not notieren, mit zitternden Händen vielleicht, wir wollen sie in Stein, Tinte oder Noten vor uns hinstellen, in unerhörten Farben, in einmaliger Perspektive, addiert, zusammengezählt und angehäuft, und das gibt dann ein Buch von zweihundert Seiten. Aber es wird nicht mehr da drin stehn als ein paar Glossen, Anmerkungen, Notizen, spärlich erläutert, niemals erklärt, denn die zweihundert bedruckten Seiten sind nur ein Kommentar zu den zwanzigtausend unsichtbaren Seiten, zu den Sisyphusseiten, aus denen unser Leben besteht, für die wir Vokabel, Grammatik und Zeichen nicht kennen. Aber auf diesen zwanzigtausend unsichtbaren Seiten unseres Buches steht die groteske Ode, das lächerliche Epos, der nüchternste verwunschenste aller Romane: Unsere verrückte kugelige Welt, unser zuckendes Herz, unser Leben! Das ist das Buch unserer wahnsinnigen dreisten bangen Einsamkeit auf nachttoten Straßen.

Aber die abends in den erleuchteten gelbroten blechernen Straßenbahnen durch die steinerne Stadt fahren, die, die müssen doch glücklich sein. Denn sie wollen ja irgendwohin, sie kennen den Namen ihrer Station ganz genau, sie haben ihn schon genannt, mit der Lippenfaulheit von Leuten, denen nichts mehr passieren kann, ohne aufzusehn, sie wissen, wo ihre Haltestelle ist (sie haben es alle nicht weit) und sie wissen, daß die Bahn sie dahin bringt. Dafür haben sie schließlich bezahlt an den Staat, mit Steuern einige, einige mit einem amputierten Bein, und mit zwanzig Pfennig Fahrgeld. (Kriegsversehrte die Hälfte. Ein Einbeiniger fährt im Leben 7862mal mit der Straßenbahn für die Hälfte. Er spart 786,20. Sein Bein, es ist bei Smolensk längst verfault, war 786,20 wert. Immerhin.) Aber glücklich sind die in der Bahn. Sie müssens doch sein. Sie haben weder Hunger noch Heimweh. Wie können sie Hunger oder Heimweh haben? Ihre Station steht schon fest und alle haben lederne Taschen bei sich, Pappkartons oder Körbe. Einige lesen auch. Faust, Filmillustrierte oder den Fahrschein, das siehst du ihnen nicht an. Sie sind gute Schauspieler. Sie sitzen da mit ihren erstarrten plötzlich alt gewordenen Kindergesichtern, hilflos, wichtig, und spielen Erwachsene. Und die Neunjährigen glauben ihnen das. Aber am liebsten würden sie aus den Fahrscheinen kleine Kügelchen machen und sich damit werfen, heimlich. So glücklich sind sie, denn in den Körben und Taschen und Büchern, die die Leute abends in der Straßenbahn bei sich haben, da sind die Mittel drin gegen Heimweh und Hunger, (und wenns eine Kippe ist, an der man sich satt kaut – und wenns ein Fahrschein ist, mit dem man flieht –). Die, die Körbe und Bücher bei sich haben, die in den Straßenbahnen abends, die müssen doch glücklich sein, denn sie sind ja geborgen zwischen ihren Nebenmännern, die Brillen, Husten oder bläuliche Nasen haben, und bei dem Schaffner, der eine amtliche Uniform an hat, unsaubere Fingernägel und einen goldenen Ehering, der mit den Fingernägeln wieder versöhnt, denn nur Junggesellenfingernägel sind unsympathisch, wenn sie unsauber sind. Ein verheirateter Straßenbahnschaffner hat womöglich einen kleinen Garten, einen Balkonkasten oder er bastelt für seine fünf Kinder Segelschiffe (ach, für sich baut er die, für seine heimlichen Reisen!). Die bei so einem Schaffner abends geborgen sind in der mäßig erleuchteten Bahn, denn die Lampen sind nicht zu hell und sind nicht zu triste, die müssen doch beruhigt und glücklich sein – kein Kuckucksschrei bricht aus ihren sparsamen billigen bitteren Mündern und kein Kuckucksschrei dringt von außen her durch die dicken glasigen Fenster. Sie sind ohne Bestürzung und wie geborgen, ach, wie unendlich geborgen sind sie unter den soliden und etwas erblindeten Lampen des Straßenbahnwagens, unter den mittelmäßigen Gestirnen ihrer Alltage, diesen trübseligen Leuchten, die das Vaterland seinen Kindern in Behörden, Bahnhöfen, Bedürfnisanstalten (grünschirmig, spinnwebig) und Straßenbahnen spendiert. Und die altgewordenen albernen mürrischen Kinder in den Bahnen abends, unter behördlich angeordneten Lampen, die müssen doch glücklich sein, denn Angst (diese Maiangst, die Kuckucksangst), Angst können sie nicht haben: Sie haben doch Licht. Sie kennen den Kuckuck doch nicht. Sie sind beieinander, wenn was passiert (ein Mord, ein Zusammenstoß, ein Gewitter). Und sie wissen: wohin. Und sie sind in den gelbroten blechernen Straßenbahnen unter den Lampen bei Schaffner und Nachbar (und wenn er auch nach Hering aufstößt) mitten in der steinernen dunklen Abend-Stadt geboren.

Nie wird die Welt über sie hereinbrechen wie über den, der allein auf der Straße steht: Ohne Lampe, ohne Station, ohne Nebenmann, hungrig, ohne Korb, ohne Buch, kuckucksüberschrien, voll Angst. Die so nackt und arm auf der Straße stehn, wenn die zigarettenrauchvollen Straßenbahnen vorbeiklingeln (schon das Klingeln jagt Heimweh und Angst in die düsteren Torwege zurück!) mit ihren beruhigenden Mittelmaßlampen darin und den beruhigten Gesichtern darunter, aufgehoben für zehntausend Alltage, die dann noch dastehn, wenn die Straßenbahn schon weit ab durch eine rostige Kurve heulkreischt, die – die gehören der Straße. Die Straße ist ihr Himmel, ihr andächtiges Schreiten, ihr toller Tanz, ihre Hölle, ihr Bett (mit Parkbänken und Brückenbogen), ihre Mutter und ihr Mädchen. Diese grauharte Straße ist ihr staubiger schweigsam verläßlicher Kumpel, stur, treu, beständig. Diese verregnete sonnenbrennende sternüberstickte mondblanke windüberatmete Straße ist ihr Fluch und ihr Abendgebet (ist ihr Abendgebet, wenn eine Frau ein Glas Milch über hat – ist ihr Fluch, wenn die nächste Stadt, wenn die nächste Stadt vor der Nacht nicht mehr rankommt). Diese Straße ist ihre Verzagtheit und ihr abenteuerlicher Mut. Und wenn du ihnen vorbeigehst, dann sehn sie dich an wie die Fürsten, diese Flickenkönige von Lumpens Gnaden, und mit zugebissenem Mund sagen sie ihren ganzen großen harten protzigen klotzigen Reichtum:

Die Straße gehört uns. Die Sterne über, die sonnenwarmen Steine unter uns. Der Singsangwind und der erdigriechende Regen. Die Straße gehört uns. Wir haben unser Herz, unsere Unschuld, unsere Mutter, das Haus und den Krieg verloren – aber die Straße, unsere Straße verlieren wir nie. Die gehört uns. Ihre Nacht unterm Großen Bär. Ihr Tag unter der gelben Sonne. Ihr singender klingender Regen: Dies alles: Dieser Sonnenregenwindgeruch, dieser feuchtgrasige, naßerdige, mädchenblumige, der so gut riecht wie sonst nichts auf der Welt: Diese Straße gehört uns, mit ihren emaillierten Hebammenschildern und ligusternen Friedhöfen rechts und links, mit der vergessenen Dunstwelt Gestern, die hinter uns liegt, mit dem ungeahnten morgigen Dunstland da vor uns. Da stehn wir, dem Kuckuck ausgeliefert, dem Mai, mit verkniffenen Tränen, heroisch sentimental, mit ein bißchen Romantik betrogen, einsam, männlich, muttersehnsüchtig, großspurig, verloren. Verloren zwischen Dorf und Dorf. Vereinsamt in der millionenfenstrigen Stadt. Schrei, Vogel Einsam, schrei um Hilfe, schrei für uns mit, denn uns fehlen die letzten Vokabeln, der Reim fehlt uns und das Versmaß auf all unsere Not.

Aber manchmal, Vogel Einsam, manchmal, selten, seltsam und selten, wenn die gelbblühende Straßenbahn die Straße gnadenlos zurückgeschleudert hat in ihre schwarze Verlassenheit, dann manchmal, selten, seltsam und selten, dann bleibt manchmal in mancher Stadt (oh so selten) doch noch ein Fenster da. Ein helles warmes verführerisches Viereck im steinern kalten Koloß, in der fürchterlichen Schwärze der Nacht: Ein Fenster.

Und dann geht alles ganz schnell. Ganz sachlich. Man notiert nur im Kopf: Das Fenster, die Frau, und die Mainacht. Das ist alles, wortlos, banal, verzweifelt. Man muß das wie einen Schnaps runterkippen, hastig, bitter, scharf, betäubend. Davor ist alles Geschwätz, alles. Denn dies ist das Leben: Das Fenster, die Frau, und die Mainacht. Ein fleckiger Geldschein aufm Tisch, Schokolade oder n Stück Schmuck. Dann notiert man: Beine und Knie und Schenkel und Brüste und Blut. Kipp runter den Schnaps. Und morgen schreit wieder der Kuckuck. Alles andere ist rührseliges Geschwätz. Alles. Denn dies ist das Leben, für das es keine Vokabel gibt: heißes hektisches Getu. Kipp runter den Schnaps. Er verbrennt und berauscht. Auf dem Tisch liegt das Geld. Alles andere ist Geschwätz, denn morgen, schon morgen schreit wieder der Kuckuck. Heute abend nur diese kurze banale Notiz: Das Fenster, die Frau. Das genügt. Alles andere ist – um drei nachts beginnt wieder der Kuckuck. Wenn es graut. Aber heut abend ist erstmal ein Fenster da. Und eine Frau. Und eine Frau.

Im Parterre steht ein Fenster offen. Noch offen zur Nacht. Der Kuckuck schreit grün wie eine leere Flasche Gin in die seidige Jasminnacht der Vorstadtstraßen hinein. Ein Fenster steht noch offen. Ein Mann steht in der grüngeschrienen Kuckucksnacht, ein jasminüberfallener Mann mit Hunger und Heimweh nach einem offenen Fenster. Das Fenster ist offen. (Oh so selten!) Eine Frau lehnt da raus. Blaß. Blond. Hochbeinig vielleicht. Der Mann denkt: Hochbeinig vielleicht, sie ist so der Typ. Und sie spricht so wie alle Fraun, die abends am Fenster stehn. So tierwarm und halblaut. So unverschämt träge erregt wie der Kuckuck. So schwersüß wie der Jasmin. So dunkel wie die Stadt. So verrückt wie der Mai. Und sie spricht so gewerbsmäßig nächtlich. So molltönig grün wie eine ausgesoffene Flasche Gin. So unverblümt blumig. Und der Mann vor dem Fenster knarrt ungeliebt einsam wie das ausgedörrte Leder seines Stiefels:

Also nicht.

Ich hab doch gesagt –

Also nicht?

– – –

Und wenn ich das Brot geb?

– – –

Ohne Brot nicht, aber wenn ich das Brot nun geb, dann?

Ich hab doch gesagt, Junge –

Dann also ja?

Ja.

Also ja. Hm. Also.

Ich hab doch gesagt, Junge, wenn die Kinder uns hören, wachen sie auf. Und dann haben sie Hunger. Und wenn ich dann kein Brot für sie hab, schlafen sie nicht wieder ein. Dann weinen sie die ganze Nacht. Versteh doch.

Ich geb ja das Brot. Mach auf. Ich geb es. Hier ist es. Mach auf. Ich komm.

Die Frau macht die Tür auf, dann macht der Mann sie hinter sich zu. Unterm Arm hat er ein Brot. Die Frau macht das Fenster zu. Der Mann sieht an der Wand ein Bild. Zwei nackte Kinder sind da drauf mit Blumen. Das Bild hat einen breiten Rahmen aus Gold und ist sehr bunt. Besonders die Blumen. Aber die Kinder sind viel zu dick. Amor und Psyche heißt das Bild. Die Frau macht das Fenster zu. Dann die Gardine. Der Mann legt das Brot auf den Tisch. Die Frau kommt an den Tisch und nimmt das Brot. Überm Tisch hängt die Lampe. Der Mann sieht die Frau an und schiebt die Unterlippe vor, als ob er etwas probiert. Vierunddreißig, denkt er dann. Die Frau geht mit dem Brot zum Schrank. Was für ein Gesicht, denkt sie, was hat der für ein Gesicht. Dann kommt sie von dem Schrank zurück wieder an den Tisch. Ja, sagt sie. Sie sehen beide auf den Tisch. Der Mann fängt an, mit dem Zeigefinger die Brotkrümel vom Tisch zu knipsen. Ja, sagte er. Der Mann sieht an ihren Beinen hoch. Man sieht die Beine fast ganz. Die Frau hat nur einen dünnen durchsichtig hellblauen Unterrock an. Man sieht ihre Beine fast ganz. Dann sind keine Brotkrümel mehr auf dem Tisch. Darf ich meine Jacke ausziehen? sagt der Mann. Sie ist so blöde.

Ja, die Farbe, nicht?

Gefärbt.

Ach, gefärbt? Wie eine Bierflasche.

Bierflasche?

Ja, so grün.

Ach so, ja, so grün. Ich häng sie hier hin.

Richtig wie eine Bierflasche.

Na, dein Kleid ist aber auch –

Was denn?

Na, himmelblau.

Das ist nicht mein Kleid.

Ach so.

Aber schön, ja?

Ja –

Soll ich anbehalten?

Ja ja. Natürlich.

Die Frau steht noch immer am Tisch. Sie weiß nicht, warum der Mann immer noch sitzt. Aber der Mann ist müde. Ja, sagt die Frau und sieht an sich runter. Da sieht der Mann sie an. Er sieht auch an ihr runter. Du, weißt du – sagt der Mann und sieht nach der Lampe. Das ist doch selbstverständlich, sagt sie und macht das Licht aus. Der

Mann bleibt im Dunkeln still auf seinem Stuhl sitzen. Sie geht dicht an ihm vorbei. Er fühlt einen warmen Lufthauch, wie sie an ihm vorbeigeht. Dicht geht sie an ihm vorbei. Er kann sie riechen. Er riecht sie. Er ist müde. Da sagt sie von drüben her (von weit weit her, denkt der Mann): Komm doch jetzt. Natürlich, sagt er und tut, als wenn er drauf gewartet hat. Er stößt gegen den Tisch: Oh, der Tisch. Hier bin ich, sagt sie im Dunkeln. Aha. Er hört ihr Atmen ganz nah neben sich. Er streckt vorsichtig seine Hand aus. Sie hören sich beide atmen. Da trifft seine Hand auf etwas. Oh, sagt er, da bist du. Es ist ihre Hand. Ich hab im Dunkeln deine Hand gefunden, lacht er. Ich hab sie ja auch hingehalten, sagt sie leise. Da beißt sie ihn in den Finger. Sie zieht ihn runter. Er setzt sich hin. Sie lachen beide. Sie hört, daß er ganz schnell atmet. Er ist höchstens zwanzig, denkt sie, er hat Angst. Du alte Bierflasche, sagt sie. Sie nimmt seine Hand und tut sie auf ihre heiße nachtkühle Haut. Er fühlt, daß sie das himmelblaue Ding doch ausgezogen hat. Er fühlt ihre Brust. Er sagt großspurig ins Dunkle hinein (aber er ist ganz außer Atem): Du Milchflasche du. Du bist eine Milchflasche, weißt du das? Nein, sagt sie, das hab ich noch nie gewußt. Sie lachen beide. Er ist viel zu jung, denkt sie. Sie ist doch nur wie alle, denkt er. Er ist erschrocken vor ihrer nackten Haut. Er hält seine Hände ganz still. So ein Kind, denkt sie. So sind sie alle, denkt er, ja, alle sind sie so, alle. Er weiß nicht, was er mit seinen Händen tun soll auf ihrer Brust. Du frierst, glaub ich, sagt er, ich glaube, du frierst, wie? Mitten im Mai? lacht sie, mitten im Mai? Na ja, sagt er, immerhin, nachts. Aber im Mai, sagt sie, wir sind doch mitten im Mai. Man hört sogar den Kuckuck, sei mal still, hörst du, man hört sogar den Kuckuck, hör doch, atme doch nicht so laut, hör doch, hörst du, der Kuckuck. Immerzu. Eins zwei drei vier fünf – na? – da! – sechs sieben acht – hörst du? Da wieder – neun zehn elf – hör doch: Kuckuck Kuckuck Kuckuck Kuckuck – – – – Bierflasche du, alte Bierflasche, sagt die Frau leise. Sie sagt es verächtlich und mütterlich und leise. Denn der Mann schläft. – –

Morgen wird es. Es wird schon grau draußen vor den Gardinen. Es wird wohl bald vier sein. Und der Kuckuck ist schon wieder dabei. Die Frau liegt wach. Oben geht schon jemand. Eine Brotmaschine bumst drei- vier- fünfmal. Eine Wasserleitung. Dann den Flur, die Tür, die Treppen: Schritte. Der von oben muß um halb sechs auf der Werft sein. Halb fünf ist es wohl. Draußen ein Fahrrad. Hellgrau, beinah rosig schon. Hellgrau sickert langsam durch die Gardine vom Fenster her über den Tisch, die Stuhllehne, ein Stück Zimmerdecke, den Goldrahmen, Psyche, und eine Hand, die eine Faust macht. Morgens halb fünf im Hellgrau vor Tag noch macht einer im Schlaf eine Faust. Hellgrau sickert vom Fenster her durch die Gardine auf ein Gesicht, auf ein Stück Stirn, auf ein Ohr. Die Frau ist wach. Vielleicht schon lange. Sie bewegt sich nicht. Aber der Mann mit der Faust im Schlaf hat einen schweren Kopf. Der fiel gestern abend auf ihre Brust. Halb fünf ist es jetzt. Und der Mann liegt noch wie gestern abend. Ein magerer langer junger Mann mit einer Faust und einem schweren Kopf. Als die Frau seinen Kopf vorsichtig von sich wegrücken will, faßt sie in sein Gesicht. Es ist naß. Was hat der für ein Gesicht, denkt die hellgraue Frau morgens vor Tag, die einen Mann auf sich liegen hat, der die ganze Nacht schlief, mit einer Faust, und jetzt ist sein Gesicht naß. Und was ist das für ein Gesicht jetzt im Hellgrau. Ein nasses langes armes wildes Gesicht. Ein sanftes Gesicht, einsam grau, schlecht und gut. Ein Gesicht. Die Frau zieht ihre Schulter langsam unter dem Kopf weg, bis er auf das Kissen sackt. Da sieht sie den Mund. Der Mund sieht sie an. Was ist das für ein

Mund. Und der Mund sieht sie an. Sieht sie an, daß ihr die Augen verschwimmen.

Es ist das übliche, sagt der Mund, es ist gar nichts besonderes, es ist nur das übliche. Du brauchst gar nicht so überlegen zu lächeln, so verächtlich mütterlich, hör auf damit, sag ich dir, hör damit auf, du, sonst – du, ich sag dir, ich hab alles gelernt, hör damit auf. Ich weiß, ich hätte über dich herfallen sollen gestern abend, dir die weißen Schultern zerbeißen und das weiche Fleisch hoch über den Knien, ich hätte dich fertigmachen sollen, bis du in der Ecke gelegen hättest und dann hättest du noch vor Schmerz gestöhnt: Mehr, Schätzchen, mehr. So dachtest du dir das doch. Oh, der ist noch jung, dachtest du gestern abend in deinem Fenster, der ist noch nicht so verbraucht wie die feigen alten Familienväter, die hier abends für eine Viertelstunde Don Juan markieren. Oh, dachtest du, da ist mal so ein junges Gemüse, der wirft dich mal so restlos um. Und dann kam ich rein. Du rochst nach Tier, aber ich war müde, weißt du, ich wollte nur erst mal ne Stunde die Beine lang machen. Du hättest deinen Unterrock anbehalten können. Die Nacht ist um. Du grinst, weil du dich schämst. Du verachtest mich. Du denkst wohl, ich wär noch kein Mann. Natürlich denkst du das, denn du machst nun ganz auf mütterlich. Du denkst, ich bin noch ein Junge. Du hast Mitleid mit mir, verächtliches mütterliches Mitleid, weil ich nicht über dich hergefallen bin. Aber ich bin ein Mann, verstehst du, ich bin schon lange ein Mann. Ich war nur müde gestern abend, sonst hätte ich dirs schon gezeigt, das kann ich dir sagen, denn ich bin schon lange ein Mann, sagt der Mund, verstehst du, längst schon. Denn ich hab schon Wodka getrunken, meine Liebe, richtigen russischen Wodka, 98prozentigen, meine Liebe, und ich habe Scheiße geschrien, weißt du, ein Gewehr hab ich gehabt und Scheiße hab ich geschrien und geschossen hab ich und ganz allein auf Horchposten gestanden und der Kompaniechef hat Du zu mir gesagt und Feldwebel Brand hat mit mir immer die Zigaretten getauscht, weil er so gern Kunsthonig wollte und dann hatte ich seine Zigaretten noch dazu, wenn du glaubst, ich wär noch ein Junge! Ich war schon, am Abend bevor es nach Rußland ging, bei einer Frau, längst schon, meine Liebe, bei einer Frau und über ne Stunde lang und heiser war die und teuer und ne richtige Frau war das, eine Erwachsene, meine Liebe, die hat nicht bei mir auf mütterlich gemacht, die hat mein Geld weggesteckt und hat gesagt: Na, wann gehts los, Schätzchen, gehts nach Rußland? Willst noch mal mit der deutschen Frau, gelt, Schätzchen? Schätzchen hat sie zu mir gesagt und hat mir den Kragen von der Uniform aufgeknöpft. Aber dann hat sie sich die ganze Zeit die Fransen von der Tischdecke um die Finger gewickelt und hat an die Wand gesehn. Hin und wieder hat sie Schätzchen gesagt, aber nachher ist sie sofort aufgestanden und hat sich gewaschen und an der Tür unten hat sie dann Tschüs gesagt. Das war alles. Im Nebenhaus sangen sie die Rosamunde und aus den andern Fenstern hingen auch überall welche raus und alle sagten sie Schätzchen. Alle sagten sie Schätzchen. Das war der Abschied von Deutschland. Aber das Schlimmste kam am anderen Morgen auf dem Bahnhof.

Die Frau macht die Augen zu. Denn der Mund, der wächst. Denn der Mund wird groß und grausam und groß.

Es war das übliche, sagt der riesige Mund, es war gar nichts besonderes. Es war nur das übliche. Ein Blei-Morgen. Eine Blei-Eisenbahn. Und Blei-Soldaten. Die Soldaten waren wir. Es war gar nichts besonderes. Nur das übliche. Ein Bahnhof. Ein Güterzug. Und Gesichter. Das war alles.

Als wir dann in den Güterzug kletterten, sie stanken nach Vieh, die Waggons, die blutroten, da wurden unsere Väter laut und lustig mit ihren Blei-Gesichtern und sie haben verzweifelt ihre Hüte geschwenkt. Und unsere Mütter verwischten mit buntfarbigen Tüchern ihre maßlose Trauer: Verlier auch nicht die neuen Strümpfe, Karlheinz. Und Bräute waren da, denen taten noch die Münder weh von dem Abschied und die Brüste und die – – alles tat ihnen weh, und das Herz und die Lippen brannten noch und der Brand der Abschiedsnacht war noch nicht oh noch lange nicht erloschen im Blei. Wir aber sangen so wunderwunderschön in Gottes weite Welt hinaus und grinsten und grölten, daß unsern Müttern die Herzen erfroren. Und dann wurde der Bahnhof – der wollte keine Knechte – dann wurden die Mütter – Säbel, Schwert und Spieß – die Mütter und Bräute immer winziger und Vaters Hut – daß er bestände bis aufs Blut – Vaters Hut machte noch lange: Machs gut, Karlheinz – bis in den Tod – machs gut, mein Junge – die Feeeheeede. Und unser Kompaniechef saß vorn im Waggon und schrieb auf den Meldeblock: Abfahrt: 6 Uhr 23. Auf dem Küchenwagen schälten die Rekruten mit männlichen Gesichtern Kartoffeln. In einem Büro in der Bismarckstraße sagte Herr Dr. Sommer, Rechtsanwalt und Notar, diesen Morgen: Mein Füller ist kaputt. Es wird hohe Zeit, daß der Krieg zu Ende geht. Draußen vor der Stadt juchte eine Lokomotive. In den Waggons aber, in den dunklen Waggons, hatte man noch den Geruch von den brennenden Bräuten für sich, ganz im Dunkel für sich, aber keiner riskierte im Öllicht eine Träne. Keiner von uns. Wir sangen den trostlosen Männergesang von Madagaskar und die blutroten Waggons stanken nach Vieh, denn wir hatten Menschen an Bord. Ahoi, Kameraden, und keiner riskierte eine Träne, ahoi, kleines Mädel, täglich ging einer über Bord, und in den Kratern, da faulte die warmrote Himbeerlimonade, die einmalige Limonade, für die es keinen Ersatz gibt und die keiner bezahlen kann, nein, keiner. Und wenn uns die Angst den Schlamm schlucken ließ und uns hinwarf in den zerwühlten Schoß der mütterlichen Erde, dann fluchten wir in den Himmel, in den taubstummen Himmel: Und führe uns niemals in Fahnenflucht und vergib uns unsere MGs, vergib uns, aber keiner keiner war da, der uns vergab, es war keiner da. Und was dann kam, dafür gibts keine Vokabel, davor ist alles Geschwätz, denn wer weiß ein Versmaß für das blecherne Gemecker der Maschinengewehre und wer weiß einen Reim auf den Aufschrei eines achtzehnjährigen Mannes, der mit seinen Gedärmen in den Händen zwischen den Linien verwimmerte, wer denn, ach keiner!!!

Als wir an dem bleiernen Morgen den Bahnhof verließen und die winkenden Mütter winzig und winziger wurden, da haben wir großartig gesungen, denn der Krieg, der kam uns gerade recht. Und dann kam er. Dann war er da. Und vor ihm war alles Geschwätz. Keine Vokabel hielt ihm stand, dem brüllenden seuchigen kraftstrotzenden Tier, keine Vokabel. Was heißt denn la guerre oder the war oder Krieg? Armseliges Geschwätz, vor dem Tiergebrüll seiner glühenden Münder, der Kanonenmünder. Und Verrat vor den glühenden Mündern der verratenen Helden. An das Metall, an den Phosphor, an den Hunger und Eissturm und Wüstensand erbärmlich verraten. Und nun sagen wir wieder the war und la guerre und der Krieg und kein Schauer ergreift uns, kein Schrei und kein Grausen. Heute sagen wir einfach wieder C'était la guerre – das war der Krieg. Mehr sagen wir heute nicht mehr, denn uns fehlen die Vokabeln, um nur eine Sekunde von ihm wiederzugeben, nur für eine Sekunde, und wir sagen einfach wieder: Oh ja, so war es. Denn alles andere ist nur Geschwätz, denn es gibt keine Vokabel, keinen Reim und kein Versmaß für ihn und keine Ode und kein Drama und keinen psychologischen Roman, die ihn ertragen, die nicht platzen vor seinem zinnoberroten Gebrüll. Und als wir die Anker lichteten, die Kaimauern knirschten vor Lust, um das Land, das dunkle Land Krieg anzusteuern, da haben wir tapfer gesungen, wir Männer, oh so bereit waren wir und so haben wir gesungen, wir in den Viehwagen. Und auf den marschmusikenen Bahnhöfen jubelten sie uns in das dunkle dunkle Land Krieg. Und dann kam er. Dann war er da. Und dann, eh wir ihn begriffen, dann war er aus. Dazwischen liegt unser Leben. Und da sind zehntausend Jahre. Und jetzt ist er aus und wir werden auf den fauligen Planken der verlorenen Schiffe nachts heimlich verächtlich an die Küste von Land Frieden, dem unverständlichen Land, gespien. Und keiner keiner kann uns noch erkennen, uns zwanzigjährige Greise, so hat uns das Gebrüll verwüstet. Kennt uns noch jemand? Wo sind die, die uns jetzt noch kennen? Wo sind sie? Die Väter verstecken sich tief in ihr Gesicht und die Mütter, die siebentausendfünfhundertvierundachtzigmal ermordeten Mütter, ersticken an ihrer Hilflosigkeit vor der Qual unserer entfremdeten Herzen. Und die Bräute, die Bräute schnuppern erschreckt den Katastrophengeruch, der wie Angstschweiß aus unserer Haut bricht, nachts, in ihren Armen, und sie wittern den einsamen Metallgeschmack aus unsern verzweifelten Küssen und sie atmen erstarrt den marzipansüßen Blutdunst erschlagener Brüder aus unserm Haar und sie begreifen unsere bittere Zärtlichkeit nicht. Denn wir vergewaltigen in ihnen all unsere Not, denn wir morden sie jedwede Nacht, bis uns eine erlöst. Eine. Erlöst. Aber keiner erkennt uns.

Und jetzt sind wir unterwegs zwischen den Dörfern. Ein Pumpengequietsch ist schon ein Fetzen Heimat. Und ein heiserer Hofhund. Und eine Magd, die Guten Tag sagt. Und der Geruch von Himbeersaft aus einem Haus. (Unser Kompaniechef hatte plötzlich das ganze Gesicht voll Himbeersaft. Aus dem Mund kam der. Und darüber hat er sich so gewundert, daß seine Augen wie Fischaugen wurden: maßlos erstaunt und blöde. Unser Kompaniechef hat sich sehr über den Tod gewundert. Er konnte ihn gar nicht verstehn.) Aber der Himbeersaftduft in den Dörfern, das ist für uns schon ein Fetzen Zuhaus. Und die Magd mit den roten Armen. Und der heisere Hund. Ein Fetzen, ein kostbarer unersetzlicher Fetzen.

Und in den Städten sind wir nun. Häßlich, gierig, verloren. Und Fenster sind für uns selten, seltsam und selten. Aber sie sind doch, abends im Dunkeln, mit schlafwarmen Frauen, ein einmaliger himmlischer Fetzen für uns, oh so selten. Und wir sind unterwegs nach der ungebauten neuen Stadt, in der uns alle Fenster gehören, und alle Frauen, und alles und alles und alles: Wir sind unterwegs nach unserer Stadt, nach der neuen Stadt, und unsere Herzen schreien nachts wie Lokomotiven vor Gier und vor Heimweh – wie Lokomotiven. Und alle Lokomotiven fahren nach der neuen Stadt. Und die neue Stadt, das ist die Stadt, in der die weisen Männer, die Lehrer und die Minister, nicht lügen, in der die Dichter sich von nichts anderem verführen lassen, als von der Vernunft ihres Herzens, das ist die Stadt, in der die Mütter nicht sterben und die Mädchen keine Syphilis haben, die Stadt, in der es keine Werkstätten für Prothesen und keine Rollstühle gibt, das ist die Stadt, in der der Regen *Regen* genannt wird und die Sonne *Sonne*, die Stadt, in der es keine Keller gibt, in denen blaßgesichtige Kinder nachts von Ratten angefressen werden, und in der es keine Dachböden gibt, in denen sich die Väter erhängen, weil die Frauen kein Brot auf den Tisch stellen können, das ist die Stadt, in der die Jünglinge nicht blind und nicht einarmig sind und in der es keine Generäle gibt, das ist die neue, die großartige Stadt, in der sich alle hören und sehn und in der alle verstehn: mon cœur, the night, your heart, the day, der Tag, die Nacht, das Herz.

Und nach der neuen Stadt, nach der Stadt aller Städte, sind wir voll Hunger unterwegs durch unsere einsamen Maikuckucksnächte, und wenn wir am Morgen erwachen und wissen, wir werden es furchtbar wissen, daß es die neue Stadt niemals gibt, oh daß es die Stadt gar nicht gibt, dann werden wir wieder zehntausend Jahre älter sein und unser Morgen wird kalt und bitter sein, einsam, oh einsam, und nur die sehnsüchtigen Lokomotiven, die bleiben, die schluchzen weiter ihren fernsüchtigen Heimwehschrei in unseren qualvollen Schlaf, gierig, grausam, groß und erregt. Sie schrein weiter nachts vor Schmerz auf ihren einsamen kalten Geleisen. Aber sie fahrn nie mehr nach Rußland, nein, sie fahrn nie mehr nach Rußland, denn keine Lokomotive fährt mehr nach Rußland keine Lokomotive fährt mehr nach Rußland keine Lokomotive fährt mehr nach Rußla nach Rußla keine denn keine Lokomotive fährt mehr nach nach denn keine denn keine Lokomo keine Lokomo keine Lokomo kei – –

Im Hafen, vom Hafen her, uuht schon ein frühes Schiff. Eine Barkasse schreit schon erregt. Und ein Auto. Nebenan singt ein Mann beim Waschen: Komm, wir machen eine kleine Reise. Im anderen Zimmer fragt ein Kind schon. Warum uuht der Dampfer, warum schreit die Barkasse, warum das Auto, warum singt der Mann nebenan, und wonach fragt das Kind?

Der Mann, der gestern abend mit dem Brot kam, der mit der Bierflaschenjacke, der grünen gefärbten, der in der Nacht eine Faust und ein nasses Gesicht hatte, der Mann macht die Augen auf. Die Frau sieht von seinem Mund weg. Und der Mund ist so arm und so klein und so voll bitterem Mut. Sie sehen sich an, ein Tier das andere, ein Gott den anderen, eine Welt die andere Welt. (Und dafür gibt es keine Vokabel.) Groß, gut, fremd, unendlich und warm und erstaunt sehn sie sich an, von jeher verwandt und verfeindet und unlöslich aneinander verloren.

Der Schluß ist dann so wie alle wirklichen Schlüsse im Leben: banal, wortlos, überwältigend. Die Tür ist da. Er steht schon draußen und riskiert den ersten Schritt noch nicht. (Denn der erste Schritt heißt: wiederum verloren.) Sie steht noch drinnen und kann die Tür noch nicht zuschlagen. (Denn jede zugeschlagene Tür heißt: wiederum verloren.) Aber dann ist er plötzlich schon mehrere Schritte weit ab. Und es ist gut, daß er nichts mehr gesagt hat. Denn was, was hätte sie antworten sollen? Und dann ist er im Frühdunst (der vom Hafen aufkommt und nach Fisch und nach Teer riecht), im Frühdunst verschwunden. Und es ist so gut, daß er sich nicht mal mehr umgedreht hat. Das ist so gut. Denn was hätte sie tun sollen? Winken? Etwa winken?

Die lange lange Straße lang

Links zwei drei vier links zwei drei vier links zwei weiter, Fischer! drei vier links zwei vorwärts, Fischer! schneidig, Fischer! drei vier atme, Fischer! weiter, Fischer, immer weiter zickezacke zwei drei vier schneidig ist die Infantrie zickezakkejuppheidi schneidig ist die Infantrie die Infantrie – – – –

Ich bin unterwegs. Zweimal hab ich schon gelegen. Ich will zur Straßenbahn. Ich muß mit. Zweimal hab ich schon gelegen. Ich hab Hunger. Aber mit muß ich. Muß. Ich muß zur Straßenbahn. Ich muß mit. Zweimal hab ich schon drei vier links zwei drei vier aber mit muß ich drei vier zickezacke zacke drei vier juppheidi ist die Infantrie die Infantrie Infantrie fantrie fantrie – – – 57 haben sie bei Woronesch begraben. 57, die hatten keine Ahnung, vorher nicht und nachher nicht. Vorher haben sie noch gesungen. Zickezakkejuppheidi. Und einer hat nach Hause geschrieben: – – – dann kaufen wir uns ein Grammophon. Aber dann haben viertausend Meter weiter ab die Andern auf Befehl auf einen Knopf gedrückt. Da hat es gerumpelt wie ein alter Lastwagen mit leeren Tonnen über Kopfsteinpflaster: Kanonenorgel. Dann haben sie 57 bei Woronesch begraben. Vorher haben sie noch gesungen. Hinterher haben sie nichts mehr gesagt. 9 Autoschlosser, 2 Gärtner, 5 Beamte, 6 Verkäufer, 1 Friseur, 17 Bauern, 2 Lehrer, 1 Pastor, 6 Arbeiter, 1 Musiker, 7 Schuljungen. 7 Schuljungen. Die haben sie bei Woronesch begraben. Sie hatten keine Ahnung. 57.

Und mich haben sie vergessen. Ich war noch nicht ganz tot. Juppheidi. Ich war noch ein bißchen lebendig. Aber die andern, die haben sie bei Woronesch begraben. 57. 57. Mach noch ne Null dran. 570. Noch ne Null und noch ne Null. 57 000. Und noch und noch und noch. 57 000 000. Die haben sie bei Woronesch begraben. Sie hatten keine Ahnung.

Sie wollten nicht. Das hatten sie gar nicht gewollt. Und vorher haben sie noch gesungen. Juppheidi. Nachher haben sie nichts mehr gesagt. Und der eine hat das Grammophon nicht gekauft. Sie haben ihn bei Woronesch und die andern 56 auch begraben. 57 Stück. Nur ich. Ich, ich war noch nicht ganz tot. Ich muß zur Straßenbahn. Die Straße ist grau. Aber die Straßenbahn ist gelb. Ganz wunderhübsch gelb. Da muß ich mit. Nur daß die Straße so grau ist. So grau und so grau. Zweimal hab ich schon zickezacke vorwärts, Fischer! drei vier links zwei links zwei gelegen drei vier weiter, Fischer! Zickezacke juppheidi schneidig ist die Infantrie schneidig, Fischer! weiter, Fischer! links zwei drei vier wenn nur der Hunger der elende Hunger immer der elende links zwei drei vier links zwei links zwei links zwei – – –

Wenn bloß die Nächte nicht wärn. Wenn bloß die Nächte nicht wärn. Jedes Geräusch ist ein Tier. Jeder Schatten ist ein schwarzer Mann. Nie wird man die Angst vor den schwarzen Männern los. Auf dem Kopfkissen grummeln die ganze Nacht die Kanonen: Der Puls. Du hättest mich nie allein lassen sollen, Mutter. Jetzt finden wir uns nicht wieder. Nie wieder. Nie hättest du das tun sollen. Du hast doch die Nächte gekannt. Du hast doch gewußt von den Nächten. Aber du hast mich von dir geschrien. Aus dir heraus und in diese Welt mit den Nächten hineingeschrien. Und seitdem ist jedes Geräusch ein Tier in der Nacht. Und in den blaudunklen Ecken warten die schwarzen Männer. Mutter Mutter! in allen Ecken stehn die schwarzen Männer. Und jedes Geräusch ist ein Tier. Jedes Geräusch ist ein Tier. Und das Kopfkissen ist so heiß. Die ganze Nacht grummeln die Kanonen darauf. Und dann haben sie 57 bei Woronesch begraben. Und die Uhr schlurft wie ein altes Weib auf Latschen davon davon davon. Sie schlurft und schlurft und schlurft und keiner keiner hält sie auf. Und die Wände kommen immer näher. Und die Decke kommt immer tiefer. Und der Boden der Boden der wankt von der Welle Welt. Mutter Mutter! warum hast du mich allein gelassen, warum? Wankt von der Welle. Wankt von der Welt. 57. Rums. Und ich will zur Straßenbahn. Die Kanonen haben gegrummelt. Der Boden wankt. Rums. 57. Und ich bin noch ein bißchen lebendig. Und ich will zur Straßenbahn. Die ist gelb in der grauen Straße. Wunderhübsch gelb in der grauen. Aber ich komm ja nicht hin. Zweimal hab ich schon gelegen. Denn ich hab Hunger. Und davon wankt der Boden. Wankt so wunderhübsch gelb von der Welle Welt. Wankt von der Hungerwelt. Wankt so welthungrig und straßenbahngelb.

Eben hat einer zu mir gesagt: Guten Tag, Herr Fischer. Bin ich Herr Fischer? Kann ich Herr Fischer sein, einfach wieder Herr Fischer? Ich war doch Leutnant Fischer. Kann ich denn wieder Herr Fischer sein? Bin ich Herr Fischer? Guten Tag, hat der gesagt. Aber der weiß nicht, daß ich Leutnant Fischer war. Einen guten Tag hat er gewünscht – für Leutnant Fischer gibt es keine guten Tage mehr. Das hat er nicht gewußt.

Und Herr Fischer geht die Straße lang. Die lange Straße lang. Die ist grau. Er will zur Straßenbahn. Die ist gelb. So wunderhübsch gelb. Links zwei, Herr Fischer. Links zwei drei vier. Herr Fischer hat Hunger. Er hält nicht mehr Schritt. Er will doch noch mit, denn die Straßenbahn ist so wunderhübsch gelb in dem Grau. Zweimal hat Herr Fischer schon gelegen. Aber Leutnant Fischer kommandiert: Links zwei drei vier vorwärts, Herr Fischer! Weiter, Herr Fischer! Schneidig, Herr Fischer, kommandiert Leutnant Fischer. Und Herr Fischer marschiert die graue Straße lang, die graue graue lange Straße lang. Die Mülleimerallee. Das Aschkastenspalier. Das Rinnsteinglacis. Die Champs-Ruinés. Den Muttschuttschlaginduttbroadway. Die Trümmerparade.

Und Leutnant Fischer kommandiert. Links zwei links zwei. Und Herr Fischer Herr Fischer marschiert, links zwei links zwei links zwei links vorbei vorbei vorbei – – – –

Das kleine Mädchen hat Beine, die sind wie Finger so dünn. Wie Finger im Winter. So dünn und so rot und so blau und so dünn. Links zwei drei vier machen die Beine. Das kleine Mädchen sagt immerzu und Herr Fischer marschiert nebenan das sagt immerzu: Lieber Gott, gib mir Suppe. Lieber Gott, gib mir Suppe. Ein Löffelchen nur. Ein Löffelchen nur. Ein Löffelchen nur. Die Mutter hat Haare, die sind schon tot. Lange schon tot. Die Mutter sagt: Der liebe Gott kann dir keine Suppe geben, er kann es doch nicht. Warum kann der liebe Gott mir keine Suppe geben? Er hat doch keinen Löffel. Den hat er nicht. Das kleine Mädchen geht auf seinen Fingerbeinen, den dünnen blauen Winterbeinen, neben der Mutter. Herr Fischer geht nebenan. Von der Mutter sind die Haare schon tot. Sie sind schon ganz fremd um den Kopf. Und das kleine Mädchen tanzt rundherum um die Mutter herum um Herrn Fischer herum rundherum: Er hat ja keinen Löffel. Er hat ja keinen Löffel. Er hat ja keinen nicht mal einen hat ja keinen Löffel. So tanzt das kleine Mädchen rundherum. Und Herr Fischer marschiert hinteran. Wankt nebenan auf der Welle Welt. Wankt von der Welle Welt. Aber Leutnant Fischer kommandiert: Links zwei juppvorbei schneidig, Herr Fischer, links zwei und das kleine Mädchen singt dabei: Er hat ja keinen Löffel. Er hat ja keinen Löffel. Und zweimal hat Herr Fischer schon gelegen. Vor Hunger gelegen. Er hat ja keinen Löffel. Und der andere kommandiert: Juppheidi juppheidi die Infantrie die Infantrie die Infantrie – – – –

57 haben sie bei Woronesch begraben. Ich bin Leutnant Fischer. Mich haben sie vergessen. Ich war noch nicht ganz tot. Zweimal hab ich schon gelegen. Jetzt bin ich Herr Fi-

scher. Ich bin 25 Jahre alt. 25 mal 57. Und die haben sie bei Woronesch begraben. Nur ich, ich, ich bin noch unterwegs. Ich muß die Straßenbahn noch kriegen. Hunger hab ich. Aber der liebe Gott hat keinen Löffel. Er hat ja keinen Löffel. Ich bin 25 mal 57. Mein Vater hat mich verraten und meine Mutter hat mich ausgestoßen aus sich. Sie hat mich allein geschrien. So furchtbar allein. So allein. Jetzt gehe ich die lange Straße lang. Die wankt von der Welle der Welt. Aber immer spielt einer Klavier. Immer spielt einer Klavier. Als mein Vater meine Mutter sah – spielte einer Klavier. Als ich Geburtstag hatte – spielte einer Klavier. Bei der Heldengedenkfeier in der Schule – spielte einer Klavier. Als wir dann selbst Helden werden durften, als es den Krieg gab – spielte einer Klavier. Im Lazarett – spielte dann einer Klavier. Als der Krieg aus war – spielte immer noch einer Klavier. Immer spielt einer. Immer spielt einer Klavier. Die ganze lange Straße lang.

Die Lokomotive tutet. Timm sagt, sie weint. Wenn man hochkuckt, zittern die Sterne. Immerzu tutet die Lokomotive. Aber Timm sagt, sie weint. Immerzu. Die ganze Nacht. Die ganze lange Nacht nun schon. Sie weint, das tut einem im Magen weh, wenn sie so weint, sagt Timm. Sie weint wie Kinder, sagt er. Wir haben einen Wagen mit Holz. Das riecht wie Wald. Unser Wagen hat kein Dach. Die Sterne zittern, wenn man hochkuckt. Da tutet sie wieder. Hörst du? sagt Timm, sie weint wieder. Ich versteh nicht, warum die Lokomotive weint. Timm sagt es. Wie Kinder, sagt er. Timm sagt, ich hätte den Alten nicht vom Wagen schubsen sollen. Ich hab den Alten nicht vom Wagen geschubst. Du hättest es nicht tun sollen, sagt Timm. Ich habe es nicht getan. Sie weint, hörst du, wie sie weint, sagt Timm, du hättest es nicht tun sollen. Ich hab den Alten nicht vom Wagen geschubst. Sie weint nicht. Sie tutet. Lokomotiven tuten. Sie weint, sagt Timm. Er ist von selbst vom Wagen gefallen. Ganz von selbst, der Alte. Er hat gepennt, Timm, gepennt hat er, sag ich dir. Da ist er von selbst vom Wagen gefallen. Du hättest es nicht tun sollen. Sie weint. Die ganze Nacht nun schon. Timm sagt, man soll keine alten Männer vom Wagen schubsen. Ich hab es nicht getan. Er hat gepennt. Du hättest es nicht tun sollen, sagt Timm. Timm sagt, er hat in Rußland mal einen Alten in den Hintern getreten. Weil er so langsam war. Und er nahm immer so wenig auf einmal. Sie waren beim Munitionsschleppen. Da hat Timm den Alten in den Hintern getreten. Da hat der Alte sich umgedreht. Ganz langsam, sagt Timm, und er hat ihn ganz traurig angekuckt. Gar nichts weiter. Aber er hat ein Gesicht gehabt wie sein Vater. Genau wie sein Vater. Das sagt Timm. Die Lokomotive tutet. Manchmal hört es sich an, als ob sie schreit. Timm meint sogar, sie weint. Vielleicht hat Timm recht. Aber ich hab den Alten nicht vom Wagen geschubst. Er hat gepennt. Da ist er von selbst. Es rüttelt ja ziemlich auf den Schienen. Wenn man hochkuckt, zittern die Sterne. Der Wagen wankt von der Welle Welt. Sie tutet. Schrein tut sie. Schrein, daß die Sterne zittern. Von der Welle Welt.

Aber ich bin noch unterwegs. Zwei drei vier. Zur Straßenbahn. Zweimal hab ich schon gelegen. Der Boden wankt von der Welle Welt. Wegen dem Hunger. Aber ich bin unterwegs. Ich bin schon so lange so lange unterwegs. Die lange Straße lang. Die Straße.

Der kleine Junge hält die Hände auf. Ich soll die Nägel holen. Der Schmied zählt die Nägel. Drei Mann? fragt er.

Vati sagt, für drei Mann.

Die Nägel fallen in die Hände. Der Schmied hat dicke breite Finger. Der kleine Junge ganz dünne, die sich biegen von den großen Nägeln.

Ist der, der sagt, er ist Gottes Sohn, auch dabei?

Der kleine Junge nickt.

Sagt er immer noch, daß er Gottes Sohn ist?

Der kleine Junge nickt. Der Schmied nimmt die Nägel noch mal. Dann läßt er sie wieder in die Hände fallen. Die kleinen Hände biegen sich davon. Dann sagt der Schmied: Na ja.

Der kleine Junge geht weg. Die Nägel sind schön blank. Der kleine Junge läuft. Da machen die Nägel ein Geräusch. Der Schmied nimmt den Hammer. Na ja, sagt der Schmied. Dann hört der kleine Junge hinter sich: Pink Pank Pink Pank. Er schlägt wieder, denkt der kleine Junge. Nägel macht er, viele blanke Nägel.

57 haben sie bei Woronesch begraben. Ich bin über. Aber ich hab Hunger. Mein Reich ist von dieser dieser Welt. Und der Schmied hat die Nägel umsonst gemacht, juppheidi, umsonst gemacht, die Infantrie, umsonst die schönen blanken Nägel. Denn 57 haben sie bei Woronesch begraben. Pink Pank macht der Schmied. Pink Pank bei Woronesch. Pink Pank. 57 mal Pink Pank. Pink Pank macht der Schmied. Pink Pank macht die Infantrie. Pink Pank machen die Kanonen. Und das Klavier spielt immerzu Pink Pank Pink Pank Pink Pank – – – –

57 kommen jede Nacht nach Deutschland. 9 Autoschlosser, 2 Gärtner, 5 Beamte, 6 Verkäufer, 1 Friseur, 17 Bauern, 2 Lehrer, 1 Pastor, 6 Arbeiter, 1 Musiker, 7 Schuljungen. 57 kommen jede Nacht an mein Bett, 57 fragen jede Nacht:

Wo ist deine Kompanie? Bei Woronesch, sag ich dann. Begraben, sag ich dann. Bei Woronesch begraben. 57 fragen Mann für Mann: Warum? Und 57mal bleib ich stumm.

57 gehen nachts zu ihrem Vater. 57 und Leutnant Fischer. Leutnant Fischer bin ich. 57 fragen nachts ihren Vater: Vater, warum? und der Vater bleibt 57mal stumm. Und er friert in seinem Hemd. Aber er kommt mit.

57 gehen nachts zum Ortsvorsteher. 57 und der Vater und ich. 57 fragen nachts den Ortsvorsteher: Ortsvorsteher, warum? Und der Ortsvorsteher bleibt 57mal stumm. Und er friert in seinem Hemd. Aber er kommt mit.

57 gehen nachts zum Pfarrer. 57 und der Vater und der Ortsvorsteher und ich. 57 fragen nachts den Pfarrer: Pfarrer, warum? Und der Pfarrer bleibt 57mal stumm. Und er friert in seinem Hemd. Aber er kommt mit.

57 gehen nachts zum Schulmeister. 57 und der Vater und der Ortsvorsteher und der Pfarrer und ich. 57 fragen nachts den Schulmeister: Schulmeister, warum? Und der Schulmeister bleibt 57mal stumm. Und er friert in seinem Hemd. Aber er kommt mit.

57 gehen nachts zum General. 57 und der Vater und der Ortsvorsteher und der Pfarrer und der Schulmeister und ich. 57 fragen nachts den General: General, warum? Und der General – der General dreht sich nicht einmal rum. Da bringt der Vater ihn um. Und der Pfarrer? Der Pfarrer bleibt stumm.

57 gehen nachts zum Minister. 57 und der Vater und der Ortsvorsteher und der Pfarrer und der Schulmeister und ich. 57 fragen nachts den Minister: Minister, warum? Da hat der Minister sich sehr erschreckt. Er hatte sich so schön hinterm Sektkorb versteckt, hinterm Sekt. Und da hebt er sein Glas und prostet nach Süden und Norden und Westen und Osten. Und dann sagt er: Deutschland, Kameraden, Deutschland! Darum! Da sehen die 57 sich um. Stumm. So lange und stumm. Und sie sehen nach Süden und Norden und Westen und Osten. Und dann fragen sie leise: Deutschland? Darum? Dann drehen die 57 sich rum. Und sehen sich niemals mehr um. 57 legen sich bei Woronesch wieder ins Grab. Sie haben alte arme Gesichter. Wie Frauen. Wie Mütter. Und sie sagen die Ewigkeit durch: Darum? Darum?

Darum? 57 haben sie bei Woronesch begraben. Ich bin über. Ich bin Leutnant Fischer. Ich bin 25. Ich will noch zur Straßenbahn. Ich will mit. Ich bin schon lange lange unterwegs. Nur Hunger hab ich. Aber ich muß. 57 fragen: Warum? Und ich bin über. Und ich bin schon so lange die lange lange Straße unterwegs.

Unterwegs. Ein Mann. Herr Fischer. Ich bin es. Leutnant steht drüben und kommandiert: Links zwei drei vier links zwei drei vier zickezacke juppheidi zwei drei vier links zwei drei vier die Infantrie die Infantrie pink pank pink pank drei vier pink pank drei vier pink pank pink pank die lange Straße lang pink pank immer lang immer rum warum warum warum pink pank pink pank bei Woronesch darum bei Woronesch darum pink pank die lange lange Straße lang. Ein Mensch. 25. Ich. Die Straße. Die lange lange. Ich. Haus Haus Haus Wand Wand Milchgeschäft Vorgarten Kuhgeruch Haustür.

Zahnarzt

Sonnabends nur nach Vereinbarung

Wand Wand Wand

Hilde Bauer ist doof

Leutnant Fischer ist dumm. 57 fragen: warum. Wand Wand Tür Fenster Glas Glas Glas Laterne alte Frau rote rote Augen Bratkartoffelgeruch Haus Haus Klavierunterricht pink pank die ganze Straße lang die Nägel sind so blank Kanonen sind so lang pink pank die ganze Straße lang Kind Kind Hund Ball Auto Pflasterstein Pflasterstein Kopfsteinköpfe Köpfe pink pank Stein Stein grau grau violett Benzinfleck grau grau die lange lange Straße lang Stein Stein grau blau flau flau so grau Wand Wand grüne Emaille

Schlechte Augen schnell behoben

Optiker Terboben

Im 2. Stockwerk oben

Wand Wand Wand Stein Hund Hund hebt Bein Baum Seele Hundetraum Auto hupt noch Hund pupt doch Pflaster rot Hund tot Hund tot Hund tot Wand Wand Wand die lange Straße lang Fenster Wand Fenster Fenster Fenster Lampen Leute Licht Männer immer noch Männer blanke Gesichter wie Nägel so blank so wunderhübsch blank – – –

Vor hundert Jahren spielten sie Skat. Vor hundert Jahren spielten sie schon. Und jetzt jetzt spielen sie noch. Und in hundert Jahren dann spielen sie auch immer noch. Immer noch Skat. Die drei Männer. Mit blanken biederen Gesichtern.

Passe.

Karl, sag mehr.

Ich passe auch.

Also dann – – ihr habt gemauert, meine Herren.

Du hättest ja auch passen können, dann hätten wir einen schönen Ramsch gehabt.

Man los. Man los. Wie heißt er?

Das Kreuz ist heilig. Wer spielt aus?

Immer der fragt.

Einmal hat es die Mutter erlaubt. Und noch mal Trumpf!

Was, Karl, du hast kein Kreuz mehr?

Diesmal nicht.

Na, dann wollen wir mal auf die Dörfer gehen. Ein Herz hat jeder.

Trumpf! Nun wimmel, Karl, was du bei der Seele hast. Achtundzwanzig.

Und noch einmal Trumpf!

Vor hundert Jahren spielten sie schon. Spielten sie Skat. Und in hundert Jahren, dann spielen sie noch. Spielen sie immer noch Skat mit blanken biederen Gesichtern. Und wenn sie ihre Fäuste auf den Tisch donnern lassen, dann donnert es. Wie Kanonen. Wie 57 Kanonen.

Aber ein Fenster weiter sitzt eine Mutter. Die hat drei Bilder vor sich. Drei Männer in Uniform. Links steht ihr Mann. Rechts steht ihr Sohn. Und in der Mitte steht der General. Der General von ihrem Mann und ihrem Sohn. Und wenn die Mutter abends zu Bett geht, dann stellt sie die Bilder, daß sie sie sieht, wenn sie liegt. Den Sohn. Und den Mann. Und in der Mitte den General. Und dann liest sie die Briefe, die der General schrieb. 1917. Für Deutschland. – steht auf dem einen. 1940. Für Deutschland. – steht auf dem anderen. Mehr liest die Mutter nicht. Ihre Augen sind ganz rot. Sind so rot.

Aber ich bin über. Juppheidi. Für Deutschland. Ich bin noch unterwegs. Zur Straßenbahn. Zweimal hab ich schon gelegen. Wegen dem Hunger. Juppheidi. Aber ich muß hin. Der Leutnant kommandiert. Ich bin schon unterwegs. Schon lange lange unterwegs.

Da steht ein Mann in einer dunklen Ecke. Immer stehen Männer in den dunklen Ecken. Immer stehn dunkle Männer in den Ecken. Einer steht da und hält einen Kasten und einen Hut. Pyramidon! bellt der Mann. Pyramidon! 20 Tabletten genügen. Der Mann grinst, denn das Geschäft geht gut. Das Geschäft geht so gut. 57 Frauen, rotäugige Frauen, die kaufen Pyramidon. Mach eine Null dran. 570. Noch eine und noch eine. 57 000. Und noch eine und noch eine und noch eine. 57 000 000. Das Geschäft geht gut. Der Mann bellt: Pyramidon. Er grinst, der Laden floriert: 57 Frauen, rotäugige Frauen, die kaufen Pyramidon. Der Kasten wird leer. Und der Hut wird voll. Und der Mann grinst. Er kann gut grinsen. Er hat keine Augen. Er ist glücklich: Er hat keine Augen. Er sieht die Frauen nicht. Sieht die 57 Frauen nicht. Die 57 rotäugigen Frauen.

Nur ich bin über. Aber ich bin schon unterwegs. Und die Straßen sind lang. Aber ich will zur Straßenbahn. Ich bin schon unterwegs. Schon lange unterwegs.

In einem Zimmer sitzt ein Mann. Der Mann schreibt mit Tinte auf weißem Papier. Und er sagt in das Zimmer hinein:

Auf dem Braun der Ackerkrume
weht hellgrün ein Gras.
Eine blaue Blume
ist vom Morgen naß.

Er schreibt es auf das weiße Papier. Er liest es ins leere Zimmer hinein. Er streicht es mit Tinte wieder durch. Er sagt in das Zimmer hinein:

Auf dem Braun der Ackerkrume
weht hellgrün ein Gras.
Eine blaue Blume
lindert allen Haß.

Der Mann schreibt es hin. Er liest es in das leere Zimmer hinein. Er streicht es wieder durch. Dann sagt er in das Zimmer hinein:

Auf dem Braun der Ackerkrume
weht hellgrün ein Gras.
Eine blaue Blume –
Eine blaue Blume –
Eine blaue –

Der Mann steht auf. Er geht um den Tisch herum. Immer um den Tisch herum. Er bleibt stehen:

Eine blaue –
Eine blaue –
Auf dem Braun der Ackerkrume –

Der Mann geht immer um den Tisch herum.

57 haben sie bei Woronesch begraben. Aber die Erde war grau. Und wie Stein. Und da weht kein hellgrünes Gras. Schnee war da. Und der war wie Glas. Und ohne blaue Blume. Millionenmal Schnee. Und keine blaue Blume. Aber der Mann in dem Zimmer weiß das nicht. Er weiß es nie. Er sieht immer die blaue Blume. Überall die blaue Blume. Und

dabei haben sie 57 bei Woronesch begraben. Unter glasigem Schnee. Im grauen gräulichen Sand. Ohne Grün. Und ohne Blau. Der Sand war eisig und grau. Und der Schnee war wie Glas. Und der Schnee lindert keinen Haß. Denn 57 haben sie bei Woronesch begraben. 57 begraben. Bei Woronesch begraben.

Das ist noch gar nichts, das ist ja noch gar nichts! sagt der Obergefreite mit der Krücke. Und er legt die Krücke über seine Fußspitze und zielt. Er kneift das eine Auge klein und zielt mit der Krücke über die Fußspitze. Das ist noch gar nichts, sagt er. 86 Iwans haben wir die eine Nacht geschafft. 86 Iwans. Mit einem MG, mein Lieber, mit einem einzigen MG in einer Nacht. Am andern Morgen haben wir sie gezählt. Übereinander lagen sie. 86 Iwans. Einige hatten das Maul noch offen. Viele auch die Augen. Ja, viele hatten die Augen noch offen. In einer Nacht, mein Lieber. Der Obergefreite zielt mit seiner Krücke auf die alte Frau, die ihm auf der Bank gegenübersitzt. Er zielt auf die eine alte Frau und er trifft 86 alte Frauen. Aber die wohnen in Rußland. Davon weiß er nichts. Es ist gut, daß er das nicht weiß. Was sollte er sonst wohl machen? Jetzt, wo es Abend wird?

Nur ich weiß es. Ich bin Leutnant Fischer. 57 haben sie bei Woronesch begraben. Aber ich war nicht ganz tot. Ich bin noch unterwegs. Zweimal hab ich schon gelegen. Vom Hunger. Denn der liebe Gott hat ja keinen Löffel. Aber ich will auf jeden Fall zur Straßenbahn. Wenn nur die Straße nicht so voller Mütter wäre. 57 haben sie bei Woronesch begraben. Und der Obergefreite hat am anderen Morgen 86 Iwans gezählt. Und 86 Mütter schießt er mit seiner Krücke tot. Aber er weiß es nicht, das ist gut. Wo sollte er sonst wohl hin. Denn der liebe Gott hat ja keinen Löffel. Es ist gut, wenn die Dichter die blauen Blumen blühen lassen. Es ist gut, wenn immer einer Klavier spielt. Es ist gut, wenn sie Skat spielen. Immer spielen sie Skat. Wo sollten sie sonst wohl hin, die alte Frau mit den drei Bildern am Bett, der Obergefreite mit den Krücken und den 86 toten Iwans, die Mutter mit dem kleinen Mädchen, das Suppe haben will, und Timm, der den alten Mann getreten hat? Wo sollten sie sonst wohl hin? Aber ich muß die lange lange Straße lang. Lang. Wand Wand Tür Laterne Wand Wand Fenster Wand Wand und buntes Papier buntes bedrucktes Papier.

Sind Sie schon versichert?
Sie machen sich und Ihrer Familie
eine Weihnachtsfreude
mit einer Eintrittserklärung in die
URANIA LEBENSVERSICHERUNG

57 haben ihr Leben nicht richtig versichert. Und die 86 toten Iwans auch nicht. Und sie haben ihren Familien keine Weihnachtsfreude gemacht. Rote Augen haben sie ihren Familien gemacht. Weiter nichts, rote Augen. Warum waren sie auch nicht auch nicht in der Urania Lebensversicherung? Und ich kann mich nun mit den roten Augen herumschlagen. Überall die roten rotgeweinten rotgeschluchzten Augen. Die Mutteraugen, die Frauenaugen. Überall die roten rotgeweinten Augen. Warum haben sich die 57 nicht versichern lassen? Nein, sie haben ihren Familien keine Weihnachtsfreude gemacht. Rote Augen. Nur rote Augen. Und dabei steht es doch auf tausend bunten Plakaten: Urania Lebensversicherung Urania Lebensversicherung – –

Evelyn steht in der Sonne und singt. Die Sonne ist bei Evelyn. Man sieht durch das Kleid die Beine und alles. Und Evelyn singt. Durch die Nase singt sie ein wenig und heiser singt sie bißchen. Sie hat heute nacht zu lange im Regen gestanden. Und sie singt, daß mir heiß wird, wenn ich die

Augen zumach. Und wenn ich sie aufmach, dann seh ich die Beine bis oben und alles. Und Evelyn singt, daß mir die Augen verschwimmen. Sie singt den süßen Weltuntergang. Die Nacht singt sie und Schnaps, den gefährlich kratzenden Schnaps voll wundem Weltgestöhn. Das Ende singt Evelyn, das Weltende, süß und zwischen nackten schmalen Mädchenbeinen: heiliger himmlischer heißer Weltuntergang. Ach, Evelyn singt wie nasses Gras, so schwer von Geruch und Wollust und so grün. So dunkelgrün, so grün wie leere Bierflaschen neben den Bänken, auf denen Evelyns Knie abends mondblaß aus dem Kleid raussehen, daß mir heiß wird.

Sing, Evelyn, sing mich tot. Sing den süßen Weltuntergang, sing einen kratzenden Schnaps, sing einen grasgrünen Rausch. Und Evelyn drückt meine graskalte Hand zwischen die mondblassen Knie, daß mir heiß wird.

Und Evelyn singt. Komm lieber Mai und mache, singt Evelyn und hält meine graskalte Hand mit den Knien. Komm lieber Mai und mache die Gräber wieder grün. Das singt Evelyn. Komm lieber Mai und mache die Schlachtfelder bierflaschengrün und mache den Schutt, den riesigen Schuttacker grün wie mein Lied, wie mein schnapssüßes Untergangslied. Und Evelyn singt auf der Bank ein heiseres hektisches Lied, daß mir kalt wird. Komm lieber Mai und mache die Augen wieder blank, singt Evelyn und hält meine Hand mit den Knien. Sing, Evelyn, sing mich zurück unters bierflaschengrüne Gras, wo ich Sand war und Lehm war und Land war. Sing, Evelyn, sing und sing mich über die Schuttäcker und über die Schlachtfelder und über das Massengrab rüber in deinen süßen heißen mädchenheimlichen Mondrausch. Sing, Evelyn, sing, wenn die tausend Kompanien durch die Nächte marschieren, dann sing, wenn die tausend Kanonen die Äcker pflügen und düngen mit Blut. Sing, Evelyn, sing, wenn die Wände die Uhren und Bilder verlieren, dann sing mich in schnapsgrünen Rausch und in deinen süßen Weltuntergang. Sing, Evelyn, sing mich in dein Mädchendasein hinein, in dein heimliches, nächtliches Mädchengefühl, das so süß ist, daß mir heiß wird, wieder heiß wird vom Leben. Komm lieber Mai und mache das Gras wieder grün, so bierflaschengrün, so evelyngrün. Sing, Evelyn!

Aber das Mädchen, das singt nicht. Das Mädchen, das zählt, denn das Mädchen hat einen runden Bauch. Ihr Bauch ist etwas zu rund. Und nun muß sie die ganze Nacht am Bahnsteig stehen, weil einer von den 57 nicht versichert war. Und nun zählt sie die ganze Nacht die Waggons. Eine Lokomotive hat 18 Räder. Ein Personenwagen 8. Ein Güterwagen 4. Das Mädchen mit dem runden Bauch zählt die Waggons und die Räder – die Räder die Räder die Räder – – – – 78, sagt sie einmal, das ist schon ganz schön. 62, sagt sie dann, das reicht womöglich nicht. 110, sagt sie, das reicht. Dann läßt sie sich fallen und fällt vor den Zug. Der Zug hat eine Lokomotive, 6 Personenwagen und fünf Güterwagen. Das sind 86 Räder. Das reicht. Das Mädchen mit dem runden Bauch ist nicht mehr da, als der Zug mit seinen 86 Rädern vorbei ist. Sie ist einfach nicht mehr da. Kein bißchen. Kein einziges kleines bißchen ist mehr von ihr da. Sie hatte keine blaue Blume und keiner spielte für sie Klavier und keiner mit ihr Skat. Und der liebe Gott hatte keinen Löffel für sie. Aber die Eisenbahn hatte die vielen schönen Räder. Wo sollte sie sonst auch hin? Was sollte sie sonst wohl tun? Denn der liebe Gott hatte nicht mal einen Löffel. Und nun ist von ihr nichts mehr über, gar nichts mehr über.

Nur ich. Ich bin noch unterwegs. Noch immer unterwegs. Schon lange, so lang schon lang schon unterwegs. Die

Straße ist lang. Ich komm die Straße und den Hunger nicht entlang. Sie sind beide so lang.

Hin und wieder schrein sie los. Links auf dem Fußballplatz. Rechts in dem großen Haus. Da schrein sie manchmal los. Und die Straße geht da mitten durch. Auf der Straße geh ich. Ich bin Leutnant Fischer. Ich bin 25. Ich hab Hunger. Ich komm schon von Woronesch. Ich bin schon lange unterwegs. Links ist der Fußballplatz. Und rechts das große Haus. Da sitzen sie drin. 1000. 2000. 3000. Und keiner sagt ein Wort. Vorne machen sie Musik. Und einige singen. Und die 3000 sagen kein Wort. Sie sind sauber gewaschen. Sie haben ihre Haare geordnet und reine Hemden haben sie an. So sitzen sie da in dem großen Haus und lassen sich erschüttern. Oder erbauen. Oder unterhalten. Das kann man nicht unterscheiden. Sie sitzen und lassen sich sauber gewaschen erschüttern. Aber sie wissen nicht, daß ich Hunger hab. Das wissen sie nicht. Und daß ich hier an der Mauer steh – ich, der von Woronesch, der auf der langen Straße mit dem langen Hunger unterwegs ist, schon so lange unterwegs ist – daß ich hier an der Mauer steh, weil ich vor Hunger vor Hunger nicht weiter kann. Aber das können sie ja nicht wissen. Die Wand, die dicke dumme Wand ist ja dazwischen. Und davor steh ich mit wackligen Knien – und dahinter sind sie in sauberer Wäsche und lassen sich Sonntag für Sonntag erschüttern. Für zehn Mark lassen sie sich die Seele umwühlen und den Magen umdrehen und die Nerven betäuben. Zehn Mark, das ist so furchtbar viel Geld. Für meinen Bauch ist das furchtbar viel Geld. Aber dafür steht auch das Wort PASSION auf den Karten, die sie für zehn Mark bekommen. MATTHÄUS-PASSION. Aber wenn der große Chor dann BARRABAS schreit, BARRABAS blutdurstig blutrünstig schreit, dann fallen sie nicht von den Bänken, die Tausend in sauberen Hemden.

Nein und sie weinen auch nicht und beten auch nicht und man sieht ihren Gesichtern, sieht ihren Seelen eigentlich gar nicht viel an, wenn der große Chor BARRABAS schreit. Auf den Billetts steht für zehn Mark MATTHÄUS-Passion. Man kann bei der Passion ganz vorne sitzen, wo die Passion recht laut erlitten wird, oder etwas weiter hinten, wo nur noch gedämpft gelitten wird. Aber das ist egal. Ihren Gesichtern sieht man nichts an, wenn der große Chor BARRABAS schreit. Alle beherrschen sich gut bei der Passion. Keine Frisur geht in Unordnung vor Not und vor Qual. Nein, Not und Qual, die werden ja nur da vorne gesungen und gegeigt, für zehn Mark vormusiziert. Und die BARRABAS-Schreier, die tun ja nur so, die werden ja schließlich fürs Schreien bezahlt. Und der große Chor schreit BARRABAS. MUTTER! schreit Leutnant Fischer auf der endlosen Straße. Leutnant Fischer bin ich. BARRABAS! schreit der große Chor der Saubergewaschenen. HUNGER! bellt der Bauch von Leutnant Fischer. Leutnant Fischer bin ich. TOR! schreien die Tausend auf dem Fußballplatz. BARRABAS! schreien sie links von der Straße. TOR schreien sie rechts von der Straße; WORONESCH! schrei ich dazwischen. Aber die Tausend schrein gegenan. BARRABAS! schrein sie rechts. TOR! schrein sie links. PASSION spielen sie rechts. FUSSBALL spielen sie links. Ich steh dazwischen. Ich. Leutnant Fischer. 25 Jahre jung. 57 Millionen Jahre alt. Woronesch-Jahre. Mütter-Jahre. 57 Millionen Straßen-Jahre alt. Woronesch-Jahre. Und rechts schrein sie BARRABAS. Und links schrein sie TOR. Und dazwischen steh ich ohne Mutter allein. Auf der wankenden Welle Welt ohne Mutter allein. Ich bin 25. Ich kenne die 57, die sie bei Woronesch begraben haben, die 57, die nichts wußten, die nicht wollten, die kenn ich Tag und Nacht. Und ich kenne die 86 Iwans, die morgens mit offenen Augen und Mäulern vor dem Maschinengewehr lagen.

Ich kenne das kleine Mädchen, das keine Suppe hat und ich kenne den Obergefreiten mit den Krücken. BARRABAS schrein sie rechts für zehn Mark den Saubergewaschenen ins Ohr. Aber ich kenne die alte Frau mit den drei Bildern am Bett und das Mädchen mit dem runden Bauch, das unter die Eisenbahn sprang. TOR! schrein sie links, tausendmal TOR! Aber ich kenne Timm, der nicht schlafen kann, weil er den alten Mann getreten hat und ich kenne die 57 rotäugigen Frauen, die bei dem blinden Mann Pyramidon einkaufen. PYRAMIDON steht für 2 Mark auf der kleinen Schachtel. PASSION steht auf den Eintrittskarten rechts von der Straße, für 10 Mark PASSION. POKALSPIEL steht auf den blauen, den blumenblauen Billetts für 4 Mark auf der linken Seite der Straße. BARRABAS! schrein sie rechts. TOR! schrein sie links. Und immer bellt der blinde Mann: PYRAMIDON! Dazwischen steh ich ganz allein, ohne Mutter allein, auf der Welle, der wankenden Welle Welt allein. Mit meinem bellenden Hunger! Und ich kenne die 57 von Woronesch. Ich bin Leutnant Fischer. Ich bin 25. Die anderen schrein TOR und BARRABAS im großen Chor. Nur ich bin über. Bin so furchtbar über. Aber es ist gut, daß die Saubergewaschenen die 57 von Woronesch nicht kennen. Wie sollten sie es sonst wohl aushalten bei Passion und Pokalspiel. Nur ich bin noch unterwegs. Von Woronesch her. Mit Hunger schon lange lange unterwegs. Denn ich bin über. Die andern haben sie bei Woronesch begraben. 57. Nur mich haben sie vergessen. Warum haben sie mich bloß vergessen? Nun hab ich nur noch die Wand. Die hält mich. Da muß ich entlang. TOR! schrein sie hinter mir her. BARRABAS! schrein sie hinter mir her. Die lange lange Straße entlang. Und ich kann schon lange nicht mehr. Ich kann schon so lange nicht mehr. Und ich hab nur noch die Wand, denn meine Mutter ist nicht da. Nur die 57 sind da. Die 57 Millionen rotäugigen Mütter, die sind so furchtbar hinter mir her. Die Straße entlang. Aber Leutnant Fischer kommandiert: Links zwei drei vier links zwei drei vier zickezacke BARRABAS die blaue Blume ist so naß von Tränen und von Blut zicke zacke juppheidi begraben ist die Infantrie unterm Fußballplatz unterm Fußballplatz.

Ich kann schon lange nicht mehr, aber der alte Leierkastenmann macht so schneidige Musik. Freut euch des Lebens, singt der alte Mann die Straße lang. Freut euch, ihr bei Woronesch, juppheidi, so freut euch doch solange noch die blaue Blume blüht freut euch des Lebens solange noch der Leierkasten läuft – – – –

Der alte Mann singt wie ein Sarg. So leise. Freut euch! singt er, solange noch, singt er, so leise, so nach Grab, so wurmig, so erdig, so nach Woronesch singt er, freut euch solange noch das Lämpchen Schwindel glüht. Solange noch die Windel blüht!

Ich bin Leutnant Fischer! schrei ich. Ich bin über. Ich bin schon lange die lange Straße unterwegs. Und 57 haben sie bei Woronesch begraben. Die kenn ich.

Freut euch, singt der Leierkastenmann.

Ich bin 25, schrei ich.

Freut euch, singt der Leierkastenmann.

Ich hab Hunger, schrei ich.

Freut euch singt er und die bunten Hampelmänner an seiner Orgel schaukeln. Schöne bunte Hampelmänner hat der Leierkastenmann. Viele schöne hampelige Männer. Einen Boxer hat der Leierkastenmann. Der Boxer schwenkt die dicken dummen Fäuste und ruft: Ich boxe! Und er bewegt sich meisterlich. Einen fetten Mann hat der Leierkastenmann. Mit einem dicken dummen Sack voll Geld. Ich regiere, ruft der fette Mann und er bewegt sich meisterlich. Einen General hat der Leierkastenmann. Mit einer dicken dummen Uniform. Ich kommandiere, ruft er immerzu, ich kommandiere! Und er bewegt sich meisterlich. Und einen Dr. Faust hat der Leierkastenmann mit einem weißen weißen Kittel und einer schwarzen Brille. Und der ruft nicht und schreit nicht. Aber er bewegt sich fürchterlich so fürchterlich.

Freut euch, singt der Leierkastenmann und seine Hampelmänner schaukeln. Schaukeln fürchterlich. Schöne Hampelmänner hast du, Leierkastenmann, sag ich. Freut euch, singt der Leierkastenmann. Aber was macht der Brillenmann, der Brillenmann im weißen Kittel? frag ich. Er ruft nicht, er boxt nicht, er regiert nicht und er kommandiert nicht. Was macht der Mann im weißen Kittel, er bewegt sich, bewegt sich so fürchterlich! Freut euch, singt der Leierkastenmann, er denkt, singt der Leierkastenmann, er denkt und forscht und findet. Was findet er denn, der Brillenmann, denn er bewegt sich so fürchterlich. Freut euch, singt der Leierkastenmann, er erfindet ein Pulver, ein grünes Pulver, ein hoffnungsgrünes Pulver. Was kann man mit dem grünen Pulver machen, Leierkastenmann, denn er bewegt sich fürchterfürchterlich. Freut euch, singt der Leierkastenmann, mit dem hoffnungsgrünen Pulver kann man mit einem Löffelchen voll 100 Millionen Menschen totmachen, wenn man pustet, wenn man hoffnungsvoll pustet. Und der Brillenmann erfindet und erfindet. Freut euch doch solange noch, singt der Leierkastenmann. Er erfindet! schrei ich. Freut euch solange noch, singt der Leierkastenmann, freut euch doch solange noch.

Ich bin Leutnant Fischer. Ich bin 25. Ich hab dem Leierkastenmann den Mann im weißen Kittel weggenommen. Freut euch doch solange noch. Ich hab dem Mann, dem Brillenmann im weißen Kittel, den Kopf abgerissen! Freut euch doch solange noch. Ich hab dem weißen Kittelbrillenmann, dem Grünpulvermann, die Arme abgedreht. Freut euch doch solange noch. Ich hab den Hoffnungsgrünenerfindermann mittendurchgebrochen. Ich hab ihn mittendurchgebrochen. Nun kann er kein Pulver mehr mischen, nun kann er kein Pulver mehr erfinden. Ich hab ihn mittenmittendurchgebrochen.

Warum hast du meinen schönen Hampelmann kaputt gemacht, ruft der Leierkastenmann, er war so klug, er war so weise, er war so faustisch klug und weise und erfinderisch. Warum hast du den Brillenmann kaputt gemacht, warum? fragt mich der Leierkastenmann.

Ich bin 25, schrei ich. Ich bin noch unterwegs, schrei ich. Ich hab Angst, schrei ich. Darum hab ich den Kittelmann kaputt gemacht. Wir wohnen in Hütten aus Holz und aus Hoffnung, schrei ich, aber wir wohnen. Und vor unsern Hütten da wachsen noch Rüben und Rhabarber. Vor unsern Hütten da wachsen Tomaten und Tabak. Wir haben Angst! schrei ich. Wir wollen leben! schrei ich. In Hütten aus Holz und aus Hoffnung! Denn die Tomaten und Tabak, die wachsen doch noch. Die wachsen doch noch. Ich bin 25, schrei ich, darum hab ich den Brillenmann im weißen Kittel umgebracht. Darum hab ich den Pulvermann kaputt gemacht. Darum darum darum – – – Freut euch, singt da der Leierkastenmann, so freut euch doch solange noch solange noch solange noch freut euch, singt der Leierkastenmann und nimmt aus seinem furchtbar großen Kasten einen neuen Hampelmann mit einer Brille und mit einem weißen Kittel und mit einem Löffelchen ja Löffelchen voll hoffnungsgrünem Pulver. Freut euch, singt der Leierkastenmann, freut euch solange noch ich hab doch noch so viele viele weiße Männer so furchtbarfurchtbar viele. Aber die bewegen sich so fürchterlichfürchterlich, schrei ich, und ich bin 25 und ich hab Angst und ich wohne in einer Hütte aus Holz und aus Hoffnung. Und Tomaten und Tabak, die wachsen doch noch.

Freut euch doch solange noch, singt der Leierkastenmann.

Aber der bewegt sich doch so fürchterlich, schrei ich.

Nein, er bewegt sich nicht, er wird er wird doch nur bewegt.

Und wer bewegt ihn denn, wer wer bewegt ihn denn?

Ich, sagt da der Leierkastenmann so fürchterlich, ich!

Ich hab Angst, schrei ich und mach aus meiner Hand eine Faust und schlag sie dem Leierkastenmann dem fürchterlichen Leierkastenmann in das Gesicht. Nein, ich schlag ihn nicht, denn ich kann sein Gesicht das fürchterliche Gesicht nicht finden. Das Gesicht ist so hoch am Hals. Ich kann mit der Faust nicht heran. Und der Leierkastenmann der lacht so fürchterfürchterlich. Doch ich find es nicht ich find es nicht. Denn das Gesicht ist ganz weit weg und lacht so lacht so fürchterlich. Es lacht so fürchterlich!

Durch die Straße läuft ein Mensch. Er hat Angst. Seine Mutter hat ihn allein gelassen. Nun schrein sie so fürchterlich hinter ihm her. Warum? schrein 57 von Woronesch her. Warum? Deutschland, schreit der Minister. Barrabas, schreit der Chor. Pyramidon, ruft der blinde Mann. Und die andern schrein: Tor. Schrein 57mal Tor. Und der Kittelmann, der weiße Brillenkittelmann, bewegt sich so fürchterlich. Und erfindet und erfindet und erfindet. Und das kleine Mädchen hat keinen Löffel. Aber der weiße Mann mit der Brille hat einen. Der reicht gleich für 100 Millionen. Freut euch, singt der Leierkastenmann.

Ein Mensch läuft durch die Straße. Die lange lange Straße lang. Er hat Angst. Er läuft mit seiner Angst durch die Welt. Durch die wankende Welle Welt. Der Mensch bin ich. Ich bin 25. Und ich bin unterwegs. Bin lange schon und immer noch unterwegs. Ich will zur Straßenbahn. Ich muß mit der

Straßenbahn, denn alle sind hinter mir her. Sind furchtbar hinter mir her. Ein Mensch läuft mit seiner Angst durch die Straße. Der Mensch bin ich. Ein Mensch läuft vor dem Schreien davon. Der Mensch bin ich. Ein Mensch glaubt an Tomaten und Tabak. Der Mensch bin ich. Ein Mensch springt auf die Straßenbahn, die gelbe gute Straßenbahn. Der Mensch bin ich. Ich fahre mit der Straßenbahn, der guten gelben Straßenbahn.

Wo fahren wir hin? frag ich die andern. Zum Fußballplatz? Zur Matthäus-Passion? Zu den Hütten aus Holz und aus Hoffnung mit Tomaten und Tabak? Wo fahren wir hin? frag ich die andern. Da sagt keiner ein Wort. Aber da sitzt eine Frau, die hat drei Bilder im Schoß. Und da sitzen drei Männer beim Skat nebendran. Und da sitzt auch der Krückenmann und das kleine Mädchen ohne Suppe und das Mädchen mit dem runden Bauch. Und einer macht Gedichte. Und einer spielt Klavier. Und 57 marschieren neben der Straßenbahn her. Zickezackejuppheidi schneidig war die Infantrie bei Woronesch heijuppheidi. An der Spitze marschiert Leutnant Fischer. Leutnant Fischer bin ich. Und meine Mutter marschiert hinterher. Marschiert 57 millionenmal hinter mir her. Wohin fahren wir denn? frag ich den Schaffner. Da gibt er mir ein hoffnungsgrünes Billett. Matthäus-Pyramidon steht da drauf. Bezahlen müssen wir alle, sagt er und hält seine Hand auf. Und ich gebe ihm 57 Mann. Aber wohin fahren wir denn? frag ich die andern. Wir müssen doch wissen: wohin? Da sagt Timm: Das wissen wir auch nicht. Das weiß keine Sau. Und alle nicken mit dem Kopf und grummeln: Das weiß keine Sau. Aber wir fahren. Tingeltangel, macht die Klingel der Straßenbahn und keiner weiß wohin. Aber alle fahren mit. Und der Schaffner macht ein unbegreifliches Gesicht. Es ist ein uralter Schaffner mit zehntausend Falten. Man kann nicht erkennen, ob es ein böser oder ein guter Schaffner ist. Aber alle bezahlen bei ihm. Und alle fahren mit. Und keiner weiß: ein guter oder böser. Und keiner weiß: wohin. Tingeltangel, macht die Klingel der Straßenbahn. Und keiner weiß: wohin? Und alle fahren: mit. Und keiner weiß – – – – und keiner weiß – – – – und keiner weiß – – – –

Liebe blaue graue Nacht

Verstreute und nachgelassene Erzählungen

Requiem für einen Freund

Wir marschieren. Wir marschieren bei Tag und wir marschieren bei Nacht. Wir schlafen bei Tag, wir schlafen bei Nacht. Sie schießen bei Tag, sie schießen bei Nacht. Sie schießen – sage ich, denn das eigene Schießen hören wir nicht mehr, nur das Schießen der anderen.

Die Stunden versinken wie Segelschiffe am blutigen Horizont des Himmelsmeeres. Die Sonne stirbt und mit ihr stirbt der Tag.

Manchmal steht die Zeit still – und dann lastet es mit ihrem ganzen grausamen Gewicht auf unsern müden Gesichtern. Gespenstisch und grau wie Krähen blicken wir aus der Dämmerung in die Dämmerung und wir warten, daß es tagt.

Wir schweigen viel und reden wenig. Nur manche lachen viel zu laut. Aber wir Schweigenden sind voll Leben!

Und dann vergaß ich es nie, wie du nach tagelangem Marsch in dem zerschossenen Haus die kleine verschrumpfte Kartoffel aus der Asche nahmst, wie man eine kostbare Frucht, einen Pfirsich, nimmt und voll Andacht ihren Geruch atmetest. – Erde und Sonne – sagtest du, und draußen waren es 48 Grad Kälte.

Und da ist ein Kind, das Asja heißt und das dich traurig ansieht – doch du siehst durch die dunklen Seen ihrer Augen hindurch ein lichtes blondes Mädchen. Du fühlst das bedeutsame Tasten seiner Hände auf deinem Haar und findest einen Sinn in all dem scheinbar so Sinnlosen. Aber da murmelte sie plötzlich: Fertigmachen.

Immerzu sinkt der Schnee auf die toten Pferde am Wege und wir sprechen von Blumen – aber alles will erstarren in Kälte und Eis.

Vielleicht auch unsere Herzen.

– Mal wieder in einem warmen Sommerregen gehen dürfen und den Duft der Linden riechen – sagt einer.

Und der Löwenzahn, die Rosen und die Sonnenblumen senken still ihre Köpfe – wie die Mädchen, die um uns Einsame wissen.

Und dann ist es wieder alles Schnee – dieser grausame Schnee.

Da ragt bittend und klagend eine tote Hand in den Abendhimmel.

Doch unser Mitleiden ist eingefroren und einige grinsen: Er lädt uns ein, der große Teufel, in seine Hölle. Und sie meinen den Tod – und bevor es morgen wird, hat eine andere Hand sie still genommen und in den Himmel geführt. Wirklich in den Himmel? Oder nur in das Nichts?

Und dann liegen wir, einer neben dem anderen, spüren seinen Atem und sind dankbar, daß er lebt.

Plötzlich brüllen die berstenden Bomben ringsum – und wir kauern uns wie die Tiere in den Schnee, klammern uns an die zitternde Erde, die wir nicht lassen wollen.

Es können nicht dieselben Sterne sein wie in der Heimat, die jetzt so still und teilnahmslos über unserer Not stehen – weiß und fremd und kalt.

– Morgen kommt vielleicht Post von zu Hause – denke ich. Da brüllt wieder das Eisen sein tödliches Lied und Blut sikkert in den Schnee.

– Zu Hause – sagst du und das ist dein letztes Wort. Dann geht deine Seele mit dem Wind, der abends um euer Haus flüstert und im Gebälk knistert – und deine Augen suchen den Himmel …

Wo ist Gott – schreien die Granaten!

Wo ist Gott – schweigen die Sterne! Wo ist Gott – beten wir!

Gott ist das Leben und Gott ist der Tod – sagtest du immer.

Bist du nun bei Gott?

Ich sitze auf deinem Grabe – Hunger und Kälte betäuben den Schmerz um dich nicht – und die Tränen sind eingefroren.

Aber vielleicht bist du glücklich? Denn du bist wieder eingereiht in den großen unendlichen Kreis, den Reigen, in dem es keinen Tod gibt: Denn es gibt nur das ewige Leben.

Hast du das Bild von dem Haus hinterm Deich mit hinübergenommen? Und die Stimme von deiner blonden Braut? Hörst du die Dampfer noch tuten auf der Elbe – riechst du noch das Meer?

Oh, du warst so voll Leben, daß du nicht tot sein kannst – ich weiß, daß du lebst.

– Sonne und Erde – sagtest du, wenn du an einer Blume rochst – Und nun wirst du selbst wieder Erde sein und die Erde wird voll Sonne sein. Die Blumen, die im Frühling aus deinem Grab wachsen, werden nach Erde und Sonne duften – und ich werde denken, daß du mich ansiehst, wenn ich vor ihnen stehe und Zwiesprache mit dir halte.

Und dann will ich dir von dem Meer erzählen, das zu Hause noch immer vor den Deichen rauscht – und von dem Mädchen und einem blonden Jungen.

Und dann heißt es wieder: fertigmachen – und ich muß dich allein in der fremden Erde lassen und ringsum ist wieder die Schlacht!

Aber als in der grausamen Nacht die Angst und die Verzweiflung ihre Finger nach mir ausstreckten, da fühle ich, daß du bei mir bist und mir beistehst. Da gelobe ich dir, daß ich aushalten will – für dich. Denn in mir bist du – du warst mein Bruder und hattest den heiligen Glauben an das ewige Leben. Du mußtest darum sterben – wir wollen, wenn es uns vergönnt ist, dafür kämpfen und leben!

Und als es in der Frühe tagt, sitzt auf dem Helm, den wir dir auf das Birkenkreuz taten, ein kleiner grauer Vogel und singt –

Und ganz weit im Osten geht groß die Morgensonne auf.

Das Brot

Plötzlich wachte sie auf. Es war halb drei. Sie überlegte, warum sie aufgewacht war. Ach so! In der Küche hatte jemand gegen einen Stuhl gestoßen. Sie horchte nach der Küche. Es war still. Es war zu still und als sie mit der Hand über das Bett neben sich fuhr, fand sie es leer. Das war es, was es so besonders still gemacht hatte: sein Atem fehlte. Sie stand auf und tappte durch die dunkle Wohnung zur Küche. In der Küche trafen sie sich. Die Uhr war halb drei. Sie sah etwas Weißes am Küchenschrank stehen. Sie machte Licht. Sie standen sich im Hemd gegenüber. Nachts. Um halb drei. In der Küche.

Auf dem Küchentisch stand der Brotteller. Sie sah, daß er sich Brot abgeschnitten hatte. Das Messer lag noch neben dem Teller. Und auf der Decke lagen Brotkrümel. Wenn sie abends zu Bett gingen, machte sie immer das Tischtuch sauber. Jeden Abend. Aber nun lagen Krümel auf dem Tuch. Und das Messer lag da. Sie fühlte, wie die Kälte der Fliesen langsam an ihr hochkroch. Und sie sah von dem Teller weg.

«Ich dachte, hier wäre was», sagte er und sah in der Küche umher.

«Ich habe auch was gehört», antwortete sie und dabei fand sie, daß er nachts im Hemd doch schon recht alt aussah. So alt wie er war. Dreiundsechzig. Tagsüber sah er manchmal jünger aus. Sie sieht doch schon alt aus, dachte er, im Hemd sieht sie doch ziemlich alt aus. Aber das liegt vielleicht an den Haaren. Bei den Frauen liegt das nachts immer an den Haaren. Die machen dann auf einmal so alt.

«Du hättest Schuhe anziehen sollen. So barfuß auf den kalten Fliesen. Du erkältest dich noch.»

Sie sah ihn nicht an, weil sie nicht ertragen konnte, daß

er log. Daß er log, nachdem sie neununddreißig Jahre verheiratet waren.

«Ich dachte, hier wäre was», sagte er noch einmal und sah wieder so sinnlos von einer Ecke in die andere, «ich hörte hier was. Da dachte ich, hier wäre was.»

«Ich hab auch was gehört. Aber es war wohl nichts.» Sie stellte den Teller vom Tisch und schnippte die Krümel von der Decke.

«Nein, es war wohl nichts», echote er unsicher.

Sie kam ihm zu Hilfe: «Komm man. Das war wohl draußen. Komm man zu Bett. Du erkältest dich noch. Auf den kalten Fliesen.»

Er sah zum Fenster hin. «Ja, das muß wohl draußen gewesen sein. Ich dachte, es wäre hier.»

Sie hob die Hand zum Lichtschalter. Ich muß das Licht jetzt ausmachen, sonst muß ich nach dem Teller sehen, dachte sie. Ich darf doch nicht nach dem Teller sehen. «Komm man», sagte sie und machte das Licht aus, «das war wohl draußen. Die Dachrinne schlägt immer bei Wind gegen die Wand. Es war sicher die Dachrinne. Bei Wind klappert sie immer.»

Sie tappten sich beide über den dunklen Korridor zum Schlafzimmer. Ihre nackten Füße platschten auf den Fußboden.

«Wind ist ja», meinte er. «Wind war schon die ganze Nacht.» Als sie im Bett lagen, sagte sie: «Ja, Wind war schon die ganze Nacht. Es war wohl die Dachrinne.»

«Ja, ich dachte, es wäre in der Küche. Es war wohl die Dachrinne.» Er sagte das, als ob er schon halb im Schlaf wäre.

Aber sie merkte, wie unecht seine Stimme klang, wenn er log.

«Es ist kalt», sagte sie und gähnte leise, «ich krieche unter die Decke. Gute Nacht.»

«Nacht», antwortete er und noch: «ja, kalt ist es schon ganz schön.»

Dann war es still. Nach vielen Minuten hörte sie, daß er leise und vorsichtig kaute. Sie atmete absichtlich tief und gleichmäßig, damit er nicht merken sollte, daß sie noch wach war. Aber sein Kauen war so regelmäßig, daß sie davon langsam einschlief.

Als er am nächsten Abend nach Hause kam, schob sie ihm vier Scheiben Brot hin. Sonst hatte er immer nur drei essen können.

«Du kannst ruhig vier essen», sagte sie und ging von der Lampe weg. «Ich kann dieses Brot nicht so recht vertragen. Iß du man eine mehr. Ich vertrag es nicht so gut.»

Sie sah, wie er sich tief über den Teller beugte. Er sah nicht auf. In diesem Augenblick tat er ihr leid.

«Du kannst doch nicht nur zwei Scheiben essen», sagte er auf seinen Teller.

«Doch. Abends vertrag ich das Brot nicht gut. Iß man. Iß man.»

Erst nach einer Weile setzte sie sich unter die Lampe an den Tisch.

Tui Hoo

Während eine kleine pralle, wildlederne Wurst rhythmisch über den hellrotlackierten Fingernägeln hin und her fuhr, schob sich das Kalenderblatt vor die wässerigen Fischaugen Ludowicos: 25. April. – 25. April? Ludowico markierte einen asthmatischen Seufzer und ließ die Schultern wieder absacken: 25. April? Keine Ahnung. Die Wildlederwurst polierte leicht erhitzt, aber mit unvorstellbarem Stumpfsinn diese schaufelförmigen Fingernägel, die schon in allerhand Unrat gegraben haben mochten. Sie wußte auch nichts vom 25. April.

Plötzlich hielt sie mitten in der Bewegung still, als horche sie nach der Uhr, in der es keuchend zu kichern anfing. Ganz still nicht, denn Ludowicos große, schwache Hand zitterte noch leicht von der Anstrengung des Polierens nach. Na ja, mit siebenundsechzig Jahren hatte man nicht mehr die Kräfte eines Jünglings, wenn man auch sonst – und aus dem Eckspiegel nickte es bejahend zurück – noch ganz passabel aussah. Oberkoch auf den großen Luxusdampfern der Überseelinien zu sein, war ein geistiger und künstlerischer Beruf, der keine Muskeln an den Armen züchtete. Als Stift, da man mit Riesenlöffeln in Riesensuppenkesseln herumgefuhrwerkt hatte, bekam man wohl ganz schöne Pakete am Oberarm, aber, mein Gott, das war ein halbes Jahrhundert her. Jetzt saßen die Pakete an der Gürtellinie, aber dafür waren die Geruchs- und Geschmacksnerven derart verfeinert, daß man es zu einem gewissen künstlerischen Ruhm gebracht hatte.

Die Lederwurst schwebte so lange über der linken Hand, bis sich die muschelverzierte Uhr von ihren neun hustenden Stößen beruhigt hatte. Dann behauchten Ludowicos Karpfenlippen noch einmal zärtlich den viel zu langen Daumennagel, und das Wildleder bügelte die letzte Mattheit zu einem rosigen Hochglanz auf. Zwei dünne Arme und zwei dünne Beine stemmten die doppelzentnerschwere Rundlichkeit aus dem Korbsessel hoch, Lederwurst, Polierstein und Nagelfeile purzelten kopfüber in einen Kasten, und Ludowico bewegte sich in Richtung des Spiegels, um sich nach kurzer Kontrolle der Frisur befriedigt zuzuwinken: Also dann, Ludowico!

Bevor ein italienischer Graf aus alkoholischem Übermut durch die Eßhalle geschrien hatte: Holla, alte Tonne, noch zwei Pfund Kaviar! Ludowico – Ludowico! Noch zwei Pfund Kaviar, hörst du? – bis dahin hatte Ludowico brav und bieder Ludwig Marusche geheißen, war in Hamburg-Altona geboren und kam gelegentlich mit dem kleinen Finger in die Nähe seiner Nasenlöcher. Inzwischen hatte sich Ludowico in einen flauschigen Mantel hineingewühlt, eine vornehme Melone auf den Hinterkopf gestülpt und stand nun unten vor der Haustür. Man war zwar mit siebenundsechzig nicht mehr so übermütig jung, aber man war noch ganz gut in Form und hatte sich ein schönes Sümmchen auf den Ozeanen zusammengekocht. Jetzt war man stiller und gutgekleideter Chef eines großen Nachtlokals, schlief bis zum Mittagessen und sah abends mal nach dem Rechten, winkte den Stammgästen ein Hallo zu und machte den ganz anständigen Mädchen ein paar nicht ganz so anständige, geflüsterte Komplimente. Das konnte man mit siebenundsechzig Jahren noch ganz gut, zumal die Goldgrube mit dem Namen ‹Rote Christine› in den süßen und geschäftstüchtigen Händen von Lotti und Irma war, die man irgendwo aufgelesen hatte und die jetzt an einem hingen wie zwei leibliche Töchter.

Der Mond, die alte blasse Zitrone, seilte lautlos und lüstern um den schlanken Leib von St. Katherin, deren grünspaniges Haar wie ein eingeschlafener Möwenschrei über dem Mosaikteppich der dunkelroten Dächer stand. Der Nebel spukte in geflickten Unterhosen vom Hafen her durch die leeren Straßen, bis er träge an einer einsamen Laterne hängenblieb. Manchmal schrie eine Katze – oder eine Frau. Manchmal waren auch Schritte da, wuchsen von irgendwoher an und starben nach irgendwohin ab. Es ist eigentlich etwas still – dachte Ludowico und warf seine Beine beschleunigt aus den Bauchfalten heraus, als spekuliere ein wütender Hund von hinten her auf seine Hosen. Dünn und ängstlich kleckerte der Takt seiner Absätze gegen die endlosen Häuserwände, in denen nur hin und wieder ein grüner oder roter Lampenschirm die Langweiligkeit unterbrach.

Es brummelte. Unten im Hafen. Es brummelte und grummelte, johlte und hohlte, pfiff und keifte. Und es lärmte langsam näher. Immer näher und immer lauter. Ludowico blieb stehen und stand wie ein Denkmal. Ohne Bewegung, ohne Gedanken, ohne Atem. Nur seine Ohren wuchsen, wuchsen ins Ungeheuere, wurden zu riesigen Trichtern, denen kein Glucksen und kein Mucksen entging. Und da kam ihm diese Musik plötzlich bekannt vor. Seine Hände flatterten hoch an den Hals, aber es gelang ihm kein Schrei mehr, denn da fegte Tui Hoo um die Ecke, schlug ihm schallend das Maul zu und jagte ihm den Angstschrei die Kehle wieder hinunter.

Tui Hoo hatte keinen Respekt vor Denkmälern. Nicht etwa, weil sie feist waren und rotlackierte Fingernägel hatten – nein, Tui Hoo war kein Spießbürger, der sich über seinen Nachbarn aufregte, weil er einen komischen Hut trug. Er verkehrte häufig mit Damen, die Zigarren rauchten und heiser waren wie Gießkannen, oder mit Männern, die Ohrringe trugen und deren Hosenbeine weit waren wie Frauenkleider. Nein, kleinlich war Tui Hoo nicht. Aber Denkmäler, denen vor Bangbüxigkeit das Herz aussetzte, Denkmäler, die feige waren und nur siebenundsechzig Jahre alt wurden, weil andere mit fünfzehn Jahren dran glauben mußten – solche Denkmäler haßte Tui Hoo, und er sprang sie fauchend an, wie eine überreizte, ausgehungerte Raubkatze, wie – ja, wie ein regelrechter rebellischer Sturmwind, der gut und grausam war wie seine Mutter, das Meer, und der von Rechts wegen zwischen Heringskuttern und Holzfrachtern zu Hause war, der sich zwischen Toppmast und Klüverbaum mit einsilbigen Matrosen unterhielt. Aber manchmal verrannte er sich stromaufwärts in die Hafenstadt und dann rammelte und rasselte er an den Herzen und Fenstern der Wohlbehüteten, als wolle er auch sie seine Macht fühlen lassen. Und wenn Tui Hoo an Land ging, dann kaufte er sich immer einen guten alten Bekannten, der ihm auf See entgangen war und der auf See ein Hund war. Die kaufte er sich, Tui Hoo, der alte Zerzauste, das grüne, blaue Kind, das mit den Fischen spielte, Tui Hoo, der tolle Flötenspieler, der große Organist, der himmlische Musiker. Tui Hoo, der Atem der Welt.

Kennst du ihn noch, Ludwig Marusche? Hö, Marusche, du kennst Tui Hoo nicht mehr? Tui hoo hoo – weißt du noch, Ludwig, als du vor zwanzig Jahren Koch auf der ‹Schwarzen Karin› warst? Hast du das ganz vergessen, harmloser älterer Herr, ja? Ganz vergessen?

Mit schiefem Hals kämpfte Ludowico sich durch die stillen Straßen, in denen Tui Hoo auf seinem Leierkasten orgelte. Aber Tui Hoo, der Seewind, war kein langweiliger, zahnloser Leierkastenonkel, er war nicht umsonst mit allen Meerwassern gewaschen: hupp – nahm er den Alten unerwartet von hinten an, spielte mit dem vor Angst überlaufenden Doppelzentner Ball, faßte mit tausend Fingern die gewellte Tolle, ließ sie einen Atemzug lang steil zum Himmel stehen, und dann wirbelte er die steifen Pomadensträhnen so durcheinander, daß dem eitlen alten Buben der Angstschweiß in die Augenbrauen rieselte.

In irrsinnigem Tempo hetzte Tui Hoo seine Opfer über lebensgefährlich holperiges Pflaster, pustete nebenbei die sowieso mageren Laternen aus und dann nahm er, als hätte er ihn vergessen, plötzlich seine Puste aus dem Segel, daß Ludowicos Mantel seine maßlosen, formlosen Blähungen verlor und wie ein Stück Kartoffelschale an ihm heruntertorkelte. Tui Hoo ließ ihn einfach stehen in der stockdunklen Nacht. Aber schon hob er den Taktstock für den nächsten Satz des tollen Konzertes. Den zu Tod erschöpften Ludowico überfiel es an der nächsten Ecke mit tui und mit hoo von vorn, daß er die ganze Wucht seiner zwei Zentner dagegenstemmen mußte, um nicht aus den Lackschuhen zu kippen.

Hoo hoo, Marusche, alte Sandale, hab ich dir deine Gehirnwindungen freigelegt von Staub und Angst und Kalk? Erinnerst du dich gnädigst, ja? Weißt du noch? Oh, du weißt noch! Vor zwanzig Jahren auf der ‹Schwarzen Karin›, wo die Maaten mich Tui Hoo nannten. Denkst du nicht mehr an die Nacht vom 25. April, alte feige Sandale, hoo?

Ja, das war Tui Hoo, der Freund der Beherzten, der Feind der Feigen. Das war Tui Hoo, der den Mädchen die Röcke gegen die Knie drückte und die Fliegen von den Wiegen der Wickelkinder verscheuchte. Das war Tui Hoo, der als Würger und Zerschmetterer, der als Spuk, als Mörder und Totschläger zu seinen Feinden kam. Das war Tui Hoo!!! Und nun hustete und pustete er diesen abgewrackten, aufgetakelten, feisten Barbesitzer durch die einsame, sternenlose Nacht, durch eine Nacht ohne Erbarmen.

Da stoben Fetzen Papier aus dem Rinnstein hoch – Zeitungspapier, Butterbrotpapier, zerrissene Liebesbriefe: Kalenderblätter ohne Ende – 25. April – 25. April – 25. April. – Tui Hoo ballte seine Faust und hob sie zu einem unausweichlichen, unfehlbaren Schlag. Und er schrie den Koch der ‹Schwarzen Karin› an: Denk an den 25. April, du Hund! Und dann schlug Tui Hoo zu mit seiner ganzen Kraft, die Dächer abdeckte und Dreimaster häuserhoch schleuderte, und warf den Koch Ludowico Marusche von der ‹Karin› die Kellertreppe zu seinem eigenen Nachtlokal kopfüber hinunter, daß er schwer mit seinem vor Angst gelähmten Gehirnkasten gegen die Tür dröhnte.

Die ‹Rote Christine› war eine seriöse Nachtbar – und wenn plötzlich etwas mit voller Wucht gegen die Tür donnerte, dann war das in der ‹Roten Christine› eine Sensation! Es dauerte einige Sekunden, bis Irma in dem über und über mit Dreck bespritzten alten Mann ihren Chef, ihren lieben guten Bubi erkannte. Das, was in den Nischen und auf den Barhockern saß, ergoß sich neugierig entsetzt aus der Bar um den Liegenden, der es sich so komisch verrenkt vor seiner eigenen Tür bequem gemacht hatte. Aber sie mußten ihn so auf der Kellertreppe liegen lassen, denn bei der geringsten Bewegung brach ihm das Blut aus dem verzerrten Mund.

Hilflos, aufgescheucht und verlegen, frech oder sachlich umstanden die Helden des Nachtlebens den sterbenden Alten. Irma, pompös und üppig wie eine Wagnersängerin, hob seinen seltsam verdrehten Kopf von den kalten Steinstufen und bettete ihn in ihren warmen, weichen Schoß. Als wollte sie einen vom Gutestun erschöpften Gott pflegen, so andächtig liebevoll reinigte und kühlte die schwarzblauhaarige Lotti das entstellte Gesicht ihres guten alten Opas, aber es gelang ihr nicht, ihm die nackte, wahnsinnige Furcht aus den Falten zu wischen, wenn auch ihr Taschentuch in Sekt getaucht war. Lotti, gazellenzart, kniete neben dem leblosen Fleischkoloß und suchte unter seinem breiten goldenen Armband seinen Puls. Und die dummen, stumpfen Nachtschattengewächse, die die beiden Barmädchen stumm und blaß umrandeten, wußten nicht, ob Lottis Blick Schreck oder Freude über den schwachen Herzschlag ausdrückte – und sie wußten nicht, ob Irmas kleine, mollige Hände aus Mitleid oder aus Mordlust an Ludowicos Kragen herumfingerten.

Tui Hoo, der triumphierend auf der obersten Stufe der Kellertreppe hockte, wartete auf den Tod, und er wußte, daß er nicht lange mehr zu warten brauchte. Leichtfüßig erhob er sich, schlängelte sich durch den Kreis der Nachtschwärmer, daß diese unmerklich anfingen zu frösteln und setzte sich mit angezogenen Knien auf den runden, etwas zu vollen Oberschenkel Irmas, so, daß er ohne Anstrengung und in der allergrößten Behaglichkeit dem alten Ludowico noch eine kleine, eine ganz kleine Geschichte ins Ohr flüstern konnte.

Nein, Ludwig Marusche, kein Wörtchen sollst du versäumen von der Geschichte vom 25. April, von der ‹Schwarzen Karin› und von Tui Hoo. Ich, Tui Hoo, der uralte junge Windgott der Weltmeere, hocke hier auf der ausgelatschten Kellertreppe eines anrüchigen Nachtlokals, um dir diese Geschichte noch einmal ganz genau in die Ohren zu pusten, alte Sandale, damit du wohl vorbereitet bist für den langen, langen Weg zur Hölle.

Ludwig Marusche hob die gewölbten, faltigen Liddeckel. In seinen Pupillen gloste eine Angst, die so furchtbar war, daß kein Schrei sie erlösen konnte. Hast du ganz vergessen, alte Sandale? Das war doch damals, als ich euch am späten Abend vom 25. April im Kattegatt erwischte und ein paar Stündchen vor mir hertrieb – mit tui und mit hoo! Es war eine Hundekälte, und ich war zu den besten Streichen aufgelegt, als ich eure Nußschale zwischen den Mammutwellen sah. Die Leute waren müde wie die Fliegen und der Alte war Tag und Nacht nicht von der Brücke gekommen. Aber davon hast du natürlich nichts gemerkt, denn in deiner Kombüse war es warm und so windstill, daß man den Luftzug spüren konnte, den eine Kakerlake machte, die um den Kaffeekessel kurvte.

Da flog ein Maat durch die Tür vor deine Töpfe. Der Alte wollte eine Buddel heißen Tee haben. Aber du solltest sie ihm selbst bringen, damit dein fünfzehnjähriger Kombüsenstift nicht vom Wind von Deck gefegt würde. Und der Wind war ich, Marusche, weißt du das nicht mehr? Was warst du für ein Angsthase, Dicker! Zehn Schritte kamst du mit deinem Tee, da konntest du mein sanftes Liedchen nicht mehr ertragen in deinen hängenden Plüschohren. Eine ganz erbärmliche, hündische Angst saß dir in den Speckfalten deines Nackens und rutschte dann unvermutet in den Magen, als ich zwischen deinen Beinen einen Salto machte. Pfui Teufel, Suppenkönig, so leidenschaftlich hattest du in keiner Nacht ein Hafenmädchen umarmt, wie in der Nacht vom 25. April den Mast, der dir als hilfreicher Engel in die Quere kam. Einen Augenblick hingst du wie ein leerer Anzug am Baum, aber dann packte dich der Mut eines Generals, und mit vier gewaltigen Sätzen hattest du deine rettende Kombüse wieder erreicht. Und Heini Hagemann, dein kleiner Stift, hatte plötzlich die Teebuddel im Arm und wurde von dir zum Alten in die nebelige Nacht hinausgeschickt. Der Tee kam nie zum Alten. Heini kam nie zur Brücke. Die Teebuddel wurde morgens irgendwo gefunden. Heini Hagemann nicht. Er wurde morgens nicht gefunden. Und abends nicht. Und nicht am anderen Tag. Weil ein erwachsener Mann ein Feigling war! Du bist ein undankbares Schwein, wenn du vergessen konntest, daß du nur deswegen siebenundsechzig Jahre alt werden durftest, weil der kleine Heini Hagemann dir mit seinen fünfzehn Jahren den Weg abgenommen hat. Aber laß man gut sein, Marusche, in ein paar Sekunden schon wirst du deinem Küchenjungen begegnen. Glotze nicht so entsetzt, Alter. Heini Hagemann hat sich auch zusammengenommen, als er über Bord ging. Er war ganz still, der Kleine.

Die weit aufgerissenen Augen des Herrn Marusche überzogen sich mit einem milchigen Hauch. Vielleicht war es doch ein kleines, gemeines Lächeln, das um Lottis blutroten Mund huschte. Und dann entließen seine fischmäuligen Lippen den letzten Atem: tui – – hoo – – –

Übermütig riß Tui Hoo der blonden Irma eine Locke aus der kunstvollen Frisur und ließ sie auf der Stirn hin und her pendeln. Dann ramenterte er singend und pfeifend durch die Mauer der mitleidigen Gaffer – hoo tui hoo – stromabwärts den großen Wassern zu.

Marguerite

Sie war nicht hübsch. Aber sie war siebzehn und ich liebte sie. Ich liebte sie wirklich. Ihre Hände waren immer so kalt, weil sie keine Handschuhe hatte. Ihre Mutter kannte sie nicht, und sie sagte: Mein Vater ist ein Schwein. Außerdem war sie in Lyon geboren.

Einen Abend sagte sie: Wenn die Welt untergeht – mais je ne crois pas –, dann nehmen wir uns ein Zimmer und trinken viel Schnaps und hören Musik. Dann drehen wir das Gas auf und küssen uns, bis wir tot sind. Ich will mit meinem Liebling sterben, ah oui!

Manchmal sagte sie auch mon petit chou zu mir. Mein kleiner Kohl.

Einmal saßen wir in einem Café. Die Klarinette hüpfte wie zehn Hühner bis in unsere Ecke. Eine Frau sang sinnliche Synkopen, und unsere Knie entdeckten einander und waren unruhig. Wir sahen uns an. Sie lachte, und darüber wurde ich so traurig, daß sie es sofort merkte. Mir war eingefallen – ihr Lachen war so siebzehnjährig –, daß sie einmal eine alte Frau sein würde. Aber ich sagte, ich hätte Angst, daß alles vorbei sein könnte. Da lachte sie ganz anders, leise: Komm.

Die Musik war so mollig gewesen, daß uns draußen fror, und wir mußten uns küssen. Auch wegen den Synkopen und dem Traurigsein.

Jemand störte uns. Es war ein Leutnant und der hatte kein Gesicht. Nase, Mund, Augen – alles war da, aber es ergab kaum ein Gesicht. Aber er hatte eine schöne Uniform an und er meinte, wir könnten uns doch nicht am hellichten Tage (und das betonte er) auf der Straße küssen.

Ich richtete mich auf und tat, als ob er recht hätte. Aber er ging noch nicht.

Marguerite war wütend: Wir können nicht? Oh, wir können! Nicht wahr, wir können.

Sie sah mich an.

Ich wußte nichts, und die Uniform ging immer noch nicht. Ich hatte Angst, daß er etwas merken würde, denn Marguerite war sehr wütend:

Aber Sie! So ein Mensch! Ihnen würde ich nicht mitten in der Nacht Küsse geben! Oh!

Da ging er. Ich war glücklich. Ich hatte eine Heidenangst gehabt, daß er merken würde, daß Marguerite Französin war. Aber Offiziere merken wohl auch nicht immer alles.

Dann war Marguerite wieder vor meinem Mund.

Einmal waren wir uns sehr böse.

Im Kino marschierte die Pariser Feuerwehr. Sie hatte Jubiläum. Sie marschierte ausgesprochen komisch. Deswegen lachte ich. Das hätte ich überlegen sollen. Marguerite stand auf und setzte sich auf einen andern Platz. Mir war klar, daß ich sie beleidigt hatte. Eine halbe Stunde ließ ich sie allein. Dann konnte ich nicht mehr. Das Kino war leer und ich schlich mich unbemerkt hinter sie:

Ich liebe dich. Dein Haar liebe ich und deine Stimme, wenn du mon petit chou sagst. Ich liebe deine Sprache und all das Fremde an dir. Und deine Hände. Marguerite!

Und ich dachte, daß wir wohl nur deswegen dem Reiz des Fremdartigen verfallen sind, weil es so süß ist, zuletzt immer wieder das schon Gekannte zu entdecken.

Nach dem Kino bat Marguerite um meine Pfeife. Sie rauchte sie und ihr war übel dabei. Aber sie wollte mir beweisen, daß sie mich noch viel mehr lieb habe.

Wir standen am Fluß. Der war schwarz vor Nacht und schmatzte geheimnisvoll an den Pfeilern der Brücke. Manchmal glomm es gelb und vereinzelt, hob und senkte sich wie auf einer atmenden Brust: Sterne spiegelten sich, gelb und vereinzelt.

Wir standen am Fluß. Aber der segelte mit der Nacht und riß uns nicht mit in ein unbekanntes Land. Vielleicht wußte er auch nicht, wohin die Fahrt ging und ob das Ziel aller Fahrt das Paradies sei. Doch wir hätten uns bedingungslos dem Segel der Nacht anvertraut – aber der Fluß verriet uns nichts von seinem Zauber. Er schwatzte und gluckste und wir ahnten ein weniges von seiner geheimnisvollen Schönheit. Unseretwegen hätte er über seine Ufer treten können – und über unsere, über die Ufer unseres Lebens. Wir hätten uns fortspülen, überschwemmen lassen diese Nacht.

Wir atmeten tief und erregt. Und Marguerite flüsterte:

Das riecht wie Liebe.

Ich flüsterte zurück:

Aber das riecht doch nach Gras, nach Wasser, Flußwasser und Nebel und Nacht.

Siehst du, flüsterte wieder Marguerite, und das riecht wie Liebe. Riechst du nicht?

Es riecht nach dir, flüsterte ich noch leiser, und du riechst wie Liebe.

Siehst du – flüsterte es da noch mal.

Dann flüsterte der Fluß: Wie Liebe – siehst du – wie Liebe – siehst du – – –

Vielleicht meinte er aber ganz etwas anderes. Aber Marguerite dachte, er hätte uns belauscht.

Plötzlich wuchsen Schritte auf uns zu und eine Lampe zwang uns, die Augen zu schließen: Streife!

Man suchte minderjährige Mädchen, denn die blühten

nachts wie Blumen in den Parks in den Armen der Soldaten. Aber Marguerite schien dem Streifenführer erwachsen genug. Wir wollten schon gehen, da fiel ihm etwas an Marguerite auf. Ich glaube, es war ihre Schminktechnik. So malten sich unsere Mädchen nicht an. Feldwebel sind manchmal gar nicht so dumm, wie sie aussehen. Er verlangte ihren Paß. Sie zitterte kein bißchen. Hab ich mir doch gedacht! sagte er, Französin, so ein Tuschkasten.

Marguerite blieb still, und ich mußte auch still bleiben. Dann schrieb er meinen Namen auf und wir standen wieder allein.

Ich wußte, ich würde mindestens vier Wochen nicht aus der Kaserne rauskommen. Von den andern Strafen gar nicht zu reden. Ich wartete noch, aber mir fiel nichts Besseres ein. Und ich sagte es Marguerite.

Du kommst vier Wochen nicht? Oh, dann ist alles aus, ich weiß. Du bist nur feige. Bin ich feige? Habe ich gezittert? Ach, du läßt dich vier Wochen einsperren! Pfui, du hast keine Courage. Du liebst mich nicht. Oh, ich weiß!

Es half nichts, Marguerite glaubte, ich wäre nur zu feige, abends über den Zaun zu klettern. Von den hundert kleinen Maßnahmen, die das verhinderten, ahnte sie nichts. Ich dachte an die vier Wochen und wußte auch nichts mehr zu sagen. Dann, nach einer Weile, versuchte sie es noch einmal:

Du kommst nicht? Vier Wochen? Nein?

Ich kann nicht, Marguerite.

Mehr wußte ich nicht. Und das war Marguerite nicht genug:

Gut! Sehr gut! Weißt du, was ich jetzt tue?

Ich wußte es natürlich nicht.

Jetzt geh ich in mein Zimmer und wasch mir mein Gesicht. Das ganze Gesicht. Ja. Und dann mach ich mich schön und suche mir einen neuen Liebling! So! Ah oui!

Dann war sie von der Dunkelheit aufgefressen. Weg, aus – für immer.

Als ich allein den Weg zu den Kasernen machen mußte, hätte ich am liebsten geweint. Ich versuchte es. Ich hielt meine Hände vors Gesicht. Sie hatten einen heimlichen Geruch: Frankreich. Und ich dachte, daß ich meine Hände heute abend nicht mehr waschen würde.

Das Weinen kam nicht zustande. Es lag an den Stiefeln. Sie knarrten bodenlos gemein bei jedem Schritt:

Mon petit chou – mein kleiner Kohl – mein kleiner Kohl – – –

Du Riesenkohlkopf, feixte ich den Mond an. Er war unverschämt hell. Sonst hätte die Streife das gar nicht merken können. Das mit dem Tuschkasten.

Die traurigen Geranien

Als sie sich kennenlernten, war es dunkel gewesen. Dann hatte sie ihn eingeladen und nun war er da. Sie hatte ihm ihre Wohnung gezeigt und die Tischtücher und die Bettbezüge und auch die Teller und Gabeln, die sie hatte. Aber als sie sich dann zum erstenmal bei hellem Tageslicht gegenübersaßen, da sah er ihre Nase.

Die Nase sieht aus, als ob sie angenäht ist, dachte er. Und sie sieht überhaupt nicht wie andere Nasen aus. Mehr wie eine Gartenfrucht. Um Himmels willen! dachte er, und diese Nasenlöcher! Die sind ja vollkommen unsymmetrisch angeordnet. Die sind ja ohne jede Harmonie zueinander. Das eine ist eng und oval. Aber das andere gähnt geradezu wie ein Abgrund. Dunkel und rund und unergründlich. Er griff nach seinem Taschentuch und tupfte sich die Stirn.

Es ist so warm, nicht wahr? begann sie.

O ja, sagte er und sah auf ihre Nase. Sie muß angenäht sein, dachte er wieder. Sie kommt sich so fremd vor im Gesicht. Und sie hat eine ganz andere Tönung als die übrige Haut. Viel intensiver. Und die Nasenlöcher sind wirklich ohne Harmonie. Oder von einer ganz neuartigen Harmonie, fiel ihm ein, wie bei Picasso.

Ja, fing er wieder an, meinen Sie nicht auch, daß Picasso auf dem richtigen Wege ist?

Wer denn? fragte sie, Pi – ca – –?

Na, denn nicht, seufzte er und sagte dann plötzlich ohne Übergang: Sie haben wohl mal einen Unfall gehabt?

Wieso? fragte sie.

Na ja, meinte er hilflos.

Ach, wegen der Nase?

Ja, wegen ihr.

Nein, sie war gleich so. Sie sagte das ganz geduldig: Sie war gleich so.

Donnerwetter! hätte er da fast gesagt. Aber er sagte nur: Ach, wirklich?

Und dabei bin ich ein ausgesprochen harmonischer Mensch, flüsterte sie. Und wie ich gerade die Symmetrie liebe! Sehen Sie nur meine beiden Geranien am Fenster. Links steht eine und rechts steht eine. Ganz symmetrisch. Nein, glauben Sie mir, innerlich bin ich ganz anders. Ganz anders.

Hierbei legte sie ihm die Hand auf das Knie, und er fühlte ihre entsetzlich innigen Augen bis an den Hinterkopf glühen.

Ich bin doch auch durchaus für die Ehe, für das Zusammenleben, meinte sie leise und etwas verschämt.

Wegen der Symmetrie? entfuhr es ihm.

Harmonie, verbesserte sie ihn gütig, wegen der Harmonie.

Natürlich, sagte er, wegen der Harmonie.

Er stand auf.

Oh, Sie gehen?

Ja, ich – ja.

Sie brachte ihn zur Tür.

Innerlich bin ich eben doch sehr viel anders, fing sie noch mal wieder an.

Ach was, dachte er, deine Nase ist eine Zumutung. Eine angenähte Zumutung. Und er sagte laut: Innerlich sind Sie wie die Geranien, wollen Sie sagen. Ganz symmetrisch, nicht wahr?

Dann ging er die Treppe hinunter, ohne sich umzusehen.

Sie stand am Fenster und sah ihm nach.

Da sah sie, wie er unten stehenblieb und sich mit dem Taschentuch die Stirn abtupfte. Einmal, zweimal. Und dann noch einmal. Aber sie sah nicht, daß er dabei erleichtert grinste. Das sah sie nicht, weil ihre Augen unter Wasser standen. Und die Geranien, die waren genauso traurig. Jedenfalls rochen sie so.

Später Nachmittag

Das Haus war schmal, grau und hoch. Da blieb sie stehen und sagte: So.

Er sah sie an. Die Gesichter waren schon im späten Nachmittag versunken. Er sah nur eine blasse, ovale Scheibe. Dann sagte sie: Ja.

Ihr Schlüsselbund klickerte unterdrückt. Es lachte.

Da sagte der junge Mann: Dies ist die Catharinenstraße. Ich danke Ihnen.

Sie schickte ihre farblosen Geleeaugen durch die dicken Brillengläser auf den hellen Fleck zu, der sein Gesicht sein mußte. Nein, antwortete sie, und ihre Augen sahen dazu etwas doof aus, ich wohne hier. Die Catharinenstraße ist das nicht. Ich wohne hier.

Leise lachte das Schlüsselbund.

Der junge Mann staunte: Nicht die Catharinenstraße? Nein, flüsterte sie. Ja, was soll ich denn hier, mein Gott! Ich will doch zur Catharinenstraße. Er sagte das sehr laut. Ihre Stimme wurde ganz klein: Ich wohne hier. In diesem Haus hier. Und sie klickerte mit dem Schlüsselbund.

Da begriff er. Er ging dicht an die blasse, ovale Scheibe heran. Sie hat eine Brille, und ihre Augen sind wie Gelee, so doof, so wässerig – dachte er. Hier wohnst du, fragte er und griff nach ihr, allein? Ja – – natürlich – – allein. Sie sagte das in großen Abständen. Ihre Stimme war so neu, daß sie selbst erschrak. So war die Stimme in den ganzen siebenunddreißig Jahren nicht gewesen, als sie sagte: Ich habe ein Zimmer.

Er ließ sie los und fragte: Und die Catharinenstraße? Sie ist da, antwortete sie und ihre Stimme wurde wieder halb so wie früher. Da, die zweite links. Zweite links, sagte er und drehte sich um. Und durch den diesigen Nachmittag kam noch ein sich entfernendes Danke. Aber das war schon weit, weit ab. Dann vertropften seine Schritte unaufhaltsam und sackten in der Catharinenstraße ganz weg.

Nein, er sah sich noch um. Ein grauer Fleck starrte hinter ihm her, aber das konnte auch das Haus sein. Das Haus war schmal und hoch und grau. Die mit ihren Geleeaugen, dachte er. Wie Gelee waren die, so doof hinter der Brille. Mein Gott, mindestens vierzig war sie schon. Und dann sagt sie plötzlich: Ich habe ein Zimmer. Er grinste den späten Nachmittag an. Dann bog er in die Catharinenstraße ein.

An dem grauen, schmalen Haus klebte ein grauer Fleck. Der atmete und flüsterte vor sich hin: Ich dachte, er wollte was. Er sah mich so an, als ob er gar nicht zur Catharinenstraße wollte. Nein, aber er wollte wohl nichts.

Ihre Stimme war wieder ganz wie früher. Wie sie schon siebenunddreißig Jahre lang gewesen war. Verständnislos schwammen ihre blassen Augen hinter den dicken Brillengläsern hin und her. Wie in einem Aquarium. Nein, er wollte nichts.

Dann schloß sie die Tür auf. Und das Schlüsselbund, das lachte. Lachte leise. Ganz leise.

Nebenan klirrte ein Glas. Jetzt ißt er die Kirschen auf, die für mich sind, dachte er. Dabei habe ich das Fieber. Sie hat die Kirschen extra vors Fenster gestellt, damit sie ganz kalt sind. Jetzt hat er das Glas hingeschmissen. Und ich hab das Fieber.

Der Kranke stand auf. Er schob sich die Wand entlang. Dann sah er durch die Tür, daß sein Vater auf der Erde saß. Er hatte die ganze Hand voll Kirschsaft.

Alles voll Kirschen, dachte der Kranke, alles voll Kirschen. Dabei sollte ich sie essen. Ich hab doch das Fieber. Er hat die ganze Hand voll Kirschsaft. Die waren sicher schön kalt. Sie hat sie doch extra vors Fenster gestellt für das Fieber. Und er ißt mir die ganzen Kirschen auf. Jetzt sitzt er auf der Erde und hat die ganze Hand davon voll. Und ich hab das Fieber. Und er hat den kalten Kirschsaft auf der Hand. Den schönen kalten Kirschsaft. Er war bestimmt ganz kalt. Er stand doch extra vorm Fenster. Für das Fieber.

Er hielt sich am Türdrücker. Als der quietschte, sah der Vater auf.

Junge, du mußt doch zu Bett. Mit dem Fieber, Junge. Du mußt sofort zu Bett.

Alles voll Kirschen, flüsterte der Kranke. Er sah auf die Hand. Alles voll Kirschen.

Du mußt sofort zu Bett, Junge. Der Vater versuchte aufzustehen und verzog das Gesicht. Es tropfte von seiner Hand.

Alles Kirschen, flüsterte der Kranke. Alles meine Kirschen. Waren sie kalt? fragte er laut. Ja? Sie waren doch sicher schön kalt, wie? Sie hat sie doch extra vors Fenster gestellt, damit sie ganz kalt sind. Damit sie ganz kalt sind.

Der Vater sah ihn hilflos von unten an. Er lächelte etwas. Ich komme nicht wieder hoch, lächelte er und verzog das

Gesicht. Das ist doch zu dumm, ich komme buchstäblich nicht wieder hoch.

Der Kranke hielt sich an der Tür. Die bewegte sich leise hin und her von seinem Schwanken. Waren sie schön kalt? flüsterte er, ja?

Ich bin nämlich hingefallen, sagte der Vater. Aber es ist wohl nur der Schreck. Ich bin ganz lahm, lächelte er. Das kommt von dem Schreck. Es geht gleich wieder. Dann bring ich dich zu Bett. Du mußt ganz schnell zu Bett.

Der Kranke sah auf die Hand.

Ach, das ist nicht so schlimm. Das ist nur ein kleiner Schnitt. Das hört gleich auf. Das kommt von der Tasse, winkte der Vater ab. Er sah hoch und verzog das Gesicht. Hoffentlich schimpft sie nicht. Sie mochte gerade diese Tasse so gern. Jetzt hab ich sie kaputt gemacht. Ausgerechnet diese Tasse, die sie so gern mochte. Ich wollte sie ausspülen, da bin ich ausgerutscht. Ich wollte sie nur ein bißchen kalt ausspülen und deine Kirschen da hinein tun. Aus dem Glas trinkt es sich so schlecht im Bett. Das weiß ich noch. Daraus trinkt es sich ganz schlecht im Bett.

Der Kranke sah auf die Hand. Die Kirschen, flüsterte er, meine Kirschen?

Der Vater versuchte noch einmal, hochzukommen. Die bring ich dir gleich, sagte er. Gleich, Junge. Geh schnell zu Bett mit deinem Fieber. Ich bring sie dir gleich. Sie stehen noch vorm Fenster, damit sie schön kalt sind. Ich bring sie dir sofort.

Der Kranke schob sich an der Wand zurück zu seinem Bett. Als der Vater mit den Kirschen kam, hatte er den Kopf tief unter die Decke gesteckt.

Das Holz für morgen

Er machte die Etagentür hinter sich zu. Er machte sie leise und ohne viel Aufhebens hinter sich zu, obgleich er sich das Leben nehmen wollte. Das Leben, das er nicht verstand und in dem er nicht verstanden wurde. Er wurde nicht von denen verstanden, die er liebte. Und gerade das hielt er nicht aus, dieses Aneinandervorbeisein mit denen, die er liebte.

Aber es war noch mehr da, das so groß wurde, daß es alles überwuchs und das sich nicht wegschieben lassen wollte.

Das war, daß er nachts weinen konnte, ohne daß die, die er liebte, ihn hörten. Das war, daß er sah, daß seine Mutter, die er liebte, älter wurde und daß er das sah. Das war, daß er mit den anderen im Zimmer sitzen konnte, mit ihnen lachen konnte und dabei einsamer war als je. Das war, daß die anderen es nicht schießen hörten, wenn er es hörte. Daß sie das nie hören wollten. Das war dieses Aneinandervorbeisein mit denen, die er liebte, das er nicht aushielt.

Nur stand er im Treppenhaus und wollte zum Boden hinaufgehen und sich das Leben nehmen. Er hatte die ganze Nacht überlegt, wie er das machen wollte, und er war zu dem Entschluß gekommen, daß er vor allem auf den Boden hinaufgehen müsse, denn da wäre man allein und das war die Vorbedingung für alles andere. Zum Erschießen hatte er nichts und Vergiften war ihm zu unsicher. Keine Blamage wäre größer gewesen, als dann mit Hilfe eines Arztes wieder in das Leben zurückzukommen und die vorwurfsvollen mitleidigen Gesichter der anderen, die so voll Liebe und Angst für ihn waren, ertragen zu müssen. Und sich ertränken, das fand er zu pathetisch, und sich aus dem Fenster stürzen, das fand er zu aufgeregt. Nein, das beste würde sein, man ginge auf den Boden. Da war man allein. Da war es still. Da war alles ganz unauffällig und ohne viel Aufhebens. Und da waren vor allem die Querbalken vom Dachstuhl. Und der Wäschekorb mit der Leine.

Als er die Etagentür leise hinter sich zugezogen hatte, faßte er ohne zu zögern nach dem Treppengeländer und ging langsam nach oben. Das kegelförmige Glasdach über dem Treppenhaus, das von ganz feinem Maschendraht wie von Spinngewebe durchzogen war, ließ einen blassen Himmel hindurch, der hier oben dicht unter dem Dach am hellsten war.

Tiefer unten in den anderen Stockwerken mußten die gelben Lampen brennen. Auch am Tage. Alle Tage. Aber hier oben war alles hell, die Stufen, die Wände und das Geländer. Hier war alles noch sauberer, Stufen, Wände und Geländer, denn dieser letzte Treppenabsatz wurde nur selten benutzt. Nur von denen, die Kohlen hatten. Und Kohlen hatte keiner. Oder wenn mal jemand Wäsche aufhängen wollte, und das machte ja keinen Schmutz. Besonders am Treppengeländer sah man, daß es fast gar nicht benutzt wurde. Es hatte noch die richtige hellbraune Holzfarbe und sah sehr sauber aus, während es in den unteren Etagen schwarzbraun und fleckig und blank war. Fest umfaßte er das saubere hellbraune Treppengeländer und ging leise und ohne viel Aufhebens nach oben, obgleich er sich das Leben nehmen wollte. Da entdeckte er auf dem Treppengeländer einen breiten weißen Strich, der vielleicht auch etwas gelblich sein konnte. Er blieb stehen und fühlte mit dem Finger darüber, dreimal, viermal. Dann sah er zurück. Der weiße Strich ging auf dem ganzen Geländer entlang. Er beugte sich etwas vor. Ja, man konnte ihn bis tief in die dunkleren Stockwerke nach unten verfolgen. Dort wurde er ebenfalls bräunlicher, aber er blieb doch einen ganzen Farbton heller als das Holz des Geländers. Er ließ seinen Finger ein paarmal auf dem weißen Strich entlang fahren, dann sagte er plötzlich: Das hab ich ja ganz vergessen. Das war ich ja. Das habe ich ja gemacht.

Er setzte sich auf die Treppe. Und jetzt wollte ich mir das Leben nehmen und hatte das beinahe vergessen. Dabei war ich es doch. Mit der kleinen Feile, die Karlheinz gehörte. Die habe ich in die Faust genommen und dann bin ich in vollem Tempo die Treppen runtergesaust und habe dabei die Feile tief in das weiche Geländer gedrückt. In den Kurven habe ich besonders stark gedrückt, um zu bremsen. Als ich unten war, ging über das Treppengeländer vom Boden bis zum Erdgeschoß eine tiefe, tiefe Rille. Das war ich. Abends wurden alle Kinder verhört. Die beiden Mädchen unter uns, Karlheinz und ich. Und der nebenan. Die Hauswirtin sagte, das würde mindestens vierzig Mark kosten. Aber unsere Eltern wußten sofort, daß es von uns keiner gewesen war. Dazu gehörte ein ganz scharfer Gegenstand, und den hatte keiner von uns, das wußten sie genau. Außerdem verschandelte doch kein Kind das Treppengeländer in seinem eigenen Haus. Und dabei war ich es. Ich mit der kleinen spitzen Feile. Als keiner von den Familien die vierzig Mark für die Reparatur des Treppengeländers bezahlen wollte, schrieb die Hauswirtin auf die nächste Mietrechnung je Haushalt fünf Mark mehr drauf für Instandsetzungskosten des stark demolierten Treppenhauses. Für dieses Geld wurde dann gleich das ganze Treppenhaus mit Linoleum ausgelegt. Und Frau Daus bekam ihren Handschuh ersetzt, den sie sich an dem aufgesplitterten Geländer zerrissen hatte. Ein Handwerker kam, hobelte die Ränder der Rille glatt und schmierte sie dann mit Kitt aus. Vom Boden bis zum Erdgeschoß. Und ich, ich war es. Und jetzt wollte ich mir das Leben nehmen und hatte das beinahe vergessen.

Er setzte sich auf die Treppe und nahm einen Zettel. Das mit dem Treppengeländer war ich, schrieb er da drauf. Und dann schrieb er oben drüber: An Frau Kaufmann, Hauswirtin. Er nahm das ganze Geld aus seiner Tasche, es waren zweiundzwanzig Mark, und faltete den Zettel da herum. Er steckte ihn oben in die kleine Brusttasche. Da finden sie ihn bestimmt, dachte er, da müssen sie ihn ja finden. Und er vergaß ganz, daß sich keiner mehr daran erinnern würde. Er vergaß, daß es schon elf Jahre her war, das vergaß er. Er stand auf, die Stufe knarrte ein wenig. Er wollte jetzt auf den Boden gehen. Er hatte das mit dem Treppengeländer erledigt und konnte jetzt nach oben gehen, wo er allein war und wo es still war. Da wollte er sich noch einmal laut sagen, daß er es nicht mehr aushielte, das Aneinandervorbeisein mit denen, die er liebte, und dann wollte er es tun. Dann würde er es tun.

Unten ging eine Tür. Er hörte, wie seine Mutter sagte: Und dann sag ihr, sie soll das Seifenpulver nicht vergessen. Daß sie auf keinen Fall das Seifenpulver vergißt. Sag ihr, daß der Junge extra mit dem Wagen los ist, um das Holz zu holen, damit wir morgen waschen können. Sie darf auf keinen Fall das Seifenpulver vergessen, sag ihr das. Sag ihr, das wäre für Vater eine große Erleichterung, daß er nicht mehr mit dem Holzwagen los braucht und daß der Junge wieder da ist. Der Junge ist damit los und holt unser Holz für morgen. Sie soll ja das Seifenpulver nicht vergessen. Der Junge ist extra los heute. Vater sagt, das wird ihm Spaß machen. Das hat er die ganzen Jahre nicht tun können. Nun kann er Holz holen. Für uns. Für morgen zum Waschen. Sag ihr das, daß er extra mit dem Wagen los ist und daß sie mir nicht das Seifenpulver vergißt. Er ist extra los. Unser Junge.

Er hörte eine Mädchenstimme antworten. Dann wurde die Tür zugemacht und das Mädchen lief die Treppen hinunter. Er konnte ihre kleine, rutschende Hand das ganze Treppengeländer entlang bis unten verfolgen. Dann hörte er nur ihre Beine noch. Dann war es still. Man hörte das Geräusch, das die Stille machte.

Er ging langsam die Treppe abwärts, langsam Stufe um Stufe abwärts. Ich muß das Holz holen, sagte er, natürlich, das hab ich ja ganz vergessen. Ich muß ja das Holz holen, für morgen.

Er ging immer schneller die Treppen hinunter und ließ seine Hand dabei kurz hintereinander auf das Treppengeländer klatschen. Das Holz, sagte er, ich muß ja das Holz holen. Für uns. Für morgen. Unser Holz. Und er sprang die letzten Stufen mit großen Sätzen abwärts.

Ganz oben ließ das dicke Glasdach einen blassen Himmel hindurch. Hier unten aber mußten die Lampen brennen. Jeden Tag. Alle Tage.

Alle Milchgeschäfte heißen Hinsch

Alle Milchgeschäfte heißen Hinsch. Hinschens sind blond, riechen satt und gesund wie frische Pfirsiche oder Säuglinge. Hinschens haben rote, riesige Hände. Hinschens haben die roten Hände nicht, weil sie Wasser mit der Milch verkuppeln. Die roten Hände kommen vom Kannenwaschen und Flaschenspülen. Die Kannen sind schwer und die Flaschen sind glatt – deswegen oder davon sind Hinschens Hände rissig.

Herr Hinsch ist groß, langsam und gut. Frau Hinsch ist klein und schnell, und sie ist auch gut. Elsie, die Tochter, ist mittelgroß, müde im Tempo und mucksch.

Alle drei Hinschens leiden im Winter an kalten Füßen, denn der Fußboden ist aus Steinfliesen, weil man die besser sauberhalten kann. Im Winter tragen Hinschens schwarze Wollstrümpfe in ihren Holzpantoffeln – und dicke graue Schals um die Hälse. Im Winter haben alle drei Hinschens rote Nasen, Frost in den Fingern und chronischen Schnupfen.

Im Sommer sind Hinschens die einzigen Menschen in unserer Gegend, die nicht übermäßig zu schwitzen brauchen, denn der Fußboden ist aus Steinfliesen, weil die leichter sauberzuhalten sind. Im Sommer finden Hinschens – mit erstaunten Mündern – die Hitze doch ganz erträglich und sie behalten ihren pfirsichfrischen Geruch. Dann werden sie von allen Kunden beneidet. Auch, weil sie dann mehr Buttermilch haben und ihr Geschäft um halb fünf zuschließen können, weil die Milch dann alle oder sauer ist. Herr Hinsch ist groß, gut und gemäßigt grämlich. Frau Hinsch ist klein, flink und freundlich. Aber Elsie ist mucksch. Schon immer. Seit sie fünfzehn Jahre alt war, ist sie so. Vorher war sie, wie alle sind.

Nachts rumpumpeln die gewaltigen Überlandwagen wie

überschwere Artillerie durch die verstummten Straßen und bleiben tief innerlich schnaufend und mit allerlei Eingeweiden rasselnd – als hätten sie verrostete Bronchien – vor den Milchläden stehen. Sie kommen nachts, damit die Menschen morgens Milch zum Kaffee nehmen können. Die Fahrer, die Bändiger dieser glutäugigen Untiere, sind Idealisten und Helden. Sie nehmen den mürbemachenden Minnedienst in den ungeahnten Gefahren der Nacht auf sich, damit man morgens Milch zum Kaffee trinken kann.

Damals war Elsie fünfzehn verspielte normale Jahre alt, blond und beinahe zu gut genährt. Damals kamen auch die Milchwagen – nachts – und dann verließen die drei Hinschens das ereignislose Paradies ihrer Betten so selbstverständlich (auch ohne schwertbehangenen Engel!), so selbstverständlich gaben sie die weiche Wärme ihrer Betten auf, als ob es nichts Selbstverständlicheres auf der Welt gäbe, als nachts neunzehn volle Milchkannen abzuladen und neunzehn leere Kannen aufzuladen.

Elsie war sehr blond und sehr gut genährt und sie war fünfzehn Jahre alt, und es war eine geheime Lust für sie, das von allerhand seltsamen Träumen überhitzte Bett zu verlassen und unter den geheimnisvollen Sternen einige und windkühle Eisenkannen gegen die dünnen Kleider zu drängen. Das war wie Eisessen, wie Baden oder Limonadetrinken im Sommer – nur merkwürdiger.

Die heldischen Reiter der mehrachsigen, spritsaufenden Milchkühe, diese Cowboys der Großstadt, hatten das sehr bald herausgekriegt, das Blonde, Breithüftige, das nachts so nach Abkühlung verlangte. Mein Gott, im Mondlicht sind alle Mädchen Madonnen, auch die breithüftigen.

Helden, selbst wenn sie Idealisten sind, Helden, die sich nachts schnell neben den Wagen stellen, um das Bier der letzten Stadt loszuwerden – gleich, ob die Frauen oder Töchter der Hinschens (denn alle Milchleute heißen Hinsch) ihnen zusehen oder nicht – diese Helden sind niemals zimperlich. Helden können nicht die Behutsamkeit von Feiglingen haben – sie müssen gewalttätig und brutal sein.

Trotzdem ließ sich das Kind mit den breiten Hüften vor Schreck und Angst die schwere Kanne auf den Kopf fallen, als sie sie mit beiden Armen zum Wagen hochstemmen wollte und plötzlich einen Mann durch ihre Röcke an sich fühlte.

Der Held hatte diesen Augenblick, in dem sie die Brust so aufdringlich vorreckte, aber mit beiden Händen die Kanne umklammern mußte, für den günstigsten gehalten, und seine Arme, die gewohnt waren, mit mehreren hundert Pferdekräften umzuspringen, griffen nicht sonderlich zartfühlend zu (das können Helden sich nie erlauben!).

Blonde Mädchen, denen im Sommer das Bett und das Blut zu heiß wird, brauchen nicht immer eine breithüftige Seele zu haben. Ihre Seele kann einfältig und zerbrechlich wie Kinderspielzeug sein – und Erwachsene zerdrücken es in einer Sekunde. Mädchen, die Milchkannen anpacken wie Artilleristen ihre Granaten und den Druck des harten Metalls wohlig auf der Haut empfinden, brauchen nicht unbedingt eine breitbusige Seele zu haben. Es kommt vor, daß sie die süßeste, sauberste und silbrigste Seele von der Welt haben – süß wie Blumenduft, sauber wie frische Milch und silbrig wie die Feenflügel mancher nächtlicher Insekten.

Der Held, der Herr über ein Heer von Pferdekräften war, verlor die Herrschaft über sein Herz. Über sein Herz? Doch, vielleicht auch über sein Herz. Er wollte Elsie nehmen wie eine Kurve, in die man – ohne Gas wegzunehmen – hineingeht, er wollte sie herumwerfen, wie er sein Lenkrad herumkriegte, und von ihr wie von einer Milchkanne mit seinen behaarten Tatzen Besitz ergreifen.

Aber da war die silberige Seele, die hauchempfindlich und verletzlich war wie der Glanz auf Mottenflügeln, zu Tode erschrocken unter den öligen Pranken der Wirklichkeit – blitzschnell stahl sich die volle Kanne aus den entseelten Händen und schlug eine unheimliche Glut aus dem Mädchenkopf: auf dem blonden Scheitel blühte dickes, dunkles Blut.

So war das damals, als Elsie nach langem Krankenlager nicht mehr war wie sonst, nicht mehr war wie alle. Sie verkümmerte wie eine Primel, der die Leute kein Wasser bewilligten und der das Fenster, hinter dem sie nun stehen muß, keine Sonne gönnte.

Die Leute sagten: Sie ist schräge. Hinschens sagten: Sie ist mucksch. Sie selbst sagte nichts. Sie gab überhaupt nur noch Stichworte zu ihrem Leben, denn ihre silberige Seele, die zerdrückt war wie ein Mottenflügelchen, umschwärmte immer noch ihren Helden, der sein Gehirn vielleicht längst an einem Chausseebaum oder an einem Brückenpfeiler dem Gott der Technik geopfert hatte. Vielleicht hatte er sich auch sein unbeherrschtes, liebestolles, übervolles Herz von den nilpferdhäutigen grauen Gummirädern eines fremden Überlandwagens breitwalzen und ausquetschen lassen, daß ihm Sehen, Hören und Vergewaltigen für dieses Dasein vergangen war.

Wenn nächstens die massigen Milchautos vor Hinschens Schlafzimmerfenster zitternd, ächzend und polterig bremsen, dann erhebt sich mit den drei Hinschens – Vater Hinsch, Mutter Hinsch und Tochter Hinsch – auch Elsies unruhige Seele und fängt an, von dem Glockengedröhn der aufs Pflaster wuchtenden und aneinanderschlagenden, klagenden Milchkannen aufgeregt und aus ihrem Primelstumpfsinn aufgescheucht, mit zerdrücktem Mottenflügel scheu versteckte, aber doch berauschende Flugversuche zu machen. Vielleicht sucht sie ihren Helden mit dem Vorsatz, nun nicht mehr so ängstlich zu sein wie damals – aber sie wird ihn nicht finden. Und sie liegt noch lange, wenn das Milchauto verschwunden und sein Glockenläuten verstummt ist, wach.

Der Stiftzahn oder
Warum mein Vetter keine Rahmbonbon mehr ißt

Es war ein niedliches kleines Kino. Und niedrig. Es roch nach Kindern, Aufregung, Bonbon. Es roch im ganzen Klub nach Rahmbonbon. Das kam davon, weil man vorne neben der Kasse welche kaufen konnte. Für zehn Pfennig fünf Stück. Deswegen roch es nach Rahmbonbon an allen Enden. Aber sonst war es ein niedliches Kino. Und niedrig. Es gingen kaum zweihundert Menschen hinein. Es war ein richtiges kleines Vorstadtkino. Eines von denen, die man gutmütig Flohkiste nennt. Ohne Gehässigkeit. Unser Kino hieß Viktoria-Lichtspiele. Sonntags nachmittags gab es Kindervorstellungen. Für halbe Preise. Aber die Rahmbonbon waren beinahe noch wichtiger. Sie gehörten dazu, zum Sonntag, zum Kino. Fünf Stück einen Groschen. So rentierte sich das auch für den Besitzer.

Leider besaß mein Vetter dreißig Pfennig. Das waren eine Unmasse Rahmbonbon. Wir waren mit die Glücklichsten unter den zweihundert Kindern. Ich nämlich auch. Denn ich saß neben ihm und dafür war er mein Vetter. Wir waren sehr glücklich. Das *leider* kam erst später.

Dann wurde es langsam und genießerisch dunkel. Das schmatzende Lutschgeräusch von zweihundert Mäulern flaute augenblicklich ab. Statt dessen wälzte sich ein Indianergeheul, Fußgetrampel und anhaltendes Pfeifkonzert durch das kleine Kino. Selige Freudenkundgebung allsonntäglich zum Beginn der Vorstellung.

Dann war es dunkel. Die Leinwand wurde hell, und hinten surrte etwas. Dann gab es auch noch Musik. Das Indianergeheul brach ab. Man hörte wieder das Lutschen an allen Enden. Und beinahe zweihundert Herzen schlagen. Der Film begann.

Hinterher kann man das nie mehr so genau auseinanderhalten. Auf jeden Fall wurde sehr viel geschossen, geritten, geraubt und geküßt. Alles war in Bewegung. Und vor der Leinwand zweihundert lutschende Zungen. Wenn man nachher im Hause erzählen sollte, wußte man nur noch, daß geschossen, geritten und geraubt wurde. Das Küssen unterschlug man. Das war ja sowieso Quatsch.

Je mehr auf der Leinwand geritten und geschossen wurde, um so mehr wurden die Rahmbonbon von einer Backe in die andere geschoben. Und das konnte man alles hören. Eine wüste Flucht zu Pferde auf der Leinwand – und das Lutschgeräusch schwoll an wie ein Wasserfall.

Es roch nach Kindern, Aufregung, Bonbon. An allen Enden nach Rahmbonbon.

Plötzlich, gerade wurde der blonde, heldenmütige Held auf seinem treuen Schimmel von sieben schwarzbärtigen Räubern über die Leinwandprärie gejagt – gerade sandte er einen dringenden Heldenblick zum düster bewölkten Tragödienhimmel –, gerade zogen die verbrecherischen Verfolger ihre haarscharfen Trommelrevolver und verbargen sich hinter einer riesigen Hecke von blühenden Kakteen – da schrie es!

Das war an sich nichts Besonderes, denn alle aufregenden Vorgänge auf der Leinwand wurden mitfühlend durch die Aufschreie von zweihundert Kindermäulern untermalt und kommentiert. Aber dieser Schrei war aus der Art gefallen. Er war zu groß und zu erschrocken. Es lief mir heiß den Rücken herauf. Und mir ganz besonders, denn der geschrien hatte, war mein Vetter. Und dann schrie er noch einmal. Laut und wehklagend wie ein getretenes Hündchen. Und dann zum drittenmal: Entsetzt und nicht zu überhören. So schrie mein Vetter.

Er hatte Erfolg. Das, was über die Leinwand gelaufen war, blieb mitten im Laufen stehen und surrte nicht mehr. Die Musik machte auch nicht mehr mit, und das Licht ging an.

Es war nicht leicht, aus dem Heulenden, Schimpfenden, Schluchzenden, das vorher mein Vetter gewesen war, herauszubekommen, was den Ansporn zu seinem dreiteiligen Schrei gegeben hatte. Aber dann verstand man ihn doch und der Kinobesitzer, der zugleich Kassierer und Rahmbonbonverkäufer war, widmete seinen Rahmbonbon einen männlichen Fluch. Und insbesondere den Rahmbonbon, die er an meinen Vetter verkauft hatte.

Aber Schuld hatte er natürlich selbst, mein Vetter. Wie oft und eindringlich war ihm zu Hause und vom Zahnarzt eingeschärft worden, um Himmels willen nie und niemals Rahmbonbon zu essen. Er hatte es trotzdem getan. Dabei war es passiert. Der Stiftzahn – mein Vetter trug damals schon, und er wurde von uns allen bestaunt und darum geachtet, einen richtigen Stiftzahn – dieser Stiftzahn hatte sich von der Rahmbonbonmasse betören lassen und hatte seinen Stift heimlich verlassen.

Und da mein Vetter bei den atemberaubenden Vorfällen auf der Leinwand den Mund vor Atemnot weit aufsperrte, war der Stiftzahn heimtückisch und häßlich aus der Gemeinschaft seiner Brüder entflohen und abenteuersüchtig unter den Bänken des Kinos von dannen gerollt.

Nach zehn Minuten mußte das Suchen aufgegeben werden. Der Stiftzahn hatte zu viele Vorteile für sich. Wer hätte sich erkühnen wollen, unter den dunklen Bänken, auf denen zweihundert Kinder hin und her rutschten, einen Stiftzahn wiederzufinden? Pfeifen und Rufen half erst recht nichts. Vielleicht hatte er längst als herzklopfenmachende Beute in einer fremden Hosentasche Unterkunft gefunden. Jedenfalls war er weg.

Es wurde wieder dunkel, die Leinwand wurde wieder hell und bewegte sich da weiter, wo sie stehengeblieben war. Und die Musik machte auch wieder mit. Und neben mir schwiegen schwermütig die tränenerstickten Reste meines vorhin noch stolz lutschenden Vetters.

Einmal geht alles zu Ende. Am ehesten eine Kindervorstellung im Vorstadtkino. Die Leinwand konnte nicht mehr, die Musik auch nicht. Sie waren auch überanstrengt, deswegen machten sie Schluß. Aber dafür gingen zwei immer wieder überraschende Seitentüren vorne auf und ließen weiß und blendend den hellen sonntäglichen Sonntagmittag in das Kino herein. In wenigen Minuten plapperten und klapperten die Zweihundert aus den Türen und ihrem sonntäglichen Abenteuer an die sonntägliche Luft.

Als allerletzte, mit verfinsterten Gemütern und dunklen Vorahnungen, mein zahnloser Vetter und ich. Wir sahen uns an. Stumm und gefaßt. Und beinahe männlich. Trotz unserer zwölf Jahre beinahe schon männlich. Mir kam es allerdings so vor, als ob in den Augen meines Vetters eine ungeheure Warnung für mich lauerte. Diese Warnung sagte: Wenn du jetzt anfängst zu lachen, hau ich dich tot!

Ich lachte nicht. Ich lachte erst fünf Minuten später. Dann aber um so ausführlicher.

Wir waren nur noch zwei, drei Schritte vom Ausgang entfernt, und die Sonntagssonne kam uns, gänzlich unangebracht, freudestrahlend entgegengeblinzelt, da schrie es abermals. Diesmal war ich es, der schrie.

Ich stand und blieb stehen, als ob meine Zehen in einer

Mausefalle säßen. Dann schrie auch ich zum zweitenmal. Siegesbewußt:

Mensch, ich hab ihn!

Mein Vetter konnte nur dumm flüsternd fragen: Wen?

Da schrie ich zum drittenmal: Mensch, den Stiftzahn! Ich stehe drauf!

Und damit nahm ich meinen Fuß von dem dicken, roten, dreckigen Teppich hoch. Da lag der Stiftzahn und tat, als ob nichts geschehen wäre! Das harte Steinchen, das gegen meine Sohle gedrückt hatte, war der treulose Zahn. Vierhundert Füße hatten ihn wohl durch das Kino vor sich hergestoßen. Allein hätte er sich kaum so weit gewagt.

Mein Vetter schrie nun auch noch einmal zum Abschluß.

Dann riß er den Stiftzahn an sich, strahlte ihn mit beiden Augen strafend aber doch selig an und beförderte ihn – ohne ihn wenigstens an der Jacke abzuwischen – wieder an seinen Platz.

Und dann konnten wir endlich lachen. Bis uns die Tränen in den sauberen Sonntagskragen liefen. Denn auch mein Vetter hätte furchtbar gern gelacht, als der Zahn plötzlich nicht mehr da und weg war. Wenn es nur nicht gerade sein eigener Zahn gewesen wäre. Aber jetzt war er wieder an Ort und Stelle und wir sahen nicht ein, warum wir uns jetzt nicht halbtot lachen sollten.

Rahmbonbon hat mein Vetter nie wieder angesehen. Nicht mal angesehen. Ich kann das verstehen.

Der Himmel war grün. Und es roch nach Angst. Der Abend roch nach Bier und gebratenen Kartoffeln. Die engen, endlosen Straßen rochen nach Menschen, Topfblumen und offnen Schlafzimmerfenstern.

Der Himmel wurde gelb wie Gift. Die Welt verstummte vor Beklemmung. Nur ein Riesenautobus schnob urweltlich und asthmatisch vorbei. Er ließ eine Andeutung von Ölruch in der Luft.

Die Alster erbleichte und starrte wie ein furchtvolles Tierauge zwischen den Häusermassen zum Himmel. Sie sah das Unabwendbare auf sich zukommen. Und sie erbleichte, daß es aussah, als hätten hunderttausend Fische plötzlich ihre Bäuche nach oben gekehrt. Die Kirchtürme waren ganz nah und wie nackt. Die Stadt duckte sich.

Auf einer Hauswand schleimten sich zwei Schnecken in weltentrückter Gelassenheit grußlos aneinander vorüber. Über sechs Stunden klebten sie sich gegenüber und jede von ihnen hatte erwartet, daß die andere ausweichen würde. Dann setzten sie sich endlich solidarisch zu gleicher Zeit in Bewegung. Und jede machte einen dünnen, glitschigen Silberstrich an die Wand.

Aus dem vielstockigen Haus kam kaum ein Laut. Eine Tür miaute. Und ein Kind fragte etwas. Sonst nichts. Nur unten im Hausflur klopften zwei Herzen. Die gehörten einem jungen Mann und einem Mädchen.

Als sich die beiden Schnecken unter den Blicken der beiden Menschen eine Handbreit voneinander entfernt hatten, klirrte laut und unmißverständlich ein Fenster zu. Ein überraschender Wind jaulte auf, hob einen Fetzen Papier auf, klöterte eine leere Konservendose gegen die Steine und jachterte wie hundert hungrige Hunde durch die gelähmte

Stadt. Riesige Regentropfen klatschten kalt und rhythmisch auf die Straßen.

Als der erste Blitz wie ein Riß über den Himmel ging, griff das Mädchen nach der Hand des jungen Mannes und drückte sie gegen ihre Brust. Der Donner bellte gereizt über den Dächern. Die beiden Menschen schlossen für Sekunden die Augen.

Der junge Mann war ein typischer Mann. Er wollte die so leicht gewonnene Stellung nicht nur halten, sondern nannte das Gewitter für sich ein unverschämtes Glück. Und er legte die andere Hand daneben und zog das ganze an sich.

Das Ganze, das Mädchen, sah ihn an, als sähe sie ihn zum erstenmal. Er nickte ihr großartig zu: Ja, das habe ich nun getan. Aber da nahm sie seine Hände von sich ab, schnell und stumm. Und weil sie ihn verstand, atmete sie erregt: Ja, du, das verstehe ich nicht. Dann lief sie in den Regen hinaus.

Der junge Mann war ein typischer junger Mann. Er sah die unwahrscheinlich dicken, nassen Tropfen und hob die Schulter: Nein, ich verstehe das auch nicht. Kopfschüttelnd nahm er die eine Schnecke und backte sie wieder dahin, wo sie vor einer Stunde gewesen war. Er wischte sich die Hand an der Hose ab und setzte sich erschlagen auf die Treppe. Er kaute grimmig auf einem Gummiband.

Allmählich verblaßten die Blitze. Die Donner dämpften ihre Wut. Die Alster schwatzte glucksend mit den dicken Regentropfen. Es roch fruchtbar nach Milch und Erde. Die Rinde der Bäume war blaugrau und blank wie die Haut eines Elefanten, der eben aus dem Fluß steigt. In einer Nebenstraße zischte ein Auto durch die Pfützen.

Der junge Mann sah abschätzend zum Himmel. Da hing ein schmaler Mond. Der Himmel war durchsichtig und sauber wie eine frisch geputzte Fensterscheibe. Die Luft war seidig und die ersten Sterne stickten ein zaghaftes Muster in die aufkommende Nacht. Man hörte die Menschen tief atmen im Schlaf. Aber die Bäume, die Blumen und das Gras waren wach und tranken. Der letzte Donner war so klein, als wenn ein Kind einen Stuhl rückt.

Die Mauer

Zuletzt bleibt nur der Wind. Wenn alles nicht mehr sein wird, Tränen, Hunger, Motor und Musik, dann wird nur noch der Wind sein. Er überdauert alles, Stein und Straße, selbst die unsterbliche Liebe. Und er wird in dem kahlen Gesträuch über unsern verschneiten Gräbern tröstlich singen. Und er wird an den Sommerabenden mit den süßen Blumen verliebt tun und ihnen zum Tanz spielen – heute, morgen, immer.

Er ist die erste und letzte große Symphonie des Lebens und sein Atem ist die ewige Melodie, die über Wiege und Sarg singt. Und neben seinem Raunen, Orgeln, Lispeln, Donnern und Pfeifen hat nichts anderes Bestand. Auch der Tod nicht, denn der Wind singt über den Kreuzen und Knochen und wo er singt, da ist das Leben. Denn die Blumen sind ihm verfallen und sie lachen über den knochigen Tod, die Blumen und der Wind.

Weise ist der Wind, denn er ist alt wie das Leben.

Weise ist der Wind, weitlungig und weich kann er säuseln, wenn er will.

Sein Atem ist eine Macht und es gibt nichts, das ihn hindert.

Es war eine vereinsamte, zerborstene alte Mauer, die einmal zu einem Haus gehört hatte. Nun stand sie wankend und sah hohläugig nach dem Sinn ihres Lebens aus. Und sie hob sich dunkel in den Himmel, drohend, demütig, verlassen.

Als der Abendwind sie in seine weichen Arme nahm, schwankte sie leise und seufzte. Seine Umarmungen waren warm und weich, denn die Mauer war alt und gebrechlich und traurig geworden. Seine Umarmung tat ihr gut, sie war so weich, und sie seufzte noch einmal.

Was hast du? fragte zärtlich der junge Wind.

Ich bin einsam. Ich bin sinnlos. Ich bin tot – seufzte die alte Mauer.

Ach, du bist traurig, weil sie dich vergessen haben. Du hast sie ein Leben lang geschützt, ihre Wiegen, ihre Hochzeiten, ihre Särge. Aber sie haben dich vergessen. Laß sie, die Welt ist undankbar – das wußte der junge Wind, der so weise war.

Ja, sie haben mich vergessen. Ich habe meinen Sinn verloren. Oh, sie sind undankbar, die Menschen – klagte die alte Mauer.

Mach Schluß! – hetzte der Wind.

Wieso? fragte die Mauer.

Räche dich – wisperte der Wind.

Wie denn? wollte sie wissen.

Stürze – raunte er wollüstig.

Warum? gab sie zitternd zurück.

Da bog der junge Wind die alte Mauer etwas vor, daß ihre steifen Knochen knisterten und sie sah, wie zu ihren Füßen tief unten die Menschen vorbeihasteten, die undankbaren Menschen. Und sie bebte am ganzen Körper, die alte, verlassene Mauer, als sie die Menschen wiedersah und als sie den Wind fragte: Stürzen? Kann – ich – stürzen?

Willst du? Dann kannst du – orakelte der weltweise Wind.

Ich will es versuchen – seufzte die Mauer – ja!

Dann stürze! Schrie der Wind und riß sie in seine jungen Arme und bog sie und drängte sich an sie und hob sie ein wenig und brach sie. Dann ließ er sie los, und sie stürzte.

Weit neigte sie sich vor. Tief unter ihr wimmelten die undankbaren, vergeßlichen, treulosen Menschlein, denen sie ihr Leben lang eine treue Mauer gewesen war. Und als sie die kleinen Menschen so winzig und fleißig wimmeln sah, da vergaß sie ihren Haß und ihre Rache. Denn eigentlich liebte sie die Menschen, die wimmelnden, winzigen. Und da tat es ihr leid und sie wollte sich noch im letzten Augenblick wieder aufrichten.

Aber da war der Wind auf der Hut. Und er gab der alten gebrechlichen Mauer einen Fußtritt, daß sie krachend und kreischend auf die Straße niedersauste.

Sie erschlug eine ältere Frau und zwei Kinder und einen jungen Mann, der gerade aus dem Krieg nach Hause kam. Laut schrie sie auf, die sterbende, zerbrochene alte Mauer und fragte mit ihrem letzten knisternden Atem den jungen Wind:

Warum? Warum hast du das getan? Ich liebte sie doch!

Aber der Wind lachte, als es mit der Mauer zu Ende ging. Er hatte überschüssige Kraft und war uralt an Weisheit. Er lachte über das Leben, denn er wußte, daß es so kommen mußte. Und er hatte kein Herz, der uralte junge Wind.

Aber er konnte weich sein, wenn er wollte. Und so sang er die alte Mauer, die unter Seufzern starb, weil sie vier Menschen erschlug, in den ewigen Schlaf.

Aber dann lacht er wieder, der junge Wind, denn er überdauert alles: Stein und Straße und selbst die unsterbliche Liebe.

Ein Sonntagmorgen

Die Morgenandacht im Radio war orgeldröhnend zu Ende gegangen. Amen. Der liebe Gott war immer noch ein tüchtiger Mann. Halleluja. Wachtmeister Sobodas kurzfingrige, viereckige Hand drehte das Radio lauter. Man machte Marschmusik. Er liebte Marschmusik. Dann nahm er die schweißigledern stinkende Dienstmütze vom Tisch, blubberte noch mal ein Amen, und stülpte sie wieder auf seinen wie gebohnerten Kopf. Der harte Rand der Mütze grub sich in die furchige Falte, die ihr jahrzehntelanges vorschriftsmäßiges Tragen auf dem Kugelkopf hinterlassen hatte. In diese Furche mußte der Mützenrand einrasten, dann war alles in Ordnung: Die Mütze saß akkurat zwei Fingerbreit über den Ohren. So hatten es vor Generationen die Gelehrten in den Dienstverordnungen unwiderruflich festgelegt. Die immer gerötete Furche, die die Billardkugel umkreiste, war das Sinnbild soldatischen Gehorsams. Mit der geröteten Furche zwei Fingerbreit über den Ohren wurde eine uralte Tradition in Ehren und hochgehalten, auch wenn die Natur immer noch nicht dazu übergegangen war, Einheitsköpfe für Dienstmützen zu basteln. Amen also – die Mütze saß.

Dann machte er sein Taschenmesser auf. Es war ein schönes Messer, wenn es auch nur die eine Klinge hatte. Aber die Klinge war gut. Ein schönes Messer. Das heißt, im Grunde genommen war es grob, gewöhnlich und gewalttätig. Aber er fand, es wäre ein schönes Messer. Es war auch schön. Man konnte einfach und durchweg alles damit bewerkstelligen. Alles: Obstbäume veredeln, Shagpfeifen auskratzen, Brot schneiden, Uhren auseinandernehmen, Fingernägel saubermachen, Bleistifte anspitzen, Kunsthonig tranchieren. Es war ein großartiges Messer. Und es hatte den unergründlichen Zaubergeruch eines orientalischen Märchens: Holz, Tabak, Brot, Uhrenöl und Honig.

Heute morgen war Sonntag, und drei Düfte, die drei typischen Sonntagsvormittagsdüfte, umhauchten die etwas müde, aber immer noch gewissenhafte Klinge: Tabakgeruch vom Säubern der Pfeife vor der Andacht – Erdgeruch, Kleingartenerdgeruch vom allsonntäglichen Reinigen der Fingernägel während der Andacht – und drittens Kunsthoniggeruch vom Tranchieren eines steinharten Honigblockes nach der Andacht. Und dieses Honigtranchieren war die wichtigste Zeremonie des Sonntagmorgens, und dazu war das Messer aufgemacht worden.

Nachdem ein kleiner klebriger Kubus Kunsthonig hinter den nikotingefärbten Zahnstummeln verstaut war, schob er, denn anders stand er niemals auf, mit gewaltigem Schurren den Bock nach hinten und kam mit Hilfe seiner Viereckhände, die er auf den fettscheckigen, tintenklecksigen Tisch stützte, auf die Beine. Dann langte er nach einem schwarzgelackten Lederriemen, an dessen Innenseite groß und leserlich, grob mit Tintenstift, zwei Worte aufgemalt waren: Wachtmeister Soboda. Der Würfel künstlichen Honigs wechselte von der linken Backe zur rechten über, dann hob Wachtmeister Soboda vorschriftsmäßig das linke Bein und begann seinen Dienst: Zweiter Kontrollgang zu den Zellen Nummer 1 bis 20. Sonntagmorgen. Acht Uhr vierzig.

Als der eisenbenagelte und doch gemütvolle Schritt (der einem alten O-beinigen Lastenträger gehören konnte) am Ende des sonntagsstillen, friedlich verstaubten Korridors hörbar wurde, legten alle Häftlinge, die zur Abteilung des Wachtmeisters Soboda gehörten, ihr Gesicht in erwartungsvolle Sonntagsfalten und ihre Ohren an die Türen ihrer

Zellen. Genießerisch erwarteten sie das allsonntägliche Gespräch mit Nummer Neun. Nur drei Insassen der dicken, dummen Mauern taten das nicht: Nummer Eins. Nummer Siebzehn und Nummer Neun.

Nummer Eins hatte keine Zeit. Er war Lebenslänglicher und hatte es in dreiundzwanzig Jahren zum Kalfaktor gebracht. Das heißt: Er leerte die Abortkübel und füllte die Eßnäpfe, und sonntags morgens hatte er keine Zeit. Dann bekam er regelmäßig einen Riesenpacken alter Zeitungen in die Zelle. Flüchtig las er die Reden der großen Staatsmänner, dann zerriß er sie (die Reden) in handtellergroße Blätter. Dahin ging sein Auftrag. Diese Blätter wurden bei der Ausgabe der Mittagskost mit durch die Klappe gereicht. Jede Zelle bekam vierunddreißig Blatt. Bis zum nächsten Sonntag. Als Toilettenpapier. (Flüchtig wurden die verzettelten Reden der großen Staatsmänner gelesen und dann verbraucht, die Reden.) Man war Mitglied eines kultivierten Staates.

Auch Nummer Siebzehn legte sein Ohr nicht an die Tür seiner Zelle, um an dem sonntäglichen Gespräch teilzunehmen. Denn er weinte. Er war sechzehn Jahre alt und weinte. Es war Sonntag und er war im Gefängnis, und er hatte ein Fahrrad gestohlen. Er weinte tränenlos, trostlos, lautlos. Der ganze ganz erbärmliche Kummer der Menschheitsgeschichte fuhr auf schrill klingelnden Fahrrädern über die bekritzelten Wände der Zelle: Fahrräder – Fahrräder – stundenlang klingelten die Fahrräder. Er weinte, denn zu Hause hatten sie Sonntag, aßen Topfkuchen und dachten an ihn. Sie dachten an ihn, Gott ja, aber sie hatten auch Topfkuchen. Deswegen weinte Nummer Siebzehn am Sonntag morgen acht Uhr vierzig und hielt sein Ohr nicht an die Tür seiner Zelle.

Und Nummer Neun? Nummer Neun konnte sein Ohr

nicht an die Tür seiner Zelle legen, weil er seinen Mund dort hatte. Er hatte seinen Mund dort jeden Sonntag morgen. Dann mußte er in einer dringenden Angelegenheit den Abteilungsführer Herrn Wachtmeister Soboda sprechen. Und Wachtmeister Soboda hörte nicht gut. Deswegen mußte Nummer Neun seinen Mund an die Tür seiner Zelle legen.

Und dann – der Eisennagelschritt donnerte gemütvoll heran – erlebten alle Häftlinge der Abteilung des Wachtmeisters Soboda kopfschüttelnd oder kichernd ihr sonntägliches Erlebnis. Nur Nummer Eins nicht, der politische Reden zu Toilettenpapier zerriß. Und Nummer Siebzehn nicht, der weinte.

Was ist los, Nummer Neun?

Ich bitte, den Herrn Wachtmeister sprechen zu dürfen.

Ja, los.

Ich bitte fragen zu dürfen, ob ich in den Besitz meiner Zahnbürste gelangen kann.

Wo ist die, Nummer Neun?

Bei meinem Gepäck.

Nein.

Doch, Herr Wachtmeister –

Ja, kann sein, daß sie da ist. Aber Sie kriegen sie nicht.

Ließe es sich nicht vielleicht doch einrichten, daß ich ausnahmsweise meine Zahnbürste ausgehändigt bekommen würde?

Nein.

Und – warum nicht, bitte, Herr Wachtmeister?

Weil die Gefangenen nicht bei ihrem Gepäck bei dürfen.

Warum dürfen sie nicht dabei, Herr Wachtmeister?

Es ist verboten.

Und könnten Sie nicht vielleicht, Herr Wacht – –

Nein.

Und warum geht das nicht, Herr – –

Weil die Beamten nicht bei dem Gepäck bei dürfen.

Aber warum nicht, wenn ich – –

Es ist verboten.

Warum ist das denn auch verboten?

Es war immer schon verboten.

Könnte man denn keine Ausnahme machen, Herr Wacht – –

Nein.

Warum denn nicht, Herr – –

Weil es verboten ist, sag ich Ihnen doch!

Könnte man denn nicht ein einziges Mal – es handelt sich doch nur um eine Zahnbürste!

Nein.

Warum nicht, Herr Wacht –

Weil es noch nie so war.

Ja, aber warum geht es denn nicht?

Weil die Gefangenen nicht bei ihrem Gepäck bei dürfen.

Wäre es denn nicht vielleicht möglich, daß Sie, Herr Wacht –

Nein.

Und warum – wohl – nicht?

Weil die Beamten nicht bei dem Gepäck bei dürfen.

Herr Wachtmeister, ich bitte fragen zu dürfen –

Los, ja!

Wie soll ich mich am besten verhalten?

Wie?

Ja, wenn ich meine Zahnbürste haben möchte.

Ach so, wenn Sie das. Ja, schreiben Sie ein Gesuch.

Könnte ich denn wohl heute noch Papier bekommen? Und Tinte, Herr Wacht –

Nein.

Warum nicht, Herr W –

Weil Sie nur alle acht Wochen schreiben dürfen. Sie haben erst vor vier Wochen geschrieben.

Aber doch an meinen Anwalt.

Das tut nichts!

Gibt es denn gar keine –

Nein.

Ich kann doch nicht monatelang ohne Zahnbürste hier rumhocken!

Freuen Sie sich, daß Sie Ihren Kopf oben behalten. Die vier Jahre werden Sie auch noch überleben.

Aber das ist ja entsetzlich. Ich kann doch nicht achtundvierzig Monate ohne Zahnbürste!

Was können Sie nicht? Ich will Ihnen mal was sagen. Ich bin siebenundfünfzig Jahre alt geworden und hab mein Lebtag so ein Ding nicht angerührt. Mein ganzes Dorf zu Hause kennt solche Spielerei nicht. Und sind alle alt geworden. Auch ohne Zahnbürste, verstanden! Was ich kann, können Sie auch, verstanden? Sie kriegen sie nicht, verstanden! Verstanden?

Jawohl, Herr Wacht –

Na also.

Jawohl.

Gemütlich, gewissenhaft, sonntäglich gesonnen und friedfertig beendete Wachtmeister Soboda seinen zweiten Kontrollgang zu den Zellen eins bis zwanzig. Sonntagmorgen. Neun Uhr zehn.

Alle Häftlinge der Abteilung des Wachtmeisters Soboda nahmen ihre Ohren von den Türen ihrer Zellen und kicherten oder kopfschüttelten. Und traten vor Lachen oder Wut gegen die Wände.

Nur Nummer Eins nicht. Nummer Siebzehn nicht. Und Nummer Neun nicht.

Nummer Neun sackte vom Kampf gegen die Staatsgewalt erschöpft auf seinen Hocker und ließ seinen ohnmächtigen Haß an den Holzpantoffeln aus. Das tat er jeden Sonntag. Den Rest seines Innenlebens füllte der Rosahauch seiner Zahnbürste aus. Sie war rosafarben und hatte Zweifünfundvierzig gekostet. Und er würde sie nie wiedersehen.

Nummer Eins kicherte auch nicht. Er schüttelte auch nicht den Kopf. Er riß Toilettenpapier. Vierunddreißig Blatt für jede Zelle. Nachher beim Mittagessen. Er war Lebenslänglicher und hatte es in dreiundzwanzig Jahren zum Kalfaktor gebracht.

Er leerte die Abortkübel und füllte die Eßnäpfe. Sonntags morgens riß er aus den Reden der großen Staatsmänner Toilettenpapier. Verbrochen hatte er nichts. Wenn man ihn fragte, sagte er: Ich war zufällig dabei, wie einer totging. Nein, unschuldig war er. Und deswegen riß er zufrieden und geduldig Toilettenpapier. Jeden Sonntag. Vierunddreißig Blatt, zum Mittagessen. Lebenslänglich.

Und Nummer Siebzehn weinte immer noch. Er war sechzehn Jahre alt und es war Sonntag und zu Hause dachten sie an ihn und aßen Kuchen. Sie dachten an ihn – aber sie hatten Kuchen. Und sie hatten keine Ahnung von den mörderisch klingelnden Fahrrädern, die stundenlang durch das Gehirn fuhren.

Die aßen Kuchen und er saß hier und weinte.

Es war Sonntagmorgen.

Lesebuchgeschichten

Alle Leute haben eine Nähmaschine, ein Radio, einen Eisschrank und ein Telefon. Was machen wir nun? fragte der Fabrikbesitzer.

Bomben, sagte der Erfinder.

Krieg, sagte der General.

Wenn es denn gar nicht anders geht, sagte der Fabrikbesitzer.

Der Mann mit dem weißen Kittel schrieb Zahlen auf das Papier. Er machte ganz kleine zarte Buchstaben dazu.

Dann zog er den weißen Kittel aus und pflegte eine Stunde lang die Blumen auf der Fensterbank. Als er sah, daß eine Blume eingegangen war, wurde er sehr traurig und weinte.

Und auf dem Papier standen die Zahlen. Danach konnte man mit einem halben Gramm in zwei Stunden tausend Menschen totmachen.

Die Sonne schien auf die Blumen.

Und auf das Papier.

Zwei Männer sprachen miteinander.

Kostenanschlag?

Mit Kacheln?

Mit grünen Kacheln natürlich.

Vierzigtausend.

Vierzigtausend? Gut. Ja, mein Lieber, hätte ich mich nicht rechtzeitig von Schokolade auf Schießpulver umgestellt, dann könnte ich Ihnen diese vierzigtausend nicht geben.

Und ich Ihnen keinen Duschraum.

Mit grünen Kacheln.

Mit grünen Kacheln.

Die beiden Männer gingen auseinander.

Es waren ein Fabrikbesitzer und ein Bauunternehmer.
Es war Krieg.

Kegelbahn. Zwei Männer sprachen miteinander.

Nanu, Studienrat, dunklen Anzug an. Trauerfall?

Keineswegs, keineswegs. Feier gehabt. Jungens gehn an die Front. Kleine Rede gehalten. Sparta erinnert. Clausewitz zitiert. Paar Begriffe mitgegeben: Ehre, Vaterland. Hölderlin lesen lassen. Langemarck gedacht. Ergreifende Feier. Ganz ergreifend. Jungens haben gesungen: Gott, der Eisen wachsen ließ. Augen leuchteten. Ergreifend. Ganz ergreifend.

Mein Gott, Studienrat, hören Sie auf. Das ist ja gräßlich.

Der Studienrat starrte die anderen entsetzt an. Er hatte beim Erzählen lauter kleine Kreuze auf das Papier gemacht. Lauter kleine Kreuze. Er stand auf und lachte. Nahm eine neue Kugel und ließ sie über die Bahn rollen. Es donnerte leise. Dann stürzten hinten die Kegel. Sie sahen aus wie kleine Männer.

Zwei Männer sprachen miteinander.

Na, wie ist es?

Ziemlich schief.

Wieviel haben Sie noch?

Wenn es gut geht: viertausend.

Wieviel können Sie mir geben?

Höchstens achthundert.

Die gehen drauf.

Also tausend.

Danke.

Die beiden Männer gingen auseinander.

Sie sprachen von Menschen.

Es waren Generale.

Es war Krieg.

Zwei Männer sprachen miteinander.

Freiwilliger?

'türlich.

Wie alt?

Achtzehn. Und du?

Ich auch.

Die beiden Männer gingen auseinander.

Es waren zwei Soldaten.

Da fiel der eine um. Er war tot.

Es war Krieg.

Als der Krieg aus war, kam der Soldat nach Haus. Aber er hatte kein Brot. Da sah er einen, der hatte Brot. Den schlug er tot.

Du darfst doch keinen totschlagen, sagte der Richter.

Warum nicht, fragte der Soldat.

Als die Friedenskonferenz zuende war, gingen die Minister durch die Stadt. Da kamen sie an einer Schießbude vorbei. Mal schießen, der Herr? riefen die Mädchen mit den roten Lippen. Da nahmen die Minister alle ein Gewehr und schossen auf kleine Männer aus Pappe.

Mitten im Schießen kam eine alte Frau und nahm ihnen die Gewehre weg. Als einer der Minister es wiederhaben wollte, gab sie ihm eine Ohrfeige.

Es war eine Mutter.

Es waren mal zwei Menschen. Als sie zwei Jahre alt waren, da schlugen sie sich mit den Händen.

Als sie zwölf waren, schlugen sie sich mit Stöcken und warfen mit Steinen.

Als sie zweiundzwanzig waren, schossen sie mit Gewehren nach einander.

Als sie zweiundvierzig waren, warfen sie mit Bomben.

Als sie zweiundsechzig waren, nahmen sie Bakterien.

Als sie zweiundachtzig waren, da starben sie. Sie wurden nebeneinander begraben.

Als sich nach hundert Jahren ein Regenwurm durch ihre beiden Gräber fraß, merkte er gar nicht, daß hier zwei verschiedene Menschen begraben waren. Es war dieselbe Erde. Alles dieselbe Erde.

Als im Jahre 5000 ein Maulwurf aus der Erde rauskuckte, da stellte er beruhigt fest:

Die Bäume sind immer noch Bäume.
Die Krähen krächzen noch.
Und die Hunde heben immer noch ihr Bein.
Die Stinte und die Sterne,
das Moos und das Meer
und die Mücken:
Sie sind alle dieselben geblieben.
Und manchmal –
manchmal trifft man einen Menschen.

Liebe blaue graue Nacht

Es ist nicht wahr, daß die Nacht alles grau macht. Es ist ein unbeschreibliches, unnachahmliches Blaugrau – das Grau für die Katzen und das Blau für die Frauen –, das die Nacht so schwer und so süß ausatmet und das so berauscht, wenn es uns zwischen halb zehn Uhr abends und Viertel nach vier morgens anweht.

Sanfter als der Augenaufschlag eines Babys weht uns das Blaugrau an und es weht uns um, wenn wir ein blindes, hellhöriges Herz haben. Nachts ist unser Herz blind und hellhörig und dann vernimmt es den Atem der Nacht, den blumenblauen, mausegrauen Atem, der uns, die wir ein hellhöriges Herz haben, immer anweht und umwehen wird, wo wir auch sind:

Riechst du das tolle betäubende Blau der Nacht, du in Manhattan und du in Odessa?

Riechst du das geborgenmachende Grau, das die Katzen in Rotterdam und Frisco so sinnlich sehnsüchtig singen macht?

Riechst du das Graublau der verführenden Nacht, das alkoholige, sternentauige, das die verdorbensten der Marseiller Mädchen zu Madonnen macht, wenn es sich unter ihren Lidern, in ihren Locken und auf ihren Lippen verfängt?

Riechst du das nebelige, flußdunstige Blaugrau, das uns das Gestern verhüllt und das Morgen versteckt, riechst du das, du in Altona und du in Bombay? Riechst du die Nacht und berauscht sie dich nicht? Sie berauscht dich nicht?

Reiß dir dein Herz aus, tu es und wirf es der Nacht in den süßen, sinnlichen Schoß! Ihr Atem ist sanfter als der Wimperschlag eines Mädchens, und dein Herz wird aufblühen wie unter unbegreiflichem Zauber.

Die Jungen, die noch nichts wissen, die alles dunkel erst ahnen und kaum beginnen, sie quälen sich nicht. Sie gehen durch die nachtvollen, durch die nachtübervollen Straßen – ziellos, wortlos, zeitlos.

Vielleicht gehen sie nur zwei oder drei Stunden nebeneinander, nah nebeneinander, vielleicht gehen sie so – nah, ganz nah –, bis es anfängt, hell zu werden. Manchmal versucht einer von ihnen ein kleines belangloses Wort, manchmal antwortet es, ängstlich vor zuviel Nähe. Ach, nicht zuviel, vor so viel Nähe! Kann sein, sie kommen immer wieder dieselben Straßen gegangen und über dieselben verödeten, verhexten Plätze, die jetzt alle viel mehr da sind, weil der Tag ihnen das Gesicht nimmt. Kann sein, sie verlaufen sich an die Peripherie des Steintieres Stadt, wo Gärten, Alleen und Parks feierlich übertaut und sonntäglich ungewohnt sind.

Sie haben sich an die Peripherie der unendlichen Steinwüste (ach, von wegen Wüste!) geträumt und nun stehen sie mit erschrockenen Ohren und nassen Schuhsohlen: O Gott, was ist das?

Frösche.

Frösche? Quaken die so laut?

Sie singen, Lisa, sie sind verliebt. Dann singen sie so laut.

Na, Mensch, singen?

Laß sie man – ich finde das ganz nett.

Nett, ja – aber singen? Ich glaube, sie lachen. Du, die lachen über uns!

Wieso? Über uns?

Weil es schon seit ein paar Minuten regnet – und weil wir mitten im Regen stehen und weil wir es nicht gemerkt haben.

Sommerregen ist nützlich. Er macht größer, wenn man keine Mütze auf hat.

Willst du größer werden? Ich bin doch auch nicht größer.
Damit ich größer bin als du, Lisa.
Mußt du denn größer sein als ich, du?
Ich weiß nicht. Ich finde.

Komme mir keiner und sage, daß er den Regen nicht liebe. Ohne ihn würde die Sonne uns alle ermorden. Nein, komme mir keiner – wir haben allen Grund, ihn zu lieben!

Gibt es einen schöneren Gesang als einen nächtlichen Regen? Ist irgend etwas so heimlich und so selbstverständlich, so geheimnisvoll und schwatzhaft wie der Regen in der Nacht? Haben wir so abgestumpfte Ohren, daß wir nur noch auf Straßenbahnklingeln, Kanonendonner oder Symphoniekonzerte reagieren? Vernehmen wir nicht mehr die Symphonien der tausend Tropfen, die bei Nacht auf das Pflaster plauschen und rauschen, lüstern gegen Fenster und Dachziegel flüstern, die den Millionen Mücken Märchen auf die Blätter, unter denen sie sich verkrochen haben, leis dommeln und trommeln, uns durch die dünnen Sommerkleider auf die Schulter tropfen und klopfen oder mit winzigen Gongschlägen in den Strom glucksen? Vernehmen wir nichts mehr als unser eigenes lautes Getue?

Aber den halberwachten Kindern erzählt der Regen noch Geschichten in der Nacht. Für die Kinder lacht und weint er nachts gegen die Scheiben – gegen ihre kleinen rosigen Ohren. Und er tröstet sie wieder in ihr Traumland zurück.

Jauchzen nur noch die Kinder über Pfützen und überschwemmte Rinnsteine? Lachen nur noch die Kinder über die dicken, dicken Tropfen, die auf der Nase zerplatzen? Liegen nur noch die Kinder andächtig ängstlich wach, wenn der Regen draußen die selbstverständlichsten Geheimnisse der Welt austratscht? Macht der Regen nur noch Kinderaugen still und groß und blank?

Dann wollen wir die dumme abgetragene, aufgeblasene Würde des Erwachsenseins wie eine vermottete Wolljacke ausziehen und auf einen großen Haufen werfen und verbrennen – und uns den himmlischen Regen, den Sohn der See und der Sonne, durch die Locken ins Hemd laufen lassen. Komme keiner und sage, das wäre keinen Schnupfen wert!

Der Gemüsemann unten schimpft keinen Augenblick, als die erste Legion Tropfen in geschlossener Formation die Kellertreppe abwärts strömt und ihn aus dem Schlaf plätschert. Er knufft seine Frau in die gepolsterten Rippen, bis sie die Augen aufmacht, und dann schleppen sie beide ohne zu mucken die schweren, vollen Gemüse- und Obstkisten aus dem Laden raus in den engen Hinterhof. An dem langen heißen Tag war alles welk und traurig geworden. Bis morgen früh würde der Nachtregen eine gute Dusche sein für den staubigen Inhalt der Kisten.

Der Regen klatscht noch ein paar Stunden mit unzähligen nassen Lappen gegen die Hauswand und in den Hof – die Gemüseleute sind längst wieder eingeschlafen. Ihre breiten, apfeligen Gesichter sehen beinahe ebenso zufrieden aus den Kissen wie der alte Unterrock, den die Frau unter die Treppe gelegt hat. Behaglich, wollüstig, selig liegt er in den Legionen herunterkleckernder Tropfen, die die tollsten Dinge von draußen wissen – so begierig ist der blaue Wollunterrock auf die wahren Begebenheiten der unwahren Welt, daß er den Regen aufsaugt, bis er sich totgelogen hat. Am Morgen wird die Treppe trocken sein – aber der alte Rock wird dick und geschwollen sein wie eine große, große Kröte!

Und in einem Hauseingang:

Ich finde es schick, daß wir jetzt so eine gute Ausrede haben. Bei dem Regen konnten wir unmöglich pünktlich nach Hause kommen. Ich finde es prachtvoll – du auch?

Wo du bist, ist es immer schick! Aber du frierst – soll ich dir meine Jacke geben?

Natürlich, damit du morgen krank bist. Komm, leg sie uns beiden über, dann können wir uns gegenseitig wärmen.

Die Frösche singen immer noch, hörst du?

Meinst du, der Regen hat ihre Liebe noch nicht abgekühlt?

Meinst du, der Regen kann Liebe abkühlen?

Och, ich weiß ja nicht, wie ehrlich die Frösche es mit ihrem Gesang meinen. Ausdauer haben sie jedenfalls.

Meine Liebe könnten keine zehn Wolkenbrüche abkühlen, im Gegenteil!

Aha. Wen liebst du denn so innig, hm?

Oh, jemanden, der mit aufgeweichten Locken und nassen Füßen unter meiner Jacke zittert.

Du, wir wollen lieber nicht davon reden, jetzt nicht, ja? Hier ist es so dunkel und so einsam und wir stehen so dicht zusammen – genügt das nicht? Laß uns still sein, bitte. Das ist doch auch viel schöner, nicht, du?

Es regnet, es ist dunkel und einsam und wir stehen dicht zusammen – ja, klar – das ist schön! …

Nach siebenundzwanzig Minuten:

Du, der Regen ist ein Engel! Meine Mutter hätte mächtig getobt, wenn sie gemerkt hätte, daß ich mich angemalt habe. Eben siebzehn Jahre geworden und anhübschen wie eine – wie so eine, weißt du, das sagt die Mutter. Jetzt hat der Regen alles abgeleckt und ich brauche mein Taschentuch nicht dreckig zu machen. Ist der Regen nicht ein Engel? …

Nach elf Minuten:

Willst du noch nach Hause, Lisa?

Nee. – Du?

Mensch, wenn das einer hören würde: Wir wollen beide nicht mehr nach Hause! Ja, du, der Regen ist ein Engel!

Merkwürdig

I

Merkwürdig, dachte der Abiturient Hans Hellkopf im Krieg, unser Bataillonskommandeur erinnert mich immer an meinen Studienrat.

II

Merkwürdig, dachte der Abiturient Hans Hellkopf nach dem Krieg, unser Studienrat erinnert mich immer an meinen Bataillonskommandeur. Es muß an der Frisur liegen.

III

Merkwürdig, sagte der Studienrat Dr. Olaf zu seinem Kollegen, wenn ich unsere Primaner vom Schulhof einrücken sehe, muß ich immer an mein Bataillon denken. Das muß an den frischen, blanken Gesichtern liegen. An den Gesichtern? sagte der Kollege. An den Stiefeln, mein Lieber, an den Stiefeln.

Preußens Gloria

Der nackte Schädel schwamm wie ein blankgebohnerter Mond unter der blassen Nachtbeleuchtung. Er schwamm durch die tote Fabrikhalle. Und die Nachtbeleuchtung blinzelte wie blasses Gestirn von oben herunter. Unter dem Schädel marschierte ein dürrer, grader Mensch. Er warf die langen Beine hoch vor sich in die Luft. Sein Schritt knallte gegen die hohen, kalten Wände und fiel schallend von der Decke zurück auf den Boden. Es hallte, als ob ein Bataillon marschierte. Aber es war nur ein dürrer, grader Mensch mit langen Beinen und einem kahlen Schädel, der in der einsamen Halle marschierte. Marschierte mit einem kahlen Schädel, der wie ein Messingmond durch das Halbdunkel der nächtlichen Fabrikhalle schwamm, ruckartig, bleich und blankgebohnert.

Die langen Beine stießen abwechselnd geradeaus in die Luft. Der dürre Mensch marschierte einen vorbildlichen, makellosen Paradeschritt durch das riesige, kahle Rechteck der Halle. Vorwärts stießen die Beine. Sie wurden von dem dürren Menschen hoch in die Luft hineingestochen. Sie marschierten vorbildlichen, makellosen Parademarsch, die langen Beine, die zu dem nackten Schädel gehörten. Und aus dem Schädel, der wie Messing unter der blassen Nachtbeleuchtung glänzte, knarrte eine blecherne Stimme den Marsch von Preußens Ruhm und Ehre, Preußens Gloria: Dadadamdadamdadamdadam – – – –

Aber dann brach die Blechmusik jäh ab. Ein etwas femininer Tenor kommandierte aus dem Schädel, fuhr wie ein Gewehrschuß auf die Stille los, daß die Nacht erschrocken auseinanderriß von diesem Schrei: Bataillooon – halt! Der dürre Mensch stand unbeweglich wie ein Pfahl in der Halle. Dann kam es wieder aus dem Schädel, Tenor, Tenor, Gewehrschuß und Blech: Liiiinks – om. Weit warf der dürre Mensch das rechte Bein von sich weg und drehte seinen Körper auf dem linken Absatz blitzschnell herum. Seine staubgrauen Augen starrten leblos gegen die hohe Hallenwand. In der Wand war ein Fenster, und draußen war die Nacht und sah auf den dürren, graden Pfahl in der Halle. Da kam es wieder aus dem kahlen Schädel, Gewehrschuß in der einsamen Halle, femininer Blechschrei in der schweigenden Nacht: Präsentiiiert – daaas Giwirr! Die Arme des dürren Menschen, die bis dahin steif und leblos am Körper geklebt hatten, wurden hochgerissen und verharrten eingewinkelt vor der Brust. Kein Laut war in der nächtlichen Halle. Aber dann knarrte wieder der Tenor aus dem Schädel, blechern, blechern knarrte er den Marsch von Preußens Ruhm und Ehre, Preußens Gloria: Dadadamdadamdadam …

Verstört verkrochen sich die Reste der aufgescheuchten Nacht in den Winkeln der einsamen Halle. Und nur zwei alte rotäugige Ratten defilierten an dem dürren, graden Menschen leise pfeifend vorbei – Preußens Gloria. Rotäugige Ratten in der toten Halle. Blechmusik aus einem kahlen Schädel. Preußens Gloria: Dadadamdadamdadam – – – –

Aber draußen vorm Fenster wurden zwei Gesichter von einem schadenfrohen Grinsen in die Breite gezogen. Zwei dunkle Gestalten rammten sich die Ellbogen in die Rippen. Dann rutschten die grinsenden Gesichter vom Fenster weg und das Dunkel fraß sie auf. Ganz am Ende der Straße hörten sie noch halblaut den einsamen Tenor in der Halle hinter sich her: Dadadamdadamdadam …

Am nächsten Morgen stand der dürre, grade Mensch in einem Büro. Einen Schreibtisch gab es da, einen Aktenständer und ein unsauberes Handtuch. Und über dem Schreibtisch hing ein schläfriges Gesicht. Das war ganz zugedeckt von Schlaf, und nur der Mund war einigermaßen wach. Dabei war er so träge, daß die Unterlippe müde herunterhing. Das schläfrige Gesicht hatte eine Stimme wie Samt, so weich und so angenehm leise. Und die Stimme wehte gähnend auf den dürren Menschen zu, der vor dem Schreibtisch stand. Sehr grade stand er vor dem Schreibtisch und seine staubgrauen Augen sahen durch das schläfrige Gesicht hindurch auf das unsaubere Handtuch. Und er wurde noch etwas gerader, als die wehende, weiche Samtstimme bei ihm ankam.

Sie sind Nachtwächter?

Jawohl.

Wie lange?

Kriegsende.

Und vorher?

Soldat.

Was?

Oberst.

Danke.

Der dürre Mensch stand wie ein Pfahl vor dem Schreibtisch, regungslos, steif, abgestorben. Nur die grauen Augen sahen an dem Handtuch traurig auf und ab. Und vom Schreibtisch her wehte es wieder samtweich und verschlafen auf ihn zu:

Heute nacht hat man eingebrochen. In der Fabrik. Sie haben geschlafen.

Der Pfahl schwieg.

Na, sondern? wehte es.

Der Pfahl schwieg.

Das schläfrige Gesicht schaukelte mißbilligend von links nach rechts.

Wie Sie wollen. Morgen ist Verhandlung. Sie müssen als Zeuge erscheinen. Dunkle Sache, Herr. Waren Sie beteiligt?

Das müde Gesicht lächelte süß. Der Pfahl stand sehr grade und schwieg.

Die Samtstimme gähnte: Gut, wie Sie wollen. Morgen müssen Sie reden. Entweder haben Sie geschlafen. Oder Sie waren dabei. Hoffentlich glaubt man Ihnen. Danke, Sie können gehen.

Da drehte der dürre Mensch sich um und marschierte zur Tür. Von da aus knarrte er zu dem schläfrigen Gesicht zurück und er hielt den blanken Schädel etwas schief: Ist die Verhandlung öffentlich?

Da wurde die Samtstimme ganz zärtlich und flüsterte: Ja. Öffentlich, Herr. Öffentlich.

Öffentlich, wiederholte der dürre Mensch und der Schädel nickte dazu, also – öffentlich.

Öffentlich, gähnte der Schläfrige noch einmal.

Dann machte der dürre Mensch die Tür auf und wieder zu und stand draußen. Und drinnen schlenkerte das unsaubere Handtuch leise in dem Luftzug, den die Tür gemacht hatte, hin und her.

Öffentlich, sagte der Mensch und hielt ein glänzendes Metall in der Hand. Zwei-, dreimal ließ er es knacken. Er sah zwei grinsende Gesichter. Er sah einen Gerichtssaal, der bis an den Rand voll Menschen war. Und die beiden Gesichter grinsten. Und dann grinste der ganze Gerichtssaal.

Preußens Gloria, sagte er leise, Preußens Gloria. Und die ganze Stadt ist dabei.

Das Metall in seiner Hand knackte. Dann hob die Hand das Metall hoch und an den blanken Schädel.

Etwas später lag ein dürrer, grader Mensch wie ein abgebrochener Pfahl stumm auf dem Boden. Daneben lag das Stück Metall. Und der nackte Schädel lag wie ein erloschener Mond in dem halbdunklen Zimmer. Wie ein erloschener Mond. Und über ihm marschierte ein endloses Bataillon zu den Klängen des Preußens Gloria. Defilierte ruhmreich vorbei. Defilierte: Dadadamdadamdadam …

Oder war es der Regen? Der Regen auf den dunkelroten Ziegeln? Denn es regnete. Regnete ununterbrochen.

Ching Ling, die Fliege

Sie finden, das ist ein viel zu schöner Name für eine simple Stubenfliege? Oh, dann muß ich Ihnen erzählen, wie die Fliege Ching Ling zu ihrem sonderbaren Namen gekommen ist, und Sie werden ihn dann auch zumindest ganz originell finden. Hören Sie bitte.

Haben Sie schon mal im Gefängnis gesessen? Verzeihung, natürlich nicht! Aber ich kann Ihnen versichern, daß es gar nicht so schwer ist, hineinzukommen. Das Umgekehrte, nämlich das Herauskommen, pflegt sich im allgemeinen viel schwieriger zu gestalten. Wie ich bei der Verhandlung erfuhr, sollte ich in einem dem Alkoholrausch nicht unähnlichen Zustande irgendwo irgendwann über irgendwen eine faule Bemerkung gemacht haben. Das soll man nie tun. Hamlet mußte auch dran glauben, weil er fand, daß im Staate Dänemark etwas faul sei.

Hamlet durfte das auch nicht tun, wo er doch – na, das ist jetzt egal. Wichtig ist im Moment, daß Sie erfahren, warum ich die Fliege Ching Ling nannte.

Ich hockte unter den niederschmetternden Anklagen des Gerichts völlig zusammengebrochen, umwogt von undurchdringlichen Nebeln seelischer Düsterkeit, mit leerem Magen und angezogenen Knien in meiner Zelle und stierte mit geradezu fakirhafter Gelassenheit gegen eine der schmucklosen Wände, als plötzlich unmittelbar vor meinen verfinsterten Augen eine kleine, ganz gewöhnliche Stubenfliege an der Wand saß. Vielmehr sie stand, denn eine Fliege kann sich ja gar nicht setzen. So plötzlich war sie da wie ein Tintenklecks im Mathematikheft.

Blitzschnell erinnerte ich mich der grauen Vorzeit, in die die Tage meiner Kinderstube einmal gefallen sein müssen, und ich fragte sie höflich, womit ich ihr dienen könne. Sie nahm gar keine Notiz von mir und strafte mich mit einer Verachtung, wie es eben nur eine Fliege kann. Wußte sie von meinem Fall? Aber nein – sie hatte sich diese ruhige Stelle nur erwählt, um sich ein paar Minuten ungestört der kosmetischen Pflege hingeben zu können, und dabei lassen sich Damen im allgemeinen nicht gerne stören. Ich war aber trotzdem nicht Kavalier genug, um artig wegzusehen, sondern ich sah ihr ganz ungeniert zu. Und mein kleines Fliegenfräulein schien sich ihrer Reize durchaus bewußt zu sein; denn sie ließ mich wortlos gewähren und schüttelte nur einmal kurz und verächtlich mit den Schultern. Sie fuhr nun mit einigen ihrer Beine zärtlich unter die gläsernen Flügel und strich sie sorgsam glatt – so wie ungefähr eine Tänzerin ihr durchsichtiges Ballettröckchen zurechtstreicht – aber natürlich nicht mit den Beinen. Nachdem sie sich durch einen schnellen Ruck ihres merkwürdigen Kopfes davon überzeugt hatte, daß die Flügel nach dem letzten Chic und gut auf Taille saßen, wandte sie sich eifrig ihren Füßen zu, mani- und pedikürte mit einer Intensität drauflos, als ob sie heute noch einen Fliegenbaron oder einen steinreichen Brummer betören müßte. Nur ob sie ihre Fuß- und Fingernägel blau oder rot lackierte, konnte ich wegen der mangelnden Beleuchtung nicht feststellen. Wieder machte sie diese ruckartige Bewegung mit ihrem Kopf, und nachdem sie das dritte Bein von links noch einmal flüchtig nachpoliert hatte, wandte sie sich dem Make-up ihres Gesichtes zu. Verflixt, ich muß gestehen, daß mir der helle Angstschweiß ausbrach bei ihren Verrenkungen, denn ich fürchtete jeden Augenblick, daß sie sich den Kopf aus dem Gelenk drehen würde – und was ist eine Fliege ohne Kopf? Nachdem sie sich das kurze Haupthaar energisch mit dem rechten Vorderfuß zurückgestrichen hatte, nahm sie den Kopf zwischen die beiden Vorderbeine und fing an, ihren ohnehin schon stecknadelschlanken Hals zu massieren, daß mir vor Spannung der Atem wegblieb. Aber endlich hatte sie auch das geschafft, und sie ging zur Augenpflege über. Nachdem sie sich die Wimpern gründlich ausgebürstet hatte, zog sie die Brauen noch einmal sorgfältig nach, wobei sie es doch nicht unterlassen konnte, mir einen kleinen koketten Seitenblick zuzuwerfen. Und dann, ein Zittern ging durch ihren Körper – anscheinend puderte sie sich noch einmal über –, dann war sie fertig und spazierte selbstgefällig einige Schritte vor meiner Nase auf und ab.

Ich weiß nicht, wie es kam – aber das muß mich irgendwie gereizt haben. Ist es nun ein uralter, typisch männlicher Wesenszug, ist es der Jagdtrieb oder ist es nur ein Rückfall in die Flegeljahre? Jedenfalls nahm meine Hand bei dem herausfordernden Gebaren der Fliege unbewußt die bekannte, charakteristische Haltung zum Fliegenfangen an und schob sich mit Vorsicht näher an das scheinbar ahnungslose Opfer heran. Und da fing auch mein Verstand an, einige erklärende Gedanken von sich zu geben. Vielleicht wollte er das sonderbare Gehabe meiner Hand rechtfertigen. Jedenfalls dachte ich: So wie man mich gefangen hat, so werde ich dich jetzt fangen, du winzige Fliege – ich will auch mal Schicksal spielen. Ich will dein Schicksal sein, und gleich werde ich über Tod und Leben entscheiden. Aber so dachte ich nur; denn als meine also schicksalsträchtige Hand nun plötzlich gottähnlich zugreifen wollte, tappte sie genarrt ins Leere – und der kleine schwarze Tintenklecks saß, als ob nichts geschehen wäre, nur wenige Zentimeter höher an der Wand, gerade so hoch, daß ich ihn nicht mehr erreichen konnte.

Resigniert wollte ich wieder in meinen Stumpfsinn zurückfallen, da durchfuhr es mich wie ein Blitz mit grauenhafter Beklemmung: Hatte die Fliege nicht eben gegrinst und mir mit ihrem blödsinnigen Kopf nachsichtig zugenickt? Gerade wollte ich ihr meinen Stiefel mitten in das höhnische Gesicht schleudern, da sprach sie mich an – mit einer etwas dünnen und sehr sachlichen Stimme, der aber doch eine gewisse Lebensweisheit nicht fehlte –, sie erinnerte mich an meinen alten Religionslehrer. – Siehst du, sagte sie, du wolltest mein Schicksal sein und jetzt bin ich dir entwischt, du Dummkopf? Man muß nämlich über seinem Schicksal stehen, wenn es auch nur wenige Zentimeter sind, gerade so viel, daß es einen nicht mehr erreicht und in die Tiefe reißen kann. Begreifst du das? – Du hast mich ausgelacht, Fliege! brauste ich auf. – Das ist es ja eben, antwortete sie kühl, man muß über sein Schicksal lächeln können. Siehst du, du Einfaltspinsel, und dann entdeckt man, daß das Leben vielmehr Komödie als Tragödie ist. – Sie setzte sich in Positur, nickte mir noch einmal flüchtig zu, und damit war sie auf und davon – so plötzlich, wie sie gekommen war.

Ich habe lange darüber nachgedacht, und ich habe gefunden, daß die Fliege recht hat: Man muß über seinem Schicksal stehen! Ich habe noch oft an meine kleine Fliege gedacht, die wie ein Sonnenstäubchen in meine Dunkelheit geflogen kam, und ich habe ihr nachträglich noch einen Namen gegeben. Ich habe sie Ching Ling genannt. Das ist chinesisch und heißt: Die glückliche Stimmung.

Als er dann seine Stiefel auszog, hätten wir ihn am liebsten erschlagen.

Als er in unsere Zelle kam, roch es plötzlich nach Tier und Tabak und Schweiß und Angst und Leder. Er war Pole. Aber er war so geistlos blond wie ein Germane. Und diese blonden Männer waren immer etwas fade. Er auch. Und auch noch ein wenig fadenscheinig. Er konnte nur wenige Worte deutsch. Aber er hatte ein schönes buntes Abziehbild in der Tasche. Das betete er immer sehr lange an. Er stellte es dann auf seinen Schemel gegen den Trinkbecher. Er betete laut und auf polnisch. Das Abziehbild hatte einen goldenen Rand und war sehr bunt. Ein Mädchen war da drauf mit einem roten Tuch und einem blauen Kleid. Das Kleid war offen. Eine Brust war zu sehen. Weiß. Sie war reichlich mager. Aber zum Beten mochte sie genügen. Vielleicht war sie auch nur als Requisit gedacht, die weiße Brust. Außerdem hatte das Mädchen noch einige Sonnenstrahlen um den Kopf. Aber sonst sah sie ziemlich stur aus. Wir fanden das jedenfalls.

Aber der Pole sagte Maria zu ihr. Und dabei machte er eine Handbewegung, als wollte er sagen: Na, is se nich ’n prächtiger Kerl! Aber er meinte wohl etwas Zärtlicheres, wenn er uns angrinste und Maria sagte. Vielleicht sollte es ein sanftes, frommes Lächeln werden, aber wir haßten ihn so sehr, für uns war das eben Grinsen. Er sagte: Maria. Aber als er am ersten Abend seine Stiefel auszog, hätten wir ihn am liebsten erschlagen. Er brauchte eine Stunde dazu, er hatte Handschellen um. Es ist schwer, mit Handschellen die Stiefel auszuziehen. Es ist schon übel, wenn man sich mit Handschellen im Gesicht kratzen muß. Und dann hatten wir nachts die Wanzen. Und der Pole hatte auch nachts seine ‹Manschetten› um. Er war zum Tode verurteilt. Als die Stiefel neben ihm lagen, machte sich ein toller Geruch in unserer Zelle bemerkbar. Er machte sich an uns heran wie ein aufdringlicher Zigeuner, frech, unwiderstehlich, scharf, heiß und sehr fremd. Man kann nicht sagen, daß er unbedingt übel war. Aber wir waren ihm ausgeliefert. Er war anmaßend und tierisch. Ich sah Liebig an. Der Pole saß zwischen Pauline, Liebig und mir auf der Erde. Liebig sah mich an. Polen, sagte er dann und starrte wieder aus dem Fenster. Liebig stand die ganzen Wochen auf Zehenspitzen und starrte aus dem Fenster. Drei- oder viermal am Tag sagte er was. Als der Neue die Stiefel auszog, sagte Liebig: Polen. Und dabei sah er mich an, als müsse er weinen.

Allmählich gewöhnten wir uns an ihn. Er roch nach Polen. (Wer weiß, wonach wir rochen!) Aber er brauchte eine Stunde, um sich die Stiefel auszuziehen. Das war eine Leistung für unsere Geduld. Aber er hatte ja die Handschellen. Man konnte ihn nicht erschlagen. Er mußte die Stunde haben zum Stiefelausziehen. Abends immer, wenn die Sonne das Fenstergitter über die Decke spazieren ließ. Das Gitter war stabil. Aber an der Decke sah es aus wie Spinngewebe. Es war Spinngewebe. Und abends roch es bei uns nach Polen. Liebig sagte schon lange nichts mehr. Er sah mich nur manchmal noch an, wenn der Pole zwischen uns auf der Erde saß. Das genügte dann auch. Und allmählich gewöhnten wir uns an ihn.

Er machte dafür unsern Kübel sauber. Einer mußte das. Pauline hatte zu gepflegte Finger dazu. Liebig tat es einfach nicht. Meistens hatte ich den Kübel saubergemacht. Ich hatte mir dann dazu Mut angeredet. Und unter Vorwänden wie ‹Es ist doch alles Scheiße› oder ‹Arbeit adelt› hatte ich mich dann überwunden. Jetzt machte der Pole das. Was er für Vorwände gebrauchte, wußte ich nicht. Sie müssen sehr positiv gewesen sein, denn er machte den Kübel sehr gründlich, das fanden wir alle. Er machte das wohl auch ganz gern, denn er summte dabei leise. Lustige Sachen auf polnisch. So gewöhnten wir uns langsam an ihn, an sein Abziehbild, sein Beten, seinen Geruch. Wir gewöhnten uns an Polen.

Wir gewöhnten uns sogar an seine roten Fußlappen. Er hatte zwei wunderbare blutrote Fußlappen aus selbstgewebtem Leinen. Johannisbeergrützenrot. Die wickelte er abends sorgfältig ab, faltete sie zusammen, erst den linken, dann den rechten, legte sie dann beide übereinander und so auf seinen Strohsack ans Kopfende. Dann ging er mit seinem Abziehbild in die Ecke, stellte es auf seinem Schemel gegen den Trinkbecher und betete laut und polnisch. Dann grinste er jedem von uns zu und legte sich hin. Dabei schob er sich seine beiden johannisbeerroten Fußlappen als Kopfkissen unter den Kopf. Das sah natürlich sehr hübsch aus, das blonde Haar auf dem Johannisbeerlappen. Wir hätten ihn am liebsten erschlagen, als wir das am ersten Abend zum erstenmal erlebten. Liebig machte schon den Mund auf, um wieder Polen zu sagen. Aber dann ließ er es. Nur seine Nasenflügel bewegten sich etwas. Das genügte dann auch. Aber mit der Zeit gewöhnten wir uns auch an die Fußlappen. Und an das Kopfkissen.

Als sie mit den Essenkannen kamen, war er gerade beim Beten. Plötzlich drehte er uns aus seiner dunklen Ecke sein kleines fades Gesicht zu und rief mitten aus seinem Mariasingsang heraus: Marmelade! Wir wußten nicht, was er meinte. Es hätte ja auch polnisch sein können. Aber da sprang er wütend auf. Polnisch sprang er auf, drückte Liebig die Porzellanschüssel in die Hand und schrie: Marmelade! Marmelade! Bitte, um Gott!

Dann drehte er sich um, sackte in die Knie und betete schon wieder. Aber da stieß Liebig ihn von hinten an. Mit dem Fuß. Und dann hielt Liebig seine längste Rede in der Zelle 432. Er versuchte, um den Polen zu reizen, ihm dabei seine Sprache nachzuäffen.

Was? schrie Liebig, du elender Krüppel, du! Du erzmasurische Wildsau! Du Heuchler, du! Marmelade, schreist du, Marmelade? Wir denken, du betest und bist im achten Himmel mit deiner dünnbusigen Madonna! Und dabei spitzt du die Ohren, was es wohl zu fressen gibt, wie? Dabei hörst du nur Marmelade, du verfressenes Stück Polen, du!

Der Pole stand auf. Er sagte sehr sanft und geduldig: Was willst du? Ein Ohr drinnen, ein Ohr draußen. Marmelade draußen. Maria drinnen. Dabei drückte er das Bild gegen seinen Drillichanzug. Da, wo das Herz war.

Liebig sagte nichts. Er gab mir die Marmeladenschüssel. Aber er sah mich nicht an. Eine Viertelstunde später schlossen sie die Zellen auf. Es gab Kaffee. Es gab Brot. Und heute gab es keinen Käse. Es gab Marmelade.

Aber er war auch nachts mit Maria zugange. Nachts ließen uns die Wanzen nicht schlafen. Und die Frauen nicht, die smaragdäugigen, katzengliedrigen. Die Wanzen stanken süß wie Marzipan, wenn man sie zerdrückte. Sie rochen nach frischem Blut. Wie Frauen rochen, das war schon lange her. Die Frauen machten uns still nachts. Aber die Wanzen ließen uns fluchen, bis es hell wurde. Nur der Pole fluchte nicht. Aber in einer hellen Nacht sah ich, daß er sein Bild in der Hand hielt. Und wenn wir mit unsern Flüchen den Dreck der ganzen Welt umrührten, dann sagte er höchstens mal leise vor sich hin: Maria, Maria. Gegen Hellwerden rasselten manchmal Enten vorbei, mit verrostetem Flügelschlag, zum nächsten Kanal. Dann stöhnte Liebig jedesmal, jedesmal stöhnte er: Mensch, wenn man so ’ne Ente wär. Und dann war wieder alles voll Wanzen und Flüchen und Frauen. Nur der Pole sagte dann heimlich: Maria, Maria.

Eine Nacht wachten wir auf, weil die Tür von unserem Geschirrschrank knarrte. Es war der Pole. Er stand da und kaute. Wir wußten genau, daß er abends alles aufgegessen hatte. Er aß abends immer alles auf. Jetzt stand er da und kaute. Liebig sprang vom Strohsack hoch und griff ihn bei den Haaren. Aber bevor er etwas tun konnte, sagte der Pole: Was willst du machen? Hungä! Da ließ Liebig ihn los, legte sich wieder hin und sagte kein Wort mehr. Aber nach einer halben Stunde hörte ich dann doch, wie er vor sich hin fluchte. Polen, sagte er. Mehr nicht.

Aber tagsüber hatten wir es schwer mit ihm. Immer wenn am Ende unseres Korridors ein benagelter Schritt hörbar wurde, fing der Pole leise und schnell seinen Singsang an. Er war zum Tode verurteilt. Immer wenn draußen ein Wachtposten vorbeiging, wurde er abgeholt. Immer wenn der Wachtposten vorüber war, durfte er noch leben bleiben. Bis zum nächsten Wachtposten. Er wurde tausendmal am Tag abgeholt. Und tausendmal am Tag durfte er leben bleiben. Denn sie gingen den ganzen Tag vorbei. Und immer wenn einer vorbei war, brach der Pole seinen Singsang ab, atmete, und dann sah er uns an und sagte: Maria, alles Maria. Er sagte das wie: Na, seht ihr, sie hilft immer, das gute Mädchen. Und er mußte das oft sagen am Tag, das Maria, denn sie gingen den ganzen Tag vorbei. Und immer wenn sie vorbei waren, sagte er seelenruhig: Alles Maria. Und es hörte sich an wie: Na also. Und es machte uns verrückt. Und er grinste dabei. Aber über seinen Augenbrauen war eine Postenkette aufmarschiert: kleine helle Wassertropfen.

Einmal holten sie ihn dann doch. Er war sehr erschrocken. Und er kriegte das Grinsen nicht mehr hin. Er stand nur und war maßlos erstaunt. Wir hätten ihn am liebsten erschlagen.

Mitten in der Nacht zog Liebig plötzlich laut die Luft ein. Dann sah er auf den leeren Strohsack. Ich finde, es riecht immer noch nach Polen, sagte er. Und dann sagte er: Und jetzt ist er weg. Pauline und ich, wir sagten nichts. Wir wußten, Liebig tat es leid, daß er den Polen gehaßt hatte.

Nach vier Monaten wurde ich entlassen. Ich mußte noch in den Keller runter zur Bekleidungskammer und meine Wäsche abgeben. Der Keller wurde gerade geschrubbt. Zwanzig Gefangene lagen auf den Knien und rieben mit Stahlspänen den Fußboden ab, damit der Gang hell und freundlich wurde. Plötzlich zupfte mich einer an der Hose. Ich sah runter. Es war der Pole. Er grinste mich von unten her an:

Begnadigt, flüsterte er, begnadigt! Fünfzehn Jahr, nur fünfzehn Jahr! Und dann strahlte er und strich über seine Tasche: Maria, flüsterte er, alles Maria. Und dabei machte er ein Gesicht, als hätte er die Justiz ganz gewaltig übers Ohr gehauen. Er hatte es. Die Justiz der ganzen Welt.

Hinter den Fenstern ist Weihnachten

Im Bunker hält man das nicht aus. Und als dein Gesicht von dem Auto hellgemacht wurde, sah ich, daß du blaue Schatten um die Augen hast. Vielleicht ist das eine, bei der man's leichter hat, dachte ich. Deswegen laufe ich hinter dir her.

Wir beide sind ganz allein in der Stadt. Hinter den Fenstern, da ist Weihnachten. Manchmal sieht man hinter den Gardinen die Kerzen vom Tannenbaum. Im Bunker könnte man das jetzt nicht aushalten, wenn sie singen. Du hast blaue Schatten unter den Augen. Vielleicht bist du eine von denen, die abends unterwegs sind. Die Schatten hast du von der Liebe. Aber jetzt sind sie ganz anders, jetzt singen sie Weihnachtslieder und schämen sich, weil sie weinen müssen. Ich bin weggegangen.

Ob du ein Zimmer hast? Und einen Tannenbaum? Mein Gott, wenn du ein Zimmer hättest? Merkst du, daß ich hinter dir hergehe? Wir sind ganz allein in der Stadt. Und die Laternen stehen Posten. Die Posten haben Zigaretten, weil heute Weihnachten ist, und die glimmen im Finstern: Hörst du, hinter den Fenstern machen sie Weihnachten. Sie sitzen auf weichen Stühlen und essen Bratkartoffeln. Vielleicht haben sie sogar Grünkohl. Aber dann sind sie reich. Aber sie haben ja auch Gardinen, dann haben sie auch Grünkohl. Wer Gardinen hat, ist reich. Nur wir beiden sind draußen. Du hast blaue Schatten an den Augen, das hab ich gesehen, als das Auto vorbeifuhr. Ich möchte, daß du die Schatten von der Liebe hast. Ich weiß sonst nicht, wohin. Im Bunker singen sie. Das hält man nicht aus.

Immer wenn eine Laterne kommt, seh ich deine Beine. Da kann man schon allerhand dran sehen, wie die Beine sind. Die andern reden auch immer von den Beinen bei ihren Weibern. Sie sagen immer Weiber. Wenn sie abends nach Hause kommen, reden alle von ihren Weibern. Weiber, sagen sie immer. Immer bloß so Weiber. Die ganze Bude ist dann voll davon, wenn sie von den Beinen reden, von ihrer Brust und der rosa Unterwäsche.

Merkst du nicht, daß ich immer hinter dir hergehe? Immer wenn eine Laterne kommt, hältst du den Kopf weg. Ich bin dir wohl zu klein, wie? Ja, mit einmal ist man wieder zu klein. Für den Krieg war man auch nicht zu klein. Nur für so was, was schön ist. Du brauchst gar nicht so zu rennen, ich lauf dir doch nach. Wenn ich denke, was du noch alles hast außer den Beinen, dann kann man sich schon allerhand ausdenken. Die andern haben das jeden Abend. Unter den Laternen sind deine Knie ganz weiß. Immer wenn ich dich bei einer Laterne überhole, hältst du dein Gesicht weg.

Im Vorbeigehen kann ich dich riechen. Aber du merkst gar nicht, daß ich was von dir will. So schnell wirst du mich nicht los. Ich weiß sowieso nicht, wohin. Bei solchem Nebelwetter ist es im Bunker immer naßkalt. Kann doch sein, daß du ein Zimmer hast. Bloß nicht bei deinen Eltern. Bei Freunden. Dann kannst du mich doch mitnehmen. Dann sitzen wir nebeneinander auf deinem Bett. Und der Nebel und die Kälte stehen vor der Tür. Und dann sind deine hellen Knie ganz dicht neben mir. Und du hast einen Tannenbaum. Und dann teilen wir uns ein Stück Brot. Du hast doch bestimmt Brot. Die andern erzählen immer, daß sie von ihren Weibern was zu essen kriegen. Ihr eßt ja nicht soviel wie wir. Wir haben meistens Hunger. Ich auch, du. Aber du hast vielleicht was. Wenn du bei deinen Eltern wohnst, das ist natürlich Mist. Dann müssen wir unten im Treppenhaus bleiben. Das geht auch. Die andern bleiben auch oft mit ihren Weibern im Treppenhaus. Aber Weihnachten? Mein Gott! Im Treppenhaus.

Du riechst gut. Ich gehe ganz dicht hinter dir und kann

dich riechen. Mein Gott, du riechst so nach allerhand. Da kann man sich allerhand bei vorstellen. Wenn das bei uns im Bunker man mal so riechen würde. Aber da riecht es immer nach Tabak und Leder und nassen Klamotten. Du riechst ganz anders, so was hab ich noch nie gerochen. Bei der nächsten Laterne rede ich dich an. Die Straße ist gerade ganz leer. Aber wenn ich dich anrede, ist vielleicht alles vorbei. Du antwortest vielleicht gar nicht. Oder du lachst mich aus, weil ich dir zu jung bin. Älter als zwanzig bist du aber auch noch nicht.

Da kommt die Laterne. Deine Knie sind ganz hell im Dunkeln. Die Laterne kommt. Jetzt muß ich gleich was sagen. Oder noch nicht? Vielleicht ist dann alles aus. Die andern können das alle. Die haben alle ihre Weiber. Da ist die Laterne. Wenn ich jetzt rede, ist vielleicht alles aus. Die Laterne. Nein, ich warte noch ein paar Laternen. Noch nicht. Der Nebel ist gut. Du siehst wenigstens nicht, daß ich noch nicht so alt bin. Aber ich kenn welche, die haben schon eine, und sind auch nicht älter. Ja, jetzt ist man mit einmal wieder zu klein. Fürs Soldatsein war man nicht zu klein. Und jetzt läuft man rum. Im Nebel nachts. Und jeden Abend reden die andern von ihren Weibern. Davon kann man nachher nicht einschlafen. Die Luft im Bunker ist dann ganz voll davon. Von ihren Weibern. Und von dem nassen Nebel nachts. Draußen. Aber du, du riechst gut. Deine Knie sind ganz hell im Dunkeln. Sie müssen ganz warm sein, deine Knie. Wenn die nächste Laterne kommt, rede ich dich an. Vielleicht wird es was. Mensch, du riechst so. Das hab ich noch nie gerochen. Kuck mal, hinter den Gardinen haben sie Weihnachten. Vielleicht auch Grünkohl. Nur wir beide sind draußen. Wir sind ganz allein in der Stadt. –

Die Professoren wissen auch nix

Ich bin ein Omelett. Vielleicht nicht so appetitlich und knusperig, aber ich liege mindestens ebenso gelb und flach in der schwarzen Stimmung meines Krankseins wie das Omelett in der Schwärze seiner Bratpfanne. Meine Leber ist ein praller Fußball und mein Kopf ein glühender Teekessel. Das übrige zwischen Fußball und Teekessel ist gereizt und geschwollen wie ein Blinddarm.

Man müßte Malaria mit zwei l schreiben und auf dem ersten a betonen: M*a*llaria. Das könnte dann von mall oder mallerig kommen und ebenso fühle ich mich: mall, omelettig, mallerig.

Neben mir auf dem Tisch wird gehämmert – seit einigen Stunden. Vor dem Tisch auf einem Stuhl sitzen neunzig Pfund und hämmern auf den fünfundvierzig Pfund herum, die auf dem Tisch stehen.

Die fünfundvierzig Pfund auf dem Tisch – das ist meine dicke, schwere Schreibmaschine. Die neunzig Pfund vor dem Tisch – das ist mein leichter, dünner Vater. Mein Vater hackt seit Stunden auf der Maschine einen irrsinnigen Rhythmus und jedes Tick ist das Tick zu einer Höllenmaschine, und die Höllenmaschine ist mein Kopf.

Aber draußen gibt es Vögel, Autos und graue Wolken, die heute abend noch unbedingt zur Wäscherei wollen, denn sie sind schmutzig wie die Handtücher in den Bedürfnisanstalten. Doch die Vögel wissen, daß hinter den Handtüchern der Himmel blau bleibt – na, und die Autos haben gut hupen! Wer hupt, ist gesund. Vögel, Handtücher und Hupen ärgern mich, denn ich kann nicht mitmachen, weil ich krank bin: tick – tick – teck – teck – – –

Aber ich gebe mir Mühe, geduldig zu sein wie ein Kirchenheiliger, dem man die Fingernägel absengelt und der mit seiner Engelsgeduld Gott einen Gefallen tun will. (Was müssen Engel für Leute gewesen sein! Und Gott erst – – –!)

Meine lieben sorgenden neunzig Pfund jagen das durch die dicke Maschine, was mein Teekesselkopf ausgekocht hat – deswegen meine Kirchenheiligengeduld. Nämlich nachts, wenn meine Fußballeber Bakterien durch die Adern räuspert, dann kocht mein schlafarmer Kopfteekessel Geschichten aus – und die schreibt mein Vater morgens ab.

Mein Vater wiegt neunzig Pfund und die Maschine fünfundvierzig Pfund, aber er behauptet, es wäre für ihn eine Erholung. Tatsächlich hat er nur Angst, ich würde mich sonst aus meiner Pfannenschwärze hochquälen und selbst anfangen zu hacken. Er weiß, daß ich keine Ruhe hätte, deswegen spielt er stundenlang meine Träumereien auf der Maschine – neunzig Pfund gegen fünfundvierzig! Mallerig ist das, total mallerig!

Aber er ist mein Vater und fürchtet, meine Leber könnte sonst zu einem Zeppelin und mein Kopf zu einer Turbine werden und beide könnten – bei mangelnder Ventilation – womöglich platzen. Deswegen spielt er Ventilator, mein Vater, um Turbine und Zeppelin zu verhindern, denn wer kann das wissen? Vielleicht ein Bebrillter? Was nützt eine Brille, wenn nix dahinter ist, nix als ein süffisantes Lächeln und die Augen eines Tränentieres, das nicht still aus Weisheit, sondern aus Dummheit ist. Das muß man nämlich immer auseinanderhalten: Stummheit aus Weisheit oder Stummheit aus Dummheit. Ich will lieber auf die bebrillten Kapazitäten verzichten – nein, die Professoren wissen auch nix.

Mein Vater weiß es – daß ich keine Ruhe hätte und das mit der Leber, weil er mein Vater ist – und deswegen kämpft er mit den fünfundvierzig Pfund Metall.

Dann streiten wir uns. Die neunzig Pfund mit dem

trockenen Husten und der omelettfarbene Teekesselkopf, mein Vater und ich.

In meiner Geschichte lasse ich den Knochen einer Katze bleichsüchtig aus dem Schlamm eines Kanals heraufschillern. Der Knochen einer Katze? Oh, damit gibt mein Vater sich nicht zufrieden! Er stellt die kühnsten Fragen:

Woher weißt du, daß es der Knochen einer Katze ist, der da in deinem Kanal liegt und sich den Stumpfsinn der Ewigkeit damit vertreibt, bleichsüchtig zu schillern?

Ich bin überrascht, aber sehr sicher: Ich weiß es eben. Nur Katzen ersäuft man im Kanal. Außerdem weiß ich es.

Aber die neunzig Pfund lassen sich nicht so leicht einschüchtern: Im Kanal ersäuft man – beziehungsweise ersäufen sich unter anderem: Hunde, Spatzen, schlecht gewordene Fische, alte Geweihe, erwürgte Bankiers, gelustmordete Freudenmädchen und verliebte Sekundaner. Katzen natürlich auch – aber kein Anatomieprofessor, der zudem sowieso meistens kurzsichtig ist, würde von der Brücke aus erkennen, ob es sich um den Knochen einer Katze oder eines Freudenmädchens handelt – die Professoren wissen nämlich auch nix, mein Lieber.

Oha! Mein Vater wird zum Dichter, und der Sohn meines Vaters sucht nach billigen Ausflüchten: Ich weiß, es war ein Katzenknochen, ich weiß es ganz genau. Wenn ich schreibe, es war der Knochen einer Katze, dann ist es der Knochen einer Katze bis ans Ende der Welt und damit fertig. Wer meine Geschichte wegen des Katzenknochens ablehnt, soll es tun! Ich bin auf solche pedantischen Leser nicht angewiesen. Es war ein Katzenknochen, siehst du das nicht ein? Was sonst?

Da kommt es ganz milde von der andern Seite des Tisches: Und wenn du nun schreibst: es war das Skelett einer Katze – ein Skelett?

Und ich, überzeugt, aber zu kläglich, es zuzugeben: Na ja, meinetwegen dann ein Skelett.

In der Tür steht ein großes dunkles Mädchen – nein, ein lichtes Mädchen. Es hat dunkle Augen und dunkle Haare, aber es geht lichter als sieben Sonnen über meiner schwarzen Stimmung auf.

Mein Vater schnuppert und geht – er weiß, daß ich sonst eine Leber wie ein Zeppelin bekommen würde – zu meiner Mutter in die Küche. Er hat geschnuppert und geht und weiß, daß es in der Küche kalt und ungemütlich sein wird. Aber er geht – er weiß, daß ich seinen milden Mondenglanz entbehren kann, wenn das dunkle Mädchen da ist – wie eine Sonne licht bei mir ist.

In der Küche wird er mindestens vierzig Minuten lang mit meiner Mutter über die Unlogik des Katzenknochens diskutieren – oh, das weiß ich sicherer, als ich jemals die Schlachten Napoleons gewußt habe – ich weiß es, sehe es und höre es. Und ich weiß, daß meiner Mutter ein Schweineknochen lieber wäre, dann würde sie sich um ihren neunzigpfündigen Mann keine Sorgen zu machen brauchen.

Meine Mutter hat einen vagabundig rot- und blaubekleckerten Schal um, der von einer bäuerlichen Spange gebändigt wird. Ich sehe, daß sie sich jetzt in der Küche eine Zigarette teilen und den Katzenknochen – an ein Skelett befestigt – wieder in den Kanal werfen. So ist das jetzt in unserer Küche. Jedenfalls sah ich das eben noch ganz genau, übergenau.

Aber dann sehe ich nichts mehr – wie kann ich auch! Das dunkle Mädchen hat seinen Mantel nun doch über einen Stuhl geworfen und sich zu mir gesetzt. Ihre neunzehn Jahre lassen meinen Puls wie ein Äffchen eine Palme hochklettern, von wo aus es mit rothaarigen Kokosnüssen nach mir wirft.

Ist das dein Herz?

Nein, Kokosnüsse – doch, mein Herz, weil du da bist, liebe Sonne.

Ich vergesse Küche, Katzenknochen und Kokosnüsse, und meine Sonne muß es sich gefallen lassen, daß ich sie – ohne blind zu werden – sprachlos und intensiv bekucke.

Sie will nach meinem Puls fassen – wollte sie das? –, aber der Affe ist futsch und ich halte ihre Hand fest. Draußen werden jetzt die Handtücher ausgewrungen, Vögel und Autos geben teils verzagt verschnupfte, teils empört protzige Laute von sich. Meinetwegen kann es drei Wochen lang regnen, denn keine Handbreit neben mir sitzt die Sonne – ich fühle ihren Rücken an meinen Schienbeinen –, ich bin beinahe kerngesund. Was gehen mich jetzt noch Autos und Vögel an!

Zwischendurch merken wir plötzlich, an einigen halblaut gesagten Worten, daß wir uns mögen. Das liegt nicht an den Worten, daß wir das merken.

Haben dir gestern abend die Ohren geklungen?

Gestern abend? Dir müssen sie eigentlich immer klingen.

Nein, daran lag es nicht. Es lag am Ton, daß wir das merkten. (Manchmal hat man diesen Ton mit ganz jungen Tieren – so –, so wie wir gesprochen haben.)

Der Affe wirft – hei, was hat das Kerlchen für Kraft! – verstärkt mit Kokosnüssen. Doch nicht nur auf mich. Denn das lichte dunkle Mädchen sieht mich mit einemmal unruhig an. An ihrem Hals bebt das winzige Stück einer blauen Ader.

So weise oder so dumm sind wir beide – oder so überrascht –, daß keiner etwas sagt. Was sollten wir auch sagen. Laufe in alle Bibliotheken der Welt, suche alle Liebesromane der Welt zusammen, du wirst keinen halbwegs vernünftigen Satz finden, den man jetzt in diesem Augenblick sagen könnte.

Cognac und Fieber machen Mut. Cognac habe ich nicht, dafür aber Fieber. Und ich werde waghalsig.

Ich schiebe die Hand meiner Sonne unter mein Hemd auf mein Herz:

Hörst du, ja? Da sitzt ein Affe und schmeißt mit Kokosnüssen. Kokosnüsse, Millionen dicke, dicke Kokosnüsse. Immer mehr und immer schneller! Fühlst du?

Da sagt sie ganz leise:

Oh, du – hier: bei mir auch.

Dann sagt keiner mehr etwas. Was sollen wir auch noch sagen? Keinem Tenor der Welt würde nach unseren Kokosnüssen noch etwas Besseres einfallen. Niemand wüßte etwas Schöneres. Die Professoren erst recht nicht. Die Professoren wissen gar nix!

Aber mein Vater weiß, daß das Trommelfeuer von Kokosnüssen meine Leber ruinieren würde, wenn er nicht eingreift. Deswegen kommt er – mit längst vergessenem Katzenknochen – aus der Küche und setzt sich hinter die Maschine. Er ist mein Vater und er weiß, daß zwei Stunden Sonnenschein für einen Kranken reichlich genug sind, und meine gute liebe Sonne sieht das auch plötzlich ein, leider!

Der Affe rutscht selig-müde von seiner Palme herunter, und das dunkle Mädchen sagt:

– bald, bestimmt und tschüs –

als ich es frage, wann sie wieder in meiner Tür stehen wird.

Dann hackt mein Vater mich mit dem blechernen Rhythmus der Schreibmaschine in einen paradiesischen Traum. Es ist ein Traum von Palmen, Kokosnüssen, Äffchen und dunklen, dunklen Augen.

Dabei war mein Onkel natürlich kein Gastwirt. Aber er kannte einen Kellner. Dieser Kellner verfolgte meinen Onkel so intensiv mit seiner Treue und mit seiner Verehrung, daß wir immer sagten: Das ist sein Kellner. Oder: Ach so, sein Kellner.

Als sie sich kennenlernten, mein Onkel und der Kellner, war ich dabei. Ich war damals gerade so groß, daß ich die Nase auf den Tisch legen konnte. Das durfte ich aber nur, wenn sie sauber war. Und immer konnte sie natürlich nicht sauber sein. Meine Mutter war auch nicht viel älter. Etwas älter war sie wohl, aber wir waren beide noch so jung, daß wir uns ganz entsetzlich schämten, als der Onkel und der Kellner sich kennenlernten. Ja, meine Mutter und ich, wir waren dabei.

Mein Onkel natürlich auch, ebenso wie der Kellner, denn die beiden sollten sich ja kennenlernen und auf sie kam es an. Meine Mutter und ich waren nur als Statisten dabei und hinterher haben wir es bitter verwünscht, daß wir dabei waren, denn wir mußten uns wirklich sehr schämen, als die Bekanntschaft der beiden begann. Es kam dabei nämlich zu allerhand erschrecklichen Szenen mit Beschimpfung, Beschwerden, Gelächter und Geschrei. Und beinahe hätte es sogar eine Schlägerei gegeben. Daß mein Onkel einen Zungenfehler hatte, wäre beinahe der Anlaß zu dieser Schlägerei geworden. Aber daß er einbeinig war, hat die Schlägerei dann schließlich doch verhindert.

Wir saßen also, wir drei, mein Onkel, meine Mutter und ich, an einem sonnigen Sommertag nachmittags in einem großen prächtigen bunten Gartenlokal. Um uns herum saßen noch ungefähr zwei- bis dreihundert andere Leute, die auch alle schwitzten. Hunde saßen unter den schattigen Tischen und Bienen saßen auf den Kuchentellern. Oder kreisten um die Limonadengläser der Kinder. Es war so warm und so voll, daß die Kellner alle ganz beleidigte Gesichter hatten, als ob das alles nur stattfände aus Schikane. Endlich kam auch einer an unseren Tisch.

Mein Onkel hatte, wie ich schon sagte, einen Zungenfehler. Nicht bedeutend, aber immerhin deutlich genug. Er konnte kein s sprechen. Auch kein z oder tz. Er brachte das einfach nicht fertig. Immer wenn in einem Wort so ein harter s-Laut auftauchte, dann machte er ein weiches feuchtwässeriges sch daraus. Und dabei schob er die Lippen weit vor, daß sein Mund entfernte Ähnlichkeit mit einem Hühnerpopo bekam.

Der Kellner stand also an unserem Tisch und wedelte mit seinem Taschentuch die Kuchenkrümel unserer Vorgänger von der Decke. (Erst viele Jahre später erfuhr ich, daß es nicht sein Taschentuch, sondern eine Art Serviette gewesen sein muß.) Er wedelte also damit und fragte kurzatmig und nervös:

«Bitte schehr? Schie wünschen?»

Mein Onkel, der keine alkoholarmen Getränke schätzte, sagte gewohnheitsmäßig:

«Alscho: Schwei Aschbach und für den Jungen Schelter oder Brausche. Oder wasch haben Schie schonscht?»

Der Kellner war sehr blaß. Und dabei war es Hochsommer und er war doch Kellner in einem Gartenlokal. Aber vielleicht war er überarbeitet. Und plötzlich merkte ich, daß mein Onkel unter seiner blanken braunen Haut auch blaß wurde. Nämlich als der Kellner die Bestellung der Sicherheit wegen wiederholte:

«Schehr wohl. Schwei Aschbach. Eine Brausche. Bitte schehr.»

Mein Onkel sah meine Mutter mit hochgezogenen Brauen an, als ob er etwas Dringendes von ihr wollte. Aber er wollte sich nur vergewissern, ob er noch auf dieser Welt sei. Dann sagte er mit einer Stimme, die an fernen Geschützdonner erinnerte:

«Schagen Schie mal, schind Schie wahnschinnig? Schie? Schie machen schich über mein Lischpeln luschtig? Wasch?»

Der Kellner stand da und dann fing es an, an ihm zu zittern. Seine Hände zitterten. Seine Augendeckel. Seine Knie. Vor allem aber zitterte seine Stimme. Sie zitterte vor Schmerz und Wut und Fassungslosigkeit, als er sich jetzt Mühe gab, auch etwas geschützdonnerähnlich zu antworten:

«Esch ischt schamlosch von Schie, schich über mich schu amüschieren, taktlosch ischt dasch, bitte schehr.»

Nun zitterte alles an ihm. Seine Jackenzipfel. Seine pomadenverklebten Haarsträhnen. Seine Nasenflügel und seine sparsame Unterlippe.

An meinem Onkel zitterte nichts. Ich sah ihn ganz genau an: Absolut nichts. Ich bewunderte meinen Onkel. Aber als der Kellner ihn schamlos nannte, da stand mein Onkel doch wenigstens auf. Das heißt, er stand eigentlich gar nicht auf. Das wäre ihm mit seinem einen Bein viel zu umständlich und beschwerlich gewesen. Er blieb sitzen und stand dabei doch auf. Innerlich stand er auf. Und das genügte auch vollkommen. Der Kellner fühlte dieses innerliche Aufstehen meines Onkels wie einen Angriff und er wich zwei kurze zittrige unsichere Schritte zurück. Feindselig standen sie sich gegenüber. Obgleich mein Onkel saß. Wenn er wirklich aufgestanden wäre, hätte sich sehr wahrscheinlich der Kellner hingesetzt. Mein Onkel konnte es sich auch leisten, sitzen zu bleiben, denn er war noch im Sitzen ebenso groß wie der Kellner und ihre Köpfe waren auf gleicher Höhe.

So standen sie nun und sahen sich an. Beide mit einer zu kurzen Zunge, beide mit demselben Fehler. Aber jeder mit einem völlig anderen Schicksal.

Klein, verbittert, verarbeitet, zerfahren, fahrig, farblos, verängstigt, unterdrückt: der Kellner. Der kleine Kellner. Ein richtiger Kellner: Verdrossen, stereotyp höflich, geruchlos, ohne Gesicht, numeriert, verwaschen und trotzdem leicht schmuddelig. Ein kleiner Kellner. Zigarettenfingrig, servil, steril, glatt, gut gekämmt, blaurasiert, gelbgeärgert, mit leerer Hose hinten und dicken Taschen an der Seite, schiefen Absätzen und chronisch verschwitztem Kragen – der kleine Kellner.

Und mein Onkel? Ach, mein Onkel! Breit, braun, brummend, baßkehlig, laut, lachend, lebendig, reich, riesig, ruhig, sicher, satt, saftig – mein Onkel!

Der kleine Kellner und mein großer Onkel. Verschieden wie ein Karrengaul vom Zeppelin. Aber beide kurzzungig. Beide mit demselben Fehler. Beide mit einem feuchten wässerigen weichen sch. Aber der Kellner ausgestoßen, getreten von seinem Zungenschicksal, bockig, eingeschüchtert, enttäuscht, einsam, bissig.

Und klein, ganz klein geworden. Tausendmal am Tag verspottet, an jedem Tisch belächelt, belacht, bemitleidet, begrinst, beschrien. Tausendmal an jedem Tag im Gartenlokal an jedem Tisch einen Zentimeter in sich hineingekrochen, geduckt, geschrumpft. Tausendmal am Tag bei jeder Bestellung an jedem Tisch, bei jedem «bitte schehr» kleiner, immer kleiner geworden. Die Zunge, gigantischer unförmiger Fleischlappen, die viel zu kurze Zunge, formlose zyklopische Fleischmasse, plumper unfähiger roter Muskelklumpen, diese Zunge hatte ihn zum Pygmäen erdrückt: kleiner, kleiner Kellner!

Und mein Onkel! Mit einer zu kurzen Zunge, aber: als hätte er sie nicht. Mein Onkel, selbst am lautesten lachend, wenn über ihn gelacht wurde. Mein Onkel, einbeinig, kolossal, slickzungig. Aber Apoll in jedem Zentimeter Körper und jedem Seelenatom. Autofahrer, Frauenfahrer, Herrenfahrer, Rennfahrer. Mein Onkel, Säufer, Sänger, Gewaltmensch, Witzereißer, Zotenflüsterer, Verführer, kurzzungiger sprühender, sprudelnder spuckender Anbeter von Frauen und Kognak. Mein Onkel, saufender Sieger, prothesenknarrend, breitgrinsend, mit viel zu kurzer Zunge, aber: als hätte er sie nicht!

So standen sie sich gegenüber. Mordbereit, todwund der eine, lachfertig, randvoll mit Gelächtereruptionen der andere. Ringsherum sechs- bis siebenhundert Augen und Ohren, Spazierläufer, Kaffeetrinker, Kuchenschleckerer, die den Auftritt mehr genossen als Bier und Brause und Bienenstich. Ach, und mittendrin meine Mutter und ich. Rotköpfig, schamhaft, tief in die Wäsche verkrochen. Und unsere Leiden waren erst am Anfang.

«Schuchen Schie schofort den Wirt, Schie aggreschiver Schpatsch, Schie. Ich will Schie lehren, Gäschte schu inschultieren.»

Mein Onkel sprach jetzt absichtlich so laut, daß den sechs- bis siebenhundert Ohren kein Wort entging. Der Asbach regte ihn in angenehmer Weise an. Er grinste vor Wonne über sein großes gutmütiges breites braunes Gesicht. Helle salzige Perlen kamen aus der Stirn und trudelten abwärts über die massiven Backenknochen. Aber der Kellner hielt alles an ihm für Bosheit, für Gemeinheit, für Beleidigung und Provokation. Er stand mit faltigen hohlen leise wehenden Wangen da und rührte sich nicht von der Stelle.

«Haben Schie Schand in den Gehörgängen? Schuchen Schie den Beschitscher, Schie beschoffener Schpaschvogel. Losch, oder haben Schie die Hosche voll, Schie mischgeschtalteter Schwerg?»

Da faßte der kleine kleine Pygmäe, der kleine slickzungige Kellner, sich ein großmütiges, gewaltiges, für uns alle und für ihn selbst überraschendes Herz. Er trat ganz nah an unsern Tisch, wedelte mit seinem Taschentuch über unsere Teller und knickte zu einer korrekten Kellnerverbeugung zusammen. Mit einer kleinen männlichen und entschlossen leisen Stimme, mit überwältigender zitternder Höflichkeit sagte er: «Bitte schehr!» und setzte sich klein, kühn und kaltblütig auf den vierten freien Stuhl an unserem Tisch. Kaltblütig natürlich nur markiert. Denn in seinem tapferen kleinen Kellnerherzen flackerte die empörte Flamme der verachteten gescheuchten mißgestalteten Kreatur. Er hatte auch nicht den Mut, meinen Onkel anzusehen. Er setzte sich nur so klein und sachlich hin und ich glaube, daß höchstens ein Achtel seines Gesäßes den Stuhl berührte. (Wenn er überhaupt mehr als ein Achtel besaß – vor lauter Bescheidenheit.) Er saß, sah vor sich hin auf die kaffeeübertropfte grauweiße Decke, zog seine dicke Brieftasche hervor und legte sie immerhin einigermaßen männlich auf den Tisch. Eine halbe Sekunde riskierte er einen kurzen Aufblick, ob er wohl zu weit gegangen sei mit dem Aufbumsen der Tasche, dann, als er sah, daß der Berg, mein Onkel nämlich, in seiner Trägheit verharrte, öffnete er die Tasche und nahm ein Stück pappartiges zusammengeknifftes Papier heraus, dessen Falten das typische Gelb eines oftbenutzten Stück Papiers aufwiesen. Er klappte es wichtig auseinander, verkniff sich jeden Ausdruck von Beleidigtsein oder Rechthaberei und legte sachlich seinen kurzen abgenutzten Finger auf eine bestimmte Stelle des Stück Papiers. Dazu sagte er leise, eine Spur heiser und mit großen Atempausen:

«Bitte schehr. Wenn Schie schehen wollen. Schtellen Schie höflichscht schelbscht fescht. Mein Pasch. In Parisch geweschen. Barschelona. Oschnabrück, bitte schehr. Allesch ausch meinem Pasch schu erschehen. Und hier: Beschondere Kennscheichen: Narbe am linken Knie. (Vom Fußballspiel.) Und hier, und hier? Wasch ischt hier? Hier, bitte schehr: Schprachfehler scheit Geburt. Bitte schehr. Wie Schie schelbscht schehen!»

Das Leben war zu rabenmütterlich mit ihm umgegangen, als daß er jetzt den Mut gehabt hätte, seinen Triumph auszukosten und meinen Onkel herausfordernd anzusehen. Nein, er sah still und klein vor sich auf seinen vorgestreckten Finger und den bewiesenen Geburtsfehler und wartete geduldig auf den Baß meines Onkels.

Es dauerte lange, bis der kam. Und als er dann kam, war es so unerwartet, was er sagte, daß ich vor Schreck einen Schluckauf bekam. Mein Onkel ergriff plötzlich mit seinen klobigen viereckigen Tatmenschenhänden die kleinen flatterigen Pfoten des Kellners und sagte mit der vitalen wütendkräftigen Gutmütigkeit und der tierhaft warmen Weichheit, die als primärer Wesenszug aller Riesen gilt: «Armesch kleinesch Luder! Schind schie schon scheit deiner Geburt hinter dir her und hetschen?»

Der Kellner schluckte. Dann nickte er. Nickte sechs-, siebenmal. Erlöst. Befriedigt. Stolz. Geborgen. Sprechen konnte er nicht. Er begriff nichts. Verstand und Sprache waren erstickt von zwei dicken Tränen. Sehen konnte er auch nicht, denn die zwei dicken Tränen schoben sich vor seine Pupillen wie zwei undurchsichtige allesversöhnende Vorhänge. Er begriff nichts. Aber sein Herz empfing diese Welle des Mitgefühls wie eine Wüste, die tausend Jahre auf einen Ozean gewartet hatte. Bis an sein Lebensende hätte er sich so überschwemmen lassen können! Bis an seinen Tod hätte er seine kleinen Hände in den Pranken meines Onkels verstecken mögen! Bis in die Ewigkeit hätte er das hören können, dieses: Armesch kleinesch Luder!

Aber meinem Onkel dauerte das alles schon zu lange. Er war Autofahrer. Auch wenn er im Lokal saß. Er ließ seine Stimme wie eine Artilleriesalve über das Gartenlokal hinwegdröhnen und donnerte irgendeinen erschrockenen Kellner an:

«Schie, Herr Ober! Acht Aschbach! Aber losch, schag ich

Ihnen! Wasch? Nicht Ihr Revier? Bringen Schie schofort acht Aschbach oder tun Schie dasch nicht, wasch?»

Der fremde Kellner sah eingeschüchtert und verblüfft auf meinen Onkel. Dann auf seinen Kollegen. Er hätte ihm gern von den Augen abgesehen (durch ein Zwinkern oder so), was das alles zu bedeuten hätte. Aber der kleine Kellner konnte seinen Kollegen kaum erkennen, so weit weg war er von allem, was Kellner, Kuchenteller, Kaffeetasse und Kollege hieß, weit weit weg davon.

Dann standen acht Asbach auf dem Tisch. Vier Gläser davon mußte der fremde Kellner gleich wieder mitnehmen, sie waren leer, ehe er einmal geatmet hatte. «Laschen Schie dasch da nochmal vollaufen!» befahl mein Onkel und wühlte in den Innentaschen seiner Jacke. Dann pfiff er eine Parabel durch die Luft und legte nun seinerseits seine dicke Brieftasche neben die seines neuen Freundes. Er fummelte endlich eine zerknickte Karte heraus und legte seinen Mittelfinger, der die Maße eines Kinderarms hatte, auf einen bestimmten Teil der Karte.

«Schiehscht du, dummesch Häschchen, hier schtehtsch: Beinamputiert und Unterkieferschusch. Kriegschverletschung.» Und während er das sagte, zeigte er mit der anderen Hand auf die Narbe, die sich unterm Kinn versteckt hielt.

«Die Öösch haben mir einfach ein Schtück von der Schungenschpitsche abgeschoschen. In Frankreich damalsch.»

Der Kellner nickte.

«Noch bösche?» fragte mein Onkel.

Der Kellner schüttelte schnell den Kopf hin und her, als wollte er etwas ganz Unmögliches abwehren.

«Ich dachte nur schuerscht, Schie wollten mich utschen.»

Erschüttert über seinen Irrtum in der Menschenkenntnis wackelte er mit dem Kopf immer wieder von links nach rechts und wieder zurück.

Und nun schien es mit einmal, als ob er alle Tragik seines Schicksals damit abgeschüttelt hätte. Die beiden Tränen, die sich nun in den Hohlheiten seines Gesichtes verliefen, nahmen alle Qual seines bisherigen verspotteten Daseins mit. Sein neuer Lebensabschnitt, den er an der Riesentatze meines Onkels betrat, begann mit einem kleinen aufstoßenden Lacher, einem Gelächterchen, zage, scheu, aber von einem unverkennbaren Asbachgestank begleitet.

Und mein Onkel, dieser Onkel, der sich auf einem Bein, mit zerschossener Zunge und einem bärigen baßstimmigen Humor durch das Leben lachte, dieser mein Onkel war nun so unglaublich selig, daß er endlich endlich lachen konnte. Er war schon bronzefarben angelaufen, daß ich fürchtete, er müsse jede Minute platzen. Und sein Lachen lachte los, unbändig, explodierte, polterte, juchte, gongte, gurgelte – lachte los, als ob er ein Riesensaurier wäre, dem diese Urweltlaute entrülpsten. Das erste kleine neuprobierte Menschlachen des Kellners, des neuen kleinen Kellnermenschen, war dagegen wie das schüttere Gehüstel eines erkälteten Ziegenbabys. Ich griff angstvoll nach der Hand meiner Mutter. Nicht daß ich Angst vor meinem Onkel gehabt hätte, aber ich hatte doch eine tiefe tierische Angstwitterung vor den acht Asbachs, die in meinem Onkel brodelten. Die Hand meiner Mutter war eiskalt. Alles Blut hatte ihren Körper verlassen, um den Kopf zu einem grellen plakatenen Symbol der Schamhaftigkeit und des bürgerlichen Anstandes zu machen. Keine Vierländer Tomate konnte ein röteres Rot ausstrahlen. Meine Mutter leuchtete. Klatschmohn war blaß gegen sie. Ich rutschte tief von meinem Stuhl unter den Tisch. Siebenhundert Augen waren rund und riesig um uns herum. Oh, wie wir uns schämten, meine Mutter und ich.

Der kleine Kellner, der unter dem heißen Alkoholatem meines Onkels ein neuer Mensch geworden war, schien den ersten Teil seines neuen Lebens gleich mit einer ganzen Ziegenmeckerlachepoche beginnen zu wollen. Er mähte, bähte, gnuckte und gnickerte wie eine ganze Lämmerherde auf einmal. Und als die beiden Männer nun noch vier zusätzliche Asbachs über ihre kurzen Zungen schütteten, wurden aus den Lämmern, aus den rosigen dünnstimmigen zarten schüchternen kleinen Kellnerlämmern, ganz gewaltige hölzern meckernde steinalte weißbärtige blechscheppernde blödblökende Böcke.

Diese Verwandlung vom kleinen giftigen tauben verkniffenen Bitterling zum andauernd, fortdauernd meckernden schenkelschlagenden geckernden blechern blökenden Ziegenbockmenschen war selbst meinem Onkel etwas ungewöhnlich. Sein Lachen vergluckerte langsam wie ein absaufender Felsen. Er wischte sich mit dem Ärmel die Tränen aus dem braunen breiten Gesicht und glotzte mit asbachblanken sturerstaunten Augen auf den unter Lachstößen bebenden weißbejackten Kellnerzwerg. Um uns herum feixten siebenhundert Gesichter. Siebenhundert Augen glaubten, daß sie nicht richtig sahen. Siebenhundert Zwerchfelle schmerzten. Die, die am weitesten ab saßen, standen erregt auf, um sich ja nichts entgehen zu lassen. Es war, als ob der Kellner sich vorgenommen hatte, fortan als ein riesenhafter boshaft bähender Bock sein Leben fortzusetzen. Neuerdings, nachdem er wie aufgezogen einige Minuten in seinem eigenen Gelächter untergegangen war, neuerdings bemühte er sich erfolgreich, zwischen den Lachsalven, die wie ein blechernes Maschinengewehrfeuer aus seinem runden Mund perlten, kurze schrille Schreie auszustoßen. Es gelang ihm, so viel Luft zwischen dem Gelächter einzusparen, daß er nun diese Schreie in die Luft wiehern konnte.

«Schischyphusch!» schrie er und patschte sich gegen die nasse Stirn. «Schischyphusch! Schiiischyyyphuuusch!» Er hielt sich mit beiden Händen an der Tischplatte fest und wieherte: «Schischyphusch!» Als er fast zwei Dutzend mal gewiehert hatte, dieses «Schischyphusch» aus voller Kehle gewiehert hatte, wurde meinem Onkel das Schischyphuschen zuviel. Er zerknitterte dem unaufhörlich wiehernden Kellner mit einem einzigen Griff das gestärkte Hemd, schlug mit der anderen Faust auf den Tisch, daß zwölf leere Gläser an zu springen fingen, und donnerte ihn an: «Schlusch! Schlusch, schag ich jetscht. Wasch scholl dasch mit dieschem blödschinnigen schaudummen Schischyphusch? Schlusch jetscht, verschtehscht du!» Der Griff und der gedonnerte Baß meines Onkels machten aus dem schischyphuschschreienden Ziegenbock im selben Augenblick wieder den kleinen lispelnden armseligen Kellner.

Er stand auf. Er stand auf, als ob es der größte Irrtum seines Lebens gewesen wäre, daß er sich hingesetzt hatte. Er fuhr sich mit dem Serviettentuch durch das Gesicht und räumte Lachtränen, Schweißtropfen, Asbach und Gelächter wie etwas hinweg, das fluchwürdig und frevelhaft war. Er war aber so betrunken, daß er alles für einen Traum hielt, die Pöbelei am Anfang, das Mitleid und die Freundschaft meines Onkels. Er wußte nicht: Hab ich nun eben Schischyphusch geschrien? Oder nicht? Hab ich schechsch Aschbach gekippt, ich, der Kellner dieschesch Lokalsch, mitten unter den Gäschten? Ich? Er war unsicher. Und für alle Fälle machte er eine abgehackte kleine Verbeugung und flüsterte: «Verscheihung!» Und dann verbeugte er sich noch einmal: «Verscheihung. Ja, verscheihen Schie dasch Schischyphuschgeschrei. Bitte schehr. Verscheihen der Herr, wenn ich schu laut war, aber der Aschbach, Schie wischen ja schelbscht, wenn man nichtsch gegeschen hat, auf leeren Magen. Bitte schehr darum. Schischyphusch war nämlich mein Schpitschname. Ja, in der Schule schon. Die gansche

Klasche nannte mich scho. Schie wischen wohl, Schischyphusch, dasch war der Mann in der Hölle, diesche alte Schage, wischen Schie, der Mann im Hadesch, der arme Schünder, der einen groschen Felschen auf einen rieschigen Berg raufschieben schollte, eh, muschte, ja, dasch war der Schischyphusch, wischen Schie wohl. In der Schule muschte ich dasch immer schagen, immer diesch Schischyphusch. Und allesch hat dann gepuschtet vor Lachen, können Schie schich denken, werter Herr. Allesch hat dann gelacht, wischen Schie, schintemalen ich doch die schu kursche Schungenschpitsche beschitsche. Scho kam esch, dasch ich schpäter überall Schischyphusch geheischen wurde und gehänschelt wurde, schehen Schie. Und dasch, verscheihen, kam mir beim Aschbach nun scho insch Gedächtnisch, alsch ich scho geschrien habe, verschtehen. Verscheihen Schie, ich bitte schehr, verscheihen Schie, wenn ich Schie beläschtigt haben schollte, bitte schehr.»

Er verstummte. Seine Serviette war indessen unzählige Male von einer Hand in die andere gewandert. Dann sah er auf meinen Onkel.

Jetzt war der es, der still am Tisch saß und vor sich auf die Tischdecke sah. Er wagte nicht, den Kellner anzusehen. Mein Onkel, mein bärischer bulliger riesiger Onkel wagte nicht, aufzusehen und den Blick dieses kleinen verlegenen Kellners zu erwidern. Und die beiden dicken Tränen, die saßen nun in seinen Augen. Aber das sah keiner außer mir. Und ich sah es auch nur, weil ich so klein war, daß ich ihm von unten her ins Gesicht sehen konnte. Er schob dem still abwartenden Kellner einen mächtigen Geldschein hin, winkte ungeduldig ab, als der ihm zurückgeben wollte, und stand auf, ohne jemanden anzusehen.

Der Kellner brachte noch zaghaft einen Satz an: «Die Aschbach wollte ich wohl gern beschahlt haben, bitte schehr.»

Dabei hatte er den Schein schon in seine Tasche gesteckt, als erwarte er keine Antwort und keinen Einspruch. Es hatte auch keiner den Satz gehört und seine Großzügigkeit fiel lautlos auf den harten Kies des Gartenlokals und wurde da später gleichgültig zertreten. Mein Onkel nahm seinen Stock, wir standen auf, meine Mutter stützte meinen Onkel und wir gingen langsam auf die Straße zu. Keiner von uns dreien sah auf den Kellner. Meine Mutter und ich nicht, weil wir uns schämten. Mein Onkel nicht, weil er die beiden Tränen in den Augen sitzen hatte. Vielleicht schämte er sich auch, dieser Onkel. Langsam kamen wir auf den Ausgang zu, der Stock meines Onkels knirschte häßlich auf dem Gartenkies und das war das einzige Geräusch im Augenblick, denn die drei- bis vierhundert Gesichter an den Tischen waren stumm und glotzäugig auf unseren Abgang konzentriert.

Und plötzlich tat mir der kleine Kellner leid. Als wir am Ausgang des Gartens um die Ecke biegen wollten, sah ich mich schnell noch einmal nach ihm um. Er stand noch immer an unserem Tisch. Sein weißes Serviettentuch hing bis auf die Erde. Er schien mir noch viel viel kleiner geworden zu sein. So klein stand er da und ich liebte ihn plötzlich, als ich ihn so verlassen hinter uns herblicken sah, so klein, so grau, so leer, so hoffnungslos, so arm, so kalt und so grenzenlos allein! Ach, wie klein! Er tat mir so unendlich leid, daß ich meinen Onkel an die Hand tippte, aufgeregt, und leise sagte: «Ich glaube, jetzt weint er.»

Mein Onkel blieb stehen. Er sah mich an und ich konnte die beiden dicken Tropfen in seinen Augen ganz deutlich erkennen. Noch einmal sagte ich, ohne genau zu verstehen, warum ich es eigentlich tat: «Oh, er weint. Kuck mal, er weint.»

Da ließ mein Onkel den Arm meiner Mutter los, humpelte schnell und schwer zwei Schritte zurück, riß seinen

Krückstock wie ein Schwert hoch und stach damit in den Himmel und brüllte mit der ganzen großartigen Kraft seines gewaltigen Körpers und seiner Kehle:

«Schischyphusch! Schischyphusch! Hörscht du? Auf Wiederschehen, alter Schischyphusch! Bisch nächschten Schonntag, dummesch Luder! Wiederschehen!»

Die beiden dicken Tränen wurden von den Falten, die sich jetzt über sein gutes braunes Gesicht zogen, zu nichts zerdrückt. Es waren Lachfalten und er hatte das ganze Gesicht voll davon. Noch einmal fegte er mit seinem Krückstock über den Himmel, als wollte er die Sonne herunterraken, und noch einmal donnerte er sein Riesenlachen über die Tische des Gartenlokals hin: «Schischyphusch! Schischyphusch!»

Und Schischyphusch, der kleine graue arme Kellner, wachte aus seinem Tod auf, hob seine Serviette und fuhr damit auf und ab wie ein wildgewordener Fensterputzer. Er wischte die ganze graue Welt, alle Gartenlokale der Welt, alle Kellner und alle Zungenfehler der Welt mit seinem Winken endgültig und für immer weg aus seinem Leben. Und er schrie schrill und überglücklich zurück, wobei er sich auf die Zehen stellte und ohne sein Fensterputzen zu unterbrechen:

«Ich verstehe! Bitte schehr! Am Schonntag! Ja, Wiederschehen! Am Schonntag, bitte schehr!»

Dann bogen wir um die Ecke. Mein Onkel griff wieder nach dem Arm meiner Mutter und sagte leise: «Ich weisch, esch war schicher entschetschlich für euch. Aber wasch schollte ich andersch tun, schag schelbscht. Scho'n dummer Hasche. Läuft nun schein ganschesch Leben mit scho einem garschtigen Schungenfehler herum. Armesch Luder dasch!»

Von drüben nach drüben

Oh, Charlotte! Du, kuck dir bloß mal den da an! Da, den kleinen Kurzgeschorenen. Der kommt sicher von drüben, weißt du. Der tut noch so neu. Die tun alle so.

Was sucht der denn bloß an den Bäumen, möcht ich mal wissen. Vielleicht 'n Ast zum Aufhängen.

Na, denn laß ihn man.

Die beiden Straßenarbeiter, die damit beschäftigt waren, die Rillen zwischen den frischgepflasterten Steinen mit Teer vollzugießen, nahmen ihre langhalsigen Kannen wieder auf und ließen mit der heißen schwarzen Soße ein gutgezieltes quadratisches Muster auf die Straße kleckern.

Mit «drüben» meinten sie das Gefängnis, dessen dicke dunkelrote Mauer die andere Straßenseite gegen den Gefängnishof abgrenzte. Auf der Mauer, über die einige trostlos flachdachige Gebäude mit endlosen Reihen vergitterter Fenster behördlich sachlich herüberragten, lagen Nägel und Glasscherben. Das sagte man jedenfalls. Ausprobiert hatte es noch keiner.

Der «sicher von drüben kam», war klein, mager, müde und kurzgeschoren. Mit dem linken Ellbogen klemmte er sich einen mit Stiefelbändern verschnürten Pappkarton gegen die Rippen. Auf dem Deckel war in grüner großer Schrift zu lesen, daß Persil Persil bleiben würde. Dagegen konnte keiner etwas einwenden. Persil war vor sieben Jahren Persil gewesen und Persil würde wohl auch noch die nächsten sieben Jahre Persil bleiben. Nur aus dem Buchhalter Erwin Knoke war inzwischen der Kurzgeschorene Nummer 1563 geworden. Aber Persil war Persil geblieben. Die ganzen sieben Jahre.

Der Kurzgeschorene stand und stierte die Bäume an. Starr. Stur. Manchmal machte er eine ängstlich ausweichende Bewegung.

Daran erkannte man, daß er noch neu war. Und ungewohnt. Er fürchtete, mit einem der Vorübereilenden zusammenzustoßen oder ihnen im Wege zu stehen. Nachher schlug der ihn womöglich mit dem Schlüsselbund auf den Hinterkopf oder ließ ihn Kniebeugen machen. Bei jeder Kniebeuge einen Tritt in den Hintern. Gratis dazu. Er wußte eben nicht mehr, denn es war ja wieder ganz neu und ungewohnt, daß brave Zivilisten so etwas durchaus verabscheuen. Die würden eher sagen, wenn man zusammengestoßen war: Pardon. Tschuldigung. Aber Kniebeugen? Dazu mußte man wohl Uniform anhaben. Ja, und das hatte der Kurzgeschorene, der von da drüben kam, eben vergessen. Dazu war er noch zu neu wieder.

Er war enttäuscht. Wenn er Tränen gehabt hätte, würde er seine blassen grauen Augen damit gefüllt haben. Er hätte gerne leise etwas geweint. Aber das hatte man sich ganz abgewöhnt. Man hatte meistens gelacht. Das hält man besser aus. Weinen macht nur noch weicher. Er war enttäuscht und stierte die Bäume an. Stur. Starr. Die Bäume waren es nämlich, die ihn so maßlos enttäuschten. Nun starrte er sie stur an und wurde dabei ganz arm. Die Bäume, die sieben Jahre lang seine Bäume, seine lebendigen allesverheißenden Bäume gewesen waren, hatte er in diesem Augenblick, wo man ihn drüben entlassen hatte, verloren. Er stierte sie an. Nein, das waren sie nicht. Seine Bäume nicht.

Nicht daß er ein so großer Naturfreund oder vielleicht ein Forstbeamter oder Gärtner gewesen wäre, da er sich soviel aus den Bäumen machte. Er war Buchhalter und hatte keine Ahnung von Bäumen. Die große Stadt war seine Heimat und da waren Laternenpfähle häufiger als Bäume.

Für ihn waren Bäume entweder Wald oder Obstbäume. Daß sie auch Namen haben, wußte er nur undeutlich. Daß diese Bäume hier Linden waren, hätte ihn wahrscheinlich sehr erstaunt. Bäume waren entweder Wald oder Obstbäume. Vielleicht noch Allee. Oh, manchmal konnten Bäume Allee sein.

Wenn spätnachmittags die Sonne das Muster des Gitterfensters an die hintere Wand seiner Zelle warf und das Licht zwischen den vier Wänden müde und milde wurde, hatte er auf seinem Schemel unter dem Fenster gestanden und auf den dämmernden Abend gewartet. Dann war er mit schlenkernden Armen und großen feierlichen Schritten die Allee hinaufgegangen. Die Allee hinauf, die dort drüben hinter der Mauer war. Wohin? Dahin, hinauf, weg. Ganz weit weg. Jeden Abend hatte er seine Zelle verlassen und war seine Allee mit den lebendigen schönen schönen Bäumen, die so lebendig und grün waren, hinaufgegangen. Jeden Abend. Zweitausendfünfhundertmal in sieben Jahren. Ganz weit weg. Weg. Weg. Liebe, gute Allee. An ihrem Ende, kurz vor dem Schloß (denn ein Schloß stand todsicher am Ende der Allee. Das taten Schlösser immer.) winkte seine Frau mit seinen beiden Kindern. Sie hatten einen Korb mit Kartoffelpuffern bei sich. Und sie riefen: Oh, wie haben wir gewartet! Wo warst du bloß so lange? Willst auch einen Kartoffelpuffer?

Und seine Frau hatte ihm heimlich den Arm in die Rippen gestochert und geflüstert: Das war aber viel zu lange, Erwin! Nun stierte er abgrundtief traurig die Bäume an und sie enttäuschten ihn ohne Maß. Sie gehörten einer ganz gewöhnlichen grauen häßlichen lauten Straße, auf der ganz gewöhnliche Leute gingen und ganz gewöhnliche Autos und Bahnen fuhren. Leute, wie: Briefträger, Volksschullehrer, Klempnermeister, Feinkostverkäufer, Büroangestellte, Friseurinnen, Musiker und Rechtsanwälte. Und Milchautos, die nach Käse dufteten, Feuerwehrautos, Taxis, Wäscheautos. Die Straße war lieblos und lärmend und die Bäume waren grau und staubig. Kinder pulten an ihrer Rinde herum und Hunde pinkelten achtlos gegen die grauen Stämme.

Langsam ging der Kurzgeschorene weiter. Einmal sah er sich noch nach den Bäumen um. Er begriff nicht. Das war alles zu grau, zu nackt, zu unerbittlich. Aber er weinte nicht, als er plötzlich so arm war. Er lachte. Verlegen. Aber er lachte. Das hatten sie sich drüben so angewöhnt. Er lachte und stierte die lügenhaften dummerhaftigen dreckigen Bäume an und lachte. Und dann lachte er plötzlich noch lauter und nicht mehr so verlegen, als ihm einfiel, daß er die Allee ja gar nicht mehr brauchte. Wozu brauchte er jetzt noch eine Allee mit schönen grünen Bäumen? Zu nichts mehr. Sollte die häßliche Straße doch hingehen, wohin sie wollte! Er hatte weißgott keine Allee mehr nötig. Nein! Weißgott nicht! Er würde sich gleich auf die Bahn schwingen und in spätestens einer Stunde würde er Kartoffelpuffer essen. Zehn, oder auch zwölf. Und neben seiner Frau sitzen. Brauchte er noch Alleen? Er lachte die armen armseligen Bäume geringschätzig an, gab ihnen noch einen schnellen schiefen Blick und machte kehrt. Laß sie lügen, solange sie wollen. Ich fahr nach Hause.

Als er bei den beiden Straßenarbeitern vorüberkam, machten die Mittag. Es roch intensiv nach Teer, Margarine und süßem Kaffee. Aber in der Hauptsache doch nach Teer. Die beiden Teergießer hatten ihn die ganze Zeit grinsend beobachtet. Der hatte einen schönen Knacks von drüben mitbekommen, das war ihnen sofort klar. Sie sahen ihm erwartungsvoll entgegen, als müsse er noch etwas bieten. Sie erwarteten noch etwas von ihm. Als der Kurzgeschorene sich so auffordernd angesehen fühlte, grüßte er sie und sagte vor lauter neuer Liebe zum neuen Leben viermal hintereinander: Mahlzeit! Mahlzeit! Mahlzeit! Mahlzeit!

Mit der neugierigen Bereitwilligkeit, die man den Verrückten entgegenbringt, kauten die zwei Teermänner einen freundlichen unverständlichen Gruß zurück. Dabei konnten sie sich das Lachen kaum noch verbeißen. Sie schluckten und grinsten. Um ein Haar hätte der eine von ihnen losgeprustet. Aber ihm fiel noch rechtzeitig das kostbare Stück Mettwurst auf seiner Margarine ein. Da ließ er es.

Als der Kurzgeschorene weitergehen wollte, stieg ihm plötzlich der Teergeruch (dieses süße unvergeßliche Parfüm von Kindheit, Großstadt, schmutzigen Fingern und Straße) aufdringlich und gewaltig in die Nase. Und da hatte er einen großen Einfall. Der überwältigte ihn so unversehens, daß er stehenblieb und tief Luft holte. Teerluft. Berauschendes Parfüm voller Erinnerung! Heilige himmlische Teerluft!

Er dachte an seine beiden Jungens zu Hause und er dachte an den Teer. Und er dachte, was für herrliche Dinge man aus halbtrockenem Teer machen konnte. Tiere, Männer, Kugeln. Kugeln, in der Hauptsache natürlich Kugeln. Sie hatten damals fast immer nur Kugeln aus Teer gemacht, den sie, wenn die Arbeiter Feierabend gemacht hatten, aus den Rillen der neugepflasterten Straße pulten. Er dachte, wie schön es wäre und wie überraschend, wenn er seinen beiden Kindern so ein Geschenk mit nach Hause bringen würde. Und er nahm sich einen verwegenen ungeahnten Mut. Er tastete sich auf die beiden fassungslosen Teermänner zu und bat leise und ganz hilflos lächelnd um die Genehmigung, sich ein bißchen, nur ein ganz klein bißchen kaltgewordenen Teer mitnehmen zu dürfen. Er lächelte unsicher, aber doch sehr mutig, wenngleich er bis in den letzten Nerv bereit war, davonzulaufen. Sprechen konnten sie nicht, sonst hätten sie ohne weiteres ihren süßen Kaffee in großem Bogen ausspucken müssen. So nickten die Teermänner wortlos und großzügig und ihre Gesichter waren vor lauter

Grinsen und Erstaunen ganz ernst und kindisch geworden. Blöde und baff gafften sie hinter dem gänzlich Verrückten her, der, in der linken Hand seinen Persilkarton mit der philosophischen Aufschrift, in der rechten den Teer emsig knetend, glückselig, flatterig über die Fahrbahn schwebte.

Und der Kurzgeschorene vergaß die Welt der Gitter, der Schlüsselbunde und der Kniebeugen und der erlogenen verlogenen Alleen. Er rollte auf einer riesenhaften Teerkugel nach Hause. Den Kartoffelpuffern, seiner Frau entgegen. Rollte, rannte, raste! Und vergaß die Welt mit den bösen sieben Jahren. Und juchte einmal klein und leise wie betrunken vor sich hin. Vor wonnigem Weltgefühl!

Da schrien plötzlich die Bremsen eines Wäschereiautos hell und häßlich auf. Acht riesige Gummiräder wimmerten und kreischten rutschend über das Pflaster. Und eine Frau schrie und ein Kind. Und von allen Seiten kamen Menschen auf das Auto zugelaufen.

Da! Jetzt hats ihn erwischt! rief der eine Teermann. Na, so ein Dussel, so ein Pech zu haben, brummte der andere, goß sich den Rest seines süßen Kaffees in den Hals und schob sich hinter seinem Kollegen her in Richtung des Wäscheautos.

Das Auto stand quer über die Straße. Die Straßenbahn hielt. Fünf, sechs Autos hielten, ein Pferdegespann, einige zwanzig der unvermeidlichen Radfahrer. Leute, die vorher so unbedingt hastig und eilig und beschäftigt taten, hatten auf einmal entsetzlich viel Zeit, sich einen breitgedrückten Mann mit einem breitgedrückten Persilkarton ausgiebig anzusehen. Das kleine breitgedrückte Stückchen Teer, die eben noch so prächtige Kugel, sah keiner. Damit hätte auch keiner etwas anfangen können. Dafür sahen aber alle das Blut, das der Breitgedrückte friedlich und mohnblütenfarbig auf das Pflaster rieseln ließ.

Der Fahrer des mordlustigen Wäscheautos, das vielleicht eine Ladung persilgewaschener Wäsche an Bord hatte, bückte sich schwitzend (und mehr anstandshalber als tatsächlich besorgt) zu seinem Opfer herunter. Dann brummte er mißmutig: Nee, der ist drüben. Der ist drüben.

Oh, Charlotte! Der hat sich was verändert! Junge, so was! meinte der eine Teergießer und kaute den letzten Fetzen Mettwurst andächtig in kleine Stückchen.

Gott, wie originell! schrillte eine junge Frau ihren bebrillten Begleiter an und fragte ihn, ob er das gehört hätte.

Wieso oh Charlotte? fragte übermäßig gutgelaunt der junge Polizist und sah sonnig lachend von seinem Notizbuch auf. Auf jeden Fall sollte man merken, daß er trotz seiner Jugend vollkommen über der Situation stand.

Ach, das ist weiter nichts, schmunzelte der mettwurstessende Teergießer, so hieß meine erste Frau.

Witwer? fragte der Polizist interessiert.

Nee, geschieden, machte der andere.

Das war wohl ein Fremder, sagte eine ältere Dame. Und alle sahen wieder auf den Menschenrest in ihrer Mitte. Beinahe hätten sie ihn vergessen.

Nee, schüttelte der Fahrer mit dem Kopf, das ist nicht zu ändern. Der ist drüben. Restlos.

Als die beiden Straßenarbeiter am späten Nachmittag mit leeren Kaffeeflaschen nach Hause fuhren, fiel dem einen in der Bahn noch ein:

Du, der würde sich schön geärgert haben, der Kleine, wenn er noch könnte. Wo er gerade da drüben raus war. So ein Kerl.

(Aber der Teermann irrte sich. Erwin Knoke, jetzt weder Buchhalter noch Nummer 1563, sondern nur noch Erwin Knoke, strolchte abenteuernd mit einem fabelhaften Pusterohr und unermeßlich vielen Teerkugeln durch die ewigen

Jagdgründe Winnetous. Und er schoß und traf mit seinen selbstgekneteten Teerkugeln alles, was er wollte. Er hatte immer noch seine Indianerbücher gelesen und die ewigen Jagdgründe spukten, in Ermangelung einer anderen Ewigkeitsvorstellung, immer noch heimlich in ihm herum. Das war sein einziges bescheidenes kleines Laster gewesen.)

Gottes Auge

Gottes Auge lag rund und rotgerändert mitten in einem weißen Suppenteller. Der Suppenteller stand auf unserem Küchentisch. Blutfleckige Eingeweide und das milchbleiche Skelett eines größeren Fisches ließen den Küchentisch aussehen wie ein Schlachtfeld. Das Auge in dem weißen Teller gehörte einem Kabeljau. Der lag in großen weißfleischigen Stücken in unserem Topf und ließ sich kochen. Das Auge war ganz allein. Es war Gottes Auge.

Du mußt nicht immer mit der Gabel das Auge auf dem Teller hin- und herrutschen lassen, sagte meine Mutter.

Ich ließ das glatte runde Auge durch die Kurven des Suppentellers sausen und fragte: Warum denn nicht? Er merkt es doch nicht mehr. Er kocht doch.

Man spielt nicht mit einem Auge. Das Auge hat der liebe Gott genau so gemacht wie deins, sagte meine Mutter.

Während ich die sausende Rundfahrt des Kabeljauauges plötzlich abbrach, fragte ich: Das soll vom lieben Gott sein?

Natürlich, antwortete meine Mutter, das Auge gehört dem lieben Gott.

Nicht dem Kabeljau, bohrte ich weiter.

Dem auch. Aber in der Hauptsache dem lieben Gott.

Als ich von dem Teller aufsah, merkte ich, daß meine Mutter weinte. An diesem Tag, wo es bei uns Kabeljau gab, war mein Großvater gestorben. Meine Mutter weinte und ging hinaus. Da zog ich den Teller mit dem einsamen Auge mittendrin, mit dem rotgeränderten Auge, das Gott gehören sollte, ganz dicht an mich heran. Ganz dicht brachte ich meinen Mund über den Teller.

Du bist das Auge vom lieben Gott? flüsterte ich, dann kannst du wohl auch sagen, warum Großvater heute mit einmal tot ist. Sag das, du!

Das Auge sagte es nicht.

Das weißt du nicht mal, wisperte ich triumphierend, und du willst das Auge vom lieben Gott sein, und weißt nicht mal, warum Großvater tot ist. Kommt er denn auch nicht wieder, Großvater, fragte ich dicht über dem Teller, weißt du denn, ob er noch mal wiederkommt, du, sag das doch. Du mußt das doch wissen. Kommt er nun nie wieder?

Das Auge sagte es nicht.

Ganz dicht hielt ich meinen Mund an das Auge und fragte noch einmal eindringlich und ernst: Du, sehen wir Großvater denn nicht wieder, du? Sag das doch. Sehen wir ihn noch mal wieder? Wir können ihn doch noch mal irgendwo treffen, nicht? Du, sag doch, treffen wir ihn wieder? Du, sag das, du bist doch vom lieben Gott, sag das!

Das Auge sagte es nicht.

Da stieß ich den Teller wütend von mir weg. Das Auge glitschte hoch über den Rand auf den Fußboden. Da blieb es liegen. Gespannt sah ich hin. Das Auge lag auf der Erde. Und es war Gottes Auge. Gottes Auge lag auf der Erde. Aber es sagte nichts. Ich sah noch einmal hin. Nein. Nichts. Ich stand auf. Ich stand langsam auf, um Gott Zeit zu lassen. Ganz langsam ging ich zur Küchentür. Ich faßte nach dem Türgriff. Ich drückte ihn langsam herunter. Mit dem Rükken zu dem Auge hin wartete ich so noch einen langen langen Augenblick an der Küchentür. Es kam keine Antwort. Gott sagte nichts. Da ging ich, ohne mich nach dem Auge umzusehen, laut aus der Tür.

Ich seh in einen Spiegel

Frühe Gedichte

Weg

Ich seh in einen Spiegel – –
und bin so jung.
Dämmerung
wird sein,
wenn morgen ich ein meinen Spiegel sehe,
Kerzenschein,
wenn hinter mir der bleiche Bruder steht.
Und dann – –
an irgendeinem Tage
ist der Spiegel leer.
Ich stand und sann
und flüsterte die Totenklage
meiner Jugend, schwer – – –
Gib mir mein Lachen!
Gib mir den Frieden wieder,
kalter Spiegel.

Reiterlied

Ich bin ein Reiter,
stürmend durch die Zeit!
Durch die Wolken führt mein Ritt –
Mein Pferd greift aus!
Voran! Voran!
Der Sturm jagt neben mir!
Voran! Mein Pferd! Voran!
Durch die Gefahren hin stürmen wir –
ich und du –
mein Pferd!
Voran!
Durch die Zeit!
Ich bin ein Reiter!

Sappho

Sieh, all Dein Öffnen an das Leben war
ein Lieben und ein trunknes Hingegeben.
O nimm den Bruder mit vor den Altar!
Wie Götter sich die Früchte zueinanderheben,

so küßt ihr euch. Zu den Plejaden
hinlacht die Seligkeit, die ihr beginnt.
Nun lösen Kleider sich an den Gestaden,
und Meer um schmale, weiße Brüste rinnt.

Hell perlend aus den kühlen Wellen
steigt auf ein Singen: Liebeslieder!
Und Düfte zart von euren Leibern quellen –
O küßt, Ihr Töchter, Sapphos schöne Glieder!

Da schreitest Du, O Göttin, selig hin –
geliebt und liebend – und hast allen Sinn.

Chinesisches Liebesgedicht

Im Kleinen lächelt uns
die große Weisheit an.

Deshalb – O Tschau gei yen –
kam ich zu Dir.

Du bist wie Atem
einer Orchidee …

Tschau-gei-yen
war eine kleine Göttin,
die so zart und graziös war,
daß sie auf einer flachen Hand
tanzen konnte.

Ziel

Mag auch der Weltenlauf
ruh'n unter Wipfeln –
wir wollen hoch hinauf
zu leuchtenden Gipfeln!

Schmal sind die Stege –
groß ist die Sendung.
Alles sind Wege
zu der Vollendung!

Sommerabend

Sommersüß
duftende Linde
flüstert dies
in träumende Winde:

Abend voll Glocken
wehet wie Hauch
um seidige Locken –
heimlich im Strauch.

Wir saßen beide
in schwankenden Dolden,
der Sonne Geschmeide
umkoste uns golden …

Concerti grossi

Da wehte um ein hölzernes Gestühl
vertraut, unsäglich fein und kühl,
Getön der dunklen Bratsche, Geigen
vereinten sich zum stillen Reigen.

Die Seelen sangen in den Sonnentag – – –

– – –

Die Sonnenblumen wachten auf und träumten
in diese Melodie sich wiegend ein.
Geheimnisvolle Flüsterworte säumten
Euch Spielende in einen hohen Schein,

und lauter Jubel war in Euren Augen.

– – –

Ist es nicht ein fernes, frohes Rufen,
das voll Seligkeit zu uns herüber dringt?
Wir lauschen trunken auf des Tempels Stufen,
aus dem uns Euer Seelenlied umklingt –

still aber saßen wir …

Herbstspruch

Der Herbst ist Frucht
aus langer Sonne.
In seinem Sterben
liegt das Leben.

Die Spatzen
kratzen,
was man ißt,
aus dem Mist.

Die Menschheit fischt
auch im Trüben – –
so ist nischt
mehr nach geblieben!

Winter

Jetzt hat der rote Briefkasten
eine weiße Mütze auf,
schief und verwegen.
Mancher hat bei Glatteis
plötzlich gelegen,
der sonst so standhaft war.
Aber der Schnee hat leis
und wunderbar
geblinkt auf den Tannenbäumen.
Was wohl jetzt die Schmetterlinge träumen?

Die Ärmste

Es war eine Eule,
die flog im Traum
mit schröcklichem Geheule
gegen einen Baum.
Jetzt sieht man die Eule
nur noch kaum –
vor lauter Beule!

Frühling

Abendlich tönet Gesang ferner Glocken,
lächelnd versinkt voll Frühling ein Tag.
Über das eigene Lied scheu erschrocken,
verstummte die Amsel mitten im Schlag.
Und in dem Regen, der nun begann,
fing leis' die Erde zu atmen an.

Stille Stunde

Wenn irgendwo
ein Werk, ein Wort
an unserer Seele Tiefen rührt –
laßt uns zusammen schweigen.

Wenn irgendwo
ein Leid geschieht,
und dünkt es dich zu schwer –
laßt uns zusammen schweigen

Wenn irgendwo
ein Lachen ist
und Jubel deine Brust will sprengen –
laßt uns zusammen schweigen

Wenn irgendwo
der Tod den Freund
aus unserem Kreise holt –
laßt uns zusammen schweigen.

Wenn irgendwo
die Welt, das All
mit Schauer uns erfüllt –
laßt uns zusammen schweigen.

Zuspruch

Tritt heraus aus deinem Leide
und bekenne dich zur Freude –
Tritt heraus aus deinem Kleide
und wirf von dir Tand und Seide –
Trage lächelnd deine Schmerzen,
Sei ein Mensch mit ganzem Herzen!

Das ernste Lachen

Wir müssen den Becher trinken,
den das Leben uns reicht –
auch wenn er voll Leid ist.

Wir müssen den Weg gehen,
den das Leben uns weist –
wenn er auch weit ist.

Wir wollen das Schöne bewahren
und über das Heilige wachen –

Wir wollen in den dunklen Jahren
durch unser Weinen lachen!

Ein Tausendfüßler, nicht mehr jung an Jahren,
war in einer Kneipe gehörig versackt.
So kam er mitten auf der Straße aus dem Takt
und wurde überfahren.
Er hat sich etliche Beine gebrochen,
211 an der Zahl.
Jetzt liegt er im Spital.
Und die Schwester sortiert schon seit Wochen –
Knochen.

Der Kuckuck

Der Kuckuck schreit die ganze Nacht –
Herrgott, laß ihn verrecken!
Ich habe unter meinen Decken
kein Auge zugemacht.

Der Kuckucksschrei ist grün
wie eine leere Flasche Gin.
Nur weil ich nicht besoffen bin,
ist er heut nacht so kühn.

Nein, Herr, laß ab mit Strafen –
ich sehe schon den Sinn:
Wenn ich besoffen bin,
kann er ja auch nicht schlafen!

Frösche

Frösche haben alle Basedow
und sie wirken kolossal seriös.
Fliegen sind gewöhnlich dumm und froh –
doch vor Fröschen werden sie nervös.

Ihrerseits – der Storch ist ihnen peinlich
und sie fangen lieber an zu wandern,
denn die Götter sind verdammt nicht kleinlich:
Willst du leben: Friß den andern!

Wenn sie singen, blasen sie cholerisch
ihre glattrasierte Hülle auf –
und ihr Baßgelächter steigt homerisch
tollhauslaut aus Teich und Tümpel auf.

Schnecken

Schnecken schleichen meistens viel zu
langsam ihrem Schneckenziel zu,
denn sie schlecken an den Hecken,
neckend spielen sie Verstecken.

Unheil ist für sie abstrakt –
Und sie machen sich nichts draus.
Bei Gefahr ziehn sie, was nackt,
einfach in das Schneckenhaus.

Süßer Schneckentemposchlendrian –
dennoch ist ihr Ende oft profan:
Meistens werden sie von sehr konkreten
Knabenstiefeln totgetreten!

Den Dichtern

Morgenrot! und: Hahnenschrei!
Die Nacht ist vorbei!
Brecht auf, ihr Lumpen,
fort mit den Humpen,
ihr Säufergesichter!
Morgenlichter
dämmern ringsum.
Die Nacht ist um!

Fort mit dem Becher!
Ans Werk jetzt, ihr Zecher,
zur Tat! Nun zeigt,
was Pan euch für Lieder gegeigt,
was die Nacht euch gelehrt:
Leierkasten oder Orgelkonzert!

Hahnenschrei! und: Morgenrot!
Die Nacht ist tot!

Gedicht um Mitternacht

Der Vagabund phantasiert:
Ruhe ist Verhängnis.
Die Weisheit philosophiert:
Jeder ist sein eignes Gefängnis.

Wozu in die Bücher schauen,
wenn du sie so schnell vergißt –
wenn du doch dem Schritt der Frauen
rettungslos verfallen bist!

Gib dich doch den wunderbaren
Augen eines Mädchens hin –
pack das Leben bei den Haaren,
dann erfüllst du seinen Sinn!

An die Natur

Wo du den Sturm fühlst und die Erde riechst,
wo du das Meer hörst und die Sterne siehst,
sei losgelöst von jeder Zeit,
gibt deinem Geist kein irdisch Ziel,
von Bildern, Worten sei befreit:
tu deine Seele auf und sei Gefühl.

Hamburg

Zwischen grünen Kirchturmsmützen
wie mit feingemalter Kunst,
ragen Dächer, Giebelspitzen
in den blauen Hafendunst.

Auf den schmalen, alten Fleeten
ziehen schwerbeladen Schuten –
manchmal hörst du wie Trompeten
fern die großen Dampfer tuten.

Hör des Hafens Orgelbrausen,
Möwenschreien hin und her!
Wenn die steifen Winde sausen,
riechst du schon das weite Meer.

In den blauen Hafendunst
ragen Dächer, Giebelspitzen
wie mit feingemalter Kunst
zwischen grünen Kirchturmsmützen.

Don Juan

Sieh, mein Auge ist noch dunkelfarben
vom Liebesleid der letzten Nacht,
von den Träumen, die am Morgen starben,
darin leise die Geliebte lacht.

Immer sind es doch die gleichen Stunden,
wo die Herzen sich noch scheu ertasten –
wenn wir dann erkennend uns gefunden,
bleibt mir nur ein stummes Weiterhasten!

Zugedeckt mit einem weichen Tuche
möcht ich meine tiefsten Schmerzen haben –
wo ich Gottes weite Seele suche,
sind wir Menschen, die im Spiel sich gaben.

Und die Lippen formen still ein Flehen
um ein endlich Auferstehen.

Das Karussell

Dogmen stürzen, Werte bleiben,
Narren nennt man morgen Weise –
wildes, buntes Jahrmarktstreiben
tanzt um uns in tollem Kreise.

Reich auch mir die Larve, Leben!
Reih mich ein in deinen Reigen –
tanze, daß die Pulse beben:
Nach uns kommt ein langes Schweigen.

Sieh den tollen Jahrmarktstrubel!
Hör sie laut in Flitterkronen
kleine dumme Lügen feiern.

Kauf dir Glück für einen Rubel,
pfeife auf die Millionen:
Laß die Groschenorgel leiern!

Hamburg 1943

Der Mond hängt als kalte giftgrüne Sichel
über den hohläugig glotzenden Fenstern –
es knistert und wispert rings um den Michel
wie von tausend verirrten Gespenstern.

Da ragt eine Wand wie ein Schrei
in das Grauen der einsamen Nacht.
Gestern hat hier noch ein Mädchen gelacht –
und der Wind weht träumend vom Kai.

Und der Wind weht vom Meer –
und er weht über Freuden und Schmerzen,
er riecht nach Tauen, Möwen und Teer –
und er singt von Hamburgs unsterblichem Herzen!

Jede Minute

Der Krieg bringt Gedanken,
die sonst verschüttet waren.
Er tötet die kranken
Und krönt die unscheinbaren
Dinge und Geschicke.
Er beschattet die Jahre
Und schenkt Augenblicke,
die wie wunderbare
Lampen in die Stunden scheinen,
in dunkle und gute –
und dann denkst du in Lachen und Weinen:
Wie köstlich ist jede Minute!

Die Stadt

Thema in drei Teilen

I

Wenn sie auch übermütig war,
(weil sonst das Leiden unter allen Dächern
das Lachen grau ersticken würde),
gehört ihr doch Verehrung –
Soviel wie auch dem Wald,
den Bergen und den Blumen:
Wollen wir sie denn geringer lieben,
weil sie von unsrer Hand ist?
Der Regen und der Wind,
die um Laternenpfähle spuken
und auf dem Pflaster blinkern,
sind längst mit ihr intim.

II

Dann kam der Krieg:
Er spielte grausam mit den Steinen –
die langvertrauten Züge,
die Häuser, Kurven, Ecken
brach er gewaltsam.
Doch gieriger als alle Flammen,
die durch die Straßen stoben,
umfing jetzt unser Herz
das Kleinod: Unsere Stadt!
Und wenn wir drüber achtlos waren,
nun sehn wir tiefer und behutsam
in dieses leidzerrissene Gesicht.

III

Nun ist die Zeit ihr Arzt –
doch wir sind ungeduldig
und planen ihren großen Aufstieg,
denn die Genesene soll stärker
als die Versunkene sein.
Und aus dem Rhythmus neuer Tage
steigt sie verjüngt empor –
im Fackelschein der Bogenlampen,
die dann die Melodie des Lebens
durch dunkle Nächte schleudern,
stehn wir beglückt und lauschen
auf ihre ersten Atemzüge!

Norddeutsche Landschaft

Stangenbeinig, stolz und stur
stelzt stocksteif ein Storch
feldherrngleich auf freier Flur.
Freche Frösche höhnen: Horch!

Dunkel ducken dicht am Deich
sich die strohgedeckten Dächer.
Glockenblumen blühen weich
mit blauem Blütenbecher.

Kühe kauen taktvoll träge.
Ringsherum prahlen pralle Fladen.
Käfer schielen schnell und schräge
nach der Kuhmagd nackten Waden.

Moabit

Die Wanzen lassen uns nicht schlafen.
Man denkt die ganze Nacht an Frauen,
die wir wohl irgendwann mal trafen.
Von den smaragdäugigen und blauen,
den zärtlichen und schlanken haben wir gequasselt,
geprahlt, geseufzt.

Im ersten Morgengrauen
war eine Ente laut vorbeigerasselt
zum nächsten Binnenmeer:
Mensch, wenn man so'ne Ente wär!

Ich bin der Nebel

Ich bin der Nebel, der durchs Hafenviertel strömert
und der sich von den Mädchenbeinen,
die spät nach Hause tippeln, gern zerreißen läßt.

Ich bin der Nebel, der auf alten Fleeten döst,
der unter grauen Brücken graue Sorgen
mit grauer Milde zärtlich zudeckt.

Ich bin der Nebel, der wie ein Mirakel
aus Märchenbüchern auf den Dächern geistert,
ein Spuk auf Kais und Takelagen.

Ich bin der Nebel, der um die Laternen tanzt
und den die Frühaufsteher blaß und übernächtig
im ersten Morgenlicht noch auf der Straße finden.

Das Requiem

Der Seewind singt sein Lied am Pier.
Die Stunde hinkt. Es schlägt halb vier.
Der Abschied klinkt für uns die Tür.
Mein Spiegel blinkt noch hell von dir …

Die Kathedrale von Smolensk

I.

Grün und gold gemalte Zwiebeln
hängen bunt wie eine Laune
aus dem Orient auf weißen Giebeln
und ein düsteres Geraune

schlängelt sich aus engen, schiefen
Stuben dunkel um die Kathedrale.
Ach, mit einem Male,
während alle Wolken schliefen,

schmeichelt dann der Sonnenschein
dem grotesken Land –
und das Gold der Kuppeln willigt ein,
weil es sich gewürdigt fand.

II.

Und das Land ist weit und ohne Eile,
nur die Tage blättern seltsam schnell
von dem Baum der Langeweile,
monoton gewebt aus schwarz und hell.

Ohne Anteil sieht die Kathedrale
auf das Kommen und das Sterben
ihrer Kinder, die das schmale
Antlitz nur vor Spiegelscherben

manchmal scheu verstehn:
Rußland ist in schön und häßlich
wunderbar und schwankend anzusehn –
nur die Kathedrale steht verläßlich.

Zwischen den Schlachten

Abend tropft mit blutigroter
Tinte in den grauen Sumpf.
In den Himmel ragt ein Toter,
grausam groß und seltsam stumpf.

Posten tasten leis: Parole?
Nickend sickern die Konturen
eines Pferdes – wie mit Kohle
kühn skizziert – vor schweren Fuhren.

Manchmal döst man Kleinigkeiten
und das Herz läßt sich verwirren:
Abendglocken hört man läuten
in dem Lärm von Kochgeschirren.

Kinderlied

Wo wohnt der liebe Gott?
Im Graben, im Graben!
Was macht er da?
Er bringt den Fischlein 's Schwimmen bei,
damit sie auch was haben.

Wo wohnt der liebe Gott?
Im Stalle, im Stalle!
Was macht er da?
Er bringt dem Kalb das Springen bei,
damit es niemals falle.

Wo wohnt der liebe Gott?
Im Fliederbusch am Rasen!
Was macht er da?
Er bringt ihm wohl das Duften bei
für unsre Menschennasen.

Versuch es

Stell dich mitten in den Regen,
glaub an seinen Tropfensegen
spinn dich in das Rauschen ein
und versuche gut zu sein!

Stell dich mitten in den Wind,
glaub an ihn und sei ein Kind –
laß den Sturm in dich hinein
und versuche gut zu sein!

Stell dich mitten in das Feuer,
liebe dieses Ungeheuer
in des Herzens rotem Wein –
und versuche gut zu sein!

Gedicht

Blume Anmut blüht so rot,
Blume Huldvoll blaut daneben.
Blume Anmut ist das Leben,
Blume Huldvoll ist der Tod.

Süß und herbe ist das Leben,
herb die Lust und süß die Not.
Blume Leben blüht so rot –
Blume Tod blüht blau daneben.

Brief aus Rußland

Man wird tierisch.
Das macht die eisenhaltige
Luft. Aber das faltige
Herz fühlt manchmal noch lyrisch.
Ein Stahlhelm im Morgensonnenschimmer.
Ein Buchfink singt und der Helm rostet.
Was wohl zu Hause ein Zimmer
mit Bett und warm Wasser kostet?
Wenn man nicht so müde wär!

Aber die Beine sind schwer.
Hast du noch ein Stück Brot?
Morgen nehmen wir den Wald.
Aber das Leben ist hier so tot.
Selbst die Sterne sind fremd und kalt.
Und die Häuser sind
so zufällig gebaut.
Nur manchmal siehst du ein Kind,
das hat wunderbare Haut.

Der Mond lügt

Moabit

Der Mond malt ein groteskes Muster an die Mauer.
Grotesk? Ein helles Viereck, kaum gebogen,
von einer Anzahl dunkelgrauer
und schmaler Linien durchzogen.
Ein Fischernetz? Ein Spinngewebe?
Doch ach, die Wimper zittert,
wenn ich den Blick zum Fenster hebe:
Es ist vergittert!

Der Vogel

Du bist vom Wind erlöste Ackerkrume,
du bist ein Kind von Fisch und Blume.
Aus allem aufgehoben,
bist du der Wunsch der Seele,
daß sie im tollsten Toben
sich nicht mehr quäle.
Du bist vom Stern geboren
in einer großen Nacht.
Pan hat sein Herz verloren
und dich daraus gemacht!

Am Fenster eines Wirtshauses beim Steinhuder Meer

Auf dem Nachhausewege 1945

Die Apfelblüten tun sich langsam zu
beim Abendvers der süßen Vogelkehle.
Die Frösche sammeln sich am Fuß des Stegs.
Die Biene summt den Tag zur Ruh –
nur meine Seele
ist noch unterwegs.

Die Straße sehnt sich nach der nahen Stadt,
wo in der Nacht das Leben weiterglimmt,
weil hier noch Herzen schlagen.
Wer jetzt noch kein Zuhause hat,
wenn ihn die Nacht gefangen nimmt,
der muß noch lange fragen:

Warum die Blumen leidlos sind –
warum die Vögel niemals weinen –
und ob der Mond wohl auch so müde ist –

Und dann erbarmt sich leis ein Wind des einen,
bis er – im Schlaf – die Welt vergißt.

Draußen

Das macht das Fenster, daß wir «draußen» sagen –
und weil wir selber drinnen sind.
Nach draußen muß man schauernd fragen,
denn draußen ist der Wind.

Laternen stehn
schon hundert schwarze Nächte –
und abends, bald nach zehn,
wenn mancher schlafen möchte,
graut wohl die Straße blaß
und schweigend aus der Flut
von Seufzern, Stein und Glas.

Nun ist es unser Blut,
das so gewaltig rauscht –
da hält der Wind im Tanz den Schritt,
bleibt manchmal stehn,
als ob er lauscht.
Und die Laternen gehn
noch lange durch die Träume mit.

Winterabend

Der Nebel legt sich kühl und grau
auf die Dinge, und nur Laternen
und die weißen Hauben von Schwestern
schimmern. Und einzelne Worte fallen
wie Regentropfen: … Gestern …
und: … meine Frau …
und seltsam hallen
sie nach wie Gedichte
und man denkt eine ganze Geschichte
aus ihnen zusammen.

Ein einsamer Schritt verweht noch im Norden,
die Straßen sind still,
und der Lärm ist müde geworden,
weil die Stadt nun schlafen will.

Nachts

Meine Seele ist wie eine Straßenlaterne.
Wenn es Nacht wird und die Sterne
aufgehn, beginnt sie zu sein.
Mit zitterndem Schein
tastet sie durchs Dunkel,
verliebt wie die Katzen
auf nächtlichen Dächern, mit grünem Gefunkel
in den Augen. Menschen und Spatzen
schlafen.
Nur die Schiffe schwanken im Hafen.

Hebt der Mond sich über den Rand
von einem Kirchendache,
ist in meinen Augen
knisternd ein Streichholz aufgeflammt,
und ich lache.

Regen rinnt –
bei mir sind
nur mein Schatten und der Wind.
Und meine Hände haben noch den Duft
von irgendeinem schönen Kind.

Die Nacht

Und wieder geht die dunkelblaue Frau,
die blasse Schwester der Betrunkenen und Dichter,
durch die verstummten, nebeligen Straßen.

Es schwankt im Schlendrian das Nachtgelichter:
Die Mädchen, die für Stunden heilig sind,
glühn sündhaft aus dem Häuserschatten,

bis sie der kühle Morgenwind verscheucht.
Laternen fühlen sich von den Bezechten
verzweifelt und berauscht umarmt –

der Dichter aber flüstert seinen großen Monolog:
Nimm, dunkelblaue Frau, die ohne Ruhe sind,
in deinen gnadenreichen Schoß!

Liebeslied

Weil nun die Nacht kommt,
bleib ich bei dir.
Was ich dir sein kann,
gebe ich dir!

Frage mich niemals:
woher und wohin –
nimm meine Liebe,
nimm mich ganz hin!

Sei eine Nacht lang
zärtlich zu mir.
Denn eine Nacht nur
bleib ich bei dir.

Liebesgedicht

Du warst die Blume Makellos
und ich war wild und wach.
Als deine Iris überfloß,
da gabst du gebend nach.

Ich war die Blume Schmerzenlos
in deinem lichten Duft.
Wir schenkten uns aus Grenzenlos,
aus Erde, Leid und Gruft.

Da wuchs die Blume Morgenrot
an unserer Nächte Saum.
Wir litten eine süße Not
um einen süßen Traum.

Abschied

Laß mir deinen Rosenmund
noch für einen Kuß.
Draußen weiß ein ferner Hund,
daß ich weiter muß.

Laß mir deinen hellen Schoß
noch für ein Gebet.
Mach mich aller Schmerzen los!
– horch, der Seewind weht.

Laß mir noch dein weiches Haar
schnell für diesen Traum:
Daß dein Lieben Liebe war –
laß mir diesen Traum!

Südfrüchte

Die Kokosnuß, einst affenkühn umklettert,
die maskenstarre, borstenzöpfige,
sehnt sich nach ihren meerumblauten Inseln,
von hellem Vogelschrei umschmettert.

Dem Sphinxenkopf der Ananas,
von Dunkelhäutigen gepflückt,
wächst ein Gebüsch wie grünes Gras –
von fremden Rhythmen jäh entzückt.

Die bernsteinfarbenen Bananen,
die säbelbeinigen, sie träumen
nun im Verein mit Feigen, deren Ahnen
des Orients geheimnisreiche Wüsten säumen.

Die kleinen Monde praller Apfelsinen,
sie lauschen dem Geschwätze schlanker Datteln:
Von Haremstänzerinnen mit Brokatpantinen
auf weißen Dromedaren, die sie silbern satteln.

In diese Heimwehträume der Exoten
platzt plötzlich ganz gewöhnlich und frivol
das plumpe Lachen über freche Zoten
von einem simplen Wirsingkohl!

An Dich

Ich gebe Dir mein dunkles Herz –
Du gibst Dein helles mir zurück.
Ich geb Dir Leid und geb Dir Schmerz –
Du gibst mir Glück.

Ich liebe Dich und tu Dir weh
mit jedem Blick.
Du aber gibst das Leid
als Lust zurück.

Ich gebe Dir nur Halbes hin
von meinem flüchtigen Geschick.
Du gibst wie eine Königin
und schenkst Dich ganz zurück.

Abend

Ein Pendel schwingt.
Die Lampe blinkt.
Im feuchten Meerwind singt
verliebt ein Nachtinsekt.
Von keinem Laut erschreckt
singt auch mein Herz.

Das ist unser Manifest

Essays, Rezensionen, Fragmente,
Vermischtes

Helmuth Gmelins 50. Geburtstag

Goethe hatte einmal den Auftrag, sich im Süden Deutschlands eine große Gesteinssammlung anzusehen: Die Gmelinsche Mineraliensammlung. Begreiflicherweise, geriet die Hausfrau darüber so in Aufregung, daß sie dem hohen Gast den ganzen Kaffee über die Hose goß. Von diesen Gmelins stammt Helmuth Gmelin vom Staatlichen Schauspielhaus in Hamburg, der Bruder des feinsinnigen, leider viel zu früh gestorbenen Dichters Otto Gmelin.

Also eine weitverzweigte Gelehrtenfamilie von Wissenschaftlern, Forschern, Physikern, Chemikern und Ärzten bringt als letzten Sproß zwei Künstler hervor? Das ist weniger erstaunlich, wenn man weiß, daß Helmuth und Otto Gmelin denkende Menschen und Psychologen geblieben sind.

Das hätte auf der Bühne seine Gefahr, wenn nicht die große Gabe des Gefühls und des Temperamentes hinzukäme, wie es bei Helmuth Gmelin der Fall ist. Wir brauchen seine Rollen nicht aufzuzählen, wir haben sie noch alle in der Erinnerung, so wie sie die Braunschweiger noch immer im Gedächtnis haben, wo er lange als Regisseur und Schauspieler tätig war.

Helmuth Gmelin ist ein Künstler, ein Schauspieler der Vornehmheit, der inneren und der äußeren. Sein Denken ist kein Prunk, sein Gefühl keine laute Sentimentalität und sein Temperament kein billiger Lärm – es ist alles verhalten, verinnerlicht und leuchtet nur sparsam aus den kargen Gesten.

Ein hauptsächlicher Wesenszug des Künstlers, alles Schöpferische überhaupt, ist die Sehnsucht, sich zu vertiefen in alle anderen Gebiete der Kunst – kann man sich eine glücklichere Bereicherung und Ergänzung zum Schauspieler denken?

Stundenlang redet er über einen Farbton bei Botticelli, eine Gebärde der Hände von Grünewald – ebenso lange wirft er architektonische Stilfragen und Probleme auf, wobei die mathematische Anlage der Väter durchblickt. Zeugt es nicht von einer ungeheuren Intensität und Vitalität des Geistes, wenn ein Fünfzigjähriger sich hinsetzt und Griechisch lernt, und zwar so, daß er bald darauf aus sämtlichen griechischen Tragikern sprechen kann? Und endlich können wir ihn treffen, wenn er oft einen ganzen Abend bis spät in die Nacht am Klavier sitzt und sich über Bach, Tschaikowsky und Chopin ganz in ein inneres Reich vertieft.

So können wir ihm nichts Besseres zu seinem 50. Geburtstag wünschen, als weiterhin auch diese große Kraft, ganz der Kunst, diesem höchsten Ziele, zu leben. Sapphos Vers an die Musen möge immer über seinem Leben stehen: «Doch für euch, ihr Schönen, wird mein Gedächtnis sich verwandeln.»

Helmuth Gmelin

Wie es die hohe Stirn umbebt;
das letzte, große Maskenspiel,
das lautlos in der Szene schwebt,
umklungen leise vom Gefühl,
dem sich Komödiengeist verwebt
zum feingetönten Kammerspiel.

«Stalingrad»

Das ist kein gutes Buch. Das ist kein Kunstwerk und auch keine Dichtung. Das ist vielleicht nicht einmal Literatur. Aber das ist ein Dokument und ein Denkmal. Das ist Rechnung und Quittung zugleich. Und für uns alle. Und deswegen ist es ein notwendiges Buch. Es ist die nüchterne nackte Fieberkurve einer überlebten korrupten Kaste, eines blinden Volkes. Fieberkurve aus sechs Jahren des 20. Jahrhunderts. Fieberkurve eines Massensterbens. Fieberkurve der Agonie von ein paar hunderttausend zu Lemuren und todwunden Würmern verkommenen menschlichen Lebewesen.

Das Buch heißt: «Stalingrad» (Aufbau-Verlag, Berlin).

Der Verfasser, Theodor Plievier, ist ein gewissenhafter, gnadenloser, unerbittlicher Sammler. Er sammelt die Mosaiksteinchen dieses grauenhaftesten apokalyptischen Gemäldes der menschlichen Geschichte. Aber er ordnet die Mosaiksteine nicht zu einem harmonischen Ganzen. Er kann es nicht und er darf es nicht. Aus diesem Chaos, aus diesem Inferno, diesem Spukspektakel eine Harmonie zu machen, würde Frevel an der Wahrheit und an der Wirkung sein. Hier muß alles bleiben wie es war: nackt, wirr, sinnlos, formlos, wahrhaftig. Plievier schüttet seine Mosaiksteine in einem grandiosen Durcheinander von Szenen, Menschenuntergangsszenen, vor uns hin. Und die Steine heißen Hunger, Schrei, Schmerz, Tod. Heißen Eissturm, Eiter, Einschlag. Heißen Heldentum und Kannibalismus, Elend und Qual, Lüge, Selbstmord und Gehorsam. Und sie heißen Blut und Kot und Schnee, Preußens Gloria und Viehtreiben. Und alle zusammen heißen: Hitler! Heißen Stalingrad! Heißen Krieg!

Es ist ein unerfreuliches Buch. In der äußeren Aufmachung (und das ist schon eine Quittung) und im Inhalt.

Aber es ist ein notwendiges Buch. Jeder von uns ist durch Stalingrad gegangen, durch ein großes oder ein kleines. Und so ein Buch ist Rechnung und Quittung für uns alle.

Rechnungen und Quittungen sind unerfreulich. Aber sie sind notwendig. Und deshalb ist das Buch von Stalingrad doch ein gutes Buch.

Tucholsky und Kästner

Wir können sie gut gebrauchen, die Tucholskys, die Kästners und Rowohlts. Möglichst gleich ein paar hundert von ihnen. Aber was haben wir gemacht? Tucholsky wurde vertrieben, Kästner durfte nicht schreiben und Rowohlt nicht verlegen. Das war dumm von uns. Wir hätten sie jeden Tag lesen sollen, abends vor dem Einschlafen, als Kommentar sozusagen zu «Mein Kampf» und zum «Mythos». Dann hätte das alles nicht passieren können. Der Rowohlt-Verlag hat zwei Bücher herausgebracht: «Gruß nach vorn» von Kurt Tucholsky und «Bei Durchsicht meiner Bücher» von Erich Kästner. Tucholsky ist tot und deswegen hat Kästner sein Buch betreut. Sie gehören auch zusammen, die beiden. Wenn man diese gepfefferten Prosaskizzen von Tucholsky und die warmherzigen Verse von Kästner heute liest, dann ist man betroffen von ihrer Lebendigkeit, von ihrer Offenheit, von ihrer Ahnung. Mag oft das Journalistische, Kabarettistische, Zeitkritische auf Kosten des Dichterischen überwiegen, beide, sowohl Tucholsky wie auch Kästner, haben einen tiefen Blick in den Menschen und in den Unmenschen getan und ihre leidenschaftliche Anteilnahme am Menschlichen macht alle anderen Mängel wett. Kästner lebt und wirkt und man kennt ihn. Tucholsky ist tot. Wie wichtig es aber noch heute ist, Tucholsky zu lesen, das mag die folgende Probe zeigen.

Bücher – für morgen

Hans Harbeck hat in Hamburg als eigenwilliger Kabarettist und scharfblickender Humorist einen guten Namen. Kurz vor Toresschluß machte er noch die Bekanntschaft mit den Gefängnissen des Dritten Reiches. Er schrieb in der Haft eine Reihe von Versen (190), von denen nun 50 in Buchform vorliegen («Verse aus dem Gefängnis», Hammerich und Lesser). Harbeck ist Kabarettist, nicht zufällig, sondern von innen her. Und diesem Schicksal kann er auch in der Zelle nicht entfliehen. Seine Verse – er gebraucht die für einen Wortartisten verführerische Form der Siziliane – bleiben auch unter diesen Umständen kabarettistisch. Der Poet spottet grimmig über sich und die Welt. Das hat einen Nachteil und einen Vorteil. Der Nachteil ist ein Mangel an Wärme und Tiefe – der Vorteil ist unbestechliche närrischweise Sachlichkeit.

Einen ganz anderen Niederschlag fanden dieselben Umstände in dem Buch «So war es» von H. Chr. Meier (Phönix Verlag, Hamburg). Dort reimt und spottet ein Poet, hier berichtet ein Journalist nüchtern, aufzählend und aufklärend. Der unpoetische, sachliche Bericht aus dem KZ Neuengamme läßt Völker und Individuen an uns vorüberziehen. Er nennt die menschlichen und die unmenschlichen. Meier klagt nicht an, keine Nation, keine Gruppe, keine Organisation. Er zeigt uns zwischen den Zeilen den Menschen nackt, ausgeliefert, groß, erbärmlich, erschütternd, brutal – den Menschen, abgeschminkt und ohne Maske, in ein System eingegliedert, das ohne Beispiel ist.

Beide, das Buch von Harbeck und das von Meier, sind Zeugnisse von gestern. Für heute? Noch sind die Wunden der jüngsten Vergangenheit weit offen und die Schreie der Opfer und die Flüche ihrer Henker noch nicht verhallt. Wir wehren uns heute noch gegen diese Bilder von gestern, aus Angst, aus Scham, aus Schmerz. Aber morgen werden wir vielleicht die Bücher hersuchen und fragen: Wie war es noch? Ja so war es! Und wir wollen es nicht vergessen!

Mit vierzehn Jahren schrieb Flaubert die Erzählung «Der Büchernarr». Mit neunzehn Jahren schrieb er den «November». Und weil er jung war, als er schrieb, deswegen ist das Buch auch für uns heute noch jung. Die Lebensbeichte eines chaotischen, sensiblen, leidenschaftlichen jungen Menschen, der aller Qual und Süße des Lebens preisgegeben ist, wann wäre das lesenswerter als heute? Das ist nicht der besonnene, korrekte, weise Flaubert – nein, das ist ein junger Mensch, der ein blutendes Herz hat, der ein geniales Gefühl in sich trägt, der mit einem ungestümen Temperament durch die Welt stürmt. Ein anderer Flaubert, als der bekannte, aber nicht ein schlechterer, nur ein jüngerer.

Es gibt zahlreiche Übertragungen der Sonette Shakespeares. Streng exakte, rein wissenschaftliche und ganz dichterische, neu- und nachgedichtete. (Die Georgesche ist wohl die eigenwilligste). Die Übertragung von Gottlob Regis, erstmalig 1836 erschienen, hält das goldene Mittelmaß. Weder Shakespeare noch die deutsche Sprache werden vergewaltigt, und man kann sich ganz diesen intimen Bekenntnissen des größten aller Dramatiker hingeben. Ein Buch für die wenigen stillen Stunden, die uns heute bleiben.

Beide Bücher zeigen eine besonders geschmackvolle und für jeden Bücherfreund erfreulich gute Aufmachung: Selbstverständlich nur Pappeinbände, aber künstlerisch und buchtechnisch so ausgezeichnet gemacht, daß man die Bücher gern in die Hand nimmt, dafür ist in beiden Fällen dem Marion v. Schröder Verlag zu danken.

Kartoffelpuffer, Gott und Stacheldraht

KZ-Literatur

«Heute habe ich einen Fußtritt bekommen – LUZIFER liegt auf der Lauer. Heute habe ich keinen Fußtritt bekommen – MICHAEL steht bei mir. Heute konnte ich ungestört Kartoffelpuffer backen – JESUS leiht mir seinen Schutz. Heute durfte ich Pastor Niemöller sehen – GOTT ist barmherzig, ich bin in IHM.» Und so weiter.

In dieser Form geht es zwischen Luzifer und Michael, mit Gott und Jesus durch zwei dicke Bände mit zusammen über sechshundert Seiten. Titel: «2000 Tage Dachau» und «Fünf Minuten vor Zwölf». Verfasser: K. A. Groß (Neubauer-Verlag).

Daß man mit dem Christentum Geschäfte machen kann, ist eine schon seit längerem bekannte Tatsache. Daß man das auch mit dem Konzentrationslager machen kann, ist erst neu. Der Verleger und gleichzeitige Verfasser der beiden genannten Bücher kann noch mehr. Er kann beides, das heißt: Christentum und Konzentrationslager in schmackhafter, kühn kombinierter Mischung zu einem Geschäft vereinigen. Das Rezept ist so: In einem schnodderig-geschwätzigen Stil plaudert und betet er munter drauf los, mixt ungeniert die intimen Dinge der Religion mit einem ganz erstaunlich soliden Kartoffelpuffermaterialismus und ergeht sich in wenig schamhafter Weise in frömmelnden Hymnen auf Gott und die (durch «Kirchenkapitän» Niemöller vertretene) Geistlichkeit, wobei er nicht versäumt, das Wort GOTT, JESUS oder ER jedesmal und auf jeder dritten Seite mit großen Buchstaben zu drucken. (Dazu ist man ja auch schließlich Verleger, um der Druckerei solche Order erteilen zu können). Wenn man nun noch bedenkt, daß K. A. Groß außer diesen beiden Bänden, die den stattlichen Preis von 8.50 RM kosten, zwei weitere dicke Werke über seine Abenteuer im KZ verfaßt hat, so muß einem ungewollt der Verdacht kommen, daß es hier nicht um die große menschliche Tragödie der letzten zwölf Jahre geht, sondern um ein christlich getarntes, zuletzt aber höchst irdisches Geschäft.

Der Leser von 1947 wird sich auch nicht in dem Maße entsetzen, wie er es eigentlich soll, wenn er hört, daß der Verfasser und Erdulder der 2000 Tage Dachau bis kurz vor Kriegsende immer noch Gelegenheit und Kartoffeln genug hatte, um täglich Puffer backen zu können, und der Leser von 1947 wird auf die Klage, daß es zum Schluß nur noch ein Achtel Brot im Lager gab, nur erstaunt fragen können: Na und?

Die fortwährend anwachsende Flut der KZ- und Gefängnisliteratur, die mit Wolfgang Langhoffs «Moorsoldaten» (im Zinnenverlag) so hoffnungsvoll begann, zeigt bisher nur wenige positive und tatsächlich wertvolle Erfolge. Ja, man kann beinahe sagen, daß Langhoffs bereits 1934 in der Schweiz erschienenes Buch noch immer das beste geblieben ist. Vielleicht ist das Erlebnis des Konzentrationslagers so ungeheuer und aufwühlend, so unfaßbar in seiner fürchterlichen Gewalt, daß eine vollendete Gestaltung einen wirklich ganz großen Dichter verlangt. Die Versuche, die in dichterischer Form an das KZ-Erlebnis herangehen, bleiben jedenfalls noch so sehr im Ansatz stecken, daß man die andere mögliche Form der Überlieferung, den sachlichen journalistischen Bericht, eine unpersönliche Chronik, unbedingt vorziehen möchte.

Ernst Wiechert (sein Buch «Der Totenwald» erschien ebenfalls im Zinnenverlag Kurt Desch), der in seinem Vorwort selbst sagt, sein Bericht sollte nur eine Einleitung zu seiner Dichtung sein, bleibt leider nicht konsequent. Er hat nicht den Mut, in der Ich-Form zu erzählen, sondern er nennt sich selbst Johannes (in sinnvoller Beziehung zu seinem biblischen Namensvetter – sonst wäre er ja nicht Ernst Wiechert!), und er berichtet in einem etwas pastoralen, dichterisch verklärten Ton über sein und seiner Mitgefangenen Leid.

Mit müder, kraftloser Melancholie tönt seine weltschmerzliche Klage aus dem Totenwald bei Weimar und wenn man am Ende der Wiechert-Johannis-Passion angelangt ist, legt man das Buch etwas enttäuscht aus der Hand. Man sieht nicht ganz ein, warum der Dichter sich hinter dem Pseudonym Johannes versteckt, wo andererseits in jeder Zeile der allerpersönlichste Ernst Wiechert zu erkennen ist, und der Kompromiß zwischen Bericht und Dichtung erscheint wenig glücklich. Eigentlich hätte man von Wiechert mehr erwartet – oder hat die Mühle des tausendjährigen Reiches ihre Opfer so unbarmherzig zermahlen, daß dieser Vorwurf ungerecht ist?

Als Bericht gibt auch Luise Rinser ihr Gefängnis-Tagebuch (Zinnenverlag) heraus, und ihre Arbeit zeichnet sich durch eine erfreuliche Sachlichkeit aus. Das Buch erschüttert nicht eigentlich, dazu sind wenigstens die körperlichen Leiden zu gering, zu gering im Verhältnis des Frontsoldaten oder des Großstadtmenschen im Luftschutzkeller, aber es zeigt mit eindrucksvoller, grauenhafter Deutlichkeit, daß die Lynchjustiz des Dritten Reichs vor nichts, vor gar nichts halt machte – nicht einmal vor der Frau, vor der Mutter und dem Mädchen. Die Frau war im unritterlichen Reich der Ritterkreuzträger ebenso zum numerierten Häftling geworden wie der Mann, und in der männlichen Bezeichnung «Häftling» für eine Frau offenbart sich der ganze Tiefstand, den unser Volk erreicht hatte – und das der Öffentlichkeit klar gemacht zu haben, ist das Hauptverdienst des Gefängnis-Tagebuches der Luise Rinser.

Noch ein Bericht von einer Frau liegt vor: «Reise durch den letzten Akt» von Isa Vermehren (Christian Wegner Verlag). Das Buch hätte auch heißen können: Prominenz hinter Stacheldraht. Dieser Bericht aus dem Lager Ravensbrück ist ungewöhnlich interessant und spannend – eben weil die Verfasserin von ihren Begegnungen mit berühmten Persönlichkeiten des In- und Auslandes erzählt. Aber das ist auch zugleich die Schwäche des Buches. Vor lauter berühmten Namen gerät das Leid des namenlosen KZ-Häftlings, der es in der Regel außerordentlich viel schlechter hatte als die prominenten Gefangenen, etwas ins Hintertreffen. Isa Vermehren versucht mit feiner weiblicher Psychologie in das Wesen und hinter die Motive ihrer Wärterinnen zu dringen, aber die oft sehr klugen Sätze, die sie zu dem allgemeinen, menschlichen Problem findet, können leider die etwas auf die Sensationsgier des Publikums zugeschnittenen Details über den Grafen oder die Freifrau von Soundso nicht ganz verdecken. Doch sind beide Bücher, das von Luise Rinser und das von Isa Vermehren, weitaus objektiver und wertvoller als die Aufzeichnungen der männlichen Autoren.

Den tiefsten und finstersten Punkt der bis jetzt geschriebenen KZ-Literatur erreicht der «aktuelle Entwicklungsroman» von Wittman und Hunter: «Weltreise nach Dachau» (Kulturaufbauverlag Stuttgart). Und daß er gleich zwei Autoren hat, macht ihn nicht besser. Dieses Buch ist in seiner plump-naiven Geschmacklosigkeit gefährlich für den Leser und gefährlich für den, der sich mit Ehrlichkeit und Abstand bemüht, etwas Entscheidendes über diese Erlebnisse zu sagen. Die Geschmacklosigkeit und damit die Gefahr für das Publikum beginnt bereits mit dem Einband des Buches: Eine stilisierte Südseelandschaft mit einem silbrigen Mond, mit drei einsamen Palmen und einer schwarzhaarigen, schlanken, exotischen Schönheit, die mit sehnsuchtsvoller Gebärde nach dem fernen Geliebten Ausschau hält. So wie der Umschlag ist auch der Inhalt. Ein junger Weltenbummler, ausgerechnet aus Thüringen, globetrottet über Land und Meer, bis er endlich nach abenteuerlichen, Karl May-geschwängerten Szenen im Dschungel, in Tahiti landet und hier dem Traum seines Lebens, der Frau Tete, begegnet. Diese Liebesgeschichte, und noch zwei vorangehende Liebeserlebnisse, sind in ihrer Gestaltung derart oberflächlich und primitiv, daß man den Eindruck gewinnt, es handle sich bei diesem «Entwicklungsroman» um eine billige Schundliteratur für die reifere Jugend. Zuletzt gerät der Held aus Thüringen und Tahiti dann noch in die Hände der Gestapo, er macht das durch, was Millionen durchmachten, bringt es dann aber, weil er so ganz besonders tüchtig ist im KZ, zum Küchenkapo und hält es auf diesem nahrhaften Posten bis zum Ende doch noch ganz gut aus.

Miß- und Molltöne in der KZ-Literatur. Leider haben die Mißtöne bei weitem die Oberhand über die echten Töne und man muß die rein sachlichen Berichte doppelt hoch werten. Hierzu gehört vor allem das schon genannte Buch von Langhoff «Die Moorsoldaten». Langhoff, der jetzt Intendant in Berlin ist, versteht es, bei aller Nüchternheit seiner Aussage, am meisten zu erschüttern. Unvergeßlich ist das ergreifende Bild aus der Moorlandschaft nahe der Nordsee: Die Häftlinge veranstalten einen bunten Nachmittag, einen kleinen Zirkus in dem großen Zirkus, und ihre Zuschauer sind die Wachmannschaften der SS. Die Stimmung der Landschaft, die unüberhörbare Stimme des Leides und des Heimwehs der Gefangenen macht die SS-Leute einen Augenblick verwirrt – der Mensch steht sich gegenüber, im Zuchthauskittel der eine, der andere in der Uniform des Herrn, beide nicht nur gut, aber gewiß auch beide nicht nur böse. Langhoffs Bericht aus Börgermoor widerlegt nebenbei die

Behauptung, es sei erst in den letzten Kriegsjahren in den Konzentrationslagern so schlimm geworden. Was der Verfasser hier 1933 erlebte, steht den Geschehnissen von 1944/45 – Dachau oder Buchenwald – in nichts nach, höchstens an Ausmaß.

Ein wohltuender, sauberer Klang ist ferner der ganz unpersönliche und sehr objektive Bericht des Hamburger Schriftstellers H. Ch. Meier aus dem KZ Neuengamme: «So war es» (Phönix-Verlag Hamburg). Meier bleibt so erfreulich sachlich, ebenso wie Langhoff, daß sein Buch aus der Masse der anderen, die zu Ausflügen in dichterischen Schmus neigen, hoch herausragt.

Dem Phönix-Verlag kommt das Verdienst zu, außer dem Bericht von Meier das ausgezeichnete Buch von Walter Poller: «Arztschreiber in Buchenwald» herausgebracht zu haben. Während Meier eine allgemeine große Überschau gibt, auf Details verzichtet und selbst ganz zurücktritt, hat Poller eine breit angelegte Chronik des KZ Buchenwald geschrieben, sehr genau und sehr gründlich. Der Verfasser konnte als Schreiber des Lagerarztes tief hinter die Kulissen des teuflischen Systems sehen, dessen Zweck die Ausrottung aller Menschen war, die aus irgendeinem Grunde nicht der Norm des braunen Massenroboters entsprachen. Poller schreibt die Geschichte von der organisierten Vernichtung, von der unmenschlichen Methode, Mensch gegen Mensch zu hetzen, von der Hölle des Idealstaates von Himmlers Gnaden, in der selbst die Todesanwärter uniformiert wurden und bis zum grausigen Ende in der Gaskammer die Segnungen des preußischen Drills über sich ergehen lassen mußten. (Richard Grünes vier Steindrucke sind gleichsam das Siegel zu diesem Dokument der Ungeheuerlichkeit.)

Diese drei Zeugnisse der jüngsten Vergangenheit sind ohne Zweifel die wertvollsten. Ein kleiner Gewinn bei soviel Aufwand! Sie verderben nicht den Geschmack eines leider häufig sensationslüsternen Lesepublikums und sie fordern auch nicht zu der oft berechtigten Abwehr gegen die KZ-Literatur heraus, die sich dann bei Erscheinen eines neuen Buches mit dem Ruf: Ach Gott, schon wieder KZ! zu erkennen gibt. Diese drei Bücher, das von Langhoff, das von Meier und das von Poller, gehören zu dem Notwendigen, das wir heute brauchen, um die Zukunft besser gestalten zu können.

Am Rande sei noch ein Buch vermerkt, das durch seinen Inhalt nur für einen ganz kleinen Leserkreis gedacht ist. Es handelt sich um die Predigten aus Dachau, die unter dem Titel «Das aufgebrochene Tor» eine Reihe von Andachten vereinigen, die sich die Geistlichen, die in Dachau streng getrennt von den übrigen Gefangenen waren, für sich selbst bereiteten. Manches mutige Wort ist hier gesprochen worden – aber oft von einer Lebensfremdheit, die fast bestürzt. Flucht in eine andere Welt, vielleicht in eine bessere, sicher aber nur eine tote Welt des theologischen Begriffs. Trotzdem hat dieses Buch seine Berechtigung und seinen Wert – es ist der Bericht von der Flucht in den Geist, er möge nun Gott oder Kosmos heißen.

Kein Schwerkranker wird sich auf dem Krankenbett damit beschäftigen, Fieberkurven zu studieren, und es ist durchaus begreiflich, daß in dem Deutschland von 1947, wo der Hunger und die Kälte nahe Nachbarn geworden sind, die KZ-Literatur keine große Anhängerschaft gewinnen kann. Hatten die Häftlinge Hunger? Den haben wir auch. Haben die Häftlinge gefroren? Das tun wir auch. Häuften sich die Toten vor den Krematorien? Wenn es so weitergeht, werden sie das bald wieder tun. Waren die Häftlinge eingesperrt? Das sind Tausende von Kriegsgefangenen auch. Und so weiter – das ist die Begründung der Ablehnung der KZ-

Literatur. Ob sie zu Recht oder Unrecht besteht, kann heute keiner entscheiden. Notwendig aber ist, daß die Menschen, die die ungeheure Gesetzlosigkeit des vergangenen Regimes erdulden mußten, diese Kapitel aus der dunkelsten Zeit unserer Geschichte aufschreiben, zur Warnung und Mahnung, für die Toten und die Lebenden.

Der Mensch steht allein auf der dunklen Bühne und ruft nach Gott – kommt Antwort? Der vorletzte Akt der Tragödie des Menschen ist zu Ende gegangen. Ob der letzte Akt die Vernichtung oder Auferstehung bringen wird, das ist die Frage, die wie ein riesiger Schatten über uns allen liegt.

Sechzig Jahre Hamburg

Adolph Wittmaack: «Konsul Möllers Erben»

Das sind sechzig Jahre Hamburger Geschichte, die Adolph Wittmaack hier in einem guten, etwas unpersönlichen Deutsch aufgeschrieben hat. Sie beginnen im Jahre 1888 mit Konsul Möllers Tod und enden mitten im letzten Krieg mit dem Untergang der großen Stadt Hamburg, deren Trümmer die letzten Erben der Familie Möller unter sich begraben.

Vielleicht waren gerade die letzten sechzig Jahre etwas zu vollgestopft mit großen Ereignissen, und es würde eine ungeheure Leistung sein, diese in einem Roman zu einem Ganzen zu verdichten. Wittmaack schreibt mehr eine Chronik als einen Roman. Die Menschen spielen trotz ihrer großen Lebendigkeit nicht die Hauptrolle. Die Hauptrolle spielt die Zeit, und die Menschen sind nur Akteure in ihr, die auftreten und abtreten, wie ihr Leben es für sie bestimmt. Vielleicht ist der Bogen über diese sechzig Jahre (mit ihren gewaltigen Geschehnissen) etwas zu weit gespannt, so daß das Schicksal des einzelnen Menschen etwas blaß bleiben muß.

Die jüngste Vergangenheit ist noch zu lebendig in uns, als daß wir ihr nun objektiv und gefaßt in Form eines Romans begegnen können. Wittmaack weicht ihr nicht aus und läßt seine Menschen mitten durch sie hindurchgehen, aber es gelingt ihm nicht – und das mag an dem kühlen Chronikstil des ganzen Romans liegen – unser Herz bis in seine Tiefen anzurühren.

«Von des Glücks Barmherzigkeit»

Auf jeden Fall hat Wolfgang Weyrauch Mut. Und er hat viel Walt Whitman gelesen. Beides kann nur gut sein. Aber es hat auch seine Nachteile. Man sieht es an diesen Gedichten.

Weyrauch spricht die Gegenwart an. Das ist großartig. Aber manchmal mißglückt es. So wie hier: Gewiß hat Hitlers Höllenatem eine Welt in Flammen aufgehen lassen, und man kann ihn darum einen Drachen nennen. Weyrauch tut das und schreibt:

> Es kam einmal ein Mann ins Land,
> der hob die Hand, die rechte Hand,
> da war das Land im Banne.
> Aus seinem Munde fuhr ein Schrei,
> doch, was er schreit, ist einerlei,
> das Land willfahrt dem Manne.
> Der Mann, der war dem Schimmel gleich,
> da faulte uns das Heilige Reich,
> und alles ist verloren.

So etwas zu schreiben, dazu gehört Mut. Literarischer Mut. Aber Gedichte dieser Art sind im «Ulenspiegel» (der übrigens ausgezeichnet ist) besser aufgehoben als in einem Gedichtband.

Auffällig ist der Gegensatz von einfacher Whitmanscher Hymnensprache zu Rilkeschen Bildern und Wortspielereien, von volksliedhafter echter Dichtung und symbolisierendem Intellekt. Schönes und Schlechtes steht in diesem Gedichtband dicht nebeneinander. Aber man fühlt: Hier ist einer auf dem Weg. In der Prosa ist Weyrauch sehr viel weiter. Da steht er in vorderster Linie und kann in Stil und Inhalt Vorbild sein.

Der Aufbau-Verlag, Berlin, lieferte als Einband ein geschmackloses Wahlplakat: Ein menschliches Paar. Sie hat die treudeutsche Herbheit eines BDM-Mädchens, er hat die bemerkenswert niedrige Stirn eines Hilfsschülers. Schade um die Gedichte.

Verharret im glücklichen Spiel!
Sicherer ist eure winzige Welt.
Todgeweihte wissen, wieviel
Glück mit dem Stern der Kindheit fällt.

Rufet die Mütter ans Bett, wenn im Geäst
der Tapetenblumen plötzlich der Unhold erscheint.
Später, ach wenn euch alles verläßt,
Hört keiner mehr, daß ihr weint.

Wer schreibt das? Wenn ein Fünfzigjähriger das tut, dann ist es natürlich. Es ist die Trauer um das verlorene Paradies. Wenn aber ein knapp Zwanzigjähriger das schreibt, dann erschüttert es. Ist er frühreif, früh vollendet? Nein. Aber er muß es schreiben. Er muß es schreiben, denn er sitzt in einer Gefängniszelle und der Tod ist so nah gerückt, daß er ihn fast greifen kann.

Zweistimmig sagen mir zu jeder Stunde
die Glocken meinen Tod voraus.

Was ist geschehen? Nicht viel. Nur das Bekannte. Die Generation, die den kleinen Weltkrieg furchtbar an sich erlebte, war unfähig, den großen zu verhindern. Das ist noch nicht alles. Dieselbe Generation, die vor Hitler kapitulierte, war gewissenlos genug, der Jugend in kriegs verherrlichenden Langemarckfeiern den Massenmord der «Stahlgewitter» legal zu machen. Dieselbe Generation saß dann im großen Weltkrieg über diese Jugend zu Gericht, wenn sie sich auflehnte, und verurteilte sie wegen Pazifismus und Hochverrat. Dieselbe Generation sitzt nun wieder auf dem Katheder und macht dieser von ihr selbst verführten Jugend den Vorwurf der Respektlosigkeit, des mangelnden Vertrauens und der Passivität. Dieselbe Generation, die einen Zwanzigjährigen soweit brachte, daß er, fast selbst noch ein Kind, schreiben mußte:

Wozu sich daran erinnern,
wenn ein Kind dort draußen lacht.
Schatten wachen auf im Innern
und dann wird es endlich Nacht.

Der Hansische Gildenverlag bringt in einem schmalen Heft diese Gedichte von Karl Ludwig Schneider heraus und erwirbt sich damit ein Verdienst. Denn was ein junger Mensch hier in einem ein und einem halben Dutzend Gedichten sagt, ist weit mehr als das Resultat eines bitteren Erlebnisses und steht hoch über der augenblicklichen Konjunktur von Gefängnisschrifttum.

«Sie ergreifen so einfach von mir Besitz! Geh doch mit den Mädchen, die zu dir gehören, die so alt sind wie du. Ich habe eine Tochter von neunzehn Jahren!»

«Du, das will ich alles überhaupt nicht wissen! Bitte, Els, komm mit.»

«Sie – Du bist unverschämt!»

«Siehst du, Els, jetzt sagst du doch du zu mir.»

«Weil du ein Flegel bist!»

«Dann mach du mich besser.»

«Was willst du von mir?»

«Nichts. Ich will dich liebhaben dürfen und du sollst mich ertragen – darum bitte ich dich.»

«Deine einundzwanzig Jahre sind weiß Gott kaum zu ertragen. Du vergißt, daß ich sechsunddreißig bin.»

«O wie entsetzlich. Wie bist du alt und kümmerlich und runzelig! Ja, du nähst sicher schon an deinem Totenhemd. Glaubst du, du bist mit deinen sechsunddreißig Jahren soviel weiser als ich mit meinen einundzwanzig Jahren?»

«Nein, das weiß ich. Sonst würde ich hier nicht mitten in der Nacht mit dir auf der Straße stehen und über solche Dinge reden. Aber es geht doch nicht, wirklich nicht, du.»

«Wenn du natürlich nicht willst, dann ist's gut. Ich kann nichts dafür, daß ich dir nachgelaufen bin. Du bist für mich nicht sechsunddreißig oder die Mutter einer neunzehnjährigen Tochter – für mich bist du Els – ich habe dich lieb und alles andere hatte ich vergessen. Aber wenn du mich natürlich absolut – »

«Sei still, du unverschämtes Kind. Ich komme mit!»

Die Blume

Ich träumte, – rings war Vernichtung und Tod – sinnlos sank das Leben in das Nichts, zu keiner Auferstehung. Wo ist der Sinn der Welt – fragte ich in das All. Ist kein Sinn?

Verzweifelt und ohnmächtig wanderte ich von Zeit zu Zeit, aber immer war es Krieg. Voll Grauen und Größe brach diese Vision des Untergangs auf mich nieder – wo ist Gott? Fragten die sterbenden Augen. Wo ist das Leben – fragten die welkenden Münder – wo ist der Sinn und die Liebe – fragten die verirrten, verwirrten Seelen! Das Nichtwissen um die Dinge ist die Antwort auf alles. Blutend und klagend rissen die Religionen auseinander und in viele Fetzen und das unbarmherzige, wahre Antlitz des Nichts schwieg durch den Raum – wo ist der Trost? Flehten die Herzen. In Schmerzen lächelnd sank der Genius auf dem Schlachtfeld des Chaos – er war ohne Frage. Die letzten Säulen der großen Kunst trauerten verwittert durch eine Ewigkeit, bis auch diese verging. Oh, es war soviel Klage und soviel Frage umher – und alles verhallte in dem Schweigen der Unendlichkeit.

«Hominem quaero!» Kein Schrei aus der Einsamkeit, aus dem Untergang und Verfall – nur geflüsterte Bitte, die das Entsetzen, die Mächte um Mitleid und Gnade anfleht. Mein letztes Gebet wurde vom Nichts als ein leeres Phantom verworfen. Es war alles so spukhaft und nur die Sonne war voll unsäglicher Ruhe über dem Grauen des Abends. Schon floh auch sie – wann wird die Nacht kommen? O Sonne – – –

Es war eine große Stille über die Natur gekommen, aber sie war unheimlich, kalt und ohne Versöhnung. Ich rufe Gott – und ewig – als eine Antwort? – atmet das All der Natur mit seinen Welten, Monden und Sternen – ewig kreist auch die heilige Sonne. Ein leiser Hauch von einem Gott machte mich erzittern, als ich aufblickte in den Tempel des

Alls – hier vereinigte sich das Chaos zu der letzten Harmonie? – O Mensch, hier suche nicht – hier bete und träume von den Wundern des Himmels.

Erschüttert vor der unbekannten Größe und von der eigenen Kleinheit fand ich mich wieder auf dem Schlachtfeld und der Wüste des Grauens – aber der Gott des Alls, der Geist der Natur, hatte mir den Glauben wiedergegeben. Und ich fand – fand Genesung und Trost: Umtost von den Wirrnissen der Welt stand bebend den Traum Gottes träumend eine zarte, lichte Blume – ihre Blüte war voll unendlich liebender Hingabe der gütigen Sonne zugeneigt. O Natur, freie und allgewaltige, bist Du der Gott – die Göttin – die ich suchte? Bist Du die Erfüllung der Dinge, die sich in einer Blume dem Irrenden offenbart? All, bist du der Gott?

Anbetend hatten meine Knie sich vor der Blume gebeugt und alles Häßliche versank nun vor mir und eine unendliche Schönheit tat sich mir auf – der Tod war voll Auferstehung und Linderung, das Leid voller Lächeln und das Glück ohne Ende. O Unendlichkeit des Seins in Dir, Blume Gottes. In Dir fand ich den Sinn und das verlorene Leben! – Wie die unberührte Seele eines Mädchens zitterte die Blume leise vor meinem Atem – und ich erkannte in ihr die Allmacht der Liebe und fand heim in das Leben, das ich verloren. Und ich fragte nicht mehr nach Gott, denn ich fand ihn in der Blume – in einer Blume, die morgen schon welkte, aber tausend und abertausend werden wieder blühen in der ewigen Liebe der Sonne von dem großen, unbekannten Gott geküßt und vom Hauch des unendlichen Alls gekost – durfte ich nun noch zweifeln und klagen?

Die Blume blühte, lebte und starb. Ich aber betete vor ihr. – So war mein Traum.

Fahrt zu dem Töpfer Grimm

Wir wollen wieder da gehen, wo die Kastanien lagen. Wie Igel lagen sie und innen war alles Mahagoni.

Wir wollen wieder durch die Vorstadt gehen. Da machen die Pferde manchmal einen leisen Schritt zwischendurch, weil soviel Gras zwischen den Steinen ist. Und die Leute gehen unter Bäumen, die tief herunterhängen und sie sehen, daß wir fremd sind. Wir kommen uns auch sehr fremd vor. Wie verreist. Dabei hört man leise die Stadt.

Ich möchte wieder um eine Ecke biegen. Nicht um eine Häuserecke. Nein, wie damals. Um eine Gartenecke. Die Straße war überraschend krumm und dörflich. Das Haus war viel kleiner und längst nicht so grau wie unseres. Und ringsum war der Garten. Da mußte man um die Ecke biegen. Dann faßten einen die Zweige zaghaft ins Haar. Und hinter dem Holzgitter stand manchmal ein blasser einsamer Pilz. Damals war mein Arm noch etwas zu kurz, und der Pilz blieb weiter in seinem überlaubten Schatten.

Nachher, als wir nach Hause kamen, sahen mich die anderen verächtlich an. Einer, der mit seiner Mutter ging, der büßte alle Achtung ein. Aber sie wußten ja nichts von den Igeln und dem Mahagoni inwendig. Davon wußten nur wir beide.

Unser Pusteblumendasein

Wir bringen unser Leben hin zwischen den Stundenschlägen der Uhren, zwischen November und März, zwischen mürbeduftenden birnenschweren Herbsten und den erdigfeuchten Frühlingsstürmen, zwischen Bett und Bett, zwischen Geburt und Tod, Ja und Nein, Gott und Nicht-Gott.

Wir bringen es hin zwischen Süße und Bitterkeit, und wir bringen es damit zu, Lust aufzustöbern in allen Minuten und finden Leid an allen Nachmittagen und in allen Nächten, auch wenn die Dämmerung es mildert.

Wir leben dahin, sicher, selbstgefällig, singend, als gäbe es nichts, was uns nach einem Herbst den Frühling verweigern könnte. Wir gehen in den Abend hinein, als hätte uns jemand den Morgen mit all seiner Helle versprochen. Wir nehmen das Leben auf uns, ohne den Ausgang zu kennen, dies Pusteblumendasein: denn wenn irgendwas pustet, ist alles vorbei.

Wir sind ausgesetzt an die Gestade des Nichts, an die Schutthalden der Welt, an die Grenzenlosigkeit von Raum und Zeit. Ausgesetzt aus unergründlichen, unertauchbaren Dunkelheiten, verkauft an die kaltweiße abstrakte Helle der anteilslosen Gestirne, durch Betten gewühlt, Kinderbetten, Krankenbetten, über moorschwarze, schwankige, sumpfverdächtige Straßen geschleift. Ausgeliefert an Brücken und Bahnhöfe mit unserer Abschiedsangst, an die Straßenbahnen, an den traurigen Regen, an die Synkopen nächtlicher Musiken, an Vulkane, Gehirnschläge, Irrsinne, Worte und Morde, an Gespenster und Tote und die ewige Unruhe geliefert, verraten, verloren.

Wir: klein, kläglich, königlich, kurzlebig, krank, kolossal. Wir mit unserem sehnsüchtigen Herzen, verraten an verdämmernde diesige Ungewißheiten, ausgesetzt auf die grundlosen Wasser der Welt, kurslos, ohne Küste und Kompaß, ausgesetzt auf die zufällige, schmale, schaukelnde Planke des Seins zwischen den schweigenden Uferlosigkeiten von Gestern und Morgen. –

Gestern und Morgen, unser Leben liegt dazwischen, kükenfederleicht, katastrophenträchtig, kostbar und kurz: Dies Pusteblumendasein.

Der Schriftsteller

Der Schriftsteller muß dem Haus, an dem alle bauen, den Namen geben. Auch den verschiedenen Räumen. Er muß das Krankenzimmer «Das traurige Zimmer» nennen, die Dachkammer «Das windige» und den Keller «Das düstere». Er darf den Keller nicht «Das schöne Zimmer» nennen.

Wenn man ihm keinen Bleistift gibt, muß er verzweifeln vor Qual. Er muß versuchen, mit dem Löffelstiel an die Wand zu ritzen. Wie im Gefängnis: Dies ist ein häßliches Loch. Wenn er das nicht tut in seiner Not, ist er nicht echt. Man sollte ihn zu den Straßenkehrern schicken.

Wenn man seine Briefe in anderen Häusern liest, muß man wissen: Aha. Ja. So also sind sie in jenem Haus. Es ist egal, ob er groß oder klein schreibt. Aber er muß leserlich schreiben.

Er darf in dem Haus die Dachkammer bewohnen. Dort hat man die tollsten Aussichten. Toll, das ist schön und grausig. Es ist einsam da oben. Und es ist da am kältesten und am heißesten.

Wenn der Steinhauer Wilhelm Schröder den Schriftsteller in der Dachkammer besucht, kann ihm womöglich schwindelig werden. Darauf darf der Schriftsteller keine Rücksicht nehmen. Herr Schröder muß sich an die Höhe gewöhnen. Sie wird ihm gut tun.

Nachts darf der Schriftsteller die Sterne begucken. Aber wehe ihm, wenn er nicht fühlt, daß sein Haus in Gefahr ist. Dann muß er posaunen, bis ihm die Lungen platzen!

Das ist unser Manifest

Helm ab Helm ab: – Wir haben verloren!

Die Kompanien sind auseinandergelaufen. Die Kompanien, Bataillone, Armeen. Die großen Armeen. Nur die Heere der Toten, die stehn noch. Stehn wie unübersehbare Wälder: dunkel, lila, voll Stimmen. Die Kanonen aber liegen wie erfrorene Urtiere mit steifem Gebein. Lila vor Stahl und überrumpelter Wut. Und die Helme, die rosten. Nehmt die verrosteten Helme ab: Wir haben verloren.

In unsern Kochgeschirren holen magere Kinder jetzt Milch. Magere Milch. Die Kinder sind lila vor Frost. Und die Milch ist lila vor Armut.

Wir werden nie mehr antreten auf einen Pfiff hin und Jawohl sagen auf ein Gebrüll. Die Kanonen und die Feldwebel brüllen nicht mehr. Wir werden weinen, scheißen und singen, wann wir wollen. Aber das Lied von den brausenden Panzern und das Lied von dem Edelweiß werden wir niemals mehr singen. Denn die Panzer und die Feldwebel brausen nicht mehr und das Edelweiß, das ist verrottet unter dem blutigen Singsang. Und kein General sagt mehr Du zu uns vor der Schlacht. Vor der furchtbaren Schlacht.

Wir werden nie mehr Sand in den Zähnen haben vor Angst. (Keinen Steppensand, keinen ukrainischen und keinen aus der Cyrenaika oder den der Normandie – und nicht den bitteren bösen Sand unserer Heimat!) Und nie mehr das heiße tolle Gefühl in Gehirn und Gedärm vor der Schlacht.

Nie werden wir wieder so glücklich sein, daß ein anderer neben uns ist. Warm ist und da ist und atmet und rülpst und summt – nachts auf dem Vormarsch. Nie werden wir wieder so zigeunerig glücklich sein über ein Brot und fünf Gramm Tabak und über zwei Arme voll Heu. Denn wir werden nie wieder zusammen marschieren, denn jeder marschiert von nun an allein. Das ist schön. Das ist schwer. Nicht mehr den sturen knurrenden Andern bei sich zu haben – nachts, nachts beim Vormarsch. Der alles mit anhört. Der niemals was sagt. Der alles verdaut.

Und wenn nachts einer weinen muß, kann er es wieder. Dann braucht er nicht mehr zu singen – vor Angst.

Jetzt ist unser Gesang der Jazz. Der erregte hektische Jazz ist unsere Musik. Und das heiße verrücktolle Lied, durch das das Schlagzeug hinhetzt, katzig, kratzend. Und manchmal nochmal das alte sentimentale Soldatengegröhl, mit dem man die Not überschrie und den Müttern absagte. Furchtbarer Männerchor aus bärtigen Lippen, in die einsamen Dämmerungen der Bunker und der Güterzüge gesungen, mundharmonikablechüberzittert:

Männlicher Männergesang – hat keiner die Kinder gehört, die sich die Angst vor den lilanen Löchern der Kanonen weggröhlten?

Heldischer Männergesang – hat keiner das Schluchzen der Herzen gehört, wenn sie Juppheidi sangen, die Verdreckten, Krustigen, Bärtigen, Überlausten?

Männergesang, Soldatengegröhl, sentimental und übermütig, männlich und baßkehlig, auch von den Jünglingen männlich gegröhlt: Hört keiner den Schrei nach der Mutter? Den letzten Schrei des Abenteurers Mann? Den furchtbaren Schrei: Juppheidi?

Unser Juppheidi und unsere Musik sind ein Tanz über den Schlund, der uns angähnt. Und diese Musik ist der Jazz. Denn unser Herz und unser Hirn haben denselben heißkalten Rhythmus: den erregten, verrückten und hektischen, den hemmungslosen.

Und unsere Mädchen, die haben denselben hitzigen Puls in den Händen und Hüften. Und ihr Lachen ist heiser und brüchig und klarinettenhart. Und ihr Haar, das knistert wie Phosphor. Das brennt. Und ihr Herz, das geht in Synkopen, wehmütig wild. Sentimental. So sind unsere Mädchen: wie Jazz. Und so sind die Nächte, die mädchenklirrenden Nächte: wie Jazz: heiß und hektisch. Erregt.

Wer schreibt für uns eine neue Harmonielehre? Wir brauchen keine wohltemperierten Klaviere mehr. Wir selbst sind zuviel Dissonanz.

Wer macht für uns ein lilanes Geschrei? Eine lilane Erlösung? Wir brauchen keine Stilleben mehr. Unser Leben ist laut. Wir brauchen keine Dichter mit guter Grammatik. Zu guter Grammatik fehlt uns Geduld. Wir brauchen die mit dem heißen heiser geschluchzten Gefühl. Die zu Baum Baum und zu Weib Weib sagen und ja sagen und nein sagen: laut und deutlich und dreifach und ohne Konjunktiv.

Für Semikolons haben wir keine Zeit und Harmonien machen uns weich und die Stilleben überwältigen uns: Denn lila sind nachts unsere Himmel. Und das Lila gibt keine Zeit für Grammatik, das Lila ist schrill und ununterbrochen und toll. Über den Schornsteinen, über den Dächern: die Welt: lila. Über unseren hingeworfenen Leibern die schattigen Mulden: die blaubeschneiten Augenhöhlen der Toten im Eissturm, die violettwütigen Schlünde der kalten Kanonen – und die lilane Haut unserer Mädchen am Hals und etwas unter der Brust. Lila ist nachts das Gestöhn der Verhungernden und das Gestammel der Küssenden. Und die Stadt steht so lila am nächtlich lilanen Strom.

Und die Nacht ist voll Tod: Unsere Nacht. Denn unser Schlaf ist voll Schlacht. Unsere Nacht ist im Traumtod voller Gefechtslärm. Und die nachts bei uns bleiben, die lilanen Mädchen, die wissen das und morgens sind sie noch blaß von der Not unserer Nacht. Und unser Morgen ist voller Alleinsein. Und unser Alleinsein ist dann morgens wie Glas. Zerbrechlich und kühl. Und ganz klar. Es ist das Alleinsein des Mannes. Denn wir haben unsere Mütter bei den wütenden Kanonen verloren. Nur unsere Katzen und Kühe und die Läuse und die Regenwürmer, die ertragen das große eisige Alleinsein. Vielleicht sind sie nicht so nebeneinander wie wir. Vielleicht sind sie mehr mit der Welt. Mit dieser maßlosen Welt. In der unser Herz fast erfriert.

Wovon unser Herz rast? Von der Flucht. Denn wir sind der Schlacht und den Schlünden erst gestern entkommen in heilloser Flucht. Von der furchtbaren Flucht von einem Granatloch zum andern – die mütterlichen Mulden – davon rast unser Herz noch – und noch von der Angst.

Horch hinein in den Tumult deiner Abgründe. Erschrickst du? Hörst du den Chaoschoral aus Mozartmelodien und Herms Niel-Kantaten? Hörst du Hölderlin noch? Kennst du ihn wieder, blutberauscht, kostümiert und Arm in Arm mit Baldur von Schirach? Hörst du das Landserlied? Hörst du den Jazz und den Luthergesang?

Dann versuche zu sein über deinen lilanen Abgründen. Denn der Morgen, der hinter den Grasdeichen und Teerdächern aufsteht, kommt nur aus dir selbst. Und hinter allem? Hinter allem, was du Gott, Strom und Stern, Nacht, Spiegel oder Kosmos und Hilde oder Evelyn nennst – hinter allem stehst immer du selbst. Eisig einsam. Erbärmlich. Groß. Dein Gelächter. Deine Not. Deine Frage. Deine Antwort. Hinter allem, uniformiert, nackt oder sonstwie kostümiert, schattenhaft verschwankt, in fremder fast scheuer ungeahnt grandioser Dimension: Du selbst. Deine Liebe. Deine Angst. Deine Hoffnung.

Und wenn unser Herz, dieser erbärmliche herrliche Muskel, sich selbst nicht mehr erträgt – und wenn unser Herz uns zu weich werden will in den Sentimentalitäten, denen wir ausgeliefert sind, dann werden wir laut ordinär. Alte

Sau, sagen wir dann zu der, die wir am meisten lieben. Und wenn Jesus oder der Sanftmütige, der einem immer nachläuft im Traum, nachts sagt: Du, sei gut! – dann machen wir eine freche Respektlosigkeit zu unserer Konfession und fragen: Gut, Herr Jesus, warum? Wir haben mit den toten Iwans vorm Erdloch genau so gut in Gott gepennt. Und im Traum durchlöchern wir alles mit unsern M.Gs.: Die Iwans. Die Erde. Den Jesus.

Nein, unser Wörterbuch, das ist nicht schön. Aber dick. Und es stinkt. Bitter wie Pulver. Sauer wie Steppensand. Scharf wie Scheiße. Und laut wie Gefechtslärm.

Und wir prahlen uns schnodderig über unser empfindliches deutsches Rilke-Herz rüber. Über Rilke, den fremden verlorenen Bruder, der unser Herz ausspricht und der uns unerwartet zu Tränen verführt: Aber wir wollen keine Tränenozeane beschwören – wir müssen denn alle ersaufen. Wir wollen grob und proletarisch sein, Tabak und Tomaten bauen und lärmende Angst haben bis ins lilane Bett – bis in die lilanen Mädchen hinein. Denn wir lieben die lärmend laute Angabe, die unrilkesche, die uns über die Schlachtträume hinüberrettet und über die lilanen Schlünde der Nächte, der blutübergossenen Äcker, der sehnsüchtigen blutigen Mädchen. Denn der Krieg hat uns nicht hart gemacht, glaubt doch das nicht, und nicht roh und nicht leicht. Denn wir tragen viele weltschwere wächserne Tote auf unseren mageren Schultern. Und unsere Tränen, die saßen noch niemals so lose wie nach diesen Schlachten. Und darum lieben wir das lärmende laute lila Karussell, das jazzmusikene, das über unsere Schlünde rüberorgelt, dröhnend, clownig, lila, bunt und blöde – vielleicht. Und unser Rilke-Herz – ehe der Clown kräht – haben wir es dreimal verleugnet. Und unsere Mütter weinen bitterlich. Aber sie, sie wenden sich nicht ab. Die Mütter nicht!

Und wir wollen den Müttern versprechen:

Mütter, dafür sind die Toten nicht tot: Für das marmorne Kriegerdenkmal, das der beste ortsansässige Steinmetz auf dem Marktplatz baut – von lebendigem Gras umgrünt, mit Bänken drin für Witwen und Prothesenträger. Nein, dafür nicht. Nein, dafür sind die Toten nicht tot: Daß die Überlebenden weiter in ihren guten Stuben leben und immer wieder neue und dieselben guten Stuben mit Rekrutenfotos und Hindenburgportraits. Nein, dafür nicht.

Und dafür, nein, dafür haben die Toten ihr Blut nicht in den Schnee laufen lassen, in den naßkalten Schnee ihr lebendiges mütterliches Blut: Daß dieselben Studienräte ihre Kinder nun benäseln, die schon die Väter so brav für den Krieg präparierten. (Zwischen Langemarck und Stalingrad lag nur eine Mathematikstunde.) Nein, Mütter, dafür starbt ihr nicht in jedem Krieg zehntausendmal!

Das geben wir zu: Unsere Moral hat nichts mehr mit Betten, Brüsten, Pastoren oder Unterröcken zu tun – wir können nicht mehr tun als gut sein. Aber wer will das messen, das «Gut»? Unsere Moral ist die Wahrheit. Und die Wahrheit ist neu und hart wie der Tod. Doch auch so milde, so überraschend und so gerecht. Beide sind nackt.

Sag deinem Kumpel die Wahrheit, beklau ihn im Hunger, aber sag es ihm dann. Und erzähl deinen Kindern nie von dem heiligen Krieg: Sag die Wahrheit, sag sie so rot wie sie ist: voll Blut und Mündungsfeuer und Geschrei. Beschwindel das Mädchen noch nachts, aber morgens, morgens sag dann die Wahrheit: Sag, daß du gehst und für immer. Sei gut wie der Tod. Nitschewo. Kaputt. For ever. Parti, perdu und never more.

Denn wir sind Neinsager. Aber wir sagen nicht nein aus Verzweiflung. Unser Nein ist Protest. Und wir haben keine Ruhe beim Küssen, wir Nihilisten. Denn wir müssen in das Nichts hinein wieder ein Ja bauen. Häuser müssen wir bauen in die freie Luft unseres Neins, über den Schlünden, den Trichtern und Erdlöchern und den offenen Mündern der Toten: Häuser bauen in die reingefegte Luft der Nihilisten, Häuser aus Holz und Gehirn und aus Stein und Gedanken.

Denn wir lieben diese gigantische Wüste, die Deutschland heißt. Dies Deutschland lieben wir nun. Und jetzt am meisten. Und um Deutschland wollen wir nicht sterben. Um Deutschland wollen wir leben. Über den lilanen Abgründen. Dieses bissige, bittere, brutale Leben. Wir nehmen es auf uns für diese Wüste. Für Deutschland. Wir wollen dieses Deutschland lieben wie die Christen ihren Christus: Um sein Leid.

Wir wollen diese Mütter lieben, die Bomben füllen mußten – für ihre Söhne. Wir müssen sie lieben um dieses Leid.

Und die Bräute, die nun ihren Helden im Rollstuhl spazieren fahren, ohne blinkernde Uniform – um ihr Leid.

Und die Helden, die Hölderlinhelden, für die kein Tag zu hell und keine Schlacht schlimm genug war – wir wollen sie lieben um ihren gebrochenen Stolz, um ihr umgefärbtes heimliches Nachtwächterdasein.

Und das Mädchen, das eine Kompanie im nächtlichen Park verbrauchte und die nun immer noch Scheiße sagt und von Krankenhaus zu Krankenhaus wallfahrten muß – um ihr Leid. Und den Landser, der nun nie mehr lachen lernt –

und den, der seinen Enkeln noch erzählt von einunddreißig Toten nachts vor seinem, vor Opas M.G. –

sie alle, die Angst haben und Not und Demut: Die wollen wir lieben in all ihrer Erbärmlichkeit. Die wollen wir lieben wie die Christen ihren Christus: Um ihr Leid. Denn sie sind Deutschland. Und dieses Deutschland sind wir doch selbst. Und dieses Deutschland müssen wir doch wieder bauen im Nichts, über Abgründen: Aus unserer Not, mit unserer Liebe. Denn wir lieben dieses Deutschland doch. Wie wir die Städte lieben um ihren Schutt – so wollen wir die Herzen um die Asche ihres Leides lieben. Um ihren verbrannten Stolz, um ihr verkohltes Heldenkostüm, um ihren versengten Glauben, um ihr zertrümmertes Vertrauen, um ihre ruinierte Liebe. Vor allem müssen wir die Mütter lieben, ob sie nun achtzehn oder achtundsechzig sind – denn die Mütter sollen uns die Kraft geben für dies Deutschland im Schutt.

Unser Manifest ist die Liebe. Wir wollen die Steine in den Städten lieben, unsere Steine, die die Sonne noch wärmt, wieder wärmt nach der Schlacht –

Und wir wollen den großen Uuh-Wind wieder lieben, unseren Wind, der immer noch singt in den Wäldern. Und der auch die gestürzten Balken besingt –

Und die gelbwarmen Fenster mit den Rilkegedichten dahinter – Und die rattigen Keller mit den lilagehungerten Kindern darin – Und die Hütten aus Pappe und Holz, in denen die Menschen noch essen, unsere Menschen, und noch schlafen. Und manchmal noch singen. Und manchmal und manchmal noch lachen –

Denn das ist Deutschland. Und das wollen wir lieben, wir, mit verrostetem Helm und verlorenem Herzen hier auf der Welt.

Doch, doch: Wir wollen in dieser wahn-witzigen Welt noch wieder, immer wieder lieben!

Sechs Fragen an Wolfgang Borchert

Was halten Sie von der deutschen Literatur der Nachkriegszeit, besonders auch von den jungen Dichtern?

Die gegenwärtige deutsche Literatur hat jetzt ihre große Chance. Es scheint so, daß die jüngere Generation das begreift.

Haben Sie den Eindruck, daß Deutschland den Nationalismus und Militarismus überwinden wird?

Solange an Deutschlands Grenzen Paraden marschiert und nationale Sicherheiten gefordert werden, kann man über diese Frage nicht diskutieren.

Mit welchen Themen, glauben Sie, wird man den Leser nicht langweilen?

Mit Themen über Gott oder Nicht-Gott, mit Themen über Brot oder Nicht-Brot – das kommt auf den Leser an.

Wie definieren Sie die Begriffe «Demokratie» und «persönliche Freiheit»?

Solange die Zigarettenstummel fremder Militärmächte auf der Straße liegen (damit will ich nichts gegen die Zigaretten gesagt haben), und solange ich 16seitige Fragebogen ausfüllen muß, um in einer Zeitschrift gedruckt zu werden, solange ist es sinnlos über Demokratie und persönliche Freiheit zu debattieren.

Sie sind ein religiöser Dichter. Warum verbergen Sie es?

Natürlich bin ich ein religiöser Dichter. Ich verberge es nicht. Ich glaube an die Sonne, an den Walfisch, an meine Mutter und an das Gras. Genügt das nicht? Das Gras ist nämlich nicht nur das Gras.

Ihr Drama «Draußen vor der Tür» behauptet im Vorspruch, nicht aufgeführt zu werden. Was sagen Sie dazu, daß jetzt gleich mehrere große Bühnen dieses Stück zur Aufführung erworben haben?

Daß eine Reihe von Bühnen mein Stück aufführt, ist reine Verlegenheit – was sollen sie sonst tun? (Außerdem will es kein Intendant mit Vater Rowohlt verderben – das ist alles!) Denn mein Stück ist nur ein Plakat, morgen sieht es keiner mehr an.

Dann gibt es nur eins!

Du. Mann an der Maschine und Mann in der Werkstatt. Wenn sie dir morgen befehlen, du sollst keine Wasserrohre und keine Kochtöpfe mehr machen – sondern Stahlhelme und Maschinengewehre, dann gibt es nur eins:

Sag NEIN!

Du. Mädchen hinterm Ladentisch und Mädchen im Büro. Wenn sie dir morgen befehlen, du sollst Granaten füllen und Zielfernrohre für Scharfschützengewehre montieren, dann gibt es nur eins:

Sag NEIN!

Du. Besitzer der Fabrik. Wenn sie dir morgen befehlen, du sollst statt Puder und Kakao Schießpulver verkaufen, dann gibt es nur eins:

Sag NEIN!

Du. Forscher im Laboratorium. Wenn sie dir morgen befehlen, du sollst einen neuen Tod erfinden gegen das alte Leben, dann gibt es nur eins:

Sag NEIN!

Du. Dichter in deiner Stube. Wenn sie dir morgen befehlen, du sollst keine Liebeslieder, du sollst Haßlieder singen, dann gibt es nur eins:

Sag NEIN!

Du. Arzt am Krankenbett. Wenn sie dir morgen befehlen, du sollst die Männer kriegstauglich schreiben, dann gibt es nur eins:

Sag NEIN!

Du. Pfarrer auf der Kanzel. Wenn sie dir morgen befehlen, du sollst den Mord segnen und den Krieg heilig sprechen, dann gibt es nur eins:

Sag NEIN!

Du. Kapitän auf dem Dampfer. Wenn sie dir morgen befehlen, du sollst keinen Weizen mehr fahren – sondern Kanonen und Panzer, dann gibt es nur eins:

Sag NEIN!

Du. Pilot auf dem Flugfeld. Wenn sie dir morgen befehlen, du sollst Bomben und Phosphor über die Städte tragen, dann gibt es nur eins:

Sag NEIN!

Du. Schneider auf deinem Brett. Wenn sie dir morgen befehlen, du sollst Uniformen zuschneiden, dann gibt es nur eins:

Sag NEIN!

Du. Richter im Talar. Wenn sie dir morgen befehlen, du sollst zum Kriegsgericht gehen, dann gibt es nur eins:

Sag NEIN!

Du. Mann auf dem Bahnhof. Wenn sie dir morgen befehlen, du sollst das Signal zur Abfahrt geben für den Munitionszug und für den Truppentransport, dann gibt es nur eins:

Sag NEIN!

Du. Mann auf dem Dorf und Mann in der Stadt. Wenn sie morgen kommen und dir den Gestellungsbefehl bringen, dann gibt es nur eins:

Sag NEIN!

Du. Mutter in der Normandie und Mutter in der Ukraine, du, Mutter in Frisko und London, du, am Hoangho und am Mississippi, du, Mutter in Neapel und Hamburg und Kairo und Oslo – Mütter in allen Erdteilen, Mütter in der Welt, wenn sie morgen befehlen, ihr sollt Kinder gebären, Krankenschwestern für Kriegslazarette und neue Soldaten für neue Schlachten, Mütter in der Welt, dann gibt es nur eins:

Sagt NEIN! Mütter, sagt NEIN!

Denn wenn ihr nicht NEIN sagt, wenn IHR nicht nein sagt, Mütter, dann:

dann:

In den lärmenden dampfdunstigen Hafenstädten werden die großen Schiffe stöhnend verstummen und wie titanische Mammutkadaver wasserleichig träge gegen die toten vereinsamten Kaimauern schwanken, algen-, tang- und muschelüberwest den früher so schimmernden dröhnenden Leib, friedhöflich fischfaulig duftend, mürbe, siech, gestorben –

die Straßenbahnen werden wie sinnlose glanzlose glasäugige Käfige blöde verbeult und abgeblättert neben den verwirrten Stahlskeletten der Drähte und Gleise liegen, hinter morschen dachdurchlöcherten Schuppen, in verlorenen kraterzerrissenen Straßen –

eine schlammgraue dickbreiige bleierne Stille wird sich heranwälzen, gefräßig, wachsend, wird anwachsen in den Schulen und Universitäten und Schauspielhäusern, auf Sport- und Kinderspielplätzen, grausig und gierig, unaufhaltsam –

der sonnige saftige Wein wird an den verfallenen Hängen verfaulen, der Reis wird in der verdorrten Erde vertrocknen, die Kartoffel wird auf den brachliegenden Äckern erfrieren und die Kühe werden ihre totsteifen Beine wie umgekippte Melkschemel in den Himmel strecken –

in den Instituten werden die genialen Erfindungen der großen Ärzte sauer werden, verrotten, pilzig verschimmeln –

in den Küchen, Kammern und Kellern, in den Kühlhäusern und Speichern werden die letzten Säcke Mehl, die letzten Gläser Erdbeeren, Kürbis und Kirschsaft verkommen – das Brot unter den umgestürzten Tischen und auf zersplitterten Tellern wird grün werden und die ausgelaufene Butter wird stinken wie Schmierseife, das Korn auf den Feldern wird neben verrosteten Pflügen hingesunken sein wie ein erschlagenes Heer und die qualmenden Ziegelschornsteine, die Essen und die Schlote der stampfenden Fabriken werden, vom ewigen Gras zugedeckt, zerbröckeln – zerbröckeln – zerbröckeln –

dann wird der letzte Mensch, mit zerfetzten Gedärmen und verpesteter Lunge, antwortlos und einsam unter der giftig glühenden Sonne und unter wankenden Gestirnen umherirren, einsam zwischen den unübersehbaren Massengräbern und den kalten Götzen der gigantischen betonklotzigen verödeten Städte, der letzte Mensch, dürr, wahnsinnig, lästernd, klagend – und seine furchtbare Klage: WARUM? wird ungehört in der Steppe verrinnen, durch die geborstenen Ruinen wehen, versickern im Schutt der Kirchen, gegen Hochbunker klatschen, in Blutlachen fallen, ungehört, antwortlos, letzter Tierschrei des letzten Tieres Mensch – all dieses wird eintreffen, morgen, morgen vielleicht, vielleicht heute nacht schon, vielleicht heute nacht, wenn – – wenn – –

wenn ihr nicht NEIN sagt.

Editorischer Bericht

Die Edition folgt, sofern nicht anders ausgewiesen, den zu Lebzeiten Wolfgang Borcherts erschienenen Buchausgaben. In allen Fällen, wo Manu- oder Typoskripte erhalten sind oder Erstveröffentlichungen in Zeitungen, Zeitschriften oder Anthologien nachzuweisen sind, wurden diese zum Vergleich herangezogen. Über die Entscheidungen des Herausgebers informiert der editorische Bericht.

Zuerst genannt wird jeweils die Druckvorlage, anschließend, sofern nicht identisch, der Erstdruck.

Siglen für häufig verwendete Nachweise:

ASM: «Allein mit meinem Schatten und dem Mond. Briefe, Gedichte und Dokumente». Hg. von Gordon J. A. Burgess und Michael Töteberg unter Mitarbeit von Irmgard Schindler. Reinbek 1996

DTG = «Die traurigen Geranien und andere Geschichten aus dem Nachlaß». Hg. von Peter Rühmkorf. Reinbek 1962

GW = «Das Gesamtwerk». Mit einem biographischen Nachwort von Bernhard Meyer-Marwitz. Hamburg 1949

WBA = Wolfgang-Borchert-Archiv in der Staats- und Universitätsbibliothek Carl von Ossietzky in Hamburg

Wertvolle Dienste leistete die Bibliographie von Gordon J. A. Burgess (Hamburg 1985), die auf der Sammlung von Fritz Borchert basiert und durch eigene Recherchen ergänzt wurde.

Laterne, Nacht und Sterne

Borcherts erste selbständige Publikation, ein schmales Heft von 20 Seiten, erschienen im Verlag Hamburgische Bücherei, Dezember 1946. Dem Druck im GW, bei dem die Reihenfolge der beiden ersten Gedichte getauscht wurde, sodass die Sammlung jetzt mit dem «Laternentraum» eröffnet wird, stellte der Verleger Bernhard Meyer-Marwitz folgende Anmerkung voran: «Der Zyklus dieser vierzehn Gedichte wurde im Sommer 1946 aus etwa sechzig Gedichten zusammengestellt, die Borchert mit vielen anderen Versen in den Jahren 1940/45 geschrieben hatte.»

Die Hundeblume

Der Erzählungsband, 132 S., erschien im April 1947 im Verlag Hamburgische Bücherei. August 1949 kam eine zweite Auflage heraus: Die Nachfrage sei, heißt es im Verlagstext auf der Umschlagklappe, «so stark, daß wir uns zu einer neuen, friedensmäßig ausgestatteten Auflage entschlossen haben». Bei der Neuausgabe – besseres Papier, gebunden mit Schutzumschlag – blieb der Satz unverändert.

Die Hundeblume. Manuskript WBA, datiert 24.1.1946 (publiziert zus. mit *Nachts schlafen die Ratten doch* als Faksimile-Druck Reinbek 1986). Erstdruck: Hamburger Freie Presse, 30.4. und 4.5.1946. – Das Manuskript weist einige Änderungen von fremder Hand auf; vom Verlag wurden für den Druck im gleichnamigen Erzählungsband kleinere grammatikalische und stilistische Korrekturen vorgenommen, die hier rückgängig gemacht wurden, um den originalen Duktus des Autors wiederherzustellen. Drei gestrichene Passagen wurden nicht wieder eingefügt und seien hier dokumentiert:

S. 29, 3. Absatz, nach «... mit der tätigen Welt»: «Wohl hätte ich ein Mönch werden können, aber diese Mauern waren allzu hoch.»

S. 42, vierte Zeile: «… Unsicherheit annahmen, den junge Schauspieler oft haben, wenn sie zum ersten Mal die Bühne betreten. (Auf einigen Gesichtern entwickelt sich dieser Zug manchmal zu einem ständigen Ausdruck von Verlogenheit. Wir sind miserable Schauspieler!)»

S. 43 folgten am Schluss noch zwei letzte Absätze: «Als sie ihn am nächsten Morgen um 4 Uhr abholten und er wußte, daß er nicht zurückkehren würde, sah er den letzten blassen Sternen ohne Angst ins Gesicht.

Er war bereit, zu jedem Abenteuer, das die Seele erwartete, *Ja zu sagen.*»

Stimmen sind da – in der Luft – in der Nacht. Erstdruck (Auszug): Neue Zeitung (München), 4.1.1947

Gespräch über den Dächern. Im Vorabdruck (in: Die Fähre, Heft 6, Juni 1947) begann S. 57, 3. Absatz mit dem später gestrichenen Satz: «Der am Fenster krächzt krähig.»

Generation ohne Abschied. Erstdruck: Horizont, H. 13, 22.6.1947

Eisenbahnen, nachmittags und nachts. Erstdruck: Horizont, H. 13, 22.6.1947

Bleib doch, Giraffe. Erstdruck: Neue Zeitung (München), 25.4.1947

Vorbei, vorbei. Erstdruck: Karussell, H. 11, Mai 1947

Die Stadt. Manuskript WBA.

Hamburg. Erstdruck: Bernhard Meyer-Marwitz (Hg.): Hamburg. Heimat am Strom. Hamburg 1946

Billbrook. Fragmentarisch erhaltenes Manuskript WBA. Die bereits für den Erstdruck (in: Karussell, H. 14, August 1947) vorgenommenen Änderungen wurden revidiert.

Die Elbe. Erstdruck: Conrad Kayser / Bernhard Meyer-Marwitz (Hg.): Unter Hamburgs Türmen. Ein Almanach. Hamburg 1948

Draußen vor der Tür

Vorlage war das hektographierte Typoskript im WBA, 74 S., das Borchert im Frühjahr 1947 dem dänischen Übersetzer Bernhard Jolles gegenüber als «mein Originalmanuskript» (im Gegensatz zur Hörspielversion) bezeichnete. Das Typoskript wurde von Borchert auf dem Titelblatt mit dem handschriftlichen Zusatz «Sämtliche Rechte E. Rowohlt Verlag» versehen. Entsprechende Verlagsverträge über die Publikation und den Bühnenvertrieb des Theaterstücks wurden am 29.4./1.5.1947 geschlossen. Der Rowohlt Verlag brachte im Juli 1947 *Draußen vor der Tür* als (gedrucktes) Bühnenmanuskript für die Theater heraus. Im Impressum heißt es: «Dieses Manuskript ist unverkäuflich und darf nur auf Grund eines Vertrages mit der Rowohlt Verlag GmbH, Hamburg – Stuttgart verwertet, insbesondere vervielfältigt oder sonst irgendwie entgeltlich oder unentgeltlich weitergegeben werden. Es ist verboten, Rollen auszuschreiben.» Die zweite Auflage, nun auch für den Buchhandel bestimmt und mit einer Umschlagzeichnung von Karl Staudinger versehen, erschien Mai 1948.

Die vom Autor selbst erstellte Hörspielfassung, Ursendung am 13.2.1947, weist nicht nur (durch die begrenzte Sendezeit notwendige) Kürzungen auf, sondern weicht in mehreren Passagen vom Theatertext ab. Die Varianten:

1. Szene, S. 126 f.:

DER ANDERE: Du wirst mich nicht los. Ich habe tausend Gesichter. Ich habe tausend Namen, ich habe hunderttausend Stimmen, heimliche, heisere, hektische, hetzende, hurraschreiende, helfende Stimmen. Ich bin die Stimme, und ich habe tausend Gesichter. Weißt Du noch, auf der

Schulbank hatte ich eine dicke breite Nase und Sommersprossen. Hast du vergessen, daß ich auf der Eisbahn klein, schmal und dunkelhaarig war? Und im Treppenhaus, bei der ersten Zigarette, kraushaarig und blond?

BECKMANN: Und in Rußland, warst du da der Graue, Unentwegte, Mürrische? Und der Rothaarige, der so schrie, wenn es losging. Und der alte Feldwebel, der Kutscher von Beruf, der immer lachte, wenn alles schief ging?

DER ANDERE: Ich bin der Andere, der immer da ist.

3. Szene, S. 148:

OBERST: Na, aber mein lieber Herr – Herr Beckmann, warum denn so düster, warum denn so destruktiv? Nein, wirklich, mein bester Herr Beckmann! Sie sollten tatsächlich mal ausschlafen. Sie sind vielleicht 'n bißchen – angegriffen von dem – Feldzug. Vielleicht fahren Sie mal in den Süden, mal richtig ausspannen! Sie sehn doch wohl alles 'n bißchen schwarz. Sagen Sie mal, Sie sind doch wohl nicht etwa so 'n heimlicher Pazifist, wie?

3. Szene, S. 150 f. (anstelle des Schlussmonologs):

BECKMANN: Hallo. Hallo, Alter, bist du noch da?

DER ANDERE: Ich bin da.

BECKMANN: Komm, trink 'nen Schluck. Die Leute haben mir Schnaps geschenkt. Nett, was? *(Eine Flasche gluckert)* Prost, du, der wärmt, was? (...) Ich geh zum Zirkus, die Leute lachen sich kaputt. Ich werd mir ein Gedicht zurechtdichten, wo es so recht grausig hergeht, so einen charmanten Schlager mit Blut und vielen Toten, daß die Leute was zu lachen haben. Der Schnaps hat mir das Leben gerettet. Mein Verstand ist ersoffen. Komm, Junge, wir gehen zum Zirkus. Warum sagst du denn nichts?

DER ANDERE: Ich wundere mich. Ich freue mich über unsere

Verdauung. Ersaufen, verrecken, verlieben und wieder verrecken. Zirkus, Schnaps und bis an den Hals besoffen und morgen Zirkus *(lacht)*. Wir müssen doch ganz handfeste Eingeweide haben, daß wir alles verdauen. Komm, Junge, komm.

5. Szene, S. 164 ff.:

FRAU KRAMER: Doch. Soviel ich weiß: Kapelle 5.

BECKMANN: Kapelle 5? Was für eine Kapelle 5? Das hört sich ja an wie Zelle 5. Die alten Leute sitzen doch nicht?

FRAU KRAMER: Nein, sie liegen. Bei Kapelle 5, Sie komischer Sohn, der das nicht wissen will. Kapelle 5 in Ohlsdorf. (…) Die alten Beckmanns konnten nicht mehr, wissen Sie? Ihr Alter war ein tätiger Mensch, das wissen Sie ja. Er brauchte seine Arbeit wie das liebe Brot. Na, und als das nun plötzlich vorbei war, da wurde er ganz krank, der alte Beckmann. Er hatte nichts mehr zu tun, und das konnte er eben nicht ab. Er mußte faulenzen, und da wurde er faul bei, innerlich, wissen Sie? Ganz morsch wurde er hier im Hause.

BECKMANN: Ja, aber er hatte doch seine Werft!

FRAU KRAMER: Ja, das war es ja, Junge, hatte! 30 Jahre lang war er jeden Morgen um fünfe hoch und um sechs auf der Werft. Aber das war ja mit einem Mal alles vorbei.

BECKMANN: War er denn mit einmal nicht mehr auf der Werft?

FRAU KRAMER: Junger Mann, da ist keine Werft mehr. Aus, vorbei! Blohm & Voß haben sie in die Luft gejagt und die Helgen verbogen und die Docks durchlöchert. Aus, vorbei! Und die Leute saßen da und haben geheult, sag ich Ihnen, geheult haben sie, die alten Männer. Sagen Sie mal, ich freue mich schon die ganze Zeit über das drollige Ding, was Sie da als Brille auf die Nase gebastelt haben. (…)

BECKMANN: Weiter. Was ist mit meinem Vater. Erzählen Sie doch weiter.

FRAU KRAMER: Ja, für den war das wohl 'n bißchen zu viel. Der konnte das wohl nicht mehr so recht ab. Na, und da sind sie denn schließlich von selbst endgültig in Pension gegangen, Ihre Alten. Das war nun wieder konsequent von Ihrem Alten, das muß man ihm lassen.

BECKMANN: Was sind sie? Von selbst –

FRAU KRAMER: In Pension gegangen. Das sagen wir so, wissen Sie.

An diesem Dienstag

Der Erzählungsband, 123 S., Umschlagzeichnung Karl Staudinger, erschien im Dezember 1947 in einer Auflage von 5000 Exemplaren im Rowohlt Verlag, Hamburg – Stuttgart.

Bereits im Januar 1948 druckte der Verlag eine zweite Auflage von ebenfalls 5000 Exemplaren.

Mein bleicher Bruder. Der Druck folgt der Fassung im Erzählungsband; bei dem im WBA vorhandenen Manuskript handelt es sich offenbar um eine stilistisch noch nicht durchgearbeitete Vorfassung.

Die drei dunklen Könige. Erstdruck: Hamburger Freie Presse, 24.12.1946

Die Küchenuhr. Erstdruck: Hamburger Allgemeine Zeitung, 27.8.1947

Unser kleiner Mozart. Fragmentarisch erhaltenes Manuskript im WBA

Nachts schlafen die Ratten doch. Manuskript WBA, datiert «zum 11.1.1947», dem Geburtstag von Fritz Borchert (publiziert zus. mit *Die Hundeblume* als Faksimile-Druck Reinbek 1986).

Die lange lange Straße lang. Handschriftliche Notate auf den Rückseiten von Briefen, fragmentarisch erhalten im WBA. Erstdruck (Auszug): Das goldene Tor (Baden-Baden) 1948, H. 1

Liebe blaue graue Nacht

Requiem für einen Freund. Hamburger Anzeiger, 19.7.1943

Das Brot. Erstdruck: Hamburger Freie Presse, 13.11.1946

Tut Hoo. Entstanden Anfang April 1946. Erstdruck: Der Tagesspiegel (Berlin), 15.5.1947

Marguerite. Typoskript WBA, entstanden Juni 1946. Erstdruck: Braunschweiger Zeitung, 9.9.1948

Die traurigen Geranien. Typoskript WBA, entstanden 1946. Erstdruck DTG

Später Nachmittag. Typoskript WBA, entstanden 1946. Erstdruck DTG

Die Kirschen. Typoskript im WBA, entstanden 1947. Erstdruck: Für Dich (Berlin), 1.8.1948

Das Holz für morgen. Typoskript WBA, Erstdruck in: Rolf Italiaander / Ludwig Benninghoff (Hg.): … und ließ eine Taube fliegen. Reinbek 1948. (Die für den Abdruck in DTG von fremder Hand vorgenommenen Auslassungen wurden wieder eingefügt.)

Alle Milchgeschäfte heißen Hinsch. Typoskript WBA, entstanden 1946. Erstdruck DTG

Der Stiftzahn. Typoskript WBA, entstanden Juni 1946. Der ursprüngliche Titel, von Borchert handschriftlich geändert, lautete: «Warum mein Vetter keine Rahmbonbons mehr ißt»; in einem Brief an Werner Lüning, 24.6.1946, fragte der

Autor seinen Freund, wie er die Geschichte nennen sollte: «Der Stiftzahn meines Vetters», «Der Schrei in der Flohkiste» oder «Das Attentat des Rahmbonbons».

Das Gewitter. Typoskript (mit Anmerkungen von Aline Bußmann) WBA, entstanden August 1946. Erstdruck DTG

Die Mauer. Typoskript WBA, Erstdruck DTG

Ein Sonntagmorgen. Entstanden 1946, Erstdruck: Karussell, H. 10. April 1947

(Kleine) Lesebuchgeschichten. Erstdruck: Neue Zeitung (München), 23.6.1947. Ein weiteres Typoskript, mit dem handschriftlichen Zusatz «Nun singen sie wieder. Erich Kästner gewidmet von Wolfgang Borchert, 28.10.47», befindet sich im Deutschen Literaturarchiv Marbach

Liebe blaue graue Nacht. Erstdruck: Hamburger Freie Presse, 6.8.1947

Preußens Gloria. Typoskript WBA, entstanden 1946. Erstdruck DTG

Ching Ling, die Fliege. Typoskript WBA, Erstdruck: Hamburger Freie Presse, 13.1.1953

Maria, alles Maria. Typoskript WBA, entstanden 1947. Erstdruck: Braunschweiger Zeitung, 24.12.1949

Hinter den Fenstern ist Weihnachten. Erstdruck: Deutsche Volkszeitung, Weihnachten 1953

Die Professoren wissen auch nix. Typoskript WBA. Erstdruck (unter dem Titel «… und die Höllenmaschine ist mein Kopf»): Die Welt, 20./21.11.1957

Schischyphusch (Der Kellner meines Onkels). Erstdruck: Benjamin, März 1947

Von drüben nach drüben. Erstdruck: Nordwestdeutsche Hefte, 1947, H. 1/2. Vorangegangen war eine Rundfunk Lesung im NWDR, Januar 1947

Gottes Auge. Fragmentarisch erhaltenes Manuskript WBA

Weg. Abschrift von Herta Borchert, datiert mit dem Vermerk «18 Jahre», im Nachlass von Rosemarie Clausen. Erstdruck in: Gordon Burgess / Hans-Gerd Winter (Hg.): «Pack das Leben bei den Haaren. Wolfgang Borchert in neuer Sicht». Hamburg 1996

Reiterlied. Hamburger Tageblatt, 17.1.1940, 2. Ausgabe

Sappho. Typoskript WBA, aus einem Gedichtzyklus für Ruth Hager zu ihrem Geburtstag am 19.5.1940. Erstdruck: ASM

Chinesisches Liebesgedicht. Beilage zu einem Brief an Ruth Hager, Juni 1940, WBA. Erstdruck: ASM

Ziel. Hamburger Anzeiger, 24.7.1940

Sommerabend. Hamburger Fremdenblatt, 9.8.1940

Concerti grossi. Hamburger Fremdenblatt, 1940 (Undatierter Ausschnitt, WBA)

Herbstspruch. Hamburger Tageblatt, 30.9.1940

Die Spatzen. Winter. Die Ärmste. Aus der Sammlung Stanley Tschopp, WBA. Erstdruck von *Winter* posthum in: Die Neue Zeitung (Berlin), 24.12.1954, alle anderen Texte: ASM

Frühling. Hamburger Anzeiger, 22.4.1942

Stille Stunde. Hamburger Anzeiger, 21.5.1942

Zuspruch. Hamburger Anzeiger, 27.7.1942

Das ernste Lachen. Hamburger Anzeiger, 15.6.1943

Ein Tausendfüßler (Allerhand). Simplicissimus, 23.6.1943

Der Kuckuck. Beilage zu einem undatierten Brief an Aranka Mamero-Jaeneke, WBA. Erstdruck: ASM

Frösche. Schnecken. Den Dichtern. Gedicht um Mitternacht. Aus der handschriftlichen Sammlung «Der Leuchtturm. Neun Gedichte für Carl Albert Lange. 14.4.1941», WBA. Erstdruck von *Frösche* und *Schnecken* in: Ulenspiegel, H. 15, Juli 1947, bzw. H. 24, November 1947, alle anderen Gedichte: AMS

An die Natur. Hamburg. Don Juan. Das Karussell. Die Gedichte stammen aus einem ledergebundenen Notizbuch, datiert «Nürnberg 1942, Zelle 9», WBA. Erstdruck von *An die Natur* posthum in: Neue deutsche Hefte, 1955, H. 7; alle anderen: AMS

Hamburg 1943. Hamburger Anzeiger, 14.9.1943

Jede Minute. Hamburger Anzeiger, 16.3.1944

Die Stadt. Thema in drei Teilen. Hamburger Anzeiger, 19./20.8.1944

Norddeutsche Landschaft. Moabit. Ich bin der Nebel. Aus der handschriftlichen Sammlung «Dreizehn Gedichte für Carl Hager», 1944, WBA. Erstdruck: ASM

Das Requiem. Beilage zu einem Brief an Aline Bußmann, 14.10.1944, WBA. Erstdruck: Westfälische Rundschau, 2.11.1957

Die Kathedrale von Smolensk. Beilage zu einem Brief an Aline Bußmann, 19.10.1944, WBA. Erstdruck: ASM

Zwischen den Schlachten. Hamburger Echo, 12.11.1960

Kinderlied. Versuch es. Gedicht. Brief aus Rußland. Der Mond lügt. Der Vogel. Am Fenster eines Wirtshauses am Steinhuder Meer. Draußen. Winterabend. Nachts. Die Nacht. Liebeslied. Liebesgedicht. Abschied. Südfrüchte. Erstdruck als «Nachgelassene Gedichte» in: GW; einer Vorbemerkung Bernhard Meyer-Marwitz' zufolge handelt es sich um Verse aus dem Umfeld von *Laterne, Nacht und Sterne.*

An Dich. Erstdruck: Hamburger Freie Presse, 5.7.1947

Abend. Erstdruck: Hamburger Freie Presse 13.9.1947

Das ist unser Manifest

Helmuth Gmelins 50. *Geburtstag.* Erstdruck: Hamburger Anzeiger, 21.3.1941. Die Redaktion hatte dem Artikel Borcherts, der bei Gmelin Schauspiel-Unterricht nahm und an diesem Tag seine Prüfung hatte, folgenden Text vorangestellt:

«Helmuth Gmelin, seit 1934 Mitglied des Staatlichen Schauspielhauses, begeht heute seinen 50. Geburtstag. Wir haben einen jungen Schüler Gmelins gebeten, uns ein Bild seines Lehrers zu entwerfen. Die Schriftl.»

«Stalingrad». Hamburger Freie Presse, 32.10.1946

Tucholsky und Kästner. Einleitung zum Abdruck von Kurt Tucholskys «Die brennende Lampe» in: Hamburger Freie Presse, 16.10.1946

Bücher – für morgen. Hamburger Freie Presse, 23.10.1946

Neues aus Hamburger Verlagen. Hamburger Freie Presse, 9.11.1946

Kartoffelpuffer, Gott und Stacheldraht. Hamburger Freie Presse, 10.1.1947

Sechzig Jahre Hamburg. Hamburger Freie Presse, 12.2.1947

«Von des Glücks Barmherzigkeit». Hamburger Freie Presse, 25.3.1947

«Disteln und Dornen». Hamburger Freie Presse, 25.3.1947

Unter der Laterne. Erstdruck: Laterne (Buchenau), H. 1, Juni 1947

Die Blume. Hamburger Freie Presse, 26.11.1947. Der posthum erfolgten Veröffentlichung stellte die Redaktion eine Anmerkung voran: «Das folgende unveröffentlichte Prosastück schrieb Wolfgang Borchert 1941 als Rekrut. Wir veröffentlichen es, weil hier der starke Eigenklang der Borchertschen Prosa zum ersten Male durchbricht und weil auch das Thema seiner später geschriebenen großen Erzählungen ‹Die Hundeblume› hier zum ersten Mal angeschlagen wird.»

Fahrt zu dem Töpfer Grimm. Undatiertes Manuskript im WBA

Unser Pusteblumendasein. Einziges erhaltenes Fragment zu dem Romanprojekt «Persil bleibt Persil». Der Roman sollte den Untergang Hamburgs in den Bombennächten schildern; formal orientierte sich Borchert an Theodor

Plieviers «Stalingrad». Ein handschriftlicher Aufriß, der die Einteilung in drei Bücher vorsah («1. Die Nacht»; «2. Nacht um uns, Nacht»; «3. Nacht Nacht Nacht») und in Frage kommende Motti (Zitate von Brecht, Ovid, Shakespeare und ein spanisches Sprichwort), datiert vom 11.1.1947. In einem Schreiben vom 2.4.1947 an den Rowohlt-Lektor Kurt W. Marek äußerte Borchert Zweifel, «ob ich überhaupt einen Roman durchhalte». Erstdruck des Fragments: Frankfurter Allgemeine Zeitung, 20.11.1997

Der Schriftsteller. Erstdruck: Ulenspiegel, H. 18, September 1947

Das ist unser Manifest. Im Juli 1947 bat der Blanvalet Verlag Borchert um einen programmatischen Beitrag für sein Jahrbuch «Der Phönix 1948. Ein Almanach für junge Menschen».

Sechs Fragen an Wolfgang Borchert. Borchert beantwortete im Oktober 1947 im Basler Clara-Spital die von Paul Herzog gestellten Fragen; das schriftlich geführte Interview wurde nach dem Tod Borcherts von der Literarischen Agentur Herzog verbreitet und in mehreren Zeitungen, u.a. in: Die Welt, 19.2.1948, gedruckt.

Dann gibt es nur eins! Manuskript WBA. Der Text wurde geschrieben als Prolog zu einem (offenbar nicht realisierten) Hörspiel Axel Eggebrechts und enthält eine «nur für Eggebr.» bestimmte Regieanweisung vor der apokalyptischen Vision: «Leise einsetzender Trommelwirbel, der sich am Ende zum Pauken-Bombengewitter steigert!» Am Ende des Appells wurde das akustische Signal gesteigert: «… all dieses wird eintreffen, morgen, morgen vielleicht, vielleicht heute nacht schon, vielleicht heute nacht – wenn – – wenn – – (Der Trommelwirbel steigert sich zum Paukengewitter, das nun plötzlich abbricht. Dann ertönt die ruhige und sachliche Stimme des Ansagers:) Morgen beginnt in London die Außenministerkonferenz.»

Zeittafel

1921 Am 20. Mai wird Wolfgang Borchert in Hamburg geboren. Er ist das einzige Kind des Volksschullehrers Fritz Borchert und seiner Frau Herta, geborene Salchow, einer niederdeutschen Schriftstellerin.

1928 Einschulung an der Volksschule in Hamburg-Eppendorf.

1932 Übergang in die Oberrealschule Eppendorf.

1937 Am 7. März Konfirmation in der St. Johanniskirche in Hamburg-Eppendorf.

1938 Schulabgang nach Obersekunda. Erste Gedichte erscheinen im «Hamburger Anzeiger».

1939 Am 1. April Eintritt als Lehrling in die Buchhandlung C. Boysen. Gleichzeitig Schauspielunterricht bei Helmuth Gmelin.

1940 Am 18. Januar Austritt aus der Kirche. Im April kurze Zeit von der Gestapo verhaftet und verhört.

1941 Am 21. März Schauspielerprüfung vor der Reichstheaterkammer. 1. April bis Anfang Juni Schauspieler an der Landesbühne Osthannover in Lüneburg.
Ab 6. Juni Militärdienst. Ausbildung zum Panzergrenadier in Weimar-Lützendorf. Ab Oktober Fronteinsatz an der Ostfront bei Witebsk, Smolensk und Wjasma.

1942 Nach einer Schussverletzung an der linken Hand am 23. Februar Verlegung ins Heimatlazarett Schwabach. Im Mai Verhaftung wegen des Verdachts der Selbstverstümmelung und Untersuchungshaft in Nürnberg. Im Juli Freispruch vor dem Militärgericht, aber in einem neuen Prozess wegen staatsfeindlicher Äußerungen Verurteilung zu vier Monaten Gefängnis. Die Strafe wird in sechs Wochen verschärfte Haft mit anschließender Frontbewährung umgewandelt.

Oktober: Entlassung aus der Haft in die Kaserne in Saalfeld, dann in die Garnison Jena.
Dezember: Erneuter Einsatz an der Ostfront bei den Kämpfen um Toropez. Fußerfrierungen und Anfälle von Gelbsucht und Fleckfieber.

1943 28. Januar bis 16. Februar Aufenthalt im Seuchenlazarett Smolensk. Über Radom und Minsk Verlegung ins Heimatlazarett Elend / Harz.
Juni: Verlegung in die 7. Genesungskompanie des Panzergrenadier-Ersatzbataillons 59.
August: Während eines Urlaubs in Hamburg Auftritt im Kabarett «Bronzekeller».
November: Wegen Dienstuntauglichkeit soll er entlassen und an ein Fronttheater abgestellt werden. Am Abend vor dem Wechsel ans Fronttheater erzählt er politische Witze, wird denunziert und erneut verhaftet.

1944 Am 27. Januar Überführung in das Wehrmachtsuntersuchungsgefängnis Berlin-Moabit. Nach knapp neun Monaten Untersuchungshaft Verurteilung wegen «Zersetzung der Wehrkraft» zu neun Monaten Gefängnis. «Strafaufschub zwecks Feindbewährung» und Rückverlegung nach Jena.

1945 Fronteinsatz im Westen. Im März Gefangennahme bei Frankfurt a. M. durch französische Truppen. Während des Transports in die Gefangenschaft Flucht und Fußmarsch nach Hamburg. Am 10. Mai Ankunft in Hamburg. Fieberanfälle und Gelbsucht.
Am 13. Oktober Auftritt im Kabarett-Programm *Janmaaten im Hafen.* Im November Regieassistent bei der Inszenierung von *Nathan der Weise* am Hamburger Schauspielhaus. Borcherts Gesundheitszustand lässt weitere Theaterarbeit nicht zu.

1946 Januar bis April Aufenthalt im Hamburger Elisabeth-

Krankenhaus. Ab Ostern pflegen ihn die Eltern zu Hause.

Im Spätherbst entsteht in wenigen Tagen das Stück *Draußen vor der Tür.* Im Dezember erscheint die Gedichtsammlung *Laterne, Nacht und Sterne.*

1947 Am 13. Februar sendet der NWDR das Hörspiel *Draußen vor der Tür.* Im April erscheint der Prosaband *Die Hundeblume.*

Am 22. September Reise zur Genesung in die Schweiz; nach dem Grenzübertritt in Basel sofortige Einweisung ins St. Clara-Spital.

Wolfgang Borchert stirbt am 20. November um 9 Uhr im Spital. Am 21. November erfolgt die Uraufführung von *Draußen vor der Tür* an den Hamburger Kammerspielen. 24. November Trauerfeier und Einäscherung auf dem Hörnli-Friedhof in Basel; Beisetzung der Urne auf dem Ohlsdorfer Friedhof in Hamburg am 17. Februar 1948.

Nachwort

Ein Mann kommt nach Deutschland. Er war lange weg, der junge Mann, und dies nicht freiwillig. Knapp 20, Schauspieler-Prüfung bestanden, aber nur drei Monate auf der Bühne in der Provinz gestanden, dann eingezogen zum Kriegsdienst und an die russische Front geschickt. Nach Verwundung der Hand Transport in ein Heimatlazarett, wegen des Verdachts auf Selbstverstümmelung vor Gericht gestellt. Freigesprochen, aber in Haft geblieben: Die Gestapo hat Briefe gefunden, deren Inhalt als «heimtückischer Angriff auf Staat und Partei» gewertet werden. Urteil: vier Monate Haft, abgewandelt in sechs Wochen verschärfte Haft mit anschließender Frontbewährung. Mit Erfrierungen ersten und zweiten Grades an beiden Füßen, Anfällen von Gelbsucht und Fleckfieber Einlieferung in ein Seuchenlazarett – eingestuft als «frontdienstuntauglich». Eine Goebbels-Parodie in der Kasernenstube bringt ihn erneut ins Gefängnis. Angeklagt wegen «Zersetzung der Wehrkraft», sitzt er neun Monate in Untersuchungshaft in Berlin-Moabit, wird verurteilt, erhält aber «Strafaufschub zwecks Feindbewährung» und muss wieder an die Front. Sie steht inzwischen im eigenen Land. In Frankfurt/Main kämpft er gegen die alliierten Truppen, gerät in französische Gefangenschaft, kann fliehen und schlägt sich zu Fuß in Nachtmärschen nach Hamburg durch, wo er am 10. Mai 1945 völlig entkräftet anlangt. Er will endlich ans Theater, bricht aber zusammen. Seine gesundheitliche Verfassung lässt nicht zu, wieder auf der Bühne zu stehen. Ans Bett gefesselt, schreibt er Kurzgeschichten und ein Theaterstück, die er an Zeitungen und an den Rundfunk schickt.

«Ein Mann kommt nach Deutschland. Er war lange weg, der Mann. Sehr lange. Vielleicht zu lange. Und er kommt ganz anders wieder, als er wegging.» Am 13. Februar 1947 sendet der Nordwestdeutsche Rundfunk (NWDR) das Stück als Hörspiel. Der Autor kann es selbst nicht hören, denn wegen Kohlemangels herrscht in seinem Stadtteil Stromsperre. «Und nachdem er nun tausend Nächte draußen in der Kälte gewartet hat, kommt er endlich doch noch nach Hause.» Das Hörspiel hatte eine heute kaum noch vorstellbare Resonanz. «Das war ‹unser› Autor», erinnert sich Helmut M. Braem. «Er hatte etwas ausgesprochen, was wir empfanden, aber nicht zu formulieren verstanden. Und wir, die aus dem Krieg heimgekehrten Beckmänner, haben geweint vor dem Lautsprecher eines aus den Trümmern geretteten ‹Volksempfängers›.» Wie ihm erging es vielen, die «Draußen vor der Tür» im Radio hörten. Eine Flut von Briefen und Karten traf beim Sender ein. «Ihr Hörspiel hat mich sehr erschüttert, und doch konnte ich nicht weinen.» Ähnlich emotional betroffen und erregt waren alle Reaktionen, auch wenn manche in dem Stück eine Zumutung sahen, vor der man sie doch lieber verschonen möge. «Können Sie sich denn nicht vorstellen, wie diese Hörspiele unsere Seelen aufwühlen, gerade weil sie so grausam wahr sind?» Fast alle Hörer zwang die Sendung zu Stellungnahmen, die Geständnissen gleichkamen. Ein anonym bleibender «Ostfrontkämpfer» empfahl, «den irrsinnigen Borchert zum Ruhrbergbau zu melden», während andere sich mit dem Schicksal Beckmanns identifizierten: «Als Krückenmann sage ich auf diesem Wege dem Verfasser des Hörspiels meinen besten Dank.» Das Stück wurde bereits im nächsten Monat wiederholt, von anderen Sendern übernommen, zum dritten Mal im selben Jahr vom NWDR ausgestrahlt.

«Ein Mann kommt nach Deutschland. Und da erlebt er einen ganz tollen Film. Er muß sich während der Vorstellung mehrmals in den Arm kneifen, denn er weiß nicht, ob er wacht oder träumt.» Wolfgang Borchert ist noch nicht 26, aber plötzlich ein gefragter und umworbener Autor, um den sich Verlage und Zeitschriften bemühen. Verwundert beobachtet er das «augenblickliche Konjunktur-Theater, das meinetwegen veranstaltet wird», den «Borchert-Rummel». Die Hörspielsendung im Februar 1947 wurde sein literarischer Durchbruch, kurz darauf suchte Ernst Rowohlt ihn auf und nahm das Werk des Autors unter Vertrag. Ein knappes Jahr war vergangen, seit er sein erstes Prosastück «Die Hundeblume» schrieb, in dem er seine Zeit im Gefängnis Moabit verarbeitete. «Bisher habe ich nur spärlich Lyrik veröffentlicht und habe nun ein eigenes Erlebnis aufgeschrieben», mit diesen Worten schickte Borchert im März 1946 aus dem Elisabeth-Krankenhaus seine Erzählung an den NWDR in Hamburg. «Vielleicht ist der Hintergrund dunkel und im Dunkeln kann man nicht aufbauen. Ich habe versucht, meiner Geschichte von innen ein Licht zu geben, so daß sie zuletzt doch eine bejahende Kraft gibt – und ich habe versucht, den billigen Positivismus der jüngsten Vergangenheit zu vermeiden.» Im nächsten Monat, er hatte noch keine Antwort erhalten, schickte er aus dem Krankenhaus eine zweite Erzählung, erhielt aber beide Texte mit einem Ablehnungsschreiben von Hans Kettler, dem Chefdramaturgen des NWDR, zurück. Doch eine Hamburger Tageszeitung druckte «Die Hundeblume», in rascher Folge erschienen weitere Arbeiten in Zeitungen und Zeitschriften, in der unmittelbaren Nachkriegszeit die eigentliche Publikationsplattform für Literatur, auch der Rundfunk sendete seine Prosa. Unverkennbar wurde hier ein neuer Ton angeschlagen, der als gültiger Ausdruck der Zeit empfunden wurde.

Mit einem schmalen Werk – zwei Dutzend Kurzgeschichten, eine Handvoll Gedichte und das Theaterstück «Draußen vor der Tür» – wurde Wolfgang Borchert zur wichtigsten Stimme der deutschen Nachkriegsliteratur. Zwei Jahre blieben ihm nur zum Schreiben. Sein literarisches Werk musste er sich zwischen Fieberattacken und körperlichen Zusammenbrüchen abringen. Dem Freund Werner Lüning schrieb er am 24. Juni 1946 aus einer «restlosen down-Verfassung», demnächst werde wieder ein Stück fertig. «Aber vergiß nicht, daß das Schreiben für mich buchstäblich eine schwere Arbeit ist: 1) immer liegender Weise – 2) immer fiebernder Weise – 3) immer Wehwehhabender Weise.» Der Brief endet abrupt: «Ich sehe an meiner Schrift, daß ich nicht mehr kann.» Einen Roman will er schreiben, aber dazu fehlt ihm die Kraft. Umso erstaunlicher, dass unter diesen Umständen ein Theaterstück entstand. Es gibt keinen Entwurf, keine Ankündigung in der Korrespondenz. Niedergeschrieben wurde es in knapp acht Tagen. «Der Stoff überwältigte ihn derart, daß er jede Rücksicht gegen sich vergaß», berichtet Bernhard Meyer-Marwitz. «Borchert büßte diese Arbeit mit einem Schwächeanfall, was ihn nicht hinderte, uns das Stück vorzulesen, sobald es in der Maschinenabschrift vorlag. Drei Stunden las er. Wir wagten ihn nicht zu unterbrechen, obwohl diese dreistündige, auch ihn selbst erregende Lesung für seinen Körper eine unerhörte Zumutung bedeutete.» Als der Autor mit dem verzweifelten Schrei nach Antwort die private Dichterlesung beendete, herrschte in der Runde der versammelten Freunde betroffenes Schweigen. Im Raum stand die unausgesprochene Frage: «Wer sollte den Mut aufbringen, dieses Stück ins Publikum zu schleudern?» Heimkehrer-Stücke wurden in jenen Jahren viele geschrieben und auch aufgeführt, doch niemand stellte die Fragen so radikal und existentiell, zeigte das Elend und die Misere als visionäres Seelendrama, legte die inneren Verletzungen und das Trauma der Restauration derart schonungslos bloß, um den verstörten Zuschauer am

Ende ohne Antwort zu lassen. Borchert war bewusst, dass «Draußen vor der Tür», Klage und Anklage zugleich, sich dem kollektiven Wunsch nach Verdrängung entgegenstellte. Er schrieb in den Untertitel: «Ein Stück, das kein Theater spielen und kein Publikum sehen will». «Wir bringen es nicht dennoch, sondern gerade deshalb», hieß es in der Ankündigung der Hörspiel-Sendung.

Der Abdruck der 3. Szene (Beckmann sucht den Oberst auf) in der «Hamburger Akademischen Rundschau» löste Protestbriefe aus, in denen die Ablösung des Redakteurs gefordert wurde. Auch Gustaf Gründgens, bewundertes Vorbild des jungen Schauspielers, störte sich an der Szene und wünschte eine Überarbeitung. «Aus gewissen Kreisen werde ich schon sehr lebhaft beschossen», teilte Borchert Tilla Hardt mit, nachdem «Lesebuchgeschichten» in der «Neuen Zeitung» erschienen war, einer «amerikanischen Zeitung für die deutsche Bevölkerung» (Untertitel), deren Feuilleton von Erich Kästner geleitet wurde. Borcherts Sammelbesprechung aktueller KZ-Berichte für eine Hamburger Tageszeitung wurde monatelang verschoben – die Redaktion wollte in der Weihnachts- und Neujahrszeit die Arbeit nicht bringen, «um nicht zu viele Leute zu ärgern». In einem erst kürzlich aufgetauchten Brief an den Emigranten Bernhard Jolles, dem er kurz seine Vita schilderte, bemerkte Borchert: «Hoffentlich ist Ihnen der politische Häftling nicht unsympathisch, hier in Deutschland kann man auch heute noch die tollsten Dinge damit erleben.» Andererseits wollte er seine Inhaftierung auch nicht als «Reklameschild» nutzen.

Aus heutiger Distanz sind diese Reibungsflächen kaum noch nachvollziehbar; im Gegenteil wird der Erfolg von «Draußen vor der Tür» als ebenso bereitwillig akzeptiertes wie fatales Entlastungs-Angebot interpretiert, weil das Stück die Naziverbrechen ausblendet, weder die Kriegsschuld noch den Holocaust thematisiert. Man hat Borchert vorgeworfen, daß er nur das Schicksal der Deutschen, vor allem der Kriegsheimkehrer, im Blick hat, nicht das Leiden der anderen, speziell auch nicht das Schicksal der Millionen verfolgter und ermordeter Juden. Es ist jedoch müßig, aus der Sicht nachfolgender Generationen die mangelhafte Aufarbeitung der Nazizeit zu monieren und ein Schuldbewusstsein einzufordern, unter dem die damalige Gesellschaft zerbrochen wäre. Damals mussten Täter und Opfer, Mitläufer, Schuldige und Verführte einerseits, Verfemte und Verfolgte andererseits, ein Auskommen miteinander finden. Der Preis für den notwendigen Konsens war Verschweigen und Verdrängen; der Vergangenheit stellte man sich lieber nicht, Wiederaufbau lautete die Parole. Nicht zuletzt dank Borchert lässt sich vergegenwärtigen, wie es um die Mentalität im Deutschland der Nachkriegszeit bestellt war. Gemeinsam war das Erlebnis des Zusammenbruchs – nicht nur des politischen Regimes, sondern vor allem der materiellen Versorgungslage und der sozialen Sicherheit. Die «Reeducation» wurde von den Alliierten nur halbherzig betrieben; die Verordnungen der Besatzungsmacht und die Urteile in den Entnazifizierungsverfahren wurden als willkürlich und ungerecht empfunden. Schlimmer noch war der Verlust aller Aussicht auf Zukunft. Borchert schrieb gegen das Vergessen, auch gegen das Vergessen, selbst schuldig geworden zu sein, vor allem formulierte er das Gefühl seiner Generation: betrogen um ihre Jugend, verraten von allen, den lieben Gott eingeschlossen. Er kam damit dem allgemeinen Lebensgefühl entgegen: Man fühlte sich als Opfer. Die Deutschen, die vor kurzem noch die Welt beherrschen wollten, reagierten auf die Niederlage mit Larmoyanz, statt nach der eigenen Verantwortung zu fragen. Dass Borchert dies bewusst war, ist dem zitierten Briefwechsel mit Jolles zu entnehmen: «Was sind wir für ein Volk! Erst treten wir die anderen, aber wenn wir wiedergetreten werden, dann ist der Jammer groß!» Ein politischer Kopf war Borchert nicht, aber er hat das Nachkriegstrauma authentisch erfasst.

Die Menschen in jenen Jahren – vor der Währungsreform und der Gründung der Bundesrepublik – verlangten nach Orientierung, sie hungerten auch nach Kultur. Die Theater waren oft zerstört, es musste improvisiert werden. Der Literaturbetrieb war stark eingeschränkt, nicht nur wegen der allgemeinen Papierknappheit. Ohne Lizenz konnten Zeitungen und Zeitschriften nicht erscheinen, keine Bücher gedruckt, keine Filme gedreht werden. Es gab eine Zensur, aber auch indirekte Einflussnahme von den Besatzungsmächten. Besorgt notierte Ledig-Rowohlt, «Draußen vor der Tür» sei «für die französische Zone verboten worden. Gründe unbekannt». (Die Franzosen dementierten: Man habe lediglich einem bestimmten Theater in Tübingen abgeraten, das Drama aufzuführen – wie verbindlich der Rat der Besatzungsmacht auch immer war, es war selbstverständlich ein Eingriff in die Kunstfreiheit.) Neue Zeitungen und Zeitschriften, meist recht kurzlebig, erschienen auf dem Markt. Neue Verlage wurden gegründet und verschwanden wieder; alte Verlagshäuser kehrten zurück. An dem neu erwachenden literarischen Leben konnte Borchert nicht teilnehmen, dies ließ sein Gesundheitszustand nicht zu. Selbst von einem ihm gewidmeten Abend bei einer Dichterwoche im Juni 1947 musste er sich berichten lassen. Verleger Richard Hermes schrieb vom Erfolg der Veranstaltung und der Abschlussfeier, bei der der Senat den Teilnehmern «ein markenfreies Abendessen, das aus Erbssuppe, Cognac und Rotwein bestand», spendierte. Als es dann noch eine gute Zigarre gab, sei die Stimmung sehr animiert gewesen.

Im Hause Borchert dagegen laborierten die Ärzte ratlos

an dem Schwerkranken und wussten zumindest, dass der Patient hochwertige Kost brauchte, «also Schokolade, Feigen u. andere Südfrüchte, reines Fett, Zucker, Nüsse – kurz, alles das, was es hier nicht gibt», teilte Borchert mit. Einem schwedischen Freund schrieb er, hier gebe es für ihn keine Heilungsmöglichkeiten. «Sie können sich denken, daß man in Deutschland *heute* nicht gesund werden kann.» Die katastrophal schlechte Versorgung mit Lebensmitteln, die unhaltbare Situation in der feuchten, kalten Wohnung: Gemeinsam bemühten sich Borcherts Freunde, den bettlägerigen Dichter aus dem Hamburger Nachkriegselend herauszuholen und zur Genesung in die Schweiz zu schicken. Da die Grenzen noch geschlossen waren, gab es zahlreiche, bürokratische wie finanzielle, Hindernisse zu überwinden. Deutsches Geld durfte nicht in die Schweiz transferiert werden, man war also auf die Hilfe der dort ansässigen Verleger Emil Oprecht und Henry Goverts angewiesen. Die Aktion wäre fast gescheitert: Nachdem deutlich wurde, wie schwer krank Borchert in Wahrheit war und dass kein einfacher Erholungsaufenthalt ausreichen würde, machte Goverts einen Rückzieher und schlug den Schwarzwald als Alternative vor. Die Vorbereitungen liefen seit Monaten, das Visum für die Schweiz sowie die Genehmigungen für die Fahrt durch die verschiedenen Besatzungszonen lagen vor. Ernst Rowohlt blies die Reise nicht ab, er überrumpelte Goverts, indem er den Kranken in die Bahn setzte und sich nachträglich entschuldigte: Unmöglich hätte er Borchert diese Enttäuschung bereiten können. Gleich hinter der Grenze musste der Schwerkranke sofort ins Spital eingeliefert werden: Eine Weiterreise wie geplant war unmöglich, Borchert war nicht transportfähig.

In Basel übermannte ihn die Verzweiflung: Sein Zustand verschlechterte sich, neue literarische Texte entstanden nicht, nur ein eindrucksvoller Appell, geschrieben als Prolog zu einem Hörspiel von Axel Eggebrecht, der als Vermächtnis des Autors gilt: «Dann gibt es nur eins: Sag nein!» Mit Lektoratsarbeiten für Goverts versuchte Borchert, seinen Teil zu den Spitalkosten beizutragen. Er wusste, dass «Draußen vor der Tür» von den Hamburger Kammerspielen zur Uraufführung angenommen wurde, und kommentierte sarkastisch: «Die Premiere meines Stückes ist am Totensonntag im November – das paßt sehr schön. Liebeneiner, inzwischen entbräunt, bringt es.» Dass mehrere namhafte Theater es nachspielen würden, stand ebenfalls bereits fest. Zur Realisierung auf der Bühne äußerte sich der Autor nur einmal (in einem Brief an Jolles): Das Stück müsse «ohne Pause durchgespielt werden. Den schnellen Szenenwechsel, der Beckmann immer plötzlich allein auf der Straße stehen läßt, den kann man durch Licht und Schattenwirkung sehr gut herausholen. Natürlich darf es kein Bühnenbild geben und es dürfen immer nur die jeweiligen Möbel auf der Bühne stehen.» Einen Tag vor der Uraufführung, am 20. November um 9.00 Uhr morgens, starb Wolfgang Borchert im St. Clara-Spital zu Basel.

«Selten hat ein Theaterstück die Zuschauer so erschüttert wie Wolfgang Borcherts ‹Draußen vor der Tür›», berichtete «Der Spiegel» von der Uraufführung, in der Hans Quest Beckmann spielte. «Die Wirklichkeit dieser Rollengestaltung, der Dichtung, der Aufführung ist unerbittlich nackt. Das Publikum verläßt stumm den Zuschauerraum.» Das Stück blieb monatelang auf dem Spielplan. Im darauffolgenden Jahr folgten über 30 Inszenierungen an deutschen Bühnen, zunächst lediglich in den Westzonen. Zu den ersten ausländischen Premieren gehörte Erwin Piscators Inszenierung von «Outside the Door» im Februar 1949 in New York. Die Theaterkritik beurteilte das Stück durchaus nicht uneingeschränkt positiv. Anlässlich der Aufführung im Berliner Hebbel-Theater 1948, Regie Rudolf Noelte, sah Friedrich Luft in Borcherts Drama nur «ein selbstbesessenes Lamento» und kam zu dem Schluss: «Bleiben kann dergleichen nicht.» Er sollte sich irren.

Den Ausgangspunkt für die erstaunliche Karriere Borcherts umwehte, was den Autor gewiss nicht gestört hat, ein gewisses Aroma von Großstadt-Provinz und Lokalpatriotismus. Die erste selbständige Publikation Borcherts war ein kleines Heft mit 14 Gedichten: «Laterne, Mond und Sterne», erschienen im Dezember 1946 im Verlag Hamburgische Bücherei, den Bernhard Meyer-Marwitz, mit der Vereinigung Niederdeutsches Hamburg eng verbunden, betrieb. Ebenfalls in der Hamburgischen Bücherei erschien 1947 der Erzählungsband «Die Hundeblume», während Rowohlt im selben Jahr das Stück «Draußen vor der Tür» brachte und den Prosaband «An diesem Dienstag», der wenige Wochen nach Borcherts Tod in die Buchhandlungen kam.

Am 15. Februar 1948 kamen die beiden Verleger Ernst Rowohlt und Bernhard Meyer-Marwitz zusammen und verabredeten eine Ausgabe des «Gesamtwerks», in das die bei ihnen publizierten Bände sowie Texte aus dem Nachlass eingehen sollten. Es war ungewöhnlich, dass sich konkurrierende Verlagshäuser zu einer Gemeinschaftsausgabe zusammentaten: Der Band erschien 1949 unter dem Imprint beider Verlage, die sich auch Herstellungskosten und Gewinn teilten. Den Vertrieb übernahm Rowohlt, die Betreuung der Ausgabe besorgte Meyer-Marwitz, der ein umfangreiches, emphatisches Nachwort beisteuerte. Eine textkritische Ausgabe konnte das so kurz nach dem Tod des Dichters zusammengestellte, seitdem immer wieder unverändert nachgedruckte «Gesamtwerk» nicht sein.

Die Überlieferungsgeschichte der Texte ist von der Zeit und den Lebensumständen des Autors geprägt. Wolfgang Borchert schrieb mit der Hand (oft, weil Papier knapp war, auf die freien Rückseiten von Briefen), sein Vater Fritz tippte die Texte in die Maschine – die Situation im Hause des kranken Dichters wird in der Geschichte «Die Professoren wissen auch nix» anschaulich geschildert. Von nur wenigen Texten gibt es Reinschriften in Borcherts Handschrift; eine solche Ausnahme ist die Erzählung «Nachts schlafen die Ratten doch», die Borchert als Geschenk für seinen Vater zum Geburtstag in ein Heft schrieb. Von einigen Prosaarbeiten – «Silberstriche», «Nasenbein» und «Adrianol» – sind aus der Korrespondenz mit Werner Lüning nur noch die Titel bekannt; die Texte müssen als verloren gelten. Sofern Typoskripte erhalten blieben, wurden sie für diese Ausgabe herangezogen. Erstdrucke in Tageszeitungen wurden zum Vergleich herangezogen, obwohl sie nur bedingt die Intentionen des Autors widerspiegeln. Die erste Veröffentlichung seiner ersten Erzählung, «Die Hundeblume» in der «Hamburger Freien Presse», löste beim Verfasser nicht nur Freude aus: «Zwei ergötzliche Linolschnitte machten die Kürzung auf die Hälfte auch nicht wieder gut», lautete sein Kommentar in einem Brief an Lüning. Borchert stand mit vielen Redaktionen in Kontakt, aber die Zweitverwertung überließ er der Presseagentur Paul Herzog und dem Feuilletondienst des Rowohlt Verlages, die die Tageszeitungen mit Abschriften seiner Prosa versorgten. Dort wurden, oft aus so banalen Gründen wie Platznot, Texte gekürzt oder mit neuen Überschriften versehen. Oder sie redigierten aus politischer Rücksichtnahme. Dafür ein Beispiel. In der Erzählung «Billbrook» wird ein Besatzungssoldat konfrontiert mit kriegsversehrten Deutschen. «Da ließ der Einbeinige ein Wort aus dem unbeweglichen Mund auf den grünschwarzen Schlick fallen. Und das Wort klatschte wie eine Ohrfeige.» Im Manuskript geht der Text weiter: «‹Schwein!› sagte der Einbeinige.» «Schwein», noch dreimal steht das Wort im (nur fragmentarisch erhaltenen) Typoskript, beim Druck – zuerst in der Zeitschrift «Karussell», danach im Erzählungsband «Die Hundeblume» – ist das böse Wort gegen den Besatzer konsequent eliminiert worden. Ob Borchert die Änderungen selbst vorgenommen hat oder Redakteure und Lektoren die Texte für den Druck einrichteten und der Autor dies lediglich akzeptiert hat, lässt sich mangels Unterlagen nicht entscheiden. Zwar war er offen für Kritik, räumte stets bescheiden ein, noch am Anfang zu sein, andererseits ließ er sich nicht beirren und verteidigte seine Texte vehement gegenüber Lüning und Aline Bußmann. So höflich und kompromissbereit dieser Autor auch auftrat, seiner Stilmittel war er sich sicher.

Die Probleme einer gesicherten Textfassung zeigen sich gerade an Borcherts berühmtestem Werk «Draußen vor der Tür». Ein Manuskript existiert nicht, auch keine Vorstufen oder Notate. Gleich nach der Abschrift gelangte der Text, noch unter dem Arbeitstitel «Ein Mann kommt nach Deutschland», über eine Lektorin an Ernst Schnabel, den Hörspiel-Dramaturgen beim NWDR, der es sofort zur Produktion annahm. Nach der Sendung meldete sich aus dem dänischen Fåborg Bernhard Jolles, der seine Hilfe als Vermittler und Übersetzer anbot. Borchert reagierte hocherfreut und schrieb ihm am 5. März 1947, er werde ihm selbstverständlich ein Manuskript zusenden, verfüge aber im Augenblick über keines: Ein Exemplar liege bei den Kammerspielen in München und die beiden anderen bei zwei Theaterverlagen, außerdem müsse er erst die Genehmigung der englischen Besatzungsbehörden einholen, weil Deutsche nichts ins Ausland schicken dürften. Borchert konnte beim Funk noch ein Exemplar bekommen, das er nach Dänemark weitersandte. Am 24. März bekam der Kranke Besuch von Ernst Rowohlt, damit war die Entscheidung über die Publikation von «Draußen vor der Tür» gefallen. Am 23. April teilte Borchert Jolles mit: «Die Hamburger Kammerspiele haben es zur Uraufführung angenommen und der Rowohlt Verlag übernimmt es in seinen Bühnenvertrieb. Außerdem hat es eine im Entstehen begriffene Filmgesellschaft zur Verfilmung erworben. Das heißt, es geht nun über alle deutschen Bühnen und wird allerlei Unruhe machen. Ich schicke Ihnen nun nächste Woche eine Originalfassung, denn Ihr Exemplar ist von mir selbst für den Funk bearbeitet.» Dieses Exemplar kehrte 1967 wieder nach Hamburg zurück, es befindet sich im Wolfgang-Borchert-Archiv in der Staats- und Universitätsbibliothek Carl von Ossietzky in Hamburg. Es handelt sich um ein hektographiertes, auf Wachsmatrize abgezogenes Typoskript, wobei oftmals die letzten Zeilen am unteren Rand des Blattes mit Schreibmaschine ergänzt werden mussten; auf dem Titelblatt hat Borchert handschriftlich ergänzt: «Sämtliche Rechte E. Rowohlt Verlag». Dieses Exemplar diente für die vorliegende Ausgabe als Druckvorlage.

Das vom Rowohlt Verlag im Juli 1947 publizierte Bühnenmanuskript, dem der Abdruck im 1949 erschienenen «Gesamtwerk» folgt, weist eine Reihe von kleineren Änderungen auf, meist stilistischer Natur. Es handelt sich um Verdeutlichungen, Glättungen: aus «einfach Beckmann» wurde «einfach nur Beckmann», aus «nicht mehr kennen» «nicht mehr erkennen» etc. Daneben gibt es Schreibfehler. Am Anfang der 1. Szene sagt Beckmann: «Du bist der Andere von der Schulbank, von der Eisenbahn?» In der «Originalfassung» steht «Eisbahn». Ein Schreibfehler, gewiss – aber: im ersten oder im zweiten Typoskript? Zieht man zur Entscheidung den Hörspieltext zu Rate, entdeckt man auf der entsprechenden Seite sowohl «Eisbahn» wie «Eisenbahn» ... Ein anderer minimaler Eingriff bedeutet eine wesentliche Akzentverschiebung. Am Schluss richtet sich Beckmann in der tradierten Fassung an Gott: «Warum redet er denn nicht!», während in der Ursprungsfassung es «ihr» heißt; neben dem alten Mann werden auch alle anderen, denen der Heimkehrer begegnet ist, angesprochen.

Die von Borchert selbst vorgenommene Einrichtung des Textes als Hörspiel weist neben den notwendigen Kürzungen und Straffungen auch einige Änderungen auf, die im Editorischen Bericht als Varianten dokumentiert sind. Politisch bemerkenswert ist der Eingriff in der Kramer-Szene, wo der Selbstmord der Eltern Beckmanns neu motiviert wird. Im Theaterstück haben sie, die sich durch antisemitische Äußerungen in der Nazi-Zeit exponiert haben, sich «selbst entnazifiziert». Dies war ein tabuisiertes Thema. «Kaum sonst irgendwo in der deutschen Literatur dieser Jahre treibt die unbewusste Abwehr des Themas so deutlich und verquer zugleich an die Oberfläche», hat aus dem historischen Abstand Volker Hage diese Szene 2005 kommentiert. Umso befremdlicher muss sie 1947 gewirkt haben. Es ist nicht bekannt, ob Borchert die Textpassage auf Wunsch des Senders, der noch unter Kontrolle der britischen Besatzungsmacht stand, entschärfte. In der Version für den Funk sind die Eltern in den Tod gegangen, weil der alte Beckmann seine Arbeit auf der Werft Blohm & Voss verloren hat – er hat sich selbst «pensioniert». Auch die neue, schwächere Motivation ihres Selbstmords hatte einen aktuellen Zeitbezug: Auf Befehl der Militärregierung wurde das Helgengerüst 1947 gesprengt, anschließend mit der vollständigen Demontage der Werft begonnen.

Das Werk des Autors Borchert beginnt nach dem Krieg,

gelegentlichen Veröffentlichungen von Gedichten in der Lokalpresse zum Trotz. Ein einziges Mal war es ihm gelungen, im «Simplicissimus» etwas unterzubringen. Als Schriftsteller konnte er sich nicht bezeichnen. (Das war übrigens auch die offizielle Lesart: Im von der Reichsschrifttumskammer herausgegebenen «Schriftsteller-Verzeichnis» von 1942 wurde Borchert aufgeführt mit dem Vermerk «von der Mitgliedschaft befreit», weil er sich nur in geringfügigem Umfang schriftstellerisch betätigte.) «Geschrieben habe ich früher für Hamburger Tageszeitungen und mal Gelegenheitsgedichte», teilte Borchert in einer biographischen Notiz mit. Beides wird hier dokumentiert: Sämtliche zu seinen Lebzeiten in Tageszeitungen gedruckten Gedichte wurden aufgenommen, auch wenn ihre literarische Qualität nur epigonale Züge aufweist und der gedankliche Inhalt oft konventionell, wenn nicht gar banal erscheint. Diese frühen Texte zeichnen sich nicht durch Originalität aus, sie zeigen noch keine eigene Handschrift. Unverkennbar wollte der junge Verseschmied mit den Gedichten bei Frauen renommieren. Gespür für Sprachmelodie und Rhythmus wird man ihm nicht absprechen können, doch die mit großer Geste und hohlem Pathos vorgetragenen Weisheiten waren durch keine Lebenserfahrung gedeckt. Der Jugendliche wollte sich gedruckt sehen, das Ergebnis waren Gedichte, die sich an Vorbildern wie Villon und Rilke orientierten (zeitweise unterzeichnete er mit «Wolff Maria Borchert»). Nicht nur unter ästhetischen Gesichtspunkten waren es affirmative Texte, wobei es von Borchert kein Loblied auf Führer, Volk und Vaterland zu lesen gab, auch keine Durchhalteparolen, aber doch nach der Bombardierung Hamburgs einen lyrischen Appell zum Wiederaufbau der zerstörten Stadt. Die meisten dieser Versuche schickte Borchert an Hugo Sieker, den Feuilleton-Redakteur des «Hamburger Anzeigers». Die

Zeitung druckte in der Nazi-Zeit unter Tarnnamen auch «Nichtarier» und verfolgte Autoren; man hielt Kontakt zu verfemten Künstlern wie Ernst Barlach, und Sieker rückte auch Gedichte des unbekannten Autors Borchert ins Blatt, als dieser im Gefängnis saß.

Zuletzt bot Borchert seine Gedichte Anfang 1946 dem Rowohlt Verlag an, der aber nur an der Prosa interessiert war. Nach der Publikation von «Laterne, Mond und Sterne» stellte Borchert die Lyrik-Produktion ein, vernichtete alle seine Gedichte und unterband ihre weitere Veröffentlichung. Da er seine lyrischen Erzeugnisse als Beilage zu Briefen aber weit gestreut hatte, tauchten nach seinem Tod zahlreiche Gedichte auf, deren Druck in Publikationsorganen wie «Das Reich der Landfrau» Herta Borchert bereitwillig gestattete. Von diesen Gelegenheitsarbeiten bringt diese Ausgabe eine charakteristische Auswahl, die sich vornehmlich konzentriert auf jene Gedichte, die in späteren Sammelbänden Eingang fanden.

Zum unveröffentlichten Frühwerk gehören auch drei dramatische Versuche, die der Pubertät des Autors zuzurechnen sind: Mit 17 Jahren schrieb Borchert die Tragödie «Yorick der Narr», ein Jahr später die Komödie «Käse» (gemeinsam mit dem Schulfreund Günter Mackenthun) sowie das Drama «Granvella». Selbstbewusst charakterisierte er seine dramatischen Arbeiten in einem Schreiben Januar 1941: «Das erste war wüst, weil ich zu jung war, das zweite war staatsfeindlich, das dritte in 3 Tagen geschrieben und ebenfalls der heutigen Zeit contrair gestimmt.» Tatsächlich ist vor allem «Käse» interessant als unbekümmertes Zeugnis jugendlichen Oppositionsgeistes gegen das NS-Regime. Satirisch wird gegen die Welteroberungspläne des ebenso machtbesessenen wie kulturlosen Diktators Käsemeier zu Felde gezogen. Gerettet wird die Welt vor dem Despoten

Ich seh in einen Spiegel
Frühe Gedichte

Und keiner weiß wohin

Liebe blaue graue Nacht

Verstreute und nachgelassene Erzählungen

Inhalt

überquellen wollte, die Heiterkeit übertrug sich, steigerte sich mit jedem Verstolperer.» Der Text löste Verspannungen, räumte die Gehörgänge frei. «Die Sätze berührten den Sprachnerv. Plötzlich war Deutsch ein Vivarium.» Nicht zu vergessen, dass die DDR zwar Borchert für ihre antimilitaristische Propaganda, sofern sie sich gegen den Westen richtete, zu vereinnahmen versuchte, er für Bürgerrechtler und Dissidenten aber immer ein Bezugspunkt blieb. Der Schriftsteller Jürgen Fuchs, neun Monate in Haft, bevor er 1977 abgeschoben und ausgebürgert wurde, richtete sich an der Borchert-Lektüre auf: «Wir werden nie mehr antreten auf einen Pfiff hin», diesen Satz machte er zu seinem Leitspruch. Nicht zufällig enthält das Stasi-Drama «Das Leben der Anderen», der mit dem Oscar ausgezeichnete Film von Florian Henckel von Donnersmarck, ein Borchert-Lied: Die Szenen, in denen der oppositionelle Dichter Dreyman seinen Artikel schreibt und den Freunden vorliest, werden untermalt von «Stell dich mitten in den Regen», gespielt von der DDR-Band Bayon. Die Textzeile «… und versuche, gut zu sein» mag man als idealistisches Gutmenschentum belächeln, sollte diese Haltung aber nicht geringschätzen: als Kraft im Widerstand gegen eine Welt, in der Krieg, Hunger und Not regieren, und als Antrieb, sich nicht damit abzufinden. Wolfgang Borchert war stets Poet und Moralist, Träumer und Warner zugleich. «Nachts darf der Schriftsteller die Sterne begucken. Aber wehe ihm, wenn er nicht fühlt, daß sein Haus in Gefahr ist.»

Michael Töteberg

grub er auch das Bewußtsein anderer frei.» Wilhelm Genazino, einer anderen Generation zugehörig, erinnert sich: «Ich las Wolfgang Borcherts Heimkehrer-Stück ‹Draußen vor der Tür› und fühlte mich sogleich als betrogener Soldat.» Kaum ein bundesdeutscher Autor, der nicht Borchert in seiner Jugend las – und dann sich wieder von diesem Einfluss befreien musste. «Ich also war achtzehn und auch einer», bekannte Reinhard Baumgart. «Kein Wunder, daß das Wiederlesen von Borchert wie eine Wiederbegegnung mit mir selbst in diesem früheren Zustand war.» Und dass die erneute Lektüre peinliche Gefühle und Erinnerungen an die Verklemmungen der Pubertät auslöste. Jan Philipp Reemtsma ging es nicht anders: Er sei persönlich sehr angetan gewesen, als er «Draußen vor der Tür» im Alter von 15 oder 16 Jahren zum ersten Mal las. «Das Ergebnis meines erneuten Lesens ist katastrophal gewesen. Der Ton des Stückes paßte so genau zu jener pubertären Neigung zum Kitsch in Gefühlen und Gedanken, daß ich mich in diese Gefühls- und Gedankenwelt direkt zurückexpediert fühlte. Unangenehm.» Reemtsma, der das Werk einer rigorosen Stilkritik und einer vernichtenden politischen Analyse unterzieht, kommt zu dem Schluss: «Man tut Borchert leicht unrecht. Entweder über- oder unterschätzt man ihn.» Von beiden Lesarten, bei der frühen und der späten Lektüre, kündet sein eigener Aufsatz.

Die Wirkungsgeschichte Borcherts ist noch nicht geschrieben worden. Sie reicht bis in die Gegenwart: Benjamin Lebert, der mit 17 Jahren den Bestseller «Crazy» schrieb, zählt Borchert zu seinen Vorbildern. In seinem Roman «Die melodielosen Jahre» (2007) schildert Peter Weber, wie ein Lehrer mit den gelangweilten Schülern in der Deutschstunde «Schischyphusch» durchnimmt. «Sie lasen eine Strecke, die von Sprachschöpfungen und rhythmischen Doppelungen

gen, indem er, bald nach Übergang der Rechte von Meyer-Marwitz an Rowohlt, preisgünstige Sonderausgaben des «Gesamtwerks» veranstaltete und als rororo-Taschenbuch «Draußen vor der Tür und ausgewählte Erzählungen» herausbrachte. «Diese Auswahl, die nun um den Preis eines einzigen Kinobesuchs zu haben ist, ist für diejenigen bestimmt, die jetzt so alt sein mögen, wie Wolfgang Borchert war, als er zum ersten Mal im Militär-Gefängnis saß», leitete Heinrich Böll sein Nachwort ein. Im Januar 1956 erstmals erschienen, gehört der Band heute mit weit über zweieinhalb Millionen Exemplaren zu den meistverkauften Taschenbüchern in Deutschland und erlebt regelmäßig Neuauflagen. 1961 kam Peter Rühmkorfs Monographie heraus, bis heute die gültige Biographie, 1962 edierte er «Die traurigen Geranien und andere Geschichten aus dem Nachlaß»; 1996 erschien unter dem Titel «Allein mit meinem Schatten und dem Mond» eine Briefauswahl, die im Anhang weitere nachgelassene Arbeiten enthielt. Diese und andere, verstreut publizierte oder neu aufgefundene Texte sind in die vorliegende Ausgabe des «Gesamtwerks» aufgenommen worden.

Borchert war und ist Schullektüre. Die Germanisten wussten wenig mit ihm anzufangen – «Den widerborstigen Schlacks kriegen und kriegen die Literaturwissenschaftler nicht, wie Dürrenmatt gesagt hätte, in eines ihrer Einmachgläser», spottete Rolf Michaelis 2002 in der «Zeit» –, die Schriftsteller wesentlich mehr. Borchert gehört zur literarischen Sozialisation wie Hesse, Brecht und Kafka. Von Rolf Dieter Brinkmann bis Rainer Werner Fassbinder, Bezüge lassen sich oft auch bei Autoren aufspüren, von denen man dies kaum vermutet hätte. «Der Impuls, mit dem Borchert sprach, elektrisierte mich», bekannte Dieter Wellershoff in seiner Autobiographie «Die Arbeit des Lebens». «Hier hatte sich einer aus der Verschüttung freigearbeitet, und damit

1948, bewunderte Alfred Andersch den «hämmernden Staccato-Stil, der plötzlich in großartig dynamische Passagen ausschwingen kann». Zugleich kündigte sich schon ein Paradigmenwechsel in der Literatur an, analog zum Wandel der gesellschaftlichen Realität. Bereits 1949 war die «Kahlschlag-Literatur» Vergangenheit, und Andersch zog folgendes Fazit: «Zweifellos war in den Hungerjahren, die dem Zweiten Weltkrieg folgten, ein Stil, wie ihn Wolfgang Borchert einmalig und endgültig geprägt hat, bei den meisten Schriftstellern in nuce vorhanden. Borchert hat sich in der Sprengkraft seiner expressiven Aussage, die in unserer Literatur immer ihren denkwürdigen Platz behalten wird, selbst geopfert. Das kann nicht kopiert werden.»

Doch die Wirkung von Borcherts Werk wurde davon kaum berührt. Es erwies sich als erstaunlich zeitunabhängig, obwohl ihm doch die Entstehungszeit eingebrannt ist wie selten einem anderen Werk. Der verzweifelte Schrei Beckmanns wird auch in einer Welt verstanden, in der Hunger und Elend der Nachkriegsrealität in weite Ferne gerückt sind. Zudem machte das berührende Schicksal Borcherts und sein früher Tod den Autor zum Mythos, der schon 1949 entsprechende Gegenreaktionen bei der Kritik provozierte. «Verschwommene Symbolik», monierte Emil Belzner, «primitives, schemenhaftes Theater», fügte er hinzu. Gunter Groll empfand das Werk als «schwer erträgliche Mischung aus Pathos und Sentimentalität». Er fällte das Verdikt: «Pubertätsrebellion». Streicht man die negative Konnotation, ist hier etwas Richtiges erkannt: Borchert ist ein Autor für junge Menschen. Die eigentümliche Mischung aus romantischer Schwärmerei und zornigem Aufbegehren hat über Generationen Jugendliche fasziniert, die auf der Suche nach Orientierung diesen Autor stets für sich neu entdeckten.

Der Verlag hat zur Popularisierung Borcherts beigetra-

auf dem auch die Ware Buch sich behaupten mußte. Rowohlt wählte eine besonders edle Ausstattung (Leinen mit Schutzumschlag, ein Foto des Dichters als Frontispiz) und entschied sich für ein Dünndruckpapier, das sonst nur für Klassikerausgaben verwendet wurde, das sog. Bibeldruckpapier. Das Buch wurde nicht nur im deutschen Feuilleton, Ost wie West, breit besprochen, es wurde auch im Ausland, u. a. im Londoner «Times Literary Supplement» oder der Pariser «Critique», wahrgenommen. Der Verlag konnte die ersten Verträge über fremdsprachige Lizenzausgaben schließen. Vor allem enthielt «Das Gesamtwerk» eine zwar kleine, aber gewichtige Abteilung mit nachgelassenen Texten, darunter die klassisch gewordene Erzählung «Schischyphusch» und das Manifest «Dann gibt es nur eins: Sag nein!». Dieser pazifistische, in einer apokalyptischen Vision mündende Appell wurde zum bekanntesten Text Borcherts, der erst bei Demonstrationen gegen die Wiederaufrüstung und den Atomkrieg, angesichts neuer Krisenherde und Bedrohungen auch später nie seine Aktualität verlor und heute noch auf Ostermärschen und Friedenskundgebungen als leidenschaftliche Mahnung und Warnung immer wieder vorgetragen wird.

Borchert war der repräsentative Autor der Stunde Null, der damals proklamierten «Kahlschlag-Literatur». Im «Ruf», jener Zeitschrift, aus der die einflussreiche Gruppe 47 hervorging, hatte Hans Werner Richter im September 1946 konstatiert: «Vor dem rauchgeschwärzten Bild dieser abendländischen Ruinenlandschaft, in der der Mensch taumelnd und gelöst aus allen überkommenen Bindungen irrt, verblassen alle Wertmaßstäbe der Vergangenheit.» Ahnungslos, was den Gesundheitszustand des Autors anbelangte, hatte Richter im November 1947 Borchert zur zweiten Tagung der Gruppe eingeladen. In den «Frankfurter Heften», März

ausgezeichnete Novelle hatte, die hieß ‹Der Kellner meines Onkels›, die so unglaublich gekonnt war, daß man sagen mußte: Wo bleibt das Buch, wo bleibt die Sammlung?» Das Protokoll vermerkt an dieser Stelle den Zuruf: «Sie ist inzwischen erschienen!», daraufhin Bravo-Rufe und Beifall. Der Zurufer dürfte Ernst Rowohlt gewesen sein, der sich unter den Kongressteilnehmern befand.

An seinem Krankenbett in Hamburg, berichtete Borchert einem Freund, sei «Altmeister Rowohlt» erschienen «und verlobte mich seinem Verlag mit Haut und Haar». Der Vertrag über «Draußen vor der Tür» enthielt eine dreijährige Option auf alle weiteren Werke des Autors. Das war die Verlobung – die Hochzeit erfolgte posthum. Der Autor war gestorben, der Erzählungsband «An diesem Dienstag» lag bereits in den Buchhandlungen, da fiel Ernst Rowohlt auf, dass man gar keinen Vertrag darüber geschlossen hatte, und holte im April 1948 rückwirkend das Einverständnis von Vater Fritz ein. Gleichzeitig bereitete Rowohlt gemeinsam mit Meyer-Marwitz die Edition des «Gesamtwerks» vor, das in erster Linie eine Zusammenfassung der vorhandenen Bücher darstellte. Der Verlag setzte damit ein Zeichen: Werkausgaben werden gewöhnlich erst herausgegeben, nachdem ein Autor seinen Platz in der Literaturgeschichte gefunden hat.

Die von Ernst Rowohlt initiierte Publikation war mehr als nur eine geschickte Maßnahme des Verlagsmarketings. Zwei Erzählungsbände, ein kleines Gedichtheft, ein Bühnenmanuskript: ein Werk wurde so nicht sichtbar. Zudem waren die Erstausgaben in der unmittelbaren Nachkriegszeit herausgekommen: Das stark holzhaltige, rasch vergilbende und zerbröckelnde Papier machte sie schnell unansehnlich. Mit der Währungsreform im Juni 1948 endete die Zwangs- und Zuteilungswirtschaft; es gab wieder einen Markt,

sorgnis: An der Stellung und Bedeutung Borcherts für die deutsche Nachkriegsliteratur gibt es keinen Zweifel mehr, und es ist durchaus aufschlussreich, zu einem Werk auch die Anläufe, so ungenügend sie auch immer sein mögen, zur Kenntnis zu nehmen.

Heinrich Böll, mit seinen Kurzgeschichten aus der Nachkriegszeit legitimer Nachfolger Borcherts, hat die Erzählungen des Schriftsteller-Kollegen gelobt: «kühl und knapp, kein Wort zu wenig, kein Wort zu viel». «Das Brot» nannte er «ein Musterbeispiel für die Gattung Kurzgeschichte, die nicht mit novellistischen Höhepunkten und der Erläuterung moralischer Wahrheiten erzählt, sondern erzählt, indem sie darstellt». Borchert musste sich diesen Stil erst erarbeiten. Man kann dies sehr gut sehen, wenn man «Die Blume» von 1941 vergleicht mit der «Hundeblume» von 1946. Die frühe Skizze, obwohl schon zentrale Motive anklingen, ist kaum mehr als ein schwülstiger Besinnungsaufsatz. «Ich weiß, es fehlt die klare Einfachheit – aber es ging eben nicht anders», merkte Borchert an, als er den Text Hugo Sieker schickte. Es gehört zu den Geheimnissen künstlerischer Kreativität, dass der Autor später gerade diese Nüchternheit und Einfachheit der Darstellung erzielte, ohne an emotionaler Wirkung zu verlieren.

Anfang Oktober 1947 tagte in Berlin der Erste Deutsche Schriftstellerkongress. Autoren, Kritiker und Verleger aus allen vier Besatzungszonen waren zusammengekommen, um über die Bedingungen der Literatur zu debattieren. Kurz vor Schluss, am vorletzten Tag, meldete sich die Autorin Anneliese Wiener zu Wort: Es genüge nicht, dass Zeitungen und Zeitschriften die Arbeiten der jungen Generation veröffentlichten. «Ich verweise nur auf den jungen Hamburger Borchert, der vor einigen Monaten im ‹Tagesspiegel› eine

durch das beherzte Einschreiten einer Figur namens Wogü, dem die gesamte Geisteswelt inkl. Goethe und Hölderlin applaudiert. Mit dem Helden Wogü, der Name deutet schon darauf, brachten die Schulfreunde Wolfgang und Günter ihre eigenen Allmachtsphantasien ungeniert zu Papier. Alle drei Dramen sind keine frühen Geniestreiche: Der Autor hat sie nie wieder erwähnt und auch nicht aufgehoben. Gleichwohl sind die Texte erhalten geblieben. Als die Gestapo Borchert verhörte, vernichtete Mackenthun alle Exemplare von «Käse» – bis auf eines, das sich nach seinem Tod 1985 in einem eingelagerten Schrank wiederfand, der zur Versteigerung anstand. Auf eine Aufnahme in das «Gesamtwerk» konnte verzichtet werden; als Privatdruck sind die drei Stücke über die Internationale Wolfgang-Borchert-Gesellschaft in Hamburg zu beziehen.

Mehrfach sind Herta Borchert und der Freundeskreis beim Verlag vorstellig geworden, um eine Publikation der frühen Texte, speziell der Gedichte, anzuregen. Der Verlag tat sich schwer mit der Entscheidung. Peter Rühmkorf, der Borchert-Experte bei Rowohlt, riet ab. «Trotzdem ist dies natürlich eine sehr verantwortungsvolle verlegerische und sogar auch literatur-historische Entscheidung», räsonierte 1968 der damalige Cheflektor Fritz J. Raddatz. «Deshalb haben wir hier im Hause allen Respekt auch vor eventuell schwächeren Texten und zögern einigermaßen mit endgültigen negativen Entscheidungen, die ja irgendwann einmal gerechtfertigt werden müßten.» Raddatz wandte sich an Prof. Karl-Ludwig Schneider, der zu Lebzeiten Borcherts zu dessen Förderern und Freunden gehörte. Doch auch der Literaturwissenschaftler kam in seinem Gutachten zu einem negativen Urteil: Die Gefahr sei groß, durch eine Veröffentlichung das Bild des Dichters zu schädigen. Seinerzeit unterblieb die Publikation, heute besteht kein Anlass mehr zu Be-

Das ist unser Manifest

Essays, Rezensionen, Fragmente, Vermischtes